aur.

Knaur.

Von Iny Lorentz sind außerdem erschienen:
Die Kastratin
Die Goldhändlerin
Die Wanderhure
Die Tatarin
Die Kastellanin
Das Vermächtnis der Wanderhure
Die Löwin
Die Feuerbraut

Über die Autoren:
Hinter dem Namen Iny Lorentz verbirgt sich ein Münchner Autorenpaar, dessen erster historischer Roman *Die Kastratin* die Leser auf Anhieb begeisterte. Seither folgt Bestseller auf Bestseller. Bei Knaur sind bisher erschienen: *Die Goldhändlerin, Die Wanderhure, Die Kastellanin, Das Vermächtnis der Wanderhure, Die Pilgerin, Die Tatarin und Die Löwin.*

Besuchen Sie die Autoren auf ihrer Homepage: www.iny-lorentz.de

Iny Lorentz

Die Pilgerin

Roman

Knaur Taschenbuch Verlag

Besuchen Sie uns im Internet:
www.knaur.de

Vollständige Taschenbuchausgabe März 2008

Ein Unternehmen der Droemerschen Verlagsanstalt
Th. Knaur Nachf. GmbH & Co. KG, München.

Umschlaggestaltung: ZERO Werbeagentur, München
Umschlagabbildung: Bridgeman Art Library / The eritrean Sybil
Satz: Adobe InDesign im Verlag
Druck und Bindung: Clausen & Bosse, Leck
Printed in Germany
ISBN 978-3-426-63397-7

2 4 5 3 1

England
Heiliges
Römisches
Reich
Elbe
Rhein
Seine
Frankreich
Loire
Tremmlingen
Ulm
Donau
Eidgenossen
Einsiedeln
Finis Terrae
Santiago
de Compostela
Le
Puy
Garonne
Orthez
Olivias
Tal
Rhône
Grande Chartreuse
Leon
Roncevalles
Béarn
Burgos
Puenta
la Reina
Toulouse
Montpellier
Kastilien
Ebro

Erster Teil

Das Gelübde

I.

Die Vorhänge waren so fest zugezogen, als könne der feinste Sonnenstrahl dem Kranken schaden, und die Flamme der Öllampe neben dem Bett vermochte die Kammer kaum zu erhellen. So trüb wie das Licht war auch die Stimmung der vier Personen, die sich um Eckhardt Willingers Krankenlager versammelt hatten und auf ihn hinabblickten.
Der Kaufherr lag regungslos unter seiner Decke, und nur das leichte Heben und Senken seines Brustkorbs verriet, dass er noch atmete. Mit einem Mal aber fuhr er hoch, als wäre er aus einem tiefen Schlaf aufgeschreckt worden, und packte den Arm des Arztes mit ausgemergelten, zu Krallen gebogenen Fingern. »Sorge dafür, dass ich wieder auf die Beine komme! Ich zahle dir, was du willst. Ich brauche noch ein Jahr! Oder zumindest ein halbes! Dann kann ich in Frieden ruhen.«
Willingers Stimme, die vor wenigen Wochen noch den Ratssaal der Stadt ausgefüllt hatte, klang dünn und zittrig und seine blassblauen Augen waren weit aufgerissen. Die Furcht vor dem Tod schien ihn in einem weit höheren Maße gepackt zu haben, als man es von einem Mann erwartete, der mit klarem Blick und kühlem Verstand eines der größten Handelshäuser seiner Heimatstadt aufgebaut hatte.
Tilla, die Tochter des Kranken, maß Lenz Gassner mit zweifelndem Blick, denn sie hielt nicht viel von der Wirksamkeit seiner Heilkunst. Nach ihrem Empfinden lagen schon viel zu viele Leute auf dem Kirchhof, denen der Arzt ein langes Leben prophezeit hatte. Doch wider alle Erfahrung hoffte sie, er könne ihrem Vater wenigstens zu diesem einen Lebensjahr verhelfen.
Lenz Gassner war ein hochgewachsener Mann im dunklen Talar eines Gelehrten mit dem überlegenen Habitus eines Man-

nes, der sich im Besitz größeren Wissens wähnt als andere. Mit einem beruhigenden Lächeln löste er Willingers Hand von seinem Arm und nahm ein kleines, mit einer dunklen Flüssigkeit gefülltes Fläschchen aus seiner Tasche. »Dieses Mittel hilft Euch gewiss wieder auf die Beine, Willinger. Es ist echter Theriak, zubereitet vom Leibarzt des bayerischen Herzogs Stephan. Dieses Mittel hat, wie ich bemerken darf, Seine Durchlaucht bereits zwei Mal von der Schwelle des Todes zurückgeholt.«

Seine Worte hallten misstönend in Tillas Ohren, denn sie gaben ihr das Gefühl, er nähme die Krankheit ihres Vaters nicht ernst. Da sie den Siechen pflegte, wusste sie, wie hinfällig er inzwischen geworden war, und fleißiges Beten schien ihr ein besseres Mittel gegen das den Kranken von innen verzehrende Fieber zu sein als Lenz Gassners Tinkturen.

Eckhardt Willinger aber versetzte die Aussicht auf die Medizin des Herzogs in freudige Erregung, und er nahm ein wenig Farbe an. »Danke, mein Guter! Ich muss wieder gesund werden, denn ich habe noch etwas Wichtiges zu erledigen, bevor ich vor unseren Herrn Jesus Christus treten kann!«

Er zwinkerte dem Arzt wie einem Mitverschworenen zu und winkte ihm, noch näher zu kommen. Gassner aber schien seinen eigenen Kenntnissen zu misstrauen, denn er trat unwillkürlich einen Schritt zurück.

»Ich muss einfach gesund werden«, wiederholte der Kranke. »Vor Jahren habe ich eine Wallfahrt zum Grabe des heiligen Apostels Jakobus in Spanien gelobt, und dieses Versprechen muss ich halten. Wenn ich dort bin, mag der Himmel mich zu sich nehmen, aber nicht früher.«

Während Willinger schwer atmend auf sein Kissen zurücksank, schnaubte sein Sohn Otfried verächtlich. »Ich hoffe, Ihr könnt

meinem Vater helfen, Medicus. Er ist von dieser Wallfahrt so besessen, als hinge die ewige Seligkeit davon ab.«
Tilla fuhr zornig auf. »Da diese Wallfahrt für Vaters Seelenheil notwendig ist, müssen wir ihn mit allen Kräften unterstützen! Du aber tust gerade so, als handele es sich um eine Narretei und nicht um ein heiliges Versprechen.«
Der vierte Besucher an Willingers Bett, ein untersetzter, älterer Mann mit faltigem Gesicht und dünnen, grauen Haaren, nickte Tilla zu. »Du hast Recht, mein Kind. Keine Wallfahrt ist eine Narretei!«
»Aber muss es gleich Santiago de Compostela sein? Das liegt doch beinahe am Ende der Welt! Eine Wallfahrt zum heiligen Kilian in Würzburg oder meinetwegen auch nach Trier zum Heiligen Rock würde wirklich genügen.«
Tilla biss sich auf die Lippen, um nicht mit Worten herauszuplatzen, die nur zu einem weiteren Streit mit ihrem Bruder führen würden, und atmete tief durch. »Vater hat nun einmal versprochen, zum Grab des Apostels Jakobus zu pilgern!«
Ihr Bruder winkte ab. »Den Weg wird er ohnehin nicht mehr schaffen. Er soll froh sein, wenn er überhaupt am Leben bleibt.«
Das klang so herzlos, dass der ältere Herr verärgert den Kopf schüttelte. Wohl wusste er, dass nicht alles eitel Freude war im Hause Willinger, doch dem Sohn hätte etwas mehr Ehrfurcht vor dem Vater durchaus angestanden. Otfrieds Worte wären auch außerhalb des Krankenzimmers ungehörig gewesen, sie aber dem Vater ins Gesicht zu sagen, zeugte von einem erschreckenden Mangel an der gebotenen Ehrfurcht.
»Ich hoffe und bete, dass dein Vater wieder ganz gesund wird. Der Rat unserer Stadt braucht ihn dringend, vor allem jetzt in diesen unsicheren Zeiten.« Das war eine verbale Ohrfeige für den jungen Willinger, denn laut Stadtrecht würde Otfried nach

dem Tod seines Vaters dessen Ratssitz einnehmen. Koloman Laux, Bürgermeister von Tremmlingen und der beste Freund des Kranken, hielt nicht viel von dessen Sohn und hoffte, diesen nicht so schnell im Hohen Rat der Stadt sitzen zu sehen.
Otfried bedachte Laux mit einem bösen Blick, senkte dann den Kopf und bemühte sich zu versichern, auch er wäre froh, wenn sein Vater die Krankheit überwinden und das Heft im Hause Willinger wieder in die Hand nehmen könne.
»Das wird auch geschehen!« Der Kranke blickte den Arzt auffordernd an. »Jetzt gib mir schon deinen Theriak. Wenn er den Herzog wieder auf die Beine gebracht hat, wird er auch mir helfen. Hol meinen Becher, Tilla!«
Während das Mädchen die Kammer verließ, gelang es Willinger, seinem Gesicht den Anschein eines Lächelns zu geben. »Unser Herr Jesus wird mich nicht zu sich rufen, bevor ich mein Gelübde erfüllt habe.«
»Das walte Gott! Mögen er und der heilige Kilian dir noch viele Jahre guten Wirkens schenken!« Laux' Stoßgebet verriet, dass sein Vertrauen in die Himmelsmächte ebenfalls größer war als in die Fähigkeiten des Arztes.
Otfried sah nicht so aus, als wolle er sich den frommen Wünschen des Bürgermeisters anschließen, doch er schluckte eine abwertende Bemerkung hinunter, denn in diesem Augenblick kehrte Tilla mit dem Lieblingsbecher ihres Vaters zurück und übergab ihn Lenz Gassner. Der Arzt maß etwas von dem Saft ab und reichte ihn dem Kranken. Willinger war jedoch so schwach, dass Tilla ihm das Gefäß an den Mund halten musste.
»Wenn die Medizin so wirksam ist, wie sie grässlich schmeckt, werdet ihr mich wohl kaum mehr lange im Bett halten können«, stöhnte er, während er sich von seiner Tochter die Kissen richten ließ.

Da sein Patient nun die Augen schloss, nahm der Arzt die Gelegenheit wahr, sich zu verabschieden. »Es warten noch andere Kranke auf meinen Besuch«, erklärte er bedeutungsschwer und verließ die Kammer. Otfried hielt es ebenfalls nicht mehr in der Krankenstube. Unter dem Vorwand, einige kürzlich eingetroffene Geschäftsbriefe lesen zu müssen, verschwand auch er und ließ seinen Vater mit Tilla und Laux allein zurück.

Willinger wirkte eine Weile so, als sei er eingeschlafen, doch als der Bürgermeister sich verabschieden wollte, riss er die Augen auf und befahl seiner Tochter barsch, ihm ein weiteres Kissen in den Rücken zu stecken. Laux hielt seinen Freund fest, damit Tilla der Bitte nachkommen konnte. Der Kaufmann erwies sich jedoch als zu kraftlos, um ohne Hilfe aufrecht sitzen zu können. Mit einem Laut, der weniger Schmerz als Enttäuschung verriet, ließ er sich in die Polster sinken, die Tilla hinter ihm aufgestapelt hatte.

»Es will nicht mehr!«, stöhnte er mit bebenden Lippen. »Wenn Gott kein Wunder tut, werde ich dieses Bett nicht mehr lebend verlassen. Aber wenn ich die Pilgerreise nicht vollenden kann, bin ich verloren!«

»Muss es denn wirklich das Grab des heiligen Jakobus sein?«

Tillas Frage erzürnte Willinger. Er packte ihr Handgelenk und hätte sie wohl durchgeschüttelt, wäre er bei Kräften gewesen.

»Ja! Ich habe eine schwere Schuld auf mich geladen, die nur in Santiago de Compostela getilgt werden kann. Als mein Vater gestorben ist, war es sein letzter Wille, dass ich dorthin pilgern und für seine Seele beten soll, denn er war ein harter Geschäftsmann und hat so manchen Konkurrenten mit rüden Methoden beiseite geschoben. Ich aber habe über seinen Wunsch gelacht und bin im Lande geblieben. Nicht einmal einen Ersatzpilger habe ich an meiner Stelle geschickt, wie es etliche andere tun! Stattdessen habe ich Vaters Wunsch als Hirngespinst abgetan

und ihn schließlich vergessen. Just einen Tag aber, bevor mich dieses Fieber niederwarf, habe ich von Vater geträumt und sah ihn im Fegefeuer leiden. Er hat mich verflucht, denn mit meiner Wallfahrt zum Apostel Jakobus hätte ich es ihm ersparen können, und er drohte mir das Höllenfeuer an, würde ich mich nicht ungesäumt auf den Weg machen.«
Willingers Stimme überschlug sich, und bei seinen letzten Worten begann er am ganzen Körper zu zittern. Die Angst um sein Seelenheil war weitaus größer, als seine Zuhörer ahnten, denn er hatte noch um einiges härter geschachert als sein Vater und war vor Lug und Trug nicht zurückgeschreckt. Trotzdem war es ihm gelungen, den Anschein eines ehrbaren Handelsmanns aufrecht zu halten. Hier in seiner Heimatstadt wusste niemand um die dunklen Stellen in seinem Leben, auch Koloman Laux nicht, der sich für seinen besten Freund hielt.
»Ich muss nach Santiago pilgern! Gott kann doch nicht so grausam sein, mir dies zu verwehren. Sonst wird mir vor dem Jüngsten Gericht keine Erlösung zuteil.« Der Kranke wimmerte vor Verzweiflung.
Tilla beugte sich über ihn und streichelte seine welken Hände. »Vater, beruhige dich doch! Es wird alles gut werden.«
Willinger sah sie mit trüben Augen an. »Du bist ein gutes Mädchen, Tilla, und verstehst meine Not. Ich vergehe vor Angst vor der ewigen Verdammnis. Nur der heilige Jakobus kann mich davor erretten. Du musst mir eines versprechen: Sollte der Tod mich ereilen, bevor ich diese Pilgerfahrt antreten kann, sorge bitte dafür, dass mir mein Herz aus dem Leib genommen und in der Nähe des Apostelgrabs beerdigt wird!«
»Du wirst gewiss wieder gesund werden und selbst nach Santiago wallfahren können, Vater.« Tillas Stimme schwankte und ihr strömten Tränen übers Gesicht.

Koloman Laux trat neben sie und legte seine Hand auf ihre Schulter. »Versprich es ihm! Du siehst doch, wie sehr sein Gewissen ihn quält. Schließlich verlangt dein Vater ja nichts Unbilliges! Sollte Gott ihm die Pilgerreise verwehren, kann dein Bruder sie antreten oder einen Vertreter schicken, der das Herz nach Santiago bringt und es dort begraben lässt.«
»Nein, kein Fremder! Es muss jemand von meinem Blut sein!« Willinger keuchte und riss die Augen so entsetzt auf, als wäre der Höllenwächter bereits dabei, das Tor zu Luzifers Reich für ihn zu öffnen.
Tilla befürchtete, er würde sich so sehr aufregen, dass es mit ihm zu Ende ging, und lächelte unter Tränen. »Du wirst nach Santiago gelangen, Vater! Gelingt es dir selbst nicht mehr, dann wird dein Herz dorthin gebracht. Sollte Otfried sich weigern, deinen Willen zu erfüllen, dann werde ich an seiner Stelle gehen. Das schwöre ich dir bei meiner eigenen Seligkeit und beim Blute unseres Herrn Jesus Christus!«
Ein tiefer Seufzer brach über Willingers Lippen und er wurde sichtlich ruhiger. »Du bist ein gutes Kind, Tilla! Dir vertraue ich, und du wirst nicht allein stehen, wenn es so weit ist. Mein Freund Koloman und ich sind uns einig, was deine Zukunft betrifft. Sein Damian ist ein stattlicher Mann und braucht bald eine Frau. Möge Gott es lenken, dass ich meinen Segen zu eurem Bunde geben kann, ehe ich diese Welt verlassen muss.«
Laux ergriff die Hand seines Freundes und drückte sie sanft. »Ich kümmere mich um Tilla, aber ich lasse sie nicht nach Santiago ziehen. Otfried wird gehen! Er kann und darf sich dieser Pflicht nicht entziehen. Dafür werde ich schon kraft meines Amtes sorgen. Es wäre jedoch besser, wenn du die Verpflichtung zur Wallfahrt in dein Testament aufnimmst. Weigert dein Sohn sich dann immer noch, deinen letzten Willen zu erfüllen, blei-

ben ihm die Türen des Ratssaals versperrt und kein ehrlicher Handelsmann in unserer Stadt und darüber hinaus wird noch ein Geschäft mit ihm abschließen.«

»Danke, mein Freund! Ich werde deinen Rat befolgen. Doch jetzt bin ich müde und will ein wenig schlafen. Wenn ich wieder wach bin, lasse ich den Stadtschreiber kommen, damit er als Notar meinen letzten Willen beurkundet.« Der Kranke nickte Laux lächelnd zu und bat Tilla, einige der Kissen aus seinem Rücken zu entfernen. Sichtlich besorgt half diese ihrem Vater, sich bequem zu betten, und wandte den Blick erst von ihm ab, als er mit einem entspannten Gesichtsausdruck eingeschlafen war.

»Es war gut, dass du geschworen hast, deines Vaters Willen zu erfüllen. Nun kann er unbesorgt ruhen.« Mit diesen Worten wollte Laux Tilla beruhigen, aber als sie ihn verschreckt ansah, bemerkte er, wie zweideutig sie geklungen hatten. Um ihr ein wenig die Ängste zu nehmen, strich er tröstend über ihre Wange. »Bei deiner guten Pflege wird er sich gewiss wieder erholen und noch viele Jahre unter uns weilen. Schau nur! Seit du die schwere Last von seiner Seele genommen hast, sieht er schon besser aus. Ich bin sicher, dass er auf deiner Hochzeit den Becher heben und mir zutrinken wird. Jetzt aber muss ich euch allein lassen.«

Laux wandte sich zur Tür, drehte sich auf der Schwelle noch einmal um und griff nach dem Medizinfläschchen mit der Tinktur, die der Arzt Theriak genannt hatte. Mit einem Stirnrunzeln zog er den Stöpsel, roch an dem Gebräu und schüttelte sich angewidert. »Bei Gott, wie das stinkt! Davon soll ein Mensch gesund werden? Da halte ich die Kräutertränke, mit denen unser Stallknecht die Pferde behandelt, für bessere Heilmittel. Josef sagt immer, was den Pferden hilft, nützt auch den Menschen,

und beinahe glaube ich, dass er Recht hat. Als ich mich letztens mit einer argen Kolik herumquälen musste, hat er mir einen Trunk gemischt – und du wirst es nicht glauben: die Winde gingen ab und meine Därme beruhigten sich wieder.«
Tilla blickte hoffnungsvoll zu Laux auf. »Glaubst du, Onkel Koloman, Euer Josef würde auch ein Mittel haben, das Vater helfen könnte?«
Der Bürgermeister schüttelte bedauernd den Kopf und wies auf den Kranken, von dessen Stirn der Schweiß nun in Strömen floss. »Dieses Fieber ist keine Kolik, mein Kind. Hier kann wirklich nur noch Gott helfen und vielleicht auch der heilige Jakobus. Wie es aussieht, sind sie gerade am Werk, denn mit dem Schweiß wird auch die Krankheit ausgeschwemmt. Sorge dafür, dass dein Vater genug zu trinken bekommt. Das Trinken ist das Wichtigste im Leben, sagt unser Josef, und damit meint er nicht nur das Bier, das er gerne die Kehle hinabrinnen lässt!«
»Ich werde darauf achten«, versprach Tilla, die etwas Hoffnung zu schöpfen begann. Während Laux das Zimmer und kurz darauf auch das Haus verließ, ohne Otfried noch einmal zu begegnen, wischte sie ihrem Vater den Schweiß von der Stirn und sagte sich, dass es gewiss kein Schaden war, wenn sie noch an diesem Tag in die drei großen Kirchen der Stadt ginge, um für die Gesundung ihres Vaters zu beten.

II.

Als Koloman Laux die Straße betrat, löste sich ein junger Mann von der Hausecke. »Geht es Willinger wieder besser, Vater?«
Laux schüttelte traurig den Kopf. »Leider nein! Ich fürchte, er

wird immer schwächer. Dabei wäre ich auf seine Hilfe und seine Stimme im Rat dringend angewiesen.«

Die Bemerkung entlockte dem Burschen ein eifriges Nicken. »Ganz bestimmt! Die Kreatur des Bayernherzogs ist wieder in der Stadt! Ich habe gesehen, wie er das Haus dieses Verräters Gürtler betreten hat.«

»Mäßige deine Stimme!«, fuhr Laux seinen jüngeren Sohn an. In seinen Augen war Sebastian viel zu unvorsichtig. Für ihn schien die heikle Situation der Stadt nur ein abenteuerliches Spiel zu sein. Dabei ging es um nichts weniger als die Freiheit von Tremmlingen, die Laux durch den Kaufherrn Veit Gürtler und dessen Freunde bedroht wusste.

»Ja, Vater!« Sebastian sah sich um und atmete auf, denn keiner der geschäftig vorbeieilenden Bürger war ihnen nahe genug gekommen, um seine Worte zu verstehen. »An deiner Stelle würde ich Gürtler aus dem Rat entfernen, am besten sogar aus der Stadt. Dann kann er uns nicht mehr gefährlich werden.«

»Wenn das in meiner Macht stünde, hätte ich es längst getan. Doch um einen der Hohen Räte seines Ranges entheben zu können, benötige ich das Votum von drei Viertel der Ratsmitglieder, und die sind schwerer unter einen Hut zu bekommen als ein Wespenschwarm. Etliche von ihnen werfen mir vor, ich wolle nur meine eigene Macht vergrößern, und bei diesen handelt es sich nicht einmal um Freunde von Gürtler.« Laux bedauerte längst, Sebastian ins Vertrauen gezogen zu haben. Im Gegensatz zu seinem älteren Sohn Damian war der Bursche noch zu unbedarft und sagte seine Meinung geradeheraus. Im Rat der Stadt zählten jedoch Diplomatie und geschickte Worte mehr als die ungeschminkte Wahrheit, vor der nicht wenige lieber die Augen verschlossen.

»Sei in Zukunft vorsichtiger und lungere vor allem nicht ständig vor Gürtlers Haus herum. Damit warnst du ihn nur und bringst ihn dazu, seine Absichten noch sorgfältiger zu verbergen.« Laux versetzte seinem Sohn einen leichten Stoß und gab ihm einen Wink, mit ihm zu kommen.

Sebastian hatte eigentlich nur auf seinen Vater gewartet, um ihm von der Ankunft des bayerischen Kammerherrn Georg von Kadelburg bei dessen ärgstem Widersacher im Rat zu berichten. Danach hatte er wieder seiner Wege gehen wollen, aber nun musste er ihm wie ein gescholtener Knabe nach Hause folgen. Dort würde er seinem Bruder in die Arme laufen, der keine Gelegenheit ausließ, an ihm herumzumäkeln. Damian war der Grund, der ihn veranlasste, sein Elternhaus tagsüber so oft wie möglich zu verlassen. Dabei war er sehr stolz auf das Anwesen seiner Familie. Es gehörte zu den prächtigsten in Tremmlingen und bestand aus einem an der Straße gelegenen Wohnhaus, einem Stall für Pferde und Ochsen, einer Remise mit verschiedenen Frachtwagen und Kutschen sowie zwei großen Gebäuden für die Waren, die sein Vater als Kaufherr umschlug. Es gab nur noch zwei Patrizierhäuser in der Stadt, die sich mit dem seines Vaters messen konnten. Das eine gehörte Eckhardt Willinger und das andere Veit Gürtler. Solange Willinger gesund gewesen war, hatten er und sein Vater Gürtler und dessen Anhang im Zaum halten können. Nun aber drohten sich die Machtverhältnisse im Rat zu verschieben, und Sebastian konnte seinem Vater ansehen, wie stark dieser das Ableben seines Freundes fürchtete.

Der Ratsherr blickte seinen Sohn fragend an. »Weißt du, wie Otfried Willinger zu Gürtler steht?«

Noch während Laux die Frage stellte, bereute er sie. Sebastian würde seine Worte höchstwahrscheinlich als Auftrag ansehen, beide zu überwachen, und sich dabei so dilettantisch anstellen, dass es auf ihn zurückfallen musste.

»Sie sitzen in der Krone am selben Tisch«, antwortete Sebastian nachdenklich.
Diese Auskunft war nicht besonders ergiebig, denn die Gastwirtschaft war Treffpunkt der Kaufherren und reicheren Gildemeister. Dort saßen Willinger und Gürtler nach altem Brauch an dem Tisch, der den Ratsherren vorbehalten war. Da der alte Willinger krank war, vertrat sein Sohn ihn dort. Laux suchte ebenfalls ein- oder zweimal die Woche das Gasthaus auf, um mit den anderen Kaufherren und Ratsmitgliedern im privaten Rahmen zu reden, aber er hatte Otfried dort noch nie angetroffen. Es war, als wolle ihm Willingers Sohn aus dem Weg gehen.
Er ging nicht auf die Bemerkung seines Sohnes ein, sondern ermahnte ihn noch einmal. »Lass dir nicht einfallen, Dummheiten zu machen! Damian wird dir, wenn wir nach Hause kommen, deine Aufgaben zuteilen, und diesmal wirst du sie zu seiner und meiner Zufriedenheit erledigen. Ab heute ist Schluss mit dem Herumlungern vor fremden Häusern! Sollen die Leute denken, der jüngere Sohn ihres Bürgermeisters sei ein Tunichtgut, der jeder Arbeit aus dem Weg geht?«
Sebastian ließ den Kopf hängen, denn sein Vater hatte nicht ganz Unrecht. In seinem Bestreben, ihn mit Informationen zu versorgen, hatte er schon einige Male übersehen, dass es auch andere Pflichten für ihn gab. Dennoch versuchte er, sein Handeln zu rechtfertigen. »Du musst dich nicht sorgen, Vater! Ich benehme mich wirklich ganz unauffällig. Die Leute merken nicht, dass ich die Ohren offen halte. Mir ist es vor ein paar Tagen sogar gelungen, Gürtler und Otfried Willinger zu belauschen, als diese sich in der Krone über Tilla unterhalten haben. Gürtler hat sich bei Otfried beklagt, weil er um das Mädchen hat freien wollen und vom alten Willinger abgewiesen worden ist.«

Laux blieb stehen und kniff die Augen zusammen, entspannte sich aber sofort wieder. »Tilla wird Damians Weib, das haben ihr Vater und ich beschlossen. Daher ist es eine doppelte Schande, wenn in der Wirtschaft über sie geredet wird.«

»Sie haben ihren Namen nicht fallen lassen, sondern sich hauptsächlich über die Mitgift unterhalten, die Willinger ihr zugeschrieben hat«, rückte Sebastian seine Aussage ein wenig zurecht.

Unterdessen hatten sie den Zugang ihres Anwesens erreicht. Das Tor war nur angelehnt und so traten sie ein, ohne auf den Knecht zu warten, der Wache halten und es öffnen sollte. Der hatte sich im hinteren Teil des Hofes aufgehalten und eilte nun herbei. »Verzeiht, Herr, aber ich musste beim Kran aushelfen. Es waren zu wenige Männer da, um die schweren Fässer hochziehen zu können«, rief er atemlos.

»Ist schon gut!« Laux klopfte dem Knecht im Vorbeigehen auf die Schulter und schritt über den Hof, ohne sich um den Fortgang der Arbeiten zu kümmern. Seit er als Bürgermeister amtierte, war dies die Aufgabe seines älteren Sohnes und Damian machte seine Sache gut.

»Nimm dir ein Beispiel an deinem Bruder!«, sagte er zu Sebastian und befahl ihm, die Männer zu überwachen, die eben begannen, die Fässer mit Salzheringen auf den ersten Boden zu hieven.

»Aber ich wollte …«, begann Sebastian. Das »nach Gürtler schauen« verbiss er sich, denn sein Vater war schon weitergeeilt und betrat gerade das Wohnhaus, welches im Gegensatz zum Stall und den Stapelhallen nicht aus Fachwerk bestand, sondern aus Sandsteinblöcken gemauert war.

Grummelnd blieb Sebastian zurück und gesellte sich zu den Knechten, die die Salzheringe und andere, nicht besonders wertvolle Handelsgüter in den beiden Warenscheuern verstauten. Edlere Waren wie Stoffe aus Flandern, Pelze und dergleichen wurden auf dem obersten Boden des Wohnhauses gestapelt, weil sie dort vor Dieben geschützt waren.

»Schafft endlich die Fässer vom Hof!« Sebastian gab sich keine Mühe, seinen Ärger vor den Knechten zu verbergen. Die meisten von ihnen hatten ihn aufwachsen sehen und gaben nichts auf seine schlechte Stimmung. Wie sie ihn kannten, würde er nach ein, zwei Witzen mit ihnen um die Wette lachen, denn er war kein Antreiber wie sein Bruder, der mit harschen Worten und Drohungen reagierte, wenn seine Untergebenen die Arbeit ein wenig gemütlich angehen ließen.

Kaum wurden wieder jene Bemerkungen und Anzüglichkeiten gewechselt, mit denen die Männer ihre Arbeit würzten, erschien Damian Laux in der Tür zum Wohnhaus und ließ allein durch sein Auftreten die Gespräche verstummen. Während Sebastian noch schlaksig wirkte, aber als ausnehmend hübsch galt, war Damian wuchtig gebaut und hatte ein kantiges, energisch wirkendes Gesicht mit hellen Augen, denen nichts zu entgehen schien. Er trug einen hüftlangen, grünen Überrock über einem hellen Hemd, das bis zu den Knien reichte und gemusterte Strümpfe freigab, die in bequemen Lederschuhen endeten. Auf seinem Kopf saß eine tannengrüne Kappe, unter der nur die Spitzen seiner dunkelblonden Haare hervorlugten.

Im Gegensatz zu ihm war Sebastian stutzerhaft gekleidet, und seine Farbwahl konnte man nur unglücklich nennen, denn er hatte zu einem dunkelroten Rock hellrote Strümpfe angezogen und einen kurzen Umhang übergeworfen, dessen grelle Farbe etwa zwischen den beiden anderen Rottönen lag. Damians Lippen kräuselten sich bei diesem Anblick, doch er beging nicht den Fehler, ihn wegzuschicken, damit er sich umkleiden solle.

»Es freut mich, dass du mal ans Arbeiten denkst! Die meiste Zeit bleibt nämlich alles an mir hängen«, sagte er und grüßte die Knechte mit einem leichten Kopfnicken.
»Ich muss noch einmal weg, um etwas für Vater zu erledigen«, antwortete Sebastian in der Hoffnung, der ihm aufgetragenen Arbeit entgehen zu können. Damit kam er bei seinem Bruder jedoch schlecht an.
Damian interessierte sich nur für das Handelshaus. Die politischen Angelegenheiten der Stadt gingen nach seinem Dafürhalten weder ihn noch Sebastian etwas an. Irgendwann einmal, wenn Koloman Laux in die Ewigkeit eingegangen war, würde er dessen Sitz im Hohen Rat der Stadt erben und selbst Bürgermeister werden, doch diese Zeit wünschte er in sehr weite Ferne. Er liebte es, Warenströme zu leiten und das Vermögen der Familie zu vermehren, und erwartete von Sebastian, dass dieser ihn mit aller Kraft unterstützte. Das sagte er ihm nun mit sehr deutlichen Worten.
Es war die zweite Standpauke, die Sebastian an diesem Tag über sich ergehen lassen musste, und sie war in seinen Augen ebenso unberechtigt wie die erste. Er wusste jedoch, dass es keinen Sinn hatte, sich zu beschweren. Daher senkte er den Kopf, um seine Miene zu verbergen. Die Leidtragenden der Situation waren die Knechte, denn kaum hatte sein Bruder den Hof verlassen, trieb Sebastian sie unbarmherzig an, um so schnell wie möglich fertig zu werden und weiteren Aufgaben zu entgehen. In dem Augenblick, in dem das letzte Fass auf den Boden gezogen worden war, trat er durch das Tor und eilte die Straße hinab, um nachzusehen, ob der Bayer noch bei Gürtler weilte. Dann wollte er sich in die Krone setzen und den Gesprächen der Ratsherren und einflussreicheren Bürger lauschen, in der Hoffnung, etwas Wichtiges aufschnappen zu können. Ihm war klar, dass Gürtler und

dessen Freunde ihre Verschwörung nicht im Wirtshaus ausposaunten, doch wenn Fortuna ihm gewogen war, gab sie ihm vielleicht einen Zipfel des Geheimnisses in die Hand.
Ihn beunruhigte, dass sein Vater Gürtlers Umtriebe auf die leichte Schulter nahm, denn er hatte sich gründlich mit den beiden Versuchen der Herzöge von Bayern beschäftigt, sich in den Besitz der freien Reichsstadt Tremmlingen zu setzen, und begriff, welche Gefahr heraufzog. Unter Kaiser Ludwig, dem Bayern, war es den Bayern für kurze Zeit gelungen, Tremmlingen zu beherrschen. Zum Glück hatte Kaiser Karl IV. die Reichsfreiheit der Stadt wiederhergestellt. Gürtlers häufiger Kontakt mit einem Vasallen des bayerischen Herzogs ließ Sebastian jedoch befürchten, dass Herzog Stephan wie seine Vorgänger plante, die Stadt seinem Machtbereich einzugliedern.

III.

Unbeleckt von politischen Verwicklungen, Gerüchten und Mutmaßungen hatte Tilla nacheinander die drei Hauptkirchen aufgesucht und ihre Gebete gesprochen. In der Apostelkirche, die neben anderen Jüngern des Herrn auch dem heiligen Jakobus geweiht war, hatte sie eine Kerze aus Bienenwachs gestiftet, allerdings nur eine kleine, denn sie besaß nicht viel Geld. Dafür aber brannte deren Flamme wunderschön und würde dem Heiligen sicher gefallen. Tilla nahm es als Zeichen, dass der Himmel ihr Flehen erhören würde. Immerhin zählte ihr Vater noch nicht zu den alten, zahnlosen Greisen, denn er hatte erst vor kurzem sein fünfundfünfzigstes Jahr vollendet und konnte gut und gerne noch ein Jahrzehnt oder sogar zwei erleben.

Zwei altersgebeugte Frauen, die eben in das Kirchenschiff traten und zu ihren Bänken schlurften, ließen Tilla hochschrecken. Sie bemerkte, dass sie in Gedanken versunken gewesen war anstatt zu beten, und schämte sich ein wenig. Nun hatte sie sehr viel Zeit in den Kirchen verbracht und das Wohlbefinden ihres Vaters darüber vergessen. Wahrscheinlich würde er schon ganz elend auf ihre Hilfe warten, dachte sie und machte sich Vorwürfe. Ilga würde ihn bestimmt nicht so gut versorgen, wie es nötig war, denn die junge Magd scheute vor dem Kranken zurück, und die alte Ria hatte nicht mehr die Kraft, ihren Herrn aufzurichten oder andere Handreichungen zu machen.
Von Gewissensbissen getrieben schoss Tilla hoch und schritt so schnell, wie es die Würde des Ortes zuließ, auf das Portal zu. Erst, als sie einen Torflügel halb aufgestoßen hatte, erinnerte sie sich daran, dass sie weder das Knie gebeugt noch in das Weihwasserbecken gegriffen hatte. Sofort trat sie einen Schritt zurück und holte das Versäumte nach. Noch während sie mit den nassen Fingern die Stirn berührte, hastete sie zur Tür hinaus und stieß mit einem Passanten zusammen, der es nicht weniger eilig hatte als sie.
Sein Griff bewahrte sie vor einem Sturz. »Danke!«, murmelte sie und wollte weiterlaufen.
Der Bursche hielt sie jedoch fest. »Tilla? Du hast wohl für deinen Vater gebetet.«
Jetzt erst erkannte sie ihr Gegenüber. »Sebastian! Bei Gott, was trägst du denn für ein Gewand?«
»Gefällt es dir? Das ist der letzte Schrei aus Italien! Die Skizze stammt von einem Geschäftsfreund meines Vaters. Ich habe sie Meister Nodler gezeigt, und er hat mir daraufhin diesen Prachtrock geschneidert.« Sebastian war der leicht schockierte Ton in Tillas Stimme entgangen, denn er ließ sie los und drehte

sich einmal um die eigene Achse, damit sie ihn von allen Seiten betrachten konnte.

»Hat dieser Geschäftsfreund auch die Farben vorgegeben?«, fragte Tilla.

»Nein, die habe ich mir selbst ausgesucht. Weißt du, Rot steht mir besonders gut!« Sebastian sah Tilla dabei so freudestrahlend an, dass sie eine spöttische Bemerkung hinunterschluckte. Rot kleidete ihn auch gewiss nicht schlecht, aber in Maßen. Rote Strümpfe und ein roter Umhang hätten noch angehen können, sich aber von Kopf bis Fuß in diese Farbe zu kleiden, tat den Augen jedes Betrachters weh. In Tillas Augen hätte ein schlichteres Gewand Sebastians gutes Aussehen besser unterstrichen. Einige ihrer Freundinnen bezeichneten ihn als besonders schmucken Burschen und mehr als eine von ihnen hoffte, der Bürgermeister würde eines nicht allzu fernen Tages als Brautwerber zu ihrem Vater kommen.

Auf Tilla wirkte er jedoch wie ein junger, tapsiger Hund, der noch Pfützchen macht und dafür schwanzwedelnd um Verzeihung bettelt. Sein Gesicht, das von brünetten Locken umrahmt war und mit seinen dunkelblauen Augen fast mädchenhaft weich wirkte, verriet zu viel von seinen Gedanken. Ein Mann sollte sich besser beherrschen können, fand sie und fragte sich, wieso zwei Söhne des gleichen Paares so verschieden sein konnten. Sebastians Bruder Damian sah nicht besonders gut aus, wirkte aber sehr männlich und war ein ausgezeichneter Kaufmann, dem Tillas Vater mehr als einmal höchstes Lob gezollt hatte. Sie empfand große Achtung vor dem ältesten Sohn des Bürgermeisters, und das war gut so, denn ihr Vater und Koloman Laux waren willens, sie mit Damian zu verheiraten. Wahrscheinlich wäre der Ehevertrag längst aufgesetzt worden, hätte die Krankheit ihres Vaters dies nicht verhindert. Die geplante

Verbindung war zumindest einer der Gründe, die Tilla dazu trieben, so innig für seine Genesung zu beten. Ihr Bruder kam mit Koloman Laux und dessen Söhnen nicht gut aus und favorisierte Veit Gürtler als Bewerber um ihre Hand.
Damian Laux war gewiss nicht der Mann, dem sie himmelhoch jauchzend ihr Jawort geben würde, aber er war ihr tausendmal lieber als Otfrieds Freund. Gürtler war fünfzehn Jahre älter als Sebastians Bruder, hatte ein barsches, hochfahrendes Wesen und sollte seiner ersten, vor einem Jahr verstorbenen Frau das Leben zur Hölle gemacht haben.
Sebastian stupste die in Gedanken verlorene Tilla an. »Du bist so in dich gekehrt! Steht es so schlecht um deinen Vater?«
»Es ging ihm heute schon um einiges besser als in den letzten Wochen«, versicherte Tilla ihm nicht ganz wahrheitsgemäß. »Doktor Gassner hat ihm den Theriaktrunk besorgt, den auch der Leibarzt des bayerischen Herzogs verwendet. Da muss mein Vater ja wieder gesund werden.«
»Wollen wir es hoffen! Seine Stimme wird dringend im Rat benötigt. Gürtler schwingt jetzt dort das große Wort, und der Mann ist …« Sebastian schluckte, denn beinahe hätte er Geheimnisse preisgegeben, die ein weibliches Wesen nichts angingen.
»Ach, das verstehst du nicht!«, sagte er mit einer wegwerfenden Handbewegung.
Es juckte Tilla in den Fingern, ihm seine Überheblichkeit mit einer kräftigen Maulschelle auszutreiben. Da sie sich damit aber in eine Reihe mit jenen keifenden Weibern gestellt hätte, die zum Pranger verurteilt wurden, wenn sie es besonders schlimm trieben, wandte sie sich grußlos ab und ging weiter. Dieser grüne Junge hatte ihr wertvolle Zeit gestohlen, die sie besser bei ihrem Vater verbracht hätte.
Sebastian stiefelte hinter ihr her, wobei er selbst nicht wusste,

warum er es tat, und betrachtete sie zuerst von hinten und dann von der Seite. Zuletzt überholte er sie, um in ihr Gesicht sehen zu können. Da sie die Frau seines Bruders und damit seine Schwägerin werden würde, hatte er seiner Meinung nach das Recht, sie näher in Augenschein zu nehmen. Er kam zu dem Schluss, dass Damian es hätte schlechter treffen können, auch wenn Tilla für seinen Geschmack zu groß war. Wenn sie sich gegenüberstanden, konnte er gerade noch über ihren Scheitel hinwegsehen, aber nur, wenn er etwas nach oben blickte. Auch war sie viel zu dünn für eine richtige Frau. Unter ihrem bodenlangen, braunen Kleid mit dem grauen Mieder zeichneten sich weder ihr Hintern noch ihr Busen so ab, wie es bei den anderen Mädchen ihres Alters der Fall war. Ihr Gesicht war schmal, die Nase etwas zu lang und die Lippen waren so blass, dass sie sich kaum von der Haut abhoben. Auch blickten ihre Augen viel zu kühl und zu durchdringend für eine Frau. Dazu hatte sie ihre hellblonden Haare zu straffen Zöpfen geflochten, die kaum etwas von ihrer Fülle verrieten. Sie passt zu Damian, sagte Sebastian sich schließlich, denn sie ist genauso langweilig wie er.

Tilla nahm wahr, wie abschätzig ihr Begleiter sie musterte, und presste die Lippen so fest aufeinander, dass sie wie ein Strich wirkten. Ihr war klar, dass sie nicht besonders attraktiv war, doch in ihren Kreisen war das ohne Bedeutung. Bei der Mitgift, die ihr Vater ihr zugeschrieben hatte, würden sich selbst dann geeignete Bewerber einstellen, wenn sie so hässlich wäre wie die Sünde. Ein Patrizier achtete bei seinem Eheweib auf andere Vorzüge als ein hübsches Gesicht und eine gute Figur. Ihre Magd Ilga konnte mit beidem aufwarten und würde doch froh sein müssen, wenn sie einen Mann fand, der bereit war, sie zu heiraten. Jeder Bewerber, der ein Häuschen in der Stadt besaß

und sich Bürger nennen konnte, durfte auf Ilgas Hand hoffen, selbst wenn er bucklig war und ein schiefes Gesicht hatte.
Während die jungen Leute sich mit Blicken maßen, als hätten sie es mit Ferkeln auf dem Markt zu tun, wanderten sie stumm nebeneinander her. Das Dach des Willinger-Anwesens kam schon in Sicht, als ein Mann aus dem Tor eines großen Hauses trat und auf sie aufmerksam wurde. Bei Tillas Anblick krauste er die Stirn, trat ihr in den Weg und streckte ihr den Arm entgegen.
»Gott zum Gruße, Jungfer Ottilie! Es geziemt sich nicht, ohne eine Magd, welche den Anstand wahrt, mit einem jungen Burschen durch die Stadt zu schlendern. Erlaube, dass ich dich nach Hause begleite.« Ohne ihre Antwort abzuwarten, drängte er Sebastian zur Seite und ergriff ihre Hand.
Der junge Laux bleckte die Zähne und zischte einen leisen Fluch, stellte aber mit einem gewissen Gefühl der Zufriedenheit fest, dass Tilla auch nicht glücklich über ihren neuen Begleiter war. Es handelte sich um einen hageren, relativ hochgewachsenen Mann mit scharf geschnittenen Gesichtszügen, der in einen wadenlangen braunen Rock aus gutem Tuch gekleidet war und darüber einen kuttenartigen grünen Mantel mit Hängeärmeln trug. Die Kleidung wirkte eher unscheinbar, doch der goldene Siegelring an seiner rechten Hand hatte gewiss mehr gekostet, als ein normaler Handwerker im Jahr verdiente. Veit Gürtler konnte es sich leisten, einen solchen Ring zu tragen, denn neben Willinger und Laux galt er als einer der reichsten Männer in der Stadt, und seine Bedeutung war in letzter Zeit noch gewachsen.
Während der Ratsherr Sebastian in beleidigender Weise missachtete, ließ er Tilla nicht mehr los, sondern führte sie geschickt um einige besonders kotige Stellen herum, während Sebastian,

der ihnen immer noch folgte, voll in den Dreck trat und einen entgegenkommenden Passanten bespritzte.
»Kannst du nicht aufpassen, du Lümmel!«, fuhr dieser ihn an.
»Die heutige Jugend ist auch nicht mehr so gut erzogen wie wir zu unserer Zeit!«, rief Gürtler dem Bürger zu und vergaß dabei ganz, dass er in Sebastians Alter als einer der größten Rüpel der Stadt gegolten hatte. Der Mann, der eben geschimpft hatte, war in dieser Hinsicht ebenfalls kein unbeschriebenes Blatt. Das war Sebastian nicht bekannt, und daher entschuldigte er sich wortreich für den Schmutzfleck, zu dem er dem anderen verholfen hatte.
»Tragt ihm etwas auf, das er für Euch erfüllen kann, Meister Kaifel, und vergebt ihm dann.« Gürtler ergriff die günstige Gelegenheit, Sebastian loszuwerden und ihm gleichzeitig noch eins auszuwischen. Ein anderer Bursche hätte sich wohl mit einem Fluch entfernt, doch Sebastian wusste, dass Kaifel zu den Handwerkern zählte, die über einen gewissen Einfluss in der Stadt verfügten, auch wenn sie nicht dem Hohen Rat angehörten. Aus diesem Grund durfte er ihn nicht verärgern.
Kaifel nickte Gürtler freundlich zu und wandte sich dann mit strenger Miene an Sebastian. »Es gibt etwas, das du für mich tun kannst. Ich habe meinem Weib versprochen, vor der Abendmesse zu Hause zu sein, doch ich bin zum Ratsherrn Schrimpp gerufen worden, der eine Bestellung aufgeben will. Das wird wohl länger dauern. Wenn du so freundlich sein könntest, zu meinem Haus zu laufen und dies auszurichten, wäre ich dir sehr verbunden.«
Es war ein Auftrag, den jeder Gassenjunge hätte ausführen können, aber einem solchen hätte Kaifel eine Münze zustecken oder ihn mit der Aussicht auf ein großes Stück Kuchen ködern müssen. Sebastian schwoll der Kamm, doch der Gedanke, Kaifel zu verärgern und Gürtler in die Arme zu treiben, brachte ihn dazu,

den Mund zu halten. Schrimpp war einer der Ratsherren, die noch nicht genau wussten, ob sie weiterhin seinen Vater unterstützen oder sich auf die Seite seiner Gegner stellen sollten, und daher durfte in dessen Haus nicht schlecht über ihn geredet werden.

»Welche Zeit soll ich Eurer Frau für Eure Heimkehr nennen?«, fragte er Kaifel höflich.

Dieser hatte gerade überlegt, nach seinem Besuch bei Schrimpp noch einen Abstecher in die Krone zu machen, und hob bedauernd die Hände. »Das kann ich dir leider nicht sagen. Es gibt zwischen dem Ratsherrn und mir viel zu besprechen, denn es soll ein großer Auftrag werden.« Er lächelte Sebastian wohlwollend zu, verbeugte sich devot vor Gürtler und zog fröhlich pfeifend ab.

»Du solltest nicht säumen, Meister Kaifels Auftrag auszuführen!« Gürtler ließ keinen Zweifel daran, dass er Sebastians Anwesenheit für überflüssig hielt. Ohne sich weiter um den Burschen zu kümmern, zog er Tilla mit sich.

Sebastian starrte den beiden nach und ballte die Fäuste. »Elender Lumpenhund!« Nur mit Mühe unterdrückte er den Wunsch, Gürtler zu folgen und ihm zu sagen, dass er Tilla gefälligst in Ruhe zu lassen habe. Sein Bruder hätte es sicher getan, doch er biss die Zähne zusammen und stapfte in die entgegengesetzte Richtung, um den erzwungenen Auftrag auszuführen.

IV.

Tilla passte die besitzergreifende Haltung nicht, mit der Veit Gürtler sie durch die Gassen führte. Es schien so, als wolle er aller Welt zeigen, dass er das erste Anrecht auf sie besaß, denn er wählte nicht den kürzesten Weg, sondern führte sie an den Häusern etlicher achtbarer Bürger vorbei. Schließlich wurde es ihr zu viel und sie versuchte, seine Hand abzustreifen. In dem Augenblick schlossen sich seine Finger wie eine eiserne Klammer um ihr Handgelenk.

»Lasst mich los! Ich muss nach Hause zu meinem Vater und kann nicht zu Eurem Vergnügen mit Euch herumflanieren.«

Auf Gürtlers Gesicht malte sich ein überlegenes Lächeln ab. »Verzeih mir, meine Liebe, aber der kürzeste Weg führt durch die schmutzigen Gassen, und durch die wirst du gewiss nicht gehen wollen. Dort stinkt es zum Himmel, weil die Leute ihren Unrat einfach aus dem Haus werfen, aber nicht den Schinder rufen, der den Dreck aufs freie Feld hinausfährt.«

Der Mann hatte Recht, jener Teil der Stadt wurde nicht umsonst das schlimme Viertel genannt. Dort lebten arme Leute, die auf Tagelohn gingen und von denen auch einige lange Finger machten, und sie hielten ihre Gassen wirklich nicht besonders sauber. Tilla kannte jedoch Abkürzungen, mit deren Hilfe sie den größten Schmutz umgehen konnte, und hätte längst zu Hause sein können. Nun aber raubte Gürtler ihr ebenfalls einen Teil der Zeit, die sie ihrem Vater hätte widmen sollen. Daher war sie auch um seinetwillen froh, als die Front des väterlichen Anwesens endlich vor ihnen auftauchte.

Gürtler trat hinter ihr in das Haus, ohne sie loszulassen, und als er den fragenden Ausdruck in ihrem Gesicht sah, blickte er hochmütig auf sie herab. »Ich habe mit deinem Bruder zu reden. Dein Vater dürfte zu krank sein, um mich anhören zu können, doch die Geschäfte müssen weitergehen.«

Tilla hatte noch nie gehört, dass ihr Vater mit Gürtler Handel trieb, doch da die meisten Kaufherren der Stadt zumindest von Zeit zu Zeit Geschäfte untereinander abschlossen, wunderte sie sich nicht allzu sehr. Zu ihrer Erleichterung gab ihr Begleiter sie am Fuß der Treppe frei. Sie schüttelte sich leicht und wies auf die Tür, hinter der das Kontor ihres Vaters lag. »Ihr werdet Otfried wohl dort drinnen finden, Herr Gürtler.« Dann rannte sie die Treppe hinauf, damit der Mann nicht noch einmal nach ihr greifen konnte.

Gürtler gönnte ihr keinen weiteren Blick, sondern schritt den Korridor entlang, bis er auf eine Eichentür traf, hinter der er das Zentrum der Willinger'schen Geschäfte wusste. Er drückte die Klinke hinunter und fand die Tür unverschlossen. Als er eintrat, streifte sein Blick einen wuchtigen Tisch, auf dem allerlei Papiere lagen, einen großen Stuhl mit einem ledernen Kissen, der für den Herrn des Hauses bestimmt war, und eine kleinere, ungepolsterte Sitzgelegenheit für dessen Gäste. Seine wichtigsten Geschäftspartner empfing Willinger jedoch nicht hier, sondern in seinen Privaträumen. Wer ins Kontor geführt wurde, hielt zumeist wie ein Bittsteller den Hut in der Hand.

Als Bittsteller fühlte Gürtler sich jedoch nicht. Er schloss die Tür hinter sich, ging zum Tisch und überflog ungeniert die Papiere, die dort ausgebreitet lagen. Dabei machte er sich im Geist Notizen, die ihm zum Vorteil gereichen konnten. Noch während er überlegte, ob er warten sollte, bis Otfried Willinger erschien, oder einen Knecht suchen sollte, der ihm Auskunft über dessen Verbleib geben konnte, vernahm er ein heftiges Keuchen. Es kam aus einem Nebenraum, den man nur durch dieses Zimmer betreten konnte. Neugierig schritt er zur Tür, bückte sich und blickte durchs Schlüsselloch. Als Erstes nahm er Willingers große Geldtruhe wahr, die die halbe Kammer ausfüllte und mehrere tausend Gulden enthalten mochte, und als er sich tiefer bückte, sah er, dass die junge Hausmagd der Willingers, eine

Frau namens Ilga, auf dem mit Eisenbändern umschlossenen Kasten lag. Sie hatte ihre Röcke bis zur Taille gerafft und ließ sich von Otfried heftig beackern. Das Stöhnen kam von beiden und verriet dem heimlichen Zuschauer, dass die Magd dem jungen Mann nicht nur aus Gehorsam zu Willen war, sondern die Lust mit ihm teilte.

Um Gürtlers Lippen spielte ein verständnisvolles Lächeln. Ein Mann brauchte von Zeit zu Zeit einen weichen, nachgiebigen Frauenleib, bei dem er sich beweisen konnte. Als Sohn eines Ratsherrn war es Otfried nicht möglich, sich allzu oft der Huren im städtischen Bordell zu bedienen, denn die Pfaffen würden ihm Unkeuschheit und ähnlichen Unsinn vorwerfen, obwohl sie ebenfalls keine Kostverächter waren. Außerdem bezweifelte Gürtler, dass es eine der Huren mit Ilga aufnehmen konnte.

Er setzte sich entspannt auf den bequemen Stuhl des Hausherrn und studierte weiter die vor ihm liegenden Papiere. Kurz darauf hörte er Laute, die einem unbeteiligten Zuhörer Angst um den Betreffenden hätten einflößen können, und danach war es eine Zeit lang still. Mit einem Mal öffnete sich die Tür und Ilga schlüpfte heraus. Bei Gürtlers Anblick erschrak sie und griff sich ans Herz.

»Wartet Ihr schon lange hier?«, fragte sie ohne die devote Höflichkeit, die einem dienstbaren Geschöpf wie ihr anstand.

»Lange genug!« Gürtler grinste und zwinkerte anzüglich, um ihr zu zeigen, dass sie ihm die eine oder andere Münze wert wäre. In den Kreisen, in denen Ilga einen Ehemann finden konnte, achtete man nicht auf das unverletzte Hymen einer Frau, solange ihr Lebenswandel nicht zum Stadtgespräch geworden war und sie auf einen Beutel voller Geld klopfen konnte. Ein großzügiger Kaufherr durfte bei den meisten Mägden in

der Stadt auf Entgegenkommen hoffen, doch Ilga warf den Kopf hoch und verließ wortlos das Zimmer.
Der Kaufherr grinste in sich hinein. Wie es aussah, hoffte die Kleine, sich Otfried Willinger angeln zu können. Sie würde jedoch hart auf dem Boden der Tatsachen landen und eine wohlfeile Ware für viele werden. Vorerst aber interessierten ihn andere Dinge als diese Frau. Er wartete nicht, bis Otfried aus der Geldkammer kam, sondern räusperte sich hörbar.
Der junge Willinger schoss mit dem Ausdruck höchster Angst aus der Kammer, entspannte sich aber, als er weder seinen Vater noch den für das Haus Willinger zuständigen Pfarrherrn vorfand, sondern seinen Freund Veit Gürtler.
»Bei Gott, jetzt hättest du mich beinahe erschreckt!«, stieß er anstelle einer Begrüßung heraus.
»Beinahe?«, spottete Gürtler. »Du hast ausgesehen wie ein Hilfspfarrer, den der Pfarrherr auf seiner eigenen Bettmagd erwischt hat. Bei allen Heiligen, es wird wirklich Zeit, dass du das Heft in die Hand nimmst! Ist dies hier erst einmal dein Haus, kannst du darin tun und lassen, was du willst.« Gürtler machte eine weit ausgreifende Handbewegung, die nicht ganz ohne Absicht bei der Tür der Geldkammer endete.
»Wird wohl nicht mehr lange dauern, so wie mein Vater aussieht.« Es war nicht zu überhören, dass sich in Otfrieds Augen das Siechtum seines Vaters schon viel zu lange hinzog, und er machte seiner Ungeduld Luft, indem er mit der flachen Hand auf den Tisch schlug. Ein paar Papiere stoben auf und fielen zur Erde.
Gürtler bückte sich, sammelte sie auf und reichte sie seinem Freund. »Auf diese Blätter solltest du etwas besser achten. Jedes von ihnen ist gut und gerne seine tausend Gulden wert.«
»Du hast also herumgestöbert.« Es lag kein Vorwurf in Otfrieds Worten.

»Solche Papiere sollte man nicht herumliegen lassen!«, riet Gürtler ihm.
»Im Allgemeinen gehe ich sorgfältiger mit den Unterlagen um, aber diese Briefe sind heute erst gekommen und ich muss sie umgehend beantworten«, versuchte Otfried sich herauszureden.
Sein Freund nickte lächelnd und wies auf eines der Blätter. »Bei diesem hier würde ich auf Vorauskasse bestehen. Semmelmaier in Augsburg ist ein sehr schlechter Zahler. Wenn du auf sein Angebot eingehst, wirst du deinem Geld lange nachlaufen und hinterher froh sein müssen, wenn er wenigstens einen Teil seiner Schuld begleicht. Dein Vater würde dem Mann keine Ware ohne ausreichende Sicherheit liefern!«
Gürtler bemerkte zufrieden, wie Otfrieds Gesicht sich verzog und rot anlief. »Von all diesen wichtigen Dingen hat der Alte mich bisher ferngehalten! Woher soll ich wissen, wie ich mit unseren Handelspartnern umgehen muss?«
Die Miene des Gastes, die schon manches Gegenüber getäuscht hatte, zeigte Verständnis und reinstes Wohlwollen. »In mir hast du einen Freund, dem du vertrauen kannst, und als dein Schwager werde ich dir tatkräftig zur Seite stehen.«
»Wäre es doch schon so weit! Mein Vater sträubt sich mit aller Macht gegen Tillas Heirat mit dir. Stattdessen soll sie diesen Erzlangweiler Damian Laux nehmen.«
»Das solltest du zu verhindern wissen.« In Gürtlers Worten lag eine deutliche Warnung.
»Wenn mein Vater wieder auf die Beine kommt, wird mir dies wohl kaum möglich sein.« Otfried hieb erneut auf den Tisch, fing die davonstiebenden Blätter jedoch selbst auf. »Das ist noch nicht alles! Er will ein neues Testament aufsetzen, in dem er der Kirche eine große Summe vermacht, damit Messen für ihn gelesen werden, und er will sogar eine Kapelle zu Ehren des heiligen

Jakobus bauen lassen! Tillas Erbteil soll sich verdoppeln und er will ihre Ehe mit dem älteren Laux-Sohn festschreiben.«

Zumindest das Letztere auszuplaudern war in Gürtlers Augen reine Dummheit, und er musste ein Lachen unterdrücken. Kurz überriss er die Probleme, die auf ihn und Otfried zukommen würden, wenn der alte Willinger seine Pläne in die Tat umsetzen konnte. Wenn Tilla tatsächlich Damian Laux heiratete, würde sehr viel Geld in andere Kassen fließen und ein Teil davon seine und Otfrieds Gegner stärken.

»Die Pfaffen sind reich genug! Die brauchen das Geld deines Vaters nicht, denn es gibt genügend andere Narren, die ihnen wahre Schätze vor die Füße kippen. Mir aber reicht die Mitgift, die Ottilie bislang zugeschrieben worden ist. Wenn du ein einflussreicher Handelsmann bleiben willst, solltest du dich zu meinen Gunsten verwenden.«

Otfried zuckte hilflos mit den Schultern. »Ich tue, was ich kann, aber Vater hört einfach nicht auf mich. Als ich ihm gestern deinen Antrag noch einmal schmackhaft machen wollte, hat er mich einen blutigen Narren genannt und dich einen verdammten Hundsfott! Geschimpft hat er, dass es beinahe die Nachbarn gehört haben, und nachdem er sich ausgetobt hatte, war er so schwach, dass ich dachte, jetzt geht es mit ihm zu Ende. Er hat die ganze Nacht unter heftigem Fieber gelitten, das auch heute noch nicht viel geringer geworden ist. Doch sobald er wieder klaren Sinnes ist, wird er sich an unseren Streit erinnern und seinen Ärger an mir auslassen. Seine Bemerkungen von heute Morgen deuten schon darauf hin. Am liebsten hätte er ja gleich den Ratsschreiber holen lassen, doch der Arzt hat es ihm verboten, weil es seinem Zustand abträglich sei. Der Quacksalber hat aber nicht verhindert, dass der alte Laux ans Krankenbett meines Vaters gekommen ist. Für den Besuch war der Alte in seinen Augen wohl gesund genug. Zum Glück kommen die anderen Ratsmitglieder nicht in unser Haus, weil sie Angst haben, das Fieber könnte auch sie angreifen.«

Gürtler hörte Otfried lächelnd zu und lenkte das Gespräch so geschickt, dass er alles erfuhr, was dieser von seinem Vater und dessen bestem Freund erlauscht hatte.

»Eine Pilgerschaft nach Santiago de Compostela? Das ist wahrlich nicht der nächste Weg. Aber ich weiß schon, warum Laux deinem Vater das eingeredet hat. Er will dich loswerden, damit du den dir zustehenden Platz im Großen Rat vorerst nicht einnehmen kannst. Du weißt ja, wie wichtig jede Stimme für uns ist. Zwar steigt die Zahl meiner Freunde, doch wir sind immer noch in der Minderheit. Wenn aber der Herr des Hauses Willinger auf unsere Seite umschwenkt, wird dies einige noch unentschlossene Räte dazu bringen, sich uns anzuschließen. Hätten wir nur an einem einzigen Tag die Mehrheit, könnten wir den Rest überstimmen und all unsere Pläne Wirklichkeit werden lassen.«

Otfried nickte zunächst, fasste den Älteren aber dann mit einer verzweifelten Geste an der Schulter. »Wäre es nicht an der Zeit, mich vollständig einzuweihen, mein Freund? Ich muss doch wissen, weshalb ich dir helfen soll. Ohne Aussicht auf Lohn nimmt nicht einmal ein Tagelöhner sein Werkzeug zur Hand.«

Gürtler sah ihn so durchdringend an, als wolle er hinter Otfrieds Stirn lesen. »Da dir anscheinend unsere Freundschaft nicht genügt, werde ich es tun.«

»Du hast selbst einmal gesagt, dass Geschäft und Freundschaft nichts miteinander zu tun haben und einander sogar schaden können.« Otfried genoss es, einmal Sieger in dem Wortgefecht mit dem erfahrenen Kaufmann geblieben zu sein, ohne zu ahnen, dass Gürtler ihn genau da hatte, wo er ihn haben wollte.

»Du wirst alles erfahren. Aber dazu musst du den Bund, den wir anderen geschlossen haben, genau wie sie mit einem Eid besiegeln und den Pakt unterschreiben.«
»Dazu bin ich bereit.« Otfried blickte Gürtler an wie ein Hund, der eben ein Lob erhalten hat. Gleichzeitig überschlugen sich seine Gedanken. Da der sonst für seine Härte bekannte Kaufherr sich bereit erklärt hatte, sich mit Tillas bislang festgesetzter Mitgift zu begnügen, musste er eine Ehe mit dem älteren Laux-Sohn mit allen Mitteln hintertreiben. Dazu aber war es notwendig, dass er – wie sein Freund es angedeutet hatte – das Regiment im Haus ergriff. Das wäre auch besser fürs Geschäft, denn sein Vater war nur noch ein dahinfaulender Kadaver, dem das Fieber krause Gedanken eingab. Als Erstes würde er dafür sorgen, dass weder Laux noch ein anderer Ratsherr außer seinem Freund Gürtler das Krankenzimmer betrat, und er musste auch verhindern, dass sein Vater Gelegenheit fand, sein Testament zu ändern. Dies erklärte er Gürtler wortreich und nahm dessen lobende Zustimmung begierig auf.

V.

Otfried gab Veit Gürtler das Geleit bis zum Hoftor und kehrte dann in Gedanken versunken ins Haus zurück. Tilla hörte ihn kommen und eilte die Treppe herab. Ihre Augen leuchteten und ihr Gesicht drückte Hoffnung aus. »Vater scheint es besser zu gehen. Meine Gebete haben also doch gefruchtet!«
Ihr Bruder unterdrückte einen Fluch. Das war genau die Nachricht, die er nicht hatte hören wollen. Mit Mühe rang er sich ein »Das ist aber schön!« ab und fragte sie, was es zum Abendessen gäbe.

Für so gefühlskalt hätte Tilla ihren Bruder nun doch nicht gehalten. »Freust du dich nicht darüber? Du hörst dich an, als sei Vater dir auf einmal gleichgültig!«

»Natürlich nicht!«, fuhr Otfried auf. »Aber ich habe viele andere Dinge zu bedenken! Ich muss unser Handelshaus leiten, und darauf hat Vater mich wahrlich nicht vorbereitet! Deswegen sehe ich mich gezwungen, andere Leute um Rat zu fragen. Glaubst du, das gefällt mir?«

»Du meinst Gürtler? Gib nur Acht, dass er dich nicht übervorteilt. Ich mag den Mann nicht, denn er hat etwas Heimtückisches an sich.«

Im düsteren Flur konnte sie das spöttische Lächeln nicht sehen, welches um Otfrieds Lippen spielte. War er erst einmal der Regierer der Familie, hatte seine Schwester genau das zu tun, was er ihr befahl, und den Ehevertrag mit Veit Gürtler würde er noch an jenem Tag schließen, an dem sein Vater unter die Erde gebracht worden war. Obwohl er nicht vorhatte, etwas auf Tillas Meinung zu geben, verteidigte er seinen Standpunkt. »Ich weiß nicht, was du gegen Gürtler hast. Er ist ein angenehmer Mensch und – wie ich ehrlich zugeben muss – der einzige Kaufherr, der mir derzeit beisteht. Von Laux oder dessen Sohn kann ich das nicht behaupten.«

»Hast du sie denn um Hilfe gebeten?« Tilla bemerkte sein leichtes Zusammenzucken und wusste, dass sie ins Schwarze getroffen hatte. Aber sie konnte der Sache jetzt nicht nachgehen, denn sie durfte ihn nicht hier unten festhalten. »Vater will dich sprechen. Du sollst sofort zu ihm hinaufkommen!«

»Ich bin schon unterwegs!« Otfried wandte seiner Schwester den Rücken zu und stieg nach oben. Zu seiner Erleichterung folgte sie ihm nicht, sondern eilte in Richtung Küche. Während er sich der Kammer seines Vaters näherte, fragte er sich, mit welchen Vorwürfen und aberwitzigen Ideen er sich jetzt wieder überhäufen lassen musste. Als er das Zimmer betrat, erschrak er, denn seinem Vater schien es erheblich besser zu gehen. Eckhardt Willinger saß mit mehreren Kissen im Rücken halb aufgerichtet in seinem Bett und blickte seinen Sohn das erste Mal seit langem mit klaren Augen an. »Hast du den Ratsschreiber benachrichtigt, dass ich mein Testament ändern will?«

Otfried hatte damit gerechnet, dass sein Vater so schwach und verwirrt sei wie in den Wochen zuvor. Doch offensichtlich war das Fieber gewichen und der Alte hatte nichts von dem vergessen, was in den letzten zwei Tagen im Krankenzimmer besprochen worden war. Unwillkürlich zog der junge Willinger den Kopf ein und wagte es nicht, den Kranken anzusehen. »Nein, Vater! Du warst die Nacht über schlecht dran und hast den halben Tag vor Schwäche geschlafen. Aber wenn du meinst, dass du dich nun kräftig genug fühlst, mache ich mich auf den Weg.«

»Weshalb sträubst du dich so? Liegt dir so viel an den paar Gulden, die ich für mein Seelenheil opfern will?« Das Gesicht des alten Willinger färbte sich dunkel vor Zorn.

Otfried presste die Zähne zusammen, um sich kein böses Wort entschlüpfen zu lassen. Wenn es sich nur um ein paar Gulden gehandelt hätte, würde er den Verlust leicht verschmerzen können, doch die Pläne seines Vaters ließen sich nicht mit einer Hand voll Münzen verwirklichen. Dazu kam Tillas Mitgift, die er nicht aus den Augen lassen durfte. Ihr war bereits jetzt mehr zugeschrieben worden, als andere Mädchen aus wohlhabenden Häusern erhielten, und es war in seinen Augen überflüssig, diese Summe noch zu verdoppeln.

Der alte Willinger las seinem Sohn die Gedanken von der Stirn ab und krauste verächtlich die Nase. Otfried war schon als Kind gierig und neidisch gewesen, und daran hatte sich im Lauf der Jahre nichts geändert. Oft hatte er als kleiner Junge seiner Schwester ein Stück Kuchen oder eine andere Leckerei weggenommen, obwohl er bereits mehr erhalten hatte als sie. Damals hatte Willinger über ihn gelacht und sich gesagt, sein Sohn würde einmal ein guter Kaufherr werden, der seinen Vorteil zu wahren vermochte. Um sein Vermögen zu erhalten und zu mehren, musste man hart und zugreifend sein. In der Abenddämmerung seines Lebens angekommen begriff der Kaufherr jedoch, dass er falschen Idealen gefolgt war und diese seinem Sohn als Leitstern mitgegeben hatte. Otfrieds Charakter vermochte er nicht mehr zu ändern, doch er konnte noch viel für sein eigenes Seelenheil und damit auch für das seines Sohnes tun.

»Besorge Papier und Feder und schreibe auf, was ich dir diktiere. Danach holst du den Ratsschreiber, meinen Freund Laux und den Kaufherrn Schrimpp, damit sie mein Testament als Zeugen unterschreiben.« Willingers Stimme klang beinahe so fest und bestimmend wie in seinen besten Zeiten, und Otfried war es gewohnt, seinen Befehlen zu gehorchen. Daher verließ er die Kammer und kehrte so rasch mit dem Verlangten zurück, als fürchte er noch immer die Haselrute.

Sein Vater wies auf das kleine Schreibpult, das er sich in die Ecke hatte stellen lassen, um nachts sein Schlafzimmer nicht verlassen zu müssen, wenn er etwas notieren wollte. »Stell dich hin und fang an!« Dann diktierte er seinem Sohn sein neues Testament.

Mit knirschenden Zähnen schrieb Otfried die Summe auf, die sein Vater der Kirchengemeinde spenden wollte. Als dann noch der Absatz kam, der ihn dazu verdammte, die weite Pilgerfahrt nach Santiago zu unternehmen, um das Herz seines Vaters dorthin zu bringen, falls es diesem nicht gelingen sollte, noch zu Lebzeiten die heilige Stätte zu erreichen, hätte er dem Alten am liebsten Feder und Tintenfass an den Kopf geworfen. Statt offen aufzubegehren schrieb er jedoch alles fein säuberlich nieder, auch die Summe, die seine Schwester erhalten sollte, die Deputate für das Gesinde und einige Geschenke für Freunde und Geschäftspartner. Kaum war er damit fertig, streckte sein Vater den Arm aus und forderte ihm das beschriebene Papier ab.

»So, nun kannst du den Notar und die Zeugen holen. Ich lese inzwischen alles durch, und wenn es noch etwas zu ändern gibt, wirst du es nachtragen, sobald du wieder hier bist. Ach ja, schick Tilla zu mir, bevor du gehst. Ich glaube, ich habe Hunger. Sie soll mir eine Hühnerbrühe bringen und etwas Rotwein.«

»Ja, Vater!« Otfried verneigte sich kurz und verließ das Zimmer in einem Zustand, in dem er nicht mehr wusste, ob er Männlein oder Weiblein war.

Er traf seine Schwester am Fuß der Treppe. Sie hatte ein Schultertuch übergeworfen und hielt einen geschlossenen Korb in der Rechten. »Wo willst du denn noch hin?«

»Zu unserer alten Kinderfrau! Es ist doch Samstag und da bringe ich ihr jedes Mal eine Kleinigkeit, damit sie am Tag des Herrn etwas Besseres zu essen bekommt als unter der Woche. Ich weiß, ich bin schon spät dran, aber ich bin durch die Gebete in der Kirche und vor allem durch Gürtler aufgehalten worden.« Tilla nickte ihrem Bruder flüchtig zu und ging so rasch zur Tür, als wolle sie vor ihm davonlaufen.

Otfried hatte ihr sagen wollen, dass der Vater nach ihr verlangt hatte, aber dann dachte er sich, dass es von Vorteil war, wenn sie ihm in den nächsten Stunden nicht in den Weg geraten konnte. Daher blickte er ihr nur stumm nach, bis sie das Haus verlassen hatte, und eilte dann in die Küche, in der Ilga und die alte Ria das Abendessen zubereiteten.

»Vater will etwas Hühnersuppe und Wein haben. Trag du es ihm hoch, Ilga.« Er besann sich jedoch und hob die Hand. »Halt, nein! Für dich habe ich einen anderen Auftrag. Ria soll ihm das Essen bringen!«

Die Alte schniefte ärgerlich. »Du weißt doch, dass ich kaum mehr die Treppe hochkomme. Wie soll ich da Wein und Brühe hinauftragen?«

»Du wirst es schon schaffen. Ilga, du kommst mit mir!« Otfried ließ die alte Magd stehen und ging mit langen Schritten davon. Ilga folgte ihm auf dem Fuß, denn sie glaubte zu wissen, weshalb er nach ihr verlangte. Doch zu ihrer Verwunderung schlug er nicht den Weg ins Kontor ein, um sich mit ihr in der Geldkammer der Lust hinzugeben. Enttäuscht schniefte sie. Zwar war die Kiste, auf der sie liegen musste, mit ihren eisernen Bändern und Knöpfen höchst unbequem und sie sehnte sich nach einem weichen Bett, aber sie zog den Liebesdienst jedem anderen Auftrag vor.

Otfried blieb neben der Eingangstür stehen und zeigte hinaus. »Du läufst, so schnell du kannst, zu Veit Gürtlers Haus und verlangst ihn zu sprechen. Sage ihm, dass ich ganz dringend seine Hilfe benötige, und lass nicht eher nach, als bis er mit dir kommt.«

Abwehrend hob Ilga die Hände, denn sie erinnerte sich nur allzu gut an den gierigen Ausdruck in Gürtlers Augen und traute ihm zu, in seinen eigenen vier Wänden Dinge von ihr zu fordern, die sie zwar gerne tat, aber nur mit dem richtigen Mann. Nicht umsonst hatte sie Otfried mit der verführerischen Mischung aus Anlocken und Verweigerung dazu gebracht, ihr die Ehe zu versprechen. An diese Zusicherung würde er sich nicht mehr gebunden fühlen, wenn er erfuhr, dass sie seinem Freund Gürtler zu Diensten gewesen war. Dieser mochte ihm sogar geraten haben, sie zu ihm zu schicken, um ihn vor einer Ehe mit ihr zu bewahren. Eine solche Schlechtigkeit traute Ilga Gürtler zu. Als sie die Haustür öffnete und das Licht der untergehenden Sonne auf Otfrieds Gesicht fiel, las sie darin jedoch eine Angst, die nichts mit dem Eheversprechen an eine einfache Magd zu tun haben konnte.

»Renn, so schnell du kannst!« Otfried hob die Hand, als wolle er sie für ihr Säumen züchtigen.

»Ich bin schon unterwegs, mein Herr und Geliebter!« Das Letzte sagte sie so leise, dass nur er jenes Wort verstehen konnte, das sie eigentlich nicht aussprechen durfte.

Otfried achtete jedoch nicht auf sie, sondern schlurfte gebeugt wie ein alter Mann zur Tür des Kontors und trat ein. Der Hof lag schon tief im Schatten und es drang kaum noch Licht durch die kleinen Fenster, so dass sich die Konturen des Tisches und der Stühle in der zunehmenden Dunkelheit auflösten. Dennoch ließ Otfried sich auf seinen Platz sinken, ohne ein Licht an dem Kienspan zu entzünden, der abends in der gemauerten Nische im unteren Flur brannte, und starrte ins Leere. Seine schlimmsten Befürchtungen schienen sich an diesem Abend zu bewahrheiten. Sein Vater war auf dem Weg der Besserung und würde bald wieder das Heft in die Hand nehmen. Dann würde der Alte ihn wieder auf einen Platz verweisen, an dem er nur Sohn war und sein Wort nichts galt. Seine Hoffnung, durch Gürtler noch reicher zu werden und an dessen geheimnisvollen Geschäften teilhaben zu können, zerstoben im rauen Wind der Wirklichkeit zu Asche.

In diesem Zustand traf Gürtler ihn an. Der Kaufherr hatte Ilga sofort vorgelassen und sich zu deren Erleichterung nicht um

ihre Reize gekümmert. Jetzt stand er in der Tür und versuchte, seinen Freund in dem diffusen Zwielicht zu erkennen. »Wo brennt es? Es hat geklungen, als säße dir das Messer am Hals!«
»Meinem Vater geht es erheblich besser und er verlangt, dass das neue Testament noch heute beglaubigt und gesiegelt wird. Ich hätte längst den Ratsschreiber, Laux und Schrimpp holen sollen. Aber wenn ich das tue, dann …«
»… kassiert der Laux-Bengel alles, dir bleibt ein Bettel und ich gehe ebenfalls leer aus.« Gürtler fluchte leise. So weit durfte es nicht kommen. Tilla selbst reizte ihn nicht. In dieser Beziehung hielt er sich lieber an die Ilgas dieser Welt, doch ihre Mitgift war erheblich und im Gegensatz zu den Versicherungen, die er Otfried gegenüber gemacht hatte, würde er den letzten Pfennig aus diesem halben Knaben herausholen. Zuerst aber musste verhindert werden, dass Eckhardt Willingers neues Testament Gültigkeit erlangte.
»Wer ist bei deinem Vater?«
»Nur die alte Ria! Es sei denn, Ilga ist zu ihm hochgestiegen.«
Gürtler schüttelte den Kopf. »Nein, die ist gleich in die Küche gelaufen. Ich glaube, dort habe ich auch die Alte gehört. Wo ist deine Schwester?«
»Die besucht gerade unsere frühere Kindsmagd«, antwortete Otfried.
»Gut! Dann kann sie uns nicht in die Quere kommen. Wo hält sich das restliche Gesinde auf?«
»Im Rückgebäude, wo sich ihre Kammern befinden. Dort wird auch ihr Essen gekocht. Im Haus selbst duldet mein Vater sie nicht.« Otfried sah den anderen nicken und wunderte sich ein wenig, aus welchem Grund sein Freund all diese Fragen stellte.
»Bis auf die beiden Mägde sind dein Vater und wir also allein im Haus. Das gibt uns freie Hand.« Gürtler winkte Otfried, ihm

zu folgen, und begann im Flur so laut auf ihn einzureden, dass man es in der Küche hören musste.

»Das Geschäft mit den Augsburgern ist kein Problem. Da hättest du mich nicht extra rufen lassen müssen. Und nun Gott befohlen!« Mit diesen Worten öffnete Gürtler die Haustür und warf sie ins Schloss, ohne hindurchgegangen zu sein. Mit einem Blick versicherte er sich, dass sich hinter der Küchentür nichts rührte, und stieg dann so vorsichtig die Treppe hoch, dass keine Stufe knarrte. Eine energische Handbewegung wies Otfried an, mit ihm zu kommen.

»Was soll das?«, flüsterte er auf dem Treppenabsatz.

»Wir werden dein Problem ein für alle Mal aus der Welt schaffen!« Gürtler blieb vor der Tür zu Willingers Schlafkammer stehen, öffnete sie und schob Otfried hinein.

»Es hat aber lange gedauert, bis du zurückgekommen bist«, schalt der Kranke. »Wo sind die anderen?«

»Die werden nicht kommen!« Gürtler trat in den Raum, schloss hinter sich ab und blickte mit hämisch verzogenen Lippen auf Eckhardt Willinger nieder.

»Was schleppst du mir diesen Kerl da an?«, fragte der Kranke empört und maß seinen Sohn mit einem vorwurfsvollen Blick.

In dem Augenblick nahm Gürtler ein Kissen und presste es Eckhardt Willinger aufs Gesicht. Der Alte stieß einen erstickten Laut aus, packte die Handgelenke seines Peinigers und zerrte daran.

»Verdammt, halte ihn fest, du Narr, damit ich ihm den Garaus machen kann!«, fuhr Gürtler Otfried an.

Dieser stand mit kalkweißem Gesicht neben ihm und streckte abwehrend die Arme aus. »Aber das kannst du doch nicht tun!«

»Wenn wir ihn am Leben lassen, verheiratet er Tilla mit Dami-

an und du wirst zeit deines Lebens unter dessen Fuchtel stehen!« Gürtler wurde ungeduldig, denn der Alte wehrte sich mit erstaunlicher Kraft. »Willst du der Herr hier werden oder nicht?«
Da begriff Otfried, dass es kein Zurück mehr gab, und bog die Finger seines Vaters nach hinten, um dessen Griff von Gürtlers Armen zu lösen. Gleichzeitig warf er sich auf den Körper des Kranken und hielt ihn nieder. Dabei zitterte er, als hätte er selbst das zehrende Fieber, und stammelte sinnlose Worte. Als er spürte, wie sein Vater unter ihm erschlaffte, ließ er dessen Hände fahren, als habe er sich an ihnen verbrannt.
Gürtler presste das Kissen noch eine Weile auf Willingers Gesicht, bis er sicher war, dass der Mann nicht mehr lebte. Dann stopfte er es zu den anderen Kissen und bettete den Toten so, als habe diesen im Sitzen ein Schlag hinweggerafft.
»Das wäre geschafft!«, sagte er zufrieden.
Otfried starrte ihn entgeistert an. »Bei Gott, was haben wir getan?«
»Dich zum Herrn des Handelshauses Willinger gemacht. Also mach kein Gesicht, als wäre dir der Gottseibeiuns begegnet! Es ist doch alles zu deinem Besten gelaufen.« Gürtler versetzte Otfried einen kräftigen Stoß. »Nimm dich gefälligst zusammen! Du gehst jetzt nach unten und schaust, ob jemand auf dem Flur herumläuft oder durch eine der Türen späht. Wenn die Luft rein ist, gibst du mir ein Zeichen, damit ich ungesehen das Haus verlassen kann. Die Mägde sind doch der Meinung, ich wäre bereits gegangen.«
In diesem Moment begriff Otfried, dass er damit jede Möglichkeit aus der Hand gab, Gürtler die Schuld am Tod seines Vaters zuzuweisen. Sollte tatsächlich der Verdacht aufkommen, es wäre nicht mit rechten Dingen zugegangen, würden sich aller

Augen auf ihn richten, denn er war zumindest nach außen hin der Einzige, der durch das Ableben des Vaters gewinnen konnte. Auch wurde ihm bewusst, dass er sich völlig in Gürtlers Hände begeben hatte, doch wenn er den Mann anklagte, würde er mit ihm auf dem Rad enden. Er schüttelte sich wie ein nasser Hund und stürmte aus dem Zimmer, als wäre ihm der Geist des Vaters auf den Fersen. Dabei stolperte er auf den Stufen und wäre beinahe die Treppe hinuntergestürzt.

Als Gürtler den Lärm hörte, ballte er wütend die Fäuste. Derlei Aufsehen konnte er ganz und gar nicht brauchen. Als Otfried die Mägde fragte, ob sie noch in der Küche wären, verfluchte er den anderen leise. Der Stimme nach trat Ilga auf den Flur hinaus und redete auf Otfried ein. So blieb dem heimlichen Lauscher nichts anderes übrig, als neben dem Toten zu verweilen, der ihn anklagend anzustarren schien und sich mit einem Mal sogar bewegte.

Gürtler glaubte, das Herz müsse ihm stehen bleiben, als Willinger sich nach vorne beugte und mit der Hand auf ihn zufuhr. Dann aber fiel der Arm des Toten herab und sein Oberkörper kippte auf die Bettdecke.

Gürtler atmete tief durch, denn er sah nun, dass der Leichnam durch die vielen Kissen nach vorne gedrückt worden war. Da ihm davor graute, den Toten ein zweites Mal zurechtzurücken, wandte er sich ab und heftete seinen Blick auf andere Dinge. Dabei entdeckte er ein Blatt Papier, das während Willingers Todeskampf zu Boden gefallen war. Unwillkürlich hob er es auf und überflog es. Der Fund vertrieb den Schrecken, der ihn im Bann gehalten hatte, denn es war der Entwurf des neuen Testaments, welches Otfrieds Vater an diesem Tag noch hatte bestätigen lassen wollen. Mit einem zufriedenen Lächeln faltete er es zusammen und steckte es ein.

Unterdessen hatte Otfried die Magd in die Küche zurückgescheucht und räusperte sich, als stecke ihm etwas im Hals. Gürtler verließ die Kammer und blickte vorsichtig über das Geländer. Als der junge Willinger ihm im Schein einer Öllampe winkte, stieg er auf Zehenspitzen die Treppe hinab.

Otfried sah immer noch so aus, als habe ihn der Atem des Sensenmanns gestreift. Seine Hände zitterten, und als er sprechen wollte, brachte er kein verständliches Wort heraus. Gürtler packte ihn an der Schulter, schob ihn auf die Haustür zu, die von der Küche aus nicht eingesehen werden konnte, und presste ihm dort den Daumen so fest auf das Schlüsselbein, dass der junge Mann vor Schmerz aufstöhnte. »Du gehst jetzt ins Kontor und rührst dich nicht von der Stelle, bis der Tod deines Vaters bemerkt worden ist, verstanden? Morgen Vormittag kommst du dann zu mir, damit wir unseren Kontrakt schließen können.«

»Welchen Kontrakt?«, fragte Otfried verwirrt.

Gürtler sah ihn kopfschüttelnd an. »Eigentlich sind es zwei. Zum einen der Bund, der dich in den Kreis der Freunde aufnimmt, die gegen Bürgermeister Laux stehen, und dann natürlich der Ehevertrag. Ich will Tilla so rasch wie möglich heiraten.«

»Aber das geht doch nicht! Sie muss die Trauerzeit einhalten.« Obwohl Otfried Gürtler dabei geholfen hatte, seinen Vater umzubringen, beschlich ihn Furcht vor der Skrupellosigkeit seines Freundes.

Gürtler bemerkte die wachsenden Schuldgefühle des Jüngeren und bleckte die Zähne. »Versuche nicht, mich zu betrügen. Das würde dir nicht gut bekommen! Ach ja, dies hier nehme ich mit mir und bewahre es auf. Wenn man das Blatt hier im Haus findet, könnte es einige Leute veranlassen, Ansprüche zu erheben und zum Gericht zu laufen.« Er wedelte mit dem Testament vor

Otfrieds Nase herum, drückte dessen Öllampe aus und wandte ihm mit einer brüsken Bewegung den Rücken zu. Ohne einen Gruß verließ er das Haus und machte dabei nicht mehr Lärm als eine Maus, die durch den Keller huscht. Nach zwei, drei Schritten hatte ihn die Dunkelheit verschluckt.

Otfried schloss die Haustür so lautlos, wie es ihm möglich war, und kämpfte gegen das Gefühl, eine eisige Hand schnüre ihm den Atem ab. Der Mann, den er für seinen Freund hielt, hatte gerade so geklungen, als wäre er bereit, auch seinen Weg ins Paradies zu beschleunigen. Nicht ins Paradies, schoss es ihm durch den Kopf, sondern in die Hölle. Er würde einen Priester finden müssen, der ihn für einen Beutel voll goldener Zwölfguldenstücke von der Schuld des Vatermords freisprach. Das aber hatte noch Zeit. Zunächst galt es, die folgenden Tage gut zu überstehen. In einem hatte Gürtler Recht: jetzt war er der Herr im Hause Willinger und sein Wille hatte zu geschehen. Mit diesem Gedanken drängte Otfried die Schatten der Schuld beiseite, die ihn niederdrücken wollten, und begab sich in das Kontor seines Vaters. Es ist jetzt mein Kontor, sagte er sich, als er die Öllampe nahm und sie an dem fast niedergebrannten Kienspan anzündete, der in der Flurnische in einer Messinghalterung stand. In der nächsten Stunde vertiefte er sich in die Geschäftskorrespondenz und die Bücher und versuchte dabei, den Mord zu vergessen.

VI.

Tilla blieb vor dem winzigen Fachwerkhäuschen ihrer Kinderfrau stehen und ließ ihren Blick darüberwandern. Es war so klein, dass ein erwachsener Mann seine gesamte Breite mit beiden Armen greifen konnte, und die Front reichte gerade für eine schmale Tür und ein winziges Fenster. Da es nur zwei Stockwerke und ein recht flaches Dach hatte, konnte man, auch wenn man dicht davorstand, den oberen Teil der Stadtmauer sehen, die seine Rückwand bildete. Im Erdgeschoss befanden sich die Küche und ein lichtloser Vorratsraum, und über eine schmale, ausgetretene Treppe ging es in die Schlafkammer der Witwe, an die sich ein weiteres, ebenfalls fensterloses Kämmerchen anschloss.

Trotz der Enge hatte dieses Häuschen Tilla stets mehr Heimat geboten als das große, reich ausgestattete Anwesen ihrer Familie. Das lag wohl an ihrem Vater, der erst richtig von ihr Notiz genommen hatte, als er bettlägerig geworden und auf ihre Pflege angewiesen war. Auch für die Mutter hatte bis zu ihrem Tod nur Otfried etwas gegolten, und daher war für sie selbst nur wenig Liebe übrig geblieben. Wenn Elsa Heisler sich ihrer nicht angenommen hätte, wäre ihr Leben wohl recht trostlos verlaufen. Trotz des großen Altersunterschieds war die Kinderfrau der einzige Mensch, dem sie vertrauen und mit dem sie über alles reden konnte. Sie hatte zwar einige Freundinnen etwa in ihrem Alter, doch die waren Schnatterliesen, die nichts ernst nahmen und überall herumtratschten. Elsa hingegen hörte ihr zu, tröstete sie und gab ihr gute Ratschläge. Das hatte die alte Frau in den letzten Wochen häufig tun müssen, doch heute war es zum Glück anders, denn sie brachte eine gute Botschaft mit. Der Vater befand sich auf dem Weg der Besserung, und Tilla war fest davon überzeugt, dass er seine Krankheit bald überwunden haben würde.

Sie trat auf die Tür zu, und noch ehe sie klopfen konnte, schwang diese auf und eine kleine, leicht verhutzelt aussehende Frau sah ihr lächelnd entgegen. »Komm herein, mein Kind! Ich habe eben Pfefferminztee aufgegossen. Zusammen mit ein paar Apfelküchlein wird er dir gewiss munden.«

Tilla schnupperte und bekam den starken Duft nach Pfefferminze in die Nase. »Danke, Elsa! Wieso hast du gewusst, dass ich vor der Tür stehe?«
Die Alte schüttelte nachsichtig den Kopf. »Heute ist Samstag! An dem Tag kommst du doch immer zu mir und bist in den letzten Jahren kein einziges Mal weggeblieben. Es müsste schon etwas Schlimmes geschehen, um dich von dem Besuch abzuhalten.«
»Entschuldige, Elsa, aber ich bin ganz aufgeregt. Noch gestern hat es so ausgesehen, als stände mein Vater an der Schwelle des Todes, doch heute geht es ihm viel besser. Der ehrenwerte Doktor Gassner hat ihm jene Medizin anmischen lassen, die dem allerdurchlauchtigsten Herzog Stephan von Bayern geholfen hat.«
Elsas Meinung über den Mediziner, der nur die Reichen der Stadt behandelte und die Armen sich selbst und einigen Kräutersammlerinnen und pflanzenkundigen Knechten überließ, war nicht die beste. Doch sie wollte Tilla die Freude nicht verderben. Daher nickte sie und zog sie zum Herd. »Komm, setz dich ans Feuer! Der Tee ist gleich so weit abgekühlt, dass wir ihn trinken können. Die Apfelküchlein hier sind für dich. Lass sie dir schmecken.«
Tilla wehrte ab. »Ich möchte zuerst die Sachen wegräumen, die ich dir mitgebracht habe!«
Gegen die Energie der alten Frau kam sie jedoch nicht an. Obwohl Elsa um einen ganzen Kopf kleiner war, schob sie ihre junge Freundin zu einem der beiden Stühle, die zusammen mit einem kleinen Tisch, einer winzigen Anrichte, auf der ein Holzschaff mit Wasser und ein Krug standen, dem gemauerten Herd und einem Bord für die Küchengeräte die gesamte Einrichtung des Raumes darstellten. Dabei nahm sie Tilla den

Korb ab, stellte diesen unter die Treppe und reichte ihr einen Teller, auf dem ein Berg köstlicher, in Fett ausgebackener Apfelringe lag.

»Ich habe auch etwas Honig zum Süßen für dich«, sagte sie mit einem listigen Zwinkern.

Tilla verstand, was sie meinte. Dieser Honig war gewiss nicht auf normalem Weg in die Stadt gekommen. Wenn die Armen sich einmal eine kleine Freude gönnen wollten, mussten sie solche Leckereien vor den Torwächtern verbergen, denn die Steuern und den Zoll, der im Namen des Magistrats erhoben wurde, konnten sich nur die Wohlhabenden leisten.

Obwohl ihr Vater zu den bedeutendsten Mitgliedern des Hohen Rates der Stadt Tremmlingen zählte, belastete es Tillas Gewissen wenig, sich an dem geschmuggelten Honig zu bedienen. Apfelküchlein schmeckten gesüßt nun einmal besser, und der Pfefferminztee konnte auch einen Löffel davon vertragen.

»Hoffentlich esse ich dir nicht zu viel davon weg«, sagte sie etwas reumütig zu Elsa, doch die alte Frau winkte lachend ab.

»Bewahre mich der Himmel davor, dir Vorwürfe zu machen. Wenn ich daran denke, welch herrliche Sachen du mir jeden Samstag bringst, so ist das Tröpfchen Honig ein geringer Dank! Ich glaube, diesmal ist sogar ein gebratenes Hühnchen dabei.«

Elsa leckte sich die Lippen. Da sie keinen Garten besaß, konnte sie sich kein Geflügel halten, wie andere in ihrer Nachbarschaft es taten. Aus diesem Grund war Fleisch auf ihrem Tisch rar und ein zartes Brathuhn gab es nur alle heilige Zeiten, wenn am Tisch der Willingers eines übrig geblieben war und Tilla es vor den Knechten und Mägden hatte retten können.

»Deinem Vater geht es wieder besser? Gott sei Lob und Dank! Willinger ist zwar ein harter Mann, aber gegen mich und meinen Mann war er immer gerecht.« Mit dieser Feststellung stieß

Elsa ein munteres Gespräch an, in dessen Verlauf sie erfuhr, dass Willinger sein Testament ändern wollte.
Tilla kam auch auf die Gewissensnöte ihres Vaters zu sprechen. »Weißt du, Elsa, er hat Angst, er könnte nicht mehr selbst zum Grab des heiligen Apostels Jakobus pilgern. Jetzt will er Otfried dazu verpflichten, sein Herz vor der Beerdigung aus der Brust nehmen zu lassen und dorthin zu bringen. Es ginge um sein Seelenheil, sagt er. Aber das liegt Gott sei Dank noch in weiter Ferne. Vielleicht wird er wieder so kräftig, dass er selbst reisen kann.«
Elsa kannte Willinger noch aus der Zeit, in der er sein Vermögen zusammengescharrt und dabei vor Mitteln nicht zurückgescheut hatte, die an Betrug und Diebstahl grenzten. Daher begriff sie besser als ihre junge Freundin, warum den Mann die Angst um sein Seelenheil quälte. Im Stillen fragte sie sich, ob sein Sohn seinem Willen folgen oder die Wallfahrt ebenfalls hinausschieben würde, bis es zu spät war.
»Beten wir zu Gott, dass dein Vater diese Pilgerreise selbst antreten kann! Aber reden wir lieber von dir, denn der Zeitpunkt deiner Vermählung rückt wohl näher. Wie gefällt dir der ältere Laux-Sohn? Bis jetzt dachte ich, Damian würde sich nur für seine Geschäfte interessieren. Für ein Eheweib bleibt da wenig Platz.«
Tilla zuckte mit den Schultern. »Damians Gefühle mir gegenüber kenne ich nicht. Er ist ein sehr ruhiger und gelassener Geschäftsmann und wird als Gatte wohl auch nicht anders sein. Ich glaube, wir werden gut zusammenpassen.«
»Na ja, bei den meisten reichen Leuten geht das so. Man heiratet nach dem Willen der Väter, die sich nach ihren eigenen geschäftlichen Interessen richten, und nicht nach herzlicher Zuneigung oder gar Liebe.«

»Liebe ist doch das, was ein Mann mit seinem Weib des Nachts im Ehebett treibt«, wandte Tilla etwas verwirrt ein.
»Wenn das so ist, liebt der Stier die Kuh, die er bespringt.« Elsa schüttelte den Kopf über Tillas Unerfahrenheit. Zwar war deren Mutter vor fünf Jahren gestorben, aber das Mädchen müsste doch wissen, dass das Zusammenleben zwischen Mann und Frau nicht nur aus einigen wenigen Augenblicken im Ehebett bestand und man sonst nebeneinanderher lebte wie fremde Leute. Elsa hatte ganz andere Erinnerungen an ihre eigene Ehe. Wohl waren ihr und ihrem Mann Kinder verwehrt geblieben, aber dennoch hatten sie einander innig geliebt und ein erfülltes Leben geführt. Dasselbe hätte sie auch Tilla gewünscht.
»Ich hoffe, dass du mit Damian glücklich wirst!«, stieß die alte Frau hervor, um ihre Zweifel zu verbergen. In ihren Augen war der ältere der Laux-Brüder ein aufgeblasener und von sich überzeugter Geselle, der von seiner Ehefrau erwartete, wie ein gut dressierter Hund aufs Wort zu gehorchen. »Gibt es keine anderen Bewerber um deine Hand?«
»Nur einen, soviel ich weiß, aber den will ich ganz bestimmt nicht!« Tilla bleckte in unbewusster Abwehr die Zähne.
»Du meinst Gürtler! Nein, der wäre nichts für dich. Man munkelt, dass es bei dem Tod seiner Frau nicht mit rechten Dingen zugegangen ist. Immerhin ist sie in fünfzehn Ehejahren kein einziges Mal schwanger geworden, obwohl ihr Mann einigen Mägden Bälger angehängt hat. Da er keinen seiner Bastarde als Nachfolger einsetzen darf, braucht er dringend einen legitimen Sohn. Deswegen kam ihm das Ableben seines Eheweibs wohl zupass, denn nun kann er eine junge, gesunde Frau heiraten und auf reichen Kindersegen hoffen.« Elsa wiederholte damit nur die Gerüchte, die niemand in der Stadt offen verbreiten durfte, wollte er nicht an den Pranger oder gar in den Kerker kommen.

Immerhin gehörte Gürtler dem Hohen Rat an und sein Einfluss war beinahe schon so groß wie der von Bürgermeister Laux.
Tilla schüttelte es. Gürtlers erste Frau war ein blasses, schwächliches Geschöpf gewesen, das er auf Drängen seines Vaters geheiratet hatte, weil sie eine enorme Mitgift in die Ehe brachte. Erst mit ihrem Geld hatten Vater und Sohn Gürtler das Handelshaus zum drittgrößten der Stadt ausbauen können. Nun ruhte Gisberta Gürtler seit einem knappen Jahr unter der Erde, und ihr Mann hatte noch in der Trauerzeit begonnen, sich nach einem anderen Weib umzusehen. Auch wenn Tilla für Damian Laux nichts anderes empfand als eine gewisse Anerkennung für sein geschäftliches Geschick, so erschien ihr eine Ehe mit ihm doch weitaus erstrebenswerter, als mit Gürtler vermählt zu werden.
Tillas Schweigen beunruhigte Elsa. »Hast du überhaupt eine Vorstellung, wie es im Ehebett zugeht? Du solltest es wissen, bevor man dich hineinlegt und dir der Schrecken über das, was dein Mann mit dir treibt, in die Glieder fährt.«
»Nun, ungefähr schon, wenn auch nicht genau. Ilga hat einmal eine Andeutung gemacht, und einer der Knechte hat mich vor ein paar Jahren in eine Ecke gezogen und versucht, mir unter den Rock zu greifen. Ich habe mich jedoch losreißen und davonlaufen können.«
»Sei froh, dass es dir gelungen ist! Es wäre keine schöne Erfahrung für dich geworden. Du kennst doch die Magd vom Schrimpp, die im letzten Jahr von ein paar Söldnern in die Büsche gezerrt worden ist. Dasselbe hatte der Knecht wohl auch mit dir vor.« Elsa bekam Herzklopfen bei dem Gedanken, dass Tilla beinahe im Haus ihres Vaters das Opfer einer Vergewaltigung geworden wäre, und sprach so beruhigend auf ihre junge Freundin ein, als hätte sich der Vorfall erst an diesem Tag zuge-

tragen und nicht vor über acht Jahren. Der Knecht, der sich damals an Tilla hatte vergreifen wollen, war nicht mehr lange bei Willinger geblieben, denn Tillas Vater hatte ihn dabei ertappt, wie er die damals noch kindhafte Ilga auf einen Sack niedergedrückt und ihr den Rock hochgeschlagen hatte. Daraufhin hatte er ihn mit Stockhieben aus der Stadt treiben lassen.

Um Tilla nicht weiter mit einem solchen Thema zu beunruhigen, kam die Alte auf die geplante Pilgerfahrt zu sprechen und erzählte Tilla einiges von dem, was sie von anderen Santiago-Fahrern gehört hatte. Dabei achteten beide so wenig auf die Zeit, dass Tilla beim Ruf des Nachtwächters schuldbewusst zusammenzuckte.

»Bei Gott, jetzt habe ich mich aber arg verschwätzt! Dabei hätte ich doch gleich wieder nach Hause gehen müssen, um Vater zu pflegen.« Sie sprang auf und wollte das Häuschen verlassen.

Elsa aber hielt sie auf. »Es ist mittlerweile stockdunkel draußen. Nimm meine Laterne mit, sonst stolperst du noch über irgendwas oder läufst gegen eine Wand.« Die Witwe nahm den kleinen Behälter vom Bord, der an der Spitze mit einem Ring versehen war, stellte ein Binsenlicht hinein und zündete es an. »Eine Kerze habe ich leider nicht.«

Tilla lächelte über ihren Eifer. »Bis nach Hause werden das Öl und der Binsendocht schon vorhalten. Ich bringe dir die Laterne morgen zurück. Und jetzt Gott befohlen!«

»Gott befohlen, mein Kind.« Elsa öffnete Tilla die Tür und sah ihrer jungen Freundin nach, die mit raschen Schritten in Richtung Innenstadt eilte. Von der Mauer erklang immer noch das Lied des Nachtwächters, der den Bewohnern mitteilte, dass alles in Ordnung sei. Als Elsa in ihre Küche trat und die Tür hinter sich schloss, sprach sie ein kurzes Gebet. Die reichen Leute, dachte sie seufzend, scheinen mehr Sorgen zu haben als unsereins. Sie selbst lebte beschaulich und hatte ihr schmales Auskommen, das zumindest den ärgsten Hunger stillte. Tilla hingegen musste zwischen zwei Bewerbern wählen, von denen nach Ansicht der alten Frau es keiner wert war, dieses hübsche, kluge Mädchen zur Frau zu bekommen.

VII.

Zu ihrer Überraschung fand Tilla das Hoftor des Willinger-Anwesens nur angelehnt vor. Von dem Knecht, der dort aufpassen sollte, dass niemand unbefugt eintrat, war weit und breit nichts zu sehen. Sie drückte es von innen zu und schob die beiden schweren Riegel vor. Dabei nahm sie sich vor, dem unaufmerksamen Knecht am nächsten Morgen kräftig die Leviten zu lesen.

Die Tür zum Hof und die zur Straße waren ebenfalls noch unverschlossen. Tilla fluchte über so viel Leichtsinn, denn eine solche Unaufmerksamkeit lockte Diebe an. Wütend holte sie ihren Schlüsselbund, den sie bei längeren Ausflügen in einem Kästchen zurückließ, verschloss sowohl die Tür zum Hof wie auch die zur Straße und schob an der Vordertür zusätzlich noch die Riegel vor. Sie würde ein ernstes Wort mit ihrem Bruder sprechen müssen, dessen Pflicht es war, in ihrer Abwesenheit die Schlösser und Riegel zu kontrollieren. Doch das hatte noch Zeit, denn ihr Vater brauchte sie dringender. In der Nische im Flur brannte kein Kienspan mehr, obwohl sie den Mägden befohlen hatte, darauf zu achten, dass vom Anbruch der Dunkelheit bis zu der Stunde, in der sie zu Bett gingen, immer wieder ein frischer hineingestellt wurde. So aber war sie im eigenen Haus auf die Laterne angewiesen, die Elsa ihr mitgegeben hatte.

Oben angekommen, fiel Tilla auf, wie still es war. Sie spitzte die Ohren und glaubte, leises Murmeln aus der Küche zu vernehmen. Ilga und Ria schienen dort herumzusitzen und sich zu unterhalten, und Tilla hoffte, dass ihre Hände dabei nicht müßig blieben. Es gab in diesem Haushalt viel zu tun. Auch sie musste fest zugreifen, um alles in Ordnung zu halten.

»Vater, ich bin wieder zurück!«, rief Tilla, als sie die Krankenstube betrat. Sie streckte den Arm mit der Laterne nach vorne, denn im Zimmer war es ebenso dunkel wie im Flur. Ihr Blick fiel auf das Krankenlager, und noch bevor sie recht begriff, was sie vor sich sah, öffnete sich ihr Mund zu einem gellenden Schrei. Ihr Vater hing mit dem Oberkörper halb aus dem Bett, als habe er sich vor Schmerzen gekrümmt und sei von den Kissen gerutscht. Sein Gesicht war zu einer Grimasse des Schmerzes verzerrt und seine rechte Hand berührte den Boden. Als Tilla sich vorsichtig näherte, sah sie, dass ihr Vater zwischen den verkrampften Fingern ein winziges Stück Stoff hielt. Mit dem Gefühl, der Fetzen beschmutze die Finger des Toten, bückte sie sich, zog ihn heraus und steckte ihn in eine der kleinen Taschen, die sie in ihren Ärmeln eingenäht hatte.

Ihr Schrei hatte andere Hausbewohner aufgeschreckt, eilige Schritte erklangen auf der Treppe. Als Erste platzte Ilga in die Kammer, sah ihren leblosen Herrn und schrie fast noch lauter als Tilla. Ria folgte ihr mit einem Gesicht, das deutlich ihren Unmut darüber zeigte, dass sie an diesem Tag zum zweiten Mal die steile Treppe ins Obergeschoss hatte bewältigen müssen. Beim Anblick des Toten erbleichte sie jedoch und schlug mehrmals das Kreuz.

»Heilige Maria Muttergottes bitte für uns und alle Sünder!« Dann trat sie auf den Toten zu und versuchte, ihn so zu betten,

wie es sich gehörte. Als es ihr nicht gelang, fauchte sie Ilga an. »Hilf mir, du faules Stück!«
Die Augen der jungen Magd sprühten Funken, denn sie war die schlechte Laune und den Kommandoton der alten Frau leid. Obwohl der Tote sie erschreckte, sagte sie sich mit klammheimlicher Freude, dass ihr Stand im Hause Willinger von diesem Tag an ein anderer sein würde. Jetzt musste Otfried sein Versprechen einlösen und sie heiraten. Natürlich konnte er das nicht sofort tun, denn als künftiger Ratsherr musste er stärker noch als andere auf die vorgeschriebene Trauerzeit achten. Die Herrschaft über das restliche Gesinde aber, die Ria sich immer noch anmaßte, würde er ihr bereits jetzt übertragen müssen. Zufrieden mit sich und dieser Entwicklung trat sie neben Ria, packte Willingers Arm und zerrte den starren Körper auf das Bett zurück, als handele es sich um einen Sack Mehl.
»Du solltest den jungen Herrn holen«, sagte sie zu ihrer Herrin, als sei diese auch nur eine Magd.
Tilla schritt wie eine Schlafwandlerin zur Tür und wandte sich zur Treppe.
Otfried kam ihr bereits entgegen. »Was soll der Lärm? Ich habe noch zu arbeiten!« Tillas Bruder hatte in der Zwischenzeit seine Beherrschung wiedergewonnen und es gelang ihm sogar, seine gewohnte Reizbarkeit zu zeigen.
Tilla sank tränenüberströmt in seine Arme. »Unser Vater! Ich glaube, er ist tot!«
»Unsinn!«, wehrte Otfried ab. »Als ich am Abend nach ihm geschaut habe, war er bester Laune und sagte, dass er morgen unbedingt aufstehen wolle, weil es ihm im Bett zu langweilig geworden sei.«
Dann blickte er Tilla an, schob sie etwas von sich und schüttelte den Kopf. »Kann es wirklich sein?«

Ria hatte bereits mehr als eine Leiche gesehen und wirkte völlig ungerührt. »Der Herr ist tot, da beißt die Maus keinen Faden ab. Es kann kein leichtes Sterben gewesen sein, denn er hing schmerzverkrümmt aus dem Bett. Ilga und ich haben ihn wieder daraufgelegt.«

Ilga hingegen scheute sich, den Toten länger anzusehen, und wischte sich die Hand, mit der sie ihn berührt hatte, immer wieder an ihrer Schürze ab.

Otfried fand es an der Zeit, das Heft zu ergreifen. »Wir müssen den Priester holen und den Arzt. Ilga, das ist deine Aufgabe. Du, Ria, gehst wieder nach unten und richtest eine kleine Brotzeit und etwas Wein her, denn die Herren werden hinterher eine kleine Stärkung benötigen. Tilla, du bleibst hier und betest für die Seele unseres Vaters, damit sie geradewegs ins Himmelreich aufsteigt.«

Die drei nickten gehorsam, und während Ria und Ilga die Treppe hinunterstiegen, kniete Tilla neben dem Bett nieder und begann unter stetig fließenden Tränen zu beten. Erst nach einer Weile bemerkte sie, dass ihr Bruder sich noch immer im Raum befand, und blickte zu ihm auf. »Jetzt kann unser Vater doch nicht mehr zum heiligen Jakobus wallfahren. Doch das Wissen, dass du sein Herz dorthin tragen und es beim Grabe des Apostels begraben lassen wirst, dürfte ihm die Zeit im Fegefeuer erleichtern.«

Otfried fuhr herum, als hätte seine Schwester ihm eine Ohrfeige versetzt. »Was soll ich tun?«

»Nun, Vaters Herz nach Santiago bringen, so wie es sein letzter Wille war. Er hat es dir doch gewiss gesagt, als du vorhin bei ihm gewesen bist!«

Das stimmte zwar, doch Otfried war um nichts auf der Welt bereit, das zuzugeben. »Davon weiß ich nichts. Du musst dich verhört haben, Tilla.«

»Das habe ich gewiss nicht. Onkel Laux war Zeuge, als Vater es gesagt hat, und soviel ich weiß, hat er lange mit Vater Eusebius darüber gesprochen.«

Otfried knirschte mit den Zähnen, denn das waren keine guten Nachrichten. Tillas Behauptungen hätte er noch als überspanntes Gerede hinstellen können, doch wenn Laux und der Pfarrer ihre Worte bestätigten, sah die Sache anders aus. Noch war der Bürgermeister in der Lage, den Hohen Rat dazu zu bringen, ihm diese Wallfahrt zu befehlen. Am liebsten wäre Otfried zu seinem Freund Gürtler geeilt, um sich mit diesem zu beraten. Doch zunächst musste er auf den Priester und den Arzt warten, und er durfte Tilla nicht aus den Augen lassen, sonst würde sie überall herumerzählen, dass er dem letzten Willen des Vaters trotzen wolle. Er trat auf sie zu und legte der Knienden die rechte Hand auf die Schulter.

»Ich will dir gerne glauben, dass unser Vater sein Herz an jener heiligen Stelle begraben sehen wollte, und ich werde auch alles in die Wege leiten, damit es dazu kommt. Allerdings kann ich mich nicht sofort auf den Weg machen, denn ich muss mich zuerst darum kümmern, dass die Geschäfte weiterlaufen.«

Seine Worte erinnerten Tilla fatal an jenes Geständnis ihres Vaters, der ihrem Großvater geschworen hatte, die Wallfahrt zum Apostel Jakobus anzutreten. »Versprich mir, dass du so rasch wie möglich aufbrichst. Was unseren Handel betrifft, so kannst du ihn in der Zwischenzeit getrost Onkel Laux anvertrauen. Er wird dich um keinen Heller betrügen.«

Otfried drehte sich zum Fenster und spie ein paar lautlose Flüche aus, Tilla würde wohl nicht so leicht aufgeben, sondern ihn immer wieder an diese verdammte Pilgerfahrt erinnern. Was sollte er im fernen Spanien, wenn es hier in Tremmlingen um einen weit höheren Preis ging als den Seelenfrieden eines Toten? Er war direkt froh, als unten Lärm aufklang und Vater Eusebius und in dessen Gefolge auch der Arzt erschienen.

»Unser Vater ist tot! Als ich ihn am Abend verließ, war er noch bester Laune, doch als Tilla ihn einige Zeit später aufgesucht hat, lag er wie ein gefällter Baum im Bett«, erklärte Otfried, bevor seine Schwester etwas sagen konnte.

Der Priester, ein zierlich gewachsener Mann mit einem fast kahlen Schädel und einem Gesicht, das an den Kopf jener Statue erinnerte, die ein Knecht vor ein paar Jahren bei dem vor der Stadt gelegenen Kloster ausgegraben hatte, spendete dem Toten den Segen und faltete anschließend die Hände zum Gebet. Unterdessen beäugte der Arzt den Toten mit einem verärgerten Blick, als trüge er es Willinger nach, dass dieser einfach gestorben war, anstatt nach der Einnahme seines Theriaktranks gesund zu werden.

»Es war wohl ein letzter Fieberschub, der Euren Vater das Leben gekostet hat. Wäre es mir möglich gewesen, ihm das Heilmittel eher zu besorgen, bräuchtet Ihr jetzt nicht die Leichenfrau und den Totengräber zu bezahlen.« In dem Bewusstsein, mit diesen Worten seinen Ruf als Arzt gewahrt zu haben, trat Gassner zu Otfried, um ihm zu kondolieren. Es gelang Tillas Bruder meisterhaft, den gebrochenen Sohn zu spielen, während seine Schwester wie erstarrt wirkte und durch den Arzt hindurchsah, als bestände er aus Luft.

»Ihr habt getan, was Ihr konntet, Herr Gassner.« Otfried nickte dem Arzt zu und wandte sich dann an den Priester.

»Es war der letzte Wunsch unseres Vaters, dass sein Herz seinem toten Leib entnommen und nach Santiago de Compostela gebracht wird.«

Am liebsten hätte er den Mantel des Schweigens über diese Marotte seines Vaters gebreitet, doch dieser hatte höchstwahrscheinlich bereits mit dem Pfarrer darüber gesprochen, und so blieb ihm keine andere Wahl, als den frommen, gehorsamen Sohn zu spielen. Er tröstete sich damit, dass es eine Sache war, dem Toten das Herz herauszuschneiden, und eine andere, es bis nach Santiago zu tragen.

Vater Eusebius vollführte eine weitere Segensgeste, bevor er Antwort gab. »Dies hat er mir gegenüber schon mehrfach geäußert, und es ist nun noch wichtiger geworden, seinen Willen zu erfüllen, da er ohne die heiligen Sterbesakramente in die Ewigkeit eingegangen ist.«

»Könnt Ihr Vater denn nicht jetzt noch segnen, Hochwürden?« Tillas Stimme zitterte so stark, dass der Priester sie kaum verstehen konnte.

»Ich tue, was ich kann, mein Kind, um deinem Vater wenigstens die Höllenpein zu ersparen. Was das Fegefeuer betrifft: daraus kann ihn wirklich nur der heilige Jakobus erlösen.«

Da der Priester den Toten gekannt hatte, wusste er, dass schon ein halbes Wunder vonnöten war, um Willingers Seele nicht dem Teufel zufallen zu lassen. Daher erschien es ihm ebenfalls das Beste, wenn das Herz des Kaufmanns an einem heiligen Ort begraben wurde, denn nur so konnte dieser am Jüngsten Tag erlöst werden. Dies wollte er den Kindern des Toten jedoch nicht zu dieser traurigen Stunde erklären, seiner Meinung nach ging diese Tatsache nur Otfried an, der das Gelübde des Toten erfüllen musste. Tillas Gemüt wollte er nicht mit den bedrückenden Einzelheiten belasten.

Das Mädchen presste die bebenden Hände gegen ihre Brust und sah den Arzt bittend an. »Könnt Ihr meinem Vater das Herz aus dem Leib schneiden, damit es nicht aus Versehen mit ihm begraben wird?«

Gassner zog ein Gesicht, als habe sie ihm einen unsittlichen Antrag gemacht. »Ich bin Medicus und kein Steinschneider. Holt Euch gefälligst einen Bader oder den Schinder, aber lasst mich mit so etwas in Frieden.«

Bevor Tilla ihm eine Antwort geben konnte, legte ihr der Priester die Hand auf die Schulter. »Ich kümmere mich darum, mein Kind, und auch um ein Gefäß für das Herz. Der Zinnschmied wird es auf meine Bitte so schnell wie möglich anfertigen. Du, Otfried, solltest die Leichenfrau holen lassen, damit sie alles herrichtet.«

Tillas Bruder nickte eifrig. »Ich werde Ilga gleich losschicken, hochwürdiger Vater. Euch und den ehrenwerten Herrn Doktor bitte ich jedoch, die Einladung zu einem kleinen Imbiss anzunehmen, den Ria eben in der Küche zubereitet.«

»Dagegen habe ich nichts, denn Euer Ruf hat mich vom Abendbrottisch weggeholt.« Der Arzt hatte seinen Unmut über Tillas unbillige Forderung bereits wieder vergessen und folgte Otfried nach unten. Der Priester zeichnete noch einmal das Kreuz in die Luft, denn in seinen Augen brauchte Willinger jeden Beistand, der ihm half, vor dem himmlischen Richter bestehen zu können. Anschließend nickte er Tilla zu, die wie erstarrt neben dem Totenbett ihres Vaters kniete, und schloss auch sie in seinen Segen ein. Den würde sie nun bitter nötig haben.

VIII.

Während seine Schwester die ganze Nacht bei dem Toten wachte und betete, schlief Otfried Willinger zufrieden ein und blieb von schlechten Träumen unbehelligt. Als er am nächsten Morgen erwachte, stand er mit dem Gefühl auf, von diesem Tag an ein bedeutender Mann zu sein. Er musste sich geradezu

zwingen, ein betrübtes Gesicht zu machen. Bisher hatte er sich selbst um seine Morgengarderobe kümmern müssen, denn sein Vater war der Ansicht gewesen, dass ein Bürger keinen Leibdiener brauchte. Das wollte Otfried so rasch wie möglich ändern. Ein Mann in seiner Position hatte es nicht nötig, seine Hemden eigenhändig herauszusuchen und sich selbst zu rasieren.
Als er in das Zimmer trat, in dem die Familie ihre Mahlzeiten einzunehmen pflegte, folgte Ilga ihm mit einem vollen Tablett. Die graugrünen Augen in ihrem hübschen Gesicht leuchteten und ihre ganze Haltung zeigte, dass auch sie Änderungen im Haushalt erwartete, die zu ihren Gunsten ausfallen würden.
»Stell mein Frühstück hin.« Otfried gab sich kurz angebunden und sah, wie der Glanz in ihren Augen erlosch. Dann aber sagte er sich, dass er sie nicht so rasch vor den Kopf stoßen durfte. Das dumme Ding war sonst noch in der Lage, zum Priester zu laufen und zu beichten, dass zwischen ihnen mehr geschehen war, als die heilige Kirche erlaubte.
»Ist meine Schwester schon aufgestanden?«, fragte er daher um einiges verbindlicher.
»Jungfer Tilla ist die ganze Nacht nicht zu Bett gegangen, sondern hat Totenwache gehalten. Außerdem war die Leichenfrau da. Sie hat den Herrn gewaschen und teilweise angekleidet. Die Brust hat sie allerdings noch frei gelassen, denn der ehrwürdige Vater Eusebius will heute einen Chirurgen zu uns bringen, der das Herz herausnimmt, damit Ihr es nach Spanien tragen könnt.« Die Sorge, die bei diesen Worten Ilgas Gesicht zeichnete, schmeichelte dem jungen Mann. Auch wenn sie nur eine Magd war, die gelegentlich sein Bett wärmen durfte, so gefiel es ihm doch, von ihr geliebt und umsorgt zu werden. Allerdings würde sie niemals seine Ehefrau werden können, auch wenn sie noch so sehr danach strebte.

Er ergriff ihre Hand und tätschelte sie, ließ sie aber sofort wieder los, als draußen auf dem Flur Schritte erklangen. »Spanien hat noch Zeit. Erst einmal muss ich all das ordnen, was durch die Krankheit meines Vaters liegen geblieben ist. Wahrscheinlich werde ich sogar einen Stellvertreter nach Santiago schicken müssen, der das Herz hinbringt und es dort mit allen notwendigen Zeremonien begraben lässt.«

»Das wird das Beste sein, mein Herr.« Ilgas Augen leuchteten wieder auf, und als Otfried ihr zuraunte, dass sie am späten Nachmittag in das Kontor kommen sollte, da es dort Arbeit für sie gäbe, lächelte sie neckisch. Um den Schein zu wahren, würde sie ein wenig den Boden wischen müssen, doch ihre Hauptaufgabe war es, dem jungen Herrn zu dienen.

Otfried nickte ihr noch einmal zu und begann zu frühstücken. Er wunderte sich selbst, wie gut es ihm schmeckte. Hatte er gestern noch gedacht, jede Regung seines Gesichts und jede Geste würden seine Mitschuld am Tod des Vaters verraten, so lachte er jetzt über diesen Gedanken. Genau genommen hatte sein Freund Gürtler ihm einen großen Gefallen getan, denn das neue Testament hätte ihn nicht nur um viel Geld gebracht. Einmal auf Papier festgehalten, hätte er sich gegen die Verfügung seines Vaters, in eigener Person nach Spanien zu pilgern, nicht wehren können. Aber diese Gefahr war nun gebannt. Das jetzige Testament stammte noch aus einer Zeit, in der sein Vater gesund und munter gewesen war und an alles andere gedacht hatte, als an einem Fieber zu sterben.

Über seiner Erleichterung, einer Menge Probleme entgangen zu sein, erinnerte Otfried sich an Gürtlers Aufforderung, noch an diesem Vormittag zu ihm zu kommen, um mehr über dessen Pläne zu erfahren. Da ihn dies brennend interessierte, entschloss er sich, sofort aufzubrechen. Er beendete sein Frühstück und stieg kurz zur Schlafkammer seines Vaters hoch. Von der Leichenfrau mit großem Geschick hergerichtet, lag der Tote wie ein Heiliger auf seinem Bett und zwischen seinen gefalteten Händen hielt er einen Rosenkranz und ein silbernes Kreuz.

Tilla kniete mit feuchten Augen in einer Ecke und murmelte Gebete, die wohl nur noch sie selbst verstehen konnte. In Otfrieds Augen wirkte sie beinahe selbst schon wie eine Leiche. Das mochte an der durchwachten Nacht und der seelischen Erschütterung liegen, die für das schwächliche Wesen einer Frau zu viel gewesen waren.

»Du solltest dich hinlegen!«, riet er ihr.

Tilla blickte müde und verweint zu ihm auf. »Übernimmst du jetzt die Totenwache?«

Otfried nickte, obwohl er alles andere im Sinn hatte. »Ich muss nur noch kurz weg, komme aber gleich wieder.«

»Dann warte ich so lange«, antwortete sie und fuhr mit dem nächsten Gebet fort.

Ihr Bruder starrte sie wütend an, weil sie ihm zu trotzen wagte, wandte sich dann aber mit einem Achselzucken ab. Über kurz oder lang würde der Schlaf sie überwältigen. Dann würde sie nicht mehr wahrnehmen, ob er die Totenwache übernahm oder wegblieb. Er verließ das Haus und labte sich an der Begrüßung der Nachbarn, die er auf der Straße traf. An diesem Tag klangen ihre Worte viel höflicher und sie verneigten sich tiefer. Nun spürte er erst richtig, dass er jetzt als Herr des Hauses Willinger galt.

Veit Gürtlers Anwesen lag nicht allzu weit entfernt, doch er musste einen Umweg machen, um die stinkenden Gassen zu meiden. Als er sich dem Wohnhaus näherte, riss der Türhüter beide Flügel des Hoftors auf. Ein Neffe Gürtlers trat heraus und empfing ihn wie einen hohen Herrn. Ich bin ja auch ein hoher

Herr, dachte Otfried beglückt und beantwortete den Gruß mit einer gewissen Herablassung.
In diesem Haus ging es lebhafter zu als bei Willingers, denn der Kaufherr hatte außer seinen Kindern nur zwei Mägde als Mitbewohnerinnen geduldet. Im Wohngebäude des Gürtler-Anwesens aber lebten außer dem Hausherrn selbst noch seine zwei verwitweten Schwestern mit ihren Kindern und dazu etliche Knechte und Mägde. Otfried gefiel die Unruhe. So viele dienstbare Geister, wie hier herumliefen, würde er demnächst ebenfalls um sich versammeln.
Der Kaufherr erwartete ihn in seinem Kontor, einem großen, holzgetäfelten Raum mit einer doppelten Tür, damit Lauscher auf dem Flur nicht hören konnten, was im Innern gesprochen wurde. Dahinter befand sich genauso wie im Willinger-Haus eine kleinere Kammer, in der Gürtler seine Geschäftspapiere, seine Geldtruhe und ein paar Warenproben aufbewahrte.
Der Kaufherr begrüßte Otfried freundlich und musterte ihn dann verblüfft. Nach dem gestrigen Abend hatte er erwartet, dass sein junger Freund bebend und voller Angst zu ihm käme. Doch Otfried wirkte so gelöst, als sei sein Vater nach einem langen, erfüllten Leben mit den Sterbesakramenten versehen in die ewige Seligkeit eingegangen und hätte ihm vorher noch seinen Segen gegeben. Gürtler bleckte die Zähne. Wie es aussah, würde er seinen Gast bei gegebenem Anlass an seine Mitschuld an Eckhardt Willingers Tod erinnern müssen. Im Grunde war Otfried sogar der Hauptschuldige, denn er hatte ihn um Hilfe gebeten, und auf andere Weise hätte das Problem nicht gelöst werden können.
Mit einer knappen Kopfbewegung brachte Gürtler seinen Neffen dazu, ihn mit dem Gast allein zu lassen. Er schloss eigenhändig die beiden Türen und legte die Riegel vor. Doch auch

das schien ihm nicht sicher genug zu sein, denn er winkte Otfried, ihm in die Geldkammer zu folgen.
»Lass dich beglückwünschen, mein Freund. Die Spatzen pfeifen bereits von den Dächern, dass du der neue Herr im Hause Willinger bist.« Gürtler streckte Otfried die Hand entgegen, die dieser mit festem Druck ergriff.
»So ist es. Ich wollte nicht versäumen, dich persönlich zum Begräbnis und zum Leichenschmaus einzuladen.«
War das eine gut versteckte Provokation, fragte Gürtler sich, mit der Otfried ihn an das erinnern wollte, was gestern geschehen war? Mit einem Mal überkam ihn das Gefühl, sein Freund könne doch nicht ganz so harmlos und leicht zu lenken sein, wie er es sich vorgestellt hatte.
»Natürlich werde ich kommen.« Seine Stimme klirrte leicht, doch Otfried achtete nicht darauf, denn er war zu begierig, in Gürtlers Geheimnisse eingeweiht zu werden. Für sich selbst hatte er beschlossen, sich so zu dem Tod seines Vaters zu stellen, als wäre dieser vom Fieber dahingerafft worden. Fröhlich sah er Gürtler an und deutete dann mit der Hand in die Richtung, in der man durch das kleine, mehrfach vergitterte Fenster den Turm des Rathauses erkennen konnte.
»Die Ratsstimme der Familie Willinger steht nun zur Disposition. Daher will ich wissen, was du mir bieten willst, um sie für dich zu gewinnen.«
Otfrieds Gelassenheit beunruhigte Gürtler. Er verkniff sich aber jegliche Bemerkung, griff in eine der Truhen und nahm eine etwa unterarmlange Kassette aus Eisenblech heraus. Als er sie öffnete, sah Otfried zuoberst ein mehrfach gesiegeltes Pergament liegen. Gürtler reichte es seinem jungen Freund und beobachtete ihn dabei scharf.
Dieser warf einen Blick darauf und zuckte zurück. »Du willst

dich dem Bayernherzog unterwerfen? Bei Gott, das ist Hochverrat!«

»Zähme deine Zunge, du Narr! Oder willst du es gleich vom Ratsbalkon hinabschreien?« Gürtler ärgerte sich, das Pergament gezeigt zu haben, ohne ihn auf seinen Inhalt vorzubereiten.

Unterdessen hatte Otfried sich in den Text vertieft. Nun nickte er mehrmals und schnalzte anerkennend. »Jeder der Ratsherren, die dafür sorgen, dass der Beschluss gefasst wird, Tremmlingen dem Schutz des Bayernherzogs Stephan zu unterstellen, erhält die erbliche Ritterwürde und ein Mitanrecht auf den Besitz derjenigen, die sich dem Spruch der Ratsmehrheit widersetzen.«

»Wie du siehst, zeigt Herzog Stephan sich sehr großzügig. Er verzichtet auf jeden Anteil an den zu beschlagnahmenden Vermögen, und sein Emissär, Freiherr Georg von Kadelburg, begnügt sich ebenfalls mit einer kleinen Summe.«

Die kleine Summe umfasste mehrere tausend Gulden, doch da weder Gürtler noch Otfried sie aus ihrer eigenen Tasche zahlen mussten, ließ dieser Umstand sie kalt. Das Geld würde dem Vermögen von Koloman Laux und einigen anderen Mitgliedern des Hohen und des Allgemeinen Rates entnommen werden, deren Enteignung bereits so gut wie beschlossen war.

»Nun? Wie lautet deine Entscheidung?« Gürtlers Frage enthielt eine scharfe Warnung, nicht noch im letzten Augenblick auszubrechen. Das allerdings hatte Otfried auch nicht vor. Er studierte die Liste der Hohen Räte, die Gürtler bereits für sich gewonnen hatte, und keuchte auf, als er den Namen von Matthias Schrimpp fand, der offiziell noch als Verbündeter des Bürgermeisters galt.

Mit einer gewissen Anerkennung, aber auch einem Teil Skepsis hob Otfried den Blick. »Die Zahl reicht noch nicht, um einen formellen Beschluss herbeiführen zu können, und nur den werden der Kaiser und die Reichsstände akzeptieren.«

»Das wird sich schnell ändern! Wenn der Name Willinger auf dieser Liste steht, werden sich uns weitere Ratsmitglieder anschließen. Komm, unterschreib!« Gürtler tauchte eine Feder in das Tintenfass und reichte sie an Otfried weiter. Dieser zögerte einen Augenblick, dann setzte er seinen Namen auf das Pergament.

»Wollen wir hoffen, dass wir uns schon bald edle Ritter nennen können. Allerdings sollten sich uns nicht zu viele Ratsmitglieder anschließen. Wir müssen schließlich noch etwas zu verteilen haben!« Otfried lachte darüber wie über einen guten Witz.

Gürtler hielt es für das Beste, in das Lachen einzufallen. Eines war ihm jedoch klar geworden: Otfried Willinger war ein härterer Brocken als all seine anderen Verbündeten zusammen. Aus diesem Grund war es notwendig, ihre Partnerschaft noch auf andere Weise zu vertiefen.

»Nachdem dies geschehen ist, werden wir jetzt den Heiratsvertrag für mich und Ottilie aufsetzen.« Ohne die Reaktion des jungen Mannes abzuwarten, nahm Gürtler ein Blatt Papier und begann zu schreiben.

Otfried sah ihm über die Schulter zu und nickte zufrieden, als er die einzelnen Punkte des Kontrakts las. »So lasse ich es mir gefallen! Dir aber gebe ich den Rat, Tilla nicht Ottilie zu nennen, denn sie wurde seit ihrer Geburt immer nur Tilla genannt.

»Als mein Weib wird sie den Namen tragen, der ihr in der heiligen Taufe gegeben wurde, und keinen anderen«, antwortete Gürtler schroff.

Otfried begriff, dass seine Schwester es als Frau seines Freundes und Verbündeten nicht leicht haben würde, doch das entlockte ihm nur ein Achselzucken. Tillas Ehe mit Gürtler würde allen zeigen, wie eng die Verbindung zwischen ihnen war, und ihn mit einem Schlag zum zweiten Mann hinter seinem zukünftigen Schwager machen. In seinen Augen stand ihm dieser Platz zu. Die Willingers hatten immer zu den mächtigsten Familien der Stadt gezählt, und er wollte dafür sorgen, dass dies auch in Zukunft so blieb.

Zweiter Teil

Der Aufbruch

I.

Tilla blickte durch das offene Fenster und sah Gürtler mit energischen Schritten die Gasse heraufkommen. Sein weites Gewand blähte sich im Wind wie die Fahne eines wilden Kriegshaufens, und genauso willkommen war er ihr auch. Seit dem Tod ihres Vaters vor drei Wochen hatte es keinen Tag gegeben, an dem Gürtler nicht ihr Haus betreten hatte, und stets hatte er sie dabei mit schlüpfrigen Komplimenten bedacht und ihr sogar an den Hintern oder den Busen gefasst. Bei den ersten Begegnungen hatte sie sich dieses Benehmen verbeten, doch anstatt sich bei ihr zu entschuldigen, hatte er sie nur mit einem spöttischen Lachen bedacht. Inzwischen ergriff sie bereits bei seinem Anblick die Flucht.

Auch jetzt schloss sie rasch das Fenster und prüfte, ob sie die beiden Ersatzschlüssel in die Ärmeltasche gesteckt hatte, denn anders als andere Hausfrauen durfte sie den großen Schlüsselbund als Zeichen ihrer Herrschaft über das Haus nicht am Gürtel tragen. Das stand, wie der Vater ihr gesagt hatte, nur verheirateten Frauen zu. Dann eilte sie die Treppe hinab. Die Haustür und das Hoftor konnte sie nicht mehr benutzen, denn auf der Gasse würde sie Gürtler direkt in die Arme laufen. Daher rannte sie zum Hintergebäude, durchquerte es und schlüpfte durch die kleine Pforte in den zum Anwesen gehörenden Garten. Ohne anzuhalten hastete sie durch die Beete und stieg über den Bretterzaun. Dahinter verlief ein schmaler Durchgang, der zu einer der stinkenden Gassen führte. Das war kein Teil der Stadt, den sie freiwillig betrat, aber sie hatte nur die Wahl, den Atem anzuhalten und die Ohren gegen ein paar dumme Bemerkungen zu verschließen oder sich von Gürtler betatschen zu lassen.

Während sie den Weg zum Haus ihrer ehemaligen Kinderfrau einschlug, fragte sie sich, weshalb ihr Bruder so viel Wert auf die Besuche dieses unangenehmen Zeitgenossen legte. Mit Gürtler traf er sich tagtäglich, Koloman Laux aber hatte er noch kein einziges Mal in dem Haus empfangen, das nun das seine war. Dies tat Tilla leid, denn sie mochte den Bürgermeister. Von ihm war sie immer freundlich und zuvorkommend behandelt worden, und sie hatte ihn sogar Onkel nennen dürfen. Nun aber tat Otfried so, als wäre Laux ein unerwünschter Geschäftspartner oder gar ein Fremder. Dabei war es der ausdrückliche Wille ihres verstorbenen Vaters gewesen, sie mit Laux' Sohn Damian zu verheiraten.
Plötzlich stutzte Tilla und griff sich an die Stirn. Bei Gott, dachte sie, das kann doch nicht sein! War es vielleicht die Absicht ihres Bruders, diese Abmachung rückgängig zu machen und sie Veit Gürtler zum Weib zu geben? Sie stieß wütend die Luft aus den Lungen und schwor sich, dass sie einer solchen Heirat niemals zustimmen würde, ganz gleich, was Otfried sagen oder tun mochte.

II.

Veit Gürtler hatte die Bewegung hinter dem Fenster bemerkt und seine Schritte beschleunigt. Dennoch kam er zu spät. Als er den Hof des Willinger-Anwesens betrat, sah er nur noch einen Schatten hinter der Tür des Rückgebäudes verschwinden. Im ersten Impuls wollte er Tilla folgen, sagte sich aber, dass er sich damit nur zum Narren machen würde, und hieb verärgert mit der Hand durch die Luft. Dann verzog er seine Lippen zu einem höhnischen Grinsen. »Ich werde dir deine Mucken schon austreiben, Jungfer Ottilie. Du wirst lernen, mir zu gehorchen, das schwöre ich dir.«

Das verständnislose Grunzen des Torwächters erinnerte Gürtler daran, dass er nicht allein war. Er drehte sich zu dem Knecht um und versetzte ihm einen Stoß. »Glotz nicht so dumm!« Ohne sich weiter um den Mann zu kümmern, schritt er zur Tür des Wohnhauses, die auf den Hof führte, und stieß im Flur mit Ilga zusammen.

Gürtler packte sie am Arm. »Wo befindet sich dein Herr?«

»Im Kontor! Wartet, ich melde Euch an.« Ilga war der Blick des Mannes unangenehm und sie versuchte sich zu befreien.

Gürtler zog sie lachend an sich heran und griff ihr mit der freien Hand ans Mieder. »Du hast einiges an dir, das mir gefällt. Ich werde deinem Herrn sagen, dass er dich seiner Schwester als Magd mitgeben soll, wenn ich sie heirate.«

Sonst war Ilga nicht auf den Mund gefallen, doch diese Frechheit verschlug ihr die Sprache. Als Gürtler sie jedoch mit dem Rücken gegen die Wand drängte und sich gegen sie presste, so dass sie die anwachsende Beule in seiner Leibesmitte an ihrer Hüfte spürte, zischte sie ihn an. »Stoßt, wen Ihr wollt, aber mich lasst in Frieden!«

Als Antwort zwickte Gürtler sie so fest in den Busen, dass sie aufschrie. »Aua! Ihr tut mir weh.«

»In den nächsten Tagen werde ich dir wohl doch einmal die Röcke hochschlagen müssen. Glaub mir, ich bin ein besserer Hengst als dein Herr – und wahrscheinlich auch großzügiger.« Gürtler rieb seinen Leib noch einmal an dem ihren und ließ sie los.

»Pah!« Mit diesem Laut kehrte die Magd ihm den Rücken und rannte die Treppe hoch, um aus seiner Nähe zu kommen.

Lachend ging Gürtler weiter und trat in das Kontor. Otfried

Willinger saß auf dem Stuhl seines Vaters und studierte mehrere Listen. Als er hörte, wie sich die Tür öffnete, deutete er ohne aufzusehen auf eine Truhe. »Stelle es dorthin!«

»Verzeih, mein Freund, ich glaube, du verwechselst mich mit jemand.« Gürtler grinste und streckte Otfried die Hand entgegen.

Tillas Bruder ergriff sie eifrig, schüttelte sie und wies dann auf die Briefe. »Kannst du mir erklären, was diese Leute hier wollen? Die berufen sich da auf angebliche Abmachungen mit meinem Vater, die ich gefälligst einzuhalten hätte.«

Gürtler nahm die Schreiben an sich und überflog sie. »Das ist nur ein Versuch, einen in ihren Augen noch nicht flüggen Gimpel auszunehmen. Antworte ihnen, dass sie dir gefälligst die Summen schicken sollen, die sie dir noch schuldig sind, sonst würdest du keine weiteren Geschäfte mit ihnen abschließen.«

»Aber sie sind mir doch nichts schuldig!«, rief Otfried verblüfft.

»Das mag sein, aber es wird sie dazu bringen, in Zukunft das Maul zu halten. Du musst diesen Kerlen Achtung vor dir einflößen, mein Freund. Erwähne ruhig meinen Namen. Dann werden sie wissen, woran sie sind.« Gürtler gefiel sich darin, den erfahrenen Geschäftsmann zu spielen, der den Jüngeren lehren konnte, wie man sich gegen unberechtigte Forderungen behauptet. Er schwenkte jedoch rasch auf ein anderes Thema um. »Deine Schwester hat sich schon wieder in die Büsche geschlagen!«

Otfried hob mit einer hilflosen Geste die Hände. »Ich kann sie doch nicht festbinden!«

»Werde nicht gleich patzig, mein Guter! Oder hast du vergessen, was wir abgemacht haben?« Gürtlers Stimme hatte mit einem Mal jeglichen verbindlichen Tonfall verloren. Er stemmte sich mit beiden Händen auf den Tisch und bohrte seinen Blick in Otfrieds Augen. »Ich mag es nicht, wenn man mich zum Narren hält! Deine Schwester versucht es, doch bei mir beißt sie auf Granit. Bisher habe ich sie umworben, wie ein Bräutigam es mit seiner erwählten Braut macht, doch mit dem Theater ist jetzt Schluss. Ich werde Nägel mit Köpfen machen!«

Otfried schüttelte verwirrt den Kopf. »Ich verstehe nicht recht …«

»Du wirst mich gleich verstehen. Ich will, dass die Ehe mit deiner Schwester heute noch geschlossen wird. Das ist mein gutes Recht, denn schließlich hast du deine Unterschrift unter den Ehevertrag gesetzt.« Zur Bekräftigung seiner Worte klopfte Gürtler auf den Tisch.

Tillas Bruder zuckte bei dem Geräusch zusammen, schüttelte aber den Kopf. »Das ist unmöglich! Vater ist doch erst vor drei Wochen beerdigt worden, und Tilla muss die Trauerzeit einhalten.«

»Du glaubst doch nicht, dass ich ein ganzes Jahr auf diese Heirat warte. Sie wird heute noch stattfinden! Hast du mich verstanden?«

Otfried sah ihn mit dem Blick eines getretenen Hundes an. »Da wird Vater Eusebius nicht mitmachen. Du weißt, wie streng er darauf hält, dass die Riten und Regeln unserer heiligen Kirche eingehalten werden.«

Gürtler winkte nur verächtlich ab. »Diesen Pfaffen brauchen wir nicht. Ein angeheirateter Verwandter meiner ältesten Schwester ist gestern bei uns eingetroffen. Er ist der Pfarrherr von Sankt Wendelin zu Ammershausen und hat sich bereit erklärt, den Trausegen zu spenden. Deswegen bin ich hier. Oder hast du es dir vielleicht anders überlegt und willst dich doch mit Laux versippen?«

»Natürlich nicht! Es kommt nur alles so schnell. Wenn du Tilla heiratest, wirst du wohl auch ihre Mitgift haben wollen.« Otfried kniff ärgerlich die Lippen zusammen. Es fiel ihm schwer genug, die Fäden des väterlichen Handelshauses in den Händen zu behalten, und da störte ihn der Abfluss einer nicht unbeträchtlichen Summe.

Gürtler begriff, dass er seinem Gegenüber wenigstens den kleinen Finger reichen musste. »Einen Teil gewiss, aber über den Rest können wir reden.«

Otfrieds Augen leuchteten auf. »Ich habe eine Idee! Wie wäre es, wenn wir uns noch enger verbinden würden als nur durch die Heirat meiner Schwester mit dir? Ich könnte zum Beispiel eine deiner Nichten zur Frau nehmen und deren Mitgift mit der Tillas verrechnen.«

Dem jungen Mann gelang es, sein Gegenüber so zu verblüffen, dass diesem die Sprache wegblieb. Das war Gürtler schon lange nicht mehr passiert. Er musterte den jungen Willinger unter hängenden Augenlidern, als wolle er sich darüber klar werden, was er wirklich von ihm zu halten hatte. In einem Augenblick wirkte Otfried wie ein unsicheres Bürschchen, im nächsten aber schien er so ausgekocht zu sein wie ein Ratsherr mit dreißig Jahren Erfahrung. Dann begriff Gürtler, dass dieses Angebot auch für ihn von Vorteil war. Eine so enge Verbindung zwischen den beiden Handelshäusern würde den anderen Ratsherren zeigen, wie nahe er und der junge Willinger sich standen. Diese Konzentration wirtschaftlicher Macht würde einige noch schwankende Gemüter im Rat dazu bringen, sich offen auf seine Seite zu schlagen. Dann geriet Laux in die Defensive und würde bald erledigt sein.

»Das wäre ins Auge zu fassen«, begann er vorsichtig. »Allerdings ist meine älteste Nichte gerade vierzehn Jahre alt geworden, und in unseren Kreisen heiraten die Mädchen nicht so früh. Das könnte Gerede geben.«

Otfried erinnerte sich an den Vertrag, den Gürtler mit dem bayrischen Höfling Georg von Kadelburg geschlossen hatte, und lachte leise auf. »In welchen Kreisen? In jenen, zu denen wir jetzt noch zählen? Das ist bald Vergangenheit! Mädchen aus dem Adel kommen früh unter die Haube, das weißt du genauso gut wie ich, mein Freund.«

Für einen Augenblick begann Gürtler an seiner Fähigkeit zu zweifeln, Otfried auf Dauer lenken zu können, schob diesen Gedanken jedoch rasch wieder beiseite. Immerhin würde der Herr des Hauses Willinger durch diese beiden Heiraten wie mit eisernen Banden an ihn gefesselt sein. »Also gut! Du erhältst das Mädchen zum Weib. Doch du kannst die Mitgift nicht von Gleich zu Gleich verrechnen. Ottilie ist immerhin deine Schwester, Radegund aber nur meine Nichte. Ich gebe ihr die Hälfte dessen mit, was ich von dir verlangen kann.«

Otfried zog ein saures Gesicht, er hatte gehofft, völlig ungeschoren aus dieser Sache herauszukommen. Eine Mitgift, wie Gürtler sie jetzt für seine Nichte bot, durfte er auch bei einer anderen Heirat erwarten. Dann aber dachte er an ihre gemeinsamen Pläne und sagte sich, dass er weitaus größere Summen aus ihrer Zusammenarbeit würde ziehen können.

»Also gut! Ich stimme zu. Beide Heiraten werden noch heute geschlossen!« Otfried streckte seinem Gast die Hand hin, die dieser mit spöttischer Miene ergriff.

»Du hast es wohl eilig, ins Ehebett zu kommen! Aber so gut wie deine Bettmagd Ilga wird Radegund wohl kaum sein. Du wirst dich damit zufriedengeben müssen, wenn sie dir gehorsam die Beine spreizt und dabei nicht zu laut den Rosenkranz betet.«

»Glaubst du, dass du es bei meiner Schwester besser hast?«, gab Otfried lachend zurück.
»Oh, dieses Stütchen werde ich mir schon richtig zureiten. Im Gegensatz zu dir habe ich bereits Erfahrung als Ehemann und weiß, was ich zu tun habe.« Gürtler klopfte Tillas Bruder gönnerhaft auf die Schulter und forderte ihn auf, Papier und Feder zur Hand zu nehmen, um die neue Abmachung niederzuschreiben.
»Wir werden beide Ehen heute in den frühen Abendstunden schließen. Da ihr euch noch in der Trauerzeit befindet, werden unsere Mitbürger verstehen, warum wir keine Feier veranstalten. Wir sollten allerdings durchklingen lassen, dass es später einmal ein großes Fest geben wird, damit die Leute zufrieden sind. Du aber sieh zu, dass deine Schwester im Haus ist, wenn ich mit dem Priester komme!« Nach dieser Ermahnung diktierte Gürtler Otfried den Ehekontrakt.

III.

Tilla hatte den größten Teil des Tages bei der alten Elsa verbracht und ihr bei etlichen Arbeiten geholfen. Nun machte sie sich widerwillig auf den Rückweg, und jeder Schritt, der sie dem Willinger-Haus näher brachte, schlug ihr wie ein Stich in den Magen. Unterwegs überlegte sie, ob sie kurz bei Onkel Laux vorbeischauen sollte, entschied sich aber dagegen. Es war der Ehre eines jungen Mädchens nicht zuträglich, wenn es ohne Begleitung ein fremdes Haus betrat.
Kritischere Mitbürgerinnen tadelten sie bereits hinter vorgehaltener Hand, weil sie während der Trauerzeit allein durch die Straßen lief und ihre Schritte zumeist nicht auf eine Kirche

richtete. Doch eine Magd hätte sie bei ihren Fluchten vor Gürtler behindert. Vater Eusebius von Sankt Nikolaus hatte sie ebenfalls schon ermahnt, aber da ihre Besuche nur ihrer ehemaligen Kinderfrau galten, rechnete er ihr dies nicht als schwer wiegende Sünde an. Beim Bürgermeister durfte sie sich jedoch nicht sehen lassen. Immerhin hatte ihr Vater mit Laux die Heirat zwischen ihr und Damian ausgehandelt, wenn auch noch kein Kontrakt geschlossen worden war. Daher wollte sie diesen Freier nicht mit ungehörigem Benehmen verscheuchen.
Mit dieser Überlegung schlüpfte Tilla durch die schmalen, übel riechenden Gassen des schlimmen Viertels, das sich zwischen der Abzweigung zu Laux' Anwesen und dem ihres Bruders erstreckte, und erreichte kurz darauf den Garten. Diesmal fand sie ihn nicht leer vor. Ein Knecht arbeitete mit der Harke in den Beeten und runzelte die Stirn, als er sie wie eine Vorstadtrange über den Zaun steigen sah. »Das solltest du nicht tun, Tilla.«
»Ich wollte nicht durch die halbe Stadt laufen und Hinz und Kunz auf dem Marktplatz grüßen müssen«, redete Tilla sich heraus und ging an dem Mann vorbei.
Dieser lehnte sich auf den Stiel seiner Harke und sah sie an. »Dein Bruder hat vorhin nach dir gefragt.«
Tilla rümpfte die Nase. »Ist Gürtler noch im Haus?« In dem Fall würde sie sofort zu Elsa zurückkehren und notfalls bei ihr schlafen.
»Den habe ich schon vor einer ganzen Weile gehen sehen«, antwortete der Knecht. In seiner Stimme schwang ein gewisser Tadel. Gürtler mochte nicht der angenehmste Mann in der Stadt sein, aber gewiss war er einer der reichsten und niemand tat gut daran, ihn zu verärgern. Das galt seines Erachtens auch für Tilla, deren Bruder eng mit Gürtler befreundet war.
Tilla schenkte dem Knecht keine Beachtung, sondern lief durch

das Hinterhaus und überquerte den Hof. Vorsichtig stieß sie die Pforte des Wohnhauses auf, damit sie nicht quietschte, und schlich durch den dämmrigen Flur, um ungehört an der Tür des Kontors vorbeizukommen.
Ihr Bruder musste sie jedoch durchs Fenster gesehen haben, denn er kam heraus, ehe sie die Treppe erreicht hatte. »Da bist du ja endlich! Was hast du dauernd herumzustromern? Immerhin sind wir ein Trauerhaus. Oder hast du etwa vergessen, dass Vater noch keinen Monat unter der Erde liegt?«
Ihr kamen die Tränen, aber weniger wegen der harschen Worte, sondern weil sie ihren Vater vermisste, trotz seiner Launen und all der Arbeit, die seine Pflege ihr gemacht hatte. Er war zwar oft hart und unduldsam gewesen und hatte ihr nicht viel Aufmerksamkeit geschenkt, doch im Gegensatz zu Otfried war er gerecht gewesen und hatte nach außen hin gezeigt, dass er stolz auf sie war. Ihr Bruder hingegen schien ihren Wert zu taxieren, als sei sie nur ein Ballen Tuch.
»Ich war bei Elsa, um ihr ein bisschen zu helfen. Sie kann ihre Hände nicht mehr so flink rühren wie früher.« Das war eine Lüge, denn die alte Frau fertigte immer noch feinere Spitzen an als sie selbst, und Tilla ärgerte sich, weil sie sich von ihrem Bruder zu dieser Ausrede hatte hinreißen lassen.
Otfried achtete jedoch nicht auf den schwankenden Klang ihrer Stimme, sondern stemmte die Hände in die Hüften und musterte sie von oben bis unten. »Wie du nur wieder aussiehst! Gewiss bist du durch die Drecksgassen gelaufen! Nach denen riechst du auch. Es ist eine Schande, dass man dieses stinkende Gesindel in seiner eigenen Umgebung ertragen muss. Laux hätte schon längst etwas gegen diesen Schandfleck unternehmen müssen. Nun ja, bald wird sich einiges in dieser Stadt ändern!«
Es währte einen Augenblick, bis Tilla erkannte, dass er mit der

Schande nicht sie, sondern die schlimmen Gassen gemeint hatte. Da sie sich nicht noch weitere Ausfälle gegen sich oder andere anhören wollte, verabschiedete sie sich. »Du hast sicher nichts dagegen, wenn ich auf mein Zimmer gehe und mich umziehe. Ich fürchte, ich habe tatsächlich Dreck ins Haus getragen!«
Ihr Bruder verzog angeekelt das Gesicht. »Tu das. Und wasch dich! Ich will nicht, dass du am Abendbrottisch nach Rinnstein riechst!«
»Das ist gemein!« Tilla ging beleidigt weiter, zog vor der Treppe die Schuhe aus und stellte sie neben die Haustür, damit ein Knecht sie säubern konnte. Dann stieg sie immer noch wütend zu ihrer Kammer hoch. Auf dem Weg nach oben hörte sie, wie ihr Bruder nach Ilga rief und diese anwies, den Flur zu säubern.
»Ach ja, bring meiner Schwester vorher eine Schüssel Wasser auf ihr Zimmer«, setzte er noch hinzu und zog sich in sein Kontor zurück.
Seine Anweisung war Tilla unangenehm, denn seit dem Tod ihres Vaters benahm die Magd sich ihr gegenüber, als sei sie die Hausfrau. Um die Begegnung möglichst kurz zu halten, rannte sie die restlichen Stufen hoch, schlüpfte in ihre Kammer und zog sich aus. Sie hatte wohl ihr Unterkleid nicht richtig geschürzt, denn dessen Saum war tatsächlich arg schmutzig geworden und roch unangenehm. Das war doppelt ärgerlich, weil sie es erst am Morgen frisch angezogen hatte. Mit einem Gefühl des Ekels öffnete Tilla die Tür und warf das Kleidungsstück auf den Flur, damit es in die Wäsche kam. Dann suchte sie in ihrer Kleidertruhe nach Ersatz. Als sie ihr Überkleid an einen Haken hing, um ein frisches Unterkleid anzulegen, ging die Tür auf und Ilga trat ein, ohne angeklopft zu haben.
Die Magd trug eine halbvoll mit dampfendem Wasser gefüllte

Schüssel und ließ sich deutlich anmerken, wie wenig es ihr passte, Tilla diesen Dienst erfüllen zu müssen. »Du hast ja ganz schön Dreck hereingebracht. Jetzt muss ich den ganzen Korridor im Erdgeschoss wischen. Dabei ist gar nicht Samstag!«

Tilla fauchte leise. »Jetzt tu nicht so, als würdest du dich überanstrengen. Immerhin bist du für solche Arbeiten angestellt. Ach ja, das nächste Mal klopfst du gefälligst, bevor du hereinkommst.«

»Wie denn? Ich hatte doch keine Hand frei«, gab Ilga patzig zurück und stellte die Schüssel in die dafür vorgesehene Öffnung des Waschtisches. »Dein Bruder sagt, du sollst dich richtig waschen und etwas Besonderes anziehen. Er erwartet heute Abend Gäste.«

Tilla sah sie erschrocken an. »Doch nicht etwa Gürtler?«

»Er hat mir nicht gesagt, wer kommt.« Mit einem Schnauben verließ Ilga die Kammer, denn sie ärgerte sich, weil Tilla sich hinter verschlossener Tür mit warmem Wasser waschen durfte, während sie selbst auf die für alle zugängliche Waschküche angewiesen war und sich kaltes Wasser vom Brunnen holen musste. Auch besaß sie keines jener wohlriechenden Mittelchen, über die Willingers Tochter verfügte. Die Magd drehte sich noch einmal zu Tillas Kammertür um und bleckte neidisch die Zähne. Dann aber entspannten sich ihre Gesichtszüge, denn die Waschkammer im Erdgeschoss hatte ihr Glück gebracht. Eines Tages war Otfried Willinger hereingekommen und hatte sie halbnackt am Bottich stehen gesehen. Sie hatte verschämt getan, ihn aber gleichzeitig angelockt und noch zur selben Stunde ihre Jungfernschaft verloren. Seitdem war sie die Geliebte des jungen Herrn und würde bald seine Frau werden. Dann konnte auch sie sich warmes Wasser ins Schlafzimmer bringen lassen und pflegende Essenzen und Salben benutzen, die ihr die Schönheit erhielten.

»Ist meine Schwester in ihrer Kammer?« Otfrieds Stimme riss die Magd aus ihren Gedanken.
Sie nickte eifrig. »Ja!«
»Das ist gut. Gib Acht, dass sie sie nicht wieder verlässt. Am besten, du gehst noch einmal hoch und schiebst den Riegel vor.« Otfried lächelte zufrieden und gab Ilga einen Klaps auf den Hintern. Da die junge Magd als Antwort verführerisch mit den Hüften wackelte, wurde ihm in einer gewissen Region seines Körpers warm. Ihm war jedoch nicht danach, dieses gebratene Täubchen zu verspeisen, denn in dieser Nacht hatte er auf etwas anderes Appetit. Gürtlers Nichte Radegund war zwar noch ein halbes Kind und gewiss nicht so feurig im Bett wie Ilga, doch er wollte dafür sorgen, dass sein angetrautes Weib schon bald mit einem Sohn schwanger ging. Der Gedanke erinnerte ihn daran, dass er vor seiner Hochzeit noch mit Ilga sprechen musste.
»Geh hoch und tu, was ich dir gesagt habe! Dann kommst du zu mir ins Kontor.«
»Gerne, mein Herr.« Ilga schenkte ihm einen seelenvollen Augenaufschlag und huschte möglichst lautlos nach oben. Gleich darauf hörte Otfried jenes schabende Geräusch, das er von früher kannte. Der Vater hatte den Riegel anbringen lassen, um seine Schwester einzusperren, wenn sie Stubenarrest bekommen hatte, und diesen Umstand machte er sich nun zunutze.
Oben schrie Tilla wütend auf und fragte, was das nun wieder zu bedeuten habe. Einen Augenblick hörte ihr Bruder noch, wie sie forderte, die Tür sofort wieder zu öffnen, dann kehrte er händereibend ins Kontor zurück. Kaum saß er auf seinem Stuhl, da schlüpfte Ilga herein. Noch während sie die Tür ins Schloss schob, schürzte sie die Röcke, um sich für ihren Herrn bereitzumachen.

Otfried blickte mit glitzernden Augen auf den ebenmäßigen Schwung ihrer Schenkel und das lockige Dreieck, unter dem sich die Stelle befand, die ihm schon so oft Freude gemacht hatte. Bei dem Anblick sagte er sich, dass er Manns genug war, zwei Frauen an einem Tag zu beglücken.
Ein Wink mit dem Kopf und Ilga verschwand mit einem schnurrenden Laut in der Geldkammer und legte sich bereitwillig auf die Truhe. Sie sah Otfried kommen und las die Gier auf seinem Gesicht, die sie so sicher machte, ihn beherrschen zu können.
Mit einer beiläufig wirkenden Bewegung entblößte er sein Glied und glitt auf sie. Während er sie ohne jedes Vorspiel benutzte, verzog sein Gesicht sich zu einer Grimasse, denn ihm wurde klar, dass die unangenehme Pflicht, die er danach zu erfüllen hatte, durch dieses Zwischenspiel noch schwieriger geworden war.
»Heute Abend vermähle ich mich mit einer standesgemäßen Braut!«, rief er mitten im Akt aus.
Ilga begriff sofort, dass ihre Träume zu platzen drohten, und empfand seine Worte wie eine Ohrfeige. In ihrer Wut stemmte sie die Arme gegen seinen Brustkorb und wollte ihn von sich hinunterschieben. Doch gerade das schien ihn noch mehr zu reizen, denn er geriet in Fahrt, presste sie mit seinem Gewicht gegen die Truhe und ließ erst von ihr ab, als er mit einem heftigen Keuchen zur Erfüllung gekommen war.
Ilga blieb für einige Augenblicke wie erstarrt liegen. Dann erhob sie sich so schwerfällig wie eine alte Frau. Ihre Beine gaben unter ihr nach und ihr Rücken brannte an jenen Stellen, an denen sich die Metallbeschläge in ihre Haut gedrückt hatten. Innen aber fühlte sie sich so kalt, als sei sie gerade gestorben. Schließlich sah sie unter Tränen zu Otfried auf. »Warum wollt Ihr eine andere heiraten, Herr? Ich dachte, Ihr wärt mit mir zufrieden.«

»Das bin ich auch. Zwischen uns beiden wird sich auch nichts ändern. Das Kontor ist mein Refugium und meine zukünftige Frau hat hier nichts zu suchen.«

Das war nicht die Antwort, die Ilga sich gewünscht hatte. »Herr, Ihr hattet mir versprochen, mich zu heiraten!«

Otfried musste an sich halten, um nicht laut aufzulachen. Hatte das dumme Ding die Worte, die er in seiner Erregung ausgestoßen hatte, doch tatsächlich für bare Münze genommen! Am liebsten hätte er sie mit ein paar harschen Worten an die Arbeit geschickt. Aber er traute ihr zu, sofort zum Pfarrer zu laufen und diesem alles zu beichten. Wenn Vater Eusebius erfuhr, dass er mit seiner Magd der Unzucht gefrönt hatte, anstatt für die Seele seines Vaters zu beten, würde dieser ihn von der Kanzel aus anklagen und mit einer Kirchenstrafe belegen. Das konnte er sich in seiner Situation nicht leisten. Es würde schwer genug werden, dem Geistlichen die beiden überstürzt und von einem anderen Pfarrer geschlossenen Ehen zu erklären.

Mit einem raschen Griff fasste er Ilga um die Hüften und zog sie zu sich heran. »Du musst verstehen, dass mir keine andere Wahl bleibt. Ein Willinger kann in erster Ehe nicht eine einfache Magd heiraten. Ich habe einen Ruf in der Stadt zu wahren, denn als Nachfolger meines Vaters bin ich nicht nur der Herr unseres Handelshauses, sondern auch ein Mitglied des Hohen Rates. Die anderen Ratsherren würden mich vom Tor des Ratshauses weisen lassen, wenn ich so etwas Unbedachtes täte. Meine Geliebte kannst du jedoch bleiben, und wer weiß, vielleicht ergibt sich irgendwann einmal sogar die Möglichkeit einer Heirat. Als Witwer muss ich nicht mehr darauf achten, wen ich nehme, solange es kein Weib vom unehrlichen Volk ist.«

Die letzten Worte hatte er sich schnell aus den Fingern gesogen, um die Magd zu beruhigen, und der Erfolg gab ihm Recht. Ilga hörte zu schluchzen auf und blickte ihn mit dunkel schimmernden Augen an. »Schwöre mir, dass ich deine zweite Frau werde!«

»Bei Gott dem Herrn, soll ich vielleicht einen Priester holen, der meine Worte ins Kirchenbuch schreibt? Närrin! Mein Versprechen ist so gut wie ein Schwur. Doch nun eile dich und richte meine Kammer, damit ich mit meiner Braut dort weitermachen kann, wo ich bei dir aufgehört habe.«

Bei den Worten hob er Ilgas Rock hoch und tätschelte ihren nackten Hintern. Ihr Blick streifte seine Leibesmitte und sie sah, wie der schlaffe Wurm, der dort hing, wieder zu neuem Leben erwachte. Am liebsten hätte sie ihn dazu gedrängt, sie so oft zu nehmen, bis nichts mehr übrig war, was er seiner Braut noch hätte geben können. Doch als sie eine aufreizende Bewegung machte, richtete Otfried nur grinsend sein Gewand, verließ die Kammer und ließ sich auf seinen Stuhl sinken.

»Du kannst jetzt gehen und tun, was ich dir aufgetragen habe! Ich habe noch etliche Briefe zu beantworten.« Er sagte es in einem Ton, als hätte sie den Boden kehren wollen und ihn dabei gestört.

Ilga biss die Zähne zusammen und traute sich erst nach einem tiefen Luftholen die Frage zu stellen, die sie beinahe zerfraß. »Und wer ist die Frau, die Ihr heiraten wollt?«

Erstaunt über so viel Hartnäckigkeit blickte Otfried auf. »Gürtlers Nichte Radegund.«

»Dieses Kind? Die hat doch noch nicht einmal die Wolle, die hierher gehört.« Die Magd stieß einen keuchenden Laut aus, hob den Rock und zeigte auf ihre Schambehaarung.

Ihr Herr zuckte nur mit den Schultern. »Wenn sie auch nur halbwegs so gebaut ist wie du, werde ich es überstehen.

IV.

Tillas Wut steigerte sich mit jeder Viertelstunde, die die Glocke von Sankt Nikolaus schlug, und ihre Angst wuchs in gleichem Maße, denn sie fragte sich, was sie erwarten mochte. Wer auch immer den Riegel vorgelegt hatte, war nicht ohne Otfrieds Zustimmung oder seinen Befehl an ihre Kammertür getreten. Dahinter konnte nur eine neue Bosheit ihres Bruders stecken. Hatte nicht Ilga ihr gesagt, er erwarte Gäste, für die sie sich gut kleiden sollte? Sie rümpfte die Nase bei dem Gedanken und ließ sich auf ihr Bett sinken, fest entschlossen, hier sitzen zu bleiben, wenn man sie holen wollte. Nach einer Weile aber sagte sie sich, dass sie nach unten gehen musste, wenn diese Gäste erschienen, denn sie war die Hausfrau und musste ihre Pflicht erfüllen. Was das hieß, hatte der Vater ihr beigebracht, als sie nach dem Tod ihrer Mutter deren Stelle im Haushalt eingenommen hatte.

Verärgert über sich selbst, weil ihre Gefühle schwankten wie ein Zweig im Wind, machte Tilla sich daran, ein anderes Kleid auszusuchen. Da sie in Trauer war, wählte sie ein dunkelgraues Gewand, das bis zum Hals reichte und vorne durchgehend mit gleichfarbenen Bändern geschlossen wurde. Sie legte es auf ihr Bett und begann, sich zu waschen. Gegen ihre eigene Überzeugung hoffte sie, die erwarteten Gäste könnten Bürgermeister Laux und seine Söhne sein oder einer der anderen Ratsherren mit seiner Familie. Da Otfried das Recht zustand, den Ratssitz ihres Vaters einzunehmen, musste er ein gutes Einvernehmen mit den Spitzen der Tremmlinger Gesellschaft suchen.

Ihr Verstand sagte ihr jedoch, dass es sich um Gürtler handeln würde, denn sonst hätte ihr Bruder sie nicht einschließen lassen. Dem Mann würde sie endgültig klarmachen, dass er bei ihr

nichts zu erhoffen hatte. Mit diesem Vorsatz zog sie sich an und wartete, bis jemand kam, um die Tür zu öffnen.
Sie wusste nicht, wie lange sie still auf der Kante ihres Bettes gesessen hatte, als Lärm von unten drang. Sie vernahm, wie Otfried mit betonter Fröhlichkeit die erschienenen Gäste begrüßte, und lachte bitter auf, als Veit Gürtler ihm antwortete. Er schien noch andere Leute mitgebracht zu haben, denn sie konnte zwei Frauenstimmen ausmachen und den dröhnenden Bass eines Mannes, der von eingebildeter Wichtigkeit zu platzen schien, denn er nannte Otfried seinen Sohn.
Irritiert schüttelte Tilla den Kopf. Eine solche Anrede stand eigentlich nur einem Geistlichen zu, doch es handelte sich nicht um Vater Eusebius. Dieses Rätsel würde sich wohl erst lösen, wenn man sie aus ihrer Kammer befreit hatte. Einen Augenblick später vernahm sie Schritte auf der Treppe.
»Tilla, bist du fertig?« Es war ihr Bruder. Sie blies die Luft aus den Lungen und bleckte die Zähne. »Du kannst aufmachen!«
Der Riegel wurde zurückgezogen, und als die Tür aufschwang, sah sie Otfried mit einer so selbstzufriedenen Miene draußen stehen, dass es sie anwiderte. Mehr noch ärgerte sie sich über seinen Aufzug, denn er trug ein Gewand, das sich wahrlich nicht für einen Mann ziemte, der gerade erst seinen Vater verloren hatte. Zu rot-grün gestreiften Strümpfen hatte er ein besticktes Wams aus hellblauem Damast angezogen und eine Lächerlichkeit von einem Hut in der gleichen Farbe aufgesetzt. Beim Anblick seiner schlicht gekleideten Schwester rümpfte er die Nase, sagte aber nichts, sondern wies nach unten.
»Veit Gürtler ist heute Abend unser Gast, zusammen mit seinen Schwestern, deren Söhnen und Töchtern und dem hochehrwürdigen Herrn Martin Böhdinger, Pfarrherr von Sankt Wendelin zu Ammershausen.«

»Wenn du all diese Leute zu Gast geladen hast, warum hast du mich dann einschließen lassen? Nun habe ich nichts vorbereiten können!« Tillas Blick verriet Otfried, dass sie ihm diese Behandlung nicht so rasch verzeihen würde.

Ihr Bruder lächelte jedoch nur selbstzufrieden. »Komm mit!«

Mit einem Seufzer fragte Tilla sich, wie sie einen ganzen Abend in der Gesellschaft der Gürtler-Sippe überstehen sollte, folgte ihm aber schon aus reiner Gewohnheit. Unten stellte sie fest, dass die Gäste sich so feierlich gekleidet hatten, als wären sie auf dem Weg zum sonntäglichen Kirchgang. Der Geistliche war im vollen Ornat erschienen, mit roter Kasel und Stola über der bodenlangen weißen Dalmatika; Gürtler selbst hatte einen langen, halb durchgeknöpften Überrock aus rötlich schimmerndem Damast und ein dunkles, gemustertes Untergewand angelegt. Seine beiden Schwestern glichen in ihren Roben aufgeplusterten Hennen, und das Älteste der beiden Mädchen, ein pummeliges Ding mit brünetten Haaren und blassen Augen, brach unter der Last seines kostbaren Gewandes beinahe zusammen.

Noch bevor Tilla ein Grußwort sagen konnte, trat Gürtler auf sie zu und ergriff ihre Hand. »Dein Bruder wird dir gewiss schon gesagt haben, zu welchem Anlass wir uns eingefunden haben.«

Otfried rollte verzweifelt mit den Augen, um anzudeuten, dass Tilla noch nichts von ihrer Abmachung wusste. Gürtler ging jedoch nicht darauf ein, sondern wies auf den Priester. »Das ist mein Verwandter Martin Böhdinger, ein Pfarrherr. Er wird den Trausegen über uns sprechen.«

»Trausegen?«, platzte Tilla heraus. Mit einer heftigen Bewegung streifte sie Gürtlers Hand ab und drehte sich zu ihrem Bruder um. »Was soll das bedeuten?«

»Du wirst noch heute mein Weib, so wie meine Nichte Rade-

gund das deines Bruders wird. So haben wir es geschrieben und besiegelt«, antwortete Gürtler an Otfrieds Stelle, während dieser vorsichtshalber zwei Schritte zurückwich.
Tilla kümmerte sich jedoch nicht um ihren Bruder, sondern hob das Kinn und blickte Gürtler verächtlich an. »Damit Ihr's wisst: Euch werde ich niemals heiraten!«
»Dein Bruder ist dein Vormund und hat den Ehekontrakt unterschrieben. Du wirst ihm gehorchen!« Gürtlers Stimme warnte sie vor weiterem Widerspruch.
Dennoch schüttelte Tilla vehement den Kopf. »Niemals!«
Im selben Augenblick schlug Gürtler zu. Tilla sah seine Hand auf sich zukommen, konnte ihr aber nicht mehr ausweichen. Der Schlag traf ihr Gesicht so hart, dass sie mit dem Kopf gegen die Wand flog. Auf ihren Lippen schmeckte sie Blut, und sie sah Gürtler an, dass er so lange auf sie einprügeln würde, bis sie nachgab.
Empört blickte sie ihren Bruder an. »Wie kannst du zulassen, dass dieser Mann mich schlägt?«
»Es ist sein Recht! Ich habe dich ihm mit Brief und Siegel angelobt, also wirst du von nun an ihm gehorchen.«
»Aber unser Vater hat mich Damian Laux angelobt! Das hat er auch Vater Eusebius gesagt!«, rief Tilla verzweifelt aus.
»Euer Vater ist tot und dein Bruder bestimmt jetzt, was geschieht. Füge dich und hüte dich davor, meinen Zorn zu erregen. Und nun komm! Ich will die Sache hinter mich bringen. Da ihr noch in Trauer seid, ist keine Feier vonnöten. Vater Martins Segen mag uns fürs Erste genügen. Später, wenn die Trauerzeit vorbei ist, laden wir unsere Freunde zum Mahl und lassen die Musikanten aufspielen.«
Gürtler packte Tilla und schleifte sie zu seinem geistlichen Verwandten. Ein anderer Priester hätte sich aufgrund des Gehörten

wohl geweigert, diesem Bund Gottes Segen zu geben. Martin Böhdinger jedoch war froh, dass Gürtler ihm die Versorgung der Witwe und der Kinder seines verstorbenen Bruders abzunehmen bereit war, und murmelte daher die heiligen Worte, ohne sich von dem entsetzensstarren Gesicht der unfreiwilligen Braut abhalten zu lassen.

Tilla glaubte, in einen Albtraum geraten zu sein, und nahm für einen Moment an, sie sei in ihrer Kammer eingeschlafen und würde von einem bösen Geist gepeinigt. Der Geschmack des Blutes auf ihren Lippen und Gürtlers schmerzhafter Griff um ihren Oberarm bewiesen ihr jedoch, dass dies alles tatsächlich stattfand. Sie wurde in einem höhnischen Zerrbild der heiligen Handlung verheiratet. Als sie sich aufbäumte und »Nein!« schrie, verstärkte Gürtler seinen Griff, zwang sie in die Knie und drückte ihren Kopf nieder, so dass sie in dieser demütigen Haltung verharren musste, bis der Geistliche die letzten Worte gesprochen hatte.

»So, nun bist du mein Weib und hast mir zu gehorchen. Vater Martin, gebt nun auch das zweite Paar zusammen!« Gürtler erteilte dem Geistlichen Befehle, als wäre dieser einer seiner Handelsgehilfen und nicht der Inhaber einer stattlichen Pfründe.

Böhdinger gehorchte und bat Otfried und Radegund vor ihn zu treten. Auch bei ihnen haspelte er die heiligen Worte herab und zeichnete das junge Paar mit dem Kreuz. Das Mädchen sah nicht so aus, als habe es eine Ahnung von der Bedeutung dieses Schritts, aber es sonnte sich offensichtlich in der Tatsache, einmal im Mittelpunkt zu stehen.

Regula Böhdinger, eine etwas aus dem Leim gegangene Matrone, wirkte höchst zufrieden, hatte sie doch niemals auf die Verbindung mit einer so einflussreichen Familie hoffen können, und strahlte daher über das ganze Gesicht. Immerhin zählte Otfried

Willinger zu den reichsten Männern der Stadt und – wie ihr Bruder behauptete – auch zu den einflussreichsten. Die Tatsache, dass ihre Tochter Radegund Herrin in diesem Haus werden sollte, söhnte sie ein wenig mit der zweiten Heirat ihres Bruders aus. Nachdem dessen erste Ehe kinderlos geblieben war, hatte sie schon gehofft, er würde ihren Sohn Rigobert zu seinem Erben und Nachfolger bestimmen. Wenn Veit von Tilla Kinder bekam, war daran nicht mehr zu denken. Sie gab die Hoffnung jedoch nicht völlig auf, denn auch diese Ehe musste nicht zwangsläufig von Nachwuchs gesegnet werden. Ihr Bruder behauptete zwar, der Vater mehrerer Bastarde zu sein, doch deren Mütter hatten es gewiss auch mit anderen Männern getrieben.

Im Gegensatz zu seiner Mutter, die Otfried freudestrahlend als ihren Schwiegersohn in die Arme schloss und sich mit der Ehe ihres Bruders abgefunden zu haben schien, vermochte Rigobert Böhdinger seinen Ärger nicht zu verbergen. Seine Aussichten erschienen ihm mit einem Mal so schlecht wie nie zuvor in seinem Leben, und er fragte sich, ob er nicht doch das Angebot seines Onkels, des Pfarrherrn, annehmen und eine Laufbahn als Geistlicher einschlagen sollte. Zwar würde er dabei nicht so reich werden wie ein großer Kaufherr, doch als Priester vermochte er es vielleicht sogar zum Bischof zu bringen.

Da Veit Gürtler ein guter Beobachter war, blieben ihm die Gefühle seiner Verwandten nicht verborgen. Die Gier nach seinem Erbe, welche Regula und Rigobert, aber auch seine jüngere Schwester Pankratia und deren Söhne unverhohlen zur Schau stellten, hatte seinen Wunsch nach einem eigenen Sohn schon zur Besessenheit werden lassen. Dennoch war seine Wahl nicht auf Tilla gefallen, weil sie jung und gesund war, sondern wegen ihrer hohen Mitgift. Es ärgerte ihn zwar, dass er die Hälfte davon für Radegunds Verheiratung opfern musste, aber auch so machte er noch ein ausgezeichnetes Geschäft und konnte überdies das Haus Willinger samt dessen Freunden und Parteigängern für seine Pläne einspannen. Zufrieden mit sich und der Welt nahm er den Weinpokal entgegen, den Ilga ihm reichte, und trank ihn in einem Zug leer.

Die junge Magd teilte nun auch an die restlichen Gäste Wein aus und blieb zuletzt vor Radegund stehen. »Gott segne deinen Eintritt in dieses Haus, Herrin!«

Jedes dieser Worte war eine Qual für Ilga, denn Otfrieds Heirat hatte ihre Hoffnungen jäh zerstört. Nun würde sie ihm auch weiterhin auf der Truhe in der Geldkammer zu Willen sein müssen, während eine andere im weichen Ehebett lag. Bei dem Gedanken huschte ein böses Lächeln über ihre Lippen. Otfried würde schon sehen, was er an Radegund hatte. Dieses Kind würde ihn als Mann gewiss nicht zufrieden stellen können, vor allem nicht in der Brautnacht, denn Ilga hatte ihrem Wein ein kräftiges Schlafmittel beigegeben. Diese Tinktur hatte Gassner dem alten Willinger anmischen lassen, weil der Kranke von wilden Fieberträumen geplagt in der Nacht beinahe stündlich hochgeschreckt war. Ria hatte ihr zwar befohlen, die gesamten Tinkturen und Pülverchen, die der Arzt dem verstorbenen Hausherrn mitgebracht hatte, in den Abtritt zu kippen, aber die Arbeit war ihr lästig gewesen. Erst vorhin, nachdem sie den Schlaftrunk für ihre eigenen Zwecke beiseitegeschafft hatte, hatte sie den Auftrag ausgeführt.

»Ich danke dir!« Mit kindlicher Stimme nahm Radegund den Becher entgegen und hielt ihn fest.

Ilga wollte sie auffordern, davon zu trinken, doch Otfried gab ihr einen Schubs. »Geh nach oben und schlage die Laken meines Bettes auf. Ich werde gleich mit meinem Weib nachkommen und die Hochzeitsnacht mit ihr feiern.«

Radegund kicherte nervös, während Ilga ihren Zorn niederkämpfen musste. Diesen Auftrag hatte Otfried ihr gewiss nur gegeben, um sie zu demütigen. Doch sie würde es ihm und diesem blassen, unscheinbaren Ding, das er zur Frau genommen hatte, gründlich heimzahlen. Sie verließ die Stube, blieb aber hinter der Tür stehen und starrte durch den Schlitz, um zu sehen, ob die Braut endlich trank.

In dem Augenblick stand Gürtler auf. »Auf das ganze Brimborium, das sonst mit Hochzeiten verbunden ist, können wir verzichten. Die Sänfte für Ottilie steht bereit. Wir können also aufbrechen. Ich will nur noch einen Schluck trinken.« Er hielt durstig Ausschau, doch da ihm niemand frischen Wein brachte, nahm er Radegund den Becher ab. »Ein junges Frauenzimmer wie du sollte noch kein so schweres Getränk anrühren«, erklärte er und leerte den Becher mit wenigen Zügen. Dann packte er Tilla und schob sie auf die Tür zu, ohne auf die hastigen Schritte zu achten, die dahinter aufklangen. »Komm, Weib, unser Ehebett wartet!«

Seinem harten Griff konnte Tilla nichts entgegensetzen. Sie streifte ihren Bruder mit einem anklagenden Blick, doch der achtete nicht auf sie, sondern fasste die aufquiekende Radegund um die Taille, führte sie ebenfalls auf den Flur und weiter zur Treppe. Seiner Miene nach würde das Mädchen noch in dieser Viertelstunde ihre Jungfernschaft verlieren.

Nun begriff Tilla, dass dies auch ihr Schicksal sein würde, und sie versteifte sich unwillkürlich. Im selben Augenblick schlug Gürtler erneut zu. »Du hast mir zu gehorchen!«

Tilla biss die Zähne zusammen, um nicht vor Schmerz aufzuschreien, denn diesen Triumph wollte sie dem Mann nicht gönnen. Doch ihren Tränen konnte sie nicht Einhalt gebieten. Mit vom Weinen verschleierten Augen stolperte sie hinter ihm her und fragte sich verzweifelt, warum ihr Schicksal diese Wendung hatte nehmen müssen. Draußen stopfte Gürtler sie wie ein Bündel Lumpen in die Sänfte, die von vier kräftigen Knechten getragen wurde. Ein halbes Dutzend handfester Kerle begleiteten den Hochzeitszug und trieben jeden zurück, der sich der Gruppe nähern wollte.

Tilla überlegte, ob sie um Hilfe rufen sollte. Auch wenn niemand bereit war, Gürtler in den Weg zu treten, so würde sicher jemand zu Laux laufen, um dem Bürgermeister und dessen Söhnen von dem infamen Streich zu berichten, den man ihr gespielt hatte. Als sie jedoch an Damian dachte, schüttelte sie den Kopf. Er war Geschäftsmann durch und durch und würde den Vertrag, den ihr Bruder mit Gürtler geschlossen hatte, ohne Widerspruch akzeptieren. Sebastian wäre vielleicht bereit, etwas zu unternehmen, aber der war noch ein halber Knabe und gewiss nicht der Mensch, auf dessen Wort irgendjemand hören würde. So blieb ihr nichts anderes übrig, als sich zur Schlachtbank schleppen zu lassen.

IV.

In Gürtlers Anwesen wurden der Hausherr und seine Begleiter bereits erwartet. Ein Dutzend Knechte und Mägde standen auf dem Hof, um die Braut zu begrüßen, und sahen den Ankömmlingen erwartungsvoll entgegen. Auf einigen Gesichtern las Tilla Mitleid, denn die Leute hatten miterlebt, wie Gürtler seine erste Gattin behandelt hatte, und glaubten nicht, dass er mit seiner zweiten Ehefrau sanfter verfahren würde.

Gürtler hatte nicht die Absicht, mit seinen Dienstboten einen Hochruf auf die junge Hausfrau auszubringen oder ihr die Leute vorzustellen, sondern zerrte Tilla aus der Sänfte und stieß sie ins Haus. Kurz darauf befand sie sich in der Kammer, in der ihr frisch angetrauter Mann die Ehe vollziehen wollte. Es schien, als wäre der Raum selbst ein Omen für ihre Zukunft. Nichts hier atmete Behaglichkeit. Das Bett war schmal und der aufgebundene Betthimmel von einer dumpfen, braunen Farbe, die die Düsternis der altersdunklen Holzwände und der schmucklosen Decke noch unterstrich. Ein paar Truhen, deren Bemalung zur Unkenntlichkeit verblasst war, ein Gestell für die Waschschüssel und eine trübe glimmende Öllampe vervollständigten das traurige Inventar.

»Verdammt, ich hatte doch befohlen, eine Kanne Wein bereitzustellen!« Gürtler rief mit zorniger Stimme nach seinem Leibdiener, der kurz darauf mit dem Gewünschten erschien.

»Wieso hat das so lange gedauert?«, fuhr Gürtler ihn an.

»Verzeiht, Herr, doch ich wollte den Wein so frisch wie möglich zu Euch bringen. Er wird in der Wärme so schnell schal.« Die Worte des Dieners klangen vernünftig, trotzdem versetzte Gürtler ihm mit der Linken einen Schlag. Mit der anderen Hand hielt der Kaufherr noch immer Tilla fest. Dann fiel sein Blick auf die beiden silbernen Becher, die der Diener neben den Krug stellte.

»Verfluchter Narr! Du weißt doch, dass ich es nicht mag, wenn Weiber Wein trinken.« Er hob erneut den Arm, doch diesmal trat der Diener schnell genug aus seiner Reichweite.

»Aber Herr, wollt Ihr denn nicht zum Anlass Eurer Hochzeit mit Eurer Braut anstoßen?«

»Überlass das Denken denen, die etwas davon verstehen. Nimm diesen Becher wieder mit und verschwinde. Halt, vorher füllst du mir den meinen!«

Gürtler wartete nicht, bis der Diener ihm das Gefäß reichte, sondern riss es ihm aus der Hand und leerte es in einem Zug. Dann ließ er sich noch einmal vollschenken, scheuchte den Mann mit einer knappen Bewegung seines Kopfes hinaus und gab Tilla einen Stoß, der sie in Richtung Bett trieb.

»Zieh dich aus!«, befahl er ihr, trat zur Tür und legte den Riegel vor. Seine Stimme drückte zwar eine gewisse Ungeduld aus, aber keine Leidenschaft.

Tilla war von ihrem Vater dazu erzogen worden, eine gehorsame Ehefrau zu werden. Über diese Behandlung aber ärgerte sie sich so, dass sie mit verschränkten Armen stehen blieb. Soll er mich doch schlagen, dachte sie. Freiwillig erhält er nichts von mir!

Gürtler wartete einige Herzschläge lang, dann hob er die Faust, um sie zu züchtigen. Als er zuschlagen wollte, huschte ein seltsamer Ausdruck über sein Gesicht und er ließ die Hand sinken. Auch wenn er persönlich wenig auf die Meinung anderer gab, so konnte er es sich nicht leisten, Tilla mit Schrammen im Gesicht und blau geschlagenen Augen herumlaufen zu lassen.

»Wie du willst!« Er packte sie, riss ihr Kleid auf und schälte sie aus all den Lagen Stoff, in die eine Bürgerin sich zu hüllen pflegte, ohne nur ein Band zu öffnen. Als sie nackt vor ihm stand, nickte er anerkennend. Seine neue Frau war zwar recht groß, hatte aber trotz ihrer schlanken Gestalt durchaus angenehme Rundungen.

Tilla erwartete, auf das Bett geschleppt und benutzt zu werden. Stattdessen ging Gürtler zu einer der Truhen, öffnete sie und kramte darin herum, bis er einen gut zwei Finger breiten und halbmannslangen Lederriemen zum Vorschein brachte. Damit trat er auf Tilla zu, fasste sie an der Schulter und drückte sie mit dem Gesicht nach unten auf das Bett. Gleichzeitig klemmte er ihre Beine mit seinem rechten Schenkel am Bettgestell fest. Noch während Tilla sich fragte, was er damit bezweckte, klatsch-

te der Lederriemen so fest auf ihre Hinterbacken, dass sie vor Schmerz beinahe auf ihre Zunge gebissen hätte.
»Dies ist die erste Lektion in Gehorsam. Weitere werden folgen, wenn es nötig ist!« Gürtler begleitete jedes einzelne Wort mit einem scharfen Hieb.
Tilla war klar, dass er sie dazu bringen wollte, ihn anzuflehen, von ihr abzulassen, doch sie biss ins Bettlaken und ließ die Schläge stumm über sich ergehen
Gürtler starrte auf die zuckenden Hinterbacken, auf denen sich blutige Striemen abzeichneten, und verfluchte den Starrsinn der jungen Frau. Seine erste Gattin hatte ihn bereits nach den ersten drei Schlägen auf Knien gebeten, sie zu verschonen, doch bei diesem Weib würde ihm wohl der Arm lahm werden, bevor er ihm einen Schrei entlocken konnte. Daher schlug er noch härter zu und brachte sie wenigstens zum Stöhnen. Für einen Augenblick dachte er daran, wie er seine erste Frau das erste Mal gezüchtigt hatte. Damals war er zu weit gegangen, denn sie hatte die Leibesfrucht verloren, die bereits in ihr zu wachsen begonnen hatte, und danach war sie niemals mehr schwanger geworden. Ein zweites Mal sollte ihm so etwas nicht passieren, und das war der Grund, der ihn bewog, Tilla schon von Anbeginn zu zeigen, wer der Herr im Hause war.
Als er sie endlich weinen hörte, legte er den Riemen weg. »Höre mir gut zu, Ottilie. Ab heute bin ich dein Herr und Meister und du wirst mir in allem gehorchen! Hast du mich verstanden? Tust du es nicht, werden diese Schläge harmlos sein gegen die, die ich dir in Zukunft verabreichen werde.«
Da er keine Antwort erhielt, wollte er die Züchtigung schon fortsetzen, bis sie wie ein winselnder Hund vor seinen Füßen lag und diese küssen würde. Aber er durfte sie nicht zuschanden schlagen, wenn er nicht riskieren wollte, in der zweiten Ehe

ebenfalls kinderlos zu bleiben. Ärgerlich trank er den Wein aus, füllte den Becher zum dritten und nach ein paar Schlucken auch zum vierten Mal bis an den Rand. Dann entkleidete er sich mit gemächlichen Bewegungen und präsentierte sich seiner Braut in seiner hageren Nacktheit.

Tilla, die sich vor Schmerzen auf dem Bett zusammengerollt hatte, betrachtete ihren Ehemann mit grenzenloser Abscheu. Seine Brust war dicht behaart und auch sein Rücken sah aus, als trüge er ein Fell. Selbst sein blasses Glied wuchs aus einem Wust dunkler Haare und verlieh ihm das Aussehen eines Tieres – oder jenes Teufels, der auf der Seitenwand der Kirche Sankt Nikolaus zu sehen war.

»Dreh dich um und öffne die Beine!«, herrschte Gürtler Tilla an.

Als sie nicht sofort gehorchte, packte er sie und zerrte sie herum, bis sie dalag, wie er es wünschte. Für einen Augenblick sah sie so aus, als wolle sie sich zur Wehr setzen, aber nach ein, zwei scharfen Atemzügen blieb sie so steif liegen wie ein Stück Holz. Ihr Gesicht war tränennass, aber sie presste die Augenlider aufeinander, als wolle sie einen weiteren Strom verhindern.

»Sieh mich an!«, brüllte Gürtler, doch Tilla reagierte nicht.

»Nun gut, für heute will ich deinen Ungehorsam noch durchgehen lassen, doch beim nächsten Mal wirst du es bereuen.« Er kochte vor Wut, weil sie ihm trotz der Prügel noch Widerstand leistete, und nahm sich vor, ihren Willen mit anderen Mitteln zu brechen. Nun aber reichte es ihm, dass sie zu seinem Gebrauch bereitlag, denn er erwartete von seinem angetrauen Weib keine Leidenschaft, sondern stumme Ergebenheit. Als er sich auf sie wälzte und sein Glied zu einem harten Stoß positionierte, spürte er, wie der Raum sich um ihn zu drehen begann. Gleichzeitig zog sich sein Magen zu einem kalten Klumpen zusammen und in seiner Brust breiteten sich Schmerzen aus, die ihm schier den Atem nahmen.

Ich hätte nicht so viel Wein trinken sollen, fuhr es ihm durch den Kopf. Der Gedanke, dass diese Schwäche ihn daran hindern könnte, sein frisch angetrautes Weib so zu nehmen, wie es das Recht eines Ehemanns in der Hochzeitsnacht war, brachte ihn dazu, die Zähne zusammenzubeißen und gegen das Schwindelgefühl anzukämpfen. Wild entschlossen, Tilla zu zeigen, dass er nun der Besitzer ihres Körpers war, knetete er sein schlaff gewordenes Glied, bis es wieder die nötige Härte aufwies.

Er hatte sich vorgenommen, seine Frau die Schmerzen der Entjungferung spüren zu lassen, bis sie vor Pein um Gnade flehte. Um seinen Zustand vor ihr zu verbergen, ging er nun noch rauer zu Werk, doch zu seinem Ärger entlockte er ihr keine stärkere Regung als ein leichtes Verziehen ihrer Mundwinkel.

Er ahnte nicht, dass Tilla sich zum Erbrechen schlecht fühlte, denn ihr Unterleib schmerzte nun beinahe so stark wie ihre Kehrseite. So schlimm hatte sie sich den Vollzug der Ehe nicht vorgestellt. Nicht einmal unter Tieren ging es so rabiat zu. Dennoch hasste sie den Mann über ihr weniger als ihren Bruder, der sie diesem Unmenschen ausgeliefert hatte. Den Grund für diese überstürzte Verheiratung glaubte sie zu kennen, denn sie hatte Otfried seit dem Tod ihres Vaters beinahe täglich beschworen, das Vermächtnis des Verstorbenen zu erfüllen und sein Herz, das der Zinnschmied in eine für diesen Zweck geschaffene Dose eingelötet hatte, nach Santiago de Compostela zu bringen. Ihr Bruder hatte jedoch stets neue Ausflüchte gefunden und wollte sie wohl auf diese Weise mundtot machen. Aber sie würde auch jetzt nicht schweigen, das schwor sie sich, während sie regungslos auf dem Bett lag und ihren Ehemann ertrug.

Gürtler hatte sich in eine solche Raserei hineingesteigert, dass sie der Verdacht beschlich, er könne von einem Dämon besessen sein. Als sie versuchte, sich in angenehmere Gedanken zu flüchten, tauchte jedoch ihr Vater vor ihrem inneren Auge auf, so schwach und mager, wie er in seinen letzten Tagen ausgesehen hatte. Er streckte ihr die knochigen Hände entgegen und jammerte, dass der Teufel bereits seine Seele in den Klauen hielt und er nur durch die Pilgerfahrt nach Santiago vor der ewigen Verdammnis gerettet werden könne.
Während Tilla in sich selbst gekehrt den Höllenpfuhl zu erblicken glaubte, in dem ihr Vater schmorte, wurde Gürtler fertig, ohne viel Lust verspürt zu haben. Vor Anstrengung keuchend rollte er von ihr herab und griff zu seinem Becher, um sich zu stärken. Als er den Wein schlürfte, überkam ihn erneut ein Schwindelgefühl und ein schneidender Schmerz im Bauch ließ ihn aufstöhnen. Er presste die Hand auf die Magengegend, von der nun ein Feuer ausging, das sich in seine Brust hochfraß, den rechten Arm ergriff und bis in den Kopf hineinloderte.
Ich brauche den Arzt, durchfuhr es ihn. Doch als er den Mund öffnen und um Hilfe rufen wollte, versagte ihm die Stimme. Er vermochte auch die Hand nicht mehr auszustrecken, um Tilla, die ihm den Rücken zugedreht hatte, auf seine Qualen aufmerksam zu machen. Voller Entsetzen stellte er fest, dass sein Körper von den Zehen an abzusterben begann. Nach kurzer Zeit griff das Gefühl auch auf die Hände über, und er spürte, wie eine dämonische Kraft das Leben Stück für Stück in ihm auslöschte, bis er nur noch aus einem immer schwächer schlagenden Herzen und seinen Gedanken bestand, in denen jene panikerfüllten Schreie tobten, die seinen Mund nicht mehr verlassen konnten. Dann senkte sich Dunkelheit über ihn und er erlosch wie ein Docht ohne Öl.

V.

Tilla war mit dem Gedanken an ihren Vater eingeschlafen und träumte die ganze Nacht hindurch von ihm und den Höllenstrafen, die er zu ertragen hatte. Als sie am Morgen aufwachte, hallte immer noch sein Flehen in ihrem Ohr, sein Herz zum Grabe des heiligen Jakobus zu tragen.

Im ersten Augenblick glaubte sie, in ihrem eigenen Zimmer zu sein. Doch als sie die Augen öffnete, lag sie in einem kahlen, düsteren Raum und erinnerte sich sofort wieder an das, was am Vorabend geschehen war. Sie war Veit Gürtlers Weib und seinen Grausamkeiten ausgeliefert. Stumm verfluchte sie ihren Bruder, aber auch sich selbst, weil sie sich wie ein Schaf zur Schlachtbank hatte schleifen lassen. Ihr Unterleib brannte und ihre Kehrseite schmerzte von den Hieben, die ihr Ehemann ihr versetzt hatte. Es würden wohl nicht die einzigen Schläge bleiben, die sie von ihm erhielt. Sie zitterte bei dem Gedanken und auch daran, dass ihr Mann jetzt jederzeit über sie und ihren Leib verfügen konnte, wie es ihm gefiel. Es war etwas, das sie nicht einmal Vater Eusebius beichten würde können, denn dieser sah es als Aufgabe einer Frau an, ihrem Mann zu dienen. Wurde dieser gewalttätig, so lag es seinen Predigten nach daran, dass das Weib ihn erzürnt hatte.

Wut und Scham brannten in ihr beinahe schlimmer als der Schmerz und sie fragte sich verzweifelt, wie sie diesem Schicksal entkommen konnte. Es gab keinen Ort, an den sie hätte fliehen können. Aus Elsas Haus würden die Büttel sie sofort wieder herausholen, und wenn sie Pech hatte, sorgte Gürtler nach ihrer Flucht dafür, dass sie als ungehorsame Ehefrau einen Tag am Pranger verbrachte. Wenn sie sich ihm entziehen wollte, würde sie sehr weit weglaufen müssen. Aber dann würde sie das Schicksal des unehrlichen Volkes teilen und sich zu jenen rechtlosen Frauen gesellen müssen, die kein Zuhause hatten, sondern auf der Landstraße lebten und ihr Dasein fristeten, indem sie ihre Körper verkauften. Eine andere Möglichkeit konnte es vielleicht noch geben, wenn sie einen Weg fand, selbst die Pilgerreise ins ferne Galizien anzutreten, um am Grabe des Apostels Erlösung für ihren Vater zu erflehen – und eine glücklichere Zukunft für sich selbst. Aber dazu benötigte sie Geld und das Herz ihres Vaters – und beides war ihr verschlossen.

Mit schmerzverzerrtem Gesicht richtete sie sich auf und wollte aus dem Bett steigen, als sie ihren Mann neben sich liegen sah. Um ihn nicht zu wecken, hielt sie mitten in der Bewegung inne und drehte ihr Gesicht angeekelt von ihm weg. Doch lange vermochte sie nicht in dieser Stellung auszuharren. Vorsichtig glitt sie unter der Bettdecke hervor und stand auf.

Gürtler lag so still, dass sie nicht einmal seinen Atem vernahm. Verwundert sah sie sich zu ihm um und presste erschrocken die Hand auf den Mund. Sie hatte erst vor wenigen Wochen ihren Vater tot aufgefunden, und Gürtler wirkte genauso wie dieser. Sein Mund stand halb offen, die Augen waren weit aufgerissen und die Fingernägel seiner linken Hand hatten sich über dem Herzen ins Fleisch gebohrt.

Nach dem ersten Schrecken überwog in Tilla die Erleichterung. Sie wusste nicht, wie der Tod in der Nacht zu ihrem Mann gekommen war, doch er sah aus, als hätte ein strafender Engel ihn gefällt. Die Mächte des Himmels hatten sie wohl doch nicht vergessen und Gürtler für sein rohes Wesen bestraft. Während sie dies dachte, blickte sie an sich herab und betrachtete die Spuren der Misshandlung. Ihr Hintern war, soweit sie erkennen konnte, blau und grün angelaufen, und als sie darübertastete, spürten ihre Fingerkuppen geschwollene Striemen und aufgerissene Haut. Zwischen ihren Beinen brannte es wie Feuer und sie fürchtete den Augenblick, an dem sie sich auf den Abtritt setzen und Wasser lassen musste.

Dann schalt sie sich eine Närrin. In dieser Situation durfte sie nicht an sich denken, sondern daran, dass ein Toter neben ihr lag. Jeder würde von ihr erwarten, dass sie gellend schrie, bis sämtliche Bewohner des Hauses zusammengelaufen waren. Allerdings wollte sie sich den Leuten weder nackt präsentieren noch ihnen die Spuren der Züchtigung zeigen. Zu ihrem Leidwesen befand sich nur das Kleid in dem Raum, das sie am Abend zuvor getragen hatte, und das hatte durch Gürtlers Hände arg gelitten. Das Hemd, welches sie auf der Haut getragen hatte, war noch am wenigsten zerrissen, und so zog sie es über, hinkte unter Schmerzen zur Tür und schob den Riegel zurück. Dann schrie sie alle Schmerzen hinaus, die sie in der Nacht hatte erleiden müssen.

Unten im Haus wurde es lebendig. »Was soll der Krach?«, hörte sie Gürtlers Schwester Regula rufen, während diese schwerfällig die Treppe hochstieg. »Seid ihr endlich fertig? Zeit wird es!«

»Mein Mann! Er … er rührt sich nicht mehr!« Tilla trat beiseite, so dass Regula Böhdinger in die Kammer treten konnte, und zeigte auf den Leblosen.

Regula starrte ihren Bruder an, ging dann fast ängstlich auf das Bett zu und zupfte an der Decke. »Veit, aufwachen!«

Der Tote blieb jedoch starr und steif liegen. Erst jetzt begriff seine Schwester, dass er nicht in einen besonders tiefen Schlaf gefallen war. »Veit, was ist mit dir?« Ihre Stimme nahm einen schrillen Diskant an und sie kreischte so entsetzt, wie man es von Tilla erwartet hätte.

Innerhalb kürzester Zeit füllte der Raum sich mit Menschen. Zuerst stürmte Regulas Schwester Pankratia herein, dann ihr hochwürdiger Schwager Böhdinger. Diesem folgte Rigobert, der aber trotz des Trubels einen Blick auf Tilla warf, die sich in ihrem dünnen Hemd gegen die Wand gepresst hatte und versuchte, so fassungslos wie möglich auszusehen, damit man ihr ihre Erleichterung nicht anmerken konnte. Auch die jüngeren Kinder der beiden Schwestern und der größte Teil des Gesindes kamen herbeigelaufen, doch die meisten mussten wegen der Enge des Raumes vor der Tür stehen bleiben.

Der Pfarrherr von Sankt Wendelin bemühte sich, Ordnung zu schaffen. »Jetzt seid endlich still!«, herrschte er seine Schwägerin und deren Schwester an und wandte sich dann an Tilla. »Wie konnte das geschehen?«

Tilla hob hilflos die Hände. »Ich weiß es nicht, Euer Hochwürden. Nachdem G…, mein Mann gestern Abend mit mir getan hat, was Männer im Ehebett so tun, bin ich eingeschlafen und erst jetzt wieder erwacht. Ich wollte ihn wecken und habe ihn da liegen sehen …«

Tilla brach ab und senkte den Kopf, damit ihre Miene verborgen blieb. Am liebsten hätte sie den Leuten ins Gesicht geschrien, wie froh sie über Gürtlers Tod war, doch sie musste so tun, als wäre sie außer sich vor Kummer.

Martin Böhdinger kümmerte sich nicht weiter um sie, sondern trat neben den toten Kaufherrn und zog die Decke ganz von ihm herunter. Gürtler lag in einer seltsamen Starre, die Beine weit von sich gestreckt, und sein Mund sah aus, als warte er noch auf den Schrei, den er ausstoßen sollte.

»Wie es aussieht, hat ihn der Schlag getroffen«, kommentierte der Geistliche, als sei er nur ein zufälliger Beobachter. »Auf alle Fälle ist es ein schwerer Verlust für uns alle. Ich werde für meine Pfarrei wohl einen Kooperator bestimmen müssen, der mich vertritt, damit ich euch in dieser schweren Stunde beistehen kann. Mit Veit ist nicht nur ein Mensch von uns gegangen, sondern auch ein bedeutender Kaufherr und Besitzer eines großen Vermögens, das verwaltet werden muss. Ihr Frauen seid dazu nicht in der Lage und eure Söhne sind noch zu jung für eine solche Verantwortung.« Er sagte das so, als wäre Tilla gar nicht vorhanden.

Während Regula zustimmend nickte, zog ihre Schwester ein Gesicht, als hätte sie in einen Essigschwamm gebissen. Wenn Böhdinger hier das Regiment ergriff, so würde die Erbschaft vor allem seiner Verwandtschaft zugutekommen und weniger ihr selbst und ihren Kindern. Rasch winkte Pankratia Heinz, ihren ältesten Sohn, zu sich und flüsterte ihm ein paar Worte ins Ohr. Der Junge blickte sie etwas erstaunt an, nickte dann aber und verließ das Zimmer.

Der Pfarrherr schien mehr Interesse an seiner Zukunft als Regierer des Handelshauses zu haben als an dem Toten selbst, denn er zeigte keine Spur von Trauer und verschwendete offensichtlich auch keinen Gedanken an das Seelenheil des Dahingeschiedenen. Stattdessen erteilte er etliche Befehle, die vom Gesinde widerspruchslos befolgt wurden. Die Leute waren gewöhnt zu gehorchen und hofften wohl, der Priester würde sich als sanfterer Herr erweisen.

Tilla kam sich mit einem Mal völlig überflüssig vor und überlegte schon, ob sie die Situation ausnützen und verschwinden konnte. Gerade, als sie sich fragte, wie sie an Kleidung kommen konnte, wandte Böhdinger ihr seine Aufmerksamkeit zu. »Kannst du dich nicht anziehen, wie es einem Christenmenschen am helllichten Tag zukommt?«

»Ich würde gerne, doch mein Kleid …« Tilla stockte kurz und wies auf ihr zerrissenes Gewand. »Mein Ehemann hat sich als sehr leidenschaftlich erwiesen und meine Aussteuer ist bis jetzt noch nicht hergebracht worden. Daher habe ich nichts, mit dem ich meine Blöße bedecken könnte.«

Der Priester streifte die Überreste des Kleides mit einem verächtlichen Blick und drehte sich zu Pankratia um, die etwas größer war als seine Schwägerin. »Hole eines von deinen Kleidern für Ottilie. Das mag fürs Erste reichen.«

Mit einem verkniffenen Gesichtsausdruck eilte Pankratia hinaus und kam nach einiger Zeit mit etwas zurück, das sich nur wenig von einem Putzlumpen unterschied und sich als schmutzig braunes, fadenscheiniges Gewand entpuppte.

Tilla war jedoch froh, überhaupt etwas anziehen zu können, auch wenn ihr das Kleid viel zu weit war und nur bis zu den Waden reichte. Ihren Plan, Gürtlers Haus zu verlassen und nach Hause zurückzukehren, konnte sie darin jedoch nicht in die Tat umsetzen, denn in diesem Aufzug würden ihr die Gassenjungen folgen und sie mit Dreck bewerfen. Während sie noch überlegte, wie sie an ein unauffälligeres Kleid kommen konnte, drang von unten Lärm herauf. Es hörte sich so an, als beträten etliche Leute das Haus und würden schwere Lasten schleppen.

Gleich darauf ertönte die zufrieden klingende Stimme ihres Bruders. »Wo ist mein Schwager? Ich bringe die Aussteuer meiner Schwester, auf dass sie hier die Herrin sein kann.«

Martin Böhdinger verließ die Schlafkammer des Toten und sah von oben auf Otfried herab. »Das wird wohl nicht mehr möglich sein. Mein Schwager hat die Hochzeitsnacht nicht überlebt.«

Otfried starrte verständnislos zu ihm hoch. »Was sagt Ihr da?«

»Veit Gürtler hat heute Nacht das Zeitliche gesegnet! Um der Hinterbliebenen willen werde von nun an ich sein Vermögen verwalten!« Böhdingers Stimme klang wie das Schnurren eines vollgefressenen Katers.

»So?«, stieß Otfried aus. Dann stürmte er die Treppe hoch, platzte in Gürtlers Schlafkammer und starrte auf den Toten. Für einige Augenblicke schien er nicht recht zu wissen, was er sagen sollte. Dann riss er die Decke, die eine Magd wieder über Gürtler gelegt hatte, mit einem heftigen Ruck herunter, warf einen Blick auf die steife Gestalt seines Schwagers und zeigte auf den großen, roten Fleck, der von Gürtlers rücksichtslosem Vorgehen in der Hochzeitsnacht kündete.
Mit einem spöttischen Lächeln sah Otfried auf den Priester hinab. »Wie Ihr seht, wurde die Ehe vollzogen. Meine Schwester ist damit Veit Gürtlers Witwe mit allen Rechten. Sie kann in dieser Nacht sogar schwanger geworden sein. Und selbst wenn dem nicht so ist, muss der Ehevertrag, den ich in ihrem Namen mit meinem Schwager abgeschlossen habe, eingehalten werden.«
Böhdinger und die beiden Schwestern sahen sich bestürzt an, denn mit dieser Entwicklung hatten sie nicht gerechnet. Otfried trat neben den Toten, zog sein Messer und schnitt den dünnen Lederriemen durch, den dieser um den Hals trug und an dem ein kleiner und ein etwas größerer Schlüssel befestigt waren. Er nahm beide an sich und befahl einer Magd, Gürtler wieder zuzudecken.
»Habt Ihr die Leichenfrau gerufen?«, fragte er Böhdinger.
Der Pfarrherr schüttelte den Kopf. »Nein, aber das werde ich gleich nachholen.«
»Tut das und betet ein paar Ave-Maria für den armen Sünder, der ohne den Trost durch die Letzte Ölung von uns gegangen ist.« Mit diesen Worten erinnerte Otfried den Priester daran, dass dieser seine Pflichten als Seelsorger arg vernachlässigt hatte. Bevor Böhdinger ihm antworten konnte, forderte Tillas Bruder ihn jedoch auf, mit ihm zu kommen.

»Es gibt noch etwas zu klären. Das geht auch dich an, Tilla.« Otfried verließ die Kammer und warf einen Blick über die Schulter, um festzustellen, ob die anderen ihm folgten. Tilla kam als Erste hinter ihm her. Dabei bewegte sie sich ungewohnt steif und schwerfällig, und als er einen Blick von ihr erhaschte, las er darin einen Hass, der ihn im ersten Augenblick verblüffte. Für einen Moment befürchtete er schon, ihr Ehemann wäre so dumm gewesen, ihr zu beichten, wie ihr Vater ums Leben gekommen war. Dann aber erinnerte er sich an die Gerüchte, die über Gürtler im Umlauf waren und in denen es hieß, dieser habe seine erste Ehefrau oft und mit großer Strenge mit dem Stock bestraft. Wie es aussah, hatte der Narr auch Tilla geschlagen, und da er nun tot war, richtete sich der Zorn seiner Schwester auf ihn. Damit würde er wohl leben können, entschied Otfried mit einem innerlichen Auflachen. Im Gegensatz zu Tilla hatte er eine angenehme Hochzeitsnacht verbracht und in Radegund eine zwar unerfahrene, aber gehorsame und willige Gefährtin gefunden. Nun aber war seine Ehefrau darüber hinaus auch der Schlüssel zu noch mehr Reichtum und Macht.

Otfried führte Tilla und die anderen in Gürtlers Kontor und weiter in die Geldkammer. Dort schloss er die große Truhe auf, schob die geheimen Riegel beiseite, die, wie er es beim letzten Mal hatte beobachten können, ähnlich wie bei seinem eigenen Geldkasten funktionierten, und hob den Deckel an. Als Erstes kam die eiserne Kassette zum Vorschein, in der sein Schwager seine wichtigsten Papiere verwahrt hatte. Diese öffnete er mit dem kleineren Schlüssel und nahm die obersten Blätter heraus. Als er sich mit einem kurzen Blick versichert hatte, dass es sich um die richtigen Dokumente handelte, hielt er sie dem Priester so hin, dass dieser die Vereinbarungen lesen konnte, die zum

Teil erst am Vortag anlässlich seiner Vermählung mit Radegund zwischen ihm und Veit Gürtler geschlossen worden waren.

»Hier steht, dass meiner Schwester nach vollzogener Ehe im Falle des Ablebens ihres Ehemanns ein Viertel seines Vermögens zusätzlich zu ihrer Mitgift als Wittum zusteht. Sollte die Ehe kinderlos bleiben, erbt meine Ehefrau Radegund die Hälfte des Gesamtvermögens, während das letzte Viertel unter seine übrigen Verwandten aufgeteilt wird. Bevor wir dies jedoch tun können, müssen wir erst abwarten, ob der Samen meines Schwagers Früchte trägt. Da ich als Vormund meiner Schwester deren Erbteil verwalte und meiner Frau die Anwartschaft über einen weiteren Teil des Vermögens zusteht, bin ich es, der von nun an die Geschäfte des Hauses Gürtler führen wird!«

Martin Böhdingers Gesicht nahm eine dunkle Färbung an. »Das lasse ich nicht zu!«

»Ihr werdet nichts daran ändern können, denn so ist es niedergelegt und gesiegelt.« Otfried wies auf den entsprechenden Passus des Vertrags und wollte diesen wieder in die Schatulle legen, als seine Schwiegermutter ihn am Handgelenk packte und nach den Blättern greifen wollte.

»Ich zerreiße diesen Schandfetzen, der mich und meine restlichen Kinder zu einem Hungerleben verurteilt.«

Otfried gab ihr einen Stoß, der sie quer durch den Raum trieb und gegen die Wand prallen ließ. Dann legte er seine Hand auf den Griff des Dolches, den er als Schutz gegen allerlei Gesindel am Gürtel trug. »Ich werde mein Recht ebenso wie das meiner Frau und meiner Schwester zu wahren wissen!«

Böhdingers Blick wurde unterdessen von einem sorgsam gefalteten Pergament angezogen, das sich ebenfalls in der Schatulle befand und an dem mehrere Siegel hingen. »Was ist das? Gebt

es her! Vielleicht hat mein Schwager hier ganz andere Verfügungen über sein Vermögen getroffen.«
Als er zugreifen wollte, klopfte Otfried ihm ungeachtet seines geistlichen Standes wie einem unartigen Kind auf die Finger. »Diese Unterlagen gehen Euch nichts an!«
»Also ist es etwas Wichtiges?«, rief sein Schwager Rigobert aus.
Otfried gönnte ihm keine Antwort, sondern verstaute die beiden Eheverträge wieder in der Kassette und klemmte sich diese unter den Arm. Sein Gesicht wirkte gleichmütig, doch in seinem Innern brodelte es, denn beinahe hätten Böhdinger und seine Sippschaft den geheimen Pakt mit dem Bayernherzog zu Gesicht bekommen – und das in einer mehr als heiklen Situation. Wenn auch nur das Geringste davon bekannt wurde, dass Gürtler und seine Verbündeten, zu denen auch er zählte, die Stadt Tremmlingen an das Herzogtum Oberbayern übergeben wollten, war ihr Leben keinen roten Heller mehr wert. Noch verfügte Laux über eine Mehrheit im Hohen Rat und damit die Herrschaft über die Stadtbüttel und die Bürgerwehr.
»Es handelt sich um einen Geschäftsvertrag, den ich mit dem Toten und einigen Freunden abgeschlossen habe und der uns reichen Verdienst bringen wird. Doch er darf nicht bekannt werden, um die Konkurrenz nicht darauf aufmerksam werden zu lassen.« Otfried bemühte sich, gelassen zu klingen.
Gleichzeitig suchte er Augenkontakt mit Rigobert. »Du bist der älteste Neffe meines Schwagers und als Radegunds Bruder ebenfalls mein Schwager. Daher ist es wohl recht und billig, wenn du mich bei der Führung des Handelshauses Gürtler unterstützt.«
Der junge Bursche wuchs um einen ganzen Zoll, denn von Otfried hoffte er mehr Geld zu erhalten, als sein geiziger Onkel

ihm zugemessen hatte. Böhdinger begriff, dass ihm ein Verbündeter zu entgleiten drohte, konnte aber nichts dagegen unternehmen. Auch Regula schien sich mit der entstandenen Situation auszusöhnen. Immerhin würden ihre Tochter Radegund und später einmal deren Kinder die Hauptnutznießer sein, und sie würde schon dafür sorgen, dass auch Rigobert und die zehnjährige Chlorinde auf ihre Kosten kamen.

Regulas Schwester Pankratia war alles andere als zufrieden und sie atmete sichtlich auf, als ein verwirrter Diener hereinkam und meldete, dass Bürgermeister Laux und der Hohe Ratsherr Matthias Schrimpp Einlass begehrten.

Otfried zuckte für einen Augenblick zusammen, dankte dann aber dem Schicksal, das ihn vor Laux in dieses Haus geführt hatte. Dieser hätte gewiss die geheime Schatulle des Toten entdeckt und öffnen lassen, um darin nach einem Testament zu suchen. Dabei wäre ihm der Vertrag mit Bayern nicht entgangen, und die Verschwörer hätten sich ohne Vorwarnung im Kerker wiedergefunden. Um zu verhindern, dass Laux das Öffnen der Schatulle befehlen und dabei auch den Geheimpakt entdecken konnte, entnahm Otfried ihr die beiden mit Gürtler geschlossenen Eheverträge und sah der Begegnung mit dem Bürgermeister mit einer gewissen Anspannung entgegen.

Laux betrat Gürtlers Kontor mit gemischten Gefühlen. Früher, als der Kaufherr sich noch nicht als politischer Gegner erwiesen hatte, war er öfter hier gewesen, um mit ihm Geschäfte abzuschließen. Jetzt wusste er nicht, ob er um den Menschen Veit Gürtler trauern oder besser froh sein sollte, einen erbitterten Gegner los zu sein. Sein Verstand tendierte zu Zweitem. Dennoch achtete er die Gepflogenheiten und kondolierte Gürtlers Schwestern und dem Pfarrherrn. Als er Tilla und Otfried entdeckte, runzelte er verwundert die Stirn und fragte sich, was die beiden hier zu suchen hatten. Wohl galt der junge Willinger als Gürtlers Freund, aber nun erweckte er den Eindruck, als wäre er hier der Herr und kein Gast, der seine Anteilnahme bekunden wollte.

Otfried bemerkte Laux' Verwunderung und trat auf ihn zu. »Gott zum Gruße, Bürgermeister. Ihr seid ja rasch erschienen.«

»Nicht rascher als Ihr, Willinger!«

Otfried lächelte leicht. »Eigentlich wollte ich Tilla ihre Aussteuer bringen, doch die Umstände haben mich zum Regierer des Handelshauses Gürtler gemacht.«

Die Auskunft kam so überraschend, dass Laux einen Ausruf des Erstaunens nicht unterdrücken konnte. »Ihr wollt hier die Geschäfte führen? Wie ist das möglich? Es ist doch das Recht des Rates, zu bestimmen, wer das Vermögen des Verstorbenen treuhänderisch zu verwalten hat.«

»Das gilt nur, wenn der Tote keine Verfügungen für sein Ableben hinterlassen hat. Doch Gürtler hat angesichts seiner zweiten Heirat vorgesorgt. Hier, seht selbst!« Mit diesen Worten reichte er Laux die beiden Eheverträge.

Es dauerte eine ganze Weile, bis der Bürgermeister die sorgfältig formulierten Abmachungen mit all ihren Unterpunkten und Anmerkungen durchgelesen hatte. Zuerst wollte er nicht glauben, was ihm seine Augen zeigten, doch als er die Verträge noch einmal überflog, gab es keinen Zweifel mehr. Veit Gürtler hatte mit Tilla die Ehe geschlossen, obwohl diese noch in tiefster Trauer um ihren Vater war. Laux ärgerte sich, dass Otfried den Willen seines Vaters, das Mädchen mit Damian zu verheiraten, so offensichtlich missachtet hatte. Mit einer knappen Bewegung reichte er die Dokumente an Matthias Schrimpp weiter, der Tränen in den Augen hatte, als sei ihm ein lieber Verwandter weggestorben.

Nur Otfried ahnte, was den Mann wirklich bewegte. Schrimpp zählte zu den Verschwörern um Gürtler und schien jetzt zu befürchten, ihr Verrat würde ans Tageslicht kommen. Da der andere nicht wissen konnte, dass auch er inzwischen zu der Gruppe zählte, trat Otfried neben ihn, legte ihm die Hand auf die Schulter und drehte Laux dabei den Rücken zu.

»Lasst Euch versichern, Herr Schrimpp, dass mir das Vermächtnis meines teuren Schwagers heilig ist und ich es Wort für Wort in die Tat umsetzen werde.«

Der Ratsherr blickte ihn fragend an und bemerkte ein kurzes Zwinkern. Einen Augenblick schien er verwirrt, dann atmete er tief durch und reichte den Vertrag zurück. »Veit Gürtler hat sein Haus gut bestellt! Ihr werft jetzt einen verdammt großen Schatten, Willinger. Ich glaube kaum, dass sich noch ein anderer mit Eurem Einfluss hier in Tremmlingen messen kann, den ehrenwerten Herrn Bürgermeister vielleicht ausgenommen.«

Laux sah etwas säuerlich drein, schüttelte aber den Kopf. »Willinger ist der Erbe seines Vaters und darf als solcher dessen Ratssitz einnehmen, obwohl er noch keine vierzig Jahre zählt, wie es die Regel eigentlich vorschreibt. Doch er kann Gürtlers Ratsstimme nicht auch noch auf sich vereinen. Rigobert ist noch viel zu jung für dieses Amt und zudem nicht der Haupterbe. Es bliebe nur Hochwürden Böhdinger, aber ihn wird der Rat ablehnen. Seine Pfarre Sankt Wendelin befindet sich in Bayern und wir wollen keinen von Herzog Stephans Knechten an unserem Ratstisch sehen!«

Bei seinen letzten Worten war Laux zornig geworden und entschuldigte sich bei Gürtlers Schwester Regula dafür. Otfried musste sich abwenden, um ein Grinsen zu verbergen, denn er erkannte den Ausbruch als ein Zeichen von Schwäche und rieb sich innerlich die Hände.

Gürtlers jüngere Schwester zupfte den Bürgermeister am Ärmel. »Wollt Ihr diesen Schandvertrag etwa hinnehmen, der mich und meine armen, vaterlosen Kinder mit einem Bettel abspeist?«
Laux hob in einer hilflosen Geste die Hände. »Ich kann nichts gegen den verbrieften und gesiegelten Willen Eures Bruders tun, gute Frau.«
»Es haben aber keine Zeugen unterschrieben, wie es eigentlich sein müsste!« Der Pfarrherr hatte sich noch nicht mit seiner Niederlage abgefunden und versuchte ebenfalls, den Bürgermeister als Verbündeten zu gewinnen. Dieser nahm die Verträge noch einmal an sich und wies auf das Siegel und die Unterschrift des Stadtschreibers, die jeweils unten am Rand der einzelnen Blätter angebracht waren und bekundeten, dass der Inhalt der Urkunde im Stadtarchiv hinterlegt worden war. Nun sah auch Otfried genauer hin und pries den Toten in Gedanken für seine Voraussicht. Gürtler musste den Stadtschreiber, der auch die Stelle eines Notars einnahm, mit jedem der beiden Dokumente noch am Tag ihrer Ausfertigung aufgesucht haben, um die Eheverträge unanfechtbar zu machen.
Laux gab Otfried die Urkunden mit einem Lächeln zurück, welches verriet, dass er seine Niederlage nicht einmal bemerkt hatte. In seinen Augen war mit Gürtlers Tod der Friede in der Stadt wiederhergestellt, und das machte es ihm leicht, den Mann, der sein schärfster Widersacher gewesen war, als Mensch und Mitbürger zu betrauern. Er trat nun auf Tilla zu, die in einem schlechten und viel zu weiten Gewand an der Wand lehnte und die Welt um sich herum nicht wahrzunehmen schien.
»Es tut mir leid, mein Kind, dass es so gekommen ist. Doch fasse Mut. Gott wird auch wieder schönere Tage für dich bereithalten.« Auch hier war er mit der Entwicklung zufrieden. Da

Tilla so rasch Witwe geworden war, würde sie nach Einhaltung der schicklichen Trauerzeit eine neue Ehe eingehen können. Vielleicht kam dann die Verbindung mit dem Hause Willinger zustande, die er immer noch anstrebte. Otfried würde einen väterlichen Freund brauchen, um beide Handelshäuser zu führen, und Laux war bereit, ihm dabei zur Seite zu stehen.
Tilla gab ihm keine Antwort, sondern sah ihren Bruder mit vom Weinen verschleierten Augen an. »Ich will nach Hause!«
»Du bist Gürtlers Witwe und dies ist jetzt dein Heim!« Otfried wies mit der Hand um sich und ignorierte dabei die zornigen Blicke der beiden Schwestern und ihrer Kinder.
»Du wirst mich brauchen! Radegund ist noch zu jung, um dir deinen Haushalt zu führen, insbesondere, wenn du unterwegs bist.« Tilla sah ihren Bruder dabei flehentlich an. Auch wenn er sich von Gürtler hatte überreden lassen, sie mit diesem zu verheiraten, so hoffte sie doch, er würde sie aus diesem Haus befreien, das ihr mit jedem Herzschlag mehr wie ein Gefängnis erschien.
Otfried lachte auf. »Da ich derzeit keine Reise plane, ist deine Anwesenheit in meinem Haus nicht vonnöten.«
»Aber du musst doch nach Santiago de Compostela pilgern und das Herz unseres Vaters dorthin bringen. Jeden Tag, den du säumst, muss er länger im Fegefeuer schmachten!«
Tillas Verzweiflung rührte Laux, auch wenn dieser sich fragte, weshalb ihre Gedanken ihrem Vater galten und nicht ihrem toten Ehemann. Kurz entschlossen eilte er ihr zu Hilfe. »Eure Schwester hat Recht, Willinger. Ihr müsst den letzten Willen Eures toten Vaters erfüllen.«
»Den letzten Willen meines Vaters kenne nur ich! Ich habe als Letzter mit ihm gesprochen. Da war nicht die Rede davon, dass ich umgehend aufbrechen soll. Irgendwann werde ich es tun.

Vorerst aber ruht sein in Zinn geschweißtes Herz gut in seiner Kammer.«
Tilla las ihm von der Stirn ab, dass das Kästchen bis zum Sankt-Nimmerleins-Tag dort stehen bleiben würde. Außer sich vor Wut ging sie auf ihn los und bearbeitete seine Brust mit ihren Fäusten. »Du musst den Pilgerstab nehmen, Bruder! Vater fordert es von dir!«
Anstatt ihr eine Antwort zu geben, wandte Otfried sich an ein paar handfest aussehende Mägde, die sich draußen auf dem Flur herumtrieben, um nichts von dem zu verpassen, was in den Konträumen vor sich ging. »Der Geist meiner Schwester ist durch die beiden Todesfälle umnachtet. Sperrt sie in eine Kammer und lasst sie erst wieder heraus, wenn sie sich beruhigt hat.«
Da die Dienerinnen bereits wussten, wer hier in Zukunft das Sagen hatte, befolgten sie den Befehl auf der Stelle, und Tilla war so schockiert, dass sie sich widerstandslos hinausführen ließ.
Otfried verabschiedete nun den Bürgermeister und den Ratsherrn Schrimpp, und als ihm niemand mehr über die Schulter schauen konnte, legte er die Verträge wieder in die eiserne Kassette und nahm diese an sich. »Die Urkunden werde ich wohl besser in meinem Kontor aufbewahren!« Diese Worte drangen bis zu seiner Schwester hoch und echoten höhnisch in ihrem Kopf, denn sie begriff, dass er sie mit Hilfe des Ehekontrakts bis an ihr Lebensende beherrschen würde.

VI.

Tilla saß in der Kammer, die man ihr im Hause Gürtler zugewiesen hatte, und suchte aus den Truhen, die Otfried ihr hatte bringen lassen, jene Kleider heraus, die sie während der Trauerzeit tragen konnte. Dabei kämpfte sie immer wieder mit den Tränen, die ebenso ihrer eigenen Situation galten wie den Albträumen, die sie Nacht für Nacht heimsuchten und in denen das Flehen ihres Vaters sie verfolgte.

»Heilige Jungfrau Maria! Warum erscheint er mir und nicht Otfried? Das wäre doch viel wirksamer. Ich kann meinen Bruder nicht zwingen, seine Pflicht zu erfüllen!« Der verzweifelte Klang ihrer eigenen Stimme erschreckte Tilla, und sie fragte sich, ob sie wirklich bereits verrückt war, wie die beiden Schwestern ihres toten Ehemanns es behaupteten.

Sie lebte nun seit einer guten Woche im Haus ihres verstorbenen Gatten und wusste, dass sie hier so willkommen war wie eine Rotte Mäuse in der Speisekammer. Als Veit Gürtlers Witwe und Zweiterbin nach Radegund, der Frau ihres Bruders, galt sie offiziell als Hausherrin, und das erboste vor allem Regula Böhdinger. Doch auch Pankratia sah sie nicht als mögliche Verbündete an, sondern als einen Eindringling, der ihr und ihren Kindern das Brot vom Munde weg stahl.

Auch jetzt vernahm Tilla wieder die hasserfüllten Stimmen der beiden Schwestern, die sich mit Hochwürden Böhdinger und Rigobert im Hausflur unterhielten.

»Ich sage euch, es ist eine Schande, dass dieses Weibsstück für die eine Nacht, die sie mit meinem Bruder das Bett geteilt hat, ein solches Vermögen erbt, während meine arme Schwester und ich leer ausgehen! Schließlich haben wir für unsere Kinder zu sorgen!« Pankratias Stimme triefte vor Hass.

»Es ist wie ein Hurenlohn, denn ein Zusammenleben als Mann und Frau kann ich das wirklich nicht nennen!«, ergänzte der Pfarrherr ihren Ausbruch.

Auch Rigobert ließ sich jetzt vernehmen. »Der Teufel soll Tilla holen und ihren verdammten Bruder dazu. Wisst ihr, wie der

Kerl mich behandelt? Ich soll ihm helfen, das Vermögen zu verwalten, hat er gesagt. Doch ich darf nur Listen abschreiben und Knechte beaufsichtigen, als sei ich einer seiner Kommis, bekomme dafür aber weniger Lohn, als der Onkel mir Taschengeld gegeben hat. Am liebsten würde ich ja Onkel Böhdingers Vorschlag annehmen und Geistlicher werden. Schlechter kann es mir als Kooperator oder Priester einer einfachen Landpfarre auch nicht gehen.«

»Ich bin mir sicher, dass es bei Veits Tod nicht mit rechten Dingen zugegangen ist. Er war doch ein gesunder, kräftiger Mann in den besten Jahren«, warf seine Mutter düster ein.

»Meinst du, es war Gift im Spiel?«, fragte der Pfarrherr aufgeregt.

»Ich kann es nicht beweisen. Wenn sie es bei sich hatte, dann war es gut verborgen. Ich habe Veits Zimmer und all ihre Sachen danach durchsucht.« Pankratia seufzte, denn wenn sie Tilla als Giftmischerin hätten hinstellen können, wäre der Zugriff auf deren Erbteil möglich gewesen.

Rigobert fluchte unbeherrscht und verstieg sich zu Drohungen. »Irgendwie muss es uns gelingen, an das Geld dieses Weibsstücks zu kommen, und wenn ich es dafür umbringen muss!«

»Narr!«, fuhr der Pfarrherr seinen Neffen an. »Wenn Tilla stirbt, erhält der Bruder ihren Anteil. Dann gehört ihm beinahe das gesamte Handelshaus Gürtler und er kann schalten und walten, wie er will, ohne dass wir ihn daran hindern können.«

»Man müsste Tilla als Giftmischerin entlarven oder als Hexe anzeigen.« Regula führte ihre Pläne wohl noch weiter aus, doch Tilla konnte sie nicht mehr verstehen, da die Gruppe in einen der Räume unten trat und die Tür hinter sich schloss.

Verständnislos griff sie sich an den Kopf. Was dachten sich diese Leute dabei, vor ihren Ohren laut darüber nachzudenken, wie man sich ihrer entledigen konnte? War Rigobert Böhdinger wirklich bereit, sie zu ermorden, nur um ein paar Gulden mehr als Erbteil zu erhalten? Nein, sagte sie sich. Das Jüngelchen stellte eine eher geringe Gefahr für sie dar. Anders war es jedoch mit der Mutter und deren Schwager, dem Pfarrherrn. Martin Böhdinger besaß ein großes Wissen und war nicht ohne Einfluss. Wahrscheinlich sollte das ganze Gerede nur dazu dienen, sie mehr und mehr auf jene Grenze zuzutreiben, hinter der der Wahnsinn begann. Tat sie erst einmal Dinge, die andere Menschen als nicht normal erachteten, würde es Gürtlers Anverwandten durchaus möglich sein, sie in jenen Kerker sperren zu lassen, in denen die Geisteskranken dahinvegetierten. Wahrscheinlich aber würden sie sie als Hexe denunzieren. Einen Prozess würde sie ebenso wenig durchstehen wie die Proben, die feststellen sollten, ob sie mit dem Teufel paktierte oder nicht, und wenn man sie verurteilte, stand den Anklägern der größte Teil ihres Besitzes zu.

Nur ein Kind konnte ihre Lage verbessern. Obwohl Veit Gürtler nicht der Vater war, den sie sich für ihren ersten Sprössling gewünscht hätte, musste sie hoffen, schwanger zu sein. Noch war es jedoch viel zu früh, um etwas feststellen zu können. Bis sie mit Sicherheit sagen konnte, ob sie guter Hoffnung war, würden die anderen sie wohl in den Wahnsinn getrieben haben. In dieser Situation sehnte Tilla sich nach einem Menschen, mit dem sie reden konnte. Ihr Vater hatte darauf bestanden, dass sie und Otfried ohne die Hilfe von Bediensteten zurechtkamen und ihnen eine Leibmagd beziehungsweise einen Leibdiener versagt. Das bedauerte Tilla mehr denn je, denn sie hätte eine Vertraute gut brauchen können. In den ersten drei Monaten der Trauerzeit war es ihr nicht erlaubt, das Haus zu verlassen, und daher konnte sie auch nicht hinauslaufen und Elsa aufsuchen. Nach dem Tod ihres Vaters hatte sie sich nicht an die Sitte gehalten und war dafür von Vater Eusebius auch schon kräftig ge-

tadelt und mit Gebeten bestraft worden. Hier aber würde man sie mit Gewalt daran hindern, einen Fuß über die Schwelle zu setzen. Besuch bekam sie ebenfalls keinen, denn jeder, der zu ihr wollte, wurde von Gürtlers Verwandten am Tor abgewimmelt.
Während Tilla ein Kleid ausbreitete, das ihr dunkel genug erschien, um nach außen hin Trauer zu bezeugen, und nachsah, ob es Flecken oder Risse hatte, überlegte sie, wie sie sich heimlich davonschleichen konnte, um die alte Elsa aufzusuchen. Doch sie kannte dieses Anwesen nicht gut und hatte bisher keinen Weg entdeckt, auf dem sie es unbemerkt verlassen und wieder betreten konnte.
»Ich muss hier raus, sonst werde ich tatsächlich noch verrückt!« Tilla nickte zu ihren Worten, als wolle sie sie bekräftigen, und nahm das nächste Kleid zur Hand. Es war schwerer als gewohnt und als Tilla es abtastete, entdeckte sie in der Tasche, die sie selbst eingenäht hatte, zwei Schlüssel. Der eine gehörte zur Hintertür ihres Elternhauses und der andere zu den Türen des Rückgebäudes. Jetzt erinnerte sie sich, dass sie jenes Gewand in der Hand hielt, welches sie in den letzten Wochen getragen hatte. Mit dem weiten Rock aus recht unempfindlichem Stoff hatte sie leicht über den Gartenzaun klettern können, und die Schlüssel waren ihr Schutz gegen weiteren Ärger gewesen, denn wenn sie auf dem Rückweg an die versperrte Tür hätte klopfen müssen, wäre sie jedes Mal von Otfried deswegen gescholten worden. Nun würde sie sie ihm oder dessen kindhafter Frau sobald als möglich übergeben müssen. Sie legte die Schlüssel beiseite und griff aus Gewohnheit noch einmal in die Ärmeltasche. Sie schien leer zu sein, doch als sie ihre Finger herauszog, spürte sie etwas Weiches darin. Sie zog es heraus und hielt den Stofffetzen in der Hand, welchen sie den erstarrten Fingern des Vaters entwunden hatte.
Als sie ihn ins Licht hielt, war es ihr, als träfe sie ein Schlag. Den

Stoff kannte sie. Aus ihm hatte der Schneidermeister Nodler das Lieblingswams ihres Bruders genäht. Irritiert schüttelte sie den Kopf. Otfried hatte behauptet, er habe den Vater bei vollem Bewusstsein verlassen. Wie war dieses abgerissene Stück in die Finger des Toten geraten? Nun erinnerte Tilla sich an andere Dinge, die sie in der ganzen Aufregung nicht beachtet hatte. Ihr Vater hatte an jenem Tag ein neues Testament verfassen wollen, welches ihren Bruder gezwungen hätte, sich umgehend auf den Weg nach Santiago de Compostela zu machen. Auch wäre ihre Ehe mit Damian Laux darin festgeschrieben worden.

Ein Verdacht begann in Tilla zu keimen, der so entsetzlich war, dass sie ihn zunächst weit von sich schob. Aber ihre Gedanken kreisten weiter um ihres Vaters Tod. Er hatte wieder frisch und tatkräftig gewirkt, als sie ihn verlassen hatte, um zu Elsa zu gehen, als hätte der Theriak ihm tatsächlich geholfen, und er hatte noch an jenem Tag seinen letzten Willen festschreiben lassen wollen. War er nun vor Aufregung gestorben oder hatte Otfried ihn getötet, um das neue, für ihn schlechtere Testament zu verhindern? Noch vor kurzem hätte sie eine solche Vermutung weit von sich gewiesen. Inzwischen aber war viel geschehen, das den Wünschen des Verstorbenen zuwiderlief. Ihr Bruder hatte sich als herzlos, kalt und selbstsüchtig erwiesen und wie ein Fremder an ihr gehandelt. Sie dachte an die unnatürliche Stellung des Toten und seinen weit offen stehenden Mund, so als hätte er verzweifelt nach Luft gerungen. Konnte es sein, dass er in seiner Verzweiflung den Stofffetzen aus der Kleidung seines Mörders gerissen hatte? Wenn ihre Überlegungen stimmten, war ihr Vater einem Verbrechen zum Opfer gefallen, wie es entsetzlicher nicht sein konnte.

Tilla brach bei dieser Vorstellung in Tränen aus, nannte sich dann aber eine Heulsuse und zwang sich unter Aufbietung ihres gesamten Willens zur Ruhe. Wenn Otfried kaltblütig den eige-

nen Vater umgebracht hatte, würde er nicht davor zurückschrecken, auch sie aus dem Weg zu räumen, zumal sie wohl die einzige Person war, die mit aller Macht darauf drängte, dass er die Pilgerfahrt nach Santiago unternahm. Doch was konnte sie tun? Ihr erster Impuls war, aus dem Haus zu fliehen und Bürgermeister Laux aufzusuchen, um ihm von ihrem Verdacht zu berichten. Doch welche Beweise hatte sie schon außer diesem kleinen Stück Stoff? Selbst wenn der Bürgermeister ihr Glauben schenkte, würde Otfried alles abstreiten und erklären, dass ihr Geist durch die beiden kurz hintereinander stattgefundenen Todesfälle unheilbar zerrüttet sei. Er brauchte nur Gürtlers Verwandtschaft mit einem Teil ihres Erbes zu bestechen, um Zeugen für seine Behauptung herbeizubringen. Mit ihrer Hilfe wäre es ihm möglich, sie durch den Stadtrat aburteilen und in den Narrenturm schaffen zu lassen. Dort würde man sie zwischen den anderen Geisteskranken anketten, so dass sie bis ans Ende ihres Lebens wie ein Tier dahinvegetieren musste.
Laux war ihr gewiss keine Hilfe, denn er hatte nicht genug Macht, sie vor den Nachstellungen ihres Bruders zu schützen. Da auch die alte Elsa ihr keinen Schutz gewähren konnte, gab es niemand, dem sie sich anvertrauen konnte.
Während sie verzweifelt nach einem Ausweg aus ihrer Situation suchte, in der ihr Bruder ihr größter Feind geworden war, befragte Tilla immer wieder ihr Gewissen, ob sie Otfrieds Schuld als gegeben ansehen durfte, und betete zur Jungfrau Maria und den Heiligen, denen die Kirchen der Stadt geweiht waren. Dabei erinnerte sie sich, dass sie geschworen hatte, selbst nach Santiago zu pilgern, wenn ihr Bruder es nicht tat. Mit einem Mal sah sie ihren Vater so vor sich, wie sie ihn noch lebend verlassen hatte, und glaubte zu sehen, wie er zustimmend nickte und sie segnete, als bräche sie zu einer langen Reise auf.

Vielleicht haben die anderen Recht und ich bin verrückt geworden, fuhr es ihr durch den Kopf. Aber wenn es so war, musste sie so bald wie möglich ihrer eigenen Wege gehen. Sie wusste nur nicht, wohin sie sich wenden sollte. Innerhalb des Stadtfriedens und im näheren Umland war sie dem Zugriff ihres Bruders ausgeliefert, und außerhalb des Tremmlinger Gebiets gab es niemand, bei dem sie Unterschlupf finden konnte. So verzweifelt, dass sie sich dem unehrlichen Volk anschließen musste, welches ruhelos über die Straßen wanderte, war sie jedoch noch nicht.
Ihr Blick streifte die Schlüssel, die sie ebenfalls in ihrem Kleid gefunden hatte, und langsam formte sich in ihr eine Idee, die ihr zunächst völlig aberwitzig erschien. Je länger sie jedoch darüber nachsann, umso mehr begriff sie, dass es doch eine Möglichkeit für sie gab, einem drohenden Ende im Narrenturm oder auf der Landstraße zu entkommen. Allein würde sie ihr Vorhaben nicht in die Tat umsetzen können. Doch es gab einen Menschen, der ihr dabei helfen konnte, nämlich Elsa. Zuerst aber benötigte sie Geld und vor allem ihren Heiratsvertrag. Wenn sie wirklich schwanger war, würde das Papier ihre Ansprüche und die ihres Kindes bestätigen.
Und auch im anderen Fall wollte sie endlich lesen, was ihr Bruder mit Gürtler vereinbart hatte.

VII.

Etwa um die Zeit, in der Tilla ihre Pläne zu schmieden begann, saß Bürgermeister Laux mit seinen Söhnen in einem gemütlich eingerichteten Raum und blickte sinnend auf den vollen Becher Wein in seiner Hand.
»Wie es aussieht, sind die Differenzen im Rat nach Gürtlers

Tod ausgeräumt. Auch seine engsten Anhänger haben heute dem Antrag der Mehrheit ohne jeden Widerspruch zugestimmt.« Obwohl er zufrieden und erleichtert hätte sein müssen, fühlte der Bürgermeister eine Anspannung, die er sich nicht erklären konnte.
Damian nickte erleichtert. »Dann ist ja alles in bester Ordnung, und ich kann mich wieder unseren Geschäften widmen, die ich wegen deiner politischen Probleme etwas vernachlässigen musste.«
»In meinen Augen ist nichts in Ordnung!« Sebastian blickte Vater und Bruder empört an. »Ich habe den Kadelburger erst vor zwei Tagen in der Stadt gesehen. Der ist gewiss nicht gekommen, um hier einzukaufen, sondern um mit Gürtlers Freunden zu sprechen und sich mit ihnen zu beraten. Ich sage euch, uns droht immer noch Verrat.«
»Kleiner Bruder, du hast eine zu lebhafte Phantasie! Selbst wenn der bayerische Herzog die Unterwerfung unserer Stadt unter der Hand betriebe, so würden der Kaiser und die Reichsstände diese nicht hinnehmen. Deine angebliche Verschwörung war nicht mehr als Gürtlers Versuch, das Amt des Bürgermeisters zu erlangen, das unserer Familie seit langem zusteht und das ich dereinst von unserem Vater übernehmen werde.« Damians spöttisch gekräuselte Lippen zeigten deutlich, wie wenig er von Sebastians Meinung hielt.
Der alte Laux jedoch strich sich nachdenklich über das Kinn und sah seinen jüngeren Sohn an. »Wo willst du Georg von Kadelburg gesehen haben?«
»Am Neuburger Tor. Er ist von nur einem Knecht begleitet in die Richtung von Gürtlers Haus geritten. Ich habe auch gesehen, wie er es betrat …«
»… und eine herbe Enttäuschung erlebt hat, weil sein Freund

auf dem Friedhof ruht«, unterbrach Damian seinen Bruder lachend.
»Also bist auch du davon überzeugt, dass der Bayer hinter Gürtlers Aktionen gesteckt hat«, trumpfte Sebastian auf.
»Ich glaube gar nichts! Natürlich ist dem bayerischen Herzog an einem ihm genehmeren Bürgermeister in unserer Stadt gelegen als unserem Vater, doch auch ein Gürtler hätte Tremmlingens jahrhundertealte Reichsfreiheit nicht aufs Spiel gesetzt.«
Damians Miene zeigte deutlich, dass er dieses Thema beenden wollte. Sebastian aber hockte wie eine lebendig gewordene Gewitterwolke auf seinem Stuhl und drehte seinen Becher in den Händen ohne daraus zu trinken. Schließlich blickte er seinen Vater anklagend an. »Ich war gestern bei Gürtlers Haus und wollte Tilla sprechen, doch man hat mich nicht zu ihr vorgelassen.«
»Das kann ich mir gut vorstellen. Sie ist in tiefster Trauer und soll, wie ich von Mauriz Schrimpp gehört habe, derzeit nicht ganz bei Sinnen sein. Da wärst du Tollkopf ihr gerade recht gekommen.« Damian hatte wenig Lust, sich mit einem weiblichen Wesen zu beschäftigen, dessen Gemütszustand so schwankend war, wie es Tilla nachgesagt wurde.
Koloman Laux legte seinem Ältesten die Hand auf den Unterarm. »Nach so viel Unglück ist es kein Wunder, wenn Tilla derzeit ein wenig durcheinander ist. Doch das wird sich bald wieder legen. Eine Ehe zwischen dir und ihr würde uns eng mit Otfried Willinger verbinden und diesen unglücklichen Zwist im Rat ein für alle Mal beenden.«
Damian rückte unruhig auf seinem Sitz herum und wusste nicht so recht, was er antworten sollte. Seinem Vater direkt zu widersprechen wagte er trotz der dreißig Jahre nicht, die er in wenigen Wochen vollenden würde. Dann aber fiel ihm ein Punkt ein, den er zu seinen Gunsten verwenden konnte. »Tilla

ist jetzt in doppelter Trauer. Das heißt, sie wird wenigstens ein Jahr lang, wahrscheinlicher aber zwei nicht heiraten können. So lange will ich nicht warten, denn ich brauche bald einen Sohn, dem ich die Geschäfte übergeben kann, wenn ich einmal deinen Sitz im Rat und das Amt des Bürgermeisters übernehme.«

»Bei Gott, auf dieses eine Jahr kommt es doch wirklich nicht an. Außerdem kann Sebastian dich unterstützen.« Der Bürgermeister reagierte ärgerlich, denn aus seiner Sicht war die Ehe zwischen seinem Sohn und Tilla immer noch die beste aller Lösungen.

Damian jedoch wies mit verächtlicher Miene auf seinen Bruder. »Sebastian soll mich unterstützen? Bei Gott, diesem Kindskopf könntest du schlichtes Augsburger Tuch für besten flandrischen Wollstoff verkaufen.«

»So wenig Ahnung vom Geschäft, wie du behauptest, habe ich auch nicht.« Sebastian warf seinem Bruder einen bitterbösen Blick zu und wollte ihm noch einige weitere Bemerkungen an den Kopf werfen.

Da klopfte ihr Vater mit der flachen Hand auf den Tisch. »Gebt Ruhe! Bei Gott, ihr steht zueinander wie Katz und Hund.«

»Damian hat damit angefangen«, maulte Sebastian.

»Kannst du nicht hören? Sei endlich still!«, schnauzte sein Bruder ihn an, drehte ihm den Rücken zu und sah seinen Vater Aufmerksamkeit heischend an. »Der junge Schrimpp hat mir ein Geschäft vorgeschlagen. Es scheint mir ein wenig riskant zu sein, deshalb würde ich gerne wissen, was du dazu sagst.«

Laux schenkte sich selbst Wein nach, ohne den Diener zu rufen, und beugte sich dann nach vorne. »Sprich!«

Während Vater und Bruder wieder geschäftliche Dinge beredeten, trank Sebastian seinen Becher leer und stellte ihn auf den Tisch. Mitreden durfte er bei solch schwierigen Dingen nicht, das war allein dem Älteren vorbehalten, obwohl auch er den

Handel von der Pike auf gelernt hatte. Daher stand er auf, murmelte einen Abschiedsgruß und verließ den Raum. Kurz darauf trat er auf den Hof, auf dem es von fleißigen Arbeitern wimmelte, sah sich um und fand, dass er hier nicht gebraucht wurde. Daher spazierte er ruhigen Gewissens auf die Straße hinaus.

Zunächst wusste er nicht, wohin er sich wenden sollte, doch dann führten ihn seine Schritte fast wie von selbst zur Krone, dem besten Gasthof der Stadt, in dem die Mitglieder des Hohen Rates in einem Nebenzimmer ihren Stammtisch hatten. Die Söhne der Patrizier, zu denen Sebastian zählte, kamen in der Gaststube zusammen, um miteinander zu trinken und zu feiern. Auch an diesem Tag befanden sich bereits einige junge Burschen dort und begrüßten Sebastian fröhlich. In ihrem Kreis vergaß er erst einmal all seine Befürchtungen und ließ sich bei dem munteren Gespräch mehr als nur einen Becher Wein schmecken.

VIII.

Sebastian blieb länger im Kreis der fidelen Gesellschaft, als er eigentlich gewollt hatte. Der Wirt hatte die meisten seiner Knechte und die Schankmaid bereits in die Betten geschickt, als Sebastian und seine Freunde sich endlich bequemten zu zahlen.

»Ich wünsche den jungen Herren einen guten Heimweg«, verabschiedete der Wirt die Patriziersöhne und reichte ihnen eine Laterne, damit sie in der Nacht den Weg finden konnten. Er erhielt ebenso fröhliche wie lautstarke Antworten und hob beschwörend die Hände.

»Ich bitte die jungen Herren, ein wenig leiser zu sein. Es ist wegen der Nachbarn, versteht ihr?«

»Diese Duckmäuser sollen sich nicht so haben!«, lallte Anton, der jüngere Sohn des Ratsherrn Schrimpp. Sebastian zählte ihn nicht gerade zu seinen Freunden, denn der Bursche war ihm zu großmäulig und ahmte die Mode der Edelleute des angrenzenden Bayernlands nach, anstatt stolz auf seine Abkunft von einem Patriziergeschlecht zu sein.
In der frischen Luft schwankte Anton so, dass andere ihn auffangen mussten, und stieß mehrfach geräuschvoll auf. »So, jetzt ist mir wieder besser. Ich dachte schon, ich müsste kotzen«, meinte er zufrieden.
»Das wäre deinem schmucken Gewand aber nicht gut bekommen!«, spottete Sebastian, denn der junge Schrimpp hatte sich schon einmal ein teures Wams durch Erbrochenes ruiniert. Er selbst war ebenfalls nicht mehr nüchtern und ließ es daher zu, dass Anton sich bei ihm unterhakte und ihn in die Richtung drängte, in der das Schrimpp'sche Anwesen lag.
»Also, auf meine Kleidung gebe ich schon Acht. So etwas Schönes hat nämlich kein Zweiter in dieser verdammten Stadt, verstehst du? Die Herren auf Riedhofen und die von Dürnwang wissen schon, was es heißt, gut zu leben. Aber wenn es nach dem Willen deines Vaters ginge, müssten wir alle im grauen oder braunen Walk herumlaufen. Beim Teufel noch mal, dabei sind wir doch reicher als alle Riedhofener und Dürnwanger zusammen!« Das Letzte schrie Anton Schrimpp so laut, dass einige Fensterläden geöffnet wurden und sich die Anwohner heftig beschwerten.
»Wisst ihr, was ihr mich könnt?« Der junge Schrimpp machte eine verächtliche Handbewegung in die Richtung der verärgerten Bürger und bog dann ab.
In dem Augenblick erinnerte Sebastian sich, dass er eigentlich in die entgegengesetzte Richtung gehen musste, um sein Vater-

haus zu erreichen. Die anderen aber folgten Anton Schrimpp und sie trugen die Laterne des Wirts. Im nüchternen Zustand wäre Sebastian mit ihnen gegangen, um das Licht zu übernehmen, sobald der Letzte zu Hause war. Jetzt aber blieb er störrisch stehen. »He, gebt die Laterne her! Oder soll ich durch die Dunkelheit stolpern?«

»Von mir aus kannst du in den Dreck fallen!« Anton lachte und forderte die anderen auf, mit ihm zu kommen.

»Ich und fallen? Heiße ich etwa Schrimpp?« Sebastian kehrte seinen Saufkumpanen beleidigt den Rücken und stapfte los. Doch schon nach wenigen Schritten wurde er langsamer und versuchte die Dunkelheit mit seinen Augen zu durchdringen. Die Häuser um ihn herum waren Schemen, die sich kaum von der Gasse oder dem wolkenbedeckten Himmel abhoben, während der Boden unter seinen Füßen Wellen zu schlagen schien wie die Donau. Jetzt bereute er es, so stur gewesen zu sein, doch Anton Schrimpp und die anderen waren längst im Gewirr der Gassen untergetaucht.

»Ich falle nicht!«, behauptete Sebastian, um sich Mut zu machen, und tastete sich an den Hauswänden entlang. Nach wenigen Schritten schürfte er sich das Schienbein an einem Hindernis auf, das sich wie ein großes Schaff anfühlte, und sein Fluchen hallte kaum leiser durch die Gasse als das Gebrüll, das der junge Schrimpp vorhin ausgestoßen hatte. Jemand öffnete seinen Fensterladen und leerte ein Gefäß über den nächtlichen Schreier aus. Sebastian zuckte unter dem kalten Guss zusammen und befürchtete schon Schlimmes, doch seine Nase verriet ihm, dass es sich nur um Wasser gehandelt hatte. Trotzdem schrie er dem Spender einige wütende Worte zu und humpelte stöhnend weiter.

Nach einer Weile wurde ihm klar, dass er sich in seiner eigenen Vaterstadt verirrt hatte. So etwas war ihm seit seiner frühesten

Kindheit nicht mehr passiert. Da er keinen anderen Anhaltspunkt hatte als das, was seine Hände ihm verrieten, wusste er nicht, in welcher Gasse er sich befand und welche Richtung er einschlagen musste. Er fluchte ausgiebig, wenn auch weitaus leiser, und nannte sich den größten Narren, der in Tremmlingen herumlief.

Da hörte er plötzlich ein Geräusch. Eine Gestalt kam mit schnellen, aber fast unhörbaren Schritten aus einer Nebengasse. In der Hand trug der nächtliche Passant eine Blendlaterne, die gerade so viel Licht spendete, dass der Boden vor seinen Füßen erleuchtet wurde, er selbst aber im Dunkeln blieb. So schnell, wie der Fremde erschienen war, verschwand er in einer schmalen Gasse.

Sebastian folgte ihm in der Hoffnung, mit seiner Hilfe nach Hause zu kommen, verlor ihn jedoch aus den Augen und fand sich in einer der übelriechendsten Gassen der Stadt wieder. Allerdings wusste er jetzt, wo er war, denn es gab keinen anderen Teil Tremmlingens, dessen Gestank sich mit dem des schlimmen Viertels messen konnte.

Während er so flach wie möglich zu atmen versuchte, entdeckte er das Licht des nächtlichen Spaziergängers wieder und versuchte, den Mann zu erkennen. Der aber verbarg seine Gestalt unter einem weiten Mantel oder einem ähnlich schwingenden Kleidungsstück. Nun ging der Fremde auf einen Durchgang zwischen zwei Häusern zu und erreichte kurz darauf die Gasse, die hinter dem Willinger-Anwesen vorbeilief. Da dies der Weg war, den Sebastian einschlagen musste, um nach Hause zu kommen, schlich er dem Unbekannten in der Hoffnung nach, dieser behalte die Richtung bei und leuchte ihm noch einen weiteren Teil des Weges aus. Dann bliebe ihm die Peinlichkeit erspart, jemand um Hilfe bitten zu müssen. Wurde bekannt, dass er sich verirrt hatte, würde er monatelang den Spott und die hämischen Bemerkungen seiner Freunde ertragen müssen, und darauf konnte er verzichten.

Schon wollte Sebastian sich in die Richtung wenden, in der sein Ziel lag, als er sah, wie die Person über einen Zaun kletterte und in Willingers Garten eindrang. Was hatte jemand in dunkelster Nacht dort zu suchen? Ehrliche Absichten konnte der Kerl nicht haben. Wenn er ihn auf frischer Tat ertappen und fangen konnte, musste Otfried Willinger ihm dankbar sein und ihm erlauben, Tilla zu besuchen. Das arme Mädchen war gewiss außer sich vor Kummer und würde ein freundliches Wort zu schätzen wissen.

Noch während Sebastian darüber nachdachte, erreichte der Fremde die Pforte des Rückgebäudes, öffnete sie und verschwand darin.

»Das ist kein Einbrecher, sondern jemand, der erwartet wird«, schloss Sebastian daraus und glaubte, ein weiteres Indiz für die Verschwörung gegen seinen Vater gefunden zu haben, die nach seinem Dafürhalten nicht mit Gürtlers Tod zusammengebrochen war. Er schwankte, ob er bleiben oder rasch nach Hause gehen und seinen Vater alarmieren sollte. Wahrscheinlich würde dieser ihn nicht ernst nehmen, denn er hatte ihm verboten, mit weiteren Verdächtigungen zu kommen. Also würde er Beweise liefern müssen, und was war besser als ein abgefangener Verräter? Mit dieser Überlegung stieg Sebastian ebenfalls über den Gartenzaun und legte sich zwischen den Gemüsebeeten auf die Lauer.

IX.

Erst spät in der Nacht war es Tilla möglich gewesen, ihren Vorsatz in die Tat umzusetzen. Sie hatte sich ein Kleid übergezogen, das sie früher bei groben Hausarbeiten getragen hatte,

und blickte auf das kleine Bündel, in dem sich jene Sachen befanden, die sie nicht in diesem Haus zurücklassen wollte. Das Einzige, was ihr fehlte, waren die Holzsohlen, die sie an der Haustür unter ihre dünnen Schuhe hätte binden müssen. Aber die machten zu viel Lärm und schützten das Leder doch nur unzureichend vor dem Dreck in den schlimmen Gassen. Den wichtigsten Gegenstand hatte sie unbemerkt aus dem Flur mitgehen lassen. Es war eine Blendlaterne, ohne die ihr Unterfangen schon bei den ersten Schritten scheitern würde.
Tilla entzündete den Docht der Unschlittkerze, die sich in der Laterne befand, an dem Öllämpchen in ihrer Kammer und blies dieses aus. Im Schein der Laterne überprüfte sie noch einmal all ihre Vorbereitungen. Sie hatte die beiden Schlüssel bei sich, das Stoffstückchen von Otfrieds Wams und ihr fest verschnürtes Bündel. Dieses befestigte sie mit einem Band über der Schulter, um die Hände frei zu haben, nahm die Lampe und schlich zur Tür. Draußen war alles ruhig. Sie holte noch einmal tief Luft und lief auf Zehenspitzen durch den oberen Flur. Auf der Treppe musste sie Acht geben, damit sie nicht auf die knarrenden Stufen trat. Während ihr das Herz in den Ohren pochte, zählte sie mit und vermied so jeden Lärm. Dennoch blieb sie regungslos im Flur stehen und lauschte. Es war jedoch nichts zu vernehmen als das Knacken und Seufzen der Balken und das Nagen der Mäuse hinter der Vertäfelung. Nun kam der schwierigste Teil ihrer Flucht aus dem Gürtler'schen Haus. Zwar fiel es ihr nicht schwer, die Riegel der Haustür zurückzuschieben und den von innen steckenden Schlüssel umzudrehen, doch hinaustreten durfte sie noch nicht. Das Anwesen konnte nur durch das Tor zum Hof betreten werden, und dort war ein Wachhund angekettet, der unweigerlich Alarm schlagen würde. Sie musste warten, bis irgendwo ein anderer Hund

zu bellen begann und Gürtlers magerer Köter in das Konzert einfiel.
Für ihre angespannten Nerven dauerte es schier eine Ewigkeit, bis endlich ein Hund anschlug. Der Wachhund blaffte sofort los und Tilla hörte seine Kette rasseln. So schnell sie konnte riss sie die Tür auf, schlüpfte hinaus und eilte zum Hoftor. Dieses war mit einem schweren Balken verschlossen, den sie zunächst nicht von der Stelle bewegen konnte. Sie geriet in Panik, riss sich dann aber zusammen und tastete nach dem Holzpflock, mit dem der Balken gesichert war. Als sie ihn herauszog, schwang der Balken fast von selbst hoch. Tilla stemmte sich gegen das Tor, öffnete es einen Spalt und zwängte sich hinaus. Für einen Augenblick lehnte sie sich erschöpft gegen das Holz, hörte aber dann, wie der Balken drinnen zu Boden polterte, und rannte erschrocken los.
Nach ein paar Schritten konnte sie um eine Ecke biegen und hatte sich so weit wieder in der Gewalt, dass sie die Blende der Laterne schließen konnte, bis nur noch ein dünner Lichtschein auf die Straße fiel. Auf diese Weise, hoffte sie, würde ihr Licht nicht schon von weitem bemerkt werden und Aufmerksamkeit erregen. Sie war früher nur selten an dem Gürtler'schen Anwesen vorbeigekommen, aber sie kannte die Gassen gut genug, um von dort aus auch im Dunkeln den Weg zum Willinger-Anwesen finden zu können. Bei dem Gedanken wurde ihr klar, dass es zwar ihr Elternhaus, aber nicht mehr ihr Zuhause war. Jetzt gehörte es einem Vatermörder. Sie aber hatte mit der Flucht aus dem einzigen Haus, das ihr noch Obdach gegeben hatte, den Schutz des Stadtfriedens verloren, und wenn ihre Pläne nicht aufgingen, würde sie heimatlos umherwandern müssen, bis sie irgendwo am Rand der Straße starb.
Unterwegs vernahm sie das Gegröle von Betrunkenen und beschleunigte ihre Schritte. Kurz darauf hatte sie den Gartenzaun

ihres Elternhauses erreicht, kletterte auf gewohnte Weise hinüber und eilte zur Tür des Rückgebäudes. Für einen Augenblick geriet sie in Panik. Wenn diese von innen verriegelt war oder ein Schlüssel im Schloss steckte, würde sie scheitern, bevor sie ihren Weg begonnen hatte. Das Glück war jedoch mit ihr. Sie steckte ihren Schlüssel ins Schloss, drehte ihn herum und vernahm ein leises Knacken. Als sie sich leicht gegen die Pforte lehnte, schwang diese geräuschlos auf. Tilla lächelte zufrieden, denn sie selbst hatte dafür gesorgt, dass die Angeln der Türen gut eingefettet waren.

In der vertrauten Umgebung benötigte sie die Laterne nicht, sie hätte jeden Flur und jede Kammer in absoluter Dunkelheit finden können. Trotzdem ließ sie die Kerze brennen, schloss jedoch die Blende und verbarg die Laterne unter dem dicken wollenen Schultertuch. Kurz lauschte sie, dann zählte sie die Schritte bis zur Hoftür und stieß schon bald mit der Hand dagegen. Wie erwartet, war sie unverschlossen. Ihr eigener Kettenhund schlug nicht an, denn er war gewohnt, dass die Knechte und Mägde nachts über den Hof liefen, um den Abtritt aufzusuchen. Tilla hastete zum Wohnhaus hinüber und öffnete die Hintertür. Auch diese war nicht abgeschlossen, obwohl die wenigen Bewohner es vorzogen, ihr Nachtgeschirr zu benutzen, anstatt die Treppen hinab und über den Hof zu laufen. Einen Augenblick ärgerte Tilla sich über diese Schlamperei, denn auf dem Speicher lagerten kostbare Waren. Dann zuckte sie mit den Schultern, das Ganze ging sie nichts mehr an.

Im Flur horchte sie und schaute sich um, ob irgendwo ein Lichtschein durch einen Türspalt fiel. Doch es war alles dunkel und so ruhig, dass sie das Fiepen einer Ratte in den oberen Stockwerken hören konnte. Da sie zuerst das Herz ihres Vaters an sich bringen wollte, stieg sie vorsichtig die Treppe hinauf und mied dabei alle Stufen und Dielen, die knarren konnten. Otfrieds Schlafzimmer, das er nun wohl mit seiner jungen Frau teilte, lag gleich neben dem kleineren Raum, den ihr Vater zuletzt bewohnt hatte, und sie fürchtete, ihn oder Radegund mit dem kleinsten Geräusch zu wecken.

Als sie im oberen Flur stand, hörte sie ihren Bruder so laut schnarchen, als stände sie neben seinem Bett. Es klang nicht so, als plagten ihn Albträume oder ein schlechtes Gewissen. In ihr stieg der gleiche Hass auf, den sie nach ihrer Hochzeitsnacht empfunden hatte, und dieses Gefühl hätte sie beinahe verlockt, in Otfrieds Kammer zu platzen und ihm alles an den Kopf zu werfen, was sie in Erfahrung gebracht hatte. Sie sammelte sich jedoch, betrat das Zimmer ihres Vaters und zog die Laterne unter dem Schultertuch hervor. Sie musste nicht lange suchen, das Zinnkästchen mit dem Herz stand auf der Truhe, die seine Kleider enthalten hatte.

Der Zinnbehälter war etwa so groß wie der Kopf eines Kindes und erstaunlich leicht. Vorsichtig, als bestände er aus zerbrechlichem Porzellan, drückte Tilla ihn an sich und küsste ihn. »Ich bringe dich nach Santiago, Vater, auf dass dir die Vergebung deiner Sünden zuteil werde«, sagte sie fast tonlos. Dennoch gellte ihr die eigene Stimme in den Ohren und sie zuckte erschrocken zusammen. Nebenan rührte sich jedoch nichts, und so konnte sie den Behälter in ihr Bündel packen und die Kammer unbemerkt verlassen. Nun galt es, den zweiten Teil ihres heimlichen Besuchs hinter sich zu bringen. Wenn sie je in die Lage kommen wollte, ihre Ansprüche durchzusetzen, benötigte sie ihren Heiratsvertrag. Den würde sie mitnehmen müssen, denn Pergament brannte allzu leicht und sie traute Otfried inzwischen jede Schlechtigkeit zu. Er hatte die Verträge an sich genommen und Tilla glaubte zu wissen, wo sie sich befanden.

Die Tür des Kontors war normalerweise verschlossen, doch der alte Willinger hatte für den Fall, dass sein Schlüssel verloren ging, einen zweiten anfertigen lassen und zusammen mit dem Ersatzschlüssel für die Geldtruhe in der Kammer seiner Tochter versteckt, denn er war überzeugt gewesen, dort würde niemand so etwas Wertvolles vermuten. Außer ihr wusste nur Otfried davon, und sie hoffte, dass er die beiden Schlüssel nicht weggenommen hatte. So schlich sie eine weitere Treppe hoch und betrat ihr Zimmer. Zu ihrer Erleichterung lagen die Schlüssel noch an ihrem alten Platz. Kurz darauf stand sie in der Geldkammer und leuchtete sie aus. Die große Geldtruhe wurde zuerst mit dem Schlüssel und dann mit einem speziellen Mechanismus geöffnet, der die Riegel im Deckel zurückzog. Nun war sie froh um ihre Neugier, denn dieses Geheimnis war ihr nicht lange verborgen geblieben.
Es ging nicht ganz so einfach, wie Tilla es sich vorgestellt hatte, und als die Truhe endlich offen stand, musste sie ihr wild klopfendes Herz beruhigen, denn sie stand vor einem neuen Problem. Zwar befand sich die eiserne Schatulle, die ihren Ehevertrag enthalten musste, in der Geldtruhe, aber den Schlüssel zu diesem Kasten besaß Otfried. Ohne Hammer und Meißel konnte sie die Metallkassette nicht aufbrechen. Kurz überlegte sie, ob sie auf ihren Vertrag verzichten sollte, schüttelte dann aber wild den Kopf. Wenn Otfried wirklich der Mörder ihres Vaters war, durfte sie ihm nichts lassen, das er gegen sie verwenden konnte. Kurz entschlossen hob sie die Schatulle heraus, nahm einige Beutel mit Gold und einen mit kleineren Münzen an sich und schloss die Truhe wieder. Das Geld würde ihr die lange Reise erst ermöglichen.
Noch einmal lauschte sie, vernahm aber nur das Knacken der Balken und ein feines Rascheln, das nicht von Menschen stamm-

te. Um einiges ruhiger als bei der Flucht aus dem Gürtler-Haus kehrte sie auf dem gewohnten Weg zur Gartenpforte des Hinterhauses zurück, ohne von einem Bewohner des Anwesens bemerkt worden zu sein. Aufatmend schloss sie die Tür hinter sich ab. Jetzt hieß es schnell zu sein, denn sobald ihr Bruder die Truhe öffnete, würde er das Fehlen der Schatulle bemerken und wissen, wer sie gestohlen hatte.

Gerade als sie sich umdrehte und die Blende der Laterne ein wenig öffnete, um im Garten nicht zu stolpern, wuchs ein Schatten neben ihr aus dem Boden und eine kräftige Hand packte sie an der Schulter.

Jetzt ist alles aus, dachte Tilla und knickte leicht ein. Gleichzeitig erwachte ihr Trotz. Sie stieß die Schatulle gegen den Brustkorb ihres Angreifers, befreite sich mit einer Drehung aus seinem Griff und rannte auf den Zaun zu. Der weinsauer riechende Mann fluchte leise und folgte ihr, stolperte aber nach wenigen Schritten und stürzte. Ehe er sich wieder aufgerafft hatte, war Tilla trotz Bündel, Laterne und Schatulle über den Zaun geklettert. Da sie den Atem des Verfolgers im Nacken zu spüren glaubte, lief sie, so schnell sie konnte, Richtung Stadtmauer. In ihrer Aufregung bemerkte sie nicht, dass der Mann mit einem Fuß zwischen den Holzlatten hängen blieb und mit dem Gesicht voran auf die Straße stürzte.

Sebastian hatte Tilla nicht erkannt, sondern hielt sie immer noch für einen Verschwörer, den er fangen musste. Schnell wälzte er sich herum, befreite seinen Fuß und hinkte hinter dem dünnen Schein der Blendlaterne her, die sich immer weiter von ihm entfernte. Seine rechte Gesichtshälfte brannte, seine Brust schmerzte von dem Stoß mit einem harten Gegenstand, und sein Fuß wollte ihn nicht richtig tragen. Aber seine Wut war so groß, dass er die Person dingfest machen wollte, die ihm entschlüpft war. Er folgte ihr bis in die schlimmen Gassen, stolperte dort über einen Eimer, den irgendjemand auf der Straße stehen hatte lassen, und klatschte in den stinkenden Schlamm, der knöchelhoch den Boden bedeckte.

X.

Atemlos schlug Tilla einige Haken, bis sie sicher sein konnte, ihren Verfolger abgeschüttelt zu haben. Sie war fest überzeugt, es mit einem Knecht ihres Bruders oder schlimmer noch, mit diesem selbst zu tun gehabt zu haben, und die Angst gaukelte ihr vor, dass man am Morgen die gesamte Stadt nach ihr absuchen würde. Sie überlegte schon, ob sie sofort zum nächstgelegenen Tor laufen und sich mit einer Münze den Weg in die Freiheit erkaufen sollte. Doch für eine Reise war sie zu schlecht ausgerüstet und sie wollte die eiserne Schatulle, die neben ihrer Heiratsurkunde wohl noch andere wichtige Papiere barg, nicht mit in die Ferne nehmen, denn sie war unhandlich und konnte ihr zu leicht gestohlen werden.

Noch während sie über ihre nächsten Schritte nachsann, erreichte sie das Häuschen ihrer Kinderfrau. Die Fensterläden und die Tür waren verschlossen, und Tilla konnte es sich nicht leisten, laut zu rufen. Im Schein der Lampe suchte sie ein paar kleine Steinchen und Schmutzbrocken und warf sie gegen den oberen Fensterladen.

Für Tillas überreizte Sinne dauerte es eine halbe Ewigkeit, bis sich im Haus etwas tat und die Witwe oben herausschaute. Sie hielt eine Öllampe in der Hand, die ihr Gesicht in flackerndes Licht tauchte, und sah aus, als wolle sie jeden Augenblick lospoltern.

»Pssst! Ich bin es!«, rief Tilla so laut, wie sie es gerade noch verantworten konnte, und richtete den Schein ihrer Laterne kurz auf sich.

Elsa Heisler starrte sie an, als könne sie es nicht glauben, und schüttelte den Kopf. »Aber Kleines, was machst du mitten in der Nacht auf der Straße?«

»Das erzähle ich dir drinnen. Lass mich bitte ein!«

Da sich in der Nachbarschaft etwas regte, öffnete Tilla rasch die Klappe der Laterne und blies die Unschlittlampe aus. Die Witwe begriff, dass ihr früherer Schützling Gründe hatte, nicht erkannt zu werden, schlüpfte in ihr Hemd und eilte so rasch, wie ihre alten Knochen sie trugen, die Treppe ins Erdgeschoss hinab.

Kurz darauf stand Tilla zitternd vor Anspannung, Angst und innerer Kälte in der kleinen Küche und bemühte sich, ein klares Wort herauszubringen. Sie wollte Elsa schon berichten, dass sie Otfried in Verdacht hatte, ihren Vater ermordet zu haben, schluckte die Worte jedoch wieder herunter, um ihre Freundin nicht auch noch damit zu belasten. Elsa hätte gewiss nicht den Mund gehalten, und in dieser Stadt fand sich eine Frau ihres Standes rasch am Pranger wieder, wenn sie einen der hohen Herren verleumdete. Außerdem lag es nicht in Tillas Absicht, Otfried zu warnen. Aus diesem Grund beschränkte sie sich auf ihr eigenes Ziel.

»Ich werde nach Santiago de Compostela wallfahren und dort das Herz meines Vaters begraben. Otfried will es nämlich nicht tun und erfindet immer neue Ausflüchte.«

Elsa schlug die Hände über dem Kopf zusammen. »Kind, bist du denn vollkommen übergeschnappt? Wie willst du allein eine solch weite Reise überstehen?«

»Es sind schon andere Frauen dorthin gegangen. Also wird es auch mir gelingen«, antwortete Tilla mit einer wegwerfenden

Handbewegung und deutete auf die Schatulle, die sie auf den Tisch gestellt hatte. »In dieser Kassette liegen mein Heiratsvertrag und das Testament meines verstorbenen Mannes. Beides will ich an einem sicheren Ort verwahren, denn ich habe nicht mehr die Zeit, sie zu öffnen. Weißt du ein gutes Versteck?«
Die Witwe schüttelte zunächst den Kopf, hob dann aber mit listig blitzenden Augen die Hand. »Du kennst doch die lose Steinplatte unter der Treppe. Wenn wir dort ein wenig Erde herauskratzen, müsste der Kasten sicher verwahrt sein. Unter meinem Fußboden wird wohl niemand das Ding vermuten.«
Tilla war sich da nicht ganz so sicher, hatte aber keinen besseren Vorschlag. »Leuchte mir!«, befahl sie Elsa und machte sich an die Arbeit. Während sie die lose Platte entfernte und eine kleine Grube aushob, unterhielt sie sich mit ihrer alten Freundin über die geplante Pilgerreise.
»Versteh mich recht, Elsa. Ich muss fort aus dieser Stadt, denn die Verwandten meines Mannes wollen mich in den Wahnsinn treiben. Sie hassen mich und würden mich am liebsten tot sehen, und mein Bruder hält eher zu ihnen als zu mir.«
Die Alte nickte. »Otfried erzählt überall herum, du wärst nicht mehr bei Sinnen.« Leiser Zweifel schwang in ihrer Stimme, denn so, wie Tilla sich aufführte, benahm sich tatsächlich keine brave junge Witwe.
»Also verstehst du, warum ich die Stadt verlassen muss.« Tilla entfernte einen losen Bruchstein und glättete die Grube, die ihr nun groß genug erschien. »Reich mir jetzt das Ding!«
Elsa gab ihr die Schatulle und sah zu, wie Tilla sie versenkte und mit einem Teil der ausgehobenen Erde bedeckte. Als die junge Frau die Bodenplatte wieder an ihren Platz legte, wackelte diese nicht mehr.
»Jetzt müssen wir nur noch den Dreck und die Steine loswer-

den, die nicht mehr in das Loch hineingepasst haben«, sagte Tilla zufrieden.
Um zu verhindern, dass ihre junge Freundin zu dieser Unzeit vor die Tür trat, legte Elsa ihr die Hand auf den Arm. »Ich schütte das Zeug morgen früh in eine der Abfallgruben.«
»Aber gib Acht, dass niemand dich sieht!«
»Hältst du mich für dumm? Ich lege keinen Wert darauf, von deinem Bruder vor den Rat geschleppt und verhört zu werden.«
Tilla strich der sichtlich nervösen Frau tröstend über die Schultern und zog sie an sich. »Danke, Elsa! Das werde ich dir nie vergessen. Nun aber muss ich mich reisefertig machen, denn ich möchte bei Sonnenaufgang unterwegs sein. Ich benötige ein wenig zu essen für die Reise sowie einen Beutel, in dem ich das Herz meines Vaters und meine restlichen Habseligkeiten tragen kann.«
»Es bringt nichts Gutes, wenn du davonläufst. Draußen in der Fremde lauern vielerlei Gefahren für eine junge Frau wie dich, und ich will nicht hören müssen, dass dir etwas Schlimmes zugestoßen ist. So manche Frau ist auf ihrer Pilgerreise von bösen Buben hinter die Büsche gezerrt, missbraucht und nicht selten auch umgebracht worden.«
»Das wird mir nicht passieren! Ich werde in Männerkleidern reisen, denn ich muss die Leute täuschen, die mein Bruder höchstwahrscheinlich hinter mir herhetzen wird.«
Elsa starrte sie so entsetzt an, als hätte sie direkt vor dem Altar eine Todsünde begangen. »Kind, nein! Das kannst du nicht tun. Ich habe von Pilgern gehört, wie es auf diesen Reisen zugeht. In den Quartieren schlafen die Leute meist nackt und decken sich mit ihren Kleidern zu. Man würde dich also sofort als Frau erkennen, wenn du es ihnen gleichtun wolltest. Versuchst du aber, dein Gewand anzubehalten, würdest du gleichfalls Verdacht erwecken. Bitte, tu es nicht!«

»Dann werde ich eben nicht in den Pilgerhospizen, sondern in den Kirchen oder im Freien schlafen. Außerdem kann ich mich, wenn ich weit genug weg bin, wieder in eine Frau verwandeln.« Das war eine Lüge, denn Tilla hatte nicht vor, Frauenkleidung mitzunehmen, aber ihre Worte beruhigten Elsa ein wenig. Dennoch war die Vorstellung, dass ihr einstiger Schützling der göttlichen Ordnung spotten und als Mann auftreten wollte, für die alte Frau so abstoßend, dass dahinter die Gefahren verblassten, die Tilla unterwegs drohen mochten, wenn sie ihr eigenes Geschlecht nicht verbarg.

»Du brauchst dich nicht zu verkleiden! Du musst dich nur einer Pilgergruppe anschließen, die dir Schutz bietet. Sieh dir die Leute vorher gut an, ob sie dir verlässlich erscheinen«, riet sie Tilla und suchte das ganze Wissen zusammen, das sie von den Jakobspilgern erworben hatte, die in den Kirchen der Stadt von ihren Erlebnissen auf dem weiten Weg nach Santiago berichtet hatten.

»Wenn du von dieser Pilgerreise zurückkommst, wirst du beweisen müssen, dass du das Herz deines Vaters zum Grab des heiligen Jakobus gebracht hast. Dein Bruder könnte dich sonst für irre erklären und einsperren lassen. Die Jakobsmuschel, die andere Pilger als Zeichen mitbringen, dass sie ihr Ziel erreicht haben, wird nicht genügen. Also musst du dir einen Pilgerausweis geben lassen. Das ist ein Dokument, welches man in den Kirchen erhält, bei denen sich die Wallfahrer sammeln. Darin beurkunden die frommen Brüder und Schwestern an den heiligen Orten, die du unterwegs besuchst, um zu beten, dass du dort gewesen bist. In Santiago bekommst du, wenn ich mich recht erinnere, noch eine besondere Bescheinigung – wegen des Herzens.« Elsa nickte noch einmal bekräftigend, denn sie hatte lange genug in Willingers Diensten gestanden, um zu wissen, welche Macht das geschriebene Wort besaß.

Tilla umarmte sie dankbar. Dann fasste sie die Hände der alten Frau und wies mit dem Kinn zur Tür. »Ich muss bald gehen, denn mein Bruder lässt wahrscheinlich schon nach mir suchen. Kannst du mir mit etwas Kleidung von deinem Mann aushelfen oder hast du schon alles verkauft?«

Für einen Augenblick wollte Elsa behaupten, nichts mehr zu besitzen, doch sie hatte Tillas bettelnden Augen schon nicht widerstehen können, als diese noch ein kleines Mädchen gewesen war. Rasch stieg sie nach oben und kehrte mit der Sonntagskleidung, der Bruche und einem Unterhemd ihres Mannes zurück, in dem sie ihn eigentlich hatte begraben wollen. Doch da ihr Franz fern von zu Hause an einer Seuche gestorben war, hatte sie die Sachen als letzte Erinnerung behalten. Nun gab sie sie her, um ihre junge Freundin vor ihrem Bruder zu schützen. Dennoch schüttelte sie sich, als Tilla Schultertuch, Kleid und Unterkleid ablegte und in die Bruche schlüpfte.

Während die junge Frau die Beinkleider an dem ungewohnten Kleidungsstück festband, stöhnte sie. »Ist das unbequem! Das zwickt und zwackt ja überall!«

Ein kurzes Hemd, ein Wams und ein Mantel vervollständigten die Verkleidung. Die langen Haare drehte Tilla zu einem flachen Knoten, steckte ihn fest und verbarg ihn unter einem ausgewaschenen Hut. Dann warf sie sich den Beutel über die Schulter, den Elsa inzwischen mit etwas Brot, Käse und mehreren getrockneten Heringen gefüllt hatte und der ganz zu unterst ihren wertvollsten Schatz barg, nämlich das Kästchen mit dem Herzen ihres Vaters. Sie gab Elsa ein paar Münzen, die die alte Frau über die Leckereien hinwegtrösten sollten, die sie nun nicht mehr erhielt, umarmte sie noch einmal und dankte ihr. Dann füllte sie ihre niedergebrannte Laterne mit einem frischen Binsenlicht und verschwand in der Dunkelheit.

Elsa starrte noch eine Weile in die Nacht hinaus, die ihre Freundin verschluckt hatte, schloss dann die Tür und kniete nieder, um für Tilla zu beten. Sie vergaß jedoch nicht, was sie dieser versprochen hatte, und beseitigte den Abraum aus dem Loch noch während der Nacht.

Tilla hatte unterdessen das Westtor erreicht und klopfte den Torwächter aus dem Schlaf. »Was ist denn los?«, brummte dieser, als er den Kopf zur Tür seiner Wachkammer herausstreckte.

»Mein Meister schickt mich mit einem Auftrag. Ich soll am Mittag schon in Meitingen sein. Bitte mach die Tür auf.« Im Licht der Laterne, die Tilla wohlweislich nicht auf ihr eigenes Gesicht lenkte, blitzte eine Münze auf. Es war doppelt so viel, wie die Stadt als Torsteuer verlangte, und Anreiz genug für den Wächter, den Schlüssel zu holen und die kleine Nachtpforte zu öffnen, die für eilige Gäste gedacht war.

»Welcher Meister schickt dich eigentlich?«, rief er Tilla nach, als sie bereits hindurchgeschlüpft war.

»Meister Nodler!« Ein anderer Name fiel Tilla in der Eile nicht ein. Doch noch bevor der Torwächter misstrauisch werden konnte, weil ausgerechnet der Schneider einen seiner Gesellen zu mitternächtlicher Stunde auf die Reise schickte, hatte sie ihre Heimatstadt bereits hinter sich gelassen und schritt so rasch aus, wie es ihr mit Hilfe ihrer Laterne möglich war.

XI.

Als Sebastian sich aus dem Schlamm der Straße gekämpft hatte, war der Mann, den er verfolgt hatte, über alle Berge. Sein Gesicht und seine Kleidung klebten vor Schmutz und er stank nach Dingen, über die er lieber nicht nachdenken wollte. Mit dem Wissen, nicht mehr erreicht zu haben, als sich unendlich zu blamieren, machte er sich auf den Heimweg. Wie zum Hohn riss jetzt die Wolkendecke auf und der Mond spendete genug Licht, um die Straße erkennen zu können.

Zu Hause angekommen bemerkte Sebastian, dass er keinen Schlüssel für die Hinterpforte bei sich trug. Daher musste er um das ganze Anwesen herum gehen und gegen das Haupttor klopfen.

»Ich komm ja schon, junger Herr!«, klang die Stimme eines Knechts auf.

Anscheinend hat man mich schon vermisst, dachte Sebastian seufzend. Nun konnte er sich auf eine doppelte Standpauke durch seinen Vater und seinen Bruder einrichten. Dennoch schlüpfte er erleichtert in den Hof, wurde aber im gleichen Augenblick vom Schein einer Laterne geblendet, die ihm der Knecht entgegenhielt. Der Mann starrte ihn mit offenem Mund an und begann dann schallend zu lachen. »Bei Gott, wie seht Ihr denn aus?«

Sebastian musste nicht an sich herabschauen, um es zu wissen. »Ich bin gestürzt!«

»Das sehe ich!«, antwortete der Knecht grinsend. »In der Küche hängt gewiss noch ein Kessel mit warmem Wasser über dem Herd. Ich hole eine Küchenmagd, damit sie Euch einen Eimer davon und frische Kleider in den Stall bringt, denn so könnt Ihr das Haus nicht betreten. Schade um Eure schönen Sachen! Die wird keine Waschmagd mehr sauber bringen – und zerrissen sind sie auch.« Der Mann hielt sich demonstrativ die Nase zu und eilte davon, bevor Sebastian handgreiflich werden konnte.

Es kam jedoch noch schlimmer, denn der Mann weckte nicht nur eine der Mägde, sondern mit seinen lauten Rufen gleich das gesamte Gesinde des Laux-Anwesens einschließlich des erst sie-

ben Jahre alten Spülmädchens. Die Leute versammelten sich neugierig auf dem Hof und starrten Sebastian an.
»Das muss aber ein Mordsrausch gewesen sein!«, flüsterte ein Lehrling einem anderen zu. Einige lachten, doch die meisten sahen den jüngeren Laux-Bruder mitleidig an. Sie mochten ihn, auch wenn sie ihn nicht ernst nahmen.
Dies schien auch sein Vater zu denken, der zusammen mit Damian auf den Hof trat und Sebastian mit einem Ausdruck betrachtete, der zwischen geheucheltem Mitleid und Spott schwankte. »Bei Gott, mein Junge, ich hätte dich für vernünftiger gehalten, als dir ein Vorbild an solchen Säufern wie Anton Schrimpp und dessen Anhang zu nehmen.«
Man konnte dem Bürgermeister eine gewisse Enttäuschung ansehen. Es schien das Kreuz eines jeden Handelsherrn in dieser Stadt zu sein, dass die jüngeren Söhne über die Stränge schlugen und sich oft zu Taugenichtsen entwickelten, während der Erstgeborene fast wie von selbst in die Geschäfte des Vaters hineinwuchs.
Damian schien ähnlich zu denken und bedachte seinen Bruder mit etlichen drastischen Ausdrücken. Zuletzt hielt er ihm vor, dass er die ihm aufgetragene Arbeit geschwänzt habe.
Sebastian ließ die Strafpredigt ohne Gegenwehr über sich ergehen und rührte sich auch nicht, als Damian ihm androhte, ihn die versäumten Pflichten nacharbeiten zu lassen. Stattdessen ging er auf seinen Vater zu, der ihn jedoch schon nach wenigen Schritten aufforderte, sich von ihm fernzuhalten. »Mein Sohn, du magst dich vielleicht an den Gestank, den du verbreitest, gewöhnt haben. Doch meine Nase reagiert empfindlich darauf.«
»Vater, ich muss dir dringend etwas sagen.« Sebastian sah sich um und bemerkte zufrieden, dass sich das Gesinde weit genug fernhielt.

Leise sagte er: »Ich habe einen Schurken verfolgt, der um Willingers Haus geschlichen ist! Der Kerl ist über den Garten ins Haus eingedrungen, und ich habe mich auf die Lauer gelegt, um ihn beim Herauskommen abzufangen. Aber er war zu flink für mich und als ich ihn verfolgt habe, bin ich gestolpert und in den Dreck gefallen.«

Damian brüllte vor Lachen. »Mein tapferer Bruder hat Willinger vor Schaden bewahren wollen und ist hereingefallen! Hättest du die Büttel geholt, wäre es vernünftiger gewesen! Deren Aufgabe ist es, sich um einen lumpigen Dieb zu kümmern.«

»Es war kein Dieb!«, rief Sebastian empört. »Der Mann wurde erwartet, denn man hat ihm die Hintertür geöffnet. Nein – ich glaube, der Kerl hatte sogar einen Schlüssel dabei.«

Er dachte kurz nach und zuckte dann mit den Schultern. »Ich weiß nicht genau, wie er ins Haus gekommen ist. Aber auf alle Fälle hat er sich sehr verdächtig benommen. Hätte ich ihn abfangen können, wären wir vielleicht in der Lage gewesen, das ganze Ausmaß der Verschwörung im Rat aufzudecken. Denkt daran, Veit Gürtler und Otfried Willinger waren die besten Freunde, und der Ratsherr hat Tilla gewiss nicht ohne Grund geheiratet, sondern um seinen Bund mit ihrem Bruder zu stärken.«

»Das sind doch alles Hirngespinste, die dir der Wein eingegeben hat! Wasch dich und sieh zu, dass du ins Bett kommst. Der morgige Tag kommt früh genug. Und jetzt gute Nacht.« Damian drehte sich brüsk um und kehrte ins Haus zurück. Auch die anderen verstreuten sich wieder und ließen Sebastian allein auf dem Hof zurück. Sein Vater war bereits an der Tür, als er sich noch einmal umdrehte.

»Damian hat Recht. Du solltest dich säubern und schlafen gehen. Wir werden morgen über die Sache reden!«

Diese Antwort stellte Sebastian halbwegs zufrieden, aber als er am nächsten Tag erwachte, hatte sein Vater das Haus wegen einer wichtigen Ratssache verlassen und sein Bruder machte die Drohung wahr, ihn jede am Vortag versäumte Arbeit nachholen zu lassen, und er trug ihm gleich noch ein paar weitere Pflichten auf.

XII.

Tillas Verschwinden blieb länger unentdeckt, als sie es sich hatte vorstellen können. An diesem Tag benötigte ihr Bruder nichts aus seiner Geldtruhe, und da er auch nicht in die Kammer seines Vaters blickte, blieb ihm verborgen, dass der Zinnbehälter mit dem Herzen ebenso verschwunden war wie Gürtlers Schatulle.

Im Gürtler-Anwesen selbst scherte sich niemand um Tilla. Man sah in ihrem Fehlen bei den Mahlzeiten einen ersten Sieg über die verhasste Witwe des Hausherrn und bemühte sich, sie mit noch heftigeren Verwünschungen und Beschimpfungen mürbe zu machen.

Die Nacht kam, ohne dass jemand ihr Zimmer betrat, und auch am nächsten Tag geschah es nur aus Zufall. Eine Magd benötigte einen Gegenstand, der zuletzt in Tillas Kammer gesehen worden war, und platzte ohne anzuklopfen hinein. Doch statt einer ängstlichen und dem Wahnsinn nahen Frau entdeckte sie nur geschlossene Truhen und ein nachlässig gemachtes Bett. Als sie aus Neugier den Nachttopf unter dem Bett hervorzog, wurde ihre Miene noch länger. Das Gefäß war leer, also musste die Witwe den Abtritt im Hof benutzt haben, doch niemand hatte sie durchs Haus oder über den Hof laufen sehen.

Verwirrt verließ die Magd die Kammer und stieg nach unten. »Hat jemand die Willingerin gesehen?«, fragte sie in der Küche.

Die Köchin schüttelte den Kopf. »Nicht, dass ich wüsste. Warum?«
»In ihrer Kammer ist sie nicht, und der Nachttopf ist leer.«
»Vielleicht hat sie ihn selbst zum Abtritt gebracht!« Die Köchin wollte sich wieder ihren Töpfen und Kesseln zuwenden, als Regula Böhdinger hereinkam.
»Was höre ich da? Wo ist das Miststück, das mein Bruder uns ins Haus geschleppt hat?«
»Zumindest nicht in ihrer Kammer!«, antwortete die Magd.
»Irgendwo wird sie schon sein. Vielleicht ist sie zu ihrem Bruder gegangen.« Regula gab wenig auf Tillas Verschwinden. Letztlich käme es ihr gelegen, wenn ihre verhasste Schwägerin in ihr Elternhaus zurückgekehrt wäre.
Die Magd hatte unterdessen wie ein guter Jagdhund Witterung aufgenommen und wollte dieses Geheimnis lösen. »Ich frage den Torwächter!« Damit verschwand sie und kehrte bald mit einem verwirrten Gesichtsausdruck zurück.
»Tilla hat weder gestern noch heute das Anwesen verlassen. Doch eines ist seltsam: Als der Knecht gestern Morgen das Hoftor öffnen wollte, lag der Balken am Boden und das Tor war nur angelehnt. Er hat nichts gesagt, weil er dachte, der hochwürdige Herr Pfarrer wäre bereits zu den frommen Brüdern des Dominikanerklosters gegangen, um mit ihnen zusammen die Frühmesse zu lesen, so wie er es öfter macht.«
»Gestern war mein Schwager nicht dort, ich habe noch am Morgen mit ihm gesprochen.« Regula Böhdinger strich sich über die Stirn und fand dann, dass die Sache etwas zu hoch für sie war. Rasch eilte sie in den Raum, den der Pfarrherr als Studierzimmer beanspruchte, und teilte ihm die eben erfahrenen Neuigkeiten mit.
»Ich hoffe, sie ist zu ihrem Bruder zurückgelaufen! Dann haben

wir endlich unsere Ruhe«, schloss sie mit einem zufriedenen Aufatmen.

Ihr Schwager maß sie mit einem abschätzigen Blick. »Närrin! Wenn Ottilie zu Willinger zurückgekehrt ist, haben wir keine Gewalt mehr über sie. Zusammen mit dem, was der Kerl als Radegunds Mitgift an sich rafft, und dem angeblichen Erbe seiner Schwester wird er uns vollkommen beherrschen und kraft seines Einflusses jeden Versuch von uns im Rat unterbinden, Tillas Heirat für ungültig erklären zu lassen, weil sie die Trauerzeit um ihren Vater nicht eingehalten hat und schon vor der Ehe geisteskrank war. Wenn wir ihm dann nicht so willfahren, wie er es sich vorstellt, vermag er dich und deine Schwester aus eurem Vaterhaus zu vertreiben, so dass ihr als arme Witwen in ein Hospiz gehen müsst und auf milde Gaben angewiesen seid.«

Seine Schwägerin erschrak bis ins Mark. »Was können wir unternehmen, um dieses Unglück von uns abzuwenden?«

»Erst einmal so tun, als wären Tillas Beschwerden über uns, mit denen sie ihren Bruder gewiss überschüttet hat, nur ein Ausbund ihrer überreizten Sinne. Er hat doch selbst gesagt, dass sie nicht ganz bei Trost ist. Am besten wird sein, wenn ich selbst zu Otfried Willinger gehe und mit ihm über seine Schwester spreche.«

Der Pfarrherr klappte das Brevier zu, in dem er gelesen hatte, und ließ sich von seinem Leibdiener den Mantel bringen. Kurz darauf schritt er durch die Stadt und nur seine unziemliche Eile wies darauf hin, wie angespannt seine Nerven waren. Bei Willingers Anwesen führte man ihn sofort zum Hausherrn.

Otfried empfing den Schwager seines Schwagers freundlich, obwohl noch immer die Aufteilung des Gürtler-Vermögens einen gewissen Streitpunkt zwischen ihnen bildete. Dennoch sah er Böhdinger als heimlichen Verbündeten an, denn gerade als Pfarrherrn im benachbarten Bayern musste diesem daran gelegen sein,

Tremmlingen unter die Herrschaft seines Landesherrn zu stellen, zumal sich dies auch für ihn selbst lohnen würde.
»Wollt Ihr so gut sein und mit mir speisen?«, fragte er, nachdem sie die Grußformeln gewechselt hatten.
»Gerne!« Der Pfarrherr wunderte sich ein wenig über die leutselige Art seines Gastgebers, denn er hatte eher Vorwürfe erwartet, weil Tilla im Gürtler-Haus schlecht behandelt worden sei. Während des Essens dauerte es eine ganze Weile, bis Otfried das Gespräch auf seine Schwester lenkte. »Ich hoffe, Tilla befindet sich wohl?«
Die Frage traf den Pfarrherrn wie ein Schlag. »Aber sie ist doch hier bei Euch!«, platzte er heraus.
»Was sagt Ihr da?« Otfried schüttelte erstaunt den Kopf.
»Davon waren wir überzeugt, denn bei uns ist sie nicht mehr. Sie ist spurlos verschwunden, wie in Luft aufgelöst.« Böhdingers Angst war nicht gespielt, denn wenn Tilla etwas geschehen war, so würde Otfried von diesem Zeitpunkt an als ihr Erbe gelten und seine Macht und seinen Einfluss auf das Handelshaus Gürtler in vollem Umfang ausüben können.
Otfried winkte die Magd heran, die bereitstand, um ihnen vorzulegen. »Ilga, geh nach oben und sieh nach, ob Tilla in ihrem Zimmer ist!«
»Wie Ihr wünscht, Herr.« Ilga knickste kokett und lief aus dem Raum. Es dauerte eine Weile, bis sie zurückkam und kopfschüttelnd in den Raum trat.
»Also, im Obergeschoss ist sie nicht. Ich habe überall nachgesehen.«
»Ob sie ins Wasser gegangen ist?«, fragte Radegund, die bisher stumm bei Tisch gesessen hatte.
Ihrem Onkel lief es kalt den Rücken hinab. »So etwas sagt man nicht!«, wies er sie mit bebender Stimme zurecht.

»Aber wenn sie weder bei euch ist noch hier bei uns, wo soll sie sonst sein?«, antwortete Radegund, der es nicht passte, auch noch als Otfried Willingers Ehefrau von ihrem Onkel getadelt zu werden.
»Ich denke, sie ist bei Laux! Dort dürfte sie Unterschlupf gefunden haben.« Otfried sprang zornig auf und wollte den Raum verlassen, als Ilga ihm in den Weg trat.
»Verzeiht, Herr, eines hätte ich in der Aufregung fast vergessen. Als ich oben nach Tilla gesucht habe, ist mir aufgefallen, dass das Behältnis mit dem Herzen Eures Vaters verschwunden ist.«
Otfried stockte einen Augenblick und nickte dann, als müsse er sich selbst etwas bestätigen. »Wenn das so ist, dann kann sie nur bei Laux sein. Der ist der Einzige, von dem sie sich in dieser Situation Hilfe erhoffen kann, und wenn er es nur tut, um mir zu schaden! Ilga, sorge dafür, dass unsere Knechte sich bereitmachen, um mich zu begleiten. Dem Schuft werde ich heimleuchten, das sage ich euch.«
Er traute Laux die Schlechtigkeit zu, bei Tilla ebenfalls auf die Trauerzeit zu verzichten und sie umgehend mit seinem ältesten Sohn zu verheiraten. Der Gedanke, dass der Bürgermeister ihm dann nicht nur Tillas Mitgift abfordern, sondern ihm auch noch in die Geschäfte des Handelshauses Gürtler hineinreden würde, ließ ihn jede Vorsicht vergessen.

XIII.

Otfried zog an der Spitze seiner mit Stöcken, Knüppeln und Messern bewaffneten Knechte zu Laux' Haus und gab einem Mann den Befehl, gegen das Tor zu schlagen.
»Ja, ja! Ich komme ja schon«, scholl es etwas ärgerlich zurück.

Laux' Torknecht zog einen Flügel auf, wollte ihn aber sofort wieder schließen, als er das gute Dutzend bewaffneter Kerle sah, die Otfried begleiteten. Diese stemmten sich jedoch sofort gegen das Tor und stießen es auf.

Otfried trat auf den Hof, auf dem geschäftiges Treiben herrschte, und schrie den ersten Mann an, der ihm über den Weg lief, er solle den Bürgermeister holen.

Es dauerte nicht lange, dann erschien Koloman Laux in der Haustür und blickte mit gerunzelter Stirn auf Otfried und dessen Schar. »Was soll dieser Aufruhr?«

Er zeigte keine Angst, denn die Zahl seiner eigenen Knechte war etwas größer als die des anderen und zudem konnte er auf die Unterstützung durch seine Nachbarn rechnen, mit denen er im guten Einvernehmen lebte.

Otfried blieb breitbeinig vor Laux stehen und bleckte die Zähne. »Ich will meine Schwester zurückholen, die sich bei Euch versteckt hält! Sie ist nicht mehr bei Sinnen und muss in guter Hut gehalten werden.«

Der Bürgermeister rieb sich verwirrt über die Stirn. »Eure Schwester soll bei mir sein? Wie kommt Ihr denn darauf?«

»Tilla hat das Gürtler-Anwesen heimlich verlassen und muss in meinem Haus gewesen sein, denn das Behältnis mit dem Herzen meines Vaters ist verschwunden. Nur sie kann es genommen haben und Ihr seid der Einzige, der ihr Unterschlupf gewähren würde.« Otfried sah aus, als wolle er Laux zur Seite stoßen und in dessen Haus eindringen.

Der Bürgermeister senkte betroffen den Kopf. Tillas Verschwinden war keine gute Nachricht. Fast wünschte er, sie wäre wirklich zu ihm gekommen, auch wenn es deshalb einen heftigen Streit mit ihrem Bruder gegeben hätte. So aber konnte er nur mit den Schultern zucken. »Also, bei mir ist Eure Schwester

nicht, und sie hat mich auch nicht aufgesucht. Darauf gebe ich Euch mein Wort.«
»Was gilt schon ein Wort. Das ist leicht ausgesprochen!« Otfried schäumte vor Wut und für Augenblicke sah es so aus, als wolle er seinen Leuten befehlen, gegen Laux' Knechte vorzugehen.
Dem Bürgermeister lag nichts an einer Zuspitzung der Lage. »Wenn Ihr wollt, könnt Ihr nachsehen. Doch Ihr werdet erlauben, dass ich den Ratsherrn Schrimpp hinzuziehe. Dies scheint mir eine schwer wiegende Angelegenheit zu sein.«
»Tut das, doch Ihr werdet erlauben, dass meine Leute alle Ausgänge Eures Anwesens überwachen.« Otfried war unsicher geworden, wollte sich aber nicht übertölpeln lassen.
Laux kam ihm auch in dieser Hinsicht entgegen. »Tut das! Ich werde meine Leute anweisen, dass niemand meinen Grund und Boden verlassen darf!«
Jetzt war Otfried zufrieden. Da Matthias Schrimpp nach kurzer Zeit in Begleitung mehrerer Büttel erschien, konnte die Hausdurchsuchung beginnen. Obwohl Otfried in jeden Winkel und in jede Kiste schauen ließ und sogar im Keller eigenhändig die Fässer abklopfte, fand er weder seine Schwester noch Spuren, die darauf hindeuteten, dass sie in letzter Zeit hier gewesen sein könnte.
»Ich glaube, jetzt wäre eine Entschuldigung angebracht«, erklärte der Bürgermeister, als sie wieder auf dem Hof standen.
Otfried ballte die Fäuste in hilfloser Wut. »Verdammt soll sie sein!« Als er den entgeisterten Blick von Laux sah, hielt er es jedoch für besser, einzulenken. »Verzeiht, aber ich vergehe vor Sorge um Tilla. Sie ist, wie ich schon sagte, nicht mehr ganz richtig im Kopf.«
Laux gab ihm keine Antwort, blieb aber im Hof stehen, bis Otfried mit seinen Knechten abgezogen war. Dann schüttelte er den

Kopf. »Tilla soll nicht bei Sinnen sein? Langsam halte ich das für ein Gerücht, das der junge Willinger in die Welt gesetzt hat.«

Während Damian ungerührt von dem ganzen Aufruhr seiner Arbeit nachging, hatte Sebastian sich zu seinem Vater gesellt und blickte ihn ängstlich an. »Was könnte ihr zugestoßen sein?«

»Weiß ich es?«, antwortete Laux mit einem Achselzucken. Er wollte ins Haus zurückkehren, blieb aber kurz vor der Tür stehen und schlug sich mit der flachen Hand gegen die Stirn.

»Jetzt ist mir klar, wen du vorgestern Nacht bei Willinger beinahe gefangen hast. Das war Tilla! Sie hat das Kästchen mit dem Herzen ihres Vaters geholt. Bei Gott, welch ein verrücktes – nein, welch ein mutiges Mädchen. Sie ist glatt imstande, den Weg nach Santiago de Compostela anzutreten.« Für einen Augenblick schüttelte er ungläubig den Kopf, drehte sich dann mit einem seltsamen Lächeln zu seinem jüngeren Sohn um und musterte ihn von oben bis unten.

Der Junge hatte gute Anlagen, dessen war Laux sich sicher, doch solange er im Schatten seines älteren Bruders stand, würde er niemals lernen, selbst Verantwortung zu tragen. Mit seiner Manie, hinter allen möglichen Handlungen eine Verschwörung gegen die Stadt und den Bürgermeister zu sehen, musste Sebastian über kurz oder lang sich selbst schaden. Gürtlers Tod hatte die Opposition in Tremmlingen kopflos gemacht und es würde lange dauern, bis wieder ein ernsthafter Rivale im Kampf um die Macht auftauchen mochte. Wahrscheinlich würde dies erst während Damians Amtszeit passieren. Auch seinem Sohn würde es nicht erspart bleiben, mit einem starken Rivalen um die Führung der Stadt ringen zu müssen. In dem Fall sollte Sebastian der Mann sein, der seinem Bruder beistehen konnte. Dazu aber musste er erst einmal erwachsen werden.

Laux trat auf seinen Sohn zu, legte ihm schwer die Hand auf die

Schulter und sah ihm in die Augen. »Ich habe einen Auftrag für dich!«
»Soll ich herausfinden, mit wem Gürtlers Freunde verkehren?« Sebastians Augen leuchteten hoffnungsfroh auf.
Sein Vater schüttelte lächelnd den Kopf. »Nein, mein Junge. Diese Verschwörung – falls sie nicht nur in deiner Phantasie existiert hat – dürfte zusammengebrochen sein. Jetzt noch Misstrauen zu schüren wäre der falsche Weg. Du sollst etwas anderes tun, nämlich Tilla folgen und sie finden.«
Das war nicht unbedingt ein Auftrag, der Sebastian zusagte. »Wäre das nicht eher die Aufgabe ihres Bruders?«, fragte er mit schief gezogenem Mund.
»Ich sagte, du wirst es tun! Und wenn du sie gefunden hast, wirst du sie an jeden Ort begleiten, der ihr Ziel ist, selbst wenn es wirklich das Grab des heiligen Jakobus sein sollte. Du wirst sie beschützen und dafür sorgen, dass ihr nichts zustößt!«
Sebastian starrte seinen Vater entgeistert an. »Ich soll nach Santiago pilgern? Das wird Damian aber gar nicht gefallen, denn er braucht mich im Geschäft.«
»Er wird einige Monate ohne dich auskommen können. Vielleicht ist es nicht einmal so schlecht, wenn ihr euch eine Zeit lang nicht seht. Aber jetzt komm ins Haus und mach dich reisefertig. Wenn du rasch aufbrichst, schaffst du heute noch anderthalb bis zwei Meilen. Bedenke, das Mädchen hat zwei Tage Vorsprung.«

XIV.

Otfried Willinger kehrte als Opfer widersprüchlichster Gefühle nach Hause zurück und setzte sich in sein Kontor. Seine Gedanken liefen so wirr durcheinander, dass er den Inhalt der

Geschäftsbriefe, die ein Kurier ihm überbracht hatte, nicht erfassen konnte. Statt sich zu konzentrieren blickte er immer wieder auf und starrte durch das kleine, vergitterte Fenster ins Freie. Er war fest davon überzeugt gewesen, dass Tilla sich bei Laux versteckt hielt, und spürte nun Enttäuschung und noch mehr Wut darüber, dass er sich vor dem Bürgermeister bis auf die Knochen blamiert hatte.

»Laux soll verflucht sein und Tilla kann gleich ganz der Teufel holen. Soll sie doch in der Wörnitz, in der Donau oder sonst einem Gewässer ertrunken sein!« Noch während er es sagte, wusste er, dass das keine Lösung war. Wenn seine Schwester ums Leben gekommen war, würden seine Neider ihm eine Mitschuld daran geben und vielleicht sogar den Hohen Rat dazu bringen, sich mit der überstürzten Hochzeit zu beschäftigen. Eine Rüge und ein Ausschluss aus dem Rat für eine gewisse Zeit wären ihm sicher. Vielleicht könnte Laux ihn dann sogar zwingen, die Wallfahrt nach Santiago anzutreten.

Der Gedanke brachte ihn auf das verschwundene Kästchen mit dem Herzen seines Vaters. War Tilla so verrückt, sich selbst auf diese Pilgerfahrt begeben zu wollen? Doch dafür hätte sie nicht nur das Herz des Vaters, sondern auch Geld gebraucht.

Ihn überlief es siedend heiß. In ihrer Kammer waren die Ersatzschlüssel versteckt, und er selbst hatte ihr von den geheimen Riegeln erzählt, mit denen die Geldtruhe des Vaters zusätzlich geöffnet werden musste. Zitternd erhob er sich, trat in das Nebenzimmer und entriegelte die Truhe. Als er den Deckel öffnete, spürte er, wie sein Magen sich verknotete. Gürtlers Eisenschatulle war weg. Das konnte nur Tilla getan haben! Welchen Grund mochte sie haben, den Kasten zu stehlen? Tausend Gedanken schossen durch Otfrieds Kopf, doch sie erschienen ihm allzu abwegig. Dann fiel ihm ein, dass sein Schwager in seiner

Hochzeitsnacht von dieser Schatulle gesprochen haben konnte. Doch was hatte Tilla darin gesucht? Den Brief des bayerischen Emissärs Georg von Kadelburg, um ihn dem Bürgermeister zu überbringen? Aber das hätte sie sofort getan und sich nicht mit dem Ding versteckt.

Doch was auch immer sie damit vorgehabt hatte, zählte nicht mehr, denn in Tillas Hand war die Schatulle eine tödliche Waffe gegen ihn. Gerieten das Schreiben des Bayern und der Schwurbrief in falsche Hände, würden sein Kopf und die der Mitverschworenen rollen. Otfried erinnerte sich daran, dass die von ihm selbst angefertigte Rohschrift des neuen, nie beglaubigten letzten Willens seines Vaters ebenfalls in dem Kästchen lag. Wenn Tilla diese zu Gesicht bekam und entdeckte, wie sehr sie bei ihrer Mitgift wie auch mit ihrer Heirat betrogen worden war, würde sie keine Rücksicht mehr kennen.

»Ich muss diesem kleinen Miststück folgen und es einfangen!« Otfried schlug den Deckel der Truhe zu und überlegte schon, was er für die Reise benötigte. Dann hielt er inne. Gürtler war nun schon über eine Woche tot und die Verschwörer würden sich bald treffen, um einen neuen Anführer zu bestimmen. Da die Leute wussten, dass er Gürtlers Papiere an sich genommen hatte, würde der neue Anführer ihm die Geheimkorrespondenz mit Georg von Kadelburg abverlangen. Dieser Forderung konnte er zwar entkommen, wenn er Tilla folgte, aber gleichzeitig würde er das Misstrauen der Verschwörer erregen und wohl spätestens bei seiner Rückkehr nach Tremmlingen der Klinge eines Meuchelmörders zum Opfer fallen.

Da er auch dann mit Mord rechnen musste, wenn er die verhängnisvollen Papiere nicht übergeben konnte, gab es für ihn nur einen einzigen Weg: er selbst musste der neue Anführer der Schwurbrüder werden. Zum Glück war er als Letzter dem Bund

beigetreten und kannte daher alle anderen Mitglieder. Auch wenn es nicht leicht sein würde, sich gegen Schrimpp und einige andere durchzusetzen, so konnte er doch auf die Verwandtschaft mit Gürtler verweisen und darauf, dass dieser ihn in all seine Pläne eingeweiht hatte. Zudem hielt er mit seinem eigenen und Gürtlers Handelshaus mehr wirtschaftliche Macht in Händen als der Rest der Gruppe. Bei dieser Vorstellung straffte Otfried seinen Rücken, denn er sah sich schon als Vertreter der Bayernfreunde mit Georg von Kadelburg verhandeln und hohe Auszeichnungen und Ämter entgegennehmen. Dann erinnerte er sich wieder an seine Schwester und kam hart auf dem Boden der Tatsachen auf. Ganz gleich, wo Tilla steckte, sie musste gefunden und die Schatulle zurückgebracht werden.
In dem Augenblick kam ihm eine Idee und er ärgerte sich, dass er nicht schon früher auf den Gedanken gekommen war. Tilla hatte oft bei ihrer alten Kindsmagd Zuflucht gesucht, wenn es Ärger gab, und dort würde sie wohl auch jetzt zu finden sein. Otfried rief zwei kräftige Knechte zu sich und machte sich auf den Weg.
Er musste nicht lange an die Tür der Witwe Heisler klopfen, denn diese machte ihm neugierig auf und sah ihn mit schräg gehaltenem Kopf an. »Ist Tilla bei dir?«
»Nein, leider nicht!« Elsa Heisler trat zur Seite, damit der Mann ins Haus kommen und sich umsehen konnte. Otfried durchsuchte das Häuschen von oben bis unten, doch die alte Frau hatte die Wahrheit gesprochen. Von Tilla gab es nicht die geringste Spur.
»Aber sie ist bei dir gewesen!«, setzte er ärgerlich sein Verhör fort.
Die alte Elsa wagte nicht zu leugnen und bekannte daher, dass Tilla sie in der Nacht aufgesucht hätte. »Sie ist aber nicht lange

geblieben, junger Herr, sondern hat sich nur ein wenig zu essen geben lassen und ist dann wieder fortgegangen«, setzte sie treuherzig hinzu.

Da Otfried in jeden Winkel geschaut hatte, kam er gar nicht auf den Gedanken, seine Schwester hätte so etwas Wichtiges wie Gürtlers Schatulle bei ihrer Kinderfrau versteckt. Er stellte noch ein paar Fragen und verließ das kleine Haus. Für sein Gefühl hatte er genug erfahren. Tilla schien wirklich so verrückt zu sein, das Herz des Vaters bis nach Santiago bringen zu wollen. Seines Erachtens würde sie nicht einmal ein Achtel des Weges schaffen. Aber dennoch musste er rasch handeln, bevor sie sich die wertvollen Dokumente von irgendwelchen Leuten rauben ließ. Da er nicht selbst hinter ihr herlaufen konnte, musste er jemand schicken, der ihm die Schatulle unversehrt zurückbrachte. Rigobert Böhdinger war nicht zu trauen, aber er entschloss sich dennoch, ihn auf Tillas Spur zu setzen. Allerdings brauchte der junge Mann einen Begleiter, der ihm auf die Finger sah, und Otfried wusste, wen er mit dieser Aufgabe betrauen konnte. Zu Hause angekommen rief er nach Ilga und schickte sie mit einem Auftrag fort.

Eine knappe Stunde später stand Anton Schrimpp vor ihm. Der Sohn des Ratsherrn mochte ein Freund feuriger Weine sein, aber er war in seiner Jugendzeit Otfrieds Vertrauter bei allen Geheimnissen und Streichen gewesen. Zusammen hatten sie den ersten Becher Wein geleert und in einer abgeschiedenen Kammer spielerisch Dinge miteinander getrieben, für die er jetzt das warme Ehebett benutzte. Ihre Freundschaft hatte sich all die Jahre gehalten, und daher glaubte Otfried, den richtigen Mann gewählt zu haben. Am liebsten hätte er Anton allein hinter Tilla hergeschickt, doch war zu befürchten, dass dieser angesichts eines gut gefüllten Weinkellers seine Aufgabe vergessen würde. So aber konnte Rigobert darauf Acht geben, dass Anton nicht übermäßig zechte, und dieser seinerseits Rigobert überwachen, damit dieser sich nicht zu sehr um die verfängliche Kassette kümmerte. Er legte Anton wie in alten Zeiten den Arm um die Schulter und zog ihn in eine Ecke.

»Du musst mir einen Gefallen erweisen, mein Guter. Wie du vielleicht schon gehört hast, ist meine Schwester verschwunden. Sie ist nach dem Unglück, das sie getroffen hat, nicht ganz richtig im Kopf und ich nehme an, dass ihr verwirrter Geist sie drängt, nach Spanien zu pilgern. Du musst ihr folgen und sie zurückbringen.«

Der junge Schrimpp hatte wenig Lust, auf die angenehmen Abende in der Krone zu verzichten, und zog ein langes Gesicht.

»Kann Rigobert das nicht übernehmen?«

»Rigobert wird mit dir kommen. Aber wie du weißt, liebt man meine Schwester im Hause Gürtler nicht besonders, darum habe ich Angst, er könne zu früh aufgeben und wieder umkehren. Sie kann doch nichts dafür, dass ihr Geist gelitten hat, und ihr könnt nicht damit rechnen, dass sie den kürzesten Weg nimmt. Ach ja, noch etwas: Sorge dafür, dass alles, was sie bei sich trägt, unversehrt zu mir zurückgebracht wird. Es geht mir vor allem um eine eiserne Schatulle, die sie mir gestohlen hat. Diese enthält Papiere, die nicht in die falschen Hände geraten dürfen! Insbesondere Laux könnte sie verwenden, um mich und auch deinen Vater ins Unglück zu stürzen. Sorg auf jeden Fall dafür, dass Rigobert seine Nase nicht in die Unterlagen hineinsteckt! Du musst mir die Kassette unversehrt übergeben, hörst du?«

Der jüngere Schrimpp sah ihn bestürzt an, denn er hatte zu Hause so manches aufgeschnappt, das nicht für seine Ohren bestimmt gewesen war. »Wenn der Inhalt der Schatulle so gefähr-

lich ist, solltest du selbst Tilla folgen! Ich kann ja mit dir kommen.«
»Mich halten wichtige Pflichten in der Stadt fest. Darum habe ich dich rufen lassen. Immerhin bist du mein bester Freund und der Einzige, dem ich sogar mein Leben anvertrauen würde.«
Letzteres war zwar gelogen, doch Otfried wusste, wie er Anton zu behandeln hatte. Der junge Bursche straffte seinen Rücken und kniete vor ihm nieder, als wäre er ein hoher Herr.
»Du kannst dich auf mich verlassen, Otfried! Ich bringe dir das Ding zurück.«
»Unbeschädigt und ungeöffnet!« In Otfrieds Stimme schwang eine unmissverständliche Warnung mit. Ihn ärgerte nun doch, dass er sich auf jemand anderen verlassen musste, doch er konnte nicht an zwei Orten zugleich sein.
Während Otfried Anton Schrimpp seine Anweisungen gab, starb er innerlich tausend Tode. Er wusste, er würde keine Nacht mehr ruhig schlafen können, bis die entwendete Kassette wieder in seiner Truhe lag.

Dritter Teil

Die Pilgergruppe

I.

Tilla stand im Schatten des Münsterturms und blickte auf das Gewimmel der Menschen, die sich auf dem Vorplatz ballten. Die meisten von ihnen waren Pilger. Die einen hatten ihre Wallfahrt beendet und wollten im Münster von Ulm dem Herrgott, Christus und allen Heiligen noch einmal für die glückliche Rückkehr danken, andere versammelten sich hier, um zu fernen Zielen aufzubrechen. Zwischen den Wallfahrern drängten sich fliegende Händler, die alles verkauften, was die Peregrine ihrer Ansicht nach benötigten, angefangen von Kreuzen, die man sich an Lederbändern um den Hals hängen konnte, bis hin zu Zetteln mit Bibelsprüchen, die im Münster gesegnet und mit Weihwasser bespritzt worden waren. Außerdem trieben sich auch Diebe herum. Tilla hatte ihr Geld gut unter ihrer Kleidung auf der Haut geborgen und nur ein schmales Beutelchen mit wenigen Münzen offen an ihrem Gürtel hängen, doch direkt vor ihr schnitt ein Kerl einem baumlangen Pilger mit einem scharfen Messer die am Gürtel hängende Geldkatze ab.
»Vorsicht, dein Beutel!«, schrie Tilla.
Der Pilger zuckte zusammen, griff nach unten und entdeckte das Fehlen seines Geldes. »Haltet den Dieb!«, schrie er so laut, dass es vom Münster zurückhallte.
Sofort rückten die Leute zusammen und der Langfinger fand sich in der Menge eingekeilt. Tilla zeigte auf den Mann. »Das ist er. Ich habe gesehen, wie er den Beutel abgeschnitten hat.«
»Das werden wir gleich feststellen.« Der Bestohlene, der Tilla um mehr als Haupteslänge überragte, schob die Leute, die zwischen ihm und dem Dieb standen, mit einer Leichtigkeit auseinander, als wären es Getreidehalme, und packte den Kerl. Dieser hatte seine Beute unauffällig fallen gelassen und versuchte,

sie mit dem Absatz zur Seite zu schieben. Eine dicke Frau mit hochrotem Kopf beobachtete ihn jedoch dabei und hob den Beutel auf.

»Ist das deiner?«, fragte sie den hochgewachsenen Mann.

»Und ob das der meine ist! Schaut her! Es sind genau die Schnüre, mit denen ich ihn festgemacht hatte.« Er hielt die Börse an seinen Gürtel, damit alle sehen konnten, dass er Recht hatte. Dafür musste er den Dieb jedoch loslassen. Dieser nützte die Chance, zwängte sich durch die Menge und verschwand im Gewirr der Gassen.

Tilla wollte aus einem Impuls heraus hinter dem Langfinger her laufen, fühlte aber die Hand des Bestohlenen auf ihrer Schulter.

»Den zu verfolgen, ist sinnlos. Der Kerl ist wie eine Ratte, die alle Schlupflöcher kennt. Bis wir uns durch die Leute gewühlt haben, ist der längst verschwunden.«

»Ich fürchte, Ihr habt Recht, Herr.« Tilla schnaubte, um den Ärger über die Dreistigkeit des Langfingers loszuwerden, sagte sich dann aber, dass es nicht ihre Sache war.

Als sie weitergehen wollte, hielt der Mann sie auf. »Du hast dir heute meinen Dank erworben, Kleiner. Durch meine Unvorsichtigkeit hätte ich den Weg zum Grab des Apostels als Bettler zurücklegen müssen, und ich glaube nicht, dass mir das gefallen hätte.« Er lachte erleichtert auf und fasste Tilla um die Schulter. »Komm, Junge, lass uns einen guten Schluck Wein auf meine Kosten trinken! Dann suchen wir uns eine Pilgergruppe, die von einem zuverlässigen Priester geführt wird. Ich nehme doch an, dass du auch nach Santiago wallfahren willst.« Das Letzte klang etwas hoffnungsvoll fragend, denn von Ulm aus brachen Pilger auch zu anderen heiligen Stätten auf.

Tilla hatte sich bereits am Tag zuvor die Ausrüstung eines Santiago-Pilgers besorgt, die aus einem festen, knielangen Kittel, zwei Paar Beinkleidern – ein dünnes für warmes und das dickere für kaltes Wetter –, einem breitkrempigen Hut und dem Pelerine genannten Umhang bestand, der vor Regen und Kälte schützen sollte. Ein paar Dinge gingen ihr noch ab, doch unter dem Hemd direkt auf ihrer Haut trug sie in einer kleinen Ledermappe ihr wertvollstes Gut, den Pilgerbrief, den ihr einer der frommen Mönche des Zisterzienserordens ausgestellt hatte, und zwar auf ihre Bitten hin auf den Namen Ottilie Willinger. Zwar war sie in der Verkleidung eines jungen Mannes zu ihm gekommen, doch sie hatte ihm erklärt, ihre Schwester wolle diese lange Pilgerfahrt antreten und benötigte die Bescheinigung wegen eines Gelübdes, damit sie beweisen könne, ihr Ziel erreicht zu haben. Es bedrückte sie immer noch, dass sie den Mönch hatte belügen müssen. Vorerst wollte sie jedoch nicht als Frau auftreten, denn sie kannte ihren Bruder und war fest davon überzeugt, dass er nach ihr forschen ließ. Auf diese Weise hoffte sie, sich ihren Verfolgern entziehen zu können.

Da sie der Kraft des hünenhaften Mannes nichts entgegenzusetzen hatte, ließ sie sich von ihm zu einem Stand schieben, an dem ein Schankwirt Wein an die Pilger verkaufte. »Zwei Becher vom Besten!«, rief er, dann sah er Tilla freundlich an. »Also, mein Name lautet Ambros. Ich komme aus Neuburg und will nach Santiago. Im letzten Jahr, als ich krank darniederlag und alle bereits glaubten, ich würde der Ewigkeit entgegengehen, ist mir nämlich der heilige Apostel im Traum erschienen und hat gesagt, ich würde gesund werden, wenn ich gelobe, zu seinem Grab zu pilgern. Im Traum schwor ich dem Heiligen, in diesem Frühjahr aufzubrechen, und als ich erwachte, ging es mir bereits besser. Ich war in erstaunlich kurzer Zeit wieder auf den Beinen und nun mache ich mich auf den Weg, mein Versprechen zu erfüllen.«

Die rotgesichtige Frau war ihnen gefolgt und hatte sich zu ihnen gesetzt. »Ich reise, weil der heilige Apostel Jakobus meine Tochter aus höchster Kindsnot errettet hat. Wir glaubten sie und ihr Kind – ihr erstes! – bereits verloren, doch als ich das Gelübde sprach, tat der Apostel ein Wunder und sie brachte ihren Sohn lebend und heil zur Welt. Ich heiße übrigens Hedwig.«
Beide sahen jetzt Tilla neugierig an, um zu erfahren, aus welchem Grund sie auf Pilgerschaft gehen wollte. Sie senkte ihren Kopf, so dass Stirn und Nase im Schatten der Hutkrempe lagen. »Mein Vater hat mich vor seinem Tod gebeten, diese Wallfahrt für ihn zu unternehmen. Er wollte es eigentlich selbst tun, aber er vermochte es nicht mehr.«
Ambros klopfte ihr anerkennend auf die Schulter. »Brav, mein Junge! Das Vermächtnis des Vaters muss man in Ehren halten. Aber du hast deinen Namen noch nicht genannt.«
»Ich heiße …« Für einen Augenblick geriet Tilla in Panik, weil ihr in der Schnelle kein passender Name einfallen wollte, hob dann aber lächelnd den Kopf. »Otto, Herr Ambros.«
Dabei dachte sie daran, dass sie es Gürtler zu verdanken hatte, auf diesen Namen gekommen zu sein, denn er hatte darauf bestanden, sie Ottilie zu nennen. Von diesem Namen zu Otto war es wirklich nicht weit.
»Also, das Herr Ambros kannst du dir sparen. Ich bin ein ehrlicher Goldschmied und keiner von den Leuten, vor denen unsereins buckeln muss.« Ambros begleitete diese Worte mit einem weiteren Schulterklopfen, das Tilla bedauern ließ, keine Knochen aus Eisen zu haben.
»Du bist Goldschmied? Bei deiner Kraft hätte ich dich eher für einen Hufschmied gehalten!«
»Schwächlich bin ich gerade nicht, das stimmt. Darum habe ich auch gedacht, meine Erscheinung würde Diebe und Beutel-

schneider von mir fernhalten. Aber die sind dreister, als ich es mir habe vorstellen können. Zum Glück hast du verhindert, dass der Kerl mich um mein Reisegeld erleichtern konnte. Sonst hätte ich wirklich betteln gehen müssen.« Ambros lachte dabei, als hielte er das Ganze für einen guten Scherz.

Tilla betrachtete ihn jetzt genauer. Zuerst hatte sie ihn für einen großen, ungeschlachten Menschen gehalten, doch jetzt sah sie, dass er zwar groß, aber durchaus wohlgestaltet war. Seine breiten Schultern wiesen auf körperliche Kraft hin, und da er die Pilgerpelerine nach hinten geschlagen hatte, konnte sie sehen, dass er schlank war ohne hager zu wirken. Auch sein Gesicht war männlich hübsch, doch am interessantesten fand sie seine Hände. Sie waren groß, aber schmal, und hatten lange, gelenkige Finger, die er für sein Gewerbe wohl auch benötigte. Im Großen und Ganzen schien er ein ruhiger, ehrlicher Bursche knapp unter dreißig zu sein und so zuverlässig, wie man sich ihn als Reisebegleiter wünschen konnte.

Hedwig war um einiges älter und reichte Ambros kaum bis zur Brust. Sie erschien Tilla etwas kurzatmig, was ihrer Redefreude keinen Abbruch tat. Sie verwickelte Ambros in ein längeres Gespräch über gemeinsame Bekannte. Sie stammte aus dem Weiler Dittelspoint und war öfters in Neuburg auf dem Markt gewesen. Sie wunderte sich sogar, dass sie beide nichts von ihren jeweiligen Vorhaben erfahren hatten, das Grab des Apostels aufzusuchen. Es war deutlich zu sehen, dass Hedwig sich Ambros anschließen wollte, und ihm schien es zu gefallen, mit jemand aus seiner Heimat zu pilgern, denn er winkte dem Schankwirt zu, ihnen einen Krug Wein und einen weiteren Becher hinzustellen.

»Du solltest den Wein im Übermaß meiden, mein Sohn. Eine Pilgerfahrt ist eine ernsthafte Sache, denn es geht schließlich um dein Seelenheil.« Ein Geistlicher in einer langen, braunen Kutte war neben der Gruppe stehen geblieben und blickte missbilligend auf die vollen Becher.

»Falls ihr noch Anschluss an eine Pilgergruppe sucht, so seid ihr bei mir richtig. Ich suche noch drei Leute, damit die Zahl voll wird«, setzte er dann etwas freundlicher hinzu.

»Welche Zahl?«, fragte Tilla.

»Die Zwölf, die Zahl der heiligen Apostel! Mit genauso vielen will ich gen Spanien wandern.«

In Tillas Augen war der Prediger zu sehr von sich überzeugt und sie wollte ihm schon den Rücken zukehren. Ambros hingegen dachte kurz nach, winkte dann dem Wirt, ein viertes Trinkgefäß zu bringen, und schenkte dem Mann ein.

»Trinkt, Vater! In Maßen genossen ist Wein doch eine gute Labe.« Der Geistliche zögerte kurz, griff dann aber zu und stieß mit dem Goldschmied an. »So ist es! Auch unser Herr Jesus Christus trank gelegentlich Wein und sorgte dafür, wie man von der Hochzeit von Kana her weiß, dass auch seine Jünger nicht darben mussten.«

Tilla lächelte, denn der Zug, den der Geistliche aus seinem Becher nahm, bewies, dass auch er es nicht gewohnt war zu darben. Seine ersten Worte hatten wohl nur dazu dienen sollen, mit ihnen ins Gespräch zu kommen. Sie musterte den Mann, der kaum größer war als sie und sehr hager wirkte. Sein von der Sonne verbranntes Gesicht mit den vielen kleinen Falten konnte ebenso zu einem Mann unter vierzig wie auch zu jemand gehören, der knapp vor dem Greisenalter stand. Helle Augen leuchteten wie in einem inneren Feuer und bewiesen, dass er seinen Glauben und seine Pflichten als Pilgerführer ernst nahm. Trotzdem war Tilla sich nicht sicher, ob sie sich seiner Gruppe anschließen sollte.

Schließlich traf Ambros auch für sie die Entscheidung. »Wir

sind tatsächlich auf der Suche nach einer Schar in Christo, mit der wir gen Spanien ziehen können, ehrwürdiger Bruder.«

Der Geistliche nickte kurz und schlug das Kreuz. »So sei es! Ihr könnt mich Vater Thomas nennen. Wir treffen uns beim Klang der Glocke am Nordeingang, um unseren Herrgott, unseren Heiland, die Jungfrau Maria und den Apostel Jakobus um eine gute Fahrt zu bitten, und brechen anschließend auf.«

»Dann werde ich wohl nicht mitkommen können. Ich muss nämlich noch einiges besorgen. Hab Dank für den Wein.« Tilla nickte Ambros zu und wollte sich entfernen.

Der Riese schien jedoch einen Narren an ihr gefressen zu haben, denn er hielt sie fest. »Bis die Glocke läutet, haben wir noch Zeit, alles einzukaufen, was du brauchst, mein Junge. Du hast mir heute Glück gebracht und das ist für mich ein Zeichen des Herrn, dass wir gemeinsam reisen sollen. Das sagt Ihr doch auch, ehrwürdiger Vater?«

»So ist es!«, antwortete der Pilgerführer lächelnd. »Glück können wir auf unserer Reise gebrauchen. Sie ist nicht ganz ungefährlich, denn die Herren von Frankreich und England bekriegen einander heftig, und nicht immer machen ihre Scharen vor ehrbaren Pilgern Halt.«

Nach diesen Worten sah Hedwig so aus, als würde sie am liebsten heimkehren, doch der Gedanke an ihre Tochter und ihren Enkelsohn, um deretwillen sie den Schwur geleistet hatte, schien ihre Bedenken wieder zu zerstreuen. Sie wandte sich an Tilla und tippte ihr auf die Schulter. »Geh schon, Junge. Sonst brauchst du wirklich länger als bis zum nächsten Glockenschlag, bis du alles beieinander hast.«

Tilla hätte froh sein sollen, weil ihre Verkleidung so überzeugend wirkte. Stattdessen schämte sie sich, die guten Leute belügen zu müssen, und nahm sich vor, Vater Thomas' Pilgergruppe bei passender Gelegenheit wieder zu verlassen, um als Frau weiterziehen zu können. Fürs Erste aber kamen ihr die Leute gerade recht, denn sollte ihr Bruder wirklich jemand ausgesandt haben, um sie zu suchen, würde dieser wohl kaum einen jungen Mann beachten, der mit Freunden reiste.

II.

Vater Thomas' Pilgergruppe bestand von außen gesehen aus neun Männern und drei Frauen. Außer Hedwig gehörten ihr noch Zwillingsschwestern an, schmale, farblose Geschöpfe, die einander so ähnlich sahen, dass die eine ein graues und die andere ein waidgefärbtes Kopftuch trug, damit man sie auseinanderhalten konnte. Sie mochten die dreißig vor wenigen Jahren überschritten haben, wirkten aber noch nicht wie Matronen. Ihre Gesichter konnte man nicht hübsch nennen, denn sie waren so leblos, als hielten sie den Blick ständig in sich gekehrt. Wie Tilla erfuhr, wollten sie nach Santiago pilgern, um für die Seelen ihrer Ehemänner zu beten, die im letzten Jahr auf einer gemeinsamen Handelsreise von Räubern überfallen und ermordet worden waren und daher nicht die Gnade der letzten Beichte und der heiligen Ölung empfangen hatten.
Auf Tilla wirkten sie schwach und kränklich. Daher konnte sie sich nicht vorstellen, wie Anna und Renata die lange Fußreise überstehen wollten, zumal es ihre Absicht war, den größten Teil barfuß zurückzulegen. Tilla selbst hatte sich die Ratschläge zunutze gemacht, welche die alte Elsa und einige erfahrene Wallfahrer hier in Ulm ihr gegeben hatten, und sich für festes Schuhwerk aus Eselshaut entschieden, das steinigen Strecken weitaus besser widerstand als Schweins- oder Rindsleder.

Ambros und Hedwig waren wie sie der Ansicht, dass das Geld für die Fußbekleidung gut angelegt sei, denn sie hatten ebenfalls mit Leuten sprechen können, die bereits zum Grab des heiligen Apostels ins ferne Galizien gepilgert waren.
Vater Thomas versuchte Anna und Renata ihr Vorhaben auszureden, gab aber bald auf, zumal diese von ihren Begleitern unterstützt wurden. Der eine hieß Hermann und schien der Neffe der Schwestern zu sein, und der zweite nannte sich Robert. Dieser war Hermanns Freund und seinen Worten zufolge Schreiber bei dessen Vater, einem wohlhabenden Handelsherrn in Ulm. Sie hatten keinen inneren Antrieb für diese Reise, sondern traten die Wallfahrt nur an, um Anna und Renata zu beschützen.
Tilla beobachtete die beiden eine Zeit lang und hätte einen Goldgulden gegen einen Pflaumenkern gewettet, dass die beiden Männer alles daransetzen würden, die ihnen anvertrauten Frauen so bald wie möglich zum Aufgeben zu bewegen. Die vier hatten sich als Erste Vater Thomas angeschlossen, und Hermann, ein mittelgroßer, untersetzter Bursche mit rundem Kopf, schien sich darauf einiges einzubilden, denn er führte sich auf, als sei er der Stellvertreter des Pilgerführers. Kaum waren Tilla, Hedwig und Ambros zu der Gruppe getreten, wies er auch schon auf den Goldschmied.
»He, der Lange da kann gleich das Kreuz schleppen!«
Zu Tillas Verwunderung wollte Ambros es sofort schultern, doch Vater Thomas schritt ein. »Unser Pilgerkreuz wird von den Männern in der Reihenfolge getragen, in der sie in die Gruppe aufgenommen worden sind. Hermann fängt damit an!«
Der Bursche trat mit unglücklicher Miene zu dem mehr als mannslangen Kreuz, das an der Wand des Münsters lehnte, und prüfte sein Gewicht.
»Verdammt, ist das schwer!«, entfuhr es ihm.

Vater Thomas bedachte ihn mit einem strafenden Blick und hob die Hand, um die Aufmerksamkeit aller auf sich zu lenken. »Dank der Güte unseres Herrn im Himmel sind wir jetzt vollzählig und können aufbrechen. Nehmt also alles, was ihr bei euch habt, und folgt mir in das Münster! Wir werden den Innenraum dreimal umrunden und dabei jedes Mal das Paternoster beten. Danach erbitten wir von den ehrwürdigen Mönchen des Klosters den Segen und verlassen das Münster durch die Südpforte. Und nun nimm das Kreuz auf, Hermann!«
Vater Thomas ignorierte das enttäuschte Seufzen des Mannes und trat in das Münster. Da keiner der anderen ihm folgte, wollte Tilla sich ihm anschließen, doch Hedwig hielt sie am Ärmel fest.
»Wir schreiten in der Reihenfolge hinter dem ehrwürdigen Vater her, in der wir zu seiner Gruppe gestoßen sind. Als Erster geht der Kreuzträger.« Sie wies dabei auf Hermann, der mit wahrer Leidensmiene das eigenartig geformte Kreuz aufnahm. Es war aus einem einzigen Baum gehauen und sah eher aus wie ein großes Ypsilon mit nach oben verlängertem Längsbalken. Da Tilla ein Kreuz dieser Form noch nie gesehen hatte, wandte sie sich verwirrt an Hedwig. »Hat diese Form etwas zu bedeuten? Mir kommt es seltsam vor.«
»Das empfinde ich genauso. Doch ich habe mir sagen lassen, dass viele Pilger ein Kreuz wählen, das in einem Stück gefertigt ist und nicht genagelt werden muss. Nur hätte unser Vater Thomas eines nehmen können, bei dem die Äste gerader stehen.«
Tilla konnte nicht mehr antworten, denn nun war sie an der Reihe, das Münster zu betreten. Nach dem hellen Sonnenschein wirkte der Innenraum trotz der vor dem Altar brennenden Kerzen düster und bedrückend. Sie versuchte daher, ihre Gedanken auf die heiligen Worte zu lenken, die sie beten sollte, und drück-

te dabei die Tasche mit dem Zinnbehälter, in dem sich nun das Herz ihres Vaters befand, fest an ihre Brust.
»Die Wallfahrt hat begonnen, Vater, und ich schwöre dir, dass ich nicht eher aufgeben werde, bis ich mein Ziel erreicht habe«, sagte sie zwischen dem zweiten und dem dritten Paternoster, das die Gruppe während der langsamen Umrundung des Innenraums betete. Dann fiel sie wieder in den Chor der Übrigen ein.
Schwaden von Weihrauch zogen durch das Kirchenschiff und hüllten die Gruppe ein wie duftender Nebel. An der Südpforte trat ein Mönch in blendend weißem Habit auf jeden von ihnen zu, sprach ein paar lateinische Worte und zeichnete ihnen mit Weihwasser das Kreuz auf die Stirn. Nach der sommerlichen Hitze draußen fraß sich die Kälte des Wassers in Tillas Haut, und einen Augenblick lang bildete sie sich ein, dieses Zeichen würde bis zu ihrem Ziel sichtbar bleiben. Dann beruhigten sich ihre Nerven und sie vermochte das Münster zu verlassen, ohne Roberts Beispiel zu folgen, der sich das Weihwasser von der Stirn wischte.
Auch Hermann fuhr mit dem Ärmel über sein Gesicht, nachdem er draußen das Kreuz abgesetzt hatte, und blickte die anderen Männer der Gruppe auffordernd an. »Jetzt kann ein anderer von euch das Kreuz tragen!«
Damit aber kam er bei Vater Thomas schlecht an. »Jeder Mann trägt das Kreuz einen Tag, und es geht reihum. Du bist der Erste. Also nimm es wieder auf und schreite hurtig aus. Wir werden bis zum Sonnenuntergang unterwegs sein!«
»Bis zum Sonnenuntergang? Mit dem schweren Kreuz?« Hermann verdrehte die Augen.
Ambros, den das Getue des jungen Burschen anwiderte, streckte die Hände aus, um das Kreuz selbst zu nehmen, doch Vater Thomas fiel ihm in den Arm.

»Jeder hier hat sein Kreuz zu tragen. Unser Mitbruder Hermann soll sich nicht anstellen, denn er trägt es nur wenige Stunden, während ab morgen jeweils ein ganzer Tag auf den Träger wartet!«

»Trägst auch du das Kreuz, frommer Vater?«, fragte Robert, der genau wusste, dass er am nächsten Tag an der Reihe sein würde.

Der Prediger schüttelte lächelnd den Kopf. »Ich bin euer Führer und für Weg, Unterkunft und Zehrung verantwortlich. Ich werde das Kreuz erst nehmen, wenn es kein anderer mehr zu tragen vermag.«

Da der Rest der Gruppe leise zu murren begann, ergriff Hermann das Kreuz, das ihm nun noch um vieles schwerer vorkam als im Münster, und schulterte es. Das harte Holz schnitt ihm trotz des dünnen Lederpolsters, das er über seine Schulter gelegt hatte, ins Fleisch, und während die übrigen Wallfahrer ein Gebet anhuben, stöhnte und fluchte er leise vor sich hin.

Tilla hatte bemerkt, dass das Kreuz abgerundete Kanten hatte und dadurch weitaus leichter zu tragen war als eines, das man aus zwei Balken zusammengefügt hatte. Doch Hermann schien bisher kaum etwas Schwereres gehoben zu haben als einen Weinhumpen in der Schenke. Da sie nun glaubte, ihn einschätzen zu können, richtete sie ihr Augenmerk auf die restlichen Männer der Gruppe, die sich als Dieter, Sepp, Manfred und Peter vorgestellt hatten, und versuchte sich auch von ihnen ein Bild zu machen.

III.

Sebastian Laux wusste zuletzt nicht mehr, wie oft er Tilla während der letzten Tage in Gedanken den Hals umgedreht hatte. Seit er von seinem Vater mit ausreichend Reisegeld versehen hinter ihr hergeschickt worden war, hatte er so manche Meile zurückgelegt, ohne auch nur die geringste Spur der Vermissten zu finden.

Dafür aber begegnete er Anton Schrimpp und Rigobert Böhdinger, die von zwei Knechten begleitet auf guten Pferden im ausgreifenden Trab die Straße entlangritten und ihn zwangen, sich mit einem Sprung über den Graben vor den Hufen in Sicherheit zu bringen. Ein Pferd wäre genau das gewesen, was er hätte brauchen können, dachte er, während er aufstand und den vier Reitern nachblickte, die bald in der Ferne verschwanden. Dann kehrte er mit einem langen Satz auf den Weg zurück und haderte eine Weile mit seinem Vater, der ihn auf Schusters Rappen losgeschickt hatte.

Noch während er leise vor sich hin schimpfte, fragte er sich, was den jüngeren Schrimpp und Veit Gürtlers Neffen zusammengeführt haben mochte. Veit Gürtler und Antons Vater Matthias waren nie besonders gute Freunde gewesen, und Schrimpps ältester Sohn Mauriz galt als enger Geschäftspartner von Damian Laux. Anton selbst aber hatte bisher mehr an Otfried Willinger gehangen.

Plötzlich zuckte Sebastian zusammen. Konnte Otfried die beiden hinter seiner Schwester hergeschickt haben? Das war gut möglich. Der junge Böhdinger war Tillas angeheirateter Neffe, und über Antons beinahe hündische Ergebenheit zu ihrem Bruder hatte er sich oft genug amüsiert.

Als Sebastian länger über die Begegnung nachsann, beschlich ihn ein ungutes Gefühl. Abgesehen davon, dass er Otfried für feige und verantwortungslos hielt, weil dieser nicht selbst nach seiner Schwester suchte, hätte ein Mann, der von zwei Knechten begleitet wurde, auch gereicht. Außerdem fehlte ein Reittier, auf dem sie Tilla hätten zurückbringen können. Seine Phantasie gaukelte ihm vor, dass diese Leute der jungen Witwe nicht gut gesinnt waren und ihr vielleicht sogar etwas antun wollten.

Schnell rief er sich zur Ordnung und schob diese Vorstellung auf den Neid, der ihn beim Anblick der Pferde beschlichen hatte.
Nach längerem Nachdenken beschloss er, die Suche aufzugeben. Rigobert und der jüngere Schrimpp waren viel schneller als er und würden Tilla wohl bald eingeholt haben. Er aber war nun frei, etwas zu unternehmen, was ihn schon lange reizte, nämlich den Landsitz des bayerischen Emissärs Georg von Kadelburg aufzusuchen und dort herumzuschnüffeln. Wenn es ihm gelang, etwas Wichtiges in Erfahrung zu bringen, würde sein Vater mit seiner Entscheidung, die Suche nach Tilla aufzugeben, schon eher einverstanden sein.
Erleichtert, weil er sich um etwas kümmern konnte, das in seinen Augen sinnvoller war als hinter einem verrückten Weibsstück herzurennen, drehte Sebastian sich um und prüfte den Sonnenstand. Der Tag war nicht mehr jung und mehr als eine oder zwei Meilen würde er nicht zurücklegen können. Doch wenn er am nächsten Morgen früh aufbrach, konnte er die Kadelburg am späten Abend des folgenden Tages erreichen.
Als eine Herberge in Sicht kam, fühlte er sich immer noch so angespannt wie eine Bogensehne und war alles andere als müde. Der Knecht am Tor beachtete ihn zunächst nicht, sondern hielt nach Reitern und Wagenzügen Ausschau. Erst als Sebastian so nahe gekommen war, dass der Mann die guten Stoffe seiner Kleidung und ihren vortrefflichen Schnitt erkennen konnte, wieselte er devot auf ihn zu.
»Der edle Herr hat wohl unterwegs sein Ross verloren? Nun, bei uns findet er gewiss Ersatz. Doch kommt erst einmal herein. Ein gut gesottenes Stück Fleisch wartet auf Euch und ein weiches Bett, in dem Ihr in der Nacht herrlich träumen werdet.«
Das Geschwätz des Wirtsknechts ließ Sebastian spüren, dass er tatsächlich hungrig war. Auch der Durst meldete sich und ehe er

sich versah, saß er auf einer Bank in der Wirtschaft, ließ sich von einer hübschen Maid einen guten Tropfen kredenzen und schmauste behaglich. Eigentlich hatte er ja noch ein Stück weitergehen wollen, doch nun entschloss er sich, das Angebot des Wirtes anzunehmen und hier zu übernachten. Dafür würde er am nächsten Tag hurtiger ausschreiten müssen, um sein Ziel zu erreichen.

»Noch ein Krüglein?« Die dralle Wirtsmagd kam mit wiegenden Hüften auf ihn zu und wollte erneut einschenken.

Sebastian hob abwehrend die Hand. »Nein danke, ich muss morgen in aller Frühe weiterziehen und da darf ich mir keine größere Bettschwere antrinken.«

»Nur einen Schluck, auf Euer und auf mein Wohl!« Die Maid drängte sich an ihn und beugte sich nach vorne. Ihr Mieder klaffte und gab den Blick auf eine Pracht frei, die Sebastian schlucken ließ. Wollte das Mädchen ihm vielleicht ein Angebot für hinterher machen? Reizen würde sie ihn schon. Zu Hause in Tremmlingen hatte er zwar das eine oder andere Mal das Hurenhaus aufgesucht, aber meist angetrunken und mehr von Freunden mitgezogen denn aus eigenem Antrieb. Jetzt aber meldete sein kleiner Sebastian Ansprüche an, die er ihm dank des reichlichen Reisegelds erfüllen konnte.

»Du bist hübsch, Jungfer!« Sebastian streckte die Hand nach der Magd aus und wickelte eine ihrer blonden Strähnen um seinen Zeigefinger. Dabei versuchte er, ein unwiderstehliches Grinsen aufzusetzen. »Hast du heute Nacht etwas vor? Auf die eine oder andere Münze käme es mir nicht an.«

Die Schöne entzog sich ihm so, dass ihr Busen seine Wange streifte, und sah ihn strafend an. »Ich bin kein lockeres Ding, sondern halte mein Kränzlein in Ehren. Zur Strafe für Eure losen Worte trinkt Ihr noch einen großen Becher Wein.« Ohne sich abhalten zu lassen, goss sie ihm den Becher randvoll.

Einige der übrigen Gäste hatten das kurze Zwischenspiel bemerkt und lachten schallend, während Sebastian mit hochrotem Kopf dasaß und sich in das nächste Mauseloch wünschte. Einer der Männer, der bereits ein wenig angetrunken war, kam auf ihn zu und legte ihm den Arm um die Schulter. »Wenn du ein hübsches Stück Weiberfleisch in den Armen halten willst, musst du schon nach Neuburg oder Tremmlingen laufen. Dort gibt es Hurenhäuser, in denen ein junger Bursche wie du sein Schwengelchen für ein paar Münzen rühren kann.«
»So nötig habe ich es auch wieder nicht.« Sebastian hoffte, den anderen auf diese Weise loszuwerden. Der aber setzte sich jetzt richtig an seinen Tisch und schob ihm den Becher zu.
»Hier, trink! Davon hast du mehr als von ein paar weichen Frauenschenkeln, vor allem, wenn diese sich nicht für dich öffnen wollen.«
Erneut setzte ein Lachsturm ein und ließ Sebastian bedauern, in diesem Wirtshaus Unterkunft gesucht zu haben. Ein Blick in die Runde zeigte, dass ihn keiner hier ernst zu nehmen schien. In Gedanken verfluchte er die Wirtsmagd, die ihn zuerst angeheizt und dann dem Spott der Leute überlassen hatte. Er schloss die Finger um den Becher und führte ihn zum Mund. Doch der Wein schmeckte ihm nicht mehr. Ärgerlich setzte er den noch fast vollen Becher wieder ab und verzog das Gesicht, denn das Gesöff hinterließ einen ekelhaft bitteren Nachgeschmack.
»Ich gehe zu Bett.« Während Sebastian aufstand, schnappte sich der aufdringliche Zechkumpan seinen Becher und trank ihn in einem Zug leer. Dabei blitzte er Sebastian herausfordernd an. Diesem lag jedoch nichts mehr an dem Getränk. Sollte der Wirt es ihm in Rechnung stellen, dann hatte er den Becher einem Betrunkenen spendiert.
Mit diesen Gedanken verließ Sebastian die Wirtsstube und

stieg nach oben. Auch der Zecher, der ihn bedrängt hatte, kehrte an seinen Platz zurück. Dafür kam die Wirtsmaid an den Tisch, um den zurückgelassenen Becher zu holen. Als sie sah, dass dieser leer war, leuchteten ihre Augen auf und sie zwinkerte dem Schankknecht zu, der gerade einen neuen Krug mit dem säuerlichen Wein aus dieser Gegend füllte.

Der Schenk sah den leeren Becher und grinste. »Gut gemacht, Mädle. Der letzte Schluck dürfte dem jungen Gimpel besonders gemundet haben.«

Dann reichte er ihr den vollen Krug und blickte zufrieden auf die offene Tür, hinter der die Treppe zu sehen war, welche zu den Kammern der Gäste hochführte.

IV.

Obwohl Sebastian nach dem langen Marsch und durch den genossenen Wein müde geworden war, schlief er lange nicht ein. Die Kammer, die man ihm gegeben hatte, roch muffig, und er hätte gerne etwas Luft hereingelassen. Obwohl er das Fenster mit dem Binsenlicht untersuchte, welches er unten mitgenommen hatte, fand er keine Möglichkeit, es zu öffnen. Schließlich zuckte er bedauernd mit den Schultern und legte sich aufs Bett. Es war bei weitem nicht so bequem wie sein eigenes und überdies feucht. Auch haftete dem Strohsack und dem Laken der Schweißgeruch früherer Schläfer an.

Sebastian war bislang nur aus Tremmlingen hinausgekommen, wenn er seinen Vater zu Geschäftsfreunden in nicht allzu weit entfernte Städte begleitet hatte, und einmal war er mit anderen Wallfahrern nach Einsiedeln gewandert. Auf all diesen Reisen aber hatte er bei Bekannten oder entfernten Verwandten seiner

Familie gewohnt, und daher waren Erfahrungen dieser Art neu für ihn. Er tröstete sich damit, dass er es weitaus schlechter hätte treffen können, denn gewöhnliche Leute mit schmalem Geldbeutel mussten auf den harten Bänken der Wirtsstube übernachten. Bei der Vorstellung, jetzt unten in den eigenen Mantel gehüllt und vielleicht sogar an einen anderen Zecher geschmiegt schlafen zu müssen, damit ihm warm wurde, schauderte es ihn. Wahrscheinlich schnarchten die Kerle dort unten entsetzlich und Flöhe würde er auch erben.

Irgendwann musste er weggedämmert sein, denn ein schabendes Geräusch ließ ihn hochschrecken. Das Binsenlicht war längst ausgegangen, dafür schien der Mond durch die Schweinsblase, die das Fenster verschloss, genau auf die Tür. In dem Dämmerlicht konnte Sebastian erkennen, dass der hölzerne Riegel, den er am Abend vorgelegt hatte, sich langsam bewegte. Zuerst kniff er die Augen zusammen und öffnete sie wieder, um sicher zu sein, dass er keiner Täuschung unterlag. Der Riegel öffnete sich jedoch weiter und glitt lautlos in die Ausgangsstellung zurück. Dann wurde die Tür geöffnet.

»Sei vorsichtig«, hörte Sebastian jemand flüstern, den er für einen Mann hielt.

Eine Frauenstimme antwortete. »Keine Sorge, bei dem Schlaftrunk, den der Gimpel im Bauch hat, könnte es donnern und blitzen und er würde nicht aufwachen.«

Das ist doch die Wirtsmaid, dachte Sebastian erbost. Seine Hand tastete nach dem Dolch, den er zum Schutz gegen Räuber und wilde Tiere mitgenommen hatte. In dem Augenblick war er wütend genug, das Mädchen niederzustechen, wenn es sich an seinen Sachen zu schaffen machen sollte.

Das hatte das Weib wohl auch vor, denn es glitt in die Kammer herein und brachte eine Blendlaterne zum Vorschein, die es vorher mit einem Tuch abgedeckt hatte. Ein rascher Blick zeigte der Magd, in welche Ecke Sebastian sein Bündel gestellt hatte, und sie trat mit einem triumphierenden Kichern darauf zu. Sebastian selbst gönnte sie nur einen beiläufigen Blick, denn sie wähnte ihn in tiefstem Schlaf.

Sie öffnete geschickt das Bündel und durchsuchte es. Mit einem triumphierenden Laut brachte sie den schweren Geldbeutel zum Vorschein und wollte eben dessen Schnur öffnen, als Sebastian sich aus dem Bett schwang und den Dolch in ihre Richtung reckte.

»An deiner Stelle würde ich das ganz schnell wieder zurücklegen!«

Die Magd fuhr mit einem erschreckten Stöhnen hoch und wollte sich zur Tür wenden, doch Sebastian hielt sie fest und setzte ihr den Dolch an die Kehle.

»Gnade, Herr, ich flehe Euch an!« Ihre Stimme überschlug sich, während sie wie ein Häuflein Elend in sich zusammensank. Den Beutel ließ sie jedoch nicht los.

»Das Geld her!« Sebastian wollte ihr die Geldkatze entreißen.

»Jetzt, Urs!«, kreischte sie und schnappte nach seinen Füßen.

Ich Trottel habe den Mann vergessen, schoss es Sebastian durch den Kopf. Er versetzte dem Mädchen einen Stoß mit dem Ellbogen, der es auf den Rücken warf, und schnellte herum. Es war keinen Augenblick zu früh, denn der Schankknecht der Herberge stand bereits hinter ihm und hatte die Fäuste zum Schlag erhoben. Sebastian tauchte unter einem Schwinger hinweg, der einen Ochsen hätte fällen können, und stach zu. Der Dolch glitt an den Rippen ab, doch der Getroffene brüllte auf. »Jesses Maria!« Der Knecht taumelte zurück und presste die Hand auf seinen linken Brustkorb, und zwischen seinen Fingern lief es rot herab. Mit einem letzten Blick auf Sebastian, der aussah, als wolle er erneut zustechen, wandte der Bursche sich um und hastete zur Tür hinaus.

Sebastian folgte ihm bis zur Treppe, erinnerte sich dann aber an die Magd und kehrte rechtzeitig genug in seine Kammer zurück, um zu verhindern, dass sie mit seinem Geldbeutel verschwinden konnte.

Die junge Frau starrte entsetzt auf die blutige Waffe und lieferte ihre Beute aus. Als Sebastian zur Tür trat und den Mund öffnete, um nach dem Wirt zu rufen, warf sie sich vor ihm zu Boden und klammerte sich an seine Füße.

»Seid gnädig, Herr, und liefert mich nicht dem Vogt aus. Er wird mir die Nasenflügel aufschlitzen, mich auspeitschen und brandmarken lassen. Vielleicht richten sie mich sogar hin. Wollt Ihr das wirklich? Ihr habt doch keinen Verlust. Wenn Ihr mich jedoch verschont, könnt Ihr mit mir tun, wonach Euch der Sinn steht.«

Die Verzweiflung der Magd übte einen mäßigenden Einfluss auf Sebastian aus. Selbst jetzt, wo sie Rotz und Wasser heulte, war sie noch ein hübsches Ding. Er stellte sich vor, wie man sie bestrafen würde. Das Brandeisen war da noch das Harmloseste. Je nachdem, welchen Henkersknechten sie in die Hände fiel, würden diese sie viehisch missbrauchen.

Mit einer zornigen Geste wies er auf das Bett. »Sei froh, dass ich so gutmütig bin. Doch zuerst zeigst du mir, auf welche Weise es euch gelungen ist, den Riegel zu öffnen. Ich will nicht erleben müssen, dass dein Kumpan zurückkommt und mir ein paar Zoll Eisen in den Rücken rammt, während ich dir etwas anderes in den Leib stecke.«

»Das hier ist die so genannte Gimpelkammer. Ein früherer Wirt hat sie eingerichtet, um gut betuchte Narren ausnehmen zu können, wenn sie vom Wein überwältigt eingeschlafen waren.

Darum gibt es draußen zwischen den Brettern der Tür einen Spalt, durch den man einen dünnen Nagel oder Draht stecken kann, um den Riegel zurückzuschieben. Es reicht, wenn Ihr ihn wieder vorschiebt und ihn mit einem Stückchen Holz verkeilt.«

Sebastian befolgte den Rat, drehte sich dann zu ihr um und sah zu, wie sie sich ihrer Kleidung entledigte. Das Mondlicht fiel auf ihre vollen Brüste und tauchte sie in einen silbernen Schimmer. Gespannt wartete Sebastian, bis auch die letzten Hüllen fielen und sie so vor ihm stand, wie Gott der Herr sie geschaffen hatte. Sie hätte das Ebenbild Evas sein können, zumindest erschien sie ihm ebenso verführerisch und gierig nach Dingen, die ihr nicht gehörten. Er kannte nicht einmal ihren Namen, und doch würde er in wenigen Augenblicken Dinge mit ihr betreiben, die den Lehren der heiligen Kirche zufolge nur Ehemänner mit ihren angetrauten Weibern tun sollten.

Der Gedanke, dass er sich versündigen würde, war ihm in der Gaststube noch nicht gekommen. Doch jetzt, wo sie sich ihm weniger freiwillig als von der Angst getrieben hingeben wollte, überlegte Sebastian, ob er sie nicht besser wegschicken sollte. Noch während er dastand und nicht wusste, was er tun sollte, legte die Frau sich hin, spreizte die Beine und gab ihm den Blick auf die Stelle frei, welche die Phantasie eines jeden Mannes zu entflammen vermochte.

Jetzt ist es zu spät, sich Sorgen um mein Seelenheil zu machen, dachte Sebastian. Er vermochte gerade noch Geld und Dolch außer Reichweite der Frau abzulegen, dann zog er Hemd und Bruche aus und präsentierte ihr sein Glied. Er war stolz auf seinen kleinen Sebastian, denn als Jungen hatten er und einige Freunde einige Male ihre Männlichkeit verglichen und dabei war er am besten weggekommen.

Die Frau verzog jedoch keine Miene, sondern legte sich ein wenig bequemer hin. »Jetzt mach schon, oder bist du einer, der nur gaffen will?«

Das hätte sie nicht sagen sollen, denn Sebastian warf sich auf sie und ging ungestüm zu Werke. Das stolze Gefühl, sich erfolgreich gegen den Überfall zur Wehr gesetzt zu haben, verlieh ihm mehr Kraft und Ausdauer, als er bei seinen wenigen Bordellbesuchen besessen hatte.

Die Magd stöhnte und wimmerte, doch mit einem Mal mischte sich ein fast jubilierender Ton in die Laute, die sie von sich gab, und ihre Augen blickten glänzend zu ihm auf. »Was seid Ihr für ein Mann! Dagegen ist Urs ein Nichts.«

»Ihr habt das wohl schon öfter betrieben – ich meine, junge Gimpel auszunehmen?«, fragte Sebastian, der sich eine kleine Pause gönnte.

»Nein, gewiss nicht! Das schwöre ich bei meiner Seele.«

Sebastian sah ihr an, dass sie log, doch in diesem Augenblick war es ihm egal. Er rüstete sich erneut zum Angriff, und während er gemeinsam mit der Magd zur Erfüllung kam, fühlte er sich zum ersten Mal in seinem Leben als richtiger Mann.

Ein Krug gibt nicht mehr Wein her, als in ihm ist, und auch die Potenz eines jungen, kraftstrotzenden Burschen ist nicht unendlich. Nach dem zweiten Akt fühlte Sebastian sich so müde und ausgelaugt wie selten zuvor, doch sein Sinn für Gefahren blieb geschärft. Er stand auf, packte die Magd und schleifte sie zur Tür. Mit der linken Hand öffnete er diese, schob seine kurzfristige Bettgefährtin auf den Flur und warf ihre Kleidung hinterher.

Die Frau fauchte enttäuscht, denn sie hatte gehofft, Sebastian würde neben ihr einschlafen, so dass sie doch noch mit seinem Geld verschwinden konnte.

Sebastian grinste zufrieden. »Sage deinem Freund, er soll mir morgen früh nicht unter die Augen kommen. Es würde mir sonst in den Fingern jucken, ihn doch noch den Bütteln zu übergeben.«

»Du hast versprochen, mich zu verschonen!«, wimmerte die Frau.

»Wahrscheinlich tue ich es auch, aber nur, wenn ihr beide ganz brav seid.« Mit diesen Worten schloss er die Tür und verkeilte den Riegel wieder so, dass ihn niemand von außen öffnen konnte. Während er ins Bett zurückkehrte, dem noch der Geruch der Frau entströmte, war er sehr mit sich zufrieden.

Mit einem Mal kam ihm Tilla in den Sinn, und er stellte sich vor, sie wäre in dieser Situation gewesen. Sie hätte man ganz bestimmt ausgeraubt. Nun begriff er, welche Sorgen sich sein Vater machte, denn unterwegs mochten noch ganz andere Gefahren auf eine junge Frau lauern, Fährnisse, vor denen sie nur ein Mann beschützen konnte. Zwar war Tilla nicht auf den Kopf gefallen, aber es fehlte ihr doch an Kraft und Ausdauer. Nun, an Ausdauer wohl nicht, dachte er, denn er erinnerte sich an einige Streiche, die sie in ihrer Jugend gemeinsam ausgeheckt hatten. Vielleicht würde es ihr sogar gelingen, den beiden Tölpeln, die ihr Bruder hinter ihr hergeschickt hatte, eine lange Nase zu drehen. Sie konnte verdammt hartnäckig sein, das wusste er aus Erfahrung, und würde gewiss nicht eher aufgeben, bis sie dieses Santiago erreicht hatte.

»Allein schafft sie es niemals!«, sagte er zu sich selbst. »Diebische Wirtsknechte werden sie bestehlen, Räuber sie überfallen und ermorden, und vielleicht tun die Kerle ihr vorher noch all jene Dinge an, die solches Gelichter mit weiblichen Gefangenen so treibt.«

Sebastian schüttelte es bei seinen eigenen Worten. Er hatte Tilla niemals als Frau angesehen, sondern mehr wie eine kleine Schwester, und daher konnte er sich nicht vorstellen, sich mit ihr zwischen den Decken zu wälzen. Außerdem war sie nicht die Art Frau, die ihn anzog. Andere Männer aber mochten sie als leichte Beute ansehen und ihr Gewalt antun. Ihm kamen fast die Tränen, als er sich vorstellte, was seiner kleinen Freundin unterwegs alles zustoßen konnte. Für Augenblicke sah er Tilla so vor sich, wie sie vor sieben, acht Jahren gewesen war: ein umtriebiges Ding, das mit seinem Mut die meisten Jungen in der Stadt beschämt hatte. In der Zwischenzeit hatte sie sich jedoch in eine graue Maus verwandelt, für die sich kein Bursche interessierte. Daran mochte die lange, schwere Krankheit ihres Vaters schuld sein, den sie aufopfernd gepflegt hatte.

»Das dumme Huhn ist doch noch nie aus seiner Vaterstadt herausgekommen. Wie will es da bis nach Santiago gelangen?« Noch während er es sagte, wusste Sebastian, dass er am nächsten Tag nicht nach Kadelburg weiterziehen würde. Der Gedanke, Tilla würde zu Schaden kommen, weil er nicht bei ihr war und sie beschützen konnte, bereitete ihm Gewissensqualen, und zum ersten Mal verstand er, welche Verantwortung sein Vater ihm aufgeladen hatte.

V.

Während Sebastian aus Sorge um Tilla darauf verzichtete, die Heimstatt des bayerischen Edelmanns Georg von Kadelburg aufzusuchen, zog es Otfried Willinger mit aller Macht dorthin. Er hatte seine nächsten Schritte immer wieder gründlich durchdacht und war zu dem Ergebnis gekommen, dass er bei Gürtlers Mitverschworenen mehr vorweisen musste als nur den Willen, ihr Anführer zu werden. Ein Mann wie Schrimpp würde gewiss eigene Ansprüche anmelden, und es war möglich, dass die übrigen Mitglieder der Gruppe ihm den Vorzug gaben, weil er ein langjähriges Mitglied des Rates war und offiziell noch als Laux' Freund galt. Dann würde er die geheimen Papiere von ihm fordern, die Tilla gestohlen hatte.

Eine Verschwörung war keine Sache, die man auf die leichte Schulter nehmen durfte, zumal sie einem den Kopf kosten konnte. Aus diesem Grund hatte Otfried sich entschlossen, mit dem bayerischen Emissär zu reden und sich ihm als neuer Arm seines Herzogs in der Stadt Tremmlingen anzudienen. Die erste Gelegenheit für ein Zusammentreffen mit ihm wäre kurz nach Gürtlers Tod gewesen, aber das hatte er versäumt und der Bayer war unverrichteter Dinge wieder heimgekehrt. Nun fand Otfried es an der Zeit, mit ihm zu reden.

Von Tremmlingen bis zur Kadelburg benötigte selbst ein geübter Reiter mehrere Stunden. Otfried aber hatte Pferde bislang nur vor den Wagen spannen lassen und dem Knecht beim Kutschieren zugesehen. Als er nun selbst im Sattel saß, versetzte ihn jede raschere Gangart seines Reittiers in Panik. Daher kehrte er unterwegs ein und hielt sich länger bei einem guten Schluck Wein und einem saftigen Braten auf, als es nötig gewesen wäre. Auch hemmte die Angst vor dem, was ihn auf der Kadelburg erwarten mochte, seinen Vorwärtsdrang.

Doch als er am späten Nachmittag der Türme des Herrensitzes ansichtig wurde, waren alle Bedenken vergessen und er empfand jene durch nichts zu erschütternde Beharrlichkeit, die bereits seinen Vater zu einem der reichsten Männer dieser Gegend hatte werden lassen.

Als er in die Burg einritt, trat ihm ein Knecht in braunen Lederhosen und einem hellen Leinenhemd entgegen. »Ihr wünscht?«, fragte der Mann nicht sonderlich höflich. Die für einen Ritt ungeeignete Kleidung und die mit Kaninchenfell gesäumte Mütze des Besuchers hatten ihm verraten, dass er es mit einem Pfeffersack zu tun hatte.

Otfried stieg ächzend aus dem Sattel und stöhnte, als der Stoff seiner Beinkleider an seinen wund gerittenen Schenkeln rieb. Dann aber erschien der berechnende Ausdruck auf seinem Gesicht, den seine Geschäftspartner schon bei dem alten Willinger zu fürchten gelernt hatten. »Ich bringe wichtige Botschaft für den Herrn von Kadelburg!«

Der Knecht zuckte bei dem dominanten Ton zusammen. Das war kein Mann, der sich mit dem Kastellan oder dessen Stellvertreter abspeisen ließ. Wenn die Botschaft wirklich so wichtig war, so musste die Ankunft des Mannes dem Herrn gemeldet werden.

»Wenn Ihr mir Euer Pferd übergeben wollt! Dort kommt der Kämmerer des Herrn! Er wird sich Eurer annehmen.«

Der Knecht war froh, dass er die Verantwortung abschieben konnte, während der Kämmerer den unerwarteten Besucher äußerst höflich in Empfang nahm. Dieser hatte die Befehle seines Herrn noch im Ohr, der durchaus interessiert war, den Kaufmann als Gast zu begrüßen.

Georg von Kadelburg hatte den Besucher in die Burg einreiten sehen und erwartete ihn bereits, denn er hoffte, es handle sich um jenen Boten aus Tremmlingen, mit dem er bereits seit Tagen rechnete. In seinen Augen wurde es Zeit, dass die Pfeffersäcke, die sich um Veit Gürtler geschart hatten, etwas von sich hören ließen, denn Herzog Stephan wollte allmählich Ergebnisse sehen. Aus diesem Grund kam Kadelburg seinem Gast bis auf die Freitreppe entgegen, ein Privileg, das sonst nur höherrangige Herren und Damen genossen. Kadelburg sah einen noch recht jungen, untersetzten Mann vor sich, der ihm mit seinem schmalen Gesicht, den leicht vorstehenden Backenknochen und den wasserhellen Augen wie eine jüngere Ausgabe eines Ratsherrn vorkam, dessen Name ihm nicht einfallen wollte. Selbst der Ausdruck auf dem Gesicht des Kaufmanns glich jenem anderen.

Otfried betrachtete den Freiherrn nicht weniger neugierig. Kadelburg war einen halben Kopf größer als er, breit gebaut und wies einen schon recht stattlichen Bauchansatz auf. Sein dunkelblondes Haar fiel ihm in wohlgeordneten Locken bis auf die Schultern und sein Gesicht zeichnete sich eigentlich nur durch eine alte Schwertnarbe auf der linken Wange aus, sonst hätte es auch das eines Bauern sein können. Obwohl der Freiherr sich auf seinem eigenen Besitz aufhielt, hatte er sich so prächtig gekleidet, als sei er bei Hofe. Seine grünen Strümpfe waren aus feinster Wolle gewirkt und über seiner gesteppten Jacke aus besticktem, rotem Samt lag noch ein blauer Umhang, der nur die Schulterblätter bedeckte. Ein kleiner, auf den Haaren festgesteckter roter Hut und spitz zulaufende Schuhe vervollständigten seine Gewandung.

Ein Edelmann, aber auch ein Gimpel, dachte Otfried, und seine Zuversicht stieg. Er erinnerte sich gerade noch rechtzeitig, dass es an ihm war, den anderen mit einer Verbeugung zu ehren, und sah ihm dann lächelnd in die Augen. »Gottes Gruß, edler Herr. Verzeiht, dass ich erst heute zu Euch komme, doch gab es in Tremmlingen etliche Dinge, die geordnet werden mussten.« Der Köder war ausgelegt und an Kadelburgs Miene merkte Otfried, wie dieser zuschnappte.

»Du stammst also aus Tremmlingen. Bist du einer der äh …, Freunde des Kaufherrn Veit Gürtler?«

»Ich bin sein Schwager, wenn es genehm ist, und das praktisch doppelt, denn er hat meine Schwester gefreit, während ich seine

Nichte zum Weib genommen habe.« Otfried sah mit Vergnügen, wie der andere aufatmete.
Kadelburg zeigte jetzt auf die Tür, die sein Kammerherr von einem ausdruckslos dreinschauenden Diener aufhalten ließ. »Komm doch herein! Bei einem Becher Wein lässt es sich besser reden.«
»Ich bin so frei.« Otfried folgte dem Freiherrn, ohne dem verblüfften Höfling einen Blick zu schenken, und fand sich kurz darauf mit Wein und Gebäck versorgt in einer kleinen, wohnlich eingerichteten Turmkammer wieder.
Kadelburg hatte ihm gegenüber Platz genommen und schoss seine Fragen ab, als wären es Pfeile. »Wie steht die Sache in Tremmlingen? Der Tod deines Schwagers ist ja eine äußerst unangenehme Sache. Wir hatten gemeinsame Pläne …«
»Die sich auch jetzt noch verwirklichen lassen«, ergänzte Otfried lächelnd.
»Ich bete zu Gott, dass es so ist, denn ich habe meine Ehre dareingesetzt.« Kadelburg trank einen Schluck Wein und sah Otfried durchdringend an. »Wer wird nun den Platz deines Schwagers einnehmen?«
»Ich, wenn es Euch genehm ist. Mein Schwager hat mich in seine Pläne eingeweiht und mich zu seinem Stellvertreter ernannt.« Letzteres war zwar eine Lüge, aber für Otfried war es wichtig, sich dem Freiherrn interessant zu machen.
Zu seiner Erleichterung nickte Kadelburg, als wolle er im Nachhinein noch zustimmen. »Gut! Ich liebe klare Verhältnisse. Hätte es in Tremmlingen Streit gegeben, wer Gürtler nachfolgen soll, wäre Verrat zu befürchten gewesen. Doch diese Gefahr scheint gebannt zu sein.«
Obwohl die Lage in Tremmlingen alles andere als geklärt war, bestätigte Otfried Kadelburgs Annahme mit einer siegesgewissen Miene. Wenn er den Mitverschwörern sagen konnte, dass

der Emissär des Bayernherzogs auf seiner Seite stand, würde auch ein Schrimpp nachgeben müssen. Dabei ging es ihm nicht allein um die Führung in der Verschwörergruppe, sondern mehr noch um das, was danach kam.

»Ich habe ein wenig über unser weiteres Vorgehen nachgedacht, Herr von Kadelburg. Wenn Ihr erlaubt, werde ich Euch meine Vorschläge unterbreiten.«

»Ich bin begierig, sie zu hören!« Kadelburg beugte sich interessiert vor und lauschte. Das eine oder andere Mal blickte er erstaunt auf und stellte Fragen, die Otfried jedoch stets zu seiner Zufriedenheit beantworten konnte. Zuletzt stand er erregt auf und klopfte seinem Gast auf die Schulter. »Du bist ein Mann ganz nach meinem Sinn, Willinger. An dieser Stelle will ich nicht verhehlen, dass mir dein Schwager manchmal etwas zu zögerlich erschien.«

»Zögerlich?« Otfried lachte auf. »Bei Gott, das bin ich gewiss nicht!«

Mir bleibt auch nichts anderes übrig, wenn ich meinen Kopf behalten will, setzte er den Satz in Gedanken fort. Solange Tilla mit Gürtlers Urkunden unterwegs war, lief er jederzeit Gefahr, dass ihr jemand die Schatulle abnahm und die Verschwörung aufdeckte. Darum hieß es rasch handeln. Als er am nächsten Morgen von Kadelburg schied, um nach Tremmlingen zurückzukehren, waren die nächsten Schritte beschlossene Sache.

VI.

Es gab Tage, an denen Tilla ihren Entschluss, nach Santiago zu pilgern, bitter bereute. Dieser war einer davon. Zur Überraschung der anderen Pilger hatte Vater Thomas nicht Dieter, der eigentlich an der Reihe gewesen wäre, zum Kreuzträger bestimmt, sondern sie. Nun schleppte sie das schwere Ding hügelauf und hügelab über Stock und Stein, während ihr der Schweiß in Strömen über Gesicht und Rücken rann. Sie glaubte schon, darunter zusammenbrechen zu müssen wie einst Unser Herr Jesus in Jerusalem. Ihr Hemd fühlte sich klebrig an, sie hätte gar zu gerne Ambros' Angebot angenommen, ihre Jacke auszuziehen und sie ihn tragen zu lassen. Doch das durfte sie nicht riskieren, denn ihre Brüste waren zwar klein, würden sich aber dennoch unter dem nassen Kittel abzeichnen.

»Ich weiß, es ist heiß, aber das Kreuz drückt mich sonst zu sehr«, erklärte sie dem hilfsbereiten Goldschmied und biss die Zähne zusammen. Gleichzeitig verfluchte sie ihr Täuschungsspiel. Hedwig, Anna und Renata mussten nur ihre eigenen Bündel schleppen, denn den Frauen blieb das schwere Kreuz erspart. Sie hingegen schwankte unter der Last und musste beinahe bei jedem Atemzug dagegen ankämpfen, sie zu Boden fallen zu lassen und sich gleich mit dazu.

»In der Schreibstube setzt man halt keine Muskeln an, Kleiner!«, rief Hermann ihr zu.

Der ist gerade der Richtige, mich zu verspotten, dachte Tilla, denn bei der ersten und noch recht kurzen Etappe vor zwei Tagen hatte er sich aufgeführt, als würde die Last des Kreuzes ihm das Rückgrat brechen. Ganz so weinerlich wie er stellte sie sich nun doch nicht an, und sie hoffte, auch am Abend nicht schlechter dazustehen als dieser Mann. Leider war es noch nicht einmal Mittag und ihre rechte Schulter fühlte sich bereits an, als wären das Schlüsselbein und sämtliche Knochen darum herum durchgescheuert.

Ächzend wuchtete Tilla sich das Kreuz auf die linke Schulter und stapfte weiter. Während ihr Mund das Gebet sprach, das Vater Thomas eben anstimmte, wanderten ihre Gedanken zu

Hedwig. Die Frau hatte sie bereits am ersten Abend seltsam gemustert und sie den gestrigen Tag nicht aus den Augen gelassen. Jetzt trug sie einen Ausdruck auf den Lippen, als amüsiere sie sich heimlich.

Tilla fragte sich, ob Hedwig wohl hinter ihr Geheimnis gekommen war. Dabei hatte sie alles getan, um nicht durchschaut zu werden. Um zu beweisen, dass sie wirklich ein Mann war, hatte sie sogar einmal im Stehen Wasser gelassen und auch sonst Acht gegeben, dass niemand Verdacht schöpfen konnte.

Hedwigs Haltung war ihr ein Rätsel, aber auch ein Ansporn, noch besser aufzupassen. Eine andere Frau mochte unter dem schweren Kreuz zusammenbrechen, doch sie würde es notfalls bis nach Santiago tragen. Die Wut, die sich in Tilla breitmachte, gab ihr die Kraft und die Ausdauer, die sie benötigte, um den Tag durchzustehen. Dörfer, Felder und Wälder zogen wie in einem Traum an ihr vorbei, und es gab kaum eine Chance, das Kreuz einmal abzusetzen, denn Vater Thomas vergönnte ihnen nur selten eine Rast. Anhalten durften sie nur vor Bildstöcken und Wegkreuzen, um ein Gebet zu sprechen, so wie es vor ihnen schon unzählige Santiago-Pilger und andere Wallfahrer getan hatten.

Im Lauf des Nachmittags kam es Tilla so vor, als wolle ihr Führer erkunden, welche Strapazen seine Begleiter auszuhalten vermochten. Dem hochgewachsenen und doch feingliedrigen Goldschmied Ambros war keinerlei Anstrengung anzusehen, und vier der anderen Männer zeigten ebenfalls kaum Ermattung. Nur Hermann und Robert, die Kreuzträger der beiden ersten Tage, jammerten wie kleine Kinder. Tilla konnte sich vorstellen, dass vor allem Letzterem sämtliche Knochen wehtaten, aber sie empfand kein Mitleid, denn ihr würde es am nächsten Tag nicht anders ergehen. Doch im Gegensatz zu den beiden wollte sie sich nichts anmerken lassen.

Als Vater Thomas nach dem Halt bei einer kleinen Kapelle das Zeichen zum Aufbruch gab, wuchtete Tilla das Kreuz hoch und war noch vor ihm auf dem Weg.

»Brav, Bruder Otto! An dir könnten sich einige in unserer Gruppe ein Beispiel nehmen.« Der Blick des Pilgerführers streifte Robert und Hermann, die nur unter Ächzen und Stöhnen wieder auf die Beine kamen.

»Otto hält sich wirklich gut!« In Hedwigs Stimme schwang ein Hauch Bewunderung, auch wenn sie den Namen Otto etwas eigenartig betonte. Sie trat nun an Tillas Seite und brach ein Stück von dem Laib Käse, den sie unterwegs erstanden hatte, und steckte es ihr in den Mund.

»Du wirst sehen, das gibt Kraft!«

Tilla wollte schon Danke sagen, als die Hand der Frau an ihrem Oberkörper nach unten glitt und für einen kurzen Augenblick auf ihren Brüsten stehen blieb. Obwohl neben Hemd und Kittel auch der dicke Jackenstoff die beiden verräterischen Merkmale verhüllte, sog Tilla erschrocken die Luft ein.

Hedwig bemerkte es und lächelte überlegen. »Ich glaube, wir beide müssen uns heute Abend unter vier Augen unterhalten.«

Der Teufel soll dich holen, fuhr es Tilla durch den Kopf, und für ein, zwei Herzschläge überlegte sie, die Frau gleich selbst auf die Reise zum Höllenfürsten zu schicken. Doch dafür hätte sie das Kreuz auf Hedwigs Schädel niedersausen lassen müssen und davor schreckte sie dann doch zurück. Sie hielt es jedoch für ein gutes Zeichen, dass Hedwig sie nicht gleich an die übrigen Mitglieder der Gruppe verriet, sondern erst mit ihr reden wollte. Doch was würde sie von ihr verlangen? Geld, um sich ihr Schweigen zu erkaufen? So hätte sie die freundliche Frau eigentlich nicht eingeschätzt.

Auf dem weiteren Weg fiel es Tilla zunehmend schwerer, das

Kreuz zu tragen. Der trotzige Mut des Vormittags war verflogen und Verzweiflung machte sich in ihr breit. Sie hätte sich nicht darauf einlassen sollen, in einer Gruppe zu reisen, sondern alleine gehen müssen. Allerdings musste sie sich nach der Erfahrung der ersten Tage eingestehen, dass dies nicht möglich gewesen wäre. Freiwillig reiste niemand allein, denn nur eine Gruppe versprach Schutz gegen Räuber, betrügerische Wirte und die anderen, vielfältigen Gefahren, die einem begegnen mochten. Zudem hätte sie nicht gewusst, wo Pilgerherbergen zu finden waren und wie man sich dort zu benehmen hatte. Auch konnte ein Alleinreisender, der unterwegs krank wurde, seine Seele nur noch dem Herrn empfehlen, während er in der Gruppe auf Hilfe und Pflege hoffen durfte. Wie Tilla es auch drehen und wenden mochte: nur der Schutz einer Pilgergruppe bot ihr die Möglichkeit, ihr Ziel zu erreichen. Wenn Vater Thomas sie ausschließen sollte, würde sie sich eine andere Pilgergemeinschaft suchen müssen. Aber dann musste sie sich vorher von allen unbemerkt in eine Frau zurückverwandeln oder noch stärker aufpassen, damit niemand ihr wahres Geschlecht durchschaute. Eine Frau konnte für das Tragen von Männerkleidern sehr hart bestraft werden.
Um sich von ihren düsteren Gedanken zu lösen, die sich immer wieder um ihr Täuschungsspiel und die Gefahren drehten, die sie unterwegs bedrohten, versuchte sie, die restlichen Mitglieder der Gruppe einzuschätzen. Sepp war ihr als Einziger herzlich unsympathisch. Der mittelgroße, breit gebaute Mann mit einem runden, fast kahlen Schädel und kleinen, misstrauisch blickenden Augen hatte sich, wie es hieß, nicht freiwillig auf den Weg nach Santiago gemacht, sondern war wegen irgendeines Vergehens oder einer großen Sünde dazu verurteilt worden. Tilla wäre es lieber gewesen, Vater Thomas hätte ihn nicht in seine Grup-

pe aufgenommen, denn der Mann machte ihr mit seinen derben Reden und seinem ganzen Verhalten Angst.

Auch Peter zählte nicht gerade zu den angenehmen Reisegefährten. Im Gegensatz zu Sepp war er klein und schmächtig und hatte ein spitzes Gesicht, das Tilla an ein Wiesel erinnerte. Er sprach kaum etwas und schien keine Gemeinschaft mit den übrigen Gruppenmitgliedern zu suchen. Sie hatte sich schon gefragt, weshalb er sich auf diese Pilgerfahrt begeben hatte, und am Vorabend von der ewig neugierigen Hedwig erfahren, dass Peter nur deshalb ging, weil der Bürgermeister seiner Heimatstadt ihm reichen Lohn dafür versprochen hatte. Es ging um irgendein Gelübde, das erfüllt werden musste, und die Aussicht auf gutes Geld hatte den kleinen Mann dazu gebracht, sich als Stellvertreter auf den Weg zu machen.

Auch Manfred, ein vierschrötiger und irgendwie unfertig wirkender Mann, hatte sich für einen anderen auf die Reise begeben, der die Pilgerfahrt gelobt, aber selbst nicht den Mut aufgebracht hatte, sie auch anzutreten. Die Abneigung, die Tilla Manfred anfangs entgegengebracht hatte, war allerdings rasch gewichen, denn er hatte sich bereits am ersten Tag als hilfsbereiter Weggenosse entpuppt, den Hermann und Robert nach Strich und Faden ausnützten. Alles in allem war ihr der geistig leicht zurückgebliebene Manfred lieber als die anderen Männer der Gruppe, Ambros natürlich ausgenommen.

Der Letzte hieß Dieter, und ihn vermochte sie am wenigsten einzuordnen. Er war gebildet, versuchte aber, sich dies nicht anmerken zu lassen, und hielt ein wenig Abstand zu den anderen, ohne sich jedoch so stark abzuschotten wie Peter. Hedwig, die mit ihrer Fragerei selbst einen Stein zum Reden bringen konnte, hatte nichts über ihn in Erfahrung gebracht. Daher wusste Tilla nur, dass Vater Thomas und Dieter sich schon von früher kann-

ten und der jüngere Mann die Reise nicht zuletzt wegen ihres Pilgerführers angetreten hatte.
Ganz in Gedanken versunken stolperte Tilla und fiel hin. Für ein paar Augenblicke überlegte sie, ob es nicht besser wäre, einfach liegen zu bleiben. Dann aber war Manfred bei ihr und half ihr auf.
»Das war ein ganz böser Stein«, sagte er mit einem Seitenblick auf einen großen Kiesel, den Tilla übersehen hatte. Sie nickte und wollte das Kreuz aufheben.
»Das kann ich für dich tragen«, bot Manfred ihr an.
Doch Vater Thomas schüttelte den Kopf. »Otto ist dafür eingeteilt und er wird es tragen, bis wir Eberhardtszell erreicht haben.«
Am liebsten hätte Tilla ihm das schwere Kreuz vor die Füße geworfen, doch dann raffte sie sich wieder auf, schob den Lederfleck zurecht, der ihre Schulter nur sehr ungenügend schützte, und wankte weiter.

VII.

Am Abend dieses höllischen Tages lauerte bereits die nächste Herausforderung auf Tilla. Die Gruppe hatte das Kloster erreicht, bei dem sie übernachten wollten, und während sie auf die Suppe warteten, die die Mönche für Pilger kochten, entdeckten Ambros und Peter einen kleinen Teich.
»Kommt, lasst uns den Schweiß vom Körper waschen!«, rief der Goldschmied und eilte los. Die anderen folgten ihm und streiften sich noch im Laufen die Kleider vom Leib. Auch Hedwig und die beiden anderen Frauen schämten sich nicht, sich bis aufs Hemd auszuziehen und in das kühle Nass zu steigen.

Nur Tilla stand noch auf festem Boden und glaubte, der Schlag hätte sie gerührt. Wenn sie sich jetzt auszog, war ihr Geschlecht aufgedeckt, weigerte sie sich aber, würde sie ebenso Verdacht erregen. Noch während sie verzweifelt überlegte, was sie tun sollte, winkte Vater Thomas ihr zu.

»Komm, Otto! Das Wasser ist herrlich kühl und wird dir nach dem heißen Tag guttun.«

Tillas Körper lechzte nach einer Erfrischung, doch ihr Verstand war wie gelähmt. Es ist am besten, ich bekenne, was ich bin, und nehme die Strafe auf mich, die Vater Thomas mir auferlegen wird. Sie wollte ihren Vorsatz gerade in die Tat umsetzen, als es plötzlich Aufschub gab.

Ein Mönch kam vom Kloster her auf den Teich zu, blieb am Ufer stehen und sprach den Anführer der Gruppe an. »Vater Thomas! Verzeih, wenn ich dich störe, aber eben haben Gäste das Kloster aufgesucht, die auf der Suche nach einer verwirrten Frau sind. Sie nehmen an, das Weib habe sich auf den Weg nach Santiago gemacht, und bitten daher alle Pilgerführer, die auf dem Weg dorthin sind, um Hilfe, diese Frau zu finden. Wenn Ihr so gut sein wollt, mit ihnen zu sprechen.«

Tilla musste Hedwig nur ansehen, um zu erkennen, wie deren Gedanken flogen. Auch Vater Thomas streifte sie mit einem nachdenklichen Blick und runzelte die Stirn. Er schien etwas sagen zu wollen, hielt aber nach dem ersten Wort inne und wandte seine Aufmerksamkeit dem Mönch zu. »Was sind das für Leute?«

»Zwei junge Männer aus Tremmlingen. Sie stammen aus Kaufmannsfamilien, wie sie sagen. Zwei Knechte begleiten sie.«

»Nur Männer? Haben sie denn keine Magd oder eine andere weibliche Person bei sich?«

Als der Mönch den Kopf schüttelte, runzelte Vater Thomas erneut die Stirn. »Das ist seltsam. Wenn diese Frau wirklich von Sinnen ist, braucht sie die Hilfe eines anderen Weibes und nicht die eines derben Knechts.«

Sein Ton ließ Tilla Hoffnung schöpfen. Vater Thomas stieg jetzt aus dem Wasser und winkte den anderen, mitzukommen. »Die Suppe wird gleich fertig sein. Außerdem will ich mir diese Männer ansehen. Ihre Absichten scheinen mir nicht ehrlich zu sein.« Während er sein Hemd und seine Kutte überstreifte, suchte sein Blick Tilla.

»Du hast unsere Kleidung treulich bewacht. Jetzt kannst auch du baden. Hedwig soll bei dir bleiben. Ihr wird man wohl keine unzüchtigen Gedanken vorwerfen.« Mit diesen Worten wandte er sich ab und scheuchte Hermann und Robert, die noch ein wenig am Teich bleiben wollten, vor sich her.

Hedwig wartete, bis sie außer Sicht waren, dann stupste sie Tilla an. »Du hast den ehrwürdigen Vater gehört. Also bade, Mädchen!«

Tillas Gesicht glühte blutrot auf. »Aber wie …«, stotterte sie.

»Wie ich es herausgebracht habe, willst du wissen? Das war ganz einfach. Du hast dir alle Mühe gegeben, wie ein junger Mann zu erscheinen, aber einige Bewegungen und deine Mimik waren doch verräterisch. Als ich dir vorgestern Abend einen Apfel zugeworfen habe, hast du unwillkürlich die Beine gespreizt, als wolltest du ihn mit deinem Rock auffangen. Deine Hand war zwar schnell genug, um den Apfel auch fassen zu können, aber ich hatte bereits Verdacht geschöpft. Dann habe ich dich gestern eingehender beobachtet und herausgefunden, dass du noch mehr weibliche Angewohnheiten hast.«

»Hast du dann mit Vater Thomas gesprochen, damit er mir das Kreuz aufhalsen soll?«, fragte sie, während sie sich auszog.

»Wir können weiterplaudern, während du dich wäschst. Oder

willst du damit warten, bis andere Pilger kommen?« Hedwig scheuchte Tilla mit einer schiebenden Geste ins Wasser.
Tilla stieg bis fast zum Hals hinein und rieb sich eilig von oben nach unten ab. Dabei kniff sie die Lippen zusammen, denn ihre Begleiterin schien sie abzuschätzen wie eine Ziege auf dem Markt.
»Eine Schönheit würde ich dich nicht gerade nennen, aber wenn du dich ein wenig zurechtmachst, könntest du als ansehnliches Ding gelten.« Hedwig nickte dabei, als wolle sie Tilla unter die Haube bringen. Dann lachte sie und winkte ihr, wieder aus dem Wasser zu kommen.
»Deine Figur eignet sich aber auch für einen hübschen jungen Burschen, nicht zu groß und nicht zu kräftig. Männer kannst du damit wirklich täuschen. Vater Thomas wollte mir erst gar nicht glauben, und noch vorhin meinte er, dass ich mich geirrt haben müsse, denn eine Frau würde nicht die Kraft aufbringen, das schwere Kreuz den ganzen Tag über zu tragen.«
Es hörte sich sehr zufrieden an. Tilla hingegen war am Boden zerstört. Um nach Santiago zu gelangen, würde sie weit mehr als hundert Tage gehen müssen, und Hedwig hatte sie bereits am ersten Abend entlarvt.
»Was sind das eigentlich für Leute, die nach dir suchen?«, wollte Hedwig jetzt wissen.
Tilla hob hilflos die Hände. »Wahrscheinlich mein Bruder. Er hätte nämlich nach dem Willen unseres Vaters zum Grab des heiligen Apostels pilgern sollen, aber da er immer neue Ausflüchte gebracht hat, bin ich aufgebrochen.«
»Heimlich, wie ich annehme.«
»Ja! Mein Bruder hat mich nach dem Tod unseres Vaters gegen dessen letzten Willen zu einer Ehe mit einem seiner Freunde gezwungen. Mein Mann ist jedoch schon in der Hochzeitsnacht

gestorben und seine Verwandten haben mich mit Billigung meines Bruders wie eine Gefangene gehalten.«

»Du Ärmste! Da hast du ja schon einiges erlebt.« Hedwig empfand mit einem Mal Mitleid mit Tilla, obwohl sie in ihr kurz zuvor noch eine Sünderin gesehen hatte, die den Gesetzen Gottes zum Trotz in Männerkleidern auftrat. Sie ging zu ihr hin, knuffte sie leicht und zeigte dann mit dem Kinn auf das Kloster.

»Komm jetzt! Ich will mir die Männer anschauen, die nach dir gefragt haben.«

Tilla hätte sich das lieber erspart, doch gegen den Willen der kleinen, aber kräftig gebauten Frau kam sie nicht an. Daher folgte sie ihr zum Vorhof des Klosters, in dem sich die Pilgerherberge befand. Die Nacht dämmerte bereits herauf, und es wimmelte hier von Menschen. Die meisten waren von Ulm gekommen, um weiter nach Konstanz, Einsiedeln oder gar nach Santiago zu pilgern, aber es gab auch etliche Wallfahrer, die von jenen Zielen zurückkehrten. Die Pilger, die auf ihren Hüten oder an ihren Pelerinen die Muschel des heiligen Jakobus trugen, wurden beinahe wie Heilige verehrt und von den Mönchen als Erste bedient.

Die Gruppe von Vater Thomas saß auf einer Bank unter freiem Himmel und wartete auf die Suppe und das Brot, welches die Mönche nun nach und nach verteilten. Anna entdeckte Tilla und Hedwig und winkte ihnen zu.

»Es ist besser, wir setzen uns, sonst fällst du noch auf«, raunte Hedwig Tilla zu und schob sie auf die anderen zu. Tilla ließ sich vorwärts treiben, hielt aber gleichzeitig nach ihrem Bruder Ausschau. Eine neue Hoffnung war in ihren Gedanken aufgeglimmt. Vielleicht hatte Otfried sich besonnen und sah ein, dass er ungesäumt zum Grab des Apostels weiterziehen musste, auch um selbst Vergebung all seiner Sünden zu erlangen. Wenn er ihr das versprach, würde sie sich seinem Willen beugen und nach Hause zurückkehren.

Unwillkürlich schüttelte sie den Kopf. Nein, das würde sie nicht tun, denn sie wollte das Herz des Vaters nicht ausgerechnet demjenigen ausliefern, der ihn ermordet hatte. Sie versuchte, ihren Zorn auf Otfried zu dämpfen, indem sie sich sagte, dass es auch anders gewesen sein konnte. Vielleicht war er bei Vater gewesen, als dieser starb und sich im Todeskampf in Otfrieds Wams verkrallt hatte. Aber in diesem Fall hätte ihr Bruder keinen Grund gehabt, so zu tun, als hätte er den Vater genesend und bei vollem Bewusstsein verlassen. Er war ein Mörder, und so Gott im Himmel und der heilige Jakobus ihr halfen, würde sie sein Verbrechen ans Tageslicht bringen.

Bei dem Gedanken kochte sie innerlich so vor Wut, dass sie Otfried sein Verbrechen am liebsten auf der Stelle ins Gesicht geschleudert hätte. Doch ihr Bruder war nirgends zu sehen. Dafür entdeckte sie zwei Knechte, die ihr bekannt waren. Einer stammte aus ihrem Elternhaus und hatte sich ihrem Bruder bereits angedient, als ihr Vater noch gelebt hatte, in der Hoffnung, später bei ihm aufsteigen zu können, und der Zweite gehörte zum Gesinde des Gürtler-Anwesens. Bei beiden wunderte es sie nicht, dass sie ihren Bruder mit auf eine lange und beschwerliche Reise begleiteten.

Dann aber entdeckte sie die beiden Männer, zu denen die Knechte gehörten. Verblüfft stieß sie die Luft aus, denn sie hätte nicht erwartet, Rigobert Böhdinger, den unsäglichen Neffen ihres toten Mannes, und den Ratsherrnsohn Anton Schrimpp hier auftauchen zu sehen.

Enttäuscht setzte sie sich so, dass sie den beiden Männern den Rücken zukehrte, um von ihnen nicht durch einen dummen

Zufall erkannt zu werden, und hielt sich an dem Becher fest, den ihr ein Mönch mit Wasser und ein wenig saurem Wein gefüllt hatte. Also war sie ihrem Bruder nicht einmal so viel wert, dass er selbst nach ihr suchte. Rigobert traute sie zu, ihr heimlich den Hals umzudrehen, und Anton stand in einem üblen Ruf als Trunkenbold. Wollte ihr Bruder sie vielleicht mit Letzterem verheiraten, um ein Bündnis mit dem Ratsherrn Schrimpp einzugehen? In dem Fall wäre Antons Bruder Mauriz jedoch die bessere Wahl gewesen. Oder hatte man sich für den jüngeren Sohn entschieden, weil sie nach dem überraschend schnellen Tod Veit Gürtlers nicht gerade als willkommene Schwiegertochter galt?

Dieses Rätsel würde sie nur lösen können, wenn sie sich den beiden zu erkennen gab. Dazu aber durfte sie sich auf keinen Fall verleiten lassen. Ohne Rigobert und den jüngeren Schrimpp aus den Augen zu lassen, nahm sie die Tonschale mit dem Eintopf entgegen, in dem neben Gemüse auch ein wenig Fisch schwamm, und griff nach einem der Brotstücke, die ein anderer Mönch aus einem großen Korb verteilte,

»Wir brauchen noch Brot und Suppe für unseren ehrwürdigen Pilgerführer!«, sagte Ambros neben ihr.

Erst bei den Worten des Goldschmieds fiel Tilla auf, dass Vater Thomas sich noch nicht bei ihnen eingefunden hatte. Sie hielt nach ihm Ausschau und sah, dass er sich durch die Gruppe der Mönche und der anderen Pilgerführer drängte, die Rigobert und Anton Schrimpp umringten, und diese ansprach. Jetzt verrät er mich, fuhr es ihr durch den Kopf, und sie sah sich nach einem Fluchtweg um. Die Pilger saßen jetzt jedoch so dicht beieinander, dass sie sich mit Gewalt hätte durchzwängen müssen. Während Tilla vor Angst beinahe verging, ließ Anton Schrimpp sich einen weiteren Becher Wein reichen und trank ihn in einem Zug leer. »So ein Ritt macht durstig«, erklärte er grinsend und hielt dem Mönch, der eigentlich jedem Pilger nur einen Becher einschenken hätte sollen, fordernd sein Gefäß hin. Da Anton jedoch schon mehrere Becher getrunken hatte, zögerte der Mönch. Einer seiner höherrangigen Mitbrüder bedeutete ihm jedoch, dem Gast zu willfahren. Während das Kloster bei den meisten Pilgern auf nicht viel mehr als ein »Vergelts Gott« für ihre Gastfreiheit hoffen konnten, war von Männern wie diesen beiden Reitern blankes Gold zu erwarten.

»Es hat also keiner dieses verdammte Weibsstück gesehen!« Der Wein löste Anton Schrimpps Zunge und er ließ seinen Ärger deutlich heraushängen, dass sie seit ihrer Abreise aus Tremmlingen nicht die geringste Spur der Gesuchten gefunden hatten,

Rigobert lächelte etwas verkrampft, denn er hatte dem Mönch an der Pforte von einer lieben Verwandten erzählt, deren Geist durch vielfältige Schicksalsschläge gelitten hätte. »Verzeiht meinem Begleiter seine unbesonnenen Worte, aber es ist auch zum Haareausraufen. Wir wissen kaum mehr, wie wir die arme Tilla vor sich selbst schützen können. Einmal wollte sie sich sogar ins Wasser stürzen und konnte erst im letzten Augenblick gerettet werden. Jetzt hat sie der Wahn ergriffen, zum Grabe des heiligen Apostels pilgern zu müssen.«

Der Führer einer Pilgergruppe, die aus Santiago zurückkehrte, hob mahnend den Zeigefinger. »Vielleicht ist es gar kein Wahn! Es mag durchaus sein, dass der Heilige ihr diese Vision schickte, um sie zu rufen, damit sie beim Gebet an seinem Grab Heilung findet.«

Mehrere der Kleriker, die sich um Schrimpp und Rigobert versammelt hatten, nickten beifällig, und einer hob die Hände zum Himmel. »So wird es sein! Die Wege des Herrn erscheinen uns

Menschen oft sonderbar und doch führen sie stets auf wundersame Weise zum Ziel.«

Vater Thomas musterte die beiden Suchenden genauer, und er konnte nicht behaupten, dass sie ihm gefielen. Der Jüngere wirkte verschlagen, während sein weinfreudiger Begleiter immer wieder betonte, dass er ein enger Vertrauter ihres Bruders sei und Tilla unbedingt zurückbringen müsse.

Der Verstand sagte dem Pilgerführer, dass es besser wäre, das schamlose Weib, welches Männerkleidung angelegt hatte, um die Welt zu täuschen, den Boten ihres Bruders zu übergeben und es zu vergessen. Doch er erinnerte sich daran, wie die junge Frau an diesem Tag unter der Last des Kreuzes gewankt hatte, so wie es auch von Unserem Herrn Jesus Christus berichtet wurde. Nicht Verrücktheit, sondern nur ein fester Wille und die Hilfe Gottes konnten ihr die Kraft dazu verliehen haben, dessen war Vater Thomas sich sicher.

»Berichtet doch bitte, wie die Frau aussieht, die ihr sucht. Dann können wir auf unserem weiteren Weg die Augen offen halten und sie erkennen, wenn sie uns begegnet.« Vater Thomas' Aufforderung beinhaltete bereits den halben Willen, Tilla nicht auszuliefern. Die Beschreibung, die Rigobert jetzt von sich gab, festigte diesen Entschluss. Gürtlers Neffe versuchte zwar in liebenswürdigen Worten von Tilla zu sprechen, einige seiner Bemerkungen verrieten jedoch, wie sehr er die junge Frau verabscheute.

»Ich danke dir, mein Sohn, doch nun muss ich zu meinen Schäflein zurück.« Vater Thomas nickte Rigobert und Anton kurz zu und vollzog eine segnende Geste, dann wandte er ihnen den Rücken zu und suchte die Stelle, an der seine Gruppe saß. Es dauerte seine Zeit, bis er sich durch die essenden Pilger gezwängt hatte, und nur die Autorität seiner Kutte und des gro-

ßen, hölzernen Kruzifixes auf seiner Brust verhinderten, dass die sich gestört fühlenden Leute laut und grob wurden.
Am richtigen Tisch angekommen, reichte Tilla ihm mit einem ängstlichen Blick die Schüssel. Vater Thomas zog seinen Löffel aus dem Futteral an seinem Gürtel, leckte ihn kurz ab und begann zu essen. Aus den Augenwinkeln sah er, wie Anton Schrimpp sich noch einmal einschenken ließ und dann mit Rigobert zusammen auf den Trakt des Klosters zuging, der für höher gestellte Gäste vorgesehen war. Er fragte sich, was das für ein Bruder war, der seiner Schwester solche Leute nachgeschickt hatte. Die Männer wirkten wie Jäger, die ein ganz spezielles Wild einfangen und gebunden nach Hause schleppen wollten, nicht aber wie liebevolle Freunde oder Verwandte, die die Sorge um die Verschwundene trieb.
Diese Überlegung befreite ihn jedoch nicht von der Entscheidung, was er nun mit Tilla anfangen sollte. Sie war als Weib geboren und verhöhnte Gott mit ihrer Männerkleidung. Da er nun ihre Verfolger kennen gelernt hatte, konnte er jedoch verstehen, was sie zu dieser Handlung getrieben hatte.
Vater Thomas schob seine Entscheidung hinaus, bis er fertig gegessen hatte, dann fiel seine rechte Hand schwer auf Tillas Schulter. »Ich glaube, wir beide müssen jetzt miteinander reden. Versuche mich jedoch nicht zu belügen, es würde dir Schaden bringen, wenn nicht jetzt, so auf der Weiterreise.«
Die Wahl seiner Worte ließ Tilla aufatmen. Wie es aussah, hatte ihr Pilgerführer nicht vor, sie umgehend an Anton und Rigobert auszuliefern. Sie weinte beinahe vor Erleichterung und nahm sich vor, Vater Thomas alles zu bekennen, was sie wusste. Dieser winkte ihr, ihm zu folgen, und führte sie in eine kleine Kapelle, die etwas abseits vom Kloster lag. Während der Pilgerhof des Klosters inzwischen von Fackeln erhellt

wurde, war es hier so dunkel, dass man kaum die Hand vor Augen sehen konnte.
Dies schien Vater Thomas nicht zu stören. Er machte den Eindruck, als könne er sogar in tiefer Nacht sehen, denn er führte Tilla nach vorne zum Altar, ohne gegen eine der Bänke zu stoßen. Sie wunderte sich darüber, aber sie konnte nicht wissen, dass sie nicht die erste Person war, der Vater Thomas an dieser Stelle die Beichte abnahm. Ihr Bericht war nur einer von vielen, die er sich anhörte, weil er sich ein Urteil über die Personen bilden wollte, die sich für die weite Reise unter seinen geistlichen Schutz gestellt hatten.

VIII.

Vater Thomas erlaubte Tilla, bei der Pilgergruppe zu bleiben, doch der Preis dafür war hoch. Solange sie als Mann galt, hatte sie das Pilgerkreuz der Gruppe an jedem Tag zu tragen, an dem sie an der Reihe war. Zudem hatte Vater Thomas ihr aufgetragen, die anderen zu bedienen und sich ihrer anzunehmen, wenn sie nach dem langen Tagesmarsch mit wunden und lahmen Füßen an ihr Ziel gelangten.
Während ihre Begleiter sich ausruhen und auf die Pilgersuppe warten konnten, musste Tilla sich um ihre Sachen kümmern, Wasser holen, den Mönchen beim Auftragen des Essens helfen und zuletzt noch die Füße ihrer Gefährten waschen und massieren, bevor ihr selbst erlaubt wurde, zu essen und sich zu waschen. Auch verbot Vater Thomas ihr, in den Schlafsälen der Pilger zu übernachten, und so musste sie sich in ihren Mantel hüllen und unter Vordächern oder vor den Türen zusammenrollen. Was die Übrigen jedoch als schlimme Strafe ansahen, stellte für sie den

besten Schutz dar. Zwischen den anderen Pilgern wäre sie sofort aufgefallen, denn diese legten sich zumeist nackt auf die Matten, die ihnen als Betten dienten, und deckten sich mit ihren Mänteln zu. Den Frauen wurde ihr Platz links, den Männern rechts angewiesen, und die Mönche, die über die Schläfer wachten, sorgten dafür, dass die gottgewollte Sittsamkeit keinen Schaden nahm. Ihr strenger Blick brachte selbst Ehepaare dazu, einander in der Nacht zu meiden. Dies war im Sinne der Pilgerschaft, denn auch Paare sollten beten und sich in Enthaltsamkeit üben, bis sie ihr gemeinsames Ziel erreicht hatten.
Unter den Vordächern der Klöster war es kalt und manchmal regnete es auch, doch dafür sah Tilla den Glanz der Sterne über sich und entkam den üblen Gerüchen, die die Schläfer im Saal von sich gaben und deretwegen Türen und Fenster am Morgen weit aufgerissen werden mussten. Nach dem Erwachen fand Tilla kaum Zeit für sich selbst, denn sie musste das Brot und den Morgenbrei für ihre Gruppe in der Klosterküche besorgen und sich den Mundvorrat für den Tag aufladen, den sie entweder von den Klöstern erhielten oder unterwegs von den Bauern oder auf Märkten kauften.
Die meisten Mitglieder der Gruppe halfen ihr beim Tragen und bei manch anderen Arbeiten, doch Hermann und Robert nützten die Gelegenheit weidlich aus. Sie halsten Tilla nicht nur ihre eigenen Vorräte auf, sondern behandelten sie wie einen Dienstboten, über den man nach Belieben verfügen kann.
Tilla nahm es ohne Murren hin, denn Vater Thomas hatte ihr erklärt, dass sie bei der ersten Verfehlung die Gruppe würde verlassen müssen. Diese aber bot ihr nun nicht nur Schutz vor Räubern, sondern auch vor ihren Verfolgern. Zudem wusste sie nicht, ob sie es noch einmal wagen würde, bei einem anderen Pilgerzug um Aufnahme zu bitten.

Zu ihrer Erleichterung waren Rigobert und Anton Schrimpp der Gruppe nach dem Aufbruch von Eberhardtszell nicht mehr begegnet, und sie hoffte mit jedem weiteren Tag mehr, ihnen entkommen zu sein.

»He, Otto, bring mir zu trinken!« Hermanns barsche Stimme riss Tilla aus ihren Gedanken. Sie waren an einem Bach angelangt, der nach Süden floss und, wie Vater Thomas erklärt hatte, sein Wasser bald in den Bodensee ergießen würde. Das Nordufer des Sees war ihr Tagesziel, aber bis dorthin würden sie noch einige Stunden wandern müssen. Jetzt rastete die Gruppe neben einem Wegkreuz unter einer alten Eiche, die ihre Äste wie unzählige Arme ausstreckte.

Tilla nahm die aus einem ausgehöhlten Kürbis gefertigte Flasche, die Hermann ihr hinreckte, und stieg die paar Schritte zum Wasser hinab, um sie zu füllen. Der Mann hätte es auch selbst tun können, aber er genoss es sichtlich, bedient zu werden. Tilla zuckte mit den Schultern. Sich über solche Leute zu beschweren war ebenso sinnlos, wie über das Wetter zu schimpfen. Sie konnte beides nicht ändern, und bislang hatte Petrus seine schützende Hand über sie gehalten.

Kaum hatte sie Hermann die Flasche übergeben, als Robert ihr die seine in die Hand drückte. »Ich brauche auch Wasser.«

»Jeder von uns braucht Wasser, aber deswegen muss Otto nicht mit jeder Flasche einzeln laufen.« Ambros bedachte Robert und Hermann mit einem bitterbösen Blick und machte sich daran, die Trinkflaschen der ganzen Gruppe einzusammeln.

»Ich reiche sie dir an, dann kannst du sie füllen und mir zurückgeben«, sagte er zu Tilla.

»Danke!« Tilla lächelte, denn Ambros war wirklich ein angenehmer Weggefährte. Er schien nicht vergessen zu haben, dass sie ihn in Ulm vor Schaden bewahrt hatte, und bewies dies Tag für Tag, indem er ihr die Arbeit erleichterte, so weit Vater Thomas es zuließ. Dieser hatte der Gruppe erklärt, dass Otto eine sehr große Sünde auf sich geladen hätte und daher büßen müsse. Zu Tillas Freude ließen auch Dieter und Manfred es sich nicht nehmen, einige Dinge selbst zu tun. Einer schnitt jetzt den Brotlaib, den sie einer Bäuerin abgehandelt hatten, in zwölf etwa gleiche Teile und reichte sie den anderen, während Hedwig einen Brocken frischen Käses zerbrach, so dass jeder ein Stück davon nehmen und mit der Hand auf dem Brot verstreichen konnte.

Nachdem die Wasserflaschen voll waren, setzten sich Tilla und Ambros zu den anderen und erhielten ihren Anteil an Brot und Käse. Vater Thomas schien heute gut aufgelegt zu sein, denn er erzählte ihnen eine Geschichte über den mächtigen See, den sie bald zu Gesicht bekommen würden, und wies zuletzt zum Himmel.

»Vielleicht können wir heute noch übersetzen. Der Wind steht gut und wer weiß, wie er morgen weht. Der Bodensee kann manchmal recht rau werden.«

Hermann warf einen zweifelnden Blick auf den Sonnenstand. »Wollt Ihr wirklich heute noch übersetzen, ehrwürdiger Vater? Da müssten wir ja fliegen!«

»Langsam gehen und zu lange rasten sollten wir freilich nicht.« Vater Thomas steckte den letzten Bissen Brot in den Mund und leckte sich die Finger ab.

Für die anderen war es das Zeichen zum Aufbruch. Dieter, der an der Reihe war, das Kreuz zu tragen, wuchtete es hoch und machte sich auf den Weg. Ambros und Tilla waren noch nicht ganz mit dem Essen fertig, doch als sie das Brot wegstecken wollten, hob Vater Thomas die Hand.

»Esst! Ihr braucht die Kraft. Die anderen sollen jedoch schon

ein Gebet anstimmen.« Er begann mit dem Paternoster und schritt dabei so kräftig aus, dass er bald zu Dieter aufschloss.
»Geht es noch, mein Sohn, oder soll dich ein anderer ablösen?«
»Was soll das?«, rief Hermann empört. »Wir anderen mussten das Kreuz ja auch bis zum Abend tragen.«
Vater Thomas drehte sich zu ihm und schüttelte mit einem nachsichtigen Lächeln den Kopf. »Es gilt den See rechtzeitig zu erreichen, wenn wir heute noch hinüberfahren wollen. Andererseits täte es der einen oder anderen Seele gewiss gut, wenn wir auf dieser Seite noch einmal Rast machen und unsere Herzen im Gebet erleichtern würden. Ich glaube, das werden wir auch tun.« Er wurde nun langsamer und bat dabei einige Heilige, ihnen auf ihrer weiteren Reise beizustehen.
Die anderen hingegen funkelten Hermann ärgerlich an. Wohl war es noch ein weiter Weg bis Santiago und sie würden noch in vielen Kirchen beten, dennoch hatten sie gehofft, den Bodensee, der wie ein Riegel aus Wasser vor ihnen lag, so rasch wie möglich überqueren zu können. Ihr Anführer hatte ihnen jedoch eben sehr deutlich klargemacht, dass nicht Eile geboten war, sondern Ehrfurcht gegenüber Gott und dem heiligen Apostel, dessen Grab sie besuchen wollten.

IX.

Die Überfahrt nach Konstanz war ein Teil der Reise, an den Tilla sich später nur ungern erinnerte. Wie Vater Thomas prophezeit hatte, war das Wetter schlechter und stürmischer geworden. Trotzdem beförderten die Schiffer Waren und Passagiere über den See. Pilger zählten nicht zur beliebtesten Fracht, denn sie wollten zumeist für Gottes Lohn übergesetzt werden, aber nur selten wurde ihnen der Einstieg auf eines der Schiffe verwehrt. Jene Schiffer, die sie umsonst mitnahmen, und jene Reisenden, die für einige von ihnen die Fahrt bezahlten, hofften, ein Teil des Segens, den die Wallfahrer auf ihrer Pilgerreise errangen, würde mit der guten Tat auf sie übergehen und ihnen noch in diesem oder zumindest im anderen Leben helfen.

Der Wind peitschte quer über den See und türmte die Wellen so hoch auf, dass selbst schwer beladene Schiffe wie Nuss-Schalen schwankten. Dazu prasselte der Regen in immer wiederkehrenden Schauern über die Menschen. Tilla und die anderen schlangen ihre Pelerinen eng um sich und drehten sich mit dem Rücken zum Wind, damit der Regen ihnen nicht in die Augen sprühte. Vater Thomas verhandelte derweil mit einem der Schiffer, einem baumlangen Kerl, der aussah, als könnte er die Stange, mit der er sein Boot abstoßen wollte, mit einer Hand führen.

Es dauerte eine Weile, bis die beiden handelseinig geworden waren und der Pilgerführer zu seiner Gruppe zurückkehren konnte. »Wir können einsteigen. Doch unterwegs sollten wir kräftig beten, damit unser Schiffer und natürlich auch wir den Hafen von Konstanz heil erreichen.«

Tilla musste den Prahm nur ansehen, um zu begreifen, was Vater Thomas meinte. Der Rumpf des Schiffleins lag so tief im Wasser, dass die Wellen bereits hier am Steg über die Bordwand zu rollen drohten. Und auf so ein Gefährt sollte sie steigen? Sie sah ihren Führer entsetzt an, doch dieser segnete das Schiff und ließ sich von einem Knecht an Bord helfen. Manfred, der heute mit dem Tragen des Kreuzes an der Reihe war, folgte ihm ohne zu zögern, und die Zwillingsschwestern, deren Gottvertrauen unerschütterlich zu sein schien, kletterten dicht hinter ihm über die Bordwand. Sie schienen zu glauben, der heilige Jakobus würde aufgrund ihres Schwurs, unter allen Umständen nach

Santiago zu pilgern, dafür sorgen, dass sie heil an ihr Ziel gelangten.

Hedwig schloss sich den beiden an, und Dieter, Ambros, Peter und Sepp zögerten ebenso wenig. Nun fühlte Tilla den mahnenden Blick Vater Thomas' auf sich gerichtet und biss die Zähne zusammen. »Vater, hilf mir!«, flehte sie in Gedanken und wusste dabei nicht so recht, ob sie ihren eigenen Vater oder Gott im Himmel damit meinte.

Sie lief bis zur Spitze des Stegs, weil der Prahm sich dort ganz dicht an das Holz schmiegte, stieg hinab in das Boot und schob sich zwischen zwei Ballen, damit der Wind sie nicht so traf. Vater Thomas aber kletterte auf den höchstgelegenen Platz, damit er alle seine Schäfchen im Auge behalten konnte.

Hermann und Robert schienen am Ufer festgewachsen zu sein, denn sie starrten auf den Prahm und rührten sich nicht. Der Schiffer war bereits ans Ruder getreten, während sein Knecht die Leine in der Hand hielt, um das Schiff vom Ufer zu lösen.

»Was ist jetzt?«, bellte er die beiden jungen Männer an. »Macht, dass ihr auf das Schiff kommt! Wir warten nicht!« Dabei nickte der Schiffer seinem Knecht zu, das Seil an Bord zu holen.

Roberts Gesicht war weiß vor Angst, und Tilla sah, wie seine Kiefer zitterten. Steif wie eine Gliederpuppe setzte er einen Fuß auf die Bordwand, schien aber noch immer nicht recht zu wissen, ob er das schwankende Gefährt betreten sollte oder nicht.

Dem Schiffsknecht wurde es zu dumm. Er packte ihn am Kragen und zog ihn wie ein widerspenstiges Kalb auf den Prahm.

Jetzt besann sich auch Hermann, sprang mit einem weiten Satz an Bord, stolperte über ein Fass und fiel Tilla vor die Füße.

»Zu viel der Ehre!«, spottete sie, während er sich kurz schüttelte und sich dann wieder aufraffte.

»Trottel!«, gab er wenig höflich zurück und suchte sich einen

Platz, der ihm halbwegs sicher erschien. Dabei scheuchte er seine Tanten von dem in ein Öltuch gehüllten Ballen, auf den sie sich gesetzt hatten, so dass diese sich neben Hedwig an die Bordwand drücken mussten.

Rüpel!, schimpfte Tilla in Gedanken, vergaß Hermann jedoch gleich wieder und richtete ihren Blick nach vorne. Doch mehr als graues Wasser und einen grauen Himmel gab es nicht zu sehen. Wenn je ein gegenüberliegendes Ufer existiert hatte, so lag es nun hinter Dunst und Regen verborgen. Sie fragte sich, wie der Schiffer bei solchen Verhältnissen seinen Kurs finden sollte, und sah den Prahm bereits auf dem riesigen See herumirren. Mit klopfendem Herzen beobachtete sie, wie die Segel des Schiffchens den Wind einfingen und es auf die düstere Wasserwelt hinauszogen.

»Wir müssen ein wenig kreuzen«, erklärte der Schiffer.

Tilla begriff nicht, was er damit meinte, aber sie hatte auch nicht die Muße, über seine Worte nachzudenken, denn sie musste sich festhalten, um nicht aus ihrem Winkel zu rutschen und gegen Hedwig zu stoßen. Die Wellen des Sees rollten nun ungehindert durch Steg und Mole gegen den Rumpf und ließen den Prahm tanzen wie jene Spielzeugboote aus Kiefernrinde, die Sebastian und sie als Kinder auf den Weiher gesetzt und mit Pusten angetrieben hatten.

Hedwig begann zu beten, verstummte jedoch nach wenigen Worten und stöhnte jämmerlich. Gleichzeitig stieß sie geräuschvoll auf. »Mir wird ganz schummrig«, klagte sie und schlug die Hände vor das Gesicht.

»Weiber!« Der Schiffer spuckte ins Wasser und zeigte damit, was er von Leuten hielt, denen bei ein klein wenig Wellengang schlecht wurde.

Tillas Magen rebellierte ebenfalls und sie kämpfte damit, ihr

Frühstück bei sich zu behalten. Hedwig gelang dies nicht, aber sie schaffte es, den Kopf so zu drehen, dass sie ihn über Bord stecken konnte, und dann würgte sie zum Gotterbarmen.

Damit steckte sie Renata an, die nicht mehr in der Lage war, sich dem See zuzuwenden. Vater Thomas, der auf einem großen Fass thronte, stupste Tilla mit den Zehenspitzen an. »Kümmere dich um sie!«

Tilla nickte mit bleichen Lippen und kroch zu ihr hin. Der Schiffsknecht warf ihr ein altes Tuch zu, mit dem sie Renata säubern konnte, und riet ihr, das Gesicht der Frau mit Wasser zu benetzen. Da es noch immer regnete, wunderte Tilla sich über den Rat. Sie befolgte ihn jedoch und schöpfte mit der Rechten Wasser aus dem See und wusch Renatas Gesicht und deren beschmutzte Pelerine ab. Da sie sich danach um Hedwig kümmern musste, die sichtlich verfiel, hatte sie zu viel zu tun, um noch an ihre eigene Übelkeit denken zu können.

Anderen erging es nicht so gut wie ihr. Hermann hatte sich heimlich ein großes Stück Wurst besorgt und es mit mehreren Bechern Wein hinuntergespült. Jetzt drängte das fette Essen mit aller Macht ans Tageslicht, und während er sich röchelnd erbrach, ärgerte er sich beinahe schwarz, weil er das gute Geld nur ausgegeben hatte, um die Fische des Bodensees zu füttern.

Als das andere Ufer vor ihnen auftauchte und der Schiffer seinen Prahm zielgenau in den Konstanzer Hafen steuerte, waren alle heilfroh, dieses Abenteuer überstanden zu haben. Vater Thomas segnete den Schiffer und seinen Knecht und empfahl sie der heiligen Anna und dem heiligen Christophorus, den Schutzheiligen der Reisenden und Fahrensleute. Dann stapfte er den Weg zum Münster hoch, um dem Herrn für die glückliche Überfahrt zu danken. Seine Gruppe folgte ihm wie Küken einer Henne, auch wenn Tilla Hedwig und Renata stützen musste, damit sie einen

Fuß vor den anderen setzen konnten. Doch mehr als alle anderen waren die beiden Frauen gewillt, den heiligen Ort aufzusuchen. Dort stellten sie unter Tränen Kerzen zu Ehren der Heiligen Jungfrau auf und baten diese, ihnen ähnliche Beschwernisse auf ihrem weiteren Weg zu ersparen.

X.

Anders als Rigobert Böhdinger und Anton Schrimpp, die beritten waren und auf ihrer Suche weite Wege zurücklegen konnten, musste Sebastian Laux seinen Verstand benützen. Selbst wenn er rasch ausschritt, war er nicht viel schneller als Tilla und konnte sich daher nicht erlauben, fehlzugehen. Aus diesem Grund versuchte er, sich in die junge Frau hineinzuversetzen.

Es gab viele Pilgerwege, die nach Santiago führten und dabei andere heilige Stätten berührten, von denen die Pilger einige besuchen sollten. Erst im fernen Spanien vereinigten sie sich zu einer Straße. Bis dorthin herumzulaufen, ohne Tilla gefunden zu haben, hielt Sebastian für sinnlos, denn unterwegs lauerten viele Gefahren auf eine Frau. Jeder Tag, den Tilla ohne seinen Schutz auskommen musste, konnte ihr letzter sein, und er machte sich Sorgen, dass ihr Weg in einem Grab am Straßenrand enden würde, während er in der Ferne weilte und vergebens auf ihr Kommen wartete.

Der Gedanke an eine tote Tilla erfüllte ihn mit einer ihm unerklärlichen Angst. Dabei war sie für ihn nichts weiter als die Spielgefährtin früherer Jahre. Während andere Mädchen mit vierzehn, fünfzehn Jahren bereits wie Frauen wirkten, war sie dünn und geschlechtslos geblieben, und anders als bei einigen vollbusigeren Mädchen hatte er sich nie gewünscht, ihr unter den Rock zu schauen. Aber wenn er es sich so recht überlegte, hatten jene anderen Mädchen ihn über ihre körperlichen Reize hinaus nicht interessiert, denn unterhalten hatte er sich mit den kichernden Dingern nicht können. Tilla war die Einzige gewesen, die zumindest früher Verständnis für seine Scherze aufgebracht hatte.

»Ulm!«, sagte er zu sich. Die Stadt war einer der großen Treffpunkte der süddeutschen Santiago-Pilger. Doch selbst mit Flügeln wäre es unmöglich gewesen, die Stadt noch vor Tilla zu erreichen. Lange würde sie sich dort gewiss nicht aufhalten, also verlor er kostbare Zeit, wenn er sich dorthin wandte. Doch wo sollte er seine Suche nach ihr beginnen? Er rechnete durch, um wie viel schneller er sein konnte als sie und welchen Vorsprung sie haben mochte, und begriff, dass er sie wohl kaum vor dem Bodensee einholen konnte. Da er nicht wusste, ob es ihr dort möglich war, ein Schiff zu benutzen, oder ob sie um das riesige Gewässer herumwandern musste, konnte er sie dort leicht verfehlen. Der Bodensee war also nicht der rechte Platz, um sie abzufangen. Es musste ein Ort sein, an dem sie ganz sicher auftauchen würde. Da er wusste, wie gewissenhaft sie die Dinge ausführte, die sie sich vorgenommen hatte, wurde ihm klar, wo er sie erwarten konnte – nämlich beim Kloster Einsiedeln im Zürichgau. Berühmter als dieser Wallfahrtsort war kaum ein anderer in deutschen Landen.

Von Tremmlingen aus wurden alle drei Jahre Wallfahrten dorthin unternommen, und an der letzten hatte er teilnehmen dürfen. Dieses Wissen wollte er jetzt nutzen.

Von der Stelle aus, an der er sich befand, wäre es ein Umweg gewesen, über Ulm und Konstanz zu reisen, und so lenkte er seinen Schritt nach Süden auf Lindau zu. Da er nicht wusste, wie rasch Tilla vorwärts kam, schritt er fest aus und hielt sich nirgends länger auf als nötig. Während er die hügelige Landschaft Schwabens durchmaß und im Süden die blau schimmernden Gipfel des Gebirges mit jedem Tag mehr gen Himmel aufwachsen sah, beschäftigten seine Gedanken sich beinahe ständig mit Tilla und den Gefahren, die ihr drohen mochten. So kam es, dass er am Abend, wenn er in einer Herberge oder im Hospiz eines Klosters übernachtete, sie in Gedanken verzweifelt beschwor, es wenigstens bis Einsiedeln zu schaffen.

Wenn die Sonne hell schien, verflüchtigten sich seine Befürchtungen, und er sagte sich, dass Tilla sich bisher immer zu helfen gewusst hatte und auch beherzter gewesen war als alle anderen Mädchen. Genau genommen hatte sie auch die meisten Knaben an Mut und Entschlossenheit übertroffen und war selbst nicht vor Streichen zurückgescheut, die anderen vor Angst die Tränen in die Augen getrieben hatten. Als sie etwa acht Jahre alt gewesen waren, hatten sie an einem Markttag ihre Kleidung getauscht und waren so durch die Stadt geschlendert. Dabei hatte Tilla ihr langes Haar unter seiner Mütze verborgen und er ihr Schultertuch über den Kopf gezogen, damit man seine kurzen Locken nicht sehen konnte. Es war ein Riesenspaß gewesen, denn sie waren unerkannt geblieben, und selbst ein paar Tage danach hatten sich einige Leute noch über die fremden Kinder unterhalten, die offensichtlich alleine in die Stadt gekommen waren – obwohl die Wächter am Tor dies abgestritten hatten.

Als er sich gerade darüber amüsierte, wie eine Marktfrau den beiden hungrig aussehenden Kleinen je eine halbe Wecke geschenkt hatte, durchzuckte es ihn wie ein Schlag. Was damals im Scherz geschehen war, konnte Tilla auch heute noch wagen. Sie war größer als die meisten Frauen und hatte nicht jene

schwellenden Formen, die ein richtiges Weib erst ausmachten. Wenn sie Männerkleidung anzog, würde gewiss keiner Verdacht schöpfen.
In den nächsten Tagen spielte er immer wieder mit der Vorstellung, Tilla könne sich verkleidet haben. Auch war es möglich, dass sie nicht nach Ulm gegangen war, sondern den direkten Weg nach Einsiedeln genommen hatte, den sie gewiss aus Erzählungen kannte. Daher begann er, schlanke junge Männer mit hübschen Gesichtszügen zu mustern, und erregte damit unerwünschte Aufmerksamkeit. Er sah spöttische Blicke auf sich gerichtet und nahm verächtliche Gesten wahr, die offensichtlich ihm galten. Schließlich kam ein Bettelmönch vom Orden der Karmeliter auf ihn zu, der in derselben Klosterherberge bei Sankt Gallen übernachtete.
»Was du tust, ist nicht gottgefällig, mein Sohn.«
Sebastians Kopf ruckte hoch. »Wie meint Ihr das, ehrwürdiger Bruder?«
»Wenn ein junger Mann wie du einem hübschen Mädchen nachsieht, mag man ihn um seiner unkeuschen Gedanken willen schelten, doch es ist ganz natürlich, wenn er es tut. Du aber starrst deinesgleichen an, als wolltest du ihnen bis auf die Haut schauen, und das ist Sünde.« Die Stimme des Mönchs klang so zornig, als hätte er Sebastian eben bei der Ausübung verbotener Dinge erwischt.
Sebastian breitete entschuldigend die Hände aus. »Verzeiht, ehrwürdiger Bruder, doch es ist nicht so, wie Ihr annehmt. Ich bin auf der Suche nach meinem Vetter, der sich auf eine Wallfahrt begeben hat und das Grab des heiligen Apostels Jakobus im fernen Spanien aufsuchen will. Leider habe ich ihn nur als Kind getroffen, glaube aber, ihn wiedererkennen zu können. Aus diesem Grund sehe ich mir die Gesichter der jungen Män-

ner an. Sollte ich ihn treffen, werde ich mich ihm anschließen und ebenfalls nach Santiago pilgern.«

Der Blick des Karmeliters drückte Zweifel aus, da Sebastian nicht die Tracht eines Pilgers trug, sondern die derbe Reisekleidung eines Mannes, der eher zur Schicht der wohlhabenden Händler und Kaufleute zählte. »Eine Pilgerfahrt ist etwas Heiliges und man sollte sie nie übereilt antreten!«

»Der Wunsch überkam mich so plötzlich, dass ich mich ungesäumt auf die Reise gemacht habe.« Sebastian begann zu schwitzen, so setzte der Mönch ihm zu.

»Es mag Gottes Wille gewesen sein oder der des heiligen Jakobus, der dich aufbrechen ließ«, gab der andere widerwillig zu. »Doch dann kleide dich auch, wie es einem frommen Pilgrim zukommt, und bete an den Bildstöcken und Kapellen, auf die du unterwegs triffst, auf dass der Segen des Himmels dich begleite.«

Für einen Augenblick verzog Sebastian das Gesicht. Wenn er, wie von dem Mönch gefordert, die Tracht der Pilger anzog, war dies gleichbedeutend mit dem Gelöbnis, nach Santiago zu wallfahren. Bis jetzt hatte er gehofft, er könne Tilla, wenn er auf sie traf, ihr Vorhaben ausreden und sie nach Hause bringen. Er erinnerte sich jedoch an den Ernst, mit dem sein Vater über Tilla und ihren Willen gesprochen hatte, das Herz ihres Vaters zum Grab des Apostels zu bringen. Während der Mönch ihn eindringlich ermahnte, wurde ihm klar, dass es wahrscheinlich nicht so gehen würde, wie er sich das vorgestellt hatte. Wenn Tilla Pilgerkleidung trug und schon an vielen Orten gebetet hatte, durfte sie nicht mehr umkehren, wenn sie nicht ihr eigenes Seelenheil gefährden wollte. Es mochte sogar sein, dass sie seine Begleitung ablehnte, wenn er nicht ebenfalls zum Pilger werden würde. Da er nun einmal die Aufgabe übertragen bekommen

hatte, sie zu beschützen, würde er sich wohl oder übel ihrem Ziel gemäß kleiden, sich einen Pilgerbrief besorgen und die zur Wallfahrt gehörenden Riten einhalten müssen.
Er ergriff die Hand des Karmeliters und küsste sie, obwohl sie nicht gerade sauber war, und sah ihm dann strahlend ins Gesicht. »Ihr habt Recht, ehrwürdiger Bruder. Möge Gott, unser Vater im Himmel, mich unter die Schar der Jakobuspilger aufnehmen. Wenn Ihr so freundlich sein und mir dabei helfen wollt?«
Der Mönch nickte. »Es sei! Ich bin auf dem Weg nach Einsiedeln, um am Grabe des heiligen Meinrad zu beten, und rate dir, ebenfalls diesen heiligen Ort aufzusuchen.«
»Einsiedeln war mein Ziel«, versicherte Sebastian und bat einen der einheimischen Mönche, der mit einem Krug Wein umherging, ihm und dem Karmeliter zwei volle Becher einzuschenken. Eine kleine Münze unterstützte den Wunsch. Sein neuer Begleiter trank den Wein geradezu gierig und schien plötzlich wie verwandelt. Da war nichts mehr von Strenge und Gottes Zorn, denn er lobte Sebastian für dessen Entschluss, zum Grab des Apostels zu pilgern, in höchsten Tönen, und zeigte schließlich auf ein paar junge Pilger, die eben den Herbergssaal betraten.
»Das sind doch schmucke Burschen, nicht wahr? Kein Weib in seiner Schlechtigkeit, die Gott ihnen leider gelassen hat, vermag sich mit einem solchen Jüngling zu messen!« Seine Augen glitzerten und er strich Sebastian dabei mit einer vertraulichen Geste über den Oberschenkel.
Sebastian wurde es mit einem Mal ganz heiß unter seinem Hemd und er begriff, dass dem Karmeliter der Sinn genau nach jenem Tun stand, das er eben noch verflucht hatte. Sein grimmiges Gehabe war nur Täuschung gewesen, um sich ihm nähern

zu können. Er schien die Geschichte mit dem angeblichen Vetter für eine Ausrede zu halten, denn jetzt legte er auch noch den Arm um Sebastian und neigte den Kopf zu ihm hin.

»Wir werden gemeinsam nach Santiago ziehen, mein Sohn.« Mehr wagte er hier unter den Augen der die Gäste eifrig bedienenden Klosterbrüder nicht zu tun. Als sich die Pilger und die anderen Reisenden in den Schlafsaal zurückzogen, breitete er eine Matte für sich und Sebastian aus und schlüpfte aus seiner Kutte. Die Haut auf seiner Schulter und um seine Hüften, um die er einen Strick als Gürtel trug, war von dem härenen Tuch aufgerieben und glühte rot. Auch hätte es ihm gutgetan, sich wieder einmal zu waschen. Für das aber, was ihm zwischen den Beinen wuchs, würden ihn wohl neun von zehn Männern beneiden.

Sebastian überlegte verzweifelt, wie er dem Karmeliter entkommen konnte. Der würde ihn am nächsten Tag gewiss auffordern, mit ihm in ein Dickicht zu kriechen und Dinge mit ihm zu treiben, die er wirklich nicht tun wollte.

»Du solltest dich ebenfalls ausziehen, mein Sohn!«, sagte dieser mit weicher Stimme.

Sebastian gehorchte zähneknirschend. Es ging schlecht an, den Karmeliter böser Absichten zu beschuldigen, da dessen Wort auf jeden Fall mehr gelten würde als das seine. Außerdem war es üblich, nackt zu schlafen. Selbst die Frauen, die sich auf der anderen Seite des Saales ihr Lager richteten, genierten sich nicht, sich unbekleidet zu zeigen, auch wenn sie sich vom mahnenden Hüsteln der wachenden Mönche getrieben rasch unter ihren Umhängen verkrochen.

Solange die einheimischen Klosterbrüder aufpassen, wird der Bettelmönch wohl kaum auf schlechte Gedanken kommen, sagte Sebastian sich und legte sich hin. Sofort glitt der andere an seine Seite und ließ seine Hand im Schutz des dicken Mantels, den Sebastian als Decke über sich gezogen hatte, zu seiner Leibesmitte wandern.

»Morgen werden wir beide die Glückseligkeit finden, nach der wir uns sehnen«, flüsterte der Karmeliter und schloss zufrieden die Augen.

Sebastian spürte den festen Griff des anderen um den Schaft seines Gliedes und musste an sich halten, um sich nicht mit Gewalt von ihm zu befreien.

»Möge Gott, unser Herr im Himmel, dir einen angenehmen Schlaf schenken«, sagte er und setzte in Gedanken »und einen möglichst langen« hinzu.

Immer mehr Pilger zollten nun dem harten Weg Tribut und schliefen ein. Die sonderbarsten Geräusche durchzogen den Saal und ließen Sebastians angespannte Nerven wie die Saiten einer Laute vibrieren. Auch der Karmeliter schnarchte leise, und Sebastian gelang es, sein bestes Stück aus dessen Fingern zu befreien. Er schob den Mönch ein Stück von sich weg, doch dieser blieb selbst im Schlaf noch anhänglich und lehnte sich sofort wieder gegen seine Schulter.

In dieser Nacht dauerte es lange, bis Sebastian einschlafen konnte, und doch wachte er vor allen anderen auf. Zunächst lag er noch wie betäubt auf seiner Matte, kratzte sich gedankenverloren am Oberschenkel und in dem kleinen Haarwuchs an seinem Unterleib. Erst langsam begriff er, dass sein neuer Freund ihm wohl etliche seiner Flöhe und wohl auch die noch hartnäckigeren Läuse vererbt haben musste. Das machte ihm den Mann noch widerwärtiger.

Als er den Kopf hob, sah er, dass der erste Schein der Dämmerung das Dunkel im Saal mit grauen Schemen durchbrach, und stand auf. Nackt, wie er war, verließ er den Raum und wusch sich

draußen am Brunnen. Das Ungeziefer, das er sich in dieser Nacht eingefangen hatte, würde er so schnell wohl nicht loswerden, dachte er bedrückt. Das kalte Wasser erfrischte ihn jedoch und als er seine Kleidung an einem Pfahl ausschlug, um die Flöhe aus ihr zu vertreiben, und zähneklappernd hineinschlüpfte, war sein Entschluss gefasst. Er würde auf das Frühstück verzichten und darauf bauen, dass er sich unterwegs etwas zu Essen kaufen konnte. Notfalls musste er auch einen Tag mit leerem Magen weiterlaufen, wenn er den Karmeliter dadurch loswurde.
Der Bruder Pförtner schaute etwas verwundert, weil er so rasch aufbrechen wollte, doch eine Münze, als Gabe für das Kloster gereicht, unterband weitere Fragen. Reichlich mit dem Segen des Mönchs versehen, verließ Sebastian die ansonsten recht gastfreundliche Stätte und schritt rasch aus. Es war bedauerlich, dass der Karmeliter sein Ziel kannte, doch er hoffte, dass dieser den Weg dorthin scheuen und sich ein willigeres Opfer suchen würde.

XI.

Sebastian erkannte Tilla auf Anhieb. Wie erwartet trug sie Männerkleidung und schien sich auch sonst als Mann zu geben, denn sie schleppte das schwere Pilgerkreuz ihrer Gruppe den Weg zur Basilika von Einsiedeln herab. Dem Ausdruck ihres Gesichts und ihrer schweißnassen Stirn nach musste sie das Kreuz bereits eine ganze Weile getragen haben, und wider Erwarten empfand Sebastian Bewunderung für sie. Tilla war keine, die so leicht aufgab oder nur halbe Sachen machte. Das hatte sie auch früher nicht getan. Er erinnerte sich daran, wie sie beide bei ihm zu Hause in den Vorratsspeicher mit dem Ostergebäck eingedrungen waren und er in seiner Gier eines der Beine des Osterlamms gegessen hatte, das in der Kirche gesegnet worden war und von der Familie gemeinsam verzehrt werden sollte. Ihr war es gelungen, aus einem anderen Gebäckstück ein Ersatzbein zu schnitzen und es so geschickt anzuheften, dass es nicht einmal seiner Mutter aufgefallen war. Dafür war er Tilla heute noch dankbar, denn der mütterliche Zorn hätte sich sonst mit voller Wucht über ihm entladen.

Während Sebastian lächelnd auf die ankommende Gruppe zutrat, begriff er das Dilemma, in dem er nun steckte. Da sie Männerkleidung trug, konnte er nicht einfach hingehen und sie mit Tilla ansprechen. Wenn eine Frau in Männerkleidung entdeckt wurde, hatte sie für dieses Vergehen eine harte Strafe zu erwarten. Er sah bereits ihren nackten Rücken unter den Peitschenhieben zucken und rang sich im letzten Augenblick ein paar unauffällige Worte ab. »Gott zum Gruße, Vetter! Bin ich froh, dich gefunden zu haben.«

Tilla drehte sich durch das schwere Kreuz behindert um und sah ihn zunächst verständnislos an. Da er inzwischen die derbe Tracht der Santiago-Pilger mit einer knielangen Jacke, dem weiten Radmantel und dem breitkrempigen Hut trug, erkannte sie ihn nicht auf Anhieb und öffnete bereits den Mund, um ihm ein paar harsche Worte an den Kopf zu werfen. Dann aber kam ihr die Erleuchtung. »Sebastian!«

Das klang alles andere als begeistert. Der junge Mann war ein wenig gekränkt und wollte ihr eben erklären, welche Mühen es ihm bereitet hatte, sie zu finden. Da schob sich ein baumlanger Kerl zwischen Tilla und ihn.

»Was willst du von uns?« Ambros bemühte sich ebenfalls nicht, freundlich zu sein. Er war nicht auf den Kopf gefallen und hatte sich während der letzten Etappen einiges zusammenreimen können. Die Tatsache, dass Otto nicht mit den anderen zusammen badete und auch nie seinen Hut abnahm, hatte in ihm den Verdacht aufkeimen lassen, eine junge Frau vor sich zu haben. Darauf wies auch die Tatsache hin, dass Ottos Wangen so glatt waren wie die eines Kindes, während bei allen anderen Männern der Gruppe der Bart prächtig spross. Gewitzt, wie der Goldschmied war, hatte er die Reiter, die nach ihrer Verwandten suchten, mit Otto in Verbindung gebracht und glaubte nun, in Sebastian einen weiteren Kerl zu sehen, der das Mädchen mit Gewalt in die Heimat schleppen wollte.

Sebastian spürte die Abneigung, die ihm Ambros entgegenbrachte, und erwiderte sie aus tiefstem Herzen, denn der Hüne benahm sich gerade so, als sei Tilla sein Eigentum. Empört plusterte Sebastian sich auf, um diesem kräftig die Meinung zu geigen, doch da trat Vater Thomas zu ihm und sprach ihn an.

»Gott zum Gruße, Pilgersmann!«

»Auch dir Gottes Gruß, ehrwürdiger Mönch!« Aufgrund seiner Erfahrungen mit dem liebesbedürftigen Karmeliter wirkte Sebastians Antwort ein wenig reserviert.

»Ich bin kein Mönch, sondern Weltgeistlicher«, rückte Vater Thomas die Tatsachen zurecht. Er musterte Sebastian durchdringend und fand, dass dieser angebliche Verwandte Tillas ihm um einiges mehr zusagte als Rigobert Böhdinger und Anton Schrimpp.

»Du hast nach unserem Otto gesucht?« Der Pilgerführer blickte den jungen Mann so durchdringend an, als wolle er in seine Seele blicken.

Tilla nennt sich Otto. Darauf hätte ich selbst kommen können, sagte Sebastian sich, denn schließlich war sie auf den Namen Ottilie getauft worden. Da er nicht wusste, was sie den anderen Mitgliedern ihrer Pilgergruppe erzählt hatte, entschied er sich, die Verwandtschaft zu ihr nicht zu eng zu setzen.

»Freilich habe ich nach Otto gesucht, ehrwürdiger Vater. Von dem Augenblick an, an dem ich hörte, er habe sich auf den Weg nach Santiago gemacht, empfand ich den festen Willen, ihn auf diesem Weg zu begleiten.«
»Du und zum Grab des Apostels pilgern? Da lachen doch die Hühner!« Tilla wollte sich schon an die Stirn tippen, merkte aber im letzten Augenblick, dass sie ja noch immer das Kreuz trug, und setzte es ab.
Vater Thomas spürte, dass die Verbindung zwischen Tilla und Sebastian recht eng war, ohne sie jedoch einordnen zu können. Auf jeden Fall schien die junge Frau den Burschen nicht ernst zu nehmen. Dabei mussten sie etwa im selben Alter sein.
»Ihr seid Freunde?«, fragte er, um mehr zu erfahren.
»Freunde? Nun ja, so kann man es nennen.« Tilla sah den Pilgerführer hilflos an, denn vor den anderen konnte sie ihm nicht erklären, dass Sebastian der jüngere Bruder des Mannes war, den sie dem Willen ihres Vaters zufolge hätte heiraten sollen.
Vater Thomas begriff, dass die Verhältnisse nicht so einfach lagen, und beschloss, Tilla noch an diesem Abend ins Gebet zu nehmen. Jetzt aber räusperte er sich und wies mit der Rechten in das Tal hinab, über dem auf halber Strecke das Kloster von Einsiedeln thronte.
»Nimm das Kreuz auf, Otto, denn es drängt mich, am Grabe des heiligen Meinrads zu beten.«
»Ich trage es für dich!« Sebastian wollte das Kreuz nehmen, doch da fiel die Hand des Pilgerführers schwer auf seine Schulter.
»Nur einer aus unserer Gruppe darf das Kreuz tragen, mein Sohn. Du gehörst nicht dazu.«
»Aber Ihr nehmt mich doch auf, nicht wahr?« Sebastians Blick glich dem eines bettelnden Hundes.
Vater Thomas schüttelte den Kopf. »Ich bedaure, doch das geht

nicht. Wir sind zwölf nach der heiligen Zahl der Apostel Jesu. Einen Dreizehnten kann es nicht geben, denn keiner von uns ist würdig, die Stelle einzunehmen, welche der unseres Herrn Jesus Christus entspricht.« Dieser Bescheid klang unwiderruflich, doch so leicht wollte Sebastian nicht aufgeben.

Er schloss sich daher dennoch der Gruppe an, die sich nun langsam und betend der Basilika näherte, und betrat mit ihr zusammen das Gotteshaus. Tilla trug das Kreuz auch während der drei Umrundungen des Kirchenschiffs und danach weiter bis zum Pilgerhospiz, in dem Sebastian ebenfalls Aufnahme fand. Seine gute Laune schwand jedoch sofort, als er unter den bereits versammelten Wallfahrern auch den Karmelitermönch entdeckte. Dessen Blick blieb vorwurfsvoll und auch ein wenig zornig auf ihm hängen. Jetzt erhob er sich und trat auf Sebastian zu.

»Wie ich sehe, kleidet dich bereits die Tracht des Santiago-Pilgers. Somit steht unserer gemeinsamen Wallfahrt zum Grabe des Apostels nichts mehr entgegen.«

Sebastian stöhnte auf, zumal Tilla sich mit blitzenden Augen an ihn wandte und er in ihrer Stimme einen Hauch von Spott zu vernehmen glaubte. »Du hast doch bereits einen Begleiter für die Pilgerschaft gefunden. Möge er dir ein ebenso guter Weggefährte sein, wie die meinen es für mich sind.«

»Diesem Wunsch schließe ich mich an. Es muss ja nicht das Ende unserer Bekanntschaft sein. Auch wenn du nicht zu meiner Gruppe zählen kannst, werden wir wohl große Teile des Weges gemeinsam bewältigen.« Vater Thomas hatte Sebastians Widerstreben ebenso bemerkt wie die besitzergreifende Geste des Karmeliters, und er war erfahren genug, in dem Mönch einen Hunger nach körperlicher Liebe zu erkennen. Doch was der Mann sich wünschte, war eine schlimme Sünde, die bis ins

Höllenfeuer führen konnte. Beinahe war Vater Thomas gewillt, Sebastians Bitte um Aufnahme in seiner Gruppe zu erfüllen, doch die Angst, sich im Geiste an die Stelle Jesu zu setzen, ließ ihn davon Abstand nehmen.

Der Karmelitermönch lächelte freundlich. »Wir werden wohl einige Tage in Einsiedeln verbringen, denn unsere Pilgergruppe ist noch nicht ganz zusammengestellt.« Unter der Aufsicht eines bekannt strengen Pilgerführers zu wandern, war nicht das, was der Mann sich wünschte. Daher versuchte er, Sebastian mit sich zu ziehen.

Dieser machte sich jedoch mit einem energischen Ruck frei. »Verzeiht, frommer Bruder, doch Ihr werdet erlauben, dass ich bei meinem Vetter Otto bleibe.«

Der Karmeliter entblößte die Zähne zu einer Grimasse, die Tilla unwillkürlich an einen gereizten Hofhund erinnerte. Wie es aussah, wollte der Mönch Sebastian behalten. Sollte er doch! Ihr lag nichts an der Begleitung dieses Tunichtguts, der sie zu Hause meist nur geärgert hatte. Gleich darauf meldete sich ihr schlechtes Gewissen, erinnerte sie sich doch auch an einige nette gemeinsame Erlebnisse. Doch sie hatte eine Aufgabe zu erfüllen und ein Ziel zu erreichen, und da war in ihrem Herzen kein Platz für die freundschaftlichen Gefühle, die Sebastian durch seine offensichtliche Sorge um sie in ihr geweckt hatte.

»Mein lieber Vetter, geh ruhig mit dem ehrwürdigen Bruder. Seinen Zuspruch hast du gewiss nötiger als den meinen!«, spottete sie.

Damit überspannte sie den Bogen und Sebastian fuhr wie von einer Tarantel gestochen herum. »Wer der größere Sünder von uns beiden ist, muss sich noch zeigen, Otto. Ich könnte Dinge über dich erzählen, die deinen Begleitern die Haare zu Berge stehen lassen würden.«

Für einige spannungsgeladene Augenblicke lag die Aufdeckung von Tillas Geschlecht in der Luft, doch Vater Thomas entschärfte die Lage mit einem freundlichen Lächeln. »Welch ein großer Sünder Otto ist, hat er mir bereits gebeichtet, mein Sohn. Doch wird die Wallfahrt zum Grab des Apostels seine jetzt noch schuldbeladene Seele reinigen.« Mit diesen Worten schob er Sebastian auf eine der Bänke zu, auf denen bereits die übrigen Wallfahrer auf ihre Suppe warteten.

Die Mönche von Einsiedeln begannen nun, das Essen auszuteilen, und innerhalb weniger Herzschläge sank der bisher recht beachtliche Geräuschpegel auf ein eher geringes Maß. Sebastian fand sich zwischen dem Karmeliter und einem dicken Pilger mittleren Alters wieder, der, wie sein abgetragenes Gewand und die am Hut befestigte Jakobsmuschel verrieten, seine Pilgerfahrt bereits hinter sich gebracht hatte. Nun war der Mann willens, die jüngere Generation an seinen Erfahrungen teilhaben zu lassen. Obwohl er leise sprach und seine Rede so leiernd klang, als habe er sie auswendig gelernt, gab Sebastian sich den Anschein eines eifrigen Zuhörers, denn das schien ihm die einzige Möglichkeit zu sein, einer Unterhaltung mit dem Karmelitermönch aus dem Weg zu gehen. Während er sich bei dem Vortrag des von seiner Wichtigkeit erfüllten Pilgers bald langweilte, nahm er wahr, dass Tilla sich bestens zu amüsieren schien. Obwohl sie die übrigen Mitglieder ihrer Pilgergruppe wie ein Knecht bedienen musste, lachte sie immer wieder über die Bemerkungen, die der baumlange Kerl in ihrer Begleitung von sich gab. Dabei schaute sie ein paarmal zu ihm herüber und wirkte schadenfroh, wohl weil man ihm die schlechte Laune deutlich ansehen konnte.

In Sebastians Augen hätte sie eine kräftige Tracht Prügel verdient, und er wäre gern derjenige gewesen, der sie ihr verabreichen durfte. Aber leider waren ihm die Hände gebunden, und als die Einsiedeler Mönche die von ihnen verköstigten Pilger dazu aufforderten, das Abendgebet zu sprechen und sich zum Schlafen zurechtzumachen, schlüpfte Tilla aus dem Saal. Sebastian aber gelang es nicht, den Karmeliter auf Abstand zu halten, und er ärgerte sich nicht nur über das Ungeziefer, das er sich von diesem eingefangen hatte. Dabei hatte es beim letzten Mal schon Tage gedauert, wenigstens die Flöhe loszuwerden.

XII.

Zu seiner großen Erleichterung gelang es Sebastian am nächsten Morgen erneut, dem Karmeliter zu entkommen, denn es waren Ordensbrüder des Mönchs in Einsiedeln erschienen und hatten Bruder Carolus, wie sie ihn nannten, zu einem gemeinsamen Gebet aufgefordert. Das konnte dieser ihnen nicht abschlagen, wenn er nicht in den Ruch der Häresie kommen wollte. Deshalb versuchte er, Sebastian zu überreden, mit ihnen zu beten. Doch seine Mitbrüder wehrten die Begleitung des Pilgers barsch ab und forderten Sebastian nicht sehr freundlich auf, seine Reise allein fortzusetzen. Anscheinend kannten sie Bruder Carolus' Neigungen und nahmen an, Sebastian würde diese mit ihm teilen. Der junge Mann überlegte kurz, ob er die Tatsachen richtigstellen sollte, bemerkte aber im gleichen Augenblick, dass Tilla zusammen mit Vater Thomas' Gruppe das Pilgerhospiz verließ. Rasch schnappte er sich seine Tasche und seinen Wanderstab und eilte hinter ihnen her.

Auch an diesem Morgen lehnte Vater Thomas es ab, Sebastian in seine Schar aufzunehmen, aber er schlug ihm vor, ihnen zu folgen und sich unterwegs stets sechs Dutzend Schritte von der Gruppe fernzuhalten. Ganz wegschicken wollte der Pilgerführer den jungen Mann nicht, denn einer der beiden neu angekommenen Karmeliter hatte Andeutungen über Bruder Carolus fallen lassen, die ihm wenig gefielen. Da der Mönch mit seiner Hartnäckigkeit auch Sebastians Seele gefährdet hätte, ließ Vater Thomas den jungen Mann hinter seiner Gruppe herziehen und war bereit, jederzeit einzuschreiten, wenn Bruder Carolus ihnen wider Erwarten folgen sollte.

Tilla gefiel es wenig, Sebastian so nahe zu wissen, denn sie hatte Angst, er könnte mit einer seiner dummen Bemerkungen ihr wahres Geschlecht aufdecken. Vater Thomas und Hedwig wussten ja, dass sie eine Frau war, und Ambros schien es zu ahnen, doch den dreien glaubte sie vertrauen zu können. Bei Anna und Renata sowie den übrigen Männern hatte sie jedoch ihre Zweifel. Hermann und Robert würden ihr gewiss üble Streiche spielen und sie vielleicht sogar in einem Kloster als bockige Sünderin anzeigen, nur um des Spaßes willen, bei ihrer Bestrafung zusehen zu können.

Eigentlich wäre Hermann an diesem Tag wieder mit dem Tragen des Kreuzes an der Reihe gewesen, doch er hatte sich dieser Pflicht wegen angeblicher Schmerzen im Rücken entzogen. Tilla war sich sicher, dass ihm überhaupt nichts wehtat, denn wenn keiner der anderen zu ihm hinsah, hielt er sich gerade, und statt zu beten pfiff er von Zeit zu Zeit fröhlich vor sich hin. An seiner statt hatte Robert das Kreuz nehmen müssen, doch der humpelte schon bald zum Gotterbarmen. Schließlich nahm der etwas einfältige Manfred ihm das schwere Holzkreuz ab.

»Das ist brav von dir, Manfred«, hörte Tilla Robert sagen. »Weißt du, mich ärgert es furchtbar, dass meine Kraft mich verlässt, denn je länger einer das Kreuz trägt, umso mehr ruht der Segen des heiligen Apostels auf ihm.«

»Wirklich?« Manfred sah im Augenblick so aus, als wolle er das Kreuz bis nach Santiago tragen.
Hermann pflichtete seinem Freund sofort bei und erklärte, dass er selbst das Kreuz tragen wolle, wenn Manfred an der Reihe wäre, um sich den Segen des heiligen Jakobus zu sichern.
Manfred hob das schwere Kreuz, als wären es nur zwei zusammengeheftete Späne, und funkelte den anderen warnend an. »Wenn ich an der Reihe bin, trägst du gar nichts, verstanden!«
Hermann wich mit dem gespielten Ausdruck des Erschreckens vor ihm zurück. »Ich will dir doch nichts Böses tun, Manfred, sondern nur meinen Teil leisten.«
»Aber nicht auf meine Kosten! Ich brauche den Segen des heiligen Jakobus nicht weniger als ihr!« Manfred drehte Hermann den Rücken zu und wanderte los.
Tilla erwartete, dass Vater Thomas eingreifen und die beiden Simulanten tadeln würde. Doch dieser stimmte nur ein neues Gebet an und blickte mit entrücktem Ausdruck gen Himmel, an dem eine Wolke die Form eines Frauenkopfs mit lang fallendem Kopftuch angenommen hatte.
»Die Himmelsmutter gibt uns ihren Segen!«, rief Hedwig und bekreuzigte sich.
Auch die anderen bewunderten das Schauspiel über ihnen, das sich nur langsam auflöste. Anna und Renata waren von dem Anblick so ergriffen, dass sie gut hundert Schritte kniend zurücklegten und dabei den Anschluss an den Rest der Gruppe verloren.
Ihre Inbrunst brachte Sebastian in Gewissenskonflikte. Wenn er sich an die Regel hielt, sich sechs Dutzend Schritte hinter den Schwestern zu halten, verlor er die Spitze der Gruppe aus den Augen, maß er jedoch den Abstand zu Vater Thomas, wür-

de er die beiden Frauen bald überholen. So entschloss er sich für einen Mittelweg und ging dicht hinter den Schwestern her.
Die Pilger wanderten nun durch ein hügeliges Land, hinter dem sich im Osten und im Süden Berge gen Himmel erhoben und mit ihren weißen Kappen einem schier unüberwindlichen Riegel aus Stein und Eis glichen. Mehr als einmal schien ihr Weg genau auf die Barriere zuzuführen, doch die Entfernung war viel zu groß, den machtvoll aufstrebenden Pilatus oder einen der anderen großen Berge an einem Tag erreichen zu können. Nach einer Weile bemerkte Tilla, dass der Pfad, dem sie folgten, wieder mehr nach Westen abbog. Laut Vater Thomas würden sie bald einen großen See erreichen, dessen östlicher Teil von hohen Bergen umgeben war. Ihr Weg würde sie jedoch am westlichen Ufer entlangführen, bis sie die Stadt Luzern erreichten, eine jener berüchtigten Waldstätten, die sich gegen ihre von Gott eingesetzten Herren aus der Sippe der Habsburger erhoben und diese in mehreren Schlachten besiegt hatten.
Tilla wusste nicht so recht, was sie von den Habsburgern zu halten hatte, denn als Markgrafen von Burgau reichte ihr Arm fast bis nach Tremmlingen und sie waren im Sammeln von Ländern noch erfolgreicher als die Sippe der Wittelsbacher, die ihre Kraft in etlichen Erbteilungen und den daraus entstandenen Fehden verbraucht hatten.
Auch Sebastian wusste, dass sie sich Gegenden näherten, in denen die Fürstenmacht durch Bauern- und Bürgerhaufen zunichte gemacht worden war. Anders als Tilla empfand er Bewunderung für die Eidgenossen, die sich weder beugen noch knechten lassen wollten. Für ihn waren sie ein Vorbild, dem seine Heimatstadt mit aller Macht nacheifern sollte. Über der freien Reichsstadt Tremmlingen stand nur der Kaiser, und so sollte es bleiben, mochte der Bayer auch noch so keifen.

Sebastians Überlegungen wurden abrupt beendet, als Hufgetrappel hinter ihm aufklang und rasch lauter wurde. Gewitzt durch das Erlebnis mit Böhdinger und Schrimpp drehte er sich rechtzeitig um und hielt Ausschau. Zwei Ritter in blitzenden Rüstungen und hellen Wappenröcken bildeten die Spitze einer sechsköpfigen Reitergruppe. Auf dem Schild des einen war über drei stilisierten Falken der rotweißrote Balken zu sehen, der seine Abkunft von einer Habsburgerin anzeigte, während der andere Ritter sich mit einem schwarz und silbern gespaltenen Schild zufrieden gab. Die beiden Edelleute und ihre Reisigen trabten so nahe an Sebastian vorbei, dass dieser sich wieder einmal mit einem Sprung in Sicherheit bringen musste, um nicht über den Haufen geritten zu werden.

Die beiden Ritter und ihr Gefolge lachten schallend, weil sie ihn in ein nasses Wiesenstück gejagt hatten, und näherten sich ebenso übermütig den beiden auf Knien rutschenden Schwestern.

»Macht Platz für den Grafen Starrheim!«, rief einer der Waffenknechte, die mit Kettenhemden und ledernen Reithosen bekleidet waren.

Anna und Renate drehten sich um und entdeckten jetzt erst die Reiter, die auf sie zuhielten. Anstatt auszuweichen, klammerten sie sich mitten auf dem Weg aneinander und flehten die Himmelsjungfrau an, ihnen beizustehen.

Starrheim, der Spross der Habsburgerin, und sein ritterlicher Gefährte lenkten ihre Rosse an den beiden zitternden Frauen vorbei, ohne diese zu berühren. Ihr Gefolge nahm jedoch weniger Rücksicht und das Pferd eines der Waffenknechte traf Annas Schulter und stieß sie zur Seite. Die Frau schrie vor Schmerzen auf und stürzte zusammen mit ihrer Schwester einen kleinen Abhang hinab, der an dieser Stelle die Straße säumte.

»Geschieht euch recht, ihr Schnepfen!«, lachte der Mann und gab seinem Pferd die Sporen, um den Scherz bei dem Rest der Gruppe erneut zu versuchen. Den meisten Pilgern gelang es, die Straße rechtzeitig zu verlassen. Nur Manfred, der durch das schwere Kreuz behindert wurde, konnte nicht mehr früh genug ausweichen. Daher wurde auch er von der Brust des Streitrosses getroffen, stürzte und rutschte samt dem Kreuz wohl eine Manneslänge in die Tiefe. Zum Glück konnte er sofort wieder aufstehen.

»Elender Lump! Dich soll der Blitz treffen«, schrie er außer sich vor Wut dem Reiter nach.

Der Waffenknecht zügelte sein Ross und langte zum Schwert. »Dir ist wohl nach einer Abreibung zumute, Bürschchen, was?«

»Komm jetzt, Gero! Lass die Leute in Ruhe.« Starrheims Ruf kam gerade noch rechtzeitig, um den Mann daran zu hindern, sein Schwert zu ziehen und auf Manfred loszugehen. Widerwillig stieß der Mann seine Klinge in die Scheide und ritt seinem Herrn nach, während er Manfred und den Rest der Pilgergruppe mit wüsten Flüchen bedachte.

»Was für ein schrecklicher Mensch!« Hedwig schüttelte sich und eilte dann zu Renata und Anna, um ihnen zu helfen. Sebastian war bereits bei den Schwestern, traute sich aber nicht, sie zu berühren, da beide hilflos vor sich hin schluchzten und vor Schmerzen wimmerten.

»Hilf ihnen hoch!«, herrschte Hedwig den jungen Mann an. Sie selbst rupfte ein Büschel Gras und begann Renatas vom Lehm beschmutztes Gesicht zu säubern. Während Sebastian ihrer Schwester aufhalf, griff Anna sich an die Schulter und stöhnte.

»Hoffentlich ist das Schlüsselbein nicht gebrochen.« Hedwig graute bei der Vorstellung.

Die Verletzte riss entsetzt die Augen auf. »Um Gottes willen, nein! Aber meine Schwester und ich werden auch dann den Weg zum Grabe des Apostels fortsetzen.« Es klang so bestimmt, dass keiner zu widersprechen wagte.
Hedwig untersuchte Annas Schulter und stellte fest, dass diese zwar schlimm geprellt, aber zum Glück nicht gebrochen war. »Wir werden im nächsten Kloster den Bruder Apotheker um Salbe für dich bitten und dir einen Verband anlegen. Bis dorthin mag es genügen, wenn du den Arm in einer Schlinge trägst. Otto, du hilfst Anna, denn du hast die sanftesten Hände von uns allen und wirst ihr nicht wehtun.«
Während Tilla gehorchte, wandte Hedwig sich an Renata. »Was ist mit dir?«
»Mein Knöchel! Er tut so weh.« Annas Schwester versuchte aufzutreten, stieß aber sofort einen Schmerzensschrei aus. »Es geht nicht! Ich kann nicht laufen.«
»Dann muss einer der Männer dich tragen!« Vater Thomas musterte Hermann und Robert, die sich aber sofort hinter den anderen versteckten.
»Ich könnte die Frau tragen«, bot Sebastian an.
»Damit die Tante hinterher nur so von Flöhen und Läusen wimmelt und uns das Viehzeug vererbt? Bleibe du uns gefälligst sechs Dutzend Schritte vom Leib, wenn du schon nicht ganz verschwinden kannst.« Hermann machte eine Bewegung, als wolle er Sebastian wie ein lästiges Insekt verscheuchen.
Dieser hatte den Kampf gegen das Ungeziefer erneut aufgenommen, das sich über Bruder Carolus bei ihm eingenistet hatte, und war dabei durchaus erfolgreich gewesen. Ganz frei von den Blutsaugern war er jedoch noch immer nicht, und daher konnte er sich nicht gegen Hermanns harsche Worte zur Wehr setzen. Wütend, weil er für seine Hilfsbereitschaft nur be-

schimpft worden war, zog er sich von der Gruppe zurück und setzte sich ein Stück entfernt an den Straßenrand. Da es ihn gerade zwischen den Beinen juckte, griff er sich unwillkürlich in den Schritt und begann sich zu kratzen.

»Du spielst wohl mit deinen Eiern?«, rief Hermann ihm zu.

Sebastian schluckte die Antwort, die ihm auf der Zunge lag, hinunter, um den Pilgerführer nicht durch einen rüden Fluch gegen sich aufzubringen. Stattdessen stieg er die paar Schritte zu einem Bach hinab und begann, sich auszuziehen, um wieder Jagd auf das Getier zu machen, das er dringend loszuwerden wünschte.

Tillas Blick folgte ihm, und als sie ihn in seiner Nacktheit am Bach stehen sah, verglich sie ihn unbewusst mit ihrem Ehemann, den sie für kurze Zeit unbekleidet gesehen hatte. Gegen Gürtlers hageren, dicht behaarten Leib wirkte Sebastians ebenmäßig schlanke Gestalt wie die eines Engels – nur das weiße Gewand und die Flügel fehlten.

Vater Thomas' mahnendes Räuspern erinnerte Tilla an die Unschicklichkeit ihres Tuns, und sie wandte sich mit hochrotem Kopf ab. Es war nur gut, dass in dem Augenblick keiner der anderen zu ihr hinsah, denn nie hatte sie mehr einem Mädchen geglichen als in diesem Augenblick.

Unterdessen war Ambros zu Renata getreten und hob sie auf, obwohl sie erklärte, dass es genügen würde, wenn er ihr seinen Arm als Stütze bot. Da sie nicht nachgab, fuhr Vater Thomas sie an und erklärte, dass es nicht in seinem Sinne wäre, wenn ihr Fuß durch ihre Unvernunft schlimmer würde und die ganze Pilgergruppe würde warten müssen, bis sie wieder gehen könnte.

Hedwig kümmerte sich unterdessen um Anna und half ihr auf dem weiteren Weg.

XIII.

Keine Viertelmeile weiter trafen sie wieder auf Starrheim und seine Begleiter, die einer Schar bewaffneter Schweizer Fußknechte gegenüberstanden, welche dem Grafen und seinen Leuten den Weg verlegten.

Der Anführer der Schweizer war ein hochgewachsener Kerl in einem rot und grün gestreiften Lederharnisch mit einem ebenso bemalten Eisenhut auf dem Kopf. Mit einem langen Hakenspieß in den Händen stand er breitbeinig auf dem Weg und grinste den Ritter an, der sich der Übermacht der Gegner schmerzlich bewusst zu sein schien. »Der Herr Graf wünscht, dass wir ihm den Weg freigeben! Doch Herren mit den österreichischen Farben im Wappen sind hier nicht gerne gesehen. Es könnte also sein, dass er selbst den Weg räumen muss, und zwar bis zum Jüngsten Tag!«

Hermann kicherte wie ein junges Mädchen, das eben einen dicken Pickel auf der Nase seiner ärgsten Widersacherin entdeckt hat. Vater Thomas aber war sichtlich besorgt. Wenn es zum Kampf kam, waren auch seine Leute in Gefahr, denn einmal in Fahrt geraten würden die Eidgenossen keinen Unterschied zwischen Rittern und Pilgern machen.

Er trat vor und hob die Hand. »Um Christi willen, haltet Frieden. Sind wir nicht alle Kinder Gottes?«

»Wir ja und ihr vielleicht auch, aber der Österreicher gewiss nicht!«

»Auch Österreicher sind Geschöpfe Gottes, denn wir alle stammen von Adam ab.« Starrheim schien seine Ruhe wiedergefunden zu haben, denn er ließ den Schwertgriff fahren und zeigte den Schweizern die blanke Handfläche.

»Wir sind Reisende und haben nichts Böses im Sinn. Unser

Ziel liegt weit jenseits eurer Grenzen und wir wollen nur in Frieden eure Fluren passieren.«

Der Schweizer blies verächtlich die Backen auf. »In Frieden, ha! Ihr Österreicher wartet doch nur darauf, uns Morgarten heimzahlen zu können. Vielleicht bist du gar ein Spion, den euer Herzog geschickt hat.«

»Wäre ich ein Spion, würde ich gewiss nicht offen und mit meinem eigenen Wappen auf der Brust hier erscheinen.« Starrheim nahm seinen Helm ab, damit der andere sein Gesicht sehen konnte, und lächelte ihn freundlich an.

»Wir sollten den Kerl trotzdem bläuen«, warf ein anderer Schweizer ein.

»Warum? Es würde euch ebenso schaden wie uns, denn kampflos werden wir uns gewiss nicht geschlagen geben. Wollt ihr wirklich nur um eines dummen Scherzes willen Wunden erleiden oder gar den Tod finden?«

Starrheims Worte blieben nicht ohne Wirkung. Die Schweizer Reisläufer, die einen neuen Dienst suchten, und die zu ihnen gehörenden Weiber, die statt Spindeln und Rocken kurze Spieße oder Beile in den Händen hielten, sahen einander fragend an und schienen nicht recht zu wissen, was sie tun sollten. Ihr Hauptmann spürte, wie der Kampfgeist seiner Kameraden schwand, und wollte sie wieder mitreißen. Daher warf er sich in die Brust und starrte die Ritter herausfordernd an. »Hoch zu Ross kommt ihr hier nicht vorbei. Entweder ihr steigt ab und geht unter unseren gekreuzten Hellebarden hindurch, oder wir holen euch alle aus dem Sattel und ziehen euch das Eisenzeug aus.«

»Aber bis auf die Haut«, rief eine schon ältere, vierschrötige Frau von hinten.

»Hast du an uns nicht genug, Vreni, weil du dieses Bürschchen hier nackt sehen willst?«, spottete einer ihrer Begleiter. Die Stimmung der Schweizer, die für Augenblicke friedlich geworden schien, begann wieder umzuschlagen und die Augen unter ihren eisernen Stirnkappen und Eisenhüten glitzerten voller Vorfreude auf einen kurzen und wohl auch erfolgreichen Kampf.

Starrheim starrte die Fußknechte an, als wolle er sie mit der Macht seines Geistes an einen anderen Ort versetzen, denn die Gesten der Schweizer waren beredt genug. Entweder er stieg aus dem Sattel und beugte den Nacken, um unter ihren Spießen hindurchzugehen, oder es kam zum Kampf.

»Du kannst sagen, was du willst, Rudolf, aber ich werde nicht absteigen und mich vor diesem Gesindel demütigen.« Starrheims Begleiter ließ seine Hand auf den Schwertknauf fallen und funkelte den Schweizer Hauptmann herausfordernd an.

Dieser bedachte ihn mit einem zornigen Blick. »Gesindel sind wir also für den hohen Herrn! Da macht es uns ja gleich doppelt Freude, ihn auf das ihm zustehende Maß zurechtzustutzen.«

Vater Thomas, der befürchtete, mit seinen Begleitern zwischen die beiden Gruppen zu geraten, versuchte erneut Frieden zu stiften. »Um Gottes willen, haltet ein! Soll denn unschuldiges Blut vergossen werden um einiger leicht dahingesagter Worte willen?«

»Pah, mit denen werden wir schon fertig«, warf Starrheims ritterlicher Freund ein. Bevor er jedoch sein Schwert ziehen konnte, ergriff der Graf seinen Arm.

»Auf jeden von uns kommen sieben von denen, die Weiber nicht einmal eingerechnet. Die holen uns mit ihren Hakenspießen schneller aus den Sätteln, als wir antraben können.«

»Der junge Herr hat es begriffen!«, spottete der Schweizer Hauptmann selbstbewusst.

»Ich beuge mich nicht vor Bauern und Knechten. Lieber sterbe ich, als meine Ehre zu verlieren«, fuhr Starrheims Begleiter auf. »Es war töricht von mir, durch das aufständische Land zu reiten. Wir hätten einen anderen Weg einschlagen müssen.« In Starrheims Gesicht arbeitete es. Er hatte nur die Wahl zwischen dem Tod durch ein paar ruppige Kerle aus den Schweizer Waldstätten und dem Verlust seiner Ehre. Gab er nach, würde er vor seinen Standesgenossen alles Ansehen verlieren. Ein, zwei Herzschläge lang wanderte sein rechter Arm auf den Knauf seines Schwertes zu, als wolle er doch versuchen, sich einen Weg durch den Haufen der sich immer enger um ihn schließenden Reisläufer zu bahnen. Dann aber siegte sein Verstand über seinen Stolz. »Seid ihr damit zufrieden, wenn ich absteige und meinen weiteren Weg zu Fuß zurücklege, während mein Gefährte im Sattel bleiben darf? Er ist Burgunder und hat mit eurem Streit mit uns Habsburgern nichts zu schaffen.«

Der Schweizer überlegte einige Augenblicke und nickte dann. »Also gut, Bübchen! Steig du fein ab, dann darf dein Freund sitzen bleiben.«

»Wenn du das tust, wird deine Braut dich als Feigling ansehen und verachten.« Dem jungen Burgunder ging es sichtlich gegen den Strich, dass sein Freund sich vor den Schweizern demütigen wollte.

Um Starrheims Lippen spielte ein eigenartiges Lächeln, als er allen Vorhaltungen seines Begleiters zum Trotz aus dem Sattel stieg und den Helm und seine Panzerhandschuhe an den Sattel hing. Dann wandte er sich an Vater Thomas, der in seiner Nähe stand, und beugte vor ihm das Knie.

»Ehrwürdiger Priester! Ich gelobe hiermit, euren weiteren Weg mit euch zu teilen und mit euch zum Grab des heiligen Apostels Jakobus zu pilgern. Nicht aus Angst bin ich vom Pferd gestiegen, sondern aus Ehrfurcht vor eurem heiligen Tun, dem ich mich anschließen will.«

Während die Schweizer überrascht aufkeuchten, stand Vater Thomas da und wusste nicht, was er darauf antworten sollte. Schließlich befeuchtete er seine Lippen, damit die Worte besser rutschten, und wiegte zweifelnd den Kopf.

»Eine Pilgerschaft ist eine ernsthafte Angelegenheit, Herr Ritter. Man kann sie nicht an einem Tag geloben und am anderen wieder vergessen.«

Starrheims Lächeln wich einem Ausdruck heiligen Ernstes. »Das habe ich auch nicht vor. Ich schwöre, nicht eher wieder in den Sattel eines Pferdes zu steigen, bevor ich die heilige Säule zu Santiago mit meinen Armen umfangen und mit meinen Lippen geküsst habe!«

»Eigentlich solltest du deine Braut küssen. Sie wird sich nicht sonderlich freuen, wenn sie mit Heirat und Brautbett warten muss, bis du deine Wallfahrt vollendet hast.« Die Stimme des Burgunders triefte vor Hohn und Zorn.

Sein Freund sah ihn mit einem wehmütigen Lächeln an. »Es ist besser, sie wartet auf mich, als dass sie mich als Feigling begrüßen muss, so wie du es gesagt hast. Reite zu Erminolde, Philippe, und richte ihr aus, dass ich mich verspäten werde. Doch diese Brautfahrt soll nicht durch Blut befleckt werden.«

»Du willst es ja nicht anders!« Philippe de Saint Vith ergriff die Zügel von Starrheims Pferd und warf sie dessen Knecht Gero zu. »Pass auf das Pferd deines Herrn auf. Er braucht es, wie er sagt, nicht mehr, bis er aus Santiago zurückkehrt. Und jetzt gebt den Weg frei! Ich habe mit diesem Narren da nichts mehr zu tun.« Saint Vith ritt an und ließ sein Pferd wie einen Pflug durch die Reihen der Schweizer gleiten. Sein Verhalten war tollkühn, denn jederzeit konnte ihn einer der Reisläufer mit seinem

Hakenspieß aus dem Sattel zerren oder ihm trotz seiner Rüstung mit dem Beil einen Oberschenkel oder den Brustkorb zertrümmern.

Die Schweizer blieben jedoch ruhig und ließen den Ritter samt den vier Waffenknechten ziehen. Starrheim blickte seinen Leuten nach und Tilla las auf seinen Zügen eine gewisse Enttäuschung, dass kein Einziger seiner Männer abgestiegen und bei ihm geblieben war.

Der Hauptmann der Reisläufer bleckte die Zähne wie ein Hund, der nicht so recht weiß, ob er zubeißen oder es beim Bellen belassen soll. Dann winkte er seinen Leuten, ihm zu folgen. Starrheim, der noch in Rüstung, aber barhäuptig und zu Fuß, vor ihm stand, schenkte er keinen Blick mehr.

Zum zweiten Mal an diesem Tag mussten die Pilger den Weg freigeben, doch anders als zuvor gab es keine Verletzungen. Die Schweizer zogen an ihnen vorbei und verschwanden in der Ferne. Währenddessen entledigte Starrheim sich seiner Wehr und stand schließlich in einer Leinentunika und gewirkten Strümpfen vor Vater Thomas. Dieser schien nicht recht zu wissen, was er mit dem unverhofften Zuwachs anfangen sollte.

»Da du geschworen hast, unseren Weg nach Santiago zu teilen, kannst du uns ebenso folgen wie dieser junge Mann dort!« Der Pilgerführer zeigte auf Sebastian, der aus Neugier näher an die Gruppe herangetreten war als die erlaubten sechs Dutzend Schritte. Ganz wohl war Vater Thomas bei dieser Entscheidung nicht, denn auch wenn er die beiden nicht offen in seine Gruppe aufnahm, so fühlte er sich doch für sie verantwortlich. Daher kämpfte er mit dem Gefühl, sich über Jesus Christus stellen zu wollen, der sich mit zwölf Begleitern begnügt hatte, während seine Schar inzwischen auf vierzehn angewachsen war.

Vater Thomas' Entscheidung blieb nicht unumstritten, Her-

mann fuhr wie ein Kampfhahn auf ihn und den jungen Ritter los. »Der Kerl hat bei uns nichts zu suchen! Immerhin haben seine Leute meine beiden Tanten über den Haufen geritten und schwer verletzt!«
»So schwer auch wieder nicht!«, versuchte Anna den Zorn ihres Neffen zu dämpfen. Doch auch einige andere zeigten sich nicht gewillt, Rudolf von Starrheim als Weggefährten zu akzeptieren. Manfred stellte das Kreuz auf den Boden, hängte sich mit den Händen an die aufstrebenden Querbalken und äugte an dem Holz vorbei. »Ich will mit dem Herrn auch nichts zu tun haben, denn er hat das Kreuz schmählich missachtet und beinahe in den Dreck gestoßen!«
Da sich nun auch noch Robert gegen den Ritter aussprach, wurde Vater Thomas in seiner Entscheidung schwankend. Tilla sah ihm an, dass er Starrheim am liebsten wieder losgeworden wäre, und fürchtete, er würde mit ihm auch Sebastian verjagen, der dann hilflos in der Fremde herumirren musste. Daher trat sie vor und neigte das Haupt vor ihrem Anführer.
»Verzeiht, ehrwürdiger Vater, wenn ich das Wort erhebe. Doch zählt nicht die Vergebung zu den christlichen Tugenden, die uns gelehrt wurden? Der Ritter hat seine Ehre eingesetzt, um seine Freunde zu retten. Soll ihm diese Tat von uns durch Unversöhnlichkeit gelohnt werden?«
»Nein, natürlich nicht! Er kann mitkommen und sich an Sebastian halten. Und jetzt lasst uns aufbrechen! Wir haben durch diesen Zwischenfall schon zu viel Zeit verloren und werden unser nächstes Quartier nicht vor Anbruch der Nacht erreichen.« Vater Thomas klang bärbeißig, doch Tilla war nicht unzufrieden mit diesem Aufenthalt. In der Dunkelheit würde es für sie leichter sein, sich zu waschen und ihren körperlichen Verrichtungen nachzugehen als bei Tageslicht. Lange würde sie dieses

Täuschungsspiel nicht mehr durchhalten, das fühlte sie. Doch noch hatte sie zu viel Angst vor den Verfolgern, die ihr Bruder auf ihre Fährte gesetzt hatte, um bereits jetzt wieder ihre Kleidung zu wechseln.

XIV.

Schon in Konstanz hatte Tilla bemerkt, dass die Menschen dort ein wenig anders sprachen als in ihrer Heimat. Auf dem weiteren Weg hatte diese Veränderung sich schleichend fortgesetzt und es ihr immer schwerer gemacht, die Bewohner der Ortschaften und die Mönche in den Klöstern zu verstehen. Einige Tagesreisen nach ihrem Aufbruch aus Einsiedeln erreichten sie ein Pilgerhospiz, in dem sich die dort beschäftigten Knechte einer Sprache bedienten, die nicht mehr die geringste Ähnlichkeit mit ihrer eigenen aufwies. Auch wenn sie die Ohren noch so spitzte, vernahm sie kein Wort, das ihr bekannt vorkam, und sie wusste auch mit den Fragen nichts anzufangen, die ihr und den anderen Pilgern ihrer Gruppe gestellt wurden.

Vater Thomas behalf sich mit Latein. Diese Sprache verstanden die Mönche mindestens ebenso gut wie ihre eigene und gaben die Bitten der Pilger an ihre Knechte weiter. Dann erklärte der Pilgerführer seinen Leuten, dass er den französischen Dialekt, der in diesen Landen gesprochen wurde, verstehen und sogar ein wenig sprechen konnte, aber nicht gut genug, um sich in allen Dingen verständlich zu machen.

Pilger Rudolf, wie der habsburgische Graf nun genannt wurde, schien diese Probleme nicht zu kennen, denn sein Mund formte die fremden Worte mit einer Leichtigkeit, als hätte er die Sprache bereits mit der Muttermilch aufgesogen. Da er sich jedoch ebenso wie Sebastian abseits der Gruppe hatte setzen müssen, profitierte nur der junge Laux von seinen Kenntnissen, während Vater Thomas' Schäfchen sich hilflos um ihren Führer scharten und sich für Brot und Suppe, die man ihnen reichte, kaum zu bedanken wagten.

Tilla hielt ihre Augen und auch die Ohren offen und versuchte, einige der Worte für sich nachzusprechen. Der erste Erfolg war, dass ihr ein Mönch einen weiteren Schöpflöffel Suppe in ihren Napf schüttete, denn sie hatte die entsprechende Bitte eines anderen Pilgers vor ihm wiederholt.

»Habt Dank«, stotterte sie und starrte das Essen an. Sie war beinahe satt und wusste, dass sie kaum die Hälfte dessen, das sich in ihrem Napf befand, würde bezwingen können. Einen Teil der Suppe zurückgehen zu lassen, erschien ihr als Vergeudung guten Essens, auch wenn die Reste an die Schweine verfüttert wurden.

»Hast du noch Hunger?«, fragte sie Ambros.

Der Goldschmied hatte seine Schale bereits geleert und wischte sie gerade mit dem Rest seines Brotes aus. »Also, wenn du mich so fragst, könnte ich noch eine Kleinigkeit vertragen.«

Ambros nahm ihr den Napf aus der Hand und setzte seine Mahlzeit fort. Ein dankbarer Blick streifte Tilla und gab ihr das Gefühl, eine gute Tat vollbracht zu haben. Trotzdem schwor sie sich, in Zukunft vorsichtiger zu sein mit dem, was sie sagte. Da sie gehört hatte, wie fließend Starrheim das fremde Idiom beherrschte, überlegte sie schon, ob sie den Grafen bitten sollte, ihr die notwendigsten Worte und Redewendungen beizubringen. Das wäre jedoch doppelt anstößig gewesen, denn zum einen zählte Starrheim nicht zu ihrer Gruppe, und zum anderen hielt er sie jetzt noch für einen jungen Mann und würde sie, sobald er über ihr wahres Geschlecht Bescheid wusste, für eine aufdringliche und alle guten Sitten missachtende Metze halten.

Betrübt, weil sie vor aller Welt ein falsches Spiel treiben musste, zog sie sich zurück und suchte sich einen Platz unter dem vorspringenden Dach der Herberge. Dort hüllte sie sich in ihre Pelerine und blickte zu den Sternen empor, die kalt und fern über ihr blinkten und sich nicht um die Sorgen und Nöte der Menschen scherten.

Tilla wusste nicht, welchen Teil des Weges nach Santiago sie bereits zurückgelegt hatte und welche Strecken noch vor ihr lagen. Ihr kam es jedenfalls so vor, als müsse sie in alle Ewigkeiten wandern, und sie fühlte sich so allein und so winzig, dass ihr die Tränen kamen. Mit einem Mal sehnte sie sich zurück nach Hause, doch ihr Elternhaus war ihr versperrt und im Haus ihres toten Ehemanns würde man sie so herzlich willkommen heißen wie eine Seuche.

Der Gedanke an Veit Gürtler brachte sie darauf, dass ihr monatlicher Blutfluss ausgeblieben war, und sie hoffte schwanger zu sein, auch wenn ihr die Reise in diesem Zustand gewiss nicht leicht fallen würde. Wenn es nicht anders ging, musste sie sich einige Wochen vor der Niederkunft einen sicheren Ort suchen, am besten ein Nonnenkloster, und dort so lange bleiben, bis das Kind und sie weiterziehen konnten. Für einige Augenblicke stellte sie sich vor, mit einem Sohn auf dem Arm nach Tremmlingen zurückzukehren. Niemand, nicht einmal ihr Bruder, würde ihr dann noch ihren Anteil an Gürtlers Erbe streitig machen können. Doch während sie sich vornahm, ihr Recht mit Hilfe der anderen Ratsherren durchzusetzen, erinnerte sie sich an die Umstände, unter denen ihr Vater gestorben war. Otfried würde eher dafür sorgen, dass sie und ihr Kind in einem Grab auf dem Friedhof endeten, als auch nur einen Pfennig von dem ihr rechtmäßig zustehenden Vermögen herauszugeben.

Tilla schüttelte sich bei dieser Vorstellung und sie empfand ihre

Einsamkeit wie einen bitteren Schmerz. Es gab niemand, der ihr helfen konnte. Der alte Laux würde der Verworfenheit ihres Bruders niemals gewachsen sein, und was Damian anging, so hatte dieser sich nie für sie interessiert und würde ihretwegen gewiss keinen Streit mit Otfried beginnen.
Der Einzige, der noch versucht hatte, nach dem Tod ihres Mannes Kontakt mit ihr aufzunehmen, war Sebastian gewesen, und der hatte es viel zu ungeschickt angefangen. Seine Wortwechsel mit den Bewohnern des Gürtler-Hauses waren jedes Mal so laut gewesen, dass sie alles mitgehört hatte, und ein- oder zweimal hatte sie den jüngeren Laux-Sohn mit mürrischer Miene davonstapfen sehen.
Was mag er für ein Interesse an mir haben, fragte sie sich mit einem Anflug von schlechtem Gewissen. Er wollte sich um sie kümmern und war ihr sogar gefolgt, um sie nach Santiago zu begleiten. Statt ihm dafür dankbar zu sein, hatte sie ihn verhöhnt und sich klammheimlich über das Ungeziefer gefreut, das er sich bei diesem unsauberen Mönch eingefangen hatte.
Lange hielt das Gefühl der Reue jedoch nicht an, denn Tilla schürzte die Lippen und sagte sich, dass Sebastian nur ein großer Junge war, der Dummheiten im Kopf hatte. Helfen konnte er ihr gewiss nicht.

XV.

Während Tilla ihren Gedanken nachhing, löschten die Mönche im Schlafsaal der Pilger die Öllampen bis auf zwei, deren Flammen gerade noch genug Licht spendeten, damit die Leute auf dem Weg zum Abtritt nicht über die Schläfer stolperten. Die meisten Gäste, die hier übernachteten, waren reichlich müde und sanken daher rasch in einen tiefen Schlaf.

Auch Vater Thomas schloss die Augen und spürte mit einem Gefühl der Dankbarkeit, wie er wegdämmerte. Da zupfte jemand an seinem Umhang, der ihm als Decke diente. Er blickte auf und konnte im trüben Licht zunächst nur einen Schatten ausmachen, der sich über ihn beugte.

»Verzeiht, ehrwürdiger Vater, aber ich würde gerne etwas fragen!« Es handelte sich um Hermann, dessen Stimme jetzt nicht mehr fordernd oder höhnisch klang, sondern beinahe wie die eines verängstigten Kindes.

»Was hast du auf dem Herzen, mein Sohn?« Vater Thomas richtete sich auf und legte die Hand auf die Schulter des jungen Mannes.

»Nun, es ist so ...« Hermann wischte sich mit der rechten Hand so heftig über das Gesicht, als müsse er seine Gedanken einfangen. Er fasste sich jedoch rasch wieder und sah seinen Pilgerführer durchdringend an. »Die Leute hier reden so ganz anders als zu Hause. Man kann sie gar nicht mehr verstehen. Das wird doch sicher wieder anders werden, nicht wahr?«

Vater Thomas schüttelte lächelnd den Kopf. »Bedrücken dich die fremden Laute? Das sollten sie nicht, denn wir wandeln auf den Spuren vieler frommer Pilger, die bereits am Grabe des heiligen Apostels gebetet haben. Denke nicht an die Sprachen, die du unterwegs hören wirst, ohne sie zu verstehen, sondern schreite wacker aus und empfehle deine Seele dem heiligen Jakobus. Er wird dir auf deinem weiteren Weg beistehen.«

Hermann schüttelte sich wie im Fieber. »Heißt das, wir werden noch fremdere Sprachen hören und durch viele Lande ziehen, in denen uns keiner versteht?«

»Unterwegs werden wir immer wieder auf Leute treffen, mit denen wir uns verständigen können, seien es Pilger oder

Mönche, die sich dem Dienst an uns Wallfahrern verschrieben haben. Mit anderen Priestern und gelehrten Mönchen vermag ich mich auf Latein zu unterhalten, so dass wir in Frieden ziehen können.«

Vater Thomas hoffte, den jungen Burschen damit beruhigt zu haben, doch der krallte seine Rechte so fest in seinen Arm, dass es schmerzte. »Wie viele fremde Sprachen werden wir hören, bevor wir unser Ziel erreichen?«

Der Pilgerführer befreite sich aus Hermanns Griff und schob ihn ein Stück zurück. »Wir sind jetzt in einer Gegend, in der die Leute die Sprache der Franzosen sprechen. Schon bald werden wir Lande erreichen, in denen die okzitanische Sprache vorherrscht, danach Katalonien streifen, anschließend durch das Herzogtum Gascogne ziehen, deren Sprache dem Okzitanischen gleicht, Navarra und die baskischen Provinzen durchqueren und über Kastilien schließlich Galicien erreichen, in dem uns das Grab des Apostels erwartet.«

»Und in jedem Land spricht man anders?« Hermann hörte sich so entsetzt an, als führe der Weg der Pilger geradewegs zu den Heiden oder gar in die Hölle.

»Ich sagte dir doch, dass auch du ohne Probleme weiterkommen wirst, solange ich bei der Gruppe bin, und sollte es Gott dem Herrn gefallen, mich von euch zu trennen, so wird ein anderer Pilgerführer deutscher Zunge sich eurer annehmen. Doch nun lege dich nieder, mein Sohn, und schlafe. Unser Weg ist noch lang und du solltest deine Kraft nicht mit solchen Gedanken vergeuden.«

»Habt Dank, ehrwürdiger Vater!« Hermann zog sich wieder zurück, doch anstatt sich nun hinzulegen und zu schlafen, setzte er sich neben Robert und redete leise auf ihn ein. Einige Schläfer schreckten hoch und begannen zu schimpfen. Daher winkte er seinem Freund, mit ihm vor die Tür des Schlafsaals zu gehen. Robert stand auf, raffte ebenso wie Hermann seine Sachen zusammen und folgte ihm.

XVI.

Am nächsten Morgen dauerte es eine Weile, bis man die beiden Männer vermisste. Tilla, die von einem Regenschauer geweckt worden war, den der Wind bis unter das Vordach getrieben hatte, half den Mönchen, das Brot und die Morgensuppe zu verteilen. Noch ganz in ihren Gedanken und den Albträumen versunken, die sie in der Nacht gequält hatten, achtete sie zunächst nicht auf die Zahl ihrer Begleiter. Erst als Anna sie fragte, ob sie ihren Neffen gesehen hätte, wurde sie aufmerksam und warf einen forschenden Blick über die versammelten Pilger. Doch sie konnte weder Hermann noch Robert ausmachen.

»Vielleicht sind sie zum Abtritt gegangen«, antwortete sie und vergaß die beiden wieder.

Vater Thomas hingegen zog die Stirn in Falten. Er erinnerte sich an das Gespräch mit Hermann und an dessen fast panische Angst vor der Fremde. Dennoch konnte er sich nicht vorstellen, dass Annas Neffe und sein Freund die Gruppe verlassen haben könnten.

Immer mehr Pilger beendeten das Frühstück und machten sich auf den Weg; die einen wanderten nach Südwesten, wo das ferne Ziel Santiago lag, oder auch zu näher gelegenen Wallfahrtsorten, während andere mit meist fröhlichen Mienen der Heimat entgegeneilten. Auch Vater Thomas sammelte seine Gruppe um sich, und nun wurde das Verschwinden der beiden jungen Män-

ner offenbar. Im ersten Schreck klammerten Anna und Renata sich aneinander und schauten sich so hilflos um wie Schafe, die ihre Lämmer vermissen.
Vater Thomas sprach einen der Mönche an, doch die Antwort schien ihn nicht zu befriedigen. »Die beiden Lumpen sind seit gestern Abend nicht mehr gesehen worden. Das Letzte, das man von ihnen weiß, ist, dass sie den Saal verlassen haben. Doch ob sie wieder zurückgekommen sind, vermochte mir niemand zu sagen.«
»Irgendwo muss doch ihr Gepäck sein«, sagte Tilla und trat in den Schlafsaal. Die Klosterknechte und Mönche hatten die Schlafmatten bereits wieder eingesammelt, und nun wirkte der Raum wie leergefegt.
Bruder Thomas befragte erneut den Mönch, und als er sich wieder seiner Gruppe zuwandte, wirkte sein Gesicht hilflos. »Hermanns und Roberts Sachen sind nicht gefunden worden. Wenn nicht jemand sie gestohlen hat, müssen sie sie selbst mitgenommen haben.«
»Aber wohin mögen sie gegangen sein?«, rief Renata aus.
»Das weiß nur Gott allein und vielleicht noch der heilige Jakobus, der ihnen kräftig in den Hintern treten soll. Was sind das nur für Kerle, die wie greinende Kinder davonlaufen, nur weil sie Angst vor dem nächsten Schritt haben!« Für einen Augenblick vergaß Vater Thomas ganz, was er seinem geistlichen Amt schuldig war, und redete so derb wie ein Ochsentreiber.
»Ihr glaubt, sie hätten uns verlassen und sich auf den Heimweg gemacht, weil sie Angst vor der Ferne haben?« Ambros tippte sich an die Stirn.
Dieter und Manfred schüttelten verwirrt die Köpfe, während der kleine und stets in sich gekehrte Peter die Hände faltete und die Muttergottes um Hilfe bat. Sepp, dem Tilla bis jetzt aus

dem Weg gegangen war, fluchte wüst. Ihm war anzusehen, dass er den Verschwundenen am liebsten folgen und sich ihnen anschließen würde, doch der Bischof von Eichstätt, der für seinen Heimatort zuständig war, hatte ihn zu dieser Pilgerfahrt verurteilt, und ohne die Bestätigung der frommen Brüder zu Santiago würde er sein früheres Leben nicht wieder aufnehmen können, sondern sich dem unehrlichen Volk oder gar den Landfahrern anschließen müssen.

Inzwischen hatte Tilla gehört, Sepp habe seine Ehefrau weit über das gestattete Maß hinaus verprügelt und dabei fast zum Krüppel geschlagen. Dieser Mann war nicht gerade der Weggefährte, den sie sich wünschte, doch Vater Thomas hatte ihn in seine Gruppe aufgenommen und daher musste sie mit ihm zurechtkommen.

»Was geschieht nun mit uns armen Weibern?« Annas Stimme steigerte sich zu einem schmerzhaften Diskant. Mit schriller Stimme teilte sie den anderen mit, dass ihr Neffe das für die Wallfahrt vorgesehene Reisegeld verwaltet und nun mitgenommen hatte.

»Uns bleibt nichts anderes übrig, als uns bettelnd nach Hause durchzuschlagen«, brach es zugleich mit einem Tränenstrom aus ihr heraus.

Renata, die Ruhigere der Zwillingsschwestern, schüttelte energisch den Kopf. »Es ist Gottes Wille, dass es so gekommen ist. Er legt uns diese Bürde auf für unsere Sünden und die Sünden unserer verstorbenen Ehemänner. Du weißt, von was ich spreche?« Ein scharfer Blick traf die Schwester, die sofort den Kopf senkte und noch mehr weinte.

»Du hast Recht, Renata! Wir haben gefehlt und unsere Männer mit uns. Jetzt müssen wir die Strafe dafür ertragen.«

»Du sagst es! Sollen wir jetzt bettelnd nach Hause ziehen, ohne

Aussicht auf Vergebung unserer Sünden? Sollen wir die Seelen unserer Männer dem Fegefeuer oder gar der Höllenpein anheim geben? Ist es da nicht besser, auf den Edelmut der Menschen zu hoffen und das Grab des heiligen Apostels aufzusuchen? Mir fällt die Entscheidung nicht schwer. Auch wenn der ehrwürdige Vater Thomas uns wegen der Treulosigkeit unseres Neffen und seines Freundes aus seiner Schar weisen sollte: Ich werde nach Santiago ziehen.«

»Und ich auch!« Anna umarmte ihre Schwester und starrte den Pilgerführer dabei ängstlich an.

Bevor Vater Thomas etwas sagen konnte, trat Sebastian vor. »Wenn Ihr erlaubt, ehrwürdiger Vater, so will ich mich der beiden Frauen annehmen und für sie sorgen, als wären es meine eigenen Verwandten!« Sebastian hatte die Gelegenheit erkannt, sich der Gruppe anzudienen und sich unverzichtbar zu machen, so dass Tilla ihn auf ihrem weiteren Weg als Gefährten anerkennen musste. Außerdem empfand er Mitleid mit den beiden Witwen, die schwer von ihrer Schuld geplagt wurden. Da sein Vater ihn ausreichend mit Geld versorgt hatte, fiele es ihm leicht, die nötigen Ausgaben für sie zu tätigen, zumal sie ihr Essen zum großen Teil um Gottes Lohn in Klöstern und Pilgerhospizen erhielten. Er blickte den Pilgerführer hoffnungsvoll an und sah sich durch dessen Nicken belohnt.

»Es sei, wie du es wünschst!«, erklärte Vater Thomas. »Du wirst dich dieser beiden Weiber annehmen und wie ein Sohn oder Neffe zu ihnen sein. Gott und der heilige Jakobus werden es dir lohnen!«

Anna rutschte auf Knien zu Sebastian hin und drückte ihre Lippen auf seine Hände. »Ich danke dir und werde es dir nie vergessen.«

Ihre Schwester umarmte den jungen Mann und gab ihm einen

Kuss. »Nimm auch meinen Dank und sei versichert, dass ich immer für dein Seelenheil beten werde.«

Sebastian fühlte sich von den Gefühlsausbrüchen der beiden Frauen beinahe erdrückt und blickte einen Augenblick lang zu Tilla hin. Diese war innerlich stolz auf ihren Freund, der sich selbstlos der verlassenen Frauen annahm. Dennoch hielt sie es für angemessen, ihn wieder auf die richtige Größe zurechtzustutzen.

»Also, mein Lieber, wenn du zu unserer Gruppe gehören willst, solltest du vorher etwas gegen deine kleinen, bissigen Untermieter tun. Geben ist zwar seliger als nehmen, doch in diesem Fall verzichte ich darauf, deine Begleiter mit dir zu teilen.«

Sebastian zuckte bei ihren spöttischen Worten zusammen und kratzte sich fast im selben Augenblick, da ihn eines der genannten Tiere an einer unangenehmen Stelle stach.

Vater Thomas klopfte ihm lächelnd auf die Schulter. »Die frommen Brüder hier verfügen gewiss über ein Mittel gegen dieses Ungeziefer. Du solltest es benützen, auch wenn es unangenehm riecht. Der Gestank wird jedoch vergehen, während die Läuse und Flöhe dich nicht freiwillig verlassen werden.«

»Der Teufel hole diesen verdammten Karmeliter«, fluchte Sebastian und sah Tilla spöttisch lächeln.

»Das kannst du ihm gleich selber sagen. Da hinten kommt er nämlich. Anscheinend hat er im Wald übernachtet, um rascher vorwärts zu kommen.«

»Dann sollten wir sofort losziehen.« Vater Thomas winkte seinen Schäflein, ihm zu folgen, und verließ das Kloster, bevor Bruder Carolus die Pforte erreichte. Die Gesellschaft des Karmeliters war nämlich das Letzte, das er sich wünschte.

Vierter Teil

Die List der Dame

I.

Die Tage reihten sich aneinander wie die Perlen eines Rosenkranzes und unterschieden sich voneinander nur durch Sonnenschein oder Regen und die Landschaft, durch die die Pilgergruppe zog. Mal säumten Berge den Weg, deren Wände schroff aufragten und unübersteigbare Mauern bildeten, und dann wieder führte Vater Thomas seine Gruppe durch sanfte Täler und Ebenen. Meist übernachteten sie in Klöstern oder in Herbergen, die für Pilger eingerichtet waren, manchmal auch unter freiem Himmel, wenn das nächste Kloster zu weit entfernt war und die Wirte, die ihnen entgegeneilten und sie mit süßen Worten einzulullen versuchten, für Brot und Wein überhöhte Preise verlangten oder im Ruf standen, die Leute, die bei ihnen einkehrten, des Nachts zu bestehlen.

Tilla wurde nun erst richtig klar, weshalb sich die meisten Pilger einem Führer anvertrauten, der die Gegebenheiten kannte und sie vor Ungemach zu bewahren wusste. Ohne Vater Thomas wären sie und ihre Begleiter tatsächlich so hilflos gewesen wie ein Küken ohne Henne. Selbst Rudolf von Starrheim, der nach Hermanns und Roberts Verschwinden als zwölfter Mann in die Gruppe aufgenommen worden war, wäre es schwer gefallen, hier ungeschoren durchzukommen. Sein Stolz hatte ihn gezwungen, als Pilger weiterzureisen, um nicht mit dem Ruf leben zu müssen, vor einer Horde Schweizer Fußknechte eingeknickt zu sein, und er hatte ihn auch dazu verführt, sein Pferd seinem Freund Philippe de Saint Vith zu übergeben, ungeachtet der Tatsache, dass sein gesamtes Geld in der Satteltasche steckte. Nun war er auf die Großzügigkeit seiner Mitpilger angewiesen, und das versetzte seinem Stolz einen weiteren herben Schlag.

Dennoch verlor er sein jungenhaftes Lachen nicht und erwies

sich als angenehmer Reisegefährte. Da Tilla sich bereit erklärt hatte, seine Auslagen zu übernehmen, behandelte er sie beinahe wie einen guten Freund und ließ sich nur selten anmerken, dass er ein Edelmann war und Otto nur der Sohn eines einfachen Bürgers. Sein Blick war nicht so scharf, hinter ihre Verkleidung dringen zu können, und er nahm wohl auch keine Auffälligkeiten in ihrem Verhalten wahr.

Bei Dieter vermutete Tilla beinahe, dass dieser hinter ihr Geheimnis gekommen war. Doch sollte es so sein, so zeigte er es nicht, denn er behandelte sie wie einen jungen Burschen, der noch nicht ganz trocken hinter den Ohren war. Die restlichen Männer der Gruppe schienen sie jedoch für ein männliches Wesen zu halten. Vor allem bei Sepp war sie froh darum, denn dieser musterte die Frauen in den Dörfern mit Blicken, als wären sie Hühner, von denen er sich das fetteste für das Abendessen aussuchen wollte.

Anders hingegen war es bei Renata und Anna. Die Zwillingsschwestern mochten von Hedwig eingeweiht worden oder selbst hinter ihr Geheimnis gekommen sein. Zwei, drei Tage lang behandelten die beiden sie schroff, ja fast beleidigend, dann aber siegte ihr gutmütiges Naturell und sie taten alles, um ihr zu helfen. Wäre Vater Thomas nicht dazwischengetreten, hätten die Schwestern ihr sogar noch das schwere Kreuz abgenommen. Die Hilfsbereitschaft und das offensichtliche Mitleid der beiden bereiteten Tilla Gewissensqualen, und sie hätte das Täuschungsspiel am liebsten aufgegeben. Doch ihre Angst vor Sepp, der sie für ein lockeres Ding halten und vielleicht bedrängen würde, hielt sie ebenso davon ab wie die Tatsache, dass Rigobert Böhdinger und Anton Schrimpp noch immer nach ihr suchten. Das hatte Vater Thomas in Erfahrung gebracht, und er wunderte sich ebenso wie Tilla über deren Hartnäckigkeit. Sie konnte weder ihm noch sich selbst erklären, was diese beiden Männer dazu trieb, so weit in die Fremde zu reiten, obwohl sie keine Spur von ihr gefunden haben konnten. Aber ihr war klar, dass das Verhalten der beiden nichts Gutes für ihre eigene Heimkehr zu bedeuten hatte.

Der Weg und die schwere Last des Kreuzes hatten Tilla stark zugesetzt. Sie war schmaler geworden und glich in ihrer Kleidung noch stärker einem schlanken Jüngling als zu Beginn der Reise. Ihr Geist und ihr Wille waren jedoch ungebrochen, auch wenn sie inzwischen wusste, dass sie kein Kind bekommen würde. Bei ihrem Nachtquartier in Annecy hatte ihre Blutung eingesetzt, und im ersten Augenblick war sie ebenso erschrocken wie enttäuscht gewesen. Dann aber hatte sie sich damit abgefunden. Es war ihr gelungen, ihr weibliches Unwohlsein vor den anderen zu verbergen, und zu ihrem Glück hatte sie an diesem und den beiden nächsten Tagen nicht das Kreuz tragen müssen.

»Heute Nacht werden wir in der Nähe der Grande Chartreuse übernachten. Die frommen Mönche haben am Talweg ein Hospiz für Pilger errichtet. Erwartet jedoch kein reichliches Mahl, denn die Kartäusermönche sind für ihre Enthaltsamkeit bekannt.«

Vater Thomas' Worte rissen Tilla aus ihrem Sinnieren. Sie begriff im ersten Augenblick nicht, ob seine Bemerkung über die Kartäuser spöttisch gemeint war oder Anerkennung ausdrücken sollte. Auf dem bisherigen Weg hatte sie bemerkt, dass ihr Pilgerführer ein Freund guten Essens war und auch seine Anvertrauten aufforderte, beherzt zuzugreifen. Dabei hatte er Anna und Renata, die sich auch unterwegs streng an die Fastengebote hatten halten wollen, mehrfach harsch angefahren und ihnen befohlen, genug zu essen, und sie auch angewiesen, sich endlich feste Schuhe zu besorgen, da sie ihre Füße bereits blutig gelaufen hatten. Andererseits lobte er die Mönche in streng geführten Gemeinschaften für ihr gottgefälliges Leben und hatte sich durchaus schon tadelnd über die Lebensweise der Bewohner des einen oder anderen Klosters ausgelassen, bei dem ihm die Sitten allzu locker erschienen.

Es war nicht leicht, Vater Thomas zufrieden zu stellen, dachte Tilla, obwohl sie zu den am wenigsten kritisierten Mitgliedern der Gruppe zählte. Sebastian, Rudolf und vor allem Sepp mussten sich häufiger maßregeln lassen. Tilla hatte gehofft, dass Sebastian sich als Freund erweisen und sie unterstützen würde. Stattdessen gab er sich grantig und stichelte gegen Starrheim, der sich ihr stärker als den anderen angeschlossen hatte. Auch gesellte er sich meist zu Sepp, der aus seiner Abneigung gegen Edelleute ebenfalls wenig Hehl machte. Die anderen Gruppenmitglieder aber hingen an den Lippen des Grafen, denn er wusste von so erstaunlichen Dingen zu berichten, dass Tilla den Verdacht hegte, er habe das meiste nur erfunden, um sich insgeheim über die Gutgläubigkeit seiner Begleiter lustig zu machen.

Eben half der Ritter Anna über einen Bachlauf hinweg, der die Straße kreuzte. Während die Frau sich bedankte, fing Sebastian einen ärgerlichen Blick ihres Führers ein. Immerhin hatte er versprochen, sich so um Anna und Renata zu kümmern, als wären es seine Verwandten. Doch anstatt auf die Schwestern zu achten, hatte er eifrig mit Sepp diskutiert und seine Meinung mit raumgreifenden Gesten unterstrichen.

Tilla kicherte boshaft, als er nun herbeieilte, um wenigstens noch Renata über das Wasser zu heben. Sie selbst musste hinüberspringen, so wie es die Männer taten. Dabei rutschte sie auf einem Stein am Ufer aus, stürzte und tauchte bis über die Knie ins Wasser. Es war eisig kalt und sie schoss mit einem Aufschrei heraus.

»Geschieht dir recht!«, spottete Sebastian. Er hatte zwar auch nasse Schuhe, war aber ab den Waden trocken.
Tilla würdigte ihn keiner Antwort und reihte sich wieder in die Gruppe ein. An diesem Tag trug Dieter das Kreuz und schritt stramm aus. Hedwig und die beiden Schwestern hatten Mühe, ihm zu folgen. Dennoch hielt Vater Thomas ihn nicht zurück. Wallfahrten waren mit Anstrengungen verbunden und man musste bis an seine Grenzen gehen. Außerdem war es noch weit bis zu ihrem Ziel, und ein mattes Blau überzog den Himmel, das allmählich in ein Grau überging, welches an geschmolzenes Blei gemahnte.
Der Wind frischte auf und Tilla fühlte ihre Unterschenkel kalt werden. Ihre Waden verkrampften sich und sie biss die Zähne zusammen, um nicht vor Schmerz und Erschöpfung zu weinen.
Vater Thomas warf einen besorgten Blick auf den Horizont. »Es wird ein Gewitter geben und das möchte ich hier in den Bergen nicht im Freien erleben müssen!«, rief er und trieb seine Schäflein unbarmherzig an.
Auch Tilla blickte nach oben und bekam den ersten Regentropfen genau ins Auge. Noch während sie mit dem Ärmel über ihr Gesicht wischte, öffneten sich die Schleusen des Himmels und das Wasser stürzte mit einer Macht herab, als wären sie unter einen Wasserfall geraten.
»Weiter!«, schrie Vater Thomas gegen den aufkommenden Sturm an. Fast im selben Augenblick rollte der erste Donner, fing sich in dem schmalen Tal und hallte krachend von den Felswänden wider. Jetzt musste der Pilgerführer niemand mehr antreiben, denn die Angst vor dem Wetterschlag verlieh allen Flügel.
Längst waren die Pilger trotz der eng um den Leib geschlungenen Pelerinen bis auf die Haut nass. Die Sicht wurde von Schritt zu Schritt schlechter und selbst das Licht der Blitze vermochte

das Land kaum noch zu erhellen. Die Felsen am Weg wurden zu grauen Schatten, Riesen und Ungeheuern gleich, die jeden Augenblick ihre Arme ausstrecken konnten, um die hilflosen Pilger zu zerschmettern.

Tilla stürzte und glaubte im ersten Augenblick, eine unsichtbare Hand hätte ihren Knöchel ergriffen. Von Panik erfüllt fuhr sie herum und riss ihr Messer heraus. Dann stellte sie fest, dass sie über die verkrüppelte Wurzel einer Kiefer gestolpert war. Erleichtert befreite sie ihren Fuß und hetzte den anderen nach.

Das Gewitter schien Stunden zu dauern und dabei an Macht noch zuzunehmen. Zwar ging es nun wieder bergab, doch das Wasser rann wie ein Bach die Straße hinunter, und sie mussten aufpassen, damit sie nicht ausrutschten und den Abhang hinabstürzten.

Nach einer Weile stieß Ambros, der inzwischen das Kreuz von dem völlig erschöpften Dieter übernommen hatte, einen erleichterten Ruf aus. »Seht, da steht ein Haus!«

Alle eilten auf das Gebäude zu, auch wenn Vater Thomas ein besorgtes Gesicht machte. »An dieses Haus kann ich mich nicht erinnern. Wir müssen vorhin eine falsche Abzweigung genommen haben. Ich fürchtete es bereits, als es plötzlich bergab ging, doch ich war mir nicht sicher.«

Den anderen war es gleich, ob nun ein Pilgerhospiz vor ihnen lag, eine Herberge oder ein Bauernhaus. Was es auch sein mochte, es versprach Trockenheit und Wärme und das schien ihnen derzeit das höchste Glück.

Tilla betrachtete das Gebäude, das eher einem Stall als einem Wohnhaus glich. Es war aus massiven Balken errichtet worden, in die man kleine Fenster geschnitten hatte, deren Läden nun wegen des Unwetters fest verschlossen waren. Das flache Dach bestand aus dünnen Steinplatten, die von darauf liegenden Stei-

nen festgehalten wurden. Ob hinter diesem Gebäude noch weitere lagen, konnte sie in dem Zwielicht des Wetterschlags nicht erkennen.
Ambros trat auf die Tür zu und setzte aufatmend das Kreuz ab. Obwohl er der kräftigste Mann der Gruppe war, hatte er die Last zuletzt kaum mehr bewältigen können. Vater Thomas klopfte an die Tür und bat mit lauter Stimme um Obdach.
Tilla glaubte zwar nicht, dass hier jemand seine lateinischen Worte verstehen konnte, doch sie hoffte ebenso wie die anderen, dass man sie einlassen würde.
Es dauerte einen Augenblick, dann hörte sie, wie innen ein Riegel zurückgezogen wurde. Die Tür öffnete sich eine Handbreit und der Teil eines bärtigen Kopfes wurde sichtbar. Als der Mann sich überzeugt hatte, dass draußen nur harmlose Pilger standen, trat er auf die Schwelle und begrüßte die Gruppe in einem so eigenartig klingenden Französisch, dass selbst Starrheim ihn im ersten Augenblick nicht verstand. Die Gesten des Mannes waren jedoch eindeutig. Daher bedankte Graf Rudolf sich im Namen seiner Gefährten, eilte zu dem offenen Herd, auf dem ein kräftiges Feuer prasselte, und begann sich bis auf die Haut auszuziehen. Die nassen Kleidungsstücke hing er in der Nähe des Herdes auf, damit sie trocknen konnten.
Die anderen machten es ihm sofort nach, nur Tilla stand wie erstarrt und fühlte den Boden unter ihren Füßen wanken. Jetzt werden alle erfahren, dass ich eine Frau bin, konnte sie nur denken und machte sich Vorwürfe, weil sie es ihnen nicht schon längst gesagt hatte. So aber würden ihre Gefährten sie für ein unvernünftiges Wesen ohne Anstand und Moral halten.
Hedwig hatte sich ebenfalls aller Kleider entledigt und stand nackt und rosig im Raum, als ihr Blick auf Tilla fiel. Sofort begriff sie, was die junge Frau in diesem Augenblick bewegte. »So,

wie du aussiehst, holst du dir noch den Tod, Junge. Zieh dich aus und wickle dich in das hier ein.«

Bei diesen Worten griff Hedwig nach der aus Fellstücken zusammengenähten Decke, die auf der Bettstelle lag, ging damit auf Tilla zu und stellte sich so, dass die anderen ihr nicht beim Ausziehen zusehen konnten. Dann hüllte sie Tilla ein und achtete darauf, deren Haar, das sonst von einem Tuch gebändigt unter dem Hut versteckt war, ebenfalls zu bedecken. Zuletzt schob sie Tilla auf das Feuer zu und setzte sie auf einen dreibeinigen Hocker, der neben dem Herd stand.

»Jetzt wärm dich erst einmal auf, Otto. Das nächste Mal passt du aber auf, wenn du über einen Graben hüpfst. Bestimmt wirst du einen kräftigen Schnupfen davontragen.« Mit dem Gefühl, genug für Tilla getan zu haben, stellte Hedwig sich neben das Feuer und hielt die Hände über die Flammen, um sich zu wärmen.

»Das tut gut, nicht wahr?«, sagte sie zu Ambros, der wie ein nackter, bleicher Riese neben ihr aufragte.

Währenddessen unterhielten Vater Thomas und Rudolf von Starrheim sich mit dem Besitzer des Hauses, einem kleinen, hageren Mann mit dunklen Haaren, der, wie er erklärte, selbst um Frau, Sohn und Tochter bangte, die zu einer nahe gelegenen Kapelle aufgebrochen waren und längst wieder hätten zurück sein müssen.

Vater Thomas sprach ein Bittgebet für die Vermissten und setzte dann die Unterhaltung fort. Was er erfuhr, gefiel ihm wenig, denn sie waren tatsächlich von dem Weg zur Grande Chartreuse abgekommen. Wie ihr Gastgeber erklärte, würde die Straße dorthin jedoch nach dem heftigen Regen für mehrere Tage unpassierbar sein, und er schlug ihnen vor, den Weg, dem sie gefolgt waren, weiterzugehen. Auf diese Weise würden sie zu der von ihm erwähnten Kapelle gelangen und dort ebenso gut beten

können wie im Schatten der großen Kartause. Zwei Tage später würden sie die Stelle erreichen, an der der Pfad in den normalen Pilgerweg mündete, und ihre Wallfahrt fortsetzen können.
»Was meint Ihr?« Vater Thomas sah Starrheim unentschlossen an. Einesteils wäre er gerne dem gewohnten Pilgerweg gefolgt, andererseits reizte ihn die Gelegenheit, an einer neuen, dem Herrn geweihten Stelle einige Gebete zu sprechen.
Der Graf überlegte kurz und wies dann auf ihren Gastgeber. »Wenn wir zur Kartause ziehen wollen, müssten wir hier mehrere Tage Rast machen, doch ich bezweifle, dass unser Freund hier in der Lage ist, eine so große Gruppe zu versorgen.« Seine Worte waren nicht unberechtigt, denn an der Stange, die unter dem Dach befestigt war, hingen nur wenige steinhart geräucherte Würste, und auf einem ebenfalls unter dem Dach angebrachten Brett lagen vier doppelt faustgroße Käse. Das reichte vielleicht für zwei oder drei Mahlzeiten, aber gewiss nicht für länger.
»Ihr habt Recht! Wir ziehen so weiter, wie der Mann uns geraten hat.« Vater Thomas schlug unwillkürlich das Kreuz, denn er hoffte, dass der andere nicht mit Räubern im Bunde stand und ihnen Reisende als leichte Opfer zutrieb. Dann aber sagte er sich, dass er immerhin sieben Männer bei sich hatte, von denen der Graf im Kampf geschult war und zumindest Ambros über größere Körperkräfte verfügte. Also vermochten sie eine kleinere Räuberbande zurückzuschlagen.
Trotz dieser Erkenntnis musste Vater Thomas sich erst einmal selbst Mut machen. Bevor er seine Entscheidung den anderen bekannt gab, blickte er von einem seiner Begleiter zum anderen. Renata und ihre Schwester hatten ihre noch immer ein wenig feuchten Hemden übergezogen, um sich nicht weiter nackt vor den Männern zeigen zu müssen. Auch Hedwig prüfte, wie weit ihr eigenes Hemd bereits getrocknet war, während Tilla von

Kopf bis Fuß in die Felldecke eingehüllt war. Es musste ihr warm darin sein, denn er entdeckte kleine Schweißperlen auf ihrer Stirn.
Der Pilgerführer seufzte. Er hätte seinen Leuten längst sagen müssen, dass es sich bei dem angeblichen Otto um eine junge Frau handelte. Aber einigen misstraute er. Manfred war imstande, Tillas Geheimnis nach einem Becher Wein hinauszuposaunen, Sepp würde die junge Frau vielleicht sogar als leichte Beute ansehen, und was Peter betraf, so wusste Vater Thomas ihn nicht so recht einzuordnen. Dazu kam, dass sich irgendwo da draußen jene unsäglichen Kerle herumtrieben, die die junge Witwe suchten und gewiss keine guten Absichten hatten. Vater Thomas nahm an, dass viel mehr dahinterstecken musste, als Tilla selbst ahnte. Normalerweise hätten Kerle wie diese die Suche nach ihrer Verwandten nach einigen Tagen aufgegeben, wären nach Hause zurückgekehrt und hätten sie dort für tot erklärt. In Annecy hatte er jedoch von einem Mönch erfahren, dass die beiden Männer eine hübsche Summe für eine Nachricht über Tillas Verbleib geboten hatten.
Wieder einmal bedauerte er, dass er die junge Frau nicht ganz zu Anfang fortgeschickt hatte, denn mit ihr lastete eine Verantwortung auf ihm, die er kaum tragen konnte. Es war schon schwer genug, die Gruppe auf sicheren Pfaden zum Ziel zu führen, da konnte er keine zusätzlichen Probleme brauchen.
Vater Thomas' Gedanken wanderten weiter zu den stolzen Rittern und den Söldnerscharen, die sich im südlichen und westlichen Frankreich harte Kämpfe lieferten. Eduard III., der englische König, forderte den Thron Frankreichs für sich als Erbe seiner Mutter, während Johann II. aus dem Haus Valois nur die Abkunft über die männliche Linie gelten lassen wollte und seinerseits die Lehen zurückforderte, die Eleonore von Aquitanien

einst dem englischen König Heinrich II. in die Ehe gebracht hatte.
Der Pilgerführer verstand nur wenig von Politik und wusste daher nicht zu entscheiden, welchem der Könige das Recht zur Seite stand. Er tröstete sich jedoch damit, dass Gott dem helfen würde, der es verdiente, und hoffte auf ein baldiges Ende der Kämpfe, die die Pilgerzüge im Süden Frankreichs in Mitleidenschaft zogen.
»Es scheint aufzuhören!« Ambros warf seine Pelerine über und eilte zur Tür, um hinauszuschauen.
»Tatsächlich, der Regen lässt nach und einen Donner habe ich auch schon seit einiger Zeit nicht mehr gehört.«
Da auch die anderen zur Tür drängten, nutzte Tilla die Gelegenheit und schlüpfte in Hemd und Hosen. Sie hatte gerade die Haare wieder unter den Hut gesteckt, als Ambros zurückkam. Sein Blick glitt über die beiden kleinen, aber verräterischen Hügelchen auf ihrer Brust. Er sagte jedoch nichts, sondern reichte ihr die bis zu den Knien reichende Jacke, die mit ledernen Knebeln und Schlaufen geschlossen wurde.
»Ich hoffe, unser Freund gibt uns hier etwas zu essen, sonst wird uns der Magen bis in die Kniekehlen hängen«, meinte er dann.
»Es ist genug zu essen da. Wenn er es uns nicht geben will, werden wir es eben nehmen.« Sepp streckte die Hand nach einer Wurst aus und wollte sie herunterholen, als der scharfe Ruf ihres Anführers erscholl.
»Halt! Wir sind Pilger, die dankbar für das Dach über dem Kopf sind, unter dem wir unsere Kleider trocknen und uns wärmen konnten, aber keine Diebe.«
Sepps Hand zuckte zurück, doch der Blick, den er Vater Thomas zuwarf, war nicht gerade freundlich. Zum Glück erwies sich der Hauswirt als gastfrei und kredenzte ihnen in den drei

Bechern, die er besaß, sauer schmeckenden Wein und überließ ihnen den größten Teil des Brotes und zwei Laib Käse. Auf die Wurst, die Sepp so ins Auge gestochen hatte, mussten sie jedoch verzichten.

II.

Der Weg, dem sie am nächsten Tag folgten, glich eher einem Ziegenpfad als einer Straße. Sie mussten hintereinander gehen und Manfred, der das Kreuz vorantrug, hatte Mühe, es zu halten. Er stolperte immer wieder über Wurzeln und spitze, aus dem Boden ragende Felsstücke, so dass Ambros mehr als einmal zugreifen musste, um ihn vor einem Sturz zu bewahren.

»Wir hätten doch zur Großen Kartause gehen sollen«, murmelte Sepp vor sich hin. Niemand antwortete ihm, denn keiner wollte den leicht aufbrausenden Mann reizen. Tilla und einige andere waren sich jedoch sicher, dass der Weg zur Grande Chartreuse kaum besser sein konnte als der, den sie gerade benutzten.

Nach einer Weile kamen ihnen drei Wanderer entgegen. An der Spitze ging ein junger Mann, der vom Gesichtsschnitt und seiner Kleidung her ihrem letzten Gastgeber glich, und ihm folgten eine ältere Frau und ein junges Mädchen. Deswegen nahmen sie an, dass es sich um die vermissten Wallfahrer handelte, und grüßten sie freundlich.

Die drei Einheimischen beantworteten den Gruß scheu und drückten sich rasch an ihnen vorbei. Sepp sah dem Mädchen, das etwa fünfzehn Jahre zählen mochte, eine Weile nach und zwinkerte dann Sebastian grinsend zu.

»Einem so hübschen Ding möchte man gerne seinen Pflock zwischen ihre Beine schlagen, nicht war?«

Sebastian zögerte einen Augenblick mit seiner Antwort. Seit

seinem Abenteuer mit der diebischen Magd kurz nach seinem Aufbruch hatte er sich nicht mehr mit Frauen abgegeben. Der Drang allerdings, sich als Mann zu beweisen, war trotz des harten Weges eher stärker als geringer geworden. Nun schoss ihm beim Anblick jedes halbwegs hübschen Frauenzimmers das Blut in die Lenden. Zu seiner Verwunderung war es ihm sogar schon passiert, wenn er Tilla vor sich sah. Dabei wurde ihre Gestalt völlig von ihrer Pilgerkleidung verdeckt und er wusste genau, wie mager sie darunter war.

Aber der Sinn der Pilgerschaft beinhaltete auch, Enthaltsamkeit zu üben, und daher wagte er, seine Meinung auch Sepp gegenüber offen zu äußern. »Du solltest weniger nach Mädchen Ausschau halten, als vielmehr für dein Seelenheil beten! Gerade du hast es nötig.«

Sepp winkte mit einem hässlichen Lachen ab. »Du meinst wegen meiner Alten? Was hat die mich auch reizen müssen! Das ist eine Hexe, sage ich dir. Am liebsten würde ich gar nicht mehr zu ihr zurückkehren, und wenn ich es dennoch tue, werde ich mir eine junge Magd einstellen, die gerne für mich die Röcke hebt.«

Er gab Sebastian einen Knuff. »Gib doch zu, dass es auch dich zwischen den Beinen juckt. Ich würde sogar auf Hedwig oder die beiden Schwestern steigen, wenn es sich machen ließe. Doch da ist unser frommer Führer davor. Aber weißt du was? Wenn wir erst einmal aus diesem elenden Gebirge heraus sind, kommen wir sicher durch große Städte, in denen es alles gibt, was ein Männerherz begehrt. Du hast doch noch ein bisschen Geld. Was spricht also dagegen, wenn wir zwei für eine Weile verschwinden und auf eine hübsche Hure stoßen? Verdammt, ich darf gar nicht erst daran denken, dann wird es mir in den Hosen zu eng.« Dabei stöhnte er und zupfte an der besagten Stelle herum, um seine Kleidung so zu ordnen, dass sie seine edleren Teile nicht einzwängte.

Sebastian sagte sich, dass sein Begleiter gar nicht so Unrecht hatte. Eine Wallfahrt war natürlich eine ernste Sache und ihr Führer warnte sie immer wieder vor Unmoral und schlechten Gedanken, doch im Grunde war er ja kein richtiger Pilger, sondern folgte nur dem Befehl seines Vaters, sich um Tilla zu kümmern. Da war es gewiss kein schweres Vergehen, wenn er sich unterwegs ein wenig Freude gönnte.

Während Sebastian seinen alles andere als frommen Gedanken nachhing, erreichte die Gruppe eine Wegkreuzung. Noch während Vater Thomas überlegte, welche Richtung sie einschlagen sollten, hörte er Hufschläge näher kommen. Die Gruppe scharte sich sofort eng um ihn und die Männer hoben ihre Stäbe, um sich verteidigen zu können.

Sie entspannten sich jedoch sofort wieder, denn es handelte sich nur um drei Reiter, eine junge Dame in einem weiten, strahlend blauen Kleid und zwei Bewaffnete, die wie Dienstleute eines Edelmanns aussahen, denn sie trugen die gleichen grünen Tuniken mit einem blühenden Zweig als Wappen.

Beim Anblick der Pilger schlossen sie zu ihrer Herrin auf und legten die Hand an die Schwerter, und soweit man ihre Gesichter unter den Helmen erkennen konnte, wirkten sie viel zu besorgt für die Begegnung mit einer einfachen Pilgergruppe. Erst als Vater Thomas seine Schäfchen anwies, Platz für die Reiter zu machen, verloren die Krieger ihren entschlossenen Ausdruck, nahmen aber die Hände nicht von den Waffen. Ganz langsam, so als trauten sie den Absichten der Fremden nicht, ritten sie weiter und hielten kurz vor der Pilgergruppe an.

Einer der beiden Männer fragte etwas auf Französisch. Starrheim antwortete ihm und verbeugte sich im nächsten Moment vor der Dame. Was er sagte, konnte Tilla nicht verstehen, doch der leuchtende Blick des Edelmanns verriet ihr genug. Die Reiterin, die etwa siebzehn Jahre zählen mochte, bot allerdings auch einen Anblick, der die Herzen der Männer in Brand setzen konnte. Ihr langes, blaues Reitkleid lief in einer Art Schleppe aus, die fast bis zum Boden reichte. Oben war es verwegen ausgeschnitten und ließ die Ansätze zweier prachtvoller Brüste erkennen, die Tilla ein wenig neidisch machten. Aus einem holden Gesicht, das vorteilhaft von einem Schleier umrahmt wurde, blickten kornblumenblaue Augen auf Starrheim nieder, und um ihren sanft geschwungenen Mund, der zu rot leuchtete, um natürlich zu sein, spielte ein schmeichelndes Lächeln.

Sie redete wortreich auf Starrheim ein, der ihr wie gebannt zuhörte und sich dann zu seinen Begleitern umdrehte. »Die edle Dame heißt Felicia de Lacaune und fragt, wer wir sind und woher wir kommen.«

»Nun, dann sagt es ihr doch.« Vater Thomas neigte nun ebenfalls den Kopf vor der jungen Frau. Obwohl er sich gegen die Begierden des Fleisches gut gewappnet wusste, blieb ihr Anblick nicht ganz ohne Wirkung auf ihn. Er raffte die wenigen französischen Brocken zusammen, die er auf seinen Pilgerreisen aufgeschnappt hatte, um die Edeldame zu begrüßen, und ging dann auf ein paar lateinische Formeln über.

Starrheim wartete, bis er seinen Segen gesprochen hatte, und antwortete beinahe übermütig auf die Fragen der Dame. Sie erfuhr, dass sie eine Pilgergruppe aus Deutschland vor sich hatte, deren Ziel das Grab des heiligen Apostels in Santiago war.

»Also kümmert Ihr Euch wohl nicht um Politik und solche Dinge und Eure Begleiter sind auch nur an ihrem Seelenheil interessiert?«, fragte sie Starrheim mit einem sinnenden Ausdruck auf dem Gesicht.

Graf Rudolf schüttelte den Kopf. »Unser einziges Ziel ist es, die Reinheit unserer Herzen im Gebet zu erlangen.« Sein bewundernder Blick verriet jedoch, dass er derzeit nicht an die Reinheit seines Herzens, sondern an ganz andere Dinge dachte.
Felicia de Lacaune durchschaute ihn und lachte leise auf. Auf Starrheim und die anderen Männer der Gruppe wirkte es wie das Geläut eines silbernen Glöckchens. Sie scharten sich um die Edeldame, wagten es aber nicht, den Saum ihres Kleides zu berühren.
Während sie die Aufmerksamkeit sichtlich genoss, rutschten ihre Begleiter nervös auf ihren Sätteln herum. »Herrin, wir müssen weiter! Es ist zu gefährlich, länger zu verweilen.«
»Ihr seid in Gefahr?« Starrheim sah in dem Augenblick aus, als wolle er es mit bloßen Händen mit einem Drachen aufnehmen, um die Dame zu beschützen.
Auch Sebastian baute sich breitbeinig neben ihm auf und schüttelte kämpferisch seinen Stock. »Solange wir bei Euch sind, soll es keiner wagen, Euch ein Leid anzutun!« Er hatte seine Abneigung gegen Adelige im Allgemeinen und Starrheim im Besonderen vergessen und war bereit, Seite an Seite mit dem Grafen zu kämpfen, um die Dame zu beschützen.
Felicia de Lacaune bedachte die beiden jungen Männer mit einem seelenvollen Blick. »Ihr seid so edel und tapfer, meine Herren! Ich danke euch, dass ihr euch meiner annehmen wollt. Ich befinde mich wirklich in Gefahr. Ich hatte gerade eine Wallfahrt angetreten, die ich meiner verstorbenen Mutter versprochen hatte, als ein böser Feind mich überfiel und gefangen nahm, um meinen Oheim erpressen zu können. Glücklicherweise gelang mir die Flucht, doch ich befürchte, dass mein Feind mich bereits verfolgt. Allein und hilflos, wie ich bin, werde ich ihm wohl nicht entkommen können.«

»Ihr seid weder allein noch hilflos!« Rudolf von Starrheim hatte in diesem Augenblick ganz vergessen, dass er nicht den glänzenden Harnisch des Kriegers trug, sondern die Tracht eines Santiago-Pilgers. Mit einer in Tillas Augen übertriebenen Geste kniete er vor Felicias Stute nieder und hob die Hand zum Schwur. »Eher werde ich sterben, als Euch Eurem Feind zu überlassen, Mademoiselle!«
Nur Tilla schien zu bemerken, mit welch berechnendem Blick die Dame die Pilger musterte, ehe sie Starrheim bat, ihr aus dem Sattel zu helfen.
»Herrin, wir müssen weiter«, drängte ihr Gefolgsmann.
Felicia de Lacaune brachte ihn mit einer kurzen Handbewegung zum Schweigen. »Siehst du nicht, dass diese wackeren Leute uns beistehen wollen?« Sie sah Starrheim tief in die Augen und spürte, wie er in ihrem Blick versank.
»Ihr allein könnt mich retten! Würdet Ihr meinen Verfolger auf eine falsche Spur locken, damit ich genug Vorsprung erhalte, um ihm entkommen zu können?«
»Wir werden alles tun, was Ihr wünscht.« Starrheim hob sie aus dem Sattel und stellte sie neben ihr Pferd. Dabei blieb sein Blick auf ihrem Dekolleté haften. Tilla hätte sich geschämt, wenn ein Mann sie so anstarren würde. Die Dame lachte jedoch nur und küsste den Grafen auf die Wange.
»Habt Dank, mein Freund!«, sagte sie, richtete ihren Blick jedoch auf Tilla und musterte sie, als wolle sie an ihr Maß nehmen. Trotzdem entging ihr nicht, dass Sebastian auf die Aufmerksamkeit eifersüchtig war, die sie dem Grafen geschenkt hatte, und tätschelte ihm mit einem schmelzenden Lächeln die Wange.
Hätte die Dame etwas kräftiger ausgeholt, wäre es eine prächtige Ohrfeige geworden, und die hätte Tilla ihrem Jugendfreund vergönnt. Sie musste an sich halten, um Sebastian nicht selbst

zu einer Maulschelle zu verhelfen, denn in ihren Augen benahm er sich einfach lächerlich. Sie schob diesen Gedanken rasch beiseite, denn ihre Wut richtete sich auf Felicia de Lacaune, den wahren Störenfried.

Die Dame ging einmal um sie herum und schien sie abzuschätzen wie einen Dienstboten. »Dieser junge Mann ist nur wenig größer als ich und könnte, wenn er meine Kleidung trüge, für mich gehalten werden. Wenn Ihr, Herr, und vielleicht auch ihr …«, die Dame neigte den Kopf in Richtung Starrheim und Sebastian, »euch überwinden könntet, die Tracht meiner Gefolgsleute anzuziehen, würde der Feind euch folgen und ich könnte ihm entkommen.«

»Dafür erwischt er uns!« Tilla zeigte deutlich, wie wenig sie von dieser Idee hielt.

Die beiden Gardisten schienen ebenfalls nicht begeistert zu sein, denn sie redeten leise, aber heftig auf ihre Herrin ein. Zuletzt aber mussten sie nachgeben und begannen, ihre Kleidung abzulegen. Auch Felicia de Lacaune zog sich ganz ungeniert aus und stand bald mit nicht mehr als ihrem seidenen Unterhemd bekleidet vor ihnen.

Sepp griff sich stöhnend in den Schritt, denn die fließende Seide enthüllte mehr, als sie verbarg. Die anderen Männer konnten sich besser beherrschen, selbst Vater Thomas atmete etwas rascher und er faltete die Hände zu einem Gebet, das seine Gedanken von solch gefährlichen Pfaden zurückrufen sollte.

Starrheim und Sebastian hatten bereits ihre Pilgertracht mit den Reisigen getauscht, da stand Tilla immer noch unbewegt am Rand der Gruppe, die Arme vor der Brust gekreuzt und die Lippen missmutig vorgeschoben.

»Was ist? Warum ziehst du dich nicht um?«, herrschte Sebastian sie an.

»Weil ich nicht will!«
»Bei Gott, was bist du für ein störrisches Ding. Die Dame ist in großer Gefahr und wir müssen ihr helfen. Jeder Augenblick zählt!«
Da Sebastians Worte nicht zogen, glitt Felicia de Lacaune zu Tilla hin und fasste ihr Gesicht mit ihren weichen, kühlen Händen.
»Mein Herr, tut es bitte für mich!«, übersetzte Starrheim ihre Worte.
Jetzt mischte sich auch Vater Thomas ein. »Du musst es tun, Otto. Es wird einen Teil deiner Schuld mindern.«
Tilla wand sich innerlich wie ein Wurm, denn sie begriff nicht, wieso Männer auf diese Weise den Verstand verlieren konnten. Merkten sie denn nicht, dass Felicia de Lacaune sie nur ausnützte? Unter ihrem freundlichen Gehabe war die Dame so kalt wie das Eis der Donau im Winter. Verzweifelt hob sie die Hände.
»Aber wenn wir das tun, müssten Herr Rudolf, Sebastian und ich zu Pferd weiterreisen. Ich kann aber nicht reiten.«
Starrheim tat ihren Einwand mit einem Auflachen ab. »Ich sorge schon dafür, dass du nicht aus dem Sattel fällst, Otto.«
»Ihr dürft nicht reiten, denn Ihr habt geschworen, kein Pferd zu besteigen, bevor Ihr Santiago erreicht habt.«
Auch dieser Hinweis verfing nicht, denn Vater Thomas schlug das Kreuz und gab dem Grafen Dispens, seinen Eid aus notwendigen Gründen zu verletzen. Da die Männer bereit zu sein schienen, Tilla mit Gewalt auszuziehen und in die Kleidung der Edeldame zu stecken, gab diese nach.
»Hedwig, du musst mir helfen, dieses Gewand anzuziehen.«
Tilla sah sich dabei verzweifelt nach einem Platz um, an dem sie sich nicht vor den Augen der Männer entblößen musste. Doch außer Felsen und einer einsamen, verkrüppelten Fichte gab es hier nichts auf weiter Flur.

Sie hätte sich keine Sorgen zu machen brauchen, denn die Männer scharten sich um die Dame und verschlangen sie mit ihren Augen. Tilla hätte nackt neben ihnen stehen oder gar Kopfstände machen können, und dennoch hätte keiner sie bemerkt.
Kurze Zeit später hatte sie sich mit Hedwigs Hilfe umgekleidet und stopfte das viel zu weite Dekolleté mit einem Tuch aus. Nun trug sie zum ersten Mal seit Wochen wieder Frauenkleidung, doch das Gewand der Dame löste einen so starken Widerwillen in ihr aus, dass sie die teuren Stoffe am liebsten in kleine Fetzen gerissen hätte.
Hedwig reichte Felicia de Lacaune Tillas Pilgertracht und sorgte dafür, dass diese nicht mehr wie eine Fleisch gewordene Versuchung vor den glotzenden Männern stand.
Die Edeldame wollte Tillas Bündel an sich nehmen, ließ es aber mit einem keuchenden Ausruf wieder sinken. »Das ist zu schwer für mich.«
Einer ihrer Begleiter griff danach, doch Tilla schritt ein. »Halt! Meine Sachen gebe ich nicht her!«
»Du kannst das Bündel nicht mit auf das Pferd nehmen, denn du wirst genug zu tun haben, dich im Sattel zu halten«, fuhr Starrheim sie an.
Tillas Blick blieb auf Ambros haften. »Nimmst du dich meiner Besitztümer an? Wie du weißt, ist das Herz meines Vaters darin. Das muss auf jeden Fall nach Santiago gelangen.« Einen Augenblick lang dachte sie daran, dass sich ihr Geld ebenfalls in dem Bündel befand, doch auch das schien ihr in dieser Situation bei Ambros besser aufgehoben, dem Goldschmied hätte sie auch ihr Leben anvertraut.
»Das tue ich doch gerne«, sagte Ambros und warf sich das Bündel über die Schulter.
»Wo treffen wir uns?«, wollte Tilla wissen.

Vater Thomas wechselte ein paar Worte mit Starrheim und sie einigten sich auf einen Ort, während die Dame schon zum Aufbruch drängte.

»Reitet voraus und verlasst bei der ersten Wegkreuzung, an der Leute euch beobachten können, diese Straße. Mein Feind wird die Spur gewiss finden und von mir ablassen.«

Dafür haben wir ihn am Hals, fuhr es Tilla durch den Kopf. Bevor sie jedoch eine bissige Bemerkung machen konnte, packte Starrheim sie unter den Schultern und hob sie auf die nervös tänzelnde Stute. Von da an hatte Tilla anderes zu tun, als sich um irgendwelche Verfolger zu sorgen, denn sie hatte alle Mühe, auf dem Rücken des Pferdes sitzen zu bleiben. Da sie sich mit beiden Händen am Sattelbogen festklammerte, übernahm Starrheim die Zügel und führte das Tier. Tilla wagte es, sich ganz kurz umzuschauen, und sah, dass sich auch ihre Gruppe wieder auf den Weg machte. Die Zahl der Pilger war gleich geblieben, doch niemand, der Felicia de Lacaune von nahem sah, würde sie für einen Mann halten. Dafür war ihr Gesicht einfach zu lieblich und die Pilgertracht konnte ihre Formen nicht verdecken.

Rudolf von Starrheim legte ein so schnelles Tempo vor, dass Tilla wie ein Sack auf dem Pferderücken auf und nieder hüpfte. Dazu kam, dass der Damensattel höllisch unbequem war. Auf halber Höhe gab es einen Haken, in den sie ihren rechten Schenkel hätte legen sollen, doch sie rutschte immer wieder heraus und stieß sich an dem Ding. Ein Steigbügel für den linken Fuß hätte ihr helfen können, stattdessen aber gab es nur ein schmales Brett, auf das sie den Fuß stellen sollte. Sie verlor jedoch auch diesen Halt bei fast jedem Schritt der Stute, und so hing sie mehr auf dem Pferd als so darauf zu sitzen, wie es einer Edeldame anstand, und klammerte sich an seiner Mähne fest.

Sebastian hatte ebenfalls nur selten auf einem Pferd gesessen und fühlte sich ähnlich unsicher. Dennoch lachte er über Tilla und verspottete sie gnadenlos. Er hatte Glück, dass sie zu beschäftigt war, um mit mehr als ein paar wütenden Bemerkungen zu antworten. Aber sie nahm sich vor, ihm am Abend den nächstbesten Gegenstand an den Kopf zu werfen.

Nach weniger als einer Meile erreichten sie eine weitere Wegkreuzung. Nicht weit davon entfernt lag ein großer Hof, auf dem mehrere Dutzend Leute arbeiteten. Starrheim hieß Sebastian und Tilla zurückzubleiben und ritt auf die Knechte zu, die eben mit einem Ochsenfuhrwerk Mist ausbrachten. Obwohl ihm der Gestank nach Dung beinahe den Atem verschlug, brachte er es fertig, sie nach dem Weg zu fragen. Nachdem er die entsprechende Auskunft erhalten hatte, bedankte er sich höflich und winkte seinen Begleitern zu.

»Wir müssen diese Straße dort nehmen!« Während er sein Pferd in die angedeutete Richtung lenkte, dachte er zufrieden, dass diese Begegnung wohl reichen würde, um Felicia de Lacaunes Feinde in die Irre zu führen. An die Konsequenzen, die seine Tat für ihn und seine beiden Begleiter haben mochte, verschwendete er keinen Gedanken, und Sebastian schwelgte noch sichtlich in dem Anblick, den Felicia de Lacaune geboten hatte. Nur Tilla blickte sich immer wieder ängstlich um und glaubte, den Atem der Verfolger bereits im Nacken zu spüren.

III.

Entweder hatte Rudolf von Starrheim die Auskunft der Knechte nicht richtig verstanden oder diese hatten ihn bewusst falsch informiert. Auf jeden Fall entdeckten sie nicht die geringste Spur von der großen Herberge, auf die sie hätten stoßen sollen. Daher

mussten sie mit dem Wasser aus einem Gebirgsbach als Nachtmahl vorliebnehmen und in einer Felshöhle übernachten.
Tilla wankte mit wund geschlagenen Schenkeln in den hinteren Teil der Grotte und ließ sich auf der Satteldecke nieder, die Starrheim ihr reichte.
»Dir brennt wohl der Hintern?«, fragte er grinsend. »Mach dir nichts daraus! Das müssen alle ertragen, die hoch zu Ross reisen wollen.«
»Von wollen war keine Rede!«, gab Tilla stöhnend zurück.
Mehr denn je bedauerte sie ihren Entschluss, Tremmlingen verlassen zu haben, und verfluchte im Stillen Sebastian, Starrheim und die anderen Männer der Gruppe, die wohl noch ihr Herzblut geopfert hätten, um Felicia de Lacaune behilflich zu sein. Jeder von ihnen, Vater Thomas eingeschlossen, wäre auf ein Pferd geklettert, um ihre Verfolger und wohl auch deren Zorn auf sich zu lenken. Tilla wünschte sich in dem Augenblick nichts sehnlicher als die Kleidung der Edeldame abstreifen und in ihrer gewohnten Pilgertracht weiterziehen zu können. Doch in der steckte jetzt Felicia de Lacaune und sie würde ihre Sachen erst wiederbekommen, wenn sie am vereinbarten Ort auf ihre Gruppe traf. Bis dorthin aber musste jeder sie und ihre beiden Begleiter für die Dame und ihr Gefolge halten.
Der Gedanke ließ sie aufsehen. Durch die Öffnung der Höhle konnte sie einen Teil des Himmels erkennen, der sich wie schwarzer Samt über das Firmament spannte und auf dem nun nach und nach die Sterne aufglühten. Sternenfeld, so hatte Vater Thomas die Landschaft genannt, in der Santiago liegen sollte. Doch bis dorthin war es noch ein weiter und derzeit sehr gefährlicher Weg.
Tilla erhob sich und suchte in der Dunkelheit ihre beiden Gefährten. »Sollten wir nicht besser abwechselnd Wache halten?«

»Das hier ist keine Bärenhöhle, wenn du das befürchtest. Außerdem würde mein Pferd mich vor Bären und Wölfen warnen und auch vor anderem Raubgesindel, das in unsere Richtung will.« Rudolf von Starrheim schien ganz vergessen zu haben, dass er nicht seinen eigenen Hengst, sondern ein fremdes Tier ritt, denn er lehnte sich zufrieden brummend zurück und wünschte den beiden anderen eine gute Nacht.

Tilla rollte sich nun zusammen und bettete ihren Kopf auf den Teil der Satteldecke, den sie zu einem Kopfkissen zusammengeknüllt hatte. Im Gegensatz zu ihren beiden Begleitern fand sie lange keinen Schlaf. Als sie dann doch einnickte, schreckte sie bei jedem Laut wieder hoch, mochte es das Rauschen des Windes in den Felsen sein, der Schrei eines Kauzes oder auch nur das leise Schnarchen der beiden Männer. Ihre Begleiter schienen dieses Abenteuer nur als einen grandiosen Spaß anzusehen, aber sie begriff, welche Gefahr am Horizont aufzog. In den kurzen Phasen ihres Schlafes wurde sie von Albträumen geplagt, in denen ihr toter Mann sie mit einem Stock schlug, bis sie als blutiges Bündel zu seinen Füßen lag, während ihr Bruder daneben stand und höhnisch applaudierte.

Am Morgen fühlte sie sich elend und unausgeschlafen, und die Tatsache, dass es auch zum Frühstück nur Wasser aus dem Bach gab, hob ihre Laune nicht gerade. Mürrisch sah sie zu, wie Starrheim und Sebastian die Pferde sattelten, und ließ sich auf die Stute heben, ohne auch nur Guten Morgen gesagt zu haben.

»Bestimmt werden wir unterwegs auf eine Herberge treffen, und wenn nicht, kaufen wir uns bei einem Bauern etwas zu essen!« Starrheim machte den Hunger für Tillas Missmut verantwortlich und zwinkerte Sebastian grinsend zu.

»Unser Otto ist noch recht grün hinter den Ohren. Der muss viel härter werden, wenn er einmal ein richtiger Kerl sein will!«

Sebastian stimmte zunächst in das Lachen des Grafen ein, dann aber erinnerte er sich daran, wer Tilla wirklich war, und senkte den Kopf. Nun fragte er sich, wo der Edelmann seine Augen hatte. Tilla benahm sich doch viel zu auffällig für einen jungen Mann. Nie entkleidete sie sich in der Gegenwart der anderen und ihren Hut behielt sie sogar im Schlaf auf. Den Knechten und Mönchen in den Hospizen, die sie unterwegs aufsuchten, und den Herbergswirten mochte dies nicht auffallen, aber jeder, der in ihrer Gesellschaft reiste, musste ihr Geheimnis nach kurzer Zeit aufdecken.

Es war jedoch nicht seine Aufgabe, Starrheim über Tillas wahre Natur aufzuklären. Daher rieb er sich über seinen Bauch, der sich so leer anfühlte, dass er bei der Berührung knurrte, und grinste schief. »Etwas zu essen wäre wirklich nicht schlecht. Zu dumm, dass wir gestern vergessen haben, Vorräte mitzunehmen.«

»Ihr hättet selbst eure Köpfe vergessen, wenn sie nicht angewachsen wären«, schimpfte Tilla.

Starrheim stieß Sebastian feixend in die Rippen. »Unser Hänfling versucht zu beißen! Dafür sollten wir ihm den Hintern versohlen.«

Sebastian war inzwischen zu der Überzeugung gelangt, dass eher Starrheim Prügel verdiente und er mit ihm. Tilla hingegen hatte sich prächtig gehalten, obwohl sie noch nie auf einem Pferd geritten war. Er konnte ihr ansehen, welche Schmerzen sie peinigten, während sie sich im Sattel zu halten versuchte. »Du solltest Nachsicht mit Otto zeigen, denn er dürfte ganz wund geritten sein.«

»Ein ganzer Kerl hält das aus!«, antwortete Starrheim und machte damit deutlich, dass er auch an diesem Tag keine Rücksicht auf Tilla zu nehmen gedachte. Da ihn ebenfalls der Hunger zwickte, schwang er sich auf sein Pferd und ließ es antraben.

Tillas Stute aber machte nicht die geringsten Anstalten, ihm zu folgen, sondern hielt samt ihrer Reiterin auf einen Grasfleck zu und begann, die Halme abzurupfen. Daher kehrte Starrheim noch einmal um, packte die Zügel des widerspenstigen Tieres und riss heftig daran.

»Willst du wohl gehorchen, du Vieh!«

Die Stute äugte ihn mit schräg gehaltenem Kopf an und blähte die Nüstern. Der Edelmann gab ihr einen Schlag aufs Maul und zog sie dann mit der Wucht seines massigeren Hengstes neben sich her. Die nächsten Stunden wurden für Tilla eine Qual, denn die Stute tat alles, um ihren Unmut über die Behandlung zu äußern, und da sie Starrheims Faust zu fürchten schien, rächte sie sich an ihrer Reiterin, indem sie immer wieder bockte oder sich so eng an Felsen drängte, dass Tillas Beine eingeklemmt wurden. Starrheim ignorierte deren Schwierigkeiten und drängte vorwärts, um endlich einen guten Schluck Wein und einen saftigen Braten zwischen die Zähne zu bekommen.

IV.

Tilla nahm die Verfolger als Erste wahr. Noch während sie einen warnenden Ruf ausstieß, drehte Starrheim sich im Sattel um und schaute zurück. Seine Hand suchte den Schwertknauf, doch er schien nicht sonderlich besorgt zu sein.

»Entkommen können wir nicht, also lasst uns mit den Leuten sprechen.« Er zügelte sein Ross und wartete, bis die Reiter herankamen.

Es handelte sich um zwei Ritter mit einem guten Dutzend Waffenknechten im Gefolge, die in grüne Waffenröcke gehüllt waren und einen blühenden Zweig als Wappen trugen. Dieselbe

Tracht hatten auch Felicia da Lacaunes Begleiter getragen. Tilla begann schon zu hoffen, Freunde der Dame vor sich zu sehen, doch beim Anblick des älteren, wuchtig gebauten Ritters kamen ihr Zweifel. Sein Gesicht war krebsrot vor Zorn, und als er vor ihr anhielt, bleckte er die Zähne wie ein Hund, der gleich zubeißen will.

Tilla senkte den Kopf und hielt den Schleier ihres Häubchens vor das Gesicht, damit er nicht auf Anhieb erkennen konnte, dass er nicht die gesuchte Dame vor sich sah.

»Nun, meine Liebe, auch diesmal konntet Ihr mir nicht entkommen. Doch seid versichert, ein weiteres Mal wird Euch die Flucht nicht gelingen. Eher werde ich Euch in den Kerker stecken, so dass Ratten Euer Gefolge bilden.« Die Stimme des Mannes troff vor Hohn und Zufriedenheit, sein Begleiter aber schüttelte misstrauisch den Kopf.

»Sie soll den Schleier heben, Hugues! Mich überkommt nämlich ein seltsames Gefühl. Die Männer sind nicht die, mit denen Felicia geflohen ist.«

Statt einer Antwort streckte der Hugues genannte Ritter die Hand aus und riss Tilla den Schleier vom Gesicht. Im nächsten Moment stieß er einen zornigen Ruf aus und versetzte ihr einen Hieb, der sie aus dem Sattel fegte.

Tilla hatte weder ihn noch seinen Freund verstanden, begriff aber allzu schmerzhaft, dass die beiden Ritter sich nicht weiter täuschen ließen. Dort, wo der Handschuh des Ritters sie ins Gesicht getroffen hatte, blutete sie. Zu ihrer Erleichterung wandte der Mann sich jetzt Sebastian und Starrheim zu, überschüttete sie mit einem Schwall französischer Flüche, auf deren Übersetzung sie auch gar keinen Wert legte, und schlug mit der geballten Faust auf die beiden ein.

Angesichts der gezogenen Schwerter der Reisigen wagte auch

der Graf nicht, sich zur Wehr zu setzen. Tilla sah aber, dass es in dem Habsburger kochte. Mehr als einmal setzte er zum Reden an, doch schon nach ein paar Worten traf ihn wieder die Faust des zornigen Franzosen und brachte ihn zum Schweigen. Starrheim war bald das einzige Opfer, das Hugues de Saltilieu noch erreichen konnte, denn Sebastian nützte einen der Hiebe aus, ließ sich aus dem Sattel fallen und blieb scheinbar betäubt am Boden liegen. Doch Tilla sah, dass er zwischen zusammengekniffenen Lidern zu ihr hinsah und sich offensichtlich verfluchte, weil er mit dazu beigetragen hatte, sie in diese Lage zu bringen. Was dieser wütende Franzose und seine Leute mit ihr anfangen würden, konnte er sich lebhaft vorstellen.

»Wer ist das? Eine Magd, die sich für ein paar Denier für dieses Täuschungsspiel hergegeben hat? Sie wird dafür bezahlen!«

»Es ist kein Weib, sondern ein junger Pilger aus Schwaben, der in die Kleider der Dame geschlüpft ist, um ihr zu helfen. Wir sind alle Pilger aus dem Römischen Reich. Mein Name ist Rudolf von Starrheim aus der Sippe der Habsburger.«

Hugues de Saltilieu hatte sich inzwischen so weit beruhigt, dass Starrheim mehr als ein paar gestammelte Worte herausbringen konnte. Er erntete jedoch nur ein Lachen und einen weiteren, gemeinen Hieb.

»Ein Edelmann will der Bursche sein! Wahrscheinlich ist er ein leibeigener Waffenknecht, der seinem Herrn davongelaufen ist. Nun, er wird sich bald wünschen, daheim geblieben zu sein. Rede, du Hund, wo ist Felicia de Lacaune?« De Saltilieu hob die Faust, um seine Frage handgreiflich zu untermauern.

Jetzt gab auch Starrheim auf und rutschte aus dem Sattel. Er befand sich in einem Dilemma, dem er nicht entrinnen konnte. Wenn er bekannte, zu einer größeren Pilgerschar zu gehören, würden die Franzosen Vater Thomas und seiner Gruppe folgen

und die anderen Pilger ebenso behandeln wie sie. Er wischte sich mit der rechten Hand über die blutenden Lippen und blickte schmerzverkrümmt zu Hugues de Saltilieu auf.
»Wir sind drei Pilger, die zusammen nach Santiago wallfahren, um dort am Grab des heiligen Apostels zu beten. Als wir gestern auf die Dame und ihre Begleiter trafen, bat sie uns um Hilfe, die wir ihr als Christenmenschen nicht versagen durften!«
Starrheim sagte es ziemlich laut und warf Tilla und Sebastian dabei einen verstohlenen Blick zu, in der Hoffnung, die beiden würden seine Aussage bestätigen. Dann aber fiel ihm ein, dass er dem Franzosen in dessen Muttersprache geantwortet hatte, welche seine beiden Begleiter nicht verstanden, und wiederholte seine Worte auf Deutsch.
»Was sagst du, du Hund?« De Saltilieu beugte sich aus dem Sattel und packte ihn am Kragen.
»Dasselbe, das er eben in unserer Sprache gesagt hat. Er wollte wohl seine Begleiter beruhigen«, wandte der jüngere und etwas kleinere Ritter ein.
»Ihr versteht Deutsch?« Starrheim war weniger erfreut als erschrocken. Wenn der andere ihre Sprache kannte, würden er, Otto und Sebastian immer auf der Hut sein müssen, belauscht zu werden.
Der jüngere Franzose sah ihn freundlich lächelnd an. »Ein wenig. Erlaubt, dass ich mich und meinen Vetter vorstelle. Dies ist …«, seine Rechte zeigte auf seinen Begleiter, »Hugues de Saltilieu, Vasall seiner Majestät, Charles V., und ich selbst nenne mich Aymer de Saltilieu und verwalte eine der Burgen meines Verwandten.«
Seinem Vetter gefiel es nicht, so plötzlich von dem Gespräch ausgeschlossen zu sein, und er funkelte Aymer zornig an. »Was redest du mit den Kerlen? Ich will wissen, wo Felicia de Lacaune

ist. Wenn sie es nicht freiwillig sagen, werden Peitsche und Folter sie dazu bringen!«

Aymer de Saltilieu wiederholte die Worte seines Verwandten und machte eine auffordernde Geste. »Ihr solltet die Neugier meines Vetters befriedigen. Sein Foltermeister ist ein Genius seiner Kunst!«

»Aber wir wissen es nicht! Wir haben die Kleidung getauscht und uns dann getrennt.« Tillas Stimme klang verzweifelt.

Ritter Aymers Kopf ruckte hoch und er sah sie durchdringend an. Ihr Gesicht war durch den Schlag seines Verwandten zerschunden und in ihren blaugrau gesprenkelten Augen schimmerten Tränen. Es könnte sich durchaus um einen jungen und etwas mädchenhaft aussehenden Burschen handeln, dem noch kein Flaum auf den Wangen wuchs. Aymer war sich jedoch sicher, dass in den Kleidern der entflohenen Felicia de Lacaune etwas ganz anderes steckte. Doch dies war ein Geheimnis, das er vorerst noch nicht mit seinem Vetter teilen wollte.

Er setzte das Verhör fort, aber die Aussagen der drei Gefangenen waren immer gleich. Sie wären zu dritt unterwegs gewesen und durch Zufall auf die Edeldame gestoßen. Wo diese hinwollte, wüsste keiner von ihnen. Es war nicht ganz richtig, aber auch nicht gelogen, denn erst jetzt, wo Ritter Aymer den dreien mit seinen Fragen zusetzte, begriffen Starrheim und Sebastian das, was Tilla schon die ganze Zeit gestört hatte. Mademoiselle Felicia hatte zwar wunderschön klagen können, aber keinen einzigen Namen genannt, der mit ihr in Verbindung gebracht werden konnte, nicht einmal den ihres Verfolgers.

Nach einer Weile gab Ritter Aymer die Befragung auf und wandte sich seinem Vetter zu. »Sie wissen wirklich nichts über Felicia. Ich halte sie für teutonische Tölpel, die auf das Engelsgesicht unseres raffinierten Fräuleins hereingefallen sind.« Um seine Lippen spielte ein leichtes Lächeln, denn die junge Dame war in ihrem Bemühen, der aufgezwungenen Gastfreundschaft seines Vetters zu entkommen, sehr erfinderisch. Einmal war sogar er schuld gewesen, dass Felicia ihnen entschlüpft war, denn sie hatte ihn in ihre Kammer gebeten und dort nach Strich und Faden verführt, bis er vor Erschöpfung neben ihr eingeschlafen war. Dann hatte sie die unversperrte Tür ausgenutzt und war verschwunden. Zum Glück hatte sein Knappe ihn gesucht und geweckt, so dass sie die junge Dame noch in der Umgebung der Burg hatten aufgreifen können.

Hugues de Saltilieu wusste nichts von dieser Begebenheit und Aymer war auch nicht daran gelegen, sie ihm mitzuteilen. Während sein Vetter grimmig auf seinen Lippen herumkaute, blickte er Tilla freundlich an. »Wisst ihr überhaupt, wer die Dame war, der ihr so selbstlos geholfen habt?«

Sie schüttelte den Kopf. »Nein, ich weiß nur den Namen, den sie genannt hat.«

»Unsere Gefangene ist die Nichte von Gaston Fébus, des Grafen von Foix, und damit die nahe Verwandte eines Rebellen, der sich in der schweren Stunde, die sich über Frankreich gesenkt hat, mit dessen Feinden verbünden will. Felicia wurde von König Charles höchstpersönlich meinem Vetter anvertraut, denn sie sollte eine Geisel für Graf Gastons Wohlverhalten sein.«

Weder seiner Stimme noch seinem Gesichtsausdruck war zu entnehmen, wie er zu der Flucht der Dame stand. Sein Vetter schien jedoch zu wissen, dass ihm ein königliches Donnerwetter bevorstand, wenn er seiner Geisel nicht wieder habhaft wurde, denn er brummte ein paar unverständliche Worte und zeigte dann nach Westen. »Wir bringen die Kerle nach Chabebil. Dort sollen sie wegen mir im Kerker verschimmeln. Morgen früh reiten wir weiter, denn Graf Gastons Nichte darf uns nicht entkommen.«

»Das ist vernünftig«, stimmte Aymer ihm zu, um dann doch noch einen Einwand vorzubringen. »Wir sollten die drei nicht zusammen einsperren, sondern trennen. Ich will sie heute Abend noch einmal verhören. Vielleicht bekomme ich doch einen Anhaltspunkt aus ihnen heraus.«

Hugues de Saltilieu nickte. »Tu das, Aymer. Wenn sie nicht spuren wollen, dann lass sie die Peitsche spüren. Auch diesen angeblichen Grafen dort.« Er wies dabei mit höhnischem Gesicht auf Starrheim, der an seiner Wut fast erstickte. So wie jetzt war er noch nie behandelt worden, und er fragte sich, was so mancher Knecht, den er mit Fußtritten zur Arbeit angetrieben hatte, von ihm halten mochte. Er hoffte, dass die Leibeigenen seiner Burgen bei seinem Anblick nicht den gleichen mörderischen Hass empfanden, den Hugues de Saltilieu in ihm ausgelöst hatte.

Tilla kämpfte mit ihren eigenen Gedanken. Es wunderte sie, dass Ritter Aymer, wenn er zu den Gefangenen sprach, meist das Wort an sie richtete und nicht an Starrheim, der ihm in seiner eigenen Sprache hätte antworten können. Außerdem glaubte sie in seinen Augen einen Ausdruck zu erkennen, der ihr Angst machte.

V.

Chabebil erwies sich als ein kleines Städtchen, das sich an den Fuß eines niedrigen Berges drängte, während über ihm die Burg gleichen Namens thronte. Wie etliche andere Wehrbauten beiderseits der Rhône zählte auch sie zu Hugues de Saltilieus Besitz.

Obwohl Tilla sich völlig zerschlagen und erschöpft fühlte und vor Schmerzen am liebsten geweint hätte, hob sie den Blick, um die Stadt und die Burg anzuschauen. Der Ort bestand aus eng aneinander kauernden Fachwerkbauten, zwischen denen sich schmale Gassen erstreckten. Die Menschen, die ihnen begegneten, kümmerten sich kaum um die Reiter. Anscheinend zählte Herr Hugues nicht zu den beliebtesten Edelleuten, denn weder klangen Willkommensrufe auf noch warf ihm eines der Mädchen eine Kusshand zu.
Der Ritter schien die Ablehnung der Leute nicht einmal zu bemerken, denn er sah über sie hinweg und lenkte seinen massigen Hengst den steilen Weg zur Burg hoch. Diese saß auf der Kuppe der Anhöhe und grenzte zur linken Seite direkt an eine Steilwand. Dort waren die Befestigungen auch weniger massiv als auf der anderen Seite, an der ein hoher Turm die Einfahrt zur Vorburg schützte. Hinter diesem erhob sich eine mächtige Schildmauer mit einem schmalen Tor, das kaum breit genug war, einen einzelnen Reiter durchzulassen, geschweige denn ein Gefährt. Alle Güter, die in die Burg gebracht wurden, mussten vor diesem Hindernis ausgeladen und per Hand weitertransportiert werden.
Tilla sah etliche Leute, die Säcke und Fässer aus der Burg brachten und auf mehrere Ochsenkarren luden. Es schien so, als rüste man zum Aufbruch. Hier liefen Kriegsleute herum, die von erfahrenen Unteroffizieren kommandiert wurden, und diese entboten Hugues de Saltilieu jenes Willkommen, welches ihm als Herr der Burg zustand. Die Söldner ließen ihn hochleben und wünschten ihm, steinalt zu werden. Ein ganz vorwitziger Bursche schloss sogar die Potenz seines Herrn mit ein, die nie versagen sollte.
Herr Hugues winkte den Kriegern geschmeichelt zu und rief

dann seinen Vetter zu sich. »Schaff die drei Kerle in den Kerker!«

»Wie du wünschst!« Ritter Aymer deutete eine Verbeugung an und gab einige Befehle.

Sogleich wurden Tilla und ihre Gefährten aus dem Sattel gerissen. Sebastian und Starrheim waren innerhalb weniger Augenblicke bis auf die Bruche ausgezogen und ausgeplündert, bei Tilla beließen es die Söldner aber bei anzüglichen Bemerkungen, wie deren Mienen verrieten. Aymers Hinweis, sie sei ein junger Mann, der die Kleidung der flüchtigen Felicia de Lacaune angezogen hatte, um ihre Verfolger zu täuschen, verhinderte, dass man sie belästigte, denn keiner der Männer wollte sich dem Spott seiner Kameraden aussetzen.

Die drei Gefangenen wurden durch die Pforte in der Schildmauer in den eigentlichen Burghof gezerrt und sahen nun den aus grauen Quadern errichteten Palas mit der angebauten Kapelle vor sich. Der wehrhafte Bau stand ebenso für sich alleine wie das Haus, welches die Küche enthielt, doch an der Mauer, die den inneren Teil der Burg umgab, drängten sich Wirtschaftsgebäude und Ställe. Das Ziel ihrer Wächter war ein mächtiger Turm, der die flachere Seite des Berges sicherte. Ein eifrig herbeieilender Soldat riss das Tor auf und leuchtete mit einer Fackel den Weg nach unten aus.

Nach einer Weile gebot Ritter Aymer Halt und wies auf eine Tür. »Bringt den verkleideten Jungen da hinein!«

Seine Untergebenen warfen ihm einen fragenden Blick zu, denn hinter der Tür lag eine Kammer für Gäste, die nicht hochrangig genug waren, um im Palas Unterkunft zu erhalten, aber auch nicht bei den einfachen Knechten nächtigen sollten. Sie gehorchten jedoch, und so fand Tilla sich in einem Raum wieder, der etwa sechs Schritte im Geviert messen mochte und neben

einem recht breiten Bett, das mit einer Haferstrohmatratze und einer dunklen Wolldecke ausgestattet war, auch einen Tisch mit drei Schemeln enthielt. Die beiden Fenster waren zu schmal, als dass jemand hätte hindurchschlüpfen können, und zudem durch ein Kreuz aus Eisenstäben gesichert.
Tilla hörte, wie ein massiver Riegel außen vorgelegt wurde. Wie das Geräusch verriet, wurde diese Kammer auch als Aufenthaltsort für edle Gefangene benutzt. Das erklärte jedoch nicht, warum man sie und nicht Rudolf von Starrheim hier eingesperrt hatte. Sie war jedoch zu müde, um lange darüber nachdenken zu können, und so wankte sie zum Bett und ließ sich darauf fallen. Obwohl ihr die Angst vor dem, was mit ihr nun geschehen würde, schier das Herz zusammenpresste, fiel sie in einen tiefen, traumlosen Schlaf.
Das Geräusch des Riegels weckte sie, und sie sah, wie die Tür geöffnet wurde. Ritter Aymer trat ein, gefolgt von zwei Knechten, von denen einer eine Schüssel dampfendes Wasser trug, während der andere saubere Leinentücher über den Arm gelegt hatte und mehrere kleine Töpfchen aus Steingut auf einem Brett balancierte, als sei er eine Magd. Die Bediensteten stellten die Sachen auf den Tisch und verließen auf einen Wink des Ritters den Raum.
Nachdem die Tür sich hinter ihnen geschlossen hatte, sah Aymer de Saltilieu Tilla lächelnd an. »Ich denke, der Ritt auf dem ungewohnten Sattel hat dir etliche blaue Flecken und vielleicht auch ein wund geriebenes Hinterteil verschafft. Du wirst erlauben, dass ich deine Wundstellen behandle.«
Tilla wurde steif wie ein Brett und schüttelte wild den Kopf. »Bleibt mir vom Leib!«
»Siehst du mich als Feind an, von dem du keine Gunst annehmen willst, oder gibt es einen anderen Grund?« Der Ritter sah

aus wie ein Kater, der noch ein wenig mit der Maus spielen will, bevor er sie frisst. Es fehlte nur wenig und er hätte vor Vergnügen geschnurrt.

Tilla zog sich bis an die Wand zurück. »Es gibt keinen anderen Grund!« Sie versuchte, ihrer Stimme Festigkeit zu verleihen, doch ihr klapperten vor Aufregung die Zähne.

Aymer blieb neben dem Tisch stehen, verschränkte die Arme vor der Brust und blickte mit leichtem Spott auf sie herab. »Meine Liebe, du vermagst vielleicht ein paar tumbe Narren zu täuschen, aber nicht mich. Ich habe auf den ersten Blick erkannt, dass tatsächlich eine Frau in diesem Gewand steckt. Wenn du jedoch weiter leugnen willst, werde ich meinen Vetter rufen. Wenn der begreift, was du wirklich bist, wird er dich besteigen wie ein brünstiger Bulle und dich hinterher seinen Söldnern überlassen. Noch bevor der Letzte davon mit dir fertig ist, wirst du den Tag deiner Geburt verfluchen und die Eltern, die dich gezeugt und geboren haben, gleich mit dazu.«

»Was wollt Ihr von mir?« Tilla war in heller Panik, denn sie vermochte den jungen Franzosen nicht einzuschätzen.

»Dich erst einmal verarzten und dabei mit dir reden. Du und deine Freunde – ihr könnt hundertmal behaupten, allein unterwegs gewesen zu sein, doch das vermag nur ein Narr wie mein Vetter zu glauben. Ich tue es nicht. Ihr Allemands tretet die Pilgerreise nie in so geringer Zahl an. Auch wäre dies Felicias Absichten zuwidergelaufen. Nur wenn sie in einer Gruppe Unterschlupf findet, kann sie sich halbwegs sicher fühlen. Eine Dame mit zwei Begleitern fällt auf, und wenn mein Vetter eine Tugend aufweist, so ist es Beharrlichkeit. Er wird Felicia weiterhin verfolgen und nicht eher aufgeben, bis er sie gefunden hat oder sie wohlbehalten bei ihrem Oheim angelangt ist.«

»Wir waren wirklich nur zu dritt!« Auch diesmal wies Tillas Stimme nicht die Festigkeit auf, die sie sich gewünscht hätte.
Ritter Aymer lachte leise auf. »Es sieht so aus, als wäre nicht nur Hugues hartnäckig. Du scheinst es auch zu sein. Doch jetzt zeige deine Schenkel, damit ich sie versorgen kann.«
»Niemals!«
Das Lachen des Ritters steigerte sich. »Ich kann auch meine Leute zu Hilfe holen. Doch befürchte ich, sie werden wiederkommen, wenn ich weg bin. Sie sind sehr schwer von Frauen fernzuhalten, verstehst du!«
Tilla kniff die Lippen zusammen und gab keine Antwort. Aymer de Saltilieu schien auch keine zu erwarten, denn er trat nun an das Bett, fasste sie am Arm und zog sie nach vorne. Sofort rollte sie sich wie ein Igel zusammen und fauchte wie eine Katze.
»Lasst mich in Frieden.«
»Ich glaube nicht, dass ich das tun will, meine Liebe. Weißt du, mich interessiert, weshalb ein Mädchen in der Kleidung eines jungen Mannes eine Pilgerreise antritt.«
»Selbst wenn es so wäre, ginge es Euch nichts an!«
»Da bin ich anderer Ansicht! Im Augenblick bist du in meiner Hand. Ich könnte über dich herfallen und mich an deinen Schreien ergötzen, so wie mein lieber Vetter es tun würde. Allerdings ziehe ich die sanfte Art vor.«
Tilla riss die Augen auf. »Ihr wollt mich also benutzen?«
»Einen Erfolg haben wir schon, denn du hast eben zugegeben, dass du ein Mädchen bist. Wenn du weiterhin so brav bist, können wir auch noch die restlichen kleinen Probleme zwischen uns lösen. Was das andere betrifft, so sage ich nicht Nein. Eines Ritters Schwert sollte stets erprobt werden, und du bist ein ganz besonderer Bissen.«

»Ich bin weder hübsch noch ...«, begann Tilla, wurde aber sofort von dem Ritter unterbrochen.
»Auch wenn mein Vetter dein Gesicht gezeichnet hat, so bist du doch recht ansehnlich. Außerdem reizt es mich, ein Mädchen mit deinem Mut unter mir zu spüren. Ich schlage dir ein Geschäft vor. Du lässt mich mit dir tun, was mir beliebt, und ich sorge dafür, dass du die Burg unbehelligt verlassen kannst.«
Das war ein verlockendes Angebot. Schlimmer als in ihrer Hochzeitsnacht mit Veit Gürtler würde es gewiss nicht werden, dachte sie.
»Doch was ist, wenn Ihr mich belügt?« Ihr Mund sprach aus, was sie im Innersten bewegte.
»Lügen?« Der Ritter zog die Augenbrauen hoch, als müsse er über ihre Worte nachdenken. »Ich schwöre dir, dass ich dich freilassen werde, wenn du mir gehorchst und vor allem die Wahrheit bekennst.«
»Dann werdet Ihr mich mit Gewalt nehmen müssen!« Tilla schürzte die Lippen und wandte ihm den Rücken zu.
Ein leichter Schlag gegen ihr malträtiertes Hinterteil ließ sie aufkeuchen. »Leg dich so hin, dass ich deine Verletzungen behandeln kann. Über das andere reden wir später.« Es lag so viel Autorität in der Stimme des Ritters, dass Tilla unwillkürlich gehorchte.
Aymer brummte zufrieden, tauchte dann eines der Leinentücher in das heiße Wasser und begann anschließend Tillas Gesicht vom Blutschorf zu reinigen. Als er damit fertig war, trug er eine leicht beißende, aber angenehm riechende Salbe auf, deren lindernde Wirkung Tilla schon nach kurzer Zeit spürte.
»Jetzt machen wir unten weiter«, erklärte der Ritter kategorisch.
Aus Angst, er würde vielleicht doch seine Knechte rufen, zog

Tilla ihr Kleid bis zu den Oberschenkeln hoch. Sie erschrak selbst über die blauen und grünen Flecken und die Abschürfungen, die dort zu sehen waren.
Aymer wusch den Lappen im Wasser aus und kehrte zu ihr zurück. Seine Miene drückte Erstaunen aus, aber auch Anerkennung. »Du bist wirklich ein Phänomen, meine Liebe. Ich kenne keine Frau, die solche Verletzungen ohne Weinen und Klagen ertragen würde. Doch du bist so kühl wie der Schnee in den winterlichen Bergen. Bei Gott, fast wünschte ich, dich als Mätresse behalten zu können.«
»Ihr habt geschworen, mich freizulassen!« Noch während sie es sagte, fühlte Tilla, wie eigensüchtig sie war, denn sie hatte keinen Gedanken an ihre beiden Mitgefangenen verschwendet. »Was ist mit meinen Begleitern?«
»Liegt dir so viel an ihnen?«
»Der eine stammt aus derselben Stadt wie ich und Starrheim ist ein Verwandter der österreichischen Herzöge Albrecht und Leopold.«
»Er ist also wirklich ein Graf?« Aymers Stimme klang verwundert, dann aber nickte er. »Ich glaube dir. Sein Auftreten war entsprechend. Hätte die Faust meines Vetters ihn nicht zu oft am Reden gehindert, hätte er ihn wohl von seinem Rang überzeugen können.«
»Ihr mögt Euren Vetter wohl nicht besonders?« Tilla schoss diesen Pfeil aufs Geratewohl ab und sah zufrieden, dass er traf. Aymer bleckte die Zähne und knurrte für einen Augenblick wie ein gereizter Hund. Dann lachte er bitter auf. »Hugues ist ein Narr ohne jeden Verstand. Er hat die Hoffnung, Mademoiselle Felicia heiraten zu können, um ihre durchaus ansehnliche Mitgift mit seinen eigenen Besitzungen zu vereinigen. Als ob eine Frau wie sie an einem solchen Tölpel Gefallen finden könnte!«

Für Augenblicke gab der Ritter sein Innerstes preis, und Tilla begriff, dass er wegen der Flucht der Gefangenen bei weitem nicht so betrübt war, wie er es seinem Verwandten gegenüber heucheln musste. Jetzt spielte sogar ein leicht schadenfrohes Lächeln um seine Lippen. Er vergaß über seine Überlegungen jedoch nicht, Tilla zu verarzten. Seine Hände fühlten sich sanft an, so als hätten sie nie die harte Schwertarbeit gelernt, und die Salbe, die er auftrug, linderte das Brennen auf den wund gerittenen Stellen in einer Weise, die Tilla überraschte. Auch wenn sie sich schämte, einem Mann ihre Oberschenkel zu zeigen, so war es doch angenehm zu fühlen, wie der Schmerz wich.

»Jetzt dreh dich um und zieh das Kleid ganz hoch.«

Aymers Aufforderung riss Tilla hoch. »Nein, ich …«

»Du hast versprochen, mir zu gehorchen, also tu es!« Die Stimme des Ritters klang scharf genug, um Tilla zum Nachgeben zu bewegen. Sie legte sich auf den Bauch und ließ zu, dass Aymer ihr Kleid bis zum Rücken hochschlug. Dabei klemmte sie jedoch die Beine fest zusammen.

Dem Ritter entlockte es nur ein Lächeln. Er fuhr mit seinem Samariterwerk fort und spürte, wie seine Patientin sich nach einer gewissen Zeit unwillkürlich entspannte. Seine Erfahrungen mit Frauen waren groß genug, um annehmen zu können, dass auch weiterhin keine Gewalt nötig sein würde. In der Hinsicht war diese wie Gletschereis erscheinende Allemande auch nur ein Weib. Er drehte sie auf den Rücken, bevor sie es richtig begriff, und machte weiter. Dabei fragte er sie über den Grund ihrer Pilgerschaft aus.

Tilla keuchte auf, als er ihr Kleid auch vorne hochschlug und mit seinen Fingern Regionen nahe kam, die sie freiwillig noch vor keinem Mann entblößt hatte. Sie biss jedoch die Zähne zusammen und krampfte die Finger in die Matratze. Er hatte gesagt, dass er sie freilassen würde, wenn sie ihm zu Willen war, und dafür würde sie ihn auch dann ertragen, wenn er sie genauso brutal nahm wie ihr verstorbener Ehemann. Im nächsten Augenblick keuchte sie auf, als Aymers Hände plötzlich ihre empfindlichsten Stellen berührten.

»Entspanne dich. Wenn du noch Jungfrau bist, dann sage es, damit ich vorsichtig zu Werke gehe.«

Tilla schüttelte den Kopf. »Ich bin … war eine verheiratete Frau.«

»Dann weißt du, wie es geht.« Der Ritter klang beinahe erleichtert und ging etwas kühner zu Werk. Er hob Tillas Oberkörper und streifte ihr das Kleid ganz vom Leib. Sie wirkte nach der harten Reise ein wenig mager, war aber doch reizvoll genug, um ihn zu entflammen. Rasch entkleidete auch er sich und legte sich neben sie.

Tilla versteifte sich sofort und aus ihren Augen sprach schiere Panik. Aymer versuchte, sie zu beruhigen, doch da sah sie ihn mit einem Blick an, der ihn an eine sterbende Hirschkuh gemahnte. »Macht, damit es hinter mir liegt!«

Im ersten Augenblick glaubte er, eine zum Ideal gesteigerte Tugendhaftigkeit würde aus ihr sprechen, dann aber begriff er, was sie bewegte, und streichelte ihre Wange. »Du hast keine guten Erfahrungen mit deinem Ehemann gemacht, nicht wahr?«

Tilla nickte unwillkürlich, sagte aber nichts.

»Dann war dein Mann ein Schwachkopf. Eine Frau kann so viel Liebe geben, wenn man ihr rücksichtsvoll und zärtlich begegnet.«

Tilla lachte bitter auf. »Liebe? Ihr wollt doch auch nur Eure Geilheit befriedigen!«

»Wäre es so, würdest du schon längst unter mir kreischen. Doch ich will, dass es auch dir Freude macht.« Die Hände des Ritters entwickelten ein für Tilla erschreckendes Eigenleben und schienen jeden Teil ihres Körpers zu erforschen. Zu ihrem Erstaunen war es kein unangenehmes Gefühl, und es ließ ihren Körper weich werden wie Butter, die in der Sonne stand. Sie merkte kaum, wie Aymer sacht ihre Beine auseinanderbog und sich auf sie legte. Erst als er in sie eindrang, zuckte sie ein wenig zusammen, doch da war kein Schmerz, sondern nur ein gewisses Spannen, das sie leicht ertragen konnte.

Zunächst glitt der Ritter nur sanft vor und zurück. Erst als er in Tillas Augen las, dass sie bereit war, wurde er leidenschaftlicher.

Tilla wunderte sich, wie leicht es war, einen Mann zu ertragen, wenn er sacht zu Werke ging. Während ein eigenartiges Gefühl ihren Unterleib durchzog, dachte sie mit Abscheu an ihren Ehemann. Veit Gürtler hätte nie eine Frau so sanft behandelt. Bei Aymer de Saltilieu überkam sie das Gefühl, sie sei ein kostbarer, zerbrechlicher Gegenstand, den man sorgsam hüten musste. Gürtler hatte sein erstes Weib zugrunde gerichtet, und wäre er nicht in der Hochzeitsnacht gestorben, so hätte ihr das gleiche Schicksal geblüht. Erst hier in der Ferne durfte sie erfahren, wie die Liebe zwischen Mann und Frau wirklich sein konnte.

Ein bitteres Lächeln spielte um ihren Mund, als Aymer mit einem keuchenden Ausruf fertig wurde und noch einige Augenblicke regungslos auf ihr liegen blieb. »Ich will hoffen, Ihr erinnert Euch noch an Euer Versprechen, mich und meine Begleiter freizulassen. Sonst habe ich umsonst die Hure für Euch gespielt.«

»Umsonst war es gewiss nicht, denn jetzt weißt du, dass Frauen und Männer gleichsam Lust erleben können.« Aymer küsste sie auf den Mund und sah sie dann lange an. »Ich danke dir, denn du hast mir eine unvergleichliche Stunde geschenkt. Am liebsten würde ich dich für immer bei mir behalten. Doch selbst als mein Eheweib könnte ich dich nicht vor meinem Vetter schützen. Also lasse ich dich schweren Herzens ziehen.«

Tilla fiel ein Stein vom Herzen. »Ihr seid wirklich ein Edelmann!«

Aymer lächelte und begann sanft ihren Rücken zu streicheln. »Obwohl ich deine Notlage so schamlos ausgenutzt habe?«

Tilla senkte den Kopf, damit er ihr Gesicht nicht sehen konnte, das mit einem Mal zu glühen schien. »Es war ein hoher Preis, doch scheint er mir für meine Freiheit und die meiner Gefährten gerechtfertigt zu sein.« Da Aymers Nähe und die Berührung seiner Hand noch immer Gefühle in ihr auslösten, von denen sie nie geglaubt hatte, sie empfinden zu können, schämte sie sich vor sich selbst.

Der Ritter schien ihre Gedanken zu lesen, denn er zog sie an sich und rieb seinen Oberschenkel an ihrer Hüfte. »Vielleicht sollte ich den Preis erhöhen. Immerhin willst du für drei Leute die Freiheit, und nicht nur für dich allein.«

»Nein!« Noch während Tilla es rief, wusste sie, dass sie auch dazu bereit wäre.

»Aber dann wäre ich in deinen Augen kein Edelmann mehr«, neckte Aymer sie, ohne dabei in seinen Zärtlichkeiten einzuhalten. »Mir bleibt aber auch nicht die Zeit, mich intensiver mit dir zu beschäftigen. Mein Vetter will morgen in aller Frühe aufbrechen, um Felicia de Lacaune zu folgen, und ich muss ihn dabei begleiten. Ich glaube nicht, dass es ihn vorher noch danach verlangt, dich und deine Freunde zu sehen, dennoch dürfen wir kein Risiko eingehen. Auch wenn es dich noch so drängt, dein Gefängnis zu verlassen, so wirst du bis zum Morgen damit warten müssen. Bevor wir losreiten, komme ich noch einmal zu dir und lasse dich frei.«

»Ich hoffe, Ihr vergesst es nicht!« Tilla fühlte sich mehr denn je wie eine Maus, mit der die Katze spielt, und sie wäre am liebsten in Tränen ausgebrochen. Konnte sie Aymer wirklich vertrauen, fragte sie sich, und gab sich auch gleich selbst die Antwort: Etwas anderes blieb ihr kaum übrig.

Aymer küsste sie noch einmal auf den Mund, dann stand er auf und schlüpfte in seine Kleidung. »Du könntest mir helfen«, forderte er Tilla auf.

Diese gehorchte mit bebenden Händen und starrte den Ritter dann zweifelnd an, bis er die Kammer verlassen hatte. Als er die Tür zuzog, schlug sie die Hände vor das Gesicht. Jetzt blieb ihr nichts anderes mehr übrig als zu warten, ob der Ritter sein Versprechen einhielt.

Nach einer Weile merkte sie, dass sie noch so nackt war, wie Gott sie geschaffen hatte, und jeder Tölpel, der jetzt durch die Tür kam, sie als Frau erkennen konnte. Rasch hob sie ihr Kleid auf und streifte es über, dann setzte sie sich auf das Bett und betete.

Irgendwann erschien der Wärter und stellte ihr etwas Brot, einen Napf mit Eintopf und einen Becher Wasser hin und verschwand so stumm, wie er gekommen war. Obwohl Tilla seit dem gestrigen Tag gefastet hatte, musste sie sich zum Essen zwingen. Ihre Nerven waren bis aufs Äußerste angespannt und sie sehnte den Morgen herbei, ganz gleich, welche Entscheidung er bringen würde.

Das Warten erschien ihr schrecklicher als alles zuvor in ihrem Leben. Die Nacht kam heran und sie glaubte nicht, einschlafen zu können. Ihre Erschöpfung forderte jedoch ihren Tribut und sie dämmerte weg, kaum dass sie die Augen geschlossen hatte. Jedoch schreckte sie bei jedem Geräusch hoch und starrte durch das winzige Fenster, ob denn nicht endlich der Morgen käme.

Irgendwann musste sie dann doch tief eingeschlafen sein, denn sie erwachte durch eine vorwitzige Hand, die sich unter ihr Kleid gestohlen hatte und dort an ihren Brustwarzen zupfte. Als sie die Augen aufschlug, sah sie Aymer über sich gebeugt. Er grinste wie ein Lausbub und küsste sie ungeniert.

»Schade, dass mein Vetter bereits seine Männer auf die Pferde treibt. Ich hätte sonst länger bleiben und mit dir die süßen Früchte der Liebe kosten können. Dazu bleibt jedoch keine Zeit.« Es klang sehr bedauernd und Tilla spürte, dass er mit sich kämpfte, ob er nicht doch die Gelegenheit nutzen sollte. Bevor sie jedoch etwas sagen konnte, erhob er sich wieder und deutete zur Tür.

»Wenn ich jetzt gehe, werde ich den Riegel nicht vorschieben. Warte, bis du hörst, dass ich den Wärter mit einem Auftrag fortschicke. Dann kannst du die Kammer verlassen. Zwei Stockwerke tiefer befindet sich die Zelle, in der deine Freunde eingesperrt sind. Die Tür ist ebenfalls nur mit einem Riegel versperrt. Wenn du sie befreit hast, steigt ihr bis zum Fuß der Treppe hinab. Dort findest du eine in den Fels gehauene Pforte. Sie wird für euch offen stehen.«

Er nickte Tilla noch einmal zu, dann drehte er sich um und ging. Als er die Tür hinter sich schloss, unterblieb das schabende Geräusch des Riegels. Tilla wartete angespannt, bis sie seine Stimme und die Antwort des Wärters hörte, dann zählte sie bis zwanzig und schlüpfte hinaus. Der Treppengang war wie erhofft leer. So rasch sie konnte eilte sie nach unten, fand die Zelle ihrer Mitgefangenen, ohne suchen zu müssen, und schob den Riegel zurück. In dem Augenblick wurde ihr die Tür aus der Hand gerissen. Sie sah Starrheim noch mit erhobenem Schemel hinter der Tür warten, und im nächsten Augenblick hechtete Sebastian auf sie und zwang sie zu Boden. Erst als er ihr die Kehle zudrücken wollte, erkannte er sie und ließ sie erschrocken los. »Tilla, du?«

Es klang so verdattert, dass sie lachen musste. »Natürlich ich, du Hammel! Wen hast du sonst erwartet, die Heilige Jungfrau vielleicht?«

»Aber wie hast du die Kammer verlassen können, in die du eingesperrt warst?«

Bevor Tilla antworten konnte, mischte sich Starrheim ein. »Wieso nennst du ihn Tilla? Das ist doch ein Frauenname!«

»Jetzt hast du Trottel mich verraten!« Tilla versetzte Sebastian einen leichten Backenstreich und blickte den jungen Grafen warnend an. »Nehmt Euch nur nichts heraus, weil ich eine Frau und kein Mann bin.«

Starrheim starrte Tilla an und fragte sich, ob seine Augen ihn narrten. Doch auch als er sie schloss und kurz darauf wieder öffnete, sah sie noch immer wie eine schlanke Frau aus und hatte so gar nichts mehr von Otto an sich.

Tilla riss ihn aus seiner Verwunderung. »Was das Entkommen betrifft, so hat der Wärter vergessen, meine Tür zu verriegeln, weil ihn einer seiner Herren gerufen hat.«

Tilla hoffte, die beiden würden sich mit dieser Erklärung zufriedengeben, und sah sich nicht getäuscht. Den Preis, den sie für ihre, Sebastians und Starrheims Freiheit hatte zahlen müssen, würde sie niemandem offenbaren, auch Vater Thomas nicht. Erst in Santiago würde sie es dem Heiligen beichten und sie hoffte, dass er sich ihr gegenüber gnädig erweisen würde. Immerhin war es ihre heiligste Pflicht, das Grab des Apostels zu erreichen und das Herz ihres Vaters in dessen Nähe zu begraben. Dazu musste ihr fast jedes Mittel recht sein.

Sebastian und Starrheim wollten sofort nach oben und es kostete Tilla Mühe, sie dazu zu bewegen, ihr weiter in die Tiefe zu folgen. Als sie schließlich die unterste Kammer betraten und im Schein der Fackel, die Tilla aus einer der Halterungen gezogen hatte, die offene Pforte entdeckten, starrten die beiden Männer die junge Frau mit großen Augen an.

»Woher wusstest du davon?«, rief Sebastian aus.

»Die Heilige Jungfrau hat es mir im Schlaf gezeigt!« Mit diesen Worten stieß Tilla die Tür auf und trat ins Freie.

VII.

Die Tage, die nun folgten, waren wohl die härtesten ihrer Reise. Starrheim hatte schon vorher kein Geld mehr besessen, Sebastian war von Saltilieus Leuten ausgeplündert worden und Tilla hatte Ambros neben der Zinndose mit dem Herzen ihres Vaters auch ihre Börse anvertraut. Daher besaßen sie keinen einzigen Sou, ja nicht einmal einen lumpigen Denier, mit dem sie sich von einem Bauern einen Brocken Käse hätten kaufen können.

Trotz der strengen Strafen, die gefassten Dieben drohten, drang Sebastian zweimal in Bauernhäuser ein und stahl neben zwei alten Kitteln, mit denen die Männer ihre Blöße bedecken konnten, Brot, Käse und einmal sogar einen Kessel mit Eintopf, den sie gierig verschlangen. Sebastian war jedoch aufrichtig genug, um den leeren Topf in der Nähe des Anwesens an einen Ast zu hängen, so dass die Leute ihn finden konnten.

Den Rest ihrer Mahlzeiten bildeten Beeren und Wurzeln, die sie in den Wäldern fanden. Jeder verlor an Gewicht, und obwohl sie sich immer wieder an Bachläufen wuschen, wirkten sie stets schmutzig und sie vermochten sich auch vor Ungeziefer nicht zu schützen, das sich an allen unmöglichen Stellen einnistete. Bei Sebastian war es eine Zecke, die unter seine Bruche gerutscht war und die er erst entdeckte, als sie sich fast vollgesaugt hatte.

Sein Fluchen ließ die beiden anderen aufhorchen. »Was ist denn los?«, fragte Tilla.

»Ach, nichts!« Sebastian wollte nicht, dass Tilla erfuhr, was ihm zugestoßen war. Als er jedoch die Zecke abreißen wollte, hatte diese sich so fest in seinen Hodensack verbissen, dass es wehtat. Er gab auf, versuchte es dann aufs Neue und schaffte es wieder nicht.

»Kannst du mir helfen, Rudolf?« Längst waren alle Standesschranken zwischen den beiden Männern gefallen und sie fühlten sich als gleichwertige Kameraden. Nur Tilla blieb als Frau ein wenig außen vor.

Starrheim kam zu Sebastian, sah die Bescherung und fing zu lachen an.

»Ich weiß nicht, was daran so lustig ist«, blaffte Sebastian ihn an. »Hilf mir lieber und reiß das Ding ab.«

Sein Freund streckte die Hand aus und ergriff die Zecke mit zwei Fingern. Doch als er daran zog, erwies sich das Tier als äußerst zäh.

»Aua, du tust mir weh!« Sebastian stieß Starrheim zurück und starrte unglücklich auf seine edelsten Teile.

»So wird das nichts!« Tilla war neugierig herabgekommen und erkannte nun selbst, was ihren Jugendfreund quälte. Ehe er etwas sagen konnte, packte sie seinen Hodensack mit der einen, die Zecke mit der anderen Hand und machte eine kurze, drehende Bewegung.

Sebastian heulte auf und starrte dann verdattert auf den fast fingernagelgroßen Blutsauger, den Tilla ihm unter die Nase hielt.

»Männer!«, sagte sie nur. Sie selbst hatte daheim in Tremmlingen schon öfter Zecken von Haustieren, ihrem Bruder oder Bediensteten entfernen müssen und wusste, was sie zu tun hatte, damit keine kleine, aber schwärende Wunde zurückblieb.
Sebastian ärgerte sich, weil er sich vor Tilla als Weichling gezeigt hatte, und wollte sie provozieren. »Nachdem du bereits meinen Beutel gehalten hast, kannst du auch meinen Stock in die Hand nehmen.«
Tilla betrachtete das besagte Ding und verzog die Lippen. »Stock nennst du so etwas? Ich halte es eher für ein Stöckchen.« Damit drehte sie sich um und ging zum Bach, um sich die Hände zu waschen.
Sebastian fluchte hinter ihr her und wurde überdies noch von Starrheim ausgelacht. »Auf diese Weise bekommst du Tilla nicht dazu, sich unter dich zu legen!«
»Pah, was soll ich mit dem dürren Ding!«, gab Sebastian zurück.
Er zog aber rasch die Bruche hoch und drehte sich so, dass er Starrheim den Rücken zeigte. Sein Stöckchen, wie Tilla es genannt hatte, verwandelte sich bereits bei dem Gedanken daran, wie sie unter dem Kleid aussehen mochte, in einen veritablen Stock.
Von diesem Tag an betrachtete Sebastian Tilla mit anderen Augen. In den Nächten träumte er davon, jene Dinge mit ihr zu treiben, die er mit der hübschen Magd aus der Herberge gemacht hatte. Plötzlich ärgerte ihn Starrheims Anwesenheit, denn ohne ihn hätte er Tilla schon so weit gebracht, dass sie sich mit ihm einließ. Eine Jungfrau war sie ja nicht mehr, denn immerhin sollte ein recht ansehnlicher Blutfleck auf dem Laken den Vollzug ihrer Ehe mit Gürtler bewiesen haben. Anscheinend hatte ihr Mann sich beim Ehewerk etwas zu viel zugemu-

tet, dachte Sebastian spöttisch, und es mit dem Leben bezahlt. Ihm würde das nicht passieren.

An dem Tag, an dem sie glaubten, ewig durch Frankreichs Wälder und Felder irren zu müssen, trafen sie unerwartet auf ihre Gruppe. Während Tilla mehr als erleichtert auf die anderen zulief und sowohl Hedwig wie auch Ambros umarmte, blieb Sebastian stocksteif stehen. Ihm passte die Vertrautheit nicht, die Tilla im Umgang mit dem hochgewachsenen Goldschmied zeigte. Dann lenkte eine andere Person, die sich der Gruppe angeschlossen zu haben schien, seine Aufmerksamkeit auf sich.

Es war Bruder Carolus, der Karmeliter. Seine Tonsur war frisch, er wirkte sauberer als früher und seiner Kutte entströmte der strenge Geruch etlicher Kräuter, die gegen Ungeziefer halfen. Er kam mit einem halb freudigen, halb entsagungsvollen Ausdruck auf Sebastian zu, ergriff ihn bei den Schultern und kämpfte sichtlich mit Tränen. »Ich bin glücklich, dich gesund und munter wiederzusehen.«

Sebastian war alles andere als glücklich und warf Vater Thomas einen fragenden Blick zu. Dieser trat neben ihn und legte ihm die Hand auf die Schulter.

»Bruder Carolus zählt von nun an zu unserer Gruppe. Er hat geschworen, niemand zu belästigen.« Die Warnung war deutlich und brachte den Karmeliter dazu, Sebastian wieder freizugeben.

»Wir fanden ihn halb verhungert am Wegrand und konnten uns unserer Pflicht als Christenmenschen nicht entziehen. Außerdem war es ein Zeichen des Herrn und des heiligen Jakobus, denn mit Bruder Carolus ist die Zwölferzahl unserer Gruppe wieder gegeben.«

Sebastian sah dem Pilgerführer an, wie wenig es ihm gefiel, den Karmeliter mitnehmen zu müssen. Dann begriff er, was Vater

Thomas gesagt hatte, und er warf einen fragenden Blick über die Gruppe, um zu sehen, wer denn fehlte.
Vater Thomas seufzte. »Sepp ist fort. Er ist mit Felicia de Lacaune gegangen. Einer ihrer Leute konnte ein paar Brocken Deutsch und hat ihn dazu gebracht, sich ihnen als Söldner anzuschließen. Nun hat er sein Seelenheil hingegeben und sein Weib wird vergebens auf ihn warten.«
»Oder froh sein, dass er nicht mehr zurückkommt.« Sebastians hartes Urteil verwunderte die anderen. Er aber musste sich auf die Zunge beißen, um sich nicht noch schlechter über den verlorenen Weggefährten auszulassen, denn er hatte in Sepp einen Kameraden gefunden, mit dem er über alles reden konnte, und sah dessen Weggehen als Verrat an. Zudem war der Mann schuld, dass Bruder Carolus sich der Gruppe hatte aufdrängen können, und das würde ihm Sebastian nie verzeihen.
Tilla hatte unterdessen ihr Bündel von Ambros zurückerhalten und wühlte es kurz durch. Es enthielt noch genau das Gleiche wie zu dem Zeitpunkt, an dem sie es ihm übergeben hatte. Sie nahm die Zinndose mit dem Herzen ihres Vaters heraus, küsste sie und blickte mit leuchtenden Augen zu dem Goldschmied auf. »Hab Dank, Ambros. Ich wusste, auf dich kann ich mich verlassen.«
Mehr noch als diese Worte schmerzte Sebastian der Ausdruck, der dabei über Tillas Gesicht huschte. So hatte sie ihn noch nie angesehen. Ein bislang unbekanntes Gefühl packte ihn und er hätte Ambros am liebsten niedergeschlagen. Er bezwang sich jedoch und wandte sich Bruder Carolus zu. »Damit eines klar ist: Du kannst schlafen neben wem du willst, aber nicht neben mir!«
Der Karmeliter nickte bedrückt. »Ich habe Vater Thomas geschworen, den Frieden der Gruppe nicht zu brechen, und werde

mich daran halten. Du wirst jedoch nicht verhindern können, dass mein Herz dich liebt.«

Sebastian brummte ärgerlich, denn auf die Liebe des Mönchs konnte er leichten Herzens verzichten. Viel mehr wäre ihm an Tillas Liebe gelegen, doch wie es aussah, hatte sie für jeden anderen Mann Augen, nur nicht für ihn.

VIII.

Etwa zur selben Zeit presste Hunderte von Meilen entfernt der Bürgermeister Koloman Laux seine Rechte gegen die Brust, um den Schmerz zu betäuben, der darin wühlte. Er nahm den Ratssaal und die versammelten Ratsmitglieder nur noch wie durch einen roten Nebel wahr und vermochte den Ausführungen seines Freundes Matthias Schrimpp kaum mehr zu folgen. Doch war der Mann wirklich noch sein Freund? Das, was Schrimpp eben vorbrachte, war eine gnadenlose Abrechnung mit einer Politik, die die Stadt und ihre Bürger angeblich ins tiefste Elend gestürzt und die allein der Bürgermeister zu verantworten hätte.

»Meine Freunde«, fuhr Schrimpp mit einem höhnischen Seitenblick auf Laux fort, »wir alle leben vom Handel mit wertvollen Gütern. Dazu brauchen wir sichere Straßen und Nachbarn, mit denen wir in Frieden hausen. Doch wie steht es wirklich um uns, frage ich euch. Verärgerte Nachbarn behindern unseren Handel durch hohe Zölle und unsere Wagenzüge werden überfallen und ausgeraubt! Und warum? Weil unser Bürgermeister sowohl Herzog Stephan von Bayern wie auch das Haus Habsburg gegen sich aufgebracht hat, anstatt – wie es klüger gewesen wäre – sich mit einem von ihnen gegen den anderen zusammenzutun.«

Das konnte Laux nicht auf sich sitzen lassen. Mühsam stemmte er sich hoch und versuchte, seine trockenen und aufgesprungenen Lippen mit der Zunge zu befeuchten, um besser sprechen zu können.

»Mit diesen Herren kann man sich nicht zusammentun! Die fordern Unterwerfung! Weder Habsburg noch Wittelsbach würden uns die Rechte lassen, die wir brauchen, um als freie Reichsstadt weiter bestehen zu können. Wollt ihr etwa die Privilegien, die Kaiser Karl IV. uns erst vor zwei Jahrzehnten bestätigt hat, aufs Spiel setzen?«

»Was nützen uns diese Privilegien, wenn unser Handel zugrunde geht?«, rief einer der anderen Ratsherren dazwischen.

Früher hätte Laux ihn für diese Frechheit scharf zur Ordnung gerufen, doch jetzt fühlte er sich wie auf einer der schwankenden Zillen, welche die Donau befuhren, und sah weder festen Boden noch ein Ufer vor sich.

»Wir dürfen unsere Rechte nicht aufgeben«, wiederholte er kraftlos. An ihm nagte nicht nur der Schmerz, sondern auch die Frage, wie es so weit hatte kommen können. Nach Veit Gürtlers Tod war er sicher gewesen, dass die Opposition im Rat, die seine Stellung untergraben wollte, zersprengt war. Doch nun stellte sich heraus, dass sie stattdessen starken Zulauf bekommen hatte. Im Kampf gegen Gürtler war die Mehrheit der Räte noch auf seiner Seite gewesen, doch nun hatte sich der überwiegende Teil des Rates gegen ihn gewandt und nur einige seiner alten Freunde hielten noch zu ihm. Das mochte tatsächlich an den Handelsschikanen liegen, die Herzog Stephan von Bayern gegen die Stadt erlassen hatte, und auch an der Verschlechterung der Beziehungen zur nahen habsburgischen Herrschaft Burgau, für die Laux keine Erklärung fand.

Tremmlingen hatte sich stets aus dem Streit zwischen Habsburg und Wittelsbach herausgehalten und gleichen Abstand zu beiden gewahrt. Doch wie durch Hexerei fand er sich nun mit beiden zerstritten. Ich hätte auf Sebastian hören sollen, dachte Laux reuevoll. Sein Sohn hatte geahnt, dass es eine Verschwörung gab, und ihr nachgespürt. Er selbst aber hatte nicht sehen wollen, welche Gefahr sich über ihm und über Tremmlingen zusammenbraute. Wäre er nicht so verbohrt – oder so gutgläubig – gewesen, hätte er noch die Macht gehabt, die für die Stadt schädlichen Umtriebe im Keim zu ersticken. Stattdessen war er auf Gürtlers ehemalige Verbündete zugegangen, hatte ihnen die Hand zur Versöhnung gereicht und ihnen sogar weitere Macht zugestanden, um sie gänzlich auf seine Seite zu ziehen. Seine Gutmütigkeit hatten sie ihm jedoch mit Hinterlist und Verrat gedankt.

Sein Blick suchte Schrimpp, der nun weitere Klagen gegen ihn erhob. Ihm hatte er am meisten vertraut, und jetzt stand auch dieser Mann gegen ihn auf. Er konnte nur vermuten, dass Schrimpp selbst Bürgermeister werden wollte, sogar auf Kosten der Freiheit von Tremmlingen, und er bedauerte, dass sein Sohn Damian so wenig Interesse für Politik zeigte. Sein Ältester ging ganz in Handel und Geschäften auf und es war ihm sogar gelungen, einige handfeste Söldner als Schutztruppe anzuwerben, um die eigenen Verluste gering zu halten. Die anderen Ratsherren hatten jedoch stark bluten müssen, und das machte man ihm nun zum Vorwurf.

Schrimpp schnaufte wie ein zorniger Bulle und wies mit dem Finger auf Laux. »Ich kann euch sagen, was er vorhat. Er will nicht nur noch reicher werden, als er bereits ist, sondern uns andere alle klein machen und in den Ruin treiben, um die alleinige Macht in der Stadt ergreifen zu können. Oder habt ihr vergessen, was man sich über die Städte in Italien erzählt? Auch dort streben die mächtigsten Familien nach absoluter Macht, und wenn sie diese erreicht haben, erkaufen sie sich vom Kaiser Rang und Titel. Wollt ihr, dass Laux seinem Sohn Damian einmal unsere Stadt als Besitz und den Titel eines Grafen oder Markgrafen hinterlassen kann? Ich sage Nein!«

Laux ignorierte den Schmerz in seiner Brust, der ihm fast den Atem raubte, und drohte Schrimpp mit der Faust. »Narretei! Ich hatte stets nur den Wohlstand und die Freiheit unserer Stadt im Sinn, und habe es immer noch. Ihr seid es, die Tremmlingen verratet, weil ihr euch dem Bayernherzog beugen wollt.«

Zornige Zwischenrufe klangen auf, und während Schrimpp in ein höhnisches Gelächter ausbrach, versuchten ein paar seiner Freunde zu dem Stuhl zu gelangen, auf dem der Bürgermeister saß, doch einige besonnene Ratsmitglieder hielten die aufgebrachten Männer zurück. Für Laux war die Haltung der Leute ein Schock. Viele von ihnen hatte er jahrelang Freunde genannt und mit ihnen Geschäfte abgeschlossen, gefeiert und getrunken. Mit einem Mal aber behandelten sie ihn wie einen Feind, den es zu vernichten galt. Sein Blick suchte Otfried Willinger, der als jüngstes Mitglied des Hohen Rates auf einem der hintersten Plätze saß. Schon ein paarmal hatte er mit ihm gesprochen und gehofft, ihn auf seine Seite ziehen zu können, denn trotz seiner Jugend besaß Otfried als Regierer zweier Handelshäuser Einfluss auf die übrigen Räte und hätte ihm helfen können, den Frieden in der Stadt zu bewahren. Im Gespräch unter vier Augen hatte Otfried sich auch bereit erklärt, alles für ihn zu tun, was in seiner Macht stand.

Als Laux nun den höhnischen Ausdruck auf Willingers Gesicht bemerkte, begriff er, dass dieser ihn nach Strich und Faden belogen hatte. Dabei hatte er dem jungen Mann letztens noch angeboten, seine Schwester, wenn sie denn zurückkehren sollte, ohne Zögern als Schwiegertochter zu akzeptieren. Doch wahrscheinlich stimmte das, was die Leute in der Stadt sich hinter vorgehaltener Hand erzählten: Tilla war längst in der Donau ertrunken und ihr Leib wurde von den Fluten des Stromes weit nach Osten in jene fernen Länder getragen, die auch Laux nur vom Hörensagen kannte.

»Sebastian, warum hilfst du mir nicht?«, stöhnte Laux. Der Schmerz in seiner Brust hatte ihn für einen Augenblick vergessen lassen, dass er seinen jüngeren Sohn ausgeschickt hatte, Tilla zu finden und zu beschützen.

»Ich bin dafür, dass wir die heutige Ratssitzung beenden und uns auf morgen vertagen«, rief Schrimpp.

Eigentlich war es das Recht des Bürgermeisters, dies vorzuschlagen. Doch der Kaufherr sah sich bereits im Besitz der Amtskette, denn sein Verbündeter Otfried war noch zu jung, um von den anderen Ratsmitgliedern als Laux' Nachfolger akzeptiert zu werden.

Schrimpps Blick ruhte mitleidlos auf seinem früheren Freund. Lange würde Laux den Kampf um die Macht nicht mehr durchstehen können, denn er zeigte bereits Verfallserscheinungen, und von einer Magd, die Schrimpp bestochen hatte, wusste er, dass der Bürgermeister immer wieder den Arzt rufen ließ. In Schrimpps Augen glich Koloman Laux einem morschen Baum, der beim nächsten harten Stoß stürzen würde. Anders sah es jedoch mit dessen ältestem Sohn aus. Interessierte Damian sich wirklich so wenig für die Geschehnisse in der Stadt, wie er vorgab? Das konnte Schrimpp sich nicht vorstellen, denn der junge Laux war ein gerissener Handelsmann, der selbst in einer Zeit noch Gewinn machte, in der andere langsam, aber sicher den Hund am Grund ihrer Geldtruhen sehen konnten.

Da niemand auf seinen Vorschlag reagierte, schaute Schrimpp

zu Otfried hinüber und sah diesen zustimmend nicken. Das schien auch für die anderen Ratsmitglieder eine Aufforderung zu sein, denn sie erklärten, dass sie sich am nächsten Tag wieder versammeln wollten.

Otfried Willinger erhob sich als einer der Ersten und gab Schrimpp einen Wink. »Wir sollten heute noch mit unseren Freunden beraten, was zu tun ist, und morgen eine Entscheidung herbeiführen.«

Er fühlte sich bereits als Herr der Stadt, auch wenn er Schrimpp den Stuhl des Bürgermeisters würde überlassen müssen. Aber das störte ihn nicht, denn auf ihn wartete ein weitaus höherer Posten. Georg von Kadelburg hatte ihm bei ihrem letzten Zusammentreffen versprochen, dass Herzog Stephan ihm die Vogtei der Stadt übertragen würde, und als verlängerter Arm des Bayern würde er der mit Abstand mächtigste Mann in Tremmlingen sein.

Zufrieden mit dem bisher Erreichten verließ Otfried den dunkel getäfelten Ratssaal und trat durch das reich mit Bildwerken versehene Portal ins Freie. Ein Künstler hatte auf dem Tor des Rathauses die Stadtfreiheit allegorisch als junge Frau verewigt, die sich gegen eine Schar gewappneter Ritter behauptete. Otfried streifte das Relief mit einem verächtlichen Blick und zuckte mit den Schultern. Die Macht gehörte immer dem Stärkeren und das war nun einmal der Herzog von Bayern. In dessen Diensten würde er den Ritterschlag erhalten samt einem stolzen Titel, der es wert war, einmal an einen Sohn vererbt zu werden. In dem Moment bedauerte er es, so unbedacht die Ehe mit Radegund Böhdinger eingegangen zu sein, denn in ein paar Jahren hätte er sich sein Weib unter den edelsten Geschlechtern Bayerns aussuchen können.

Mit einem ärgerlichen Schnauben wandte er der Rathaustür

den Rücken zu. Ohne sich umzusehen wusste er, dass ihm der größte Teil der Ratsmitglieder folgte. Einige enge Freunde von Laux blieben zunächst noch im Saal und blickten ihren bisherigen Anführer an. Dieser achtete jedoch nicht auf sie, sondern starrte durch das bleiverglaste Fenster nach draußen, ohne wirklich etwas zu sehen.

»Vielleicht sollten wir doch mit Schrimpp sprechen«, schlug einer der Männer vor.

»Das ja, mehr noch aber mit Willinger. Er ist der reichste und mächtigste Kaufherr in der Stadt und soll, wie es heißt, gute Verbindungen ins Bayernland pflegen. Er wird uns sagen können, wie wir diesem Elend entrinnen können. Ich habe erst in der letzten Woche drei Wagen mit Waren aus Italien verloren. Ein Knecht ist mir erschlagen und vier weitere sind verletzt worden. Und mein ältester Sohn, der den Zug angeführt hat, liegt immer noch siech danieder und der Arzt zweifelt an seinem Aufkommen.« Der Sprecher wagte es nicht, Laux anzublicken, sondern eilte so rasch aus dem Saal, als fürchte er, der Bürgermeister könnte ihn zurückhalten. Zwei, drei andere zögerten ein wenig, dann folgten sie ihm so hastig, als sähen sie sich von Laux in einen Abgrund gezogen.

Die Stille, die sich über den Ratssaal gesenkt hatte, brachte den Bürgermeister wieder in die Gegenwart zurück, und er sah sich hilflos um. Es war ein unglaublicher Verstoß gegen die Sitte und ein Affront gegen ihn, dass die Ratsmitglieder gegangen waren, ohne zu warten, bis er die Sitzung ordnungsgemäß beendet hatte. Schwerfällig stand er auf und öffnete die Schnur, mit der er seinen Rock am Kragen geschlossen hatte. Ihm war heiß und seine Lungen schrien nach Luft.

Nach einigen tiefen Atemzügen fühlte er sich wieder etwas besser und verzog das Gesicht zu einer Grimasse. »Noch bin ich nicht besiegt! Lasst euch das gesagt sein. Schon morgen kann sich das Blatt wieder wenden!« Für einen Augenblick verliehen ihm die eigenen Worte Mut, denn er hatte sich auch früher schon mehrfach dem Untergang nahe gewähnt und doch die Oberhand behalten. Allerdings war er damals jünger gewesen und nicht von allen Freunden verlassen worden wie an diesem Tag.

IX.

Schrimpps Haus nahm nach dem des Bürgermeisters, dem Willinger- und dem Gürtler-Anwesen den vierten Rang in der Stadt ein. Auf einem wuchtigen Steinfundament erhob sich ein großes Fachwerkhaus mit zwei Stockwerken über dem Erdgeschoss, und an das Wohngebäude schloss sich ein großer Speicher für Getreide und andere Nahrungsmittel an, die Schrimpp auf den Märkten der Umgebung aufkaufen ließ, um sie hier in der Stadt für teures Geld an den Mann zu bringen. Es war ein gutes Geschäft, denn die Leute wollten essen, und es gab in dem zu Tremmlingen zählenden Umland nicht genug Ackerbürger, die die Einwohner versorgen konnten. Den Bauern der umliegenden Herrschaften war es von ihren Grund- und Landesherren bei Leibesstrafe untersagt worden, Feldfrüchte und Schlachtvieh auf den Tremmlinger Markt zu bringen.

Daneben handelte Schrimpp wie Laux und Willinger und einige andere Kaufherren der Stadt mit Luxusgütern, die er aus Italien, Burgund und anderen Gegenden bezog und für die die edlen Herren und Damen des Burgauer und bayerischen Umlands gutes Geld zahlten. Diesen war es im Gegensatz zu ihren Untertanen nicht verboten, in Tremmlingen einzukaufen.

Schrimpp konnte sich durchaus wohlhabend, ja sogar reich nennen, auch wenn sein Vermögen weder an Willingers noch an das von Laux heranreichte und er in der letzten Zeit ebenfalls einige Rückschläge durch Handelsschikanen und Überfälle hatte hinnehmen müssen. Aus diesem Grund erschien es ihm angemessen, dass die Mitglieder des Rates sich in seinem Haus versammelten, um über ihr weiteres Vorgehen zu beraten. Von diesem Treffen bis zu seiner Wahl zu Laux' Nachfolger war es dann nur noch ein kleiner Schritt.

Als er die gute Stube betrat, die er erst in diesem Jahr durch Meister Kaifel neu hatte täfeln lassen, nickte er zufrieden. Seine Knechte hatten zwei Tische so zusammengestellt, dass sie eine große Tafel bildeten. Kannen mit süffigem Wein standen auf der Anrichte und davor füllten zwei hübsche Mägde silberne Becher, die sie seinen Gästen reichten. »Lasst euch den Wein schmecken! Es wird auch gleich etwas zu essen geben«, rief er seinen Begleitern zu und nahm Platz.

Es war kein Zufall, dass der junge Willinger den Stuhl zu seiner Rechten in Beschlag nahm. Er war nun einmal der Reichste in dieser Runde und spielte, auch wenn er noch jung war, eine gewichtige Rolle in der Stadt. Männer, die vor wenigen Monaten noch die Nase gerümpft hätten, wenn Otfried der Versuchung erlegen wäre, ihnen von Gleich zu Gleich begegnen zu wollen, tranken ihm lächelnd zu und fragten ihn, was er denn vorschlagen würde, um die missliche Situation zu bereinigen.

»Darüber sollten wir gemeinsam beraten!« Schrimpp fühlte sich übergangen und begann einen längeren Monolog, bei dem er kein gutes Haar an seinem früheren Freund Laux ließ. Da es sich um eine fast wortgleiche Wiederholung dessen handelte, was er im Ratssaal von sich gegeben hatte, langweilten sich die anderen Herren sichtlich und seufzten auf. Sie trösteten sich

jedoch mit dem guten Wein und den Bratenscheiben, die nun ausgeteilt wurden.
Otfried Willinger ließ Schrimpp reden, denn der Handelsherr bereitete ihm das Feld, welches er besäen wollte. Er lehnte sich zurück und musste an sich halten, nicht zu amüsiert zu wirken, als die Rede auf die großen Verluste durch die frechen Räuber kam, die die Wagenzüge der Handelsherren sogar noch an der Grenze des Stadtfriedens überfielen. Weder Schrimpp noch einer der anderen ahnte, dass er hinter diesen Überfällen steckte. Georg von Kadelburg hatte eine Gruppe bayerischer Söldner für diese Raubzüge abgestellt und teilte das erbeutete Gut mit ihm, so dass er sein Vermögen mehren konnte, anstatt wie die übrigen Tremmlinger Handelsherren immer ärmer zu werden.
Nach einer Weile fand er es an der Zeit, selbst das Wort zu ergreifen. »Freunde, Reden allein bringt uns nicht weiter! Wir müssen handeln, und zwar rasch, wenn wir nicht untergehen wollen.«
»Aber was können wir tun?«, fragte einer der Männer, die bis zuletzt zu Laux gehalten hatten. »Wenn wir Söldner anwerben, die unsere Handelszüge bewachen, kommen vielleicht die Waren an, doch der Verdienst fließt nicht in unsere Taschen, sondern in die der Wächter.«
»Laux aber kann es sich leisten, Söldner zu bezahlen!«, warf ein anderer ärgerlich ein.
»Ich könnte es auch«, gab Otfried Willinger ungerührt zurück. »Nur verbieten es die Gesetze unserer Stadt, Bewaffnete für private Dienste anzuwerben. Nur der Bürgermeister hat das Recht dazu.«
»Warum beschützen seine Soldaten dann nur seine Waren und nicht auch die unseren?«, rief ein Dritter zornig.
Otfried nahm zufrieden wahr, wie die Stimmung der Männer

hochkochte. In diesen Augenblicken hätte er von ihnen verlangen können, Laux' Anwesen zu stürmen, und sie wären ihm ohne Widerspruch gefolgt. Eine direkte Konfrontation mit dem Bürgermeister war jedoch noch nicht nach seinem Sinn. Die Stadtbüttel unterstanden Laux, und der kaiserliche Vogt, der allerdings nicht in Tremmlingen selbst, sondern in Nördlingen saß, würde nicht zögern, zu dessen Gunsten einzugreifen, ganz abgesehen von den Söldnern, die Damian als Wächter für seine Warenzüge angeheuert hatte. Wenn er etwas erreichen wollte, musste er Laux vollkommen zu Fall bringen. Der erste Schritt dazu war getan, und nun musste der zweite in die Wege geleitet werden.

Er erhob sich und setzte zum entscheidenden Stich an. »Freunde, ihr habt eben Laux' Soldknechte erwähnt. Das ist ein übles Gesindel, welches sich in der Stadt aufführt, als würde sie ihnen gehören.«

»Ganz genau!«, pflichtete Schrimpp ihm bei, um nicht vergessen zu werden.

»Zudem seht ihr alle nur auf den Bürgermeister und fragt euch, was er will. Keiner von euch achtet auf Damian Laux, der nach außen hin harmlos tut, aber im Hintergrund still und heimlich seine Fäden zieht.« Otfried Willinger legte eine kurze Pause ein, um seine Worte wirken zu lassen, bevor er weitersprach.

»Ich fürchte Koloman Laux nur halb so sehr wie seinen Sohn. Damian hat sich nie um den Hohen Rat und seine Belange gekümmert, und wer sagt uns, dass er seine Söldner wirklich nur dazu benutzen will, seine Handelszüge zu bewachen? Kann er die Männer nicht auch angeworben haben, um nach der Macht in unserer Stadt zu greifen?«

»Der Bayernherzog würde ihm rasch in die Quere fahren«, warf einer der anderen Ratsmitglieder ein.

Otfried Willinger winkte lachend ab. »Nicht, wenn Damian Laux sich einen Verbündeten sucht, gegen den auch Herzog Stephan nichts ausrichten kann, Habsburg zum Beispiel. Herzog Stephan hat bereits Tirol an die Herren Leopold und Albrecht verloren und vermag es ihnen nicht mehr abzunehmen. Wenn Damian Laux sich nun an diese beiden anlehnt, kann er über den Bayern lachen. Der Herzog wird sich keinen weiteren Krieg mit Habsburg leisten können, denn der würde ihn noch mehr Land kosten.«

Dieses Argument verfing. Die Ratsmitglieder sahen einander schweigend an, bis Schrimpp das Wort ergriff. »Bestimmt steckt Damian Laux mit den Habsburgern unter einer Decke. Bedenkt doch, dass er einen großen Teil seiner Handelsgüter über deren Markgrafschaft Burgau bringen lässt. Uns machen der Vogt und die Amtmänner der Herren von Habsburg dort Schwierigkeiten, dem Handelshaus Laux jedoch nicht!«

»Genau! Das ist richtig! Wir müssen etwas unternehmen, bevor wir alle untergehen. Der größte Teil unseres eigenen Handels findet mit dem Bayernland statt. Stellt Damian Laux sich auf die Seite der Feinde von Herzog Stephan, wird dieser uns den Handel mit seinen Untertanen verbieten. Dann zerfällt unser Reichtum unter unseren Händen zu Asche!« Der Mann, der das rief, hatte noch am Vortag als geehrter Gast in Laux' Haus gespeist.

Auch einige andere Ratsmitglieder äußerten sich in diesem Sinne und forderten, den Bürgermeister umgehend abzusetzen und selbst das Kommando über die Stadtbüttel und die städtische Miliz zu übernehmen.

»Es wäre das Beste, was geschehen könnte!« Otfried Willinger schränkte seine eigenen Worte jedoch sofort wieder mit einer bedauernden Geste ein. »Nur wird es leider nicht möglich sein. Der Bürgermeister wird den Gesetzen unserer Stadt zufolge auf Lebenszeit gewählt, und derzeit ist das Amt für die Familie Laux reserviert. Nur ein einstimmiger Spruch des Hohen Rates könnte dies ändern. Dafür aber müsste Laux seinem eigenen Niedergang zustimmen, und das wird er gewiss nicht tun.«

Einige schlugen auf den Tisch. »Dann zwingen wir ihn dazu!«

»Notfalls muss er dran glauben!«, brüllte ein anderer.

Otfried Willinger hob die Arme und forderte Ruhe. »Wenn Laux stirbt, wird sein Sohn das Bürgermeisteramt für sich fordern und es mit Hilfe seiner Söldner auch erringen, denn wir können nichts als Knechte aufbieten, die nur mit einem Knüppel umgehen können. Gegen Schwerter und Speere stehen unsere Männer auf verlorenem Posten.«

»Wir brauchen selber Söldner!« Der Vorschlag kam von Schrimpp und die anderen nahmen ihn begeistert auf.

Tillas Bruder lächelte, denn damit spielten sie ihm in die Karten. »Es wäre der Erwägung wert. Aber Söldner sind teuer, und sie müssen unter einem strengen Kommando stehen, sonst bringen wir die Bürger der Stadt gegen uns auf.«

»Wärst du bereit, dich darum zu kümmern?« Obwohl es nicht abgesprochen war, warf Schrimpp seinem Verbündeten den nächsten Ball direkt in die Hände.

Otfried wiegte den Kopf. »Ich könnte es tun! Doch von dem Augenblick an ist mein eigenes Leben keinen blanken Heller mehr wert, denn Damian Laux wird mich als Gefahr für seine eigenen Pläne ansehen und versuchen, mich auszuschalten!«

Sein Argument verfing. Die Versammelten stießen Drohungen gegen den Sohn des Bürgermeisters aus und versicherten Otfried Willinger ihrer unverbrüchlichen Treue. Schrimpp stand sogar auf und umarmte den jungen Mann mit leuchtenden Augen, dann ergriff er einen vollen Becher und wandte sich an seine Gäste.

»Ich bin dafür, dass Otfried Willinger ein Dutzend der Söldner, die er uns zuführt, als Leibwache benutzen kann, denn sein Leben muss unserer Stadt erhalten bleiben.«

Otfried legte ihm freundlich lächelnd die Hand auf die Schulter. »Ich werde für bewaffnete Männer sorgen, doch sie sollen nicht mich allein, sondern jeden von uns vor Laux und dessen Sohn beschützen.«

Bei diesen Worten musste er sich zu tiefem Ernst und dem notwendigen Pathos zwingen, denn innerlich lachte er die Ratsherren aus, die sich von ihm wie Bullen am Nasenring führen ließen. Weit musste er nicht gehen, um Söldner zu bekommen, denn er würde ganz einfach die Kerle nehmen, die jetzt noch in seinem Auftrag die Tremmlinger Handelszüge überfielen. Sein Freund Kadelburg musste eben weitere Soldknechte aus Bayern herbeischaffen, mit deren Hilfe er im Lauf der nächsten Wochen die Macht in der Stadt übernehmen konnte. Solange das alles nicht offen im Namen des Bayernherzogs geschah, war kaum mit einem Einspruch Kaiser Karls IV. zu rechnen, und wenn er erst einmal die Zügel in der Hand hielt, konnte er eine angebliche Habsburger Gefahr an die Wand malen und ein offizielles Bündnis mit dem Bayern eingehen. Nicht lange danach würde er die Stadt Herzog Stephan übereignen und seine Belohnung einheimsen.

Mit einem Mal war es Otfried, als fiele eine schwere Last von seinen Schultern. War er erst einmal der unumschränkte Herr in Tremmlingen, musste er die Dokumente nicht mehr fürchten, die seine Schwester entwendet hatte. Für einen Augenblick fragte er sich, wo Tilla wohl sein mochte. Wahrscheinlich war sie längst in der Donau oder einem anderen Fluss ertrunken und diese Narren Anton Schrimpp und Rigobert Böhdinger irrten auf der vergeblichen Suche nach ihr herum, anstatt nach Hause zu kommen. Jetzt, wo die Lage sich in seinem Sinne zuspitzte, hätte er sie dringend gebraucht.

X.

Koloman Laux versuchte, seine Schwäche vor den Bürgern der Stadt zu verbergen, und gerade deswegen benötigte er für den Heimweg länger als je zuvor. Sein Herz raste und er fühlte das Alter an sich nagen wie eine Maus am Speck. Nun begriff er, wie seinem Freund Eckhardt Willinger in dessen letzten Monaten zumute gewesen sein musste. Wohl glaubte er, sich keine schweren Sünden vorwerfen zu müssen, aber dennoch sah er das Ende seines Pfades drohend auf sich zukommen. Wohin wird es mich führen, fragte er sich. Wohl kaum direkt ins Himmelreich. Ein paar Jahre oder Jahrzehnte Fegefeuer würden ihm gewiss sein, und er hoffte, dass es nicht noch tiefer ging, zu den Pforten der Hölle, an der Satans Knechte ihn empfangen und ewige Pein auf ihn warten würde.

»Ein so großer Sünder war ich gewiss nicht«, entfloh es seinen Lippen. Trotz dieser Selbsteinschätzung beschloss er, dem nächstgelegenen Kloster einige hundert Gulden zu spenden mit der Auflage, jedes Jahr an seinem Sterbetag drei Messen für ihn zu lesen.

Ganz in seine Gedanken eingesponnen bemerkte Laux nicht, wie verschieden die Leute, denen er begegnete, auf ihn reagierten. Jene, die ihm immer vertraut hatten und es auch jetzt noch taten, grüßten ihn freundlich und wunderten sich ein wenig über seine scheinbar abweisende Art. Die anderen aber, die nun der Gruppierung um Schrimpp nahe standen, gingen ihm aus dem Weg oder drehten zumindest den Kopf weg, um ihn nicht grüßen zu müssen

Froh, den Weg hinter sich gebracht zu haben, betrat Laux den Hof seines Anwesens und sah einen Augenblick lang den Knechten bei der Arbeit zu. Das Bild, das sich ihm bot, schien kein anderes zu sein als in früheren Tagen. Dennoch fehlte etwas. Die Mienen der Männer drückten nicht mehr die gewohnte Freude an der Arbeit aus und es flogen auch keine Scherze mehr hin und her. In der Stadt trafen seine Leute auf die Knechte anderer Handelsherren und bekamen nun Häme, Beschimpfungen und Spott zu hören. Dabei war es sogar schon zu Raufereien zwischen ihnen und den Knechten von Schrimpp gekommen. Junge Burschen, die als Freunde aufgewachsen waren, bleckten die Zähne, wenn sie einander begegneten, und tasteten nach den Griffen ihrer Messer. Noch hatte es keine schwerer Verletzten oder gar Tote gegeben, doch da die Männer treu zu ihren jeweiligen Brotherren standen, waren sie auch bereit, sich für diese bis aufs Blut zu schlagen.

Damian kam aus dem Haus, sah seinen Vater und zog die Stirn kraus. »Du bist schon zurück? Da müssen die Ratsherren aber von ungewöhnlicher Entschlusskraft gewesen sein.«

»Die Sitzung wurde auf morgen vertagt, und das nicht durch mich!« Laux Stimme hörte sich an wie brechendes Glas.

Sein Sohn kniff die Augen zusammen und fasste ihn am Ärmel seines Rocks. »Komm ins Haus! So etwas brauchen die Leute nicht zu hören. Die Kerle sind mir eh viel zu aufmüpfig. Statt zu arbeiten, wie es sich gehört, prügeln sie sich lieber herum. Ich frage mich, wohin das noch führen soll!«

»In einen Aufstand und gar einen Bürgerkrieg«, gab Laux mit leiser Stimme zurück. »Schrimpp hat sich offen gegen mich gestellt und versucht, mich herauszufordern, und der größte Teil des Rates redet ihm nach dem Maul. Noch aber besitze ich die Macht in der Stadt. Um sie behalten zu können, benötige ich jedoch deine Hilfe.«

»Meine Hilfe?« Damian sah seinen Vater erstaunt an. »Was kann ich denn tun? Soll ich vielleicht morgen bei der Ratsversammlung an deiner Stelle sprechen? Es käme mir nicht gelegen, denn ich will mich in der Frühe nach Augsburg aufmachen, um dort neue Söldner anzuwerben. Ein Dutzend mehr können wir durchaus brauchen, wenn wir den nächsten großen Handelszug nach Italien schicken. Zwar will ich bayerisches Land meiden, aber Räuber kümmern sich nun einmal nicht um Grenzen und Marken. Erst letztens wurde einer von Schrimpps Wagenzügen im Burgauischen überfallen. Das soll uns nicht passieren.«

Laux hob warnend die Hände. »Es geht nicht nur um den Handel und darum, wie man den Räubereien ein Ende setzt, sondern um weitaus mehr!«

Damian antwortete nicht, sondern drehte sich im Flur um und suchte das Kontor auf. Dort setzte er sich aus reiner Gewohnheit auf den Stuhl des Kaufherrn, ohne zu bemerken, dass sein Vater mit einem einfachen Schemel vorlieb nehmen musste, obwohl ihm das Handelshaus gehörte.

Laux verzog kurz das Gesicht, beschloss dann aber, sich nicht am Benehmen seines Ältesten zu stören. Stattdessen sprach er beschwörend auf ihn ein. »Damian, du musst mir helfen, Schrimpp und seine Anhänger in Schach zu halten. Alleine schaffe ich es nicht mehr. Das Alter macht sich bemerkbar. Es sticht mir in der Brust und ich vermag kaum mehr zu atmen. Jetzt muss ein Jüngerer als ich diesen Kampf führen.«

Damians Miene nahm einen abweisenden Ausdruck an. »Ich bedaure, Vater, doch ich werde dich in nächster Zeit nicht politisch unterstützen können. Wie ich dir schon sagte, werde ich zuerst nach Augsburg und dann nach Italien reisen, um Geschäfte zu tätigen. Söldner kosten viel Geld, und das muss erst einmal verdient werden. Du hättest Sebastian nicht hinter dieser Verrückten herschicken sollen, die längst ihr nasses Grab in der Donau gefunden hat. Jetzt treibt sich der Bengel so lange in der Welt herum, bis er den letzten Heller des Geldes vergeudet hat, mit dem er von dir so großzügig bedacht worden ist, oder geht gar in der Ferne zugrunde!«

Laux starrte seinen Ältesten ungläubig an und fragte sich, was er bei dessen Erziehung falsch gemacht hatte. Wie konnte sein Sohn nur so verächtlich von der jungen Frau sprechen, die er beinahe geheiratet hätte, und auch von dem eigenen Bruder? Damian tat direkt so, als wären sie Fremde für ihn oder Waren, denen er keinen zählbaren Wert mehr zumaß.

Auch jetzt wandte Damian sein Augenmerk mehr einigen Abrechnungen zu als dem Gespräch mit seinem Vater, aber auf Laux' Räuspern hin bequemte er sich doch, ihn noch einmal anzublicken. »Vielleicht solltest du versuchen, dich mit dem Bayernherzog zu einigen, und wenn nicht mit ihm, so mit Herrn Leopold von Habsburg. Wie es aussieht, benötigst du eine mächtige Hand, die dich zu schützen weiß.«

»Soll ich etwa die Reichsfreiheit unserer Heimatstadt aufgeben, die Kaiser Heinrich IV. uns in seiner Gnade gewährt und Karl IV. bestätigt hat, nur um die bayerischen oder österreichischen Farben über unserem Rathaus wehen zu sehen? Kannst du denn nicht über deine Geldtruhe hinausblicken?« Laux konnte es nicht fassen, solche Worte aus dem Mund seines Sohnes zu vernehmen.

Damian aber hielt nichts von unnützem Patriotismus, sondern erklärte seinem Vater, welchen Gewinn ihr Handelshaus in den letzten Jahren aus dem Handel mit Bayern und den Habsburger Landen gezogen hatte und wie wenig ihnen die Geschäfte mit den böhmischen und Luxemburger Stammlanden des Kaisers eintrugen. Für ihn war Politik eine Frage des Geschäfts und nicht der Ehre. Die Reichsfreiheit Tremmlingens, auf die sein Vater so stolz war, galt ihm weitaus weniger als die Silbertaler, die er sich von seinen künftigen Handelsfahrten erhoffte.

Laux erkannte, dass es sinnlos war, mit Damians Hilfe zu rechnen, und kämpfte mit den Tränen. Sein jüngerer Sohn hätte ihn in dieser Situation gewiss nicht im Stich gelassen. Nun schämte er sich, Sebastians Hinweise auf eine große Verschwörung als Geschwätz abgetan und ihn dafür sogar verspottet zu haben. Der Junge hatte die Situation mit weitaus klareren Augen gesehen als er, und nun wünschte der Bürgermeister sich, die Zeit zurückdrehen zu können, um den Kampf gegen den Heuchler Schrimpp und dessen Freunde ganz anders zu führen. Doch weder Gebete noch Flüche konnten etwas an der Situation ändern. Ihm würde nichts anderes übrig bleiben, als seine Kräfte zu sammeln, um sich morgen erneut seinen Feinden im Rat zu stellen. Noch hoffte er, die Oberhand behalten zu können, denn er verfügte über Machtmittel, die denen der anderen überlegen waren.

Trotz seiner mühsam errungenen Zuversicht sehnte er sich nach Sebastian, der Verständnis für seine Probleme gezeigt hätte, und er fragte sich bedrückt, an welchem von Gott verlassenen oder vielleicht auch gesegneten Ort der Junge sich aufhalten mochte. Lebte er überhaupt noch? Und hatte er Tilla inzwischen gefunden? Laux konnte sich nicht vorstellen, dass die junge Frau in der Donau ertrunken sein sollte, wie Otfried Willinger es den Leuten in der Stadt weiszumachen versuchte. Gewiss hatte sie die Wallfahrt nach Santiago angetreten, aber nur Gott und der Apostel konnten wissen, ob sie das Grab des Heiligen auch erreichen würde. Da es niemand gab, der ihm auf seine Fragen antworten konnte, blieb ihm nichts anderes übrig, als für Tilla und Sebastian zu beten.

Fünfter Teil

Die Furien des Krieges

I.

Die nächsten Tage glichen mehr einer Flucht als einer Wallfahrt, denn Vater Thomas trieb seine Schäfchen an, um Hugues de Saltilieus Besitzungen und Burgen hinter sich zu lassen. Er mied sogar einige bekannte Kirchen und heilige Orte, die er seinen Erzählungen zufolge auf allen seinen früheren Pilgerreisen aufgesucht hatte. Auch zog er nicht, wie er es geplant hatte, die Rhône abwärts, um dem Pilgerweg zu folgen, den man Via Tolosana nannte und der über Saint-Gilles, das zwischen Arles und Montpellier lag, Saint-Guilhem-le-Désert und Toulouse führte, sondern wählte die weitaus anstrengendere Via Podiensis über Le Puy, Conques und Moissac, die er bisher noch nicht benutzt hatte. An deren Ende wollte er dem Tal des Lot folgen, um über die Gascogne Spanien zu erreichen.

Auch für Tilla ergaben sich Änderungen. Da Felicia de Lacaune ihre Kleidung mitgenommen hatte, besaß sie nur noch deren Gewand. Daher musste sie sich, um nicht aufzufallen, in die Pelerine hüllen, die Ambros ihr lieh. In der Hitze aber hatte sie das Gefühl, unter dem dicken Stoff zu ersticken. Da auch Sebastian und Starrheim nur jene Sachen trugen, die sie auf der Flucht gestohlen hatten, kauften ihre Gefährten unterwegs von Krämern, die mit gebrauchten Kleidungsstücken hausieren gingen, passende Kleidungsstücke und verwandelten die beiden Männer wieder in Peregrine.

Da Tilla auch Vater Thomas die genaueren Umstände ihrer Flucht verschwiegen hatte, glaubte dieser, Saltilieu und dessen Anhang hätten sie für einen jungen Mann gehalten, und beschloss, das zu tun, was er seiner Ansicht nach bereits in den ersten Tagen ihrer Pilgerschaft hätte machen sollen, und befahl Tilla, sich auf dem weiteren Weg ihrem Geschlecht gemäß zu kleiden.

Daher führten Hedwig und Renata, die ebenfalls mit den Hausierern gehandelt hatten, die junge Frau beiseite und zogen sie hinter ein paar Büschen bis auf die Haut aus. Während Tilla sich im kalten Wasser eines kleinen Baches wusch und anschließend die von ihren Gefährtinnen erworbene Kleidung überstreifte, sammelte Hedwig ihre alten Sachen und brachte sie zum Lagerfeuer, damit Vater Thomas Felicia de Lacaunes einst prächtiges, inzwischen aber zerrissenes und verschmutztes Kleid den Flammen übergeben konnte.

Als Tilla kurz darauf zu der Gruppe trat, buk Anna gerade mit Sebastians Hilfe Brot, das sie aus Mehl, Schmalz und Wasser geknetet und um Stöcke gewickelt hatte. Die übrigen Pilger waren ebenfalls nicht müßig, sie besserten ihre Ausrüstung aus oder rieben das trockene Leder ihrer Schuhe mit einer Fettschwarte ein, um es geschmeidiger zu machen.

Bei Tillas Anblick erstarben jedoch alle Tätigkeiten. Sebastian ließ die vier Stöcke, die er in der Hand hielt, sinken, so dass das Brot mit den Spitzen in die Flammen geriet; Ambros schluckte und wollte etwas sagen, brachte aber nur ein Krächzen heraus, während Graf Rudolf sich mit der Hand über die Stirn fuhr und sogar Peter die Augen aus dem Kopf quollen.

»Das kann doch nicht dieselbe Person sein wie unser Otto!«, rief Dieter aus. Auch die anderen wollten ihren Augen nicht trauen. Für sie war Otto ein schlankes, hübsches Bürschchen gewesen, aber gewiss keiner, der weibisch gewirkt hätte. Jetzt stand eine hochgewachsene junge Frau vor ihnen, die ihre hellblonden Haare zu einem Zopf gebunden und um den Kopf geschlungen hatte. Sie hatte ein schmales, mehr hübsches als schönes Gesicht mit graublauen Augen, die so gar nicht den forschenden Blick zeigten, den die Kameraden von Otto gewöhnt gewesen waren. Statt der Beinkleider und des braunen Pilgerrocks trug sie nun ein blaues Kleid, dessen Rock weit ausgestellt war und das in dem leichten Wind wie eine Fahne um ihre Waden flatterte, eine krapprote Schürze und ein gleichfarbenes Schultertuch, mit dem sie auch den Kopf bedecken konnte. Dazu bekam sie eine Pelerine, die allerdings so aussah, als hätte sie den Weg von Ulm nach Santiago schon zweimal zurückgelegt. Das Einzige, was sie von ihrer Kleidung behalten und auch vor Felicia de Lacaune gerettet hatte, waren ihre derben Schuhe.

»Sag etwas!«, forderte Starrheim Tilla auf.

»Ich weiß nicht, was ich sagen soll«, antwortete sie leicht errötend.

Graf Rudolf schlug sich mit der flachen Hand gegen die Stirn. »Das gibt es nicht! Selbst die Stimme klingt anders. Hätte ich es nicht mit eigenen Augen gesehen und meinen Ohren gehört, ich würde es nicht glauben, dass ein Mädchen sich so lange als Mann ausgeben und unter Männern aufhalten kann, ohne sofort erkannt zu werden.«

»Was zeigt, wie viel das Geschwätz wert ist, Männer seien das klügere Geschlecht. Ich habe Tilla sofort als Frau erkannt und Renata und Anna haben auch nicht lange gebraucht, um hinter ihr Geheimnis zu kommen. Mir wollte jedoch nicht einmal Vater Thomas glauben.« Hedwig grinste zufrieden, denn dieser Augenblick entschädigte sie für vieles.

Sie kniff Tilla in die Wange und zwinkerte ihr zu. »Jetzt knickse so, wie es sich gehört, wenn man geistlichen Herren und Männern von Stand gegenübersteht.«

Tilla gehorchte unwillkürlich und sah, wie Graf Rudolf sich seinerseits formvollendet vor ihr verbeugte. »Meine liebe Tilla, ich begrüße dich nicht nur als Reisegefährtin, sondern auch als jenes mutige Mädchen, das mich aus dem Kerker de Saltilieus befreit hat. Der Schurke wäre glatt imstande gewesen, mich dort längere Zeit festzuhalten. Auch dafür schulde ich dir meinen Dank.«

»Dummes Gesülze!«, murmelte Sebastian.

Im gleichen Augenblick erhielt er von Anna einen leichten Schlag. »Pass doch auf das Brot auf, du Tölpel! Jetzt ist es ganz verbrannt und Asche hängt auch noch dran!«

Sebastian riss die Stöcke aus dem Feuer, doch da war nicht mehr viel zu retten. Unter dem schadenfrohen Gelächter der anderen kratzte er die schwarze Kruste ab und fluchte dabei, so dass Vater Thomas tadelnd den Kopf schüttelte.

»Klage nicht die Heiligen an, sondern dich selbst. Nicht sie haben dich unaufmerksam werden lassen. Du allein warst mit deinen Gedanken nicht bei der Sache!«

Vater Thomas' Predigt ging jedoch an Sebastian vorbei, denn er brummte: »Ist doch wahr!«

Anna blickte seufzend zu ihrem Pilgerführer auf. »Wir haben nicht viel Mehl gehabt, und jetzt wird das Brot nicht für alle reichen.«

»Dann soll Sebastian fasten. Schließlich hat er es versaubeutelt.« Dieter ergriff einen von Annas Stöcken, an dem dünne Streifen goldgelb gebackenen Brotes hingen, und begann hungrig zu essen. Das Brot war jedoch noch heiß, und als es seine Lippen berührte, stieß er einen Schmerzensschrei aus.

»Das hast du nun von deiner Gier!«, spottete Sebastian.

Dieter verbiss sich eine Antwort, die Vater Thomas gewiss nicht gefallen hätte, und aß um einiges vorsichtiger weiter.

»Üppig ist das Mahl nicht gerade zu nennen. Neben dem Brot besitzen wir nur noch ein Stück Ziegenkäse und die Wurst, die Peter vorgestern gekauft hat.«

Während Ambros die wenigen Lebensmittel aufzählte, die sie noch besaßen, wurde Peters spitzes Gesicht trüb. Er hatte geglaubt, die Wurst unbeobachtet erstanden zu haben, um sie als geheimen Reisevorrat mitzunehmen, doch der Goldschmied schien sogar im Hinterkopf Augen zu haben. Er wagte jedoch nicht, den Kauf der Wurst abzustreiten oder sie gar den anderen vorzuenthalten, sondern holte sie aus seinem Bündel und reichte sie Ambros, damit dieser sie aufteilen konnte. Es war nicht mehr als ein Bissen für jeden, der ein wenig Geschmack im Mund gab. Auch vom Käse gab es nur noch ein paar Krümel, die man in die Hand schütten und auflecken musste. Da das Wenige kaum den Hunger einer Person hätte stillen können, hofften alle auf das nächste Pilgerhospiz und die dicke Suppe, welche die Mönche dort austeilen würden.

Tilla war froh, als sich die allgemeine Aufmerksamkeit von ihr auf Sebastian und dessen Missgeschick verlagert hatte, fand sich aber im Verlauf des Abendessens im Zentrum der Blicke wieder. Ihre Reisegefährten richteten viele Fragen an sie, und bei den meisten wusste sie nicht, was sie darauf antworten sollte. Als Otto hätte sie einen munteren Spruch von sich gegeben und gelacht. Jetzt aber schien mit dem Wechsel der Kleider auch eine gewisse weibliche Scheu zurückgekehrt zu sein.

Zu viel wollte sie nicht von sich preisgeben und erzählte daher nur, dass sie ihrem toten Vater geschworen habe, nach Santiago zu ziehen und dort für ihn zu beten.

Der einzige Mann, den Tillas Veränderung nicht wirklich berührte, war Bruder Carolus, der Karmelitermönch. Dafür schossen ihm tausend andere Gedanken durch den Kopf. Er beobachtete Sebastian und nahm dessen verkniffene Miene und die flammenden Blicke wahr, mit denen dieser die junge Frau bedachte, und begriff mehr, als Sebastian selbst ahnte.

Da die anderen Wallfahrer dem jungen Mann nichts zu essen gaben, rückte Bruder Carolus an dessen Seite und bot ihm die

Hälfte seines Anteils an. »Hier, nimm! Ich bin Fasten gewöhnt und du brauchst morgen alle Kraft, um das Kreuz zu tragen.«
Sebastians Magen knurrte sofort hörbar und er fühlte, wie ihm das Wasser im Mund zusammenlief. Von dem Karmeliter, der ihn zu üblen Dingen hatte verführen wollen, wollte er jedoch nichts annehmen. »Ich kann das Kreuz auch hungrig tragen!«
Bruder Carolus ließ sich jedoch nicht abschütteln, sondern hielt Sebastian das Essen hin. Dem Duft nach frischem Brot und einer würzigen Wurst vermochte dieser nicht zu widerstehen, und ehe er sich versah, hatte er den ersten Bissen in den Mund gesteckt und kaute langsam und genussvoll darauf herum.
Der Mönch lächelte und blickte dann zum Himmel auf, der bereits die ersten Sterne zeigte. »Siehst du diesen hellen Streifen dort oben, Sebastian?«
»Ja! Warum?«, antwortete dieser mit vollem Mund.
»Es ist die Milchstraße. Wir folgen ihr, bis sie uns nach Santiago führt. Dort werden wir für unsere Sünden beten, und hoffentlich auch die Vergebung erhalten, nach der wir uns sehnen.«
Da Bruder Carolus verzagt klang, blickte Sebastian ihn überrascht an. Bis jetzt hatte er den anderen für einen Lumpen gehalten, der sich an junge Männer heranmachte. Nun aber wirkte das Gesicht des Mönches fast entrückt und das lateinische Gebet, das über seine Lippen kam, hörte sich sehr inbrünstig an.
Verwundert, weil er plötzlich gute Seiten an dem Mönch entdeckte, schüttelte Sebastian den Kopf. »Warst du schon einmal in Santiago, Bruder Carolus?«
»Bisher leider noch nicht.« Der Mönch seufzte und sah Sebastian mit einem Blick an, der Trauer und Scham ausdrückte. »Vor Jahren hatte ich mich einer Gruppe angeschlossen, die zum Grab des heiligen Apostels pilgern wollte, doch unterwegs trafen wir einen meiner Mitbrüder, der meinen Begleitern ge-

wisse Dinge über mich berichtete. Daraufhin haben sie mich mit Stockhieben und Steinwürfen davongejagt.«
Sebastian sah den Karmeliter fragend an. »Aber du hattest damals doch gar nichts getan, oder?«
»Es war eine Sünde aus meiner Jugendzeit, die auf mich zurückfiel. Damals bin ich mit einem nur wenig älteren Mitbruder durch die Lande gezogen, um Gott und die Heilige Jungfrau durch ein frommes, armes Leben in Askese zu ehren. Eines Nachts, als es kalt geworden war und wir uns eng aneinander drückten, um uns gegenseitig zu wärmen, geschah das, was nie hätte geschehen dürfen. Glaube mir bitte, dass nicht ich es war, der das sündige Tun begonnen hat, sondern mein Mitbruder. Am nächsten Morgen trennte ich mich von ihm voller Entsetzen über das, was wir getrieben hatten. Halt, nein – ich will nicht lügen. Ich floh vor ihm, weil ich Angst davor hatte, es wieder zu tun. Ich war wie Wasser in seinen Händen gewesen, und wäre ich bei ihm geblieben, hätten wir wieder und wieder gesündigt.«
Ganz passte diese Beichte nicht zu dem Bild, das Sebastian sich von Bruder Carolus gemacht hatte. »Wie bist du dann in diesen Ruf gekommen, der dir schier das Kainsmal auf die Stirn zeichnet?«
»Mein Mitbruder war zornig, weil ich ihn verlassen hatte, und hat im nächsten Kloster unsere Sünde gebeichtet. Dies tat er überall, wo er auch hinkam, bis der Ruf mich einholte und mich zu dem Sünder machte, der ich nie hatte sein wollen. Ich habe mich kasteit, meinen Leib der Kälte, dem Hunger und dem Ungeziefer ausgeliefert, um den Trieb niederzukämpfen, der in jener einen Nacht in mir geweckt worden war. Lange Zeit schien mir dies zu gelingen, doch als ich dich sah und glaubte, du wärst wie ich, da …« Er brach ab und schüttelte mutlos den Kopf.

»Dabei war es ganz anders, nicht wahr? Du hast keinen jungen Mann gesucht, sondern sie!« Bruder Carolus wies dabei auf Tilla, die wie ein Küken neben der sich aufplusternden Hedwig saß und an den Resten ihres Nachtmahls kaute.

II.

Am nächsten Tag erreichten sie kurz nach dem Mittagsläuten die Rhône. Die Nebenläufe des in seinem Tal mäandrierenden Flusses konnten sie auf einfachen Stegen überqueren oder an Stellen durchwaten, an denen im Wasser versenkte Felsbrocken künstliche Furten bildeten. Doch der mächtige Hauptstrom musste zu Schiff bezwungen werden.

Vater Thomas hielt auf die Anlegestelle zu, an der eben eine Fähre beladen wurde. Kaufleute mit ihren Fuhrwerken hatten Vorrang vor allen anderen Passagieren, denn sie zahlten am besten. Gerade wurden drei Gespanne auf den großen Prahm geschafft, und da die Ochsen zu unruhig waren, hatte man sie ausgespannt und die Pilger und die Reisenden zu Fuß aufgefordert, zuzugreifen. Sie taten es gerne, erhofften sie sich dadurch doch eine kostenlose Überfahrt.

Auch Ambros, Dieter und Manfred halfen mit, ohne dass es ihnen befohlen wurde. Tilla hingegen musterte die Zahl der Pilger, zählte dann die Männer und Tiere der Reitergruppe, die etwas abseits wartete, und betrachtete zuletzt die Fähre, die unter der Last der Zugochsen so tief lag, dass die Bordwand nur noch eine Handspanne über das Wasser ragte. Das bereitete ihr Sorge, denn sie hatte erlebt, wie überladene Fähren auf der Donau untergegangen und die Menschen darauf elendiglich ertrunken waren. Die meisten hier schienen diese Befürchtung

jedoch nicht zu teilen, sondern versuchten alle gleichzeitig auf die Fähre zu gelangen.
Der Ferge wies seine Knechte an, die Fußgänger mit ihren Stangen zurückzutreiben, und verneigte sich in Richtung der Reiter. »Wenn die hohen Herrschaften so gnädig wären, meinen Nachen zu betreten.«
Der Anführer der Gruppe, ein Ritter in einem mit dunklem Leder überzogenen Harnisch und einem konischen, federgeschmückten Helm auf dem Kopf, setzte seinen schweren Braunen in Bewegung und lenkte ihn durch die dicht gedrängten Pilger. Dabei teilte er die Menge für seine Begleiter, zu denen auch ein junges Mädchen gehörte, das höchstens vierzehn Jahre zählen mochte. Sie trug ein am Hals hochgeschlossenes, grünes Kleid, dessen Rock die Füße der Reiterin und den Rumpf des Pferdes bedeckte. Ein Häubchen mit einem Schleier beschattete ihr Gesicht und ließ nur kalt blitzende, blaue Augen erkennen.
Sie schien die Pilger in ihren einfachen und teilweise sogar abgerissenen Gewändern nicht einmal zu bemerken, denn sie ritt zwischen ihnen hindurch, als bestünden sie aus Luft. Vier Reisige in Lederrüstungen und einer grünen Schärpe um die Hüften vervollständigten den Zug.
Rudolf von Starrheim maß den Platz auf der Fähre und erkannte, dass nur wenige der Pilger würden mitfahren können. Mit einer energischen Bewegung wandte er sich an den Fergen. »Halt, Freund, als Erstes solltest du jene mitnehmen, die dir geholfen haben, die Wagen auf dein Boot zu schieben.«
»Hier quakt wohl ein Frosch«, spottete die junge Dame, die gerade an ihm vorüberritt. Für den jungen Edelmann war dies zu viel. Seine Hand schnellte vor, packte den Zaum ihrer weißen Stute und zwang diese stehen zu bleiben.

»Dafür wirst du mir Abbitte leisten, mein Kind!« Er sah sie zornig an und wollte, als er ihr Unverständnis in den Augen las, bereits seinen Namen nennen, damit sie wusste, mit wem sie es zu tun hatte.

Einer der Reisigen zog das Schwert und holte aus, um den Burschen niederzuschlagen, der es gewagt hatte, seine Herrin aufzuhalten. Tilla bemerkte es im letzten Augenblick, riss ihren Wanderstock hoch und hieb mit aller Kraft zu. Sie traf das Handgelenk des Mannes, hörte seinen Schrei und sah die Waffe nutzlos zu Boden fallen.

Jetzt begriff auch Starrheim, in welcher Gefahr er geschwebt hatte. Mit einer geschmeidigen Bewegung brachte er das Schwert des Kriegers an sich und reckte die Spitze den anderen Bewaffneten entgegen.

»Versucht es nur, aber beschwert euch hinterher nicht, wenn die Fluten der Rhône eure toten Leiber dem Meer zutragen!«

Ambros, Dieter und etliche andere Pilger, die sich über die Reitergruppe geärgert hatten, reihten sich neben Starrheim ein. Auch wenn sie nur ihre Stöcke und Messer hatten, so waren sie den Reitern an Zahl überlegen. Deren Anführer kaute wütend Luft, wagte aber nicht, gegen die zornigen Pilger vorzugehen. Der Mann, dem Tilla das Schwert aus der Hand geprellt hatte, heulte vor Schmerz und fluchte, dass einem Priester die Ohren abfallen konnten.

»Dieses Miststück hat mir das Handgelenk gebrochen!« Für Augenblicke sah es aus, als wolle er trotz der gemurmelten Drohungen der umstehenden Pilger auf Tilla losgehen.

Starrheim trat jedoch dazwischen und stieß den Mann mit einer verächtlichen Bewegung zurück. »Diese Verletzung hast du dir selbst zuzuschreiben. Was musstest du auch versuchen, mich hinterrücks anzugreifen? Dir aber, Tilla, meinen Dank. Das werde ich dir niemals vergessen.« Dann streifte er die junge Reiterin mit einem spöttischen Blick und wandte sich ihrem Begleiter zu.

Diesem hatte Starrheims Redeweise inzwischen verraten, dass kein einfacher Pilger vor ihm stand, sondern ein Mann von Rang, der aus welchen Gründen auch immer Stock und Pelerine der Santiago-Pilger ergriffen hatte. Er schwankte kurz, ob er mit ihm reden sollte, sah dann aber auf die wütenden Pilger und beschloss, dass Vorsicht besser war als übertriebener Mut.

»Auf die Fähre, Leute! Du auch, Blanche!«

Das junge Mädchen hatte inzwischen die Gefahr begriffen, die von den aufgebrachten Pilgern ausging, und gehorchte sofort. Zwei der Reisigen konnten ihre Pferde noch auf die Fähre führen, denn der Ferge löste bereits die Leinen und stieß das Boot ab. Zornige Rufe folgten ihm, und einige Männer warfen Steine, die sie am Ufer auflasen, hinter der Fähre her.

Mit einem Mal wandte sich einer der Pilger, der seinen Flüchen nach wohl ein Mann aus Burgund oder Savoyen sein musste, mit einem boshaften Grinsen den beiden letzten Bewaffneten zu, die es nicht mehr auf die Fähre geschafft hatten. »Wenn wir schon was werfen wollen, dann nehmen wir am besten doch diese Kerle dazu.«

Einer der beiden war der Mann mit dem gebrochenen Handgelenk. Ihn riss die Meute ohne viel Federlesens aus dem Sattel, schleifte ihn zum Wasser und stieß ihn trotz seiner verzweifelten Rufe in den Fluss.

»Ich kann nicht schwimmen!«, hörte Tilla ihn noch kreischen, dann versank er in den Fluten.

Der zweite Reisige nutzte den kurzen Augenblick, in dem alle Aufmerksamkeit seinem Kameraden galt, gab seinem Pferd die Sporen und teilte die ihn umgebenden Pilger wie ein Windstoß das Korn. Bevor auch nur einer etwas tun konnte, hatte er das Ufer erreicht und trieb sein Ross ins Wasser. Ihm war mehr Glück beschieden als seinem Kameraden, denn er rutschte aus dem Sattel, um sich vor den Wurfgeschossen in Sicherheit zu bringen, und klammerte sich an den Schweifriemen seines Pferdes, das ihn zum jenseitigen Ufer zog.

Erschrocken über den Gewaltausbruch, den sie eben erlebt hatte, wandte Tilla sich an Vater Thomas. »Geht es an dieser Stelle immer so zu?«

Ihr Pilgerführer schüttelte den Kopf. »Im Allgemeinen nicht. Doch diesmal sind einfach zu viele Leute zusammengekommen, die übergesetzt werden wollen, und dem Fergen lag in erster Linie daran, jene hinüberzubringen, die ihn bezahlen können. Die meisten Pilger geben ihm nur Gottes Lohn.«

»Hoffentlich kommt er zurück und holt uns über.« Tillas Blick glitt über den Strom und blieb auf der Fähre haften, die nun ein Stück weiter unten das andere Ufer ansteuerte. Dort stand ein Pferd bereit, auf dem ein halbwüchsiger Junge saß, um den Prahm wieder ein Stück stromaufwärts zu treideln. Nachdem die Reiter die Fähre verlassen hatten, schlang der Ferge ein Seil, das ihm der Bursche zuwarf, um einen Balken und rief etwas. Der Gaul setzte sich in Bewegung und schleppte die Fähre samt den noch aufgeladenen Karren in Richtung der Fährhütte, von der auch die Straße weiterging, welche die Fuhrwerke benutzen mussten.

Das Ganze dauerte eine Weile und danach lag die Fähre an einem Pfosten vertäut am Ufer, während der Fährmann und seine Knechte ausstiegen und in die Hütte gingen.

»Die kommen heute nicht wieder!«, mutmaßte Ambros.

»Was sollen wir nur machen?« Tilla blickte Vater Thomas fragend an.

Der Pilgerführer konnte nur mit den Schultern zucken. »Warten! Holt er uns heute nicht über, so tut er's vielleicht morgen.«
»Das wird dann aber ein arg hungriger Tag, denn wir haben kein Fitzelchen mehr zu essen.« Sebastian, der bereits länger als die anderen hatte fasten müssen, bleckte die Zähne zu einer wütenden Grimasse.

III.

Nach einer hungrig verbrachten Nacht wurde die Gruppe schließlich doch übergesetzt. Dem gingen jedoch harte Verhandlungen voran. Der Ferge näherte sich mit seinem Boot dem Ufer auf Rufweite und warf dann einen großen Stein als Anker über Bord.
»Was zahlt ihr fürs Übersetzen? Umsonst ist nur der Tod, aber da könnt ihr euch direkt in den Strom stürzen und braucht mich nicht dazu.«
Die Anführer der verschiedenen Pilgergruppen und einige Fußwanderer berieten kurz, dann nahm Vater Thomas seinen Hut ab und schritt von einem zum anderen, um Geld für die Überfahrt zu sammeln. Starrheim, Sebastian und die Zwillingsschwestern besaßen keinen blanken Heller mehr und wussten nicht so recht, wie sie sich verhalten sollten. Tilla entnahm der behelfsmäßigen Börse, in die sie einige kleinere Münzen gesteckt hatte, mehrere Sous und legte sie in Vater Thomas' Hut.
»Die müssen aber auch für Herrn Rudolf, Anna und Renata reichen.«
»Und was ist mit mir?«, rief Sebastian entsetzt.
»Für dich zahle ich.« Ambros wechselte einen kurzen Blick mit Tilla. Darüber ärgerte Sebastian sich so, dass er die Hilfe des

Goldschmieds am liebsten abgelehnt hätte. Aber er begriff, dass er nicht einfach seiner Laune nachgeben durfte, und sah mit verbissener Miene zu, wie der Hüne dem Pilgerführer das Geld reichte.

Kurz darauf rief Vater Thomas dem Fergen zu, was die Pilger bereit wären zu bezahlen. Die Summe schien dem Mann zu gering und er forderte mehr. Daraufhin winkte der Pilgerführer ab. »Weiter flussabwärts wird es gewiss eine andere Fähre geben. Der Herr wird uns dorthin leiten.«

Der Fährmann schimpfte schlimmer als ein Marktweib, das bestohlen worden war, und befahl seinen Knechten dann doch, den Steinanker einzuholen. »Also von mir aus soll es sein! Ich werde euch Hungerleider übersetzen. Auf dem Rückweg aber werdet ihr schwimmen müssen, das schwöre ich euch.«

Tilla war froh, dass Starrheim ihr die fremden Laute übersetzen konnte. Ohne ihn und natürlich auch Vater Thomas hätte sie sich hier in diesem Land so hilflos gefühlt wie ein Lamm, das seine Mutter verloren hat.

Als das Schiff näher kam, strömten alle ans Ufer. Tilla wurde beiseite gestoßen und geriet in Gefahr, zu stürzen. Da packte sie jemand am Arm und riss sie hoch. Es war Sebastian, der mit einem überheblichen Grinsen auf sie herabsah.

»Zur Fähre geht es da lang, und nicht nach unten. Da kannst du höchstens den Teufel finden, und zu dem wirst du wohl nicht wollen.«

»Nein, gewiss nicht. Danke!« Tilla wusste selbst nicht, weshalb sie so freundlich antwortete, und Sebastian wunderte sich ebenfalls, denn bisher hatte er meist nur bissige Bemerkungen von ihr zu hören bekommen. Er half ihr, sich in dem nach vorne drängenden Knäuel von Pilgern zu behaupten, und kam als einer der Ersten an Bord. Nicht weit von ihm entfernt schob Ambros mit seinen langen Armen die Menschen auseinander, damit Hedwig und die Zwillingsschwestern die Fähre betreten konnten, während Rudolf von Starrheim bei Bruder Thomas blieb und die Leute wegscheuchte, die diesem zu nahe kamen. Der Inhalt des Hutes schien für einige Pilger eine große Verlockung zu sein, auch wenn sein Inhalt nur aus kleinen Münzen bestand, doch der drohende Blick des jungen Edelmanns schreckte auch den hartnäckigsten Langfinger ab. Die Leute hatten nicht vergessen, dass am vergangenen Nachmittag ein Mann in den Strom geworfen worden und elend darin umgekommen war, und zeigten wenig Neigung, dessen Schicksal zu teilen.

Im Gegensatz zum Vortag blieb es bis auf das Gedränge vor der Fähre diesmal ganz ruhig. Der Ferge nahm das Geld entgegen, das Vater Thomas ihm reichte, und zählte es genau nach. Er schüttelte den Kopf.

»Ihr Pilgrime glaubt immer, mit einem frommen Spruch sei alles bezahlt. Doch mit Gottes Lohn kann ich weder mein Weib und mich noch unsere Kinder ernähren. Nächstens sucht ihr euch alle eine andere Stelle zur Überfahrt.«

Als Starrheim Tilla diese Worte übersetzte, wies diese mit einer heftigen Geste auf das Geld, das auf ein Tuch geschüttet vor ihm lag. »Das hier ist nicht Gottes Lohn! Auf der Donau holt man für weniger über.«

Der Franzose hatte Tilla zwar nicht verstanden, doch der zornige Ausdruck auf ihrem Gesicht sprach für sich. »Was sagt das Weibsstück?«, wollte er von Starrheim wissen.

Dieser teilte es ihm mit und erntete den Fluch, der eigentlich Tilla galt. »Wenn sie will, kann sie auch hier am Ufer bleiben und hinter euch herschauen, wie ihr weiter in Richtung Santiago zieht!«

Starrheim legte ihm lächelnd die Hand auf die Schulter. »Versuche es lieber nicht. Sonst würden wir erkunden wollen, wie gut du und deine Knechte schwimmen können. Der Krieger von gestern konnte es nicht.«

»Daran bist nur du schuld gewesen. Weshalb musstest du das Fräulein beleidigen?« Der Ferge verstaute das Geld unter seinem schärpenartigen Gürtel und wandte sich ab.

»Los, Kerle, wir wollen wieder hinüber«, rief er seinen Knechten zu. Während diese ihre Stangen ergriffen und den Prahm, den ihr Meister vom Ufer freimachte, in die Strömung hineinlenkten, dachte Rudolf von Starrheim an die freche Göre, die ihn am Vortag geärgert hatte, und wünschte sich, ihr einmal so richtig die Meinung sagen zu können. Dabei wusste er nicht einmal, wer sie war, denn er kannte nur ihren Vornamen – Blanche – und hatte gesehen, dass der Anführer ihrer Eskorte einen Baum mit grünen Zweigen als Wappen getragen hatte.

IV.

Die Überfahrt ging trotz der vielen Menschen, die sich auf der Fähre drängten, leichter vonstatten als am Tag zuvor, denn es waren noch keine voll beladenen Fuhrwerke erschienen, die den Prahm mit ihrer Last tief ins Wasser gedrückt hätten. Trotzdem atmete Tilla auf, als sie das andere Ufer erreicht hatten und an Land steigen konnten. Sebastian stand ihr auch hier bei und Bruder Carolus wollte ihr ebenfalls helfen, doch Vater Thomas befahl ihm, sich um Hedwig zu kümmern.

Keinem lag daran, länger bei der Fähre zu bleiben, zumal es weder einen kühlen Trunk noch etwas zu Essen gab. Eine der Pilgergruppen übernahm die Spitze, die restlichen reihten sich

dahinter ein und dann ging es unter dem Absingen frommer Hymnen und Lieder weiter.
Mehrere Tage blieb die Schicksalsgemeinschaft zusammen, die sich an den Ufern der Rhône gebildet hatte, dann verliefen sich die einzelnen Gruppen. Die einen wollten nach dem langen und harten Marsch eine Rast einlegen, andere wiederum strebten mit aller Macht weiter, und weitere hatten die Absicht, abseits vom Wege gelegene Klöster und heilige Stellen aufzusuchen, an denen sie um Gnade und Vergebung bitten konnten.
Vater Thomas kannte diese Gegend nicht gut genug, um unbesorgten Herzens in die Wildnis hineinziehen zu können, und hielt sich daher an die große Pilgerstraße. Doch auch hier verloren sich die einzelnen Gruppen bald aus den Augen. Nur wer früh am Nachmittag eines der Klöster oder Hospize erreichte, konnte auf ausreichend Essen und einen guten Platz zum Schlafen hoffen. Jene, die später kamen, mussten sich oft mit einem Napf dünner Suppe oder mit einem Rest Brot begnügen und ihr Nachtlager unter freiem Himmel aufschlagen.
Im Lauf der Tage, die einander glichen wie Hühnereier, stumpften die Pilger, die zunächst jede Veränderung freudig bemerkt und kommentiert hatten, immer mehr ab. Sie achteten kaum noch auf den Wechsel der Landschaften, durch die sie zogen, und gönnten auch den Bewohnern keinen Blick. Diese hatten sich ihrerseits an die Pilgerscharen gewöhnt und beachteten sie kaum noch. Nur wenn die Wallfahrer zufällig auf einen Markt trafen, erstanden jene, die noch ein wenig Geld besaßen, von einer der Marktfrauen oder einem Händler Käse, Wurst, eingelegte Oliven und Nüsse sowie gelegentlich auch etwas Brot.
Die meisten, die mit Vater Thomas zogen, hatten durch die Ereignisse der letzten Zeit ihr Geld verloren. Außer Tilla, Ambros und Hedwig, die mit den anderen teilten, was sie an Lebensmit-

teln kauften, besaß nur noch Peter einige Münzen. Er versorgte sich jedoch heimlich mit den begehrten Dingen und aß sie, wenn keiner der anderen zu ihm hinsah. Vater Thomas rügte ihn deshalb mehrfach, jedoch ohne Erfolg.

Als sie sich an einem späten Nachmittag einem Kloster näherten, das malerisch am Fuß aufragender Berge lag und dessen Mauern an einer Seite von den Fluten eines kleinen Flusses umspült wurden, der dem Lot zueilte, hofften alle, endlich einmal satt zu werden.

Sebastian rieb sich über den Bauch, der flacher war, sich aber fester anfühlte als jemals zuvor, und grinste. »Heute dürften wir die Ersten sein und noch Fleisch in der Suppe finden.«

Tilla hatte sich eben umgedreht und zeigte nach hinten. »Dann sollten wir uns aber beeilen. Die Wallfahrer dort hinten scheinen uns unbedingt überholen zu wollen!«

Jetzt sahen es auch die anderen. Die Schar, die ihnen folgte, zählte mehr Köpfe als ihre eigene und war zudem nicht mit einem schweren Kreuz belastet, sondern trug nur eines aus dünnen Stangen mit sich. Der Träger konnte daher ebenso rasch ausschreiten wie seine Gefährten, und so holte die fremde Gruppe rasch auf.

»Los, Leute, das lassen wir uns nicht gefallen!« Sebastian drängte, schneller zu werden. Da Peter, der an diesem Tag das Kreuz tragen musste, am Ende seiner Kräfte schien, nahm Ambros es ihm aus der Hand, legte es sich auf die Schulter und stiefelte mit langen Schritten vorwärts.

Tilla sah das zufriedene Grinsen des bisherigen Kreuzträgers und ärgerte sich über den Mann, der offensichtlich nur einen Grund gesucht hatte, seine schwere Last loszuwerden. Allerdings hätten sie das Wettrennen, das sich nun mit der großen Schar hinter ihnen entspann, mit ihm nie gewinnen können.

Ambros hingegen stürmte vorwärts und wurde noch schneller, als er bemerkte, dass die Fremden immer noch aufholten.
Zuletzt gewann Tillas Gruppe um Haaresbreite, doch kaum hatte sie den Klosterhof betreten und den Segen der Mönche empfangen, die hier auf Wallfahrer warteten, strömten auch schon die anderen Pilger herein. Es handelte sich um Franzosen, die wortreich ihren Unmut darüber ausdrückten, hinter den Deutschen zurückgeblieben zu sein. Ihr Anführer redete auf die Mönche ein und forderte sie auf, seinen Leuten als Ersten die Pilgersuppe zu geben, da sie an diesem Tag weit gewandert seien.
»Das sind wir auch!«, wies Graf Rudolf ihn auf Französisch zurecht. »Wir sind als Erste hierher gekommen und daher steht uns auch der erste Napf Suppe zu.«
Die einheimischen Mönche hoben beschwichtigend die Hände, sahen dabei aber nicht sehr glücklich aus. »Bitte, liebe Freunde, streitet euch nicht auch noch um das Wenige, das wir euch anbieten können. Es mag euch nicht alle satt machen, doch es kommt von ganzem Herzen. Jeder Bruder hier im Kloster verzichtet bereits auf die Hälfte dessen, was ihm zusteht, damit die Pilger versorgt werden können.«
Während Rudolf von Starrheim die Worte übersetzte, kratzte der französische Pilgerführer sich über sein stoppeliges Kinn. »Hattet ihr eine Missernte oder haben euch die verdammten Anglais überfallen?«
»Die Engländer, die Gott verderben mag, haben den Waffenstillstand nicht gebrochen, den sie mit unserem guten König Karl geschlossen haben. Wir – oder besser gesagt – mehrere unserer Meierdörfer wurden jedoch von marodierenden Söldnern überfallen. Die Schurken haben das letzte Korn aus den Scheuern und das letzte Schwein aus den Ställen geholt. Dabei

haben sie gemordet und geschändet, als wären sie im feindlichen Land.«

»Der König hätte seine Soldaten nicht entlassen dürfen«, rief der Pilgerführer vorwurfsvoll aus.

Der Mönch hob die Hände zum Himmel, als wolle er um Vergebung für seine nächsten Worte flehen. »Unserem König fehlt das Geld, die Soldknechte weiterhin bezahlen zu können. Auch konnte er gewiss nicht ahnen, dass sie sich zusammenrotten und das Land verheeren würden, anstatt in ihre Heimat zurückzukehren und in ehrlicher Weise ihr Brot zu verdienen.« Dann entschuldigte er sich, da er die Suppe holen wolle, und kehrte kurz darauf mit einem Kessel zurück, in dem man durch die dünne Brühe hindurch den Boden erkennen konnte.

Sebastian verzog das Gesicht, als ein Klosterknecht seinen Napf mit der Wassersuppe füllte, die kein Stückchen Fleisch enthielt und bei der sogar die Gemüsestücke abgezählt zu sein schienen.

»Kraft gibt dieses schlaffe Zeug ja wirklich nicht«, sagte er mürrisch.

»Dafür aber kräftige Winde, die des Nachts abgehen dürften. Ich werde mir ein Plätzchen unter dem Kapellenvordach sichern. Da weht mir frische Luft um die Nase und leiser ist es dort auch.« Ambros lachte kurz und löffelte dann weiter.

Auch Tilla blickte nun zu der Kapelle hin, deren weit vorspringendes Dach Schutz gegen Regen versprach, und erklärte, dass sie ebenfalls dort schlafen würde.

Diese Idee gefiel Sebastian ganz und gar nicht und daher reagierte er harscher, als er eigentlich wollte. »Du weißt, dass es ungehörig ist, wenn eine Frau und ein Mann sich von den anderen absondern.«

Tillas Gesicht wurde weiß vor Zorn. »Du schließt wohl von dir auf andere! Ambros und ich haben gewiss nichts anderes vor als zu schlafen, während du …«

Sie verstummte, aber ein beredter Blick traf Bruder Carolus, der etwas abseits saß und gedankenverloren seine Suppe aß. Da der Karmeliter sich während der Zeit, in der er mit der Gruppe gezogen war, nicht verdächtig gemacht hatte, war Tillas Vorwurf ungerecht. Sie hasste es jedoch, von Sebastian als lockeres Frauenzimmer angesehen zu werden, das nur auf eine Gelegenheit lauerte, mit einem Burschen in die Büsche zu kriechen.

»Ich habe nichts mit Bruder Carolus gemacht und er nichts mit mir!« Sebastians Stimme nahm an Schärfe zu und für Augenblicke lag ein heftiger Streit zwischen ihm und Tilla in der Luft.

Hedwig entschärfte die Lage. »Ich werde ebenfalls unter dem Vordach nächtigen, und ich glaube, Anna und Renata werden mir Gesellschaft leisten. Ich habe nichts gegen Franzosen, aber die Leute sind mir zu laut und zu besitzergreifend. Im Saal müssten wir uns mit einem kleinen Winkel begnügen, und wer weiß, wann wir dort zum Schlafen kämen. Da ist es im Freien doch besser.«

»Die Gruppe sollte zusammenbleiben«, erklärte Vater Thomas tadelnd. Seit der Nachricht von marodierenden Söldnergruppen wirkte er sichtlich beunruhigt, denn solches Gelichter machte in seiner Raublust auch vor Pilgern nicht Halt.

»Wir müssen auf Gott vertrauen, damit er uns den rechten Weg weist!« Obwohl es nur ein Gedanke sein sollte, sprach Vater Thomas diesen laut aus. Dann sah er die fragenden Gesichter seiner Anvertrauten auf sich gerichtet, rang sich ein Lächeln ab und vollführte eine Segensgeste. »Mögen Gott und der heilige Jakobus unsere Näpfe morgen Abend mit einer nahrhafteren Kost füllen!«

»Amen!« Sebastian hatte seit Tagen das Gefühl, doppelt so viel essen zu können wie er erhielt. Damit stand er nicht allein. Hedwig hatte die Wallfahrt als dickliche Frau begonnen, die bereits bei leichten Anstiegen außer Atem geriet. Inzwischen hatte sie etliches an Gewicht verloren, konnte dafür aber ohne Schwierigkeiten steile Strecken bewältigen und den ganzen Tag lang ausschreiten ohne zu ermatten. Den Zwillingsschwestern erging es ähnlich. Sie hatten zwar nicht viel an Gewicht verlieren können, doch die Reise hatte ihrer Gesundheit gutgetan und sie wirkten um Jahre jünger als zu Beginn der Fahrt.

Auch Tilla vermochte inzwischen Anstrengungen zu ertragen, die sie niemals für möglich gehalten hätte. Zunächst hatte sie geglaubt, bis auf die Knochen abzumagern und schon bald nichts Weibliches mehr an sich zu haben, doch ganz so schlimm war es nicht. Ihr Gesicht war schmal geworden und wohl doch auf eine angenehme Weise hübsch, wie ihr die Blicke der Männer um sie herum verrieten, ihre Brüste aber hatten unterwegs an Umfang gewonnen. Zunächst hatte sie befürchtet, durch Aymer de Saltilieu geschwängert worden zu sein, doch seit zwei Tagen war sie auch dieser Sorge ledig. Ihr Blut war geflossen und sie dankte Gott, dem Herrn, und der Heiligen Jungfrau für ihren Schutz.

Sebastian hatte inzwischen gemerkt, dass er sich Tilla gegenüber im Ton vergriffen hatte, und wollte sich bei ihr entschuldigen. Sie war jedoch so mit ihren eigenen Gedanken beschäftigt, dass sie seine bittenden Blicke nicht bemerkte, und als er sie ansprach, reagierte sie einsilbig. So entschloss er sich, zur Kapelle zu wandern, um sich einen guten Platz für die Nacht zu sichern.

Nach und nach folgten ihm die anderen. Für einen Augenblick hoffte Sebastian, Tilla würde sich neben ihn legen, fürchtete aber gleichzeitig, sie würde es wirklich tun, denn er wusste nicht, ob er genug Selbstbeherrschung aufbringen konnte, sie nicht zu berühren. Zu Hause in Tremmlingen hatte er sie kaum als weibliches Wesen wahrgenommen, doch jetzt erfüllte sie seine nächtlichen Träume und erhitzte am Tag seine Sinne. Weshalb dies so war, konnte er nicht sagen. In der bitteren Stimmung dieses Abends nahm er an, er habe nur Verlangen nach ihr, weil Hedwig, Anna und Renata nicht die Frauen waren, die einen jungen Mann wie ihn reizen konnten. Bei ihren Nachtlagern in den Klöstern trafen sie zwar immer wieder auf junge Frauen, die sich durchaus ungeniert in der Halle auszogen und zum Schlafen niederlegten. Doch weder die vollen Brüste noch die Hüften, die sie präsentierten, vermochten sein Blut so in Wallung zu bringen wie ein Blick auf Tillas schlanke Gestalt. Dabei ging sie nie so weit, sich nackt vor ihm oder einem der anderen Männer zu zeigen. Das war wohl eine Folge der Zeit, in der sie sich als Otto ausgegeben hatte.

Sebastian fragte sich, ob Tilla in ihrer Verkleidung auch Bruder Carolus gereizt hätte, beantwortete sich diese Frage aber mit einem Nein. Der Karmeliter hatte scharfe Augen und ein gutes Beobachtungsvermögen, daher hätte er ihre Verkleidung sofort durchschaut. Andere wie Rudolf von Starrheim waren jedoch so blind, dass sie Tilla auf der gesamten Reise nach Santiago und zurück für einen jungen Mann gehalten hätten.

Während Sebastian leise darüber lachte, glitten seine Gedanken zum ersten Mal seit langem wieder in die Heimat zurück, und er fragte sich, was sein Vater und sein Bruder derzeit wohl tun würden. Sicher ruhten sie bequem in ihren Betten anstatt auf der vorspringenden Kante einer Steinplatte zu liegen, und hatten wohl auch weniger Sorgen.

Es mochte an dem kargen Mahl liegen, das die Stimmung der

Gruppe trübte, oder an den schlechten Nachrichten. An anderen Abenden hatten die zwölf noch ein wenig miteinander geplaudert, doch an diesem hing jeder seinen eigenen Gedanken nach. Tilla richtete ihre Sinne nach vorne und sie fragte sich, wie lange es noch dauern mochte, bis sie Santiago erreichten. Es drängte sie mehr denn je, dort zu beten und das Herz ihres Vaters in geweihter Erde zu begraben.
Rudolf von Starrheim dachte an seinen Freund Philippe de Saint Vith, der inzwischen seiner Braut die Nachricht von seiner Pilgerfahrt überbracht haben musste, und kämpfte mit dem Gefühl, dass er damals nicht aus religiöser Inbrunst, sondern aus Feigheit diesen Weg gewählt hatte.
Neben ihm wälzte Vater Thomas sich schlaflos herum und versuchte, seinen müden Gedanken verzweifelt einen Weg abzuringen, der ihm sicher erschien. Auf der Strecke im Süden hätte er viele Alternativen nennen können, doch dieses Land hier war ihm beinahe völlig unbekannt und er konnte sich nur auf das verlassen, was die Mönche in diesem Kloster ihm erzählt hatten.

V.

Das Frühstück am nächsten Morgen bestand aus der gleichen Wassersuppe wie am Abend. Dennoch schlangen die französischen Pilger sie hinunter, als stände jemand mit der Peitsche hinter ihnen, und sie wurden auch bald durch das »Vite! Vite!« ihres Führers auf die Beine getrieben. Diesmal, so schien es, wollten sie auf jeden Fall vor den Deutschen an die Futternäpfe des nächsten Klosters kommen.
Vater Thomas und die Seinen ließen sie ziehen, denn sie wussten, dass sie mit dieser schnell ausschreitenden Gruppe nicht

mithalten konnten. Als sie aufbrachen, stimmte der Priester ein Lied an und lächelte zufrieden, als seine Schützlinge es aufnahmen. Einem Mund allerdings entwichen andere Töne als frommer Gesang.

Peter hatte sich heimlich ein Stück steinharter Wurst in den Mund gesteckt und kaute nun schmatzend darauf herum. Schon bald fand er sich im Zentrum zorniger Blicke wieder und ehe er sich versah, packte Graf Rudolf ihn im Genick und schüttelte ihn wie einen jungen Hund.

»Verdammter Kerl! Glaubst du, du kannst fressen, während uns anderen der Magen knurrt?« Diese Worte waren einem Herrn, der an den edelsten Höfen empfangen wurde, nicht angemessen, drückten jedoch genau das aus, was alle dachten.

Ambros packte Peters Pilgertasche und leerte sie ungeachtet seiner Proteste aus. Zum Vorschein kamen ein Stück steinharten Brotes, ein faustgroßer Brocken Käse und eine fast unterarmlange Wurst, von der Peter sich gerade ein kleines Stück abgebrochen hatte. Diese Leckerbissen teilte der Goldschmied nun unter den anderen auf und bedachte Peter mit einem zornigen Blick. »Wenn du noch einmal nur an dich denkst, bist du nicht länger mein Weggenosse!«

»Diebe, Räuber!«, keifte Peter, der sich in Starrheims hartem Griff wand. Er wagte es jedoch nicht, sich ernsthaft zu wehren oder gar Ambros anzugehen, sondern schimpfte vor sich hin, bis Vater Thomas ihm mit scharfer Stimme den Mund verbot.

»Ambros hat Recht! Wir sind Gefährten auf einer langen und gefahrvollen Reise und müssen zusammenhalten. Tilla, Hedwig und Ambros teilen längst ihr Geld mit den anderen, doch du versteckst dein Essen und schlingst es heimlich hinunter, damit wir es nicht sehen sollen. Dies ist nicht wohl getan! Denke an den heiligen Martin, der seinen Mantel mit dem Bettler geteilt hat, und an die heilige Elisabeth von Thüringen, die den Armen Brot und Speisen brachte. Du dagegen bist ein ganz erbärmlicher Wicht! Ich weiß nicht, wie ich dazu gekommen bin, ausgerechnet dich in meine Pilgergruppe aufzunehmen. Eines sage ich dir: Entweder du teilst ab sofort mit uns allen oder du gehst deiner Wege!«

»Besser wäre es fast!« Peter warf dem Pilgerführer einen feindseligen Blick zu und forderte dann Starrheim auf, ihn endlich loszulassen. Als die Gruppe sich wieder in Marsch setzte, blieb er ein ganzes Stück zurück und sie hörten nur sein Gebrabbel, mit dem er sich über die Behandlung ausließ, die ihm zuteil geworden war.

Es wurde eine harte und anstrengende Wanderung durch ein von schroffen Felsen gesäumtes Tal, welches sich mit jeder weiteren Stunde unter der Sonne aufheizte. Der Hunger war bald vergessen, denn jeder lechzte nach einem Schluck Wasser. Doch sie kamen nur wenige Male an einem Bachlauf vorbei und noch seltener schenkte dieser ihnen Labung. Meist befanden sich die Gewässer hinter schroffen Felsen abseits vom Weg, und sie vermochten zwar ihr Rauschen und Plätschern zu hören, konnten aber nicht zu ihnen gelangen.

An einer Weggabelung hatten die Mönche eines nahen Klosters einen Trinkbrunnen für die Pilger errichten lassen. Aber auch dieser Ort bot keine Erfrischung, denn die Gruppe der Franzosen war erst vor kurzem weitergezogen und hatte den Platz verschmutzt hinterlassen. Selbst an der hölzernen Schöpfkelle, die mit einer Kette befestigt war, hing Dreck.

»Verdammte Lumpenhunde! Da sollte man doch gleich mit der blanken Faust dreinschlagen«, schimpfte Dieter.

Rudolf von Starrheim rieb sich mit der Rechten über das Kinn und dachte nach. »Ich glaube, das war die Rache dafür, dass die

Leute vor ein paar Tagen selbst an einen Platz kamen, den eine Gruppe aus unseren Landen in ähnlichem Zustand zurückgelassen hat. Wenigstens habe ich so etwas gehört, als ihr Pilgerführer sich bei den Mönchen im Kloster über die schlechten Sitten von uns Deutschen beschwert hat.«
»Aber dafür können wir doch nichts!« Hedwig schüttelte angesichts von so viel Unvernunft den Kopf.
»Das hilft uns jetzt auch nicht weiter. Aus diesem Brunnen können wir jedenfalls nicht trinken, es sei denn, wir säubern ihn erst und warten, bis das Wasser wieder klar geworden ist.« Ambros schien unsicher, ob er damit beginnen sollte.
Vater Thomas schüttelte den Kopf. »Selbst wenn wir hier warten, bis das Wasser wieder trinkbar ist, müssen wir damit rechnen, dass uns diese Gruppe noch den einen oder anderen Streich spielen wird. Wir reinigen den Brunnen, dann biegen wir nach Süden ab. Der Weg mag ein wenig weiter sein, aber wir haben die Franzosen nicht mehr vor uns.«
»Warum sollen wir den Brunnen sauber machen, wenn wir nicht davon trinken können?«, warf Manfred missmutig ein.
»Für die Pilger, die uns folgen und um einen Schluck Wasser dankbar sein werden, und für Gottes Lohn. Wir sind aufgebrochen, um den Allmächtigen und den heiligen Jakobus um etwas zu bitten oder ihnen für eine gewährte Gnade zu danken, vergesst das nicht!« Vater Thomas' Stimme wurde für einen Augenblick schneidend, denn einigen seiner Schäfchen schien es immer noch an der nötigen Demut zu fehlen.
Bruder Carolus, Ambros, Hedwig und Tilla machten sich auch gleich an die Arbeit. Sebastian und Dieter halfen ihnen, wenn auch sichtlich widerwillig, während der Rest sich damit begnügte, um sie herumzustehen.
»Vielleicht können wir doch davon trinken«, erklärte Manfred,

dessen Zunge sich im Mund wie ein ausgetrocknetes Leder anfühlte.

»Dann solltest du mithelfen«, riet ihm der Pilgerführer.

»Wie denn? So viel Platz ist am Brunnen auch wieder nicht.« Manfred verschränkte die Arme vor der Brust und trat noch einen Schritt zurück. Dabei stolperte er über eine Bodenunebenheit und setzte sich auf den Hosenboden.

Während er mit einem ärgerlichen Fluch wieder auf die Beine kam, grinste Sebastian wie ein Schuljunge, dem ein guter Streich gelungen war. »Das ist die Strafe für deine Faulheit, Manfred.«

Dem Gescholtenen schwoll sofort der Kamm. »Dir gebe ich gleich die Faulheit, du Lümmel. Wer drückt sich denn meistens vor der Arbeit? Ich gewiss nicht!«

»Jetzt aber schon.« Sebastian trat vom Brunnen zurück. »Ich glaube, das reicht. Aber bis wir trinken könnten, müssten wir noch eine gewisse Zeit warten.«

Vater Thomas maß den Sonnenstand mit einem besorgten Blick. »Wenn wir das Kloster, zu welchem ein Mönch mir den Weg beschrieben hat, noch rechtzeitig erreichen wollen, können wir uns nicht länger hier aufhalten.«

»Dann hätten wir gleich gehen sollen!« Manfred murrte, denn er sah nicht ein, weshalb sie für andere den Brunnen hatten reinigen müssen, wenn sie dadurch Gefahr liefen, ihr Ziel erst nach Einbruch der Nacht zu erreichen.

Vater Thomas rief ihn mit einigen eindringlichen Worten zur Ordnung und schlug dabei den Weg ein, den er gewählt hatte. An diesem Tag hatte ihn noch keiner benützt, und sie fanden keine anderen Spuren als die schon etliche Tage alten Reste eines Lagerfeuers und von der Hitze ausgedörrte und bereits halb zerfallene Pferdeäpfel.

V.

Der Abend dämmerte bereits, als sie das nächste Kloster erreichten. Doch anstelle gastfreundlicher Mönche warteten rußgeschwärzte Mauern und noch rauchende Balken auf sie. Wie es aussah, war die Abtei vor weniger als einem Tag niedergebrannt worden.

Vater Thomas machte sich Vorwürfe, weil er sich für diesen Umweg entschieden hatte, nur um der französischen Pilgergruppe zu entgehen. Äußerlich aber gab er sich gelassen, um seine entsetzten Schäflein zu beruhigen, und winkte Graf Rudolf zu sich. »Seht zu, ob Ihr noch irgendjemand hier findet, mag es ein Mönch sein, ein Knecht oder ein Bauer.«

»Nach Möglichkeit aber niemand von jenen, die das Kloster erstürmt und niedergebrannt haben«, rief Dieter dazwischen.

»Wir wissen doch gar nicht, ob das Kloster angezündet wurde oder einer Feuersbrunst zum Opfer gefallen ist.« Hedwig wollte ihn zurechtweisen, doch da zeigte Dieter auf eine zerbrochene Schwertklinge, die nicht weit von ihm entfernt auf dem Boden lag und im letzten Licht der untergehenden Sonne rot aufglühte.

»Das ist kein Rost, sondern Blut!« Tilla schüttelte es und auf den Gesichtern der anderen malte sich ebenfalls Angst ab, die nicht geringer wurde, als sie noch andere Spuren des Überfalls entdeckten. Es lagen Pfeile herum, die abgeschossen und nicht mehr gefunden worden waren, und die Sandalen mehrerer Mönche, von denen einer steif war von getrocknetem Blut. Zuletzt fanden sie noch eine Reihe frisch ausgehobener Gräber.

Graf Rudolf deutete mit einer gewissen Erleichterung auf die Erdhügel mit den primitiven Kreuzen. »Wie es aussieht, gab es Überlebende. Sie haben ihre Toten bestattet und sind dann weggezogen.«

»Es können genauso die Angreifer gewesen sein, die ihre eigenen Leute unter die Erde gebracht haben, und wenn es doch Mönche waren, so hilft uns das auch nicht weiter. Sie sind fort und wir wissen nicht, wohin. Zu Essen erhalten wir hier auf jeden Fall nichts.« Dieter schimpfte und fluchte, wenn auch mehr, um seine Angst zu verbergen. Aber auch den anderen war danach, ihren Gefühlen Luft zu machen, denn die dünne Wassersuppe am Morgen und die paar Bissen, die Ambros Peter abgenommen hatte, hatten nicht ausgereicht, um sie halbwegs zu sättigen.

Da es inzwischen völlig dunkel geworden war, suchten sie sich einen Platz zum Schlafen. Tilla und die drei anderen Frauen wählten eine Stelle abseits des Klosters, da dessen schattenhafte Ruinen sie erschreckten. Doch auch hier lag noch der Brandgeruch in der Luft und reizte die Lungen. Während die beiden Schwestern beteten und Hedwig schon bald zu schnarchen begann, blickte Tilla zum Himmel und suchte die Milchstraße, die den Weg nach Santiago weisen sollte. Wie viel der Wegstrecke mochten sie bereits zurückgelegt haben? Ihr schien es, als würde sie bereits seit Jahren über staubige und schlammige Straßen, durch Hitze und Regen, Wind und Sturm wandern und sei dazu verurteilt, dies bis zum Ende ihres Lebens zu tun. Ihre Hand suchte die Pilgertasche mit der Zinndose, um sich zu vergewissern, dass es richtig gewesen war, zu dieser Wallfahrt aufzubrechen. Als sie das Metall berührte, war es ihr, als streiche ihr Vater ihr über die Stirn mit den Worten, dass alles gut ausgehen werde. Lächelnd schloss sie die Augen und träumte von den Tagen, in denen sie noch klein gewesen war. Damals hatte ihr Vater sie hie und da einmal auf den Arm genommen und an sich gedrückt.

Für die meisten der Gruppe wurde es ein ungemütliches Nachtlager. Der Hunger erschien ihnen nun weniger schlimm als die Ungewissheit. Vor allem Vater Thomas machte sich Sorgen wegen der räuberischen Söldner. Wo mochten sie von hier aus hingezogen sein? Außer der Straße, die sie gekommen waren, führten zwei andere vom Kloster weg. Auf welcher dieser beiden lauerte Gefahr und welche war sicher? Der Priester betete inbrünstig und flehte Gott um Rat an. So vermessen, um einen Engel zu bitten, der sie auf sicheren Wegen führen würde, war er jedoch nicht. Er hoffte nur, dass der Herr im Himmel sich seiner kleinen Schar annehmen und sie beschirmen würde. Mit diesem Gedanken schlief er schließlich auch ein, und als er am anderen Morgen erwachte, brannte nicht weit von ihm ein Feuer, über dem ein Kaninchen brutzelte.

Sebastian grinste über das ganze Gesicht, als er den Priester begrüßte. »Das Karnickel da habe ich mit einem Stein erlegt!«

»Ein guter Wurf!«, lobte Vater Thomas, während er ans Feuer trat und sich ein wenig die Hände wärmte. Obwohl die Tage in dieser Gegend schier unerträglich heiß werden konnten, waren die Nächte so kalt, dass einem die Glieder erstarrten.

Dieter machte eine wegwerfende Handbewegung. »Viel ist das nicht für ein Dutzend Leute. Da hätte es schon ein Spanferkel sein müssen.«

Sebastian fühlte sich angegriffen und sprang auf. »Wenn es dir zu wenig ist, brauchst du ja nicht mitzuessen. Ich frage mich eh, warum ich es mit allen teilen sollte.«

»Weil wir Reisegefährten sind; Pilgerbrüder und -schwestern!«, wies Vater Thomas ihn zurecht. »Das größte Stück gib dem, der heute das Kreuz trägt, und auch den Frauen etwas mehr, damit sie durchhalten.«

»Und was bleibt dann für uns?«, maulte Dieter.

Sebastian lachte spöttisch auf. »Ein Bissen mit ein wenig Geschmack im Mund sowie die Hoffnung, heute im Lauf des Tages auf ein gastfreies Kloster zu treffen.«

Mehr als sonst schien Dieter alles schwarz zu sehen. »Und was ist, wenn auch dieses Kloster niedergebrannt wurde?«

Auf diese Frage wollte keiner antworten. Als das Kaninchen halbwegs gar aussah, schnitt Sebastian für Tilla und die anderen Frauen je ein winziges Stück Fleisch ab und reichte es ihnen mit der Messerspitze.

Hedwig griff als Erste zu und ließ das Fleisch beinahe fallen. »Das ist ja noch heiß!«

»Das hat ein Braten, der frisch vom Feuer kommt, nun einmal so an sich.« Dieter schien froh zu sein, sich erneut an jemand reiben zu können, wurde aber weder von Hedwig noch von den anderen beachtet.

Unterdessen erhielt auch Tilla ihren Teil, jonglierte es in den Händen und steckte es halbwegs abgekühlt in den Mund. Das Stückchen war klein und schmeckte nach nichts anderem als ein wenig verbrannt. Dabei schoss Tilla die Frage durch den Kopf, ob auch Leute in den Flammen des Klosters umgekommen waren, und bei dem Gedanken hätte sie das Fleisch beinahe wieder ausgespuckt. Nur mit Mühe behielt sie es im Mund und kaute langsam und voller Widerwillen darauf herum.

»Na, wie hat es geschmeckt?« Sebastian hoffte bei Tilla auf ein Lob für sein Jagdgeschick und seine Kochkünste.

Die junge Frau starrte jedoch nur blicklos in die Ferne und stand schließlich auf. »Ich muss in die Büsche.«

»Ich komme mit!« Hedwig hatte ihren Teil längst verzehrt und sah hungrig auf die Reste, an denen sich die Männer gütlich taten. Daher wollte sie sich ein wenig entfernen, denn sonst wäre die Versuchung zu groß gewesen, einem der anderen Pilger das Fleisch aus den Händen zu reißen und es hinunterzuschlingen.

Anna und Renata schlossen sich ihnen an, da es den Frauen lieber war, bei diesen Verrichtungen unter sich zu sein. So konnte immer eine aufpassen, dass keiner der Männer in die Nähe kam.

Doch auch diese mussten nun der Natur Zoll bezahlen. Sie stellten sich in einer Reihe auf und benässten die verrußte Außenmauer des Klosters. Danach trat Ambros das Feuer aus und wollte das Kreuz an sich nehmen, da er annahm, ein anderer wäre zu schwach dafür. Doch Bruder Carolus kam ihm zuvor und sah ihn mit einem scheuen Lächeln an.

»Wir sollten uns heute beim Tragen abwechseln, Ambros. Selbst der stärkste Mann ermattet in der Hitze, wenn der Hunger ihn quält.«

»Also gut! Fang du an, aber dann nehme ich das Kreuz.« Ambros trat einen Schritt zurück und ließ dem Karmeliter den Vortritt. Dieser hob das Kreuz auf, wuchtete es sich auf die Schulter und ging bis zu der Stelle, an der sich die Straße gabelte. »Gehen wir jetzt nach rechts oder nach links, Vater Thomas?«

Der Angesprochene warf einen kurzen Blick zum Himmel und zeigte dann nach links. »Dorthin!«

Seine Stimme schwankte jedoch, als er das nächste Gebet anstimmte, und verriet, dass er sich seiner Sache alles andere als sicher war.

VI.

Der Weg, der zunächst noch halbwegs bequem ausgesehen hatte, verengte sich nach einer Weile zu einem besseren Ziegenpfad und führte steil bergan. Da es rasch heiß wurde und die Felsen die Hitze widerstrahlten, geriet die Gruppe bald in

Schweiß. An diesem Tag konnte niemand das schwere Kreuz für längere Zeit tragen, selbst Ambros nicht, der geglaubt hatte, seine Kräfte seien unerschöpflich. Es gab auch keinen Bach in der Nähe des Pfades oder sonst ein Gewässer, an dem Tilla und ihre Begleiter ihren Durst hätten stillen können.

Es war, als wolle der Herr die Seinen erproben, denn als es wieder abwärts ging und sie am späten Nachmittag erschöpft in ein Tal stolperten, trafen sie auf eine breite Straße, die aus der Richtung des niedergebrannten Klosters kam.

»Wir haben uns umsonst durch die Berge geschlagen!« Dieter, der gerade das Kreuz trug, ließ es wie einen lästigen Gegenstand fallen. Bevor Vater Thomas oder ein anderer ihn zurechtweisen konnte, ertönte in nicht allzu großer Ferne ein Schrei. Gleichzeitig vernahmen sie das Geräusch von Schwerthieben.

»Da wird jemand überfallen. Wir müssen ihm helfen!« Rudolf von Starrheim vergaß ganz, dass er als demütiger Pilger unterwegs war, sondern sprang auf, packte seinen Stock wie ein Schwert und rannte los.

»Bleibt doch hier um des Himmels willen!«, rief Vater Thomas ihm nach. Der Edelmann hörte jedoch nicht auf ihn.

Sebastian warf einen kurzen Blick auf Tilla und glaubte an ihrer Miene erkennen zu können, dass sie Starrheims Handeln guthieß, und wollte vor ihr nicht als Feigling dastehen. Daher nahm er ebenfalls seinen Stock und verzog seine Lippen zu etwas, das einem Grinsen gleichkommen sollte.

»Ich werde unserem Gräflein wohl besser folgen. Nicht, dass ihm etwas geschieht!«

Ambros und Manfred liefen hinter ihm her und nach einem tiefen Atemzug schloss auch Bruder Carolus sich ihnen an. Nur Dieter und Peter blieben zusammen mit Vater Thomas bei den Frauen. Der Priester hatte die Hände ineinander verkrampft und betete mit zitternden Lippen. Anna und Renata taten es ihm mit geschlossenen Augen nach, während Tilla und Hedwig nervös nach vorne blickten. Die Kampfgeräusche kamen immer näher. Hufschlag erscholl und dann sah Tilla eine Reiterin auf einem Schimmel im vollen Galopp auf sich zukommen. Zwei Männer auf braunen Kriegsrössern holten sie wenige Dutzend Schritte vor den wie erstarrt dastehenden Pilgern ein und rissen sie vom Pferd.

Die Reiterin kam Tilla bekannt vor, obwohl sie sie in der Eile nicht einordnen konnte. Als die rauen Hände das junge Mädchen packten und zu Boden zwangen, kreischte sie, als habe man ihr einen Bratspieß durch den Leib gejagt. Einer der Männer hielt sie fest, während der andere ihr das Kleid hochschlug und ihren Unterleib entblößte. Die beiden waren so begierig, ihre Gefangene zu schänden, dass ihnen das Grüppchen der Pilger entging.

Tilla sah zunächst wie erstarrt zu, doch als einer der Kerle die Beine des Mädchens auseinanderzwang und sich dazwischenschieben wollte, war sie mit wenigen Schritten bei ihm und schlug ihm mit aller Kraft den Pilgerstab über den Kopf. Während der Mann ohne einen Laut zu Boden sank, sprang sein Kamerad auf und bleckte die Zähne.

»Das hast du nicht umsonst getan, du Miststück!«

Anders als der andere Schurke war dieser Krieger gewappnet und trug einen Helm. Tilla schwang den Stock, doch der splitterte, als er auf Eisen traf. Der Söldner schüttelte sich kurz, zog dann grinsend sein Schwert und kam auf sie zu.

»Du bist wohl eine ganz Hartnäckige, was? Aber wenn meine Kameraden und ich mit dir fertig sind, wirst du wissen, was es dir gebracht hat.«

Tilla verstand seine Worte nicht, doch der Ausdruck seines Gesichts sagte ihr genug. Verzweifelt wich sie vor ihm zurück und tastete nach ihrem Messer. Es war eine lächerliche Waffe angesichts des dunkelfleckigen Schwertes in der Hand des Mannes, doch freiwillig wollte sie nicht aufgeben.

In dem Augenblick riss der Mann die Augen auf, stöhnte und sank mit erstaunter Miene nieder. In seinem Rücken steckte das Schwert des Bewusstlosen, das Hedwig aufgehoben und ihm in den Leib gestoßen hatte. Nun sah die Frau aus, als müsse sie sich übergeben, und schlug das Kreuz. »Heilige Maria, Muttergottes, verzeih mir, doch ich konnte nicht anders!«

»Danke!« Tilla nickte Hedwig kurz zu, trat dann auf das Mädchen zu und forderte es mit Gesten auf, sich zu erheben. Der bewusstlose Mann lag jedoch noch auf ihren Beinen und so mussten Tilla und Hedwig den Kerl wegzerren, damit die Überfallene freikam. Mit einem Seitenblick auf das blutige Schwert im Rücken des anderen Kriegers überlegte Tilla, ob sie diesen Mann ebenfalls töten sollte, doch als sie die Hand nach der Waffe ausstrecken wollte, zitterten ihre Finger so sehr, dass sie das Heft nicht greifen konnte.

»Kommt, wir verschwinden!«, rief sie Hedwig und den anderen zu.

Es war zu spät. Krieger in fleckigen Rüstungen und buntscheckigen Fetzen brachen durch die Büsche und trieben Rudolf, Sebastian, Bruder Carolus sowie einen Ritter vor sich her, der sein Pferd verloren hatte und sich verzweifelt mit seinem Schwert zur Wehr setzte.

Den Mann erkannte Tilla sofort, denn es war der Ritter, mit dem die Pilger an der Rhône-Fähre aneinandergeraten waren. Also musste das Mädchen jenes arrogante Ding sein, das den Streit erst ausgelöst hatte. Einen Augenblick lang bedauerte sie, sich ausgerechnet für dieses hochmütige Geschöpf in

Gefahr begeben zu haben. Dann aber dachte sie nur noch an Flucht.

Sie wählte den Weg, den sie gekommen waren, obwohl er schwierig zu gehen war, doch er führte an einzelnen Büschen und Spalten vorbei, die ein Versteck bieten mochten. Die Frauen, Vater Thomas und Peter folgten ihr, während Dieter zu überlegen schien, ob er nicht doch den Freunden zu Hilfe kommen sollte, die gegen den Haufen zerlumpter Marodeure auf verlorenem Posten standen. Dann entschied er sich jedoch, hinter den Frauen herzurennen.

Es war ein Wettlauf mit dem Tod. Die Kraft der Jugend beflügelten Tilla und die gerettete Kleine, Hedwig half ihre Verbissenheit und Anna die Tatsache, dass ihr vor Angst förmlich Flügel wuchsen. Ihre Schwester blieb jedoch immer weiter zurück und stürzte schließlich über einen Stein.

Tilla sah sie fallen, sah aber keine Möglichkeit, ihr zu helfen. Anna, die sich umdrehen wollte, wurde von Peter gepackt und mitgeschleift. Weiter vorne stieß Hedwig einen erleichterten Ruf aus.

»Dort ist ein Spalt in der Felswand!«

Tilla sah hin und schüttelte den Kopf. »So auffällig wie der ist, werden die Kerle dort als Erstes suchen.« Sie rannte weiter und erreichte einen Abgrund, der zwischen zwei und drei Mannslängen tief war. Unten floss ein spärlicher Bach, der in Zeiten der Schneeschmelze eine Höhlung in die Uferböschung gegraben hatte.

»Schnell, kommt hierher. Wir müssen da runter!« Tilla winkte den anderen und rutschte als Erste hinab. Sie klatschte in das Wasser, kam aber besser auf als befürchtet. Die fremde Reiterin folgte ihr blindlings. Hedwig aber hing noch halb auf der Kante oben und wagte es nicht zu springen. Tilla fasste nach ihren

Beinen und zog sie herab. Dieter folgte als Nächster, dann warf Peter Anna wie einen Sack hinunter, so dass Tilla und Hedwig sie gerade noch auffangen konnten, und sprang hinterher. Als Letzter wagte Vater Thomas den Sprung. Sein Gesicht war grünlich angelaufen und in seinen Augen stand das Grauen.

Während die Gruppe in die ausgewaschene Höhlung kroch und sich gegen die Wand drückte, um von oben nicht gesehen zu werden, faltete der Pilgerführer die Hände und begann laut zu beten.

Dieter hielt ihm kurzerhand den Mund zu. »Seid leise, ehrwürdiger Vater, sonst hören sie uns.«

»Wo ist meine Schwester?« Außer sich vor Sorge wollte Anna wieder nach oben klettern.

Tilla packte sie, riss sie zu Boden und presste ihr die Hand auf die Lippen. Im nächsten Augenblick war sie es, die aufstöhnte, denn Anna hatte ihr in die Hand gebissen. Hedwig half ihr schließlich, die tobende Frau zu bändigen.

»Mein Gott, in was sind wir da hineingeraten?«, flüsterte sie und horchte angstvoll nach oben. Die Kampfgeräusche waren erst einmal erloschen. Dafür hörten sie Bruder Carolus die Schurken laut verfluchen. Er schien vor ihnen davonzulaufen, jedoch nicht in ihre Richtung, denn seine Rufe und auch die Schreie der Angreifer entfernten sich von ihnen. Kurz darauf hörten sie den Karmeliter noch den heiligen Jakobus anrufen, dann erstarb seine Stimme mitten im Wort.

Keiner wagte etwas zu sagen. Sie sahen sich an und fragten sich, was mit ihren Gefährten geschehen war. Nun aber erscholl der Schrei einer Frau und zeigte ihnen, dass die Schurken sich noch immer in der Nähe aufhielten und Renata entdeckt hatten.

In der darauf folgenden Zeit wünschte Tilla sich, taub zu sein,

denn Renatas Kreischen und Flehen steigerte sich von einem Augenblick zum anderen.
Hedwig zitterte vor Angst, es hörte sich so an, als fiele die ganze Horde über ihre Gefährtin her. »Sie bringen sie um! Heilige Jungfrau, hilf ihr und beschütze uns. Wenn die Kerle uns finden, ergeht es uns genauso.«
Es schien eine halbe Ewigkeit zu vergehen, bis Renatas Schreie verstummten und auch die anderen Geräusche nachließen. Es klangen noch einzelne Rufe der Söldner auf, dann trat eine Stille ein, die die Menschen in ihrem Versteck erst recht erschauern ließ.
Hedwig ließ die vor sich hin wimmernde Anna los und barg ihr Gesicht in den Händen. »Wie können Menschen nur so etwas tun?«
Tilla gab keine Antwort, sondern streichelte Anna, die sich wie ein kleines Kind an sie klammerte, und versuchte, das Grauen niederzuringen, das sie erfasst hatte. Lebte Renata noch, fragte sie sich, Und was war mit Sebastian, Starrheim und Ambros? Hatten sie ein Ende unter den Schwertern der Marodeure gefunden? Sie wagte nicht, das Versteck zu verlassen und draußen nachzusehen.
Auch von den anderen machte niemand Anstalten, die zerklüfteten Felsen hochzuklettern. Sie alle wussten, dass ihnen mehr Heilige im Himmel beigestanden hatten als jemals zuvor. In den Kampf mit ihren Gefährten und dem fremden Ritter verstrickt, hatten die Söldner anscheinend nicht wahrgenommen, wie viele Leute vor ihnen geflohen waren, und geglaubt, alle erwischt zu haben. Die Freunde, die draußen geblieben waren, hatten einen hohen Preis für die Unversehrtheit derer zahlen müssen, die hier Zuflucht gefunden hatten. Tilla wurde die Vorstellung nicht los, Sebastian blutüberströmt und entstellt drau-

ßen im Staub liegen zu sehen, und ihr graute vor dem Tag, an dem sie Koloman Laux die Nachricht vom Tod seines jüngeren Sohnes überbringen musste.

Ausgerechnet Sebastians Stimme aber war es, die sie aus den trüben Gedanken riss. »Tilla! Vater Thomas! Wo seid ihr? Bei Gott, hoffentlich leben sie noch! Hört ihr mich?«

»Sebastian!« Tilla schoss aus dem Versteck, suchte sich eine Stelle, an der sie hochklettern konnte, und war beinahe so schnell oben wie eine Eidechse. Als sie sich aufrichtete, sah sie den Freund ihrer Kindertage auf sich zukommen. Ungläubig starrte sie ihn an. »Du lebst!«

»Wenigstens halb!« Sebastian versuchte zu lächeln, doch er brachte nur eine verzerrte Grimasse zustande. Blut lief über seine Stirn und sein linker Arm hing schlaff herab. Seine Stimme zitterte, als er seinen Bericht heraussprudelte.

»Nachdem wir uns so unbedacht auf die Söldner gestürzt hatten, mussten wir rasch die Beine in die Hand nehmen. Wir hatten die Hoffnung, dass ihr in der Zwischenzeit genug Verstand hattet, euch ein sicheres Versteck zu suchen. Aber dann sahen wir, dass ihr noch in der Gegend herumgestanden seid, und sind noch einmal auf die Kerle losgegangen. Ich erhielt einen Schlag über den Schädel, aber Gott sei Dank mit der flachen Klinge, und war für einen Augenblick wie betäubt. Hätte Bruder Carolus es nicht gesehen, wäre es um mich geschehen gewesen. So aber hat er die Schurken von mir abgelenkt und …«

Sebastian brach ab und wies den Hang hinab an eine Stelle, an der der Karmelitermönch in einer großen, roten Lache lag. Tränen schossen ihm in die Augen und für Augenblicke sah er so verzweifelt aus, dass Tilla ihn am liebsten an sich gezogen und getröstet hätte.

»Er hat sein Leben für mich geopfert, verstehst du? Dabei habe ich ihn schlecht behandelt und von mir gestoßen.« Es lag eine Selbstverachtung in seiner Stimme, die Tilla erschreckte.

»Er hat dich geliebt und ist für dich gestorben. Das allein sollte für dich zählen. Behalte das im Gedächtnis und lasse an seinem Todestag Messen für ihn lesen.« Tilla bat den Mönch in Gedanken ebenfalls, ihr zu verzeihen, denn auch sie hatte seinen Charakter falsch eingeschätzt. Dann aber wandte sie ihre Aufmerksamkeit einer anderen Person zu. »Was ist mit Renata?«

»Sie liegt dort unten und rührt sich nicht. Aber ich habe nicht gewagt, sie anzusehen.« Auf Sebastians Gesicht breitete sich Scham aus, weil es ihm nicht gelungen war, die Frau zu beschützen.

Tilla ließ ihn stehen und rannte zu Renata hinunter. Im ersten Augenblick sah es so aus, als wäre diese zu Tode geschunden worden. Sie lag mit verzerrtem Gesicht und verkrampften Gliedmaßen wie im Todeskampf erstarrt auf dem Rücken, und ihre Schenkel glänzten vor Blut. Als Tilla sich über sie beugte, öffnete sie jedoch die Augen und stöhnte.

»Ist Anna den Schuften entkommen?« Selbst in dieser Stunde dachte Renata mehr an ihre Schwester als an sich selbst.

Tilla nickte unter Tränen. »Ja! Wir alle sind ihnen entkommen.«

»Dann ist es gut.« Renatas Gesicht entspannte sich etwas und der Anflug eines Lächelns erschien auf ihren Lippen. »Als ich merkte, dass ich euch nicht mehr würde folgen können, bin ich in eine andere Richtung gelaufen. Es war also nicht vergebens.«

»Das war es nicht!« Tilla fasste ihre Hand und führte sie an die Lippen. »Ich weiß nicht, wie ich dir danken kann.«

»Bring mich zum Wasser, damit ich den Schmutz dieser Kerle von mir abwaschen kann.« Renata versuchte aufzustehen, schaffte es aber nicht allein. Tilla hob sie hoch und fasste sie unter.

Inzwischen hatten die anderen ebenfalls ihre Zuflucht verlassen und Anna wollte zu ihrer Schwester eilen. Hedwig aber hielt sie fest. »Um Renata kümmert sich Tilla. Lass uns lieber sehen, ob noch einer unserer Freunde überlebt hat.«

»Rudolf von Starrheim liegt dort hinten, ebenso der fremde Ritter«, erklärte Sebastian und zeigte in die entsprechende Richtung. Obwohl er dringend hätte verbunden werden müssen, schloss er sich den Frauen an, zu denen sich nun auch das gerettete Mädchen gesellte. Das Edelfräulein hatte seinen Schleier verloren, und so konnten alle sehen, wie kindlich sie noch wirkte, und als sie sich ihrem Onkel näherte, erstarrte ihr Gesicht zu einer Maske schieren Entsetzens.

Der kunstvoll bestickte Waffenrock des Mannes klebte vor Blut, und man konnte sehen, dass ein Hieb mit einer Kriegskeule seine linke Schulter zerschmettert hatte. Doch es steckte noch Leben in ihm, denn er atmete sichtlich auf, als er seine Nichte erkannte. »Gott im Himmel sei gepriesen, Blanche! Du bist unversehrt!«

»Dank dieser Menschen hier, Oheim!« Das Mädchen zeigte scheu auf Hedwig und die anderen, denn es hatte die Leute wiedererkannt, mit denen es an der Rhône in Streit geraten war. Nun bekam Blanche es mit der Angst zu tun. Auf den Schutz ihres Onkels konnte sie nicht mehr vertrauen, denn der Mann war so schwer verletzt, dass er wohl bald in die Ewigkeit eingehen würde.

»Starrheim ist noch am Leben!« Sebastian blickte auf den jungen Grafen nieder, der eben mit einem lauten Stöhnen aus seiner Bewusstlosigkeit erwachte, und wusste nicht recht, ob er sich freuen oder ärgern sollte. In seinen Augen machte Tilla zu viel Aufhebens um den Adeligen und ebenso um Ambros. Letzterer war ein noch härterer Rivale, denn im Gegensatz zu dem Gold-

schmied würde der Graf Tilla gewiss nicht heiraten wollen. Und doch hoffte Sebastian, dass auch Ambros überlebt hatte.
Während er den lang gestreckten Schauplatz der Kämpfe entlangschritt und dabei die beiden Trabanten, die Blanche und ihren Oheim begleitet hatten, ebenso erschlagen fand wie ihren gutmütigen, stets hilfsbereiten Gefährten Manfred, machte Hedwig sich daran, Starrheims Wunden zu verbinden. Sie war darin jedoch so ungeübt, dass Tilla, die Renata versorgt hatte, diesen Samariterdienst übernehmen musste.
Als der Abend kam, kauerte sich die Gruppe im Schutz eines Felsens eng um ein kleines Feuer, das sie mit Steinen zu verbergen suchten, aus Angst, die Söldner könnten sonst den Widerschein entdecken und zurückkehren. Die Flammen reichten gerade, um die Gesichter erkennen zu können, verströmten jedoch keine Wärme. Die Verletzten hatte man auf Reisig gebettet und mit Tillas und Vater Thomas' Pelerinen zugedeckt. Ihre eigenen waren ebenso wie der Umhang des Ritters und alle brauchbaren Ausrüstungsgegenstände von den marodierenden Söldnern mitgenommen worden. Anna teilte ihre Pelerine mit Renata, die mehr damit zu tun hatte, ihre Schwester zu trösten, als an das zu denken, was ihr selbst widerfahren war. Tilla wunderte sich, wie robust Renata zu sein schien, sah aber auch, wie deren Mundwinkel zuckten und sie sich immer wieder an den Unterleib griff, der wohl sehr schmerzte.
Die Stimmung war trübe, denn bis jetzt war es ihnen nicht gelungen, eine Spur von Ambros zu finden, und sie hatten Angst um ihren Gefährten. Auch hatten sie die Toten nicht begraben können, und das Blut zog Wölfe an, deren Geheul immer näher kam.
Dieter, der nicht mit dem Gefühl fertig wurde, sich als Feigling erwiesen zu haben, während sein Freund Manfred gekämpft

hatte und wie ein Mann gestorben war, stieß nach einer Weile einen größeren Ast in die Flammen, stand auf und hob die einfache Fackel auf. »Ich will die Wölfe davon abhalten, an die Toten zu gehen.«

Sebastian fasste ihn an seiner Pelerine. »Das ist nicht möglich! Sie liegen zu weit auseinander.«

»Du würdest nur selbst den Wölfen zum Opfer fallen!«, ergänzte Starrheim, verzog sein Gesicht und hustete. Er war nur wenig besser dran als der sterbende Ritter, doch seine Begleiter hofften auf die Kraft seines jungen Blutes. Nun lag er wieder still und blickte zu Blanche hinüber, die neben ihrem Onkel kauerte und stumm vor sich hin weinte.

»Wenn ihr meint, dass ich nicht gehen soll, dann bleibe ich hier.« Erleichtert setzte Dieter sich wieder, löschte den hell auflodernden Ast und zerschnitt ihn in kleinere Stücke, um das Feuer vorsichtig zu nähren.

»Mir ist kalt«, flüsterte Starrheim, der sich vergebens bemühte, seine Zähne am Klappern zu hindern.

Tilla warf den Kopf in den Nacken, als müsse sie sich selbst den eben getroffenen Entschluss bestätigen, und kroch dann vorsichtig neben den Verletzten, um ihn mit ihrem Leib zu wärmen.

Sebastian sah ihr zu und empfand Neid auf den Grafen. So hätte Tilla sich an ihn schmiegen sollen. Ihn tröstete nicht einmal die Tatsache, dass Starrheim gewiss keinen Vorteil aus ihrer Nähe schlagen konnte, da er viel zu schlecht dran war, um zu sündigen.

Blanche folgte Tillas Vorbild, um ihren Onkel warm zu halten. Der alte Ritter ließ es mit einem sanften Lächeln auf den Lippen geschehen. »Du bist ein gutes Kind!«, flüsterte er.

Sie aber schluchzte auf. »Ich habe dir nur Kummer und Sorgen bereitet, mon oncle, und bin nun schuld an deiner Verwundung.«

»Nein, das bist du nicht. Die haben mir schon andere beigebracht.« Für einen Augenblick brachte der Schwerverletzte ein wenig Galgenhumor auf. Er strich mit seiner rechten Hand über den Schopf des Mädchens und seufzte.

»Du musst stark sein, Blanche, denn ich werde nicht mehr lange bei dir sein können.« Mit einer bittenden Geste wandte er sich an Vater Thomas.

»Versprecht mir, dass Ihr Euch um meine Kleine kümmert. Ihr müsst sie zu Graf Gaston von Foix bringen. Sagt ihm, sein alter Freund Coeurfauchon bittet ihn, sich ihrer anzunehmen.«

Vater Thomas saß starr auf seinem Platz und schien die Worte des Edelmanns nicht einmal gehört zu haben. Daher übernahm Starrheim es zu antworten. »Ich werde alles tun, um Eure Nichte wohlbehalten dem Grafen übergeben zu können, das schwöre ich Euch.«

»Danke!« Der alte Ritter schloss die Augen und ließ den Kopf zurücksinken. Sein Atem verlangsamte sich und Tilla sah mit einer Mischung aus Faszination und Grauen, wie das Leben in ihm zerfloss.

Auch Blanche merkte es, sie schreckte hoch und schüttelte ihren Verwandten. »Onkel, bitte! Du darfst mich nicht verlassen!«

Aber Coeurfauchon würde ihre Stimme niemals mehr hören. Hedwig ging zu dem Mädchen, das sich wie im Fieber schüttelte, und zog sie an sich. »Komm, meine Kleine. Er ist gestorben, um dich zu retten. Sei ihm dankbar und vergönne ihm den Ruhm, wie ein Held in die Ewigkeit eingegangen zu sein.«

»Er war der tapferste Mann, den ich je kennen gelernt habe. Bei Gott, er hat es mit einem vollen Dutzend dieser Kerle aufgenommen. Drei von seiner Sorte hätten genügt, mit dem ganzen Gesindel aufzuräumen!« Starrheim weinte um den alten Mann, den er im Grunde gar nicht gekannt hatte, und man sah ihm an, dass er mit den Umständen haderte, die verhindert hatten, dass er dem Ritter mit blanker Waffe zur Seite hätte stehen können.

»Im Grunde war Coeurfauchon gar nicht so übel, wie es an der Rhône den Anschein hatte«, sagte Peter zur Überraschung der anderen. Sonst war er immer schweigsam gewesen und hatte sich wenig um den Rest der Gruppe gekümmert. Jetzt aber legte er Feuerholz nach und reichte Renata ein Stückchen getrockneten Specks, den er in einer Falte seines Beutels gefunden hatte. »Komm, iss das! Dann wird es dir wieder besser gehen.«

Renata wollte den Speck ihrer Schwester geben, doch Anna nahm ihn ihr aus der Hand und steckte ihn ihr zwischen die Zähne. »Peter hat Recht. Das ist für dich!«

Obwohl in den Eingeweiden der anderen ebenfalls der Hunger nagte, missgönnte keiner der geschändeten Frau das bisschen Essen. »Danke!«, sagte Renata, warf Peter jedoch einen Blick zu, als erwarte sie, er würde ihr das Stückchen Speck wieder abfordern. Aber als dieser scheu lächelte, begann sie zu kauen.

»Wir sollten schlafen«, schlug Tilla vor, doch die anderen schüttelten die Köpfe.

»Mit einem Toten unter uns? Nein, das kann ich nicht!« Hedwig bemerkte erst jetzt, dass die Augen des alten Ritters noch offen standen, und drückte sie ihm zu. »Gott sei seiner armen Seele gnädig und uns möge er auch gnädig sein. Wenn die Kerle morgen zurückkommen, sind wir alle tot, und wir Frauen werden vorher noch einiges auszuhalten haben.«

»Der Teufel soll diese Schurken holen!« Renata spie diese Worte förmlich aus und ließ dabei den anderen einen kurzen Blick in ihr Innerstes tun.

Ihre Schwester drückte sie fest an sich und schluchzte auf. »Warum konnte Gott das nur zulassen? Warum nur?«

»Zweifle nicht an Gott, Schwester. Er wird schon einen Grund haben, warum alles so kommt, wie es kommt. Auf jeden Fall habe ich heute viele Sünden abgebüßt.«

Ihre Schwester brach in einen erneuten Tränenstrom aus. »Aber warum musstest du leiden und nicht ich?«

»Weil Gott es so wollte! Und jetzt sollten wir Tillas Rat befolgen und uns schlafen legen. Der Morgen kommt früh genug.«

Renata schluckte den Rest des Bissens, auf dem sie herumgekaut hatte, hinunter und legte sich zurück.

Obwohl die meisten erklärt hatten, die Augen nicht zumachen zu können, fielen fast alle in einen unruhigen und von Albträumen erfüllten Schlaf, sogar die beiden Verletzten Rudolf von Starrheim und Sebastian. Nur Vater Thomas fand keine Ruhe, sondern murmelte unentwegt Gebete vor sich hin.

VII.

Als der nächste Morgen graute, wurde der schlechte Zustand der Gruppe offenbar. Starrheim lebte zwar noch, dämmerte aber die meiste Zeit in halber Bewusstlosigkeit dahin, Sebastian fieberte leicht und war daher auch keine Hilfe, und Peter und Dieter waren ebenso wie Hedwig und die Zwillinge gewöhnt, dass man ihnen sagte, was sie tun sollten. Bislang hatte Vater Thomas ihnen alle Entscheidungen abgenommen, doch als die beiden Männer sich an ihn wandten, blickte er sie nicht einmal an, sondern sprach ein Gebet und brach dabei in Tränen aus.

Tilla ging zu ihm und zupfte ihn am Ärmel seiner Kutte. »Ehrwürdiger Vater, sagt uns bitte, was wir tun sollen!«

»Ausgelöscht sei der Tag, an dem ich geboren bin, die Nacht, die sprach: ein Mann ist empfangen. Jener Tag werde Finsternis, nie frage Gott von oben nach ihm, nicht leuchte über ihm des Tages Licht.« Auch als Tilla ihn schüttelte, reagierte Vater Thomas nicht, sondern rezitierte weiter aus dem Buch Hiob. Grober zu werden wagte sie nicht und kehrte zu den anderen zurück.

»Was ist mit ihm?«, fragte Dieter angespannt.

Die Antwort fiel Tilla schwer. »Wie es aussieht, ist er nicht ganz bei Sinnen. Am besten, wir lassen ihn vorerst in Ruhe. Kommt, lasst uns die Toten begraben oder zumindest das, was die Wölfe übrig gelassen haben. Renata und Blanche sollen sich inzwischen um die Verwundeten kümmern.«

»Ich komme mit.« Sebastian kämpfte sich schwerfällig auf die Beine und folgte ihr. Peter und Dieter ergriffen den toten Ritter, um ihn an eine Stelle zu tragen, an der es möglich war, ihn unter die Erde zu bringen. Jetzt hielt es auch Blanche nicht mehr an der primitiven Lagerstelle. Mit Lauten, die Tilla an das Wimmern eines Kätzchens erinnerten, lief sie neben den beiden Männern her, die ihren Onkel schleppten, und fasste nach dessen kalter, starrer Hand.

Als sie zu Bruder Carolus' Leichnam kamen, erlebten sie eine Überraschung. Anscheinend hatten die Wölfe andernorts genug zu fressen gefunden, denn der Mann war bis auf die Wunden, die ihm die Söldner geschlagen hatten, unversehrt.

Sebastian schlug das Kreuz und sank auf die Knie. »Es ist ein Zeichen des Himmels, dass ihm vergeben worden ist!« Er begann wieder zu weinen und ergriff dann einen Stock, um die Erde aufzugraben.

Tilla nahm ihm den Stock aus der Hand. »Sei kein Narr! Deine Wunden brechen sonst auf und dich packt das Wundfieber.

Uns reicht einer, den wir schleppen müssen. Du hast gefälligst auf deinen Beinen zu bleiben.«

Sebastian fuhr auf. »Er hat sein Leben für mich gegeben! Da ist es das Mindeste, was ich für ihn tun kann.«

Tilla musterte ihn mit einem kalten Blick. »Du hast dafür zu sorgen, dass sein Opfer nicht umsonst war. Oder willst du, dass wir dich in ein paar Tagen ebenfalls begraben müssen? Mir reichen die Toten, die wir heute der Erde übergeben werden.«

So heftig hatte Sebastian Tilla noch nie erlebt. Ihr Gesicht wirkte starr und die Wangenknochen traten scharf und weiß hervor. Die Lippen zu schmalen Linien zusammengepresst wies sie Peter und Dieter an, die übrigen Toten zu bringen, und begann mit dem Stock, den sie Sebastian abgenommen hatte, den Boden aufzubrechen.

Blanche und Hedwig knieten nieder und schaufelten die Erde, die Tilla lockerte, mit bloßen Händen beiseite. Anna stand eine kurze Weile dabei, dann graute ihr vor den Toten und sie kehrte zu ihrer Schwester zurück, um, wie sie sagte, nach Starrheim zu sehen.

»Sieh zu, dass du Wasser für ihn holst! Er wird Durst leiden«, rief Tilla ihr nach. Dann rammte sie ihren Stock wieder in den Boden, in dem nun Steine zum Vorschein kamen. Zum Glück aber behinderten die Brocken die Arbeit nicht, denn ihre beiden Helferinnen konnten sie beiseite schaffen. Daher ging es schneller als erwartet, doch als Tilla den Stock erschöpft fallen ließ, war die Grube noch sehr flach und kaum groß genug für die fünf Männer, die sie darin zur Ruhe betten wollten. Doch weder sie noch Hedwig oder Blanche waren in der Lage weiterzugraben.

Tilla überlegte schon, Dieter und Peter zu bitten, die Arbeit zu übernehmen, doch als sie die grauen, erschöpften Gesichter der

beiden wahrnahm, ließ sie es sein. »Wir werden ein paar größere Steine auf das Grab wälzen müssen, damit die Wölfe nicht an die Toten kommen.«
»Das sollten wir tun«, stimmte Peter ihr zu. »Seltsamerweise haben wir keine Spur von Ambros gefunden. Entweder haben die Kerle ihn mitgenommen oder es ist ihm gelungen, zu fliehen.«
»Wahrscheinlich liegt er tot und starr irgendwo in der Wildnis, so dass keine barmherzige Hand ihn begraben und ein Gebet für ihn sprechen kann.« Hedwig weinte.
Tilla presste für einen Augenblick die Hände gegen das Gesicht und atmete schwer. Dann wandte sie sich mit einer energischen Bewegung zu ihren Gefährten um. »Wir werden für Ambros beten, so viel ist gewiss. Doch nun lasst es uns zu Ende bringen. Ich will nicht noch eine Nacht an dieser Stelle des Elends durchleben müssen.«
Die anderen nickten und begannen, die Toten in die Grube zu betten. Bruder Carolus legten sie in die Mitte. Für sie war er von einem verachteten Sünder zu einem Helden geworden, denn er hatte nicht nur Sebastian das Leben gerettet, sondern auch die Aufmerksamkeit der rebellierenden Söldner von den Geflüchteten abgelenkt. Auch für Coeurfauchon sprachen sie ein langes Gebet. Mochte er an der Rhône auch ein unangenehmer Mensch gewesen sein, so hatte er doch sein Leben für seine Nichte hingegeben. Als die Erde ihn bedeckte, zitterte Blanche so sehr, dass Hedwig sie an sich ziehen musste, um sie zu stützen.
Auch für Manfred floss so manche Träne. Dieter und Sebastian, die dem etwas begriffsstutzigen Mann so manchen Streich gespielt hatten, baten ihn im Stillen um Vergebung. »Er war ein guter Kamerad und so hilfsbereit wie kein anderer, den ich vor ihm kannte. Erinnert ihr euch, wie gerne er unser Kreuz getra-

gen hat?« Dieter wischte sich über die Augen, doch seine Tränen flossen weiter.

Peter, der neben ihm stand, spie mit einem Mal aus. »Im Gegensatz zu ihm waren wir Feiglinge! Möge Gott uns verzeihen.«

Tilla hatte wegen des Spuckens bereits auffahren wollen, doch nun erkannte sie, dass es nicht dem Toten, sondern ihm selbst gegolten hatte. Peter wirkte heute anders als sonst. Sein Blick war nicht mehr nach innen gerichtet, sondern glitt wachsam über die felsige Landschaft und er hatte als Erster zugegriffen, um Erde und Steine über die Toten zu decken.

Als Tilla sich umdrehte, sah sie, wie Anna und Renata den verwundeten Starrheim auf einer primitiven Trage heranschleppten. Der junge Edelmann war bei Bewusstsein und wirkte aufgewühlt.

»Ich wollte nicht, dass unsere Freunde ohne mich begraben werden«, verteidigte er sich und die beiden Frauen.

»Es ist gut!« Tilla nickte den dreien zu und wandte sich dann an Vater Thomas, der Renata und Anna gefolgt war wie ein Schaf seinem Hirten.

»Wollt Ihr ein Gebet für unsere Freunde sprechen, ehrwürdiger Vater?« Sein Gesicht sagte ihr jedoch, dass er sie nicht verstand.

Damit stürzte er die, die ihm bisher getreulich gefolgt waren, in größte Schwierigkeiten, denn sie konnten nicht länger an diesem Ort bleiben. Tilla, die ihn verzweifelt anstarrte, spürte den Hunger, der durch den Schrecken des gestrigen Tages gelähmt gewesen war, stärker in ihr wühlen und wusste, dass es den anderen kaum besser erging. Wenn die Gruppe nicht bald ein Kloster oder eine andere Stelle fand, an der sie Nahrungsmittel erhielt, würde die Schwäche sie alle übermannen, so dass sie am Rande des Weges zusammenbrachen und starben. Auch brauchte Starrheim dringend einen Wundarzt, denn die eigenen Möglichkeiten reichten bei weitem nicht aus.

Da niemand anders die Führung der Gruppe übernehmen wollte, straffte Tilla ihren Rücken und sah in die Runde. »Dieter und Peter, ihr werdet Starrheim das erste Stück tragen. Hedwig und ich lösen euch dann ab. Anna und Renata sollen Sebastian stützen. Blanche trägt das, was wir von unserem Gepäck mitnehmen.«

»Und unser Kreuz?«, fragte Sebastian verwundert.

»Das müssen wir hier lassen. Es gibt niemand unter uns, der es noch tragen kann.« Es tat Tilla leid, dies sagen zu müssen, doch sie sah keine Möglichkeit, das schwere Ding mitzunehmen. Sie hatte jedoch nicht mit der Hartnäckigkeit ihrer Gefährten gerechnet.

»Wir sind mit diesem Kreuz aus Ulm ausgezogen und werden damit in Santiago einziehen!«, rief Hedwig kämpferisch. Sie trat auf das Kreuz zu und wuchtete es sich mit schier übermenschlicher Kraft auf die Schulter.

»Also los, auf geht's!«

Den Befehl zum Aufbruch hatte eigentlich Tilla geben wollen, doch sie merkte, wie Hedwigs Beispiel die anderen beflügelte. Sie nickte der älteren Frau dankbar zu und setzte sich an die Spitze. Hinter ihr tauschten sich Dieter und Peter darüber aus, ob sie auf ihrem weiteren Weg wohl noch einmal den Plünderern in die Arme laufen würden.

Auch Tilla kämpfte mit dieser Angst, sagte sich jedoch, dass sie sich davon nicht lähmen lassen durfte. Alles, was kam, lag in Gottes Hand. Als sie sich umdrehte, sah sie, wie Sebastian Anna zu Hedwig hinschob, damit diese ihr beim Tragen des Kreuzes helfen konnte. Er ließ sich von Renata stützen, die jedoch selbst so schwach war, dass sie eigentlich Hilfe benötigte. Ein ganzes

Stück weiter hinten folgte Vater Thomas der Gruppe, so, als gehöre er nicht so recht dazu. Es war beinahe wie damals, als Sebastian ihnen in gewissem Abstand gefolgt war. Tilla seufzte bei dem Gedanken und bat Gott, den Verstand ihres Führers wieder zu klären, denn sie waren auf ihn und seinen Rat dringend angewiesen, wenn sie Santiago erreichen wollten.

Zunächst folgten sie ein Stück der Spur der Söldner, doch als sich die erste Gelegenheit bot, nach Süden abzubiegen, ergriff Tilla sie. Sie wusste nicht, wohin der Weg führte, er konnte genauso gut irgendwo in den Bergen enden, doch sie hoffte auf ihren guten Stern und die Hilfe ihres Vaters, dessen Geist ihr hoffentlich den richtigen Pfad weisen würde.

Zunächst sah es nicht so aus, denn der Weg führte steil bergan und wurde so steinig, dass sie nur vorwärts stolperten. Sie mussten Starrheims Trage zu viert schleppen, um zu verhindern, dass er weiter zu Schaden kam, und immer wieder Pausen einlegen, damit Sebastian verschnaufen konnte. Selbst Hedwig schien zu überlegen, ob sie das Kreuz nicht doch zurücklassen sollte. Doch als sie es erschöpft absetzte, schloss Vater Thomas auf und nahm es ihr ab.

Sein Blick wirkte wieder etwas klarer, auch wenn er noch immer Stellen aus der Bibel zitierte, die von Tod und Vernichtung sprachen. Die anderen blickten ihn auffordernd an, in der Hoffnung, er würde wieder die Führung übernehmen. Er lächelte jedoch nur sanft und wartete darauf, dass jemand voranschritt.

Tilla atmete tief durch und packte eine Stange von Starrheims Trage. »Weiter! Wir haben lange genug gerastet.«

Sie spürte förmlich die schiefen Blicke der anderen in ihrem Rücken und betete still zu Gott und dem heiligen Jakobus, ihr und ihren Begleitern doch beizustehen. Für etliche Augenblicke wurde der Weg noch schlechter und Dieter machte bereits den

Vorschlag, umzukehren, da stieß Sebastian, der von Anna geführt ein paar Schritte weitergegangen war, einen überraschten Ruf aus.

»Das müsst ihr sehen!«

Dieter, Peter und Blanche setzten kurzerhand die Trage ab, so dass Tilla es auch tun musste, und eilten an seine Seite.

»Ein Wunder! Das ist ein Wunder!«, hörte sie Peter schreien. Sie warf einen besorgten Blick auf Starrheim, der wieder in Bewusstlosigkeit versunken war, und schloss dann zu den anderen auf.

Sie konnte selbst kaum glauben, was ihre Augen entdeckten. Der Weg führte von jetzt an nur noch bergab und mündete in einem lang gestreckten, grünen Tal, durch das sich ein kleiner Bach wand und kühle Labe versprach. Zypressen und andere, ihr unbekannte Bäume säumten das kleine Gewässer, und weiter hinten war ein Dorf zu erkennen, das aus einem halben Dutzend Gehöften bestand. Direkt unter ihnen aber entdeckte sie ein kleines Kirchlein aus gelb schimmerndem Stein mit einem spitz zulaufenden Turm. Ein paar Gebäude standen in der Nähe der Kirche und sie sah Leute, die von dort zu ihnen hochschauten. Sie schienen miteinander zu reden und setzten sich dann in Bewegung. Feinde schienen es jedoch keine zu sein, denn an ihrer Spitze schritten eine Frau in einem weiten weißen Kleid und ein Priester, der seinen Leib in eine schlichte braune Kutte gehüllt hatte.

»Gott hat unser Flehen erhört!« Tilla vermochte die Tränen nicht mehr zurückzuhalten, besann sich aber und nickte ihren Leuten zu. »Lasst uns auch noch das letzte Stück zurücklegen.« Sie ergriff wieder die Trage des Verwundeten. Es dauerte einen Augenblick, bis ihre Begleiter reagierten, dann aber packten auch sie zu und es ging weiter.

Schon bald klangen Rufe zu ihnen hoch. Es handelte sich um eine fremde Sprache und Tilla war nicht sicher, ob es Französisch war. Da Starrheim in seiner Bewusstlosigkeit dahindämmerte, gab es niemand, der die Worte übersetzen hätte können. Die Stimmen klangen jedoch freundlich und das versprach Hilfe und Brot.

Als die Fremden herangekommen waren und sie aufgeregt umringten, schwirrten ihre Worte wie zwitschernde Vögel um sie herum. Seltsamerweise schien nicht der Priester ihr Anführer zu sein, sondern die weiß gekleidete Frau. Sie trug einen Kranz aus grünem Laub auf dem Kopf und war so groß, dass sie sogar Tilla überragte. Ihr Gesicht wirkte zeitlos schön, obwohl sie wohl mehr als vierzig Jahre zählen mochte. Sie selbst sprach nur wenig, aber wenn sie es tat, reagierten ihre Begleiter sofort. Als Erstes reichten sie Tilla und den anderen Wein, den sie in ledernen Beuteln mit sich führten, und flößten auch Starrheim etwas von dem belebenden Getränk ein. Von einer noch recht jungen Frau in einem waidgefärbten Kleid und einem schlichten Kopftuch erhielten sie Brot, das sie mit Heißhunger verschlangen.

Die Anführerin lächelte Tilla zu und umarmte sie. Dabei sagte sie etwas zu ihr, das diese nicht verstand. Eines begriff sie jedoch: sie waren in Sicherheit.

VIII.

Die Gastfreundschaft der Talbewohner war überwältigend. Tilla und ihre Begleiter wurden in eines der Häuser bei der Kirche gebracht und mit allem versorgt, was sie sich wünschen konnten. Ein alter Mann mit einem verkrüppelten Arm und einem schrecklich zugerichteten Gesicht kam hinzu und begann stockend auf Tilla einzureden. Zunächst verstand sie ihn nicht recht, begriff aber, dass er einen ihr unbekannten deutschen Dialekt sprach, mit dem sie von Satz zu Satz besser zurechtkam. Er hieß Rudi und war vor vielen Jahren hier aufgenommen worden, nachdem Räuber ihn so schrecklich zugerichtet hatten. Der Mann äußerte jedoch nicht, ob er als Pilger in diese Gegend gekommen war oder aus anderen Gründen. Tilla war wichtiger, dass er die Worte übersetzen konnte, die Olivia, die Anführerin der Talbewohner, an sie und ihre Gefährten richtete.

»Eure beiden verwundeten Freunde werden wieder genesen«, versicherte die hochgewachsene Frau den besorgten Pilgern, während sie Starrheim mit kundigen Händen versorgte.

Bei Sebastian hatte Tilla dies angenommen, denn er war nicht so schwer verwundet und hatte bereits als Junge etliche Krankheiten und Verletzungen gut überstanden. Auf Graf Rudolfs Überleben hatte sie jedoch nur hoffen können. Nun nahm sie erleichtert wahr, dass die Medizin, die Olivia ihm einflößte, ihre Salben und die kundig angelegten Verbände seine Schmerzen zu dämpfen und seine Lebensgeister zu wecken schienen.

Nicht lange, da wurde sein Blick klarer. Er musterte seine Umgebung und bekundete, einen Bärenhunger zu haben. Zu seiner Enttäuschung erhielt er jedoch nur eine Brühe mit ein wenig Hühnerfleisch. Als er sich darüber beschwerte, ließ Olivias Lächeln ihn schnell verstummen. Sie gab ihm noch einen Schluck Wein zu trinken, und kurz danach schlief er so süß und selig wie ein Säugling. Auch Sebastian fielen schon im Sitzen die Augen zu. Zwei von Olivias Helfern hoben ihn auf, führten ihn zu einer eilig hergerichteten Lagerstatt und betteten ihn dort unter eine Decke aus ungefärbter Schafwolle.

Der Rest der Gruppe zollte nun ebenfalls den Anstrengungen der letzten Tage Tribut und versank in tiefen Schlaf. Tilla wollte sich bei Olivia für ihre Gastfreundschaft bedanken und sich ebenfalls hinlegen, doch da bedeutete ihr die Frau, aufzustehen und mit ihr zu kommen. Verwirrt folgte sie ihrer Gastgeberin in eine kleine Kammer, in der sich Dampf über einem großen Bottich kräuselte.

Da Tilla in ihrer Erschöpfung wie erstarrt stand, wies Olivia sie mit Gesten an, sich auszuziehen und in das Wasser zu steigen. Sie schüttelte sich, um wenigstens etwas wacher zu werden, denn sie konnte der Verlockung eines warmen Bades nicht widerstehen. Endlich würde sie sich den Schmutz abwaschen können, der auf ihrer Haut klebte, und mit ihm vielleicht auch die unmittelbaren Schrecken der letzten Tage. Rasch schlüpfte sie aus ihrer Kleidung, trat an den Bottich und prüfte die Temperatur des Wassers. Das Gefühl, das die Wärme in ihr auslöste, war so angenehm, dass sie drinnen saß, ehe ihre Gastgeberin sie noch einmal auffordern konnte. Im gleichen Augenblick erschienen mehrere junge Frauen, die von einem größeren Block abgeschnittene Seifenstücke und kleine Tontiegelchen hereintrugen, aus denen es angenehm roch.

Auf Olivias Geheiß begannen sie, Tilla von Kopf bis Fuß zu waschen. Das hatte man zuletzt mit ihr gemacht, als sie noch ein kleines Kind gewesen war, und sie genierte sich zunächst. Nicht lange aber, da entspannte sie sich und genoss die sanften Hände der Frauen. Als das Wasser ein wenig abgekühlt war, bat Olivia sie, aus dem Bottich zu steigen, rieb sie mit einem weichen Tuch ab und deutete auf eine mit Polstern bedeckte Bank in einer Ecke. Tilla musste sich mit dem Gesicht nach unten hinlegen, während ihre Gastgeberin mit erstaunlich kräftigen Händen ihren Nacken und ihren Rücken zu massieren begann. Im ersten Augenblick wollte Tilla protestierend aufschreien, so weh taten ihr die verkrampften Muskeln. Doch sie biss die Zähne zusammen, hielt still und spürte, wie sich die Knoten unter ihrer Haut lösten. Noch ehe Olivia fertig war, dämmerte sie unter deren Händen weg.

Tilla konnte nicht lange geschlafen haben, denn als sie erwachte, lag sie immer noch auf dem schmalen Ruhebett, eingehüllt in eine warme Decke, und roch auf angenehme Weise nach Blüten und Heu. Auf der anderen Seite des Raumes zogen Olivia und ihre Helferinnen gerade Renata aus, um auch sie zu baden. Beim Anblick der angeschwollenen und blau unterlaufenen Scham der Vergewaltigten stieß Olivia einen Laut aus, der Mitleid, aber auch Hass auf jene ausdrückte, die dieser Frau so etwas Schreckliches angetan hatten. Gleichzeitig zog sie Renata an sich und strich ihr tröstend über das Gesicht. Dann zeigte sie auf die Wanne. Als Renata zögerte, hoben Olivias Frauen sie hoch und setzten sie in den Bottich.

Tilla sah interessiert zu, wie ihre Gefährtin gesäubert und wieder neben die Wanne gestellt wurde. Zwei Frauen stützten sie, während Olivia einige seltsame Gesten vor ihrem Gesicht vollführte. Renata schien im Stehen einzuschlafen und wurde von den Helferinnen auf eine Decke gelegt. Dann bestrich die hochgewachsene Frau den Unterleib der Reglosen dick mit einem durchdringend riechenden Balsam. Der Geruch ähnelte dem der Salben, mit denen Starrheim und Sebastian behandelt worden waren.

Inzwischen hatte Olivia bemerkt, dass Tilla erwacht war, und grüßte lächelnd zu ihr hinüber. Mit einer Geste bat sie sie, aufzustehen und für Renata Platz zu machen. Zwei ihrer Helferinnen brachten einen bodenlangen Kittel aus ungefärbter Schafwolle und deuteten an, dass Tillas eigene Kleidung gewaschen würde. Olivia massierte nun auch Renata, die wieder zu sich gekommen war, und gab dabei gurrende Laute von sich, die Re-

nata zu beruhigen schienen. Als diese die Augen geschlossen hatte und leise atmend schlief, ließ Olivia von ihr ab und trat auf Tilla zu. Sie legte ihre Hände an deren Schläfen und sah sie durchdringend an.
Als sie danach etwas sagte, klang es bedauernd. Nach kurzem Sinnen zuckte sie mit den Schultern, deutete auf die Tür und trat hinaus. Tilla folgte ihr und sah Olivia auf die Bank zeigen, die vor der Hütte stand. Als Tilla sich gesetzt hatte, schickte die Frau eine ihrer Dienerinnen mit einem Befehl fort. Dann blickte sie Tilla mit einer gewissen Anerkennung, aber auch einem Hauch von Traurigkeit an.
Tilla bedauerte es, dass Rudolf nicht zugegen war, denn die unterschiedlichen Sprachen ließen keine Unterhaltung zu. Dabei hätte sie Olivia gern für ihre Hilfe gedankt. Obwohl sie immer noch müde war, fühlte sie sich besser als je zuvor auf ihrer Pilgerschaft und sah voller Zuversicht in die Zukunft.
Hufgetrappel ließ beide aufhorchen. Es kam aus der Richtung, in die Tilla hatte ziehen wollen. Aus Angst, es könnten die Plünderer sein, fasste sie Olivias Schulter und wollte diese panikerfüllt mit sich ziehen. Ihre Gastgeberin löste ihre verkrampften Finger und hielt sie fest. Dabei spähte sie den Reitern entgegen.
Hab keine Angst! Hier tut dir niemand etwas an, schienen ihre Gesten zu besagen.
Jetzt sah Tilla, dass es sich nicht um die Marodeure, sondern um fünf Reiter handelte und einen Mann, der ihnen zu Fuß folgte, aber immer weiter zurückblieb. Der Fußgänger schien ihr seltsam vertraut, doch das konnte sie zu ihrem Schrecken auch von den meisten Reitern sagen. Es waren Rigobert Böhdinger und Anton Schrimpp, von denen sie angenommen hatte, sie seien längst wieder nach Tremmlingen zurückgekehrt. Deren Beglei-

tung bestand aus ihren beiden Knechten und einem fremden Reiter.

»Die dürfen mich nicht sehen!«, rief Tilla entsetzt und sprang auf.

Olivia verstand sie zwar nicht, aber Tillas Gesicht sagte ihr genug. Rasch öffnete sie die Tür des Badehauses und schob ihren jungen Gast hinein. Dann ging sie den Reitern mehrere Schritte entgegen.

Rigobert Böhdinger hielt sein Pferd vor ihr an und blickte hochmütig auf sie herab. »Gib uns etwas zu trinken!«

Der Fremde, den Schrimpp und Böhdinger wohl als Dolmetscher mitgenommen hatten, übersetzte die Worte.

Ein abweisender Ausdruck huschte über Olivias Gesicht. Sie ärgerte sich weniger über die Bitte nach einem Getränk als vielmehr über Böhdingers Tonfall und sein Auftreten. Daher beschrieb ihre Rechte einen Bogen und wies auf den Bach. »Dort ist Wasser!«

»Wir wollen Wein!«, schnauzte Anton Schrimpp sie an, nachdem sein einheimischer Begleiter ihm die Worte übersetzt hatte.

Olivia überlegte kurz und nickte. »Ihr sollt Wein haben«, sagte sie zu dem Dolmetscher und rief ihre Helferinnen. Diese brachten nach kurzer Zeit einen großen Krug und mehrere Tonbecher.

Anton Schrimpp schien kaum warten zu können, bis der erste Becher gefüllt war, denn er beugte sich aus dem Sattel, entriss der Frau das halb gefüllte Gefäß und führte es an den Mund. Kaum hatte er einen tiefen Zug genommen, spie er die Flüssigkeit aus und begann zu brüllen. Rigobert schimpfte ebenfalls und der Dolmetscher übersetzte auch ihre Flüche. »Das Zeug ist ja der reinste Essig!«

Olivia brauchte keinen Dolmetscher, um das Geschrei zu ver-

stehen. »Wir sind arme Leute und haben nichts Besseres.« Tilla, die die Szene durch den Türspalt beobachtete, spitzte die Ohren, damit ihr ja kein Wort entging. Als Anton Schrimpp das Getränk ausspuckte, musste sie die Hand auf den Mund legen, um ein Kichern zu unterdrücken. Der Wein, den sie und ihre Gefährten erhalten hatten, war von ausgezeichneter Qualität gewesen. Rigobert und der jüngere Schrimpp hatten wohl sauren Hund bekommen, und den vergönnte sie diesen Kerlen.
Anton schien jedoch zu der Überzeugung zu kommen, dass selbst der schlechteste Wein besser war als gar keiner, denn er ließ sich noch einmal nachschenken und trank das Gesöff mit einer Miene, als hätte man ihm Jauche gegeben. Auch Rigobert ließ sich einen weiteren Becher kredenzen, und die drei anderen Männer leerten ebenfalls einen zweiten Becher.
»Sollen wir die Pferde ein wenig verschnaufen lassen?«, fragte Rigobert seinen Begleiter.
Tilla erstarrte, denn wenn die Männer abstiegen und sich umsahen, bestand die Gefahr, dass sie entdeckt wurde. Zu ihrer Erleichterung lehnte Schrimpp jedoch ab. »Dafür ist es noch zu früh. Ich will heute noch die eine oder andere Meile zurücklegen. Weiter oben soll es mehrere Klöster geben, in denen wir sicher besser untergebracht werden als bei diesem Bauerngesindel. Außerdem will ich richtigen Wein trinken, sozusagen auf Tillas Wohl!«
Er lachte dabei meckernd und Tilla fragte sich, was es damit auf sich haben mochte. Immerhin suchten die beiden schon mehrere Monate nach ihr, und sie mussten es doch allmählich leid sein.
»Erinnere mich nicht an dieses Miststück!« Rigobert bellte wie ein gereizter Hund. »Wenn ich daran denke, wie lange wir ihr gefolgt sind, und nun das!«
Anton Schrimpp lachte meckernd. »Seien wir doch froh, dass wir

den Tölpel dort hinten aufgegriffen haben. Sonst hätten wir wohl nie von ihrem Schicksal erfahren und würden das Land noch bis Santiago durchkämmen. So aber können wir endlich nach Hause zurückkehren und Otfried berichten, dass seine Schwester in diesem fremden Land elendiglich umgekommen ist.«

»Mir wäre es lieber gewesen, wir hätten sie erwischt und nicht die Marodeure. Ich kenne nämlich die Schatulle, die Otfried zurückhaben will. Mein Onkel hatte seine wichtigsten Papiere darin geborgen, und ich hätte gar zu gerne einen Blick hineingeworfen. So wie mein Schwager sich angestellt hat, muss etwas darin sein, was für ihn lebenswichtig ist oder ihn zutiefst beunruhigt. Mit den Dokumenten hätte ich ihm höchstwahrscheinlich einen großen Teil des Vermögens aus den Zähnen ziehen können, das er mir und meiner Familie abgenommen hat. Sonst wäre ich dem Miststück doch nicht so weit gefolgt.« Rigobert Böhdinger stieß noch ein paar Flüche aus, die Tilla und Otfried gleichermaßen galten.

Damit reizte er Anton zu einem weiteren Lachen. »Wenn du so hinter dem Kasten her bist, dann musst du den Söldnern folgen und zusehen, ob du ihn bekommst. Aber glaube nicht, dass Otfried oder ich besonders um dich trauern werden, wenn die Kerle dir deine eigenen Eingeweide zeigen.«

»Es hätte wohl kaum Sinn, nach den Söldnern zu suchen, denn Tillas Mörder dürften die Schatulle aufgebrochen und alles, was sie nicht brauchen konnten, weggeworfen haben. Die Papiere liegen jetzt wohl verstreut im Wald oder werden vom Wind über die Berge getrieben, bis sie verfaulen. Das ärgert mich maßlos, denn ich hätte allzu gerne gewusst, was meinem Schwager solch große Sorgen bereitet hat.« Rigobert trauerte sichtlich den Möglichkeiten nach, die ihm die Papiere hätten verschaffen können.

Schrimpp hingegen zuckte mit den Schultern. »Ich glaube, du unterschätzt den guten Otfried. Ihn würde ich mir an deiner Stelle nicht zum Feind machen. Der hat Ehrgeiz, sage ich dir! Wenn wir nach Hause kommen, nimmt er bestimmt schon eine hohe Stellung in der Stadt ein oder hat gar schon selbst das Amt des Bürgermeisters übernommen.«
Das wird Koloman Laux nicht zulassen, dachte Tilla und hätte es beinahe laut gesagt, konnte die Worte jedoch noch im letzten Moment zurückhalten. Auch sie beschäftigte nun die Frage, was außer dem Testament ihres verstorbenen Mannes und ihrem Heiratskontrakt noch in der Schatulle sein mochte, und plötzlich bekam sie Angst um ihre mütterliche Freundin Elsa Heisler. Was war, wenn Otfried Verdacht schöpfte und ihre einstige Kinderfrau so lange quälte, bis sie ihm die Kassette übergab? Würde er sie dann auch umbringen, so wie er es bei ihrem Vater getan hatte? Jemand, der einmal gemordet hatte, konnte es jederzeit wieder tun.
Ganz in ihre Sorgen verstrickt, übersah sie, dass Rigobert Böhdinger und Anton Schrimpp die Becher zurückreichten und ihre Pferde antrieben. Dank oder gar Lohn für die Labe erhielten Olivia und ihre Frauen nicht.
Die weise Frau des Dorfes blickte den Reitern nach, bis diese jenseits des Bergkamms verschwunden waren, und trat dann zu Tilla. »Diese Männer waren nicht gut«, sagte sie, obwohl sie wusste, dass ihr Gast sie nicht verstehen konnte.
Sie zog Tilla kurz an sich und umarmte sie, dann richtete sie ihre Aufmerksamkeit nach draußen: Dort taumelte der Mann, der Böhdinger und Schrimpp zu Fuß gefolgt war, auf die Kirche zu und brach völlig erschöpft in die Knie. Auf seiner Stirn war eine verschorfte Verletzung zu erkennen und um seinen linken Arm hatte er einen schmutzigen Fetzen als Verband geschlungen.

Tilla war Olivia ins Freie gefolgt und starrte den Ankömmling verblüfft an. Es war Ambros. Außer sich vor Freude, ihn lebend zu sehen, eilte sie zu ihm, fasste sein Gewand und schüttelte den Kopf. »Du lebst! Wie ist das möglich?«

Ambros schien sich weniger zu freuen als Tilla, denn er sah so aus, als habe er eben all seine Verwandten bis ins hundertste Glied unter die Erde gebracht. Zuerst starrte er sie an, als sei sie ein Gespenst, und dann begann er zu schluchzen wie ein kleines Mädchen. »Tilla? Bist du es wirklich?«

»Natürlich bin ich es, und ich freue mich riesig, dass du ebenfalls am Leben bist. Wir glaubten, du seiest tot, und haben dich bereits betrauert.«

»Du sagst ›wir‹? Es sind also mehr der Unsrigen entkommen?« Ambros sah sie dabei mit so erstaunten Augen an, dass sie um seinen Verstand zu fürchten begann. Nach kurzem Nachdenken begriff sie, dass er kaum weniger schreckliche Dinge erlebt haben musste als sie selbst, und nickte. »Die meisten von uns sind entkommen. Wir haben noch rasch genug ein Versteck gefunden, in dem wir uns verbergen konnten. Ihr habt die Schurken ja lange genug aufgehalten, und Bruder Carolus hat sie von uns weggelockt. Er starb für uns, und Manfred ist ebenfalls tot!«

»Gott sei ihren armen Seelen gnädig!« Obwohl ehrliche Trauer in Ambros' Stimme lag, atmete er sichtlich auf. Dann fasste er Tillas Kittel und lächelte unter Tränen.

»Ich hielt euch alle für tot, abgeschlachtet von diesen Ungeheuern in Menschengestalt! Es war alles so entsetzlich. Ich bin mit Starrheim und den anderen auf die Schreie zugelaufen und habe die Reiter gesehen, die von den Söldnern überfallen worden waren. Weil es so viele waren, wollte ich wieder umkehren, doch unser heißsporniger Graf hat sich auf die Angreifer gestürzt und dafür gesorgt, dass das Mädchen, das bei den Überfallenen

war, fliehen konnte. Sebastian und Manfred haben ebenfalls die Kerle angegriffen. Aber ich … ich bin ins Gebüsch gekrochen und habe dort wie zu Stein erstarrt gekauert, ohne zu wissen, was ich tun sollte. Die meisten sind vor meinen Augen von den Marodeuren zerfleischt worden. Ich sah Manfred blutüberströmt und mit gespaltenem Schädel zu Boden sinken und bekam auch mit, wie Starrheim und Sebastian immer wieder verwundet wurden. Dennoch habe ich es nicht fertig gebracht, ihnen beizustehen. Ich war wie gelähmt, verstehst du?«
Er brach ab und starrte auf seine Hände. »Ich bin doch stark wie ein Bär und habe immer geglaubt, mich vor nichts fürchten zu müssen. Doch statt zu kämpfen, konnte ich nur dahocken und hinstarren. Ich habe wie Espenlaub gezittert! Als man mich entdeckt hat, musste ich mich gegen zwei der Kerle zur Wehr setzen und habe mehrere Wunden davongetragen, ehe ich auf den Beinen war. Voll von Schmerz und Todesangst habe ich dann die Flucht ergriffen. Die Schurken wollten mich verfolgen, aber nach ein paar Schritten haben sie ihre Kameraden triumphierend schreien gehört, als hätten diese noch andere Opfer entdeckt, und kehrtgemacht. Ich aber bin gerannt wie noch nie in meinem Leben. Euch habe ich alle für tot gehalten, und als ich nach langem Herumirren durch die Berge auf deine einstigen Verfolger getroffen bin, habe ich sie angesprochen, in der Hoffnung, sie würden Erbarmen mit mir haben, wenn ich ihnen Nachricht über dein Schicksal brächte. Ich hatte rein gar nichts mehr, verstehst du? Nur noch den Kittel, den ich am Leibe trage.«
Tilla musterte Ambros nachdenklich. Während seiner Flucht hatte er alles verloren, seine Pilgertasche, den Stab, den Hut und sogar die Pelerine. Er war nun nicht mehr als ein Bettler in einem fernen Land, und sie verstand, dass er sich von Böhdinger und Schrimpp Hilfe erhofft hatte. Doch genauso gut hätte er

einen Skorpion um Almosen bitten können. Sie dachte aber auch daran, dass sein Handeln ihr zum Guten ausgeschlagen war, und strich ihm lächelnd über die Wange.

»Beruhige dich, mein Guter, und komm mit. Hier erhältst du Essen und Wein und kannst deine müden Glieder ausruhen. Im Übrigen hast du mir einen großen Gefallen erwiesen. Jetzt, da meine Verfolger glauben, ich wäre tot, werden sie wieder in ihre Heimat zurückkehren und ich kann meine Pilgerfahrt ohne Sorge beenden. Aber wie sind sie überhaupt auf den Gedanken gekommen, durch diese Einöde zu reiten?«

»Ich habe sie davor gewarnt, die Hauptstraße zu nehmen, weil sie dort den rebellischen Söldnern direkt in die Arme gelaufen wären.«

Für einen Augenblick bedauerte Tilla, dass es nicht so gekommen war. Dann aber sagte sie sich, dass ihre bösen Gefühle für Rigobert Böhdinger und ihre Verachtung für Anton Schrimpp sie nicht dazu treiben durften, ihnen Übles zu wünschen.

Sie wechselte einen Blick mit Olivia, die ihre Frauen aufforderte, sich Ambros' anzunehmen. Der erste Schluck, den er zu trinken erhielt, stammte noch aus dem Krug, aus dem sie auch den Reitern eingeschenkt hatten. Doch im Gegensatz zu diesen beschwerte Ambros sich nicht, sondern leerte durstig das Gefäß und bedankte sich scheu bei den Frauen.

IX.

Nach einigen Tagen hatte sich der Zustand der Pilger gebessert. Tilla, Hedwig, Dieter und Peter hätten längst weiterziehen können, ebenso Blanche, die langsam aus ihrer Starre erwachte, in die der Tod ihres Onkels und das Grauen des Überfalls sie versetzt hatten. Sie alle wollten jedoch warten, bis die Verletzten so weit genesen waren, dass keine Gefahr mehr für ihr Leben bestand. Den Grafen würden sie wohl noch eine Weile tragen müssen, doch noch größere Sorge bereitete den Pilgern Vater Thomas' Zustand, denn er schien diese Welt geistig verlassen zu haben. Der Priester des Dorfes, ein kleiner agiler Mann, der für einen Kleriker erstaunlich fröhlich wirkte, kümmerte sich um ihn und brachte ihn nach drei Tagen dazu, auf seine lateinisch geäußerten Worte zu antworten. Aber es bedurfte langer, geduldiger und oft sehr stockend geführter Gespräche zwischen den beiden, bis sich der Verstand des Pilgerführers zu klären begann.

Als die Gruppe am fünften Tag das Abendessen im Kreise ihrer Gastgeber einnahm, sprach Vater Thomas zum ersten Mal seit dem Unglück das Gebet, mit dem sie Gott für seine Gaben dankten. Beim Essen war er jedoch ungewohnt ernst, und als die Schalen abgeräumt worden waren, warf er sich vor der Gruppe zu Boden und bat alle um Verzeihung. »Ich habe euch schlecht geführt, meine Kinder! Not und Tod habe ich über euch gebracht und euch in Schande gestürzt.«

Sein Blick glitt zu Renata, die unter der sorgsamen Pflege, die Olivia und ihre Helferinnen ihr angedeihen ließen, langsam zu sich selbst zurückfand, und er schüttelte traurig den Kopf. »Ich bin es nicht wert, euch weiter zu führen!«

Die anderen sahen sich bestürzt an, denn das klang so, als wolle er sie verlassen.

Tilla schüttelte den ersten Schreck ab, sprang auf und stemmte die Arme in die Seiten. »Ihr habt weder die Söldner zu uns gerufen, noch seid Ihr für all die anderen Zwischenfälle verantwortlich, die uns unterwegs zugestoßen sind. Wohl sind zwei unserer Freunde tot, doch sie waren auf dem Weg nach Santiago und ich bin sicher, der heilige Jakobus wird sich ihrer Seelen annehmen und sie ins Himmelreich geleiten. Ihr jedoch, ehrwürdiger Vater, habt noch eine Pflicht zu erfüllen, nämlich uns, die wir noch am Leben sind, an unser Ziel zu führen und danach wieder nach Hause zu bringen. Ohne Euch sind wir wie Schafe ohne einen Hirten und wie ein Reich ohne König.«

»Gut gesprochen, Tilla! Das ist auch meine Meinung!« Die Tage der Ruhe und Olivias Medizin waren Starrheim gut bekommen, und er barst bereits wieder vor Tatendrang. Peter hatte ihm eine Krücke geschnitzt, mit der er ein wenig herumhumpeln konnte. Für den weiteren Weg war dieses Hilfsmittel zwar keine Lösung, doch es gab ihm das Gefühl, nicht nur auf die Hilfe anderer angewiesen zu sein.

Vater Thomas zuckte wie unter Peitschenhieben zusammen, so sehr hatten Tillas Appell und Starrheims Worte ihn getroffen, und für einen Augenblick sah es so aus, als wolle er aufspringen und davonlaufen. Dann aber schlug er seine Stirn mehrfach hart gegen den Boden, so dass die meisten wieder um seinen Verstand fürchteten. Aber als er aufstand, war der nach innen gerichtete Ausdruck aus seinen Augen verschwunden. »Ihr habt Recht! Ich habe vor Gott, unserem Herrn, geschworen, euch zum Grabe des Apostels zu führen, und das werde ich tun.«

»Danke!« Tilla fiel ein Stein vom Herzen, denn sie hatte erlebt, wie schwer es war, die Gruppe zu führen.

Rudolf, der ebenfalls am Tisch saß, hatte Olivia das Gespräch leise übersetzt, und nun nickte die weiß gewandete Frau zufrieden und gab ihrem Priester ein Zeichen, sich wieder um Vater Thomas zu kümmern. Sie selbst drehte sich zu Tilla um. »Ich will noch einmal hinausgehen, um die Nacht zu begrüßen. Es würde mich freuen, wenn du mich begleiten könntest.«

Sie gab auch Rudolf, der ihre Worte übersetzt hatte, einen Wink, mit ihnen zu kommen, trat vor die Tür und lenkte ihre

Schritte hinüber zu der kleinen Kirche. Tilla wunderte sich darüber, denn die Aufforderung ihrer Gastgeberin hatte nicht nach einem gemeinsamen Gebet geklungen. Sie war in den letzten Tagen schon mehrmals in dem Gotteshaus gewesen, um vor dem schlichten Altar, der nur ein einfaches Kreuz aus Holz trug, Gott und den Heiligen für ihre Rettung zu danken. Aber sie hatte die Kirche nur bei Sonnenschein besucht. Als sie das Bauwerk nun im nachlassenden Schein der Dämmerung betrat, wirkte der Innenraum ganz anders. Das mochte an den Öllämpchen liegen, die neben dem Altar an dünnen Ketten von der Decke hingen und ein sanftes, goldenes Licht verströmten, und auch an dem leichten Windzug, der sich oben im Dachgebälk verfing und fremdartige Melodien erzeugte.

Mit einem Mal wusste Tilla nicht mehr, ob sie weitergehen sollte. Da spürte sie die Hand ihrer Gastgeberin auf ihrer Schulter und einen leichten Schubs noch vorne. Beinahe widerwillig setzte sie einen Fuß vor den anderen und der Trittschall verriet ihr, dass Rudolf ihr und Olivia folgte.

Nun erkannte Tilla, was hier anders war als sonst. Eine Steinplatte, die bei Tag so ausgesehen hatte, als würde sie das Grab eines vor langer Zeit verstorbenen Ritters bedecken, stand nun hochkant an der Wand und gab den Blick auf eine nach unten führende Treppe frei.

»Nun wirst du das Geheimnis dieses Tales kennen lernen«, übersetzte Rudolf Olivias Worte.

Tilla drehte sich um und sah Olivia irritiert an. »Welches Geheimnis?«

»Sieh selbst!« Ihre Gastgeberin führte sie die Treppe hinab. Unten fand Tilla sich in einem düsteren Raum wieder, der dem Echo ihrer Schritte zufolge kaum kleiner sein konnte als das darüber liegende Kirchenschiff. Ein einziges Öllämpchen brannte an der Wand, vermochte aber nur wenig mehr als die direkte Umgebung zu erhellen. Olivia nahm es an sich und entzündete mit seiner Flamme ein größeres Licht. Jetzt wich die Dunkelheit und der Raum nahm Gestalt an.

Direkt vor Tilla ragte eine schwarze Säule auf, so dick, dass selbst ein Mann sie nicht mehr mit beiden Händen umfassen konnte. Sie war so hoch, wie Tilla gerade noch greifen konnte, und endete in einem stilisierten Pinienzapfen.

Olivia berührte die Säule mit den Fingerspitzen ihrer rechten Hand, führte diese zur Brust und lehnte kurz ihre Stirn gegen den kühlen Stein. Dann ergriff sie Tillas Hand und zwang sie, dieselben Bewegungen auszuführen. Ihr Gesicht wirkte angespannt, ja beinahe ängstlich. Tilla spürte, wie ihr Körper bei der Berührung der Säule bis in die Haarspitzen vibrierte. Es war, als wirke eine unbekannte, mächtige Kraft aus der Ferne auf sie ein. Ihre Begleiterin schien die Reaktion ihres Leibes ebenfalls zu spüren, denn sie nickte zufrieden, nahm sie wie ein Kind an die Hand und führte sie weiter. Dort, wo oben der Altar stand, gab es hier eine Art Thron, auf der die etwa halb mannsgroße Figur einer Frau saß, welche ein Kind auf ihrem Schoß trug.

Auf den ersten Blick wirkte das Bildwerk wie eine Statue der Muttergottes mit dem Jesuskind, dann aber bemerkte Tilla die Unterschiede zu den ihr bekannten Madonnen. Das Gesicht war schwarz wie die Nacht, ein grüner Mantel umfing ihre Gestalt und auf dem Kopf trug sie ein einfaches Tuch, das sich eng an ihre Wangen schmiegte. Das Antlitz der Statue wirkte streng und ihre linke Hand, die sie wie zum Segen erhoben hatte, war mindestens doppelt so groß wie ihre Rechte, die das Kind umfing. Das Jesuskind war ähnlich gekleidet wie die Mutter und hielt in der linken Hand ein kleines Kästchen, während die ausgestreckte Rechte auf die Säule zeigte.

»Dies ist die heilige Frau der Nacht«, übersetzte Rudolf Olivias tonlose Worte. »Seit Jahrhunderten betet unser Volk zu ihr, denn sie beschützt uns vor den Geistern und Dämonen der anderen Welt und schenkt uns und unserem Land Fruchtbarkeit.«

»Die heilige Muttergottes!« Tilla sank auf die Knie und faltete die Hände zum Gebet.

Olivia legte ihr die Hand auf den Kopf. »Sie trug bereits viele Namen, nun nennen wir sie bei diesem. Unser Volk hat bereits lange Zeit zu ihr gebetet, bevor der neue Glaube in unsere Lande getragen wurde. Doch wie sie auch immer genannt wurde – ihr Segen war stets mit uns. Seit jener Zeit hat es auch stets eine weise Frau mit dem Wissen über die Natur und die Heilkunst gegeben, das uns seit den Anfängen der Schöpfung überliefert worden ist.« Sie schien noch mehr sagen zu wollen, presste jedoch die Lippen aufeinander.

Tilla wartete, bis Rudolf ihre Worte in seiner Muttersprache wiederholt hatte, und blickte dann zu ihr auf. »Du bist die eigentliche Priesterin, nicht der Mann, der dazu berufen ist.«

»Für die Welt ist er es. Es war nicht immer leicht für uns, mit den Priestern auszukommen, die der Bischof in unser Dorf geschickt hat. Zum Glück ist unser Tal sehr abgelegen und da wir als arm gelten, lehnen Männer mit Ehrgeiz es ab, zu uns zu kommen. Aus diesem Grund schicken wir, so oft es notwendig scheint, einen unserer jungen Männer in das nächste Kloster, damit er dort die christlichen Weihen empfangen kann, und leben unser Leben weiter, wie wir es seit vielen Generationen tun.«

»Dann seid ihr Ketzer!«, rief Tilla entsetzt aus. »So etwas wie diese Albigenser!«

Olivia schüttelte den Kopf. »Unsere Leute gehörten nicht zu den Katharern, auch wenn es Begegnungen mit ihnen gab. Die, die du meinst, hassten den Leib und glaubten, nur sie allein würden die Seligkeit erlangen. Wir aber haben immer gewusst, dass wir ein Teil der Natur sind und mit ihr leben müssen. Früher einmal gab es viele Gemeinden wie die unsere im Land. Der Kampf der Franzosen gegen jene, die du Albigenser nennst, hat jedoch auch unsere Leute betroffen. Viele wurden getötet, andere versklavt, und diejenigen, die überlebten, wurden von den Prälaten Roms gezwungen, sich ihnen zu unterwerfen, obwohl wir weder die Autorität der Kirche noch die ihrer Bischöfe angegriffen haben, so wie es die Albigenser taten. Jetzt gibt es nur noch wenige, weit verstreute Gruppen, und es ist uns kaum noch möglich, unser Wissen auszutauschen. Wir müssen unsere heiligen Gebetsräume vor fremden Augen verbergen und können unsere Riten nur im Geheimen vollziehen. Du bist die Erste, die nicht zu uns gehört und diesen Raum dennoch sehen darf.« Olivia schwieg und sah Tilla besorgt, aber auch hoffnungsvoll an.

»Das hättest du nicht tun sollen, denn du hast selbst gesagt, dass die heilige Kirche nicht mit dem einverstanden ist, was ihr tut.« Tilla schnaubte abwehrend, denn es prasselte ein wenig zu viel auf sie ein.

»Wir beten die Gebete, die man von uns fordert, und halten die Riten der heiligen katholischen Kirche ein«, antwortete Olivia scharf, lächelte aber entschuldigend. »Es tut mir leid, ich wollte dich nicht erzürnen. Diese Madonna ist für uns heilig und wir wollen ihre Gnade nicht verlieren. Jetzt aber sieht es so aus, als wolle sie ihre Hand von uns abziehen. Ich bin die letzte weise Frau und es gibt kein Mädchen mehr im Tal, welches meine Stelle einnehmen kann. Du besitzt die Kraft, die nötig wäre, um mein Erbe anzutreten, doch bist du wie ein kleiner Vogel, den ich in meiner Hand halte. Du strebst weiter, einem Ziel entgegen, das dir teuer ist. Möge die Große Mutter dich beschützen und leiten. Ich bitte dich auch nicht, hierher zurückzukommen, denn ich spüre, dass dich noch andere Dinge bewegen und bald weitertreiben würden. Doch solltest du einmal eine Tochter bekommen, die dir gleicht, so bitte ich dich, ihr von unserem Tal zu berichten und ihr die Wahl zu lassen, ob sie in ihrer Heimat bleiben oder hier eine neue finden will.«

Tilla wischte sich mit einer verlegenen Geste über die Stirn. »Dein Blick richtet sich ein wenig zu sehr in die Zukunft. Ich weiß nicht, ob ich überhaupt noch einmal heiraten will, geschweige denn, ob ich je Kinder haben werde.«

»Du wirst einen der drei Männer heiraten, die um dich sind. Möglicherweise den Großen mit den geschickten Fingern, der sich jetzt schämt, weil er sich als Feigling erwiesen hat. Er verehrt dich jedoch, als wärst du die Hohe Frau selbst, vor der wir stehen. Vielleicht auch den jungen Edelmann, der sich Starrheim nennt. Er hat mir berichtet, dass du ihm mehrfach das Leben gerettet hast, einmal an der Rhône, als ein Krieger ihn von hinten niederstoßen wollte, und letztens, als du dafür gesorgt hast, dass seine Wunden verbunden und er mitgenommen wurde. Die anderen hätten ihn mit Sicherheit liegen gelassen, weil sie dachten, er würde sterben. Der Dritte ist der Freund deiner Kindertage. Noch ist er wie junger Wein, der gärt und noch nicht weiß, wie er einmal werden wird. Er begehrt dich jedoch mehr als die beiden anderen zur Frau.«

Tilla drehte sich mit einer ärgerlichen Geste zu Olivia um. »Sei still! So etwas will ich nicht hören.«

Sie erntete zuerst nur ein nachsichtiges Lächeln. Dann neigte ihre Gastgeberin kurz den Kopf und berührte ihre Schläfen mit den Fingerspitzen. Doch sie sagte nichts mehr, sondern drehte sich um und stieg die Treppe hinauf.
Tilla folgte ihr mit schwirrendem Kopf. In den letzten Augenblicken war zu viel auf sie eingestürmt, und sie vermochte die Gedanken nicht so schnell zu ordnen, wie sie in ihr aufstiegen. Eines schien ihr jedoch gewiss: so stark, wie Olivia behauptete, begehrte Sebastian sie gewiss nicht. Sie erinnerte sich nur zu gut an die Mädchen, denen er zu Hause nachgeschaut hatte. Sie waren alle kleiner gewesen als sie und hatten an Brust und Hüften viel aufzuweisen gehabt.

X.

In einem sollte Olivia Recht behalten: Sebastian und Starrheim genasen zusehends. Auch wenn Letzterer noch nicht in der Lage war, weite Strecken alleine zu gehen, konnten sie doch daran denken, ihre Pilgerfahrt fortzusetzen. Die Dorfbewohner hatten eine stabilere Trage für den Grafen angefertigt und Riemen an ihr befestigt, die Dieter und Peter über die Schulter schlingen konnten.
Für die überwältigende Gastfreundschaft, die man ihnen hatte angedeihen lassen, gestaltete sich der Abschied überraschend knapp. Der Priester des Dorfes sprach einige Segensworte, und ein paar Frauen reichten ihnen noch etwas Mundvorrat, gingen dann aber wieder an ihre Arbeit, ohne ihnen nachzuwinken. Olivia selbst sahen sie erst, als die letzten Häuser des Dorfes hinter ihnen zurückgeblieben waren. Sie stand halb verdeckt von den grünen Zweigen einer mächtigen Trauerweide und hob

nur kurz die Hand. Dann sagte sie ein paar Worte und kehrte ihnen den Rücken zu.
Tilla wollte ihr folgen, um ihr für alles zu danken, doch Starrheim hielt sie auf. »Sie wünscht uns allen viel Glück und ein Gelingen unserer geheimsten Wünsche. Dir aber lässt sie ausrichten, dass du an euer langes Gespräch denken sollst und an deine Tochter.«
Sebastian lachte laut auf. »Tochter! Wie kommt Olivia denn darauf? Tilla hat doch noch gar kein Kind geboren.«
Diese Worte regten Tilla so auf, dass sie ihn am liebsten ins Gesicht geschlagen hätte. Manchmal war er wirklich ein Tölpel, wie es nur wenige geben konnte. Ausgerechnet er aber zählte zu den Männern, von denen sie Olivia zufolge einen heiraten sollte! Nein danke, sagte sie sich. Mit Sebastian verband sie wirklich nichts. Da war ihr Ambros schon lieber. Er mochte nicht der Mutigste sein, doch anders als Sebastian wusste er, wie er einer Frau unterwegs den Weg erleichtern konnte.
Eine Verbindung mit Rudolf von Starrheim wies sie selbst in Gedanken weit von sich. Der Graf war nicht nur ein Mitglied einer der großen Familien des Reiches und musste auf seinen Stand und Rang Rücksicht nehmen, sondern auch mit einer jungen Dame hoher Abkunft verlobt. Nur seine überraschende Pilgerfahrt nach Santiago hatte verhindert, dass die Ehe bereits geschlossen worden war. Olivia muss phantasiert haben, sagte Tilla zu sich und schüttelte ärgerlich den Kopf. Ihr Blick streifte Sebastian, der ein jungenhaftes Grinsen aufgesetzt hatte, wohl weil es wieder weiterging, dann wandte sie sich noch einmal um. Von der hochgewachsenen Frau war jedoch weit und breit nichts mehr zu sehen.
Traurig, weil ihre Gastgeberin sie ohne einen persönlichen Abschiedsgruß hatte ziehen lassen, kehrte Tilla dem Dorf den

Rücken und schritt kräftig aus. Auch wenn Vater Thomas wieder die Führung der Gruppe übernommen hatte, spürte sie, dass ein Großteil der Verantwortung immer noch auf ihren Schultern lastete. Doch ihr Wille, Santiago zu erreichen und ihren Schwur zu erfüllen, gab ihr die Kraft, auch diese Bürde zu tragen.

Sechster Teil

Der Graf von Béarn

I.

Alle Mitglieder der Gruppe atmeten auf, als die Berge endlich hinter ihnen zurückblieben und sie das flache Land an den Ufern der mächtigen Garonne vor sich sahen. Nun folgten sie wieder einem der großen Pilgerwege und vermochten die Nächte in Klöstern und Pilgerherbergen zu verbringen. Wohl war auch dieser Landstrich durch den großen Krieg zwischen Frankreichs König Karl und Englands Eduard III. in Mitleidenschaft gezogen worden, aber in ihm streiften keine rebellischen Söldner umher, und so konnten sie unbehelligt weiterziehen. Der kürzeste Weg nach Santiago hätte schnurstracks zum Pass von Roncevalles geführt, über den sich die Pyrenäen am besten überqueren ließen. Doch Blanches Anwesenheit zwang sie, eine andere Richtung einzuschlagen. Der Ritter Coeurfauchon hatte das Mädchen der Gruppe anvertraut und gebeten, es zum Grafen von Foix zu bringen. Da der Weg nach Foix sie tiefer nach Frankreich hinein und damit von Santiago weggeführt hätte, entschloss Vater Thomas sich, Starrheims Rat zu folgen und Blanche nach Béarn zu begleiten, über das Gaston III. ebenfalls herrschte. Still für sich begrüßte Tilla diese Entscheidung, denn sie fürchtete, in Foix auf Felicia de Lacaune zu treffen, und diese Dame wollte sie niemals wiedersehen.

Der Übergang über die Garonne gestaltete sich ebenso unangenehm wie die Überquerung der Rhône. Die Fährleute waren dreist, gierig und nicht bereit, mittellose Pilger für Gottes Lohn überzusetzen. So mancher, der auf Erlösung in Santiago hoffte, musste am Ufer des mächtigen Stromes entlangirren, in der Hoffnung, vielleicht doch noch auf eine Furt zu treffen oder auf einen freundlichen Bewohner, der ihn mit seinem Kahn auf die andere Seite brachte.

Tillas Begleiter hatten inzwischen fast all ihr Geld verloren und glaubten bereits, auch sie müssten sich eine Möglichkeit zur Überfahrt erbetteln, doch Tilla opferte ein paar der Münzen, die sie ihrem Bruder entwendet hatte, und zeigte sie einem der Fergen.

»Reicht das für uns?« Sie hatte ein paar Brocken der Landessprache von Olivia und deren Frauen und auch in den Pilgerherbergen aufgeschnappt und sich gemerkt, um nicht ständig auf Starrheims Übersetzung angewiesen zu sein, zumal dieser auf dem Weg nach Süden immer schlechter mit den Dialekten zurande kam.

Der Fährmann starrte begehrlich auf das Geld, warf aber dann einen Blick auf die Gruppe und winkte ab. »Für dich und drei weitere reicht es. Für den Rest noch einmal so viel!«

Tilla schüttelte den Kopf. »Nein! Entweder alle oder keinen. Du hast die Wahl. Ein Fischer oder ein Bauer, der ein Boot besitzt, wird sich das Geld gerne verdienen wollen.«

Für diese Worte benötigte sie nun doch Starrheims Hilfe. Der junge Edelmann fluchte und schalt den Fergen einen gierigen Schurken. Der zuckte jedoch nur mit den Schultern. »Noch einmal dasselbe für alle, oder ihr könnt wegen mir auf dieser Seite vermodern.«

Tilla war im ersten Augenblick nicht bereit, diesen Wucherpreis zu bezahlen. Die Alternative wäre jedoch gewesen, die Pilgerstraße zu verlassen und den Fluss entlang zu ziehen, ohne zu wissen, ob und wie schnell sie jemand fanden, der sie übersetzen konnte. Mit Mord im Herzen holte sie noch ein paar Münzen aus ihrem Beutel und hielt sie dem Fährmann hin.

»Dafür setzt du uns ohne jeden Verzug über, verstanden!« Es war ein Wunder, wie glatt ihr die fremden Worte über die Lippen kamen.

Starrheim blickte sie erstaunt an. »Du verfügst über viele Talente, Tilla, aber das größte davon ist, mich immer wieder zu überraschen.«

Unterdessen war der Fährmann zu der Überzeugung gekommen, dass er lieber das Geld verdienen wollte, als es einem anderen zu überlassen. Daher forderte er Tilla mit einer herablassenden Geste auf, seinen Kahn zu betreten. Einige Pilger, die schon länger auf eine Gelegenheit zur Überfahrt warteten, murrten und schimpften.

Tilla fühlte sich stark an die Szene an der Rhône erinnert, nur dass sie es hier waren, die bevorzugt behandelt wurden, und sie war froh, als ihre Gruppe auf dem Kahn saß und der Ferge die Leine löste, mit der er ihn an einen Baum am Ufer gebunden hatte.

Die Überfahrt gestaltete sich ungemütlich, denn die Wasser der Garonne flossen schneller, als es vom Ufer aus den Anschein gehabt hatte, und der Ferge stach mit dem Bug so in die Wellen, dass sein Boot heftig tanzte. Er schien seine Passagiere absichtlich erschrecken zu wollen und lachte über die ängstlichen Rufe, die Hedwig, Blanche und die Zwillinge von sich gaben.

Sebastian klammerte sich mit einer Hand an die Bordwand und mit der anderen an Tillas Arm und fluchte leise vor sich hin. »Gleich gehe ich nach vorne und gebe dem Lümmel ein paar Maulschellen, die er so rasch nicht vergisst.«

Als er aufstand, schwang der Ferge den Kahn herum und Sebastian plumpste auf den Boden. Dabei stieß er sich an einer der Streben und stöhnte auf. Gleichzeitig starrte er den Fährmann verblüfft an. »Der Kerl kann Deutsch!«

»Ein wenig ich können.« Der Ferge grinste zufrieden und deutete dann auf das südliche Ufer. »Wir gleich da. Nicht vergessen Trinkgeld!«

»Unverschämt ist der Kerl auch noch!« Sebastian wurde wütend, doch Tilla zog ihn zurück.
»Lass das, oder willst du dir Prügel einfangen?«
Sebastian funkelte sie beleidigt an. »Mit dem werde ich leicht fertig!«
»Deine Wunden sind noch nicht völlig abgeheilt und die Kraft deiner Arme reicht gewiss nicht aus, um mit dem Kerl da mithalten zu können. Außerdem hat er Freunde hier.«
Tilla wies auf ein paar Männer, die nun näher kamen und die Leine auffingen, die ihnen der Ferge zuwarf. Sie zogen den Kahn ein Stück stromauf und vertäuten ihn an einem primitiven Steg. Danach stellten sie sich so auf, dass die Passagiere zwischen ihnen hindurchgehen mussten.
»Also sei gescheit!«, mahnte Tilla Sebastian und reichte dann dem Fergen noch eine kleine Münze. Er schien zufrieden zu sein, deutete eine leichte Verbeugung an und zog seine schmierige Wollmütze vom Kopf. »Wünsche den Herrschaften noch eine glückliche Reise nach Santiago.«
Diesen Satz musste er oft geübt haben, um ihn so flüssig über die Lippen zu bringen, dachte Tilla, während sie ans Ufer stieg. Die Freunde des Fergen streckten die Hände nach ihr aus, um ihr zu helfen. Sie selbst wehrte sie ab, doch Hedwig und die Zwillinge fühlten sich wegen des leicht schaukelnden Bootes unsicher und nahmen die Unterstützung an. Doch kaum befanden sie sich auf sicherem Boden, hielten ihre Helfer die geöffneten Hände hin und ließen keinen Zweifel daran, dass sie ein Trinkgeld erwarteten.
Da die drei Frauen nicht sofort etwas gaben, schimpften die Kerle lauthals los und drohten mit den Fäusten. Zuletzt zupfte Anna Tilla ängstlich am Arm. »Hast du nicht ein paar kleine Münzen für die Männer? Ich habe Angst vor ihnen.«

Vater Thomas schüttelte energisch den Kopf. »Wenn wir jeden Lumpen, der uns unterwegs begegnet, für seine Unverschämtheiten mit Geld belohnen wollten, müssten wir schon den halben Hinweg bettelnd zurücklegen und die Flüsse schwimmend durchqueren!«
»Ich kann aber nicht schwimmen«, rief Hedwig. Tilla und die anderen Frauen nickten und Peter und Dieter sahen ebenfalls so aus, als fürchteten sie das Wasser.
Vater Thomas schritt auf die schimpfenden Männer zu, machte eine segnende Geste und winkte dann seiner Gruppe, ihm zu folgen. Ein paar Steine flogen ihnen nach, doch als Tilla vorsichtig über die Schulter zurückschaute, richteten die Kerle ihr Augenmerk bereits auf einen anderen Kahn, der sich bis zum Rand mit Pilgern beladen dem Ufer näherte. Sie glaubten wohl, bei diesen leichter an Geld zu kommen als bei Tillas Gruppe, die sich als äußerst taub für einen solchen Wink erwiesen hatte.

II.

Der weitere Weg führte die Pilger durch die Landschaft des Condomois nach Süden, über Eauze, Nogaro und Garlin hielten sie auf Pau zu. Dort, so hofften sie, würden sie Blanche einem Vasallen Gastons III. übergeben können.
Das Land vor ihnen wurde wieder bergiger und sie sahen in der Ferne bereits das blaugrau schimmernde Band der Pyrenäen, die sich wie ein gewaltiger Riegel vor ihnen erstreckten. Obwohl der Sommer bereits fortgeschritten war, schimmerten die höchsten Gipfel in der Ferne weiß und brachten trotz der Hitze, die ihnen das Mark aus den Knochen zu brennen drohte, eine Vorahnung des Winters mit sich.

Tillas Augen sogen sich an dem Gebirge fest, dem sie nur unmerklich näher kamen. In nicht allzu ferner Zeit würden sie es erreichen und überqueren müssen, wenn sie nicht in die kalten Winde geraten wollten, die schon bald über die Höhen fegen würden. Auch aus diesem Grund sah sie Blanche als ein Hindernis an, dessen sie sich so rasch wie möglich entledigen wollte.

Andere dachten nicht so weit wie Tilla, sondern schienen die Gesellschaft der jungen Edeldame zu genießen. Starrheim wandte Blanche beinahe seine ganze Aufmerksamkeit zu, und Sebastian wieselte ebenfalls eilfertig um sie herum und versuchte, ihr den Weg zu erleichtern. Tilla krauste verächtlich die Lippen, denn sie erinnerte sich daran, wie die beiden auf Felicia de Lacaune hereingefallen waren. Jene Dame hatte den Tod der Pilger, die ihr beigestanden hatten, kalt lächelnd in Kauf genommen. Tilla musste immer wieder daran denken, dass die beiden liebestollen Kerle nur deswegen mit halbwegs heiler Haut davongekommen waren, weil sie sich Aymer de Saltilieu hingegeben hatte. Wäre sie nicht Veit Gürtlers Witwe, hätte diese Begebenheit sie ihre Jungfernschaft und damit jede Aussicht auf eine ehrbare Heirat kosten können.

Tillas Zorn auf Starrheim und Sebastian wuchs, je mehr sie sich Pau näherten, und sie sehnte die Stunde herbei, in der sie Blanche endlich loswerden konnten. Aber das Schicksal stellte sich gegen sie. Als sie die Stadt erreicht hatten und am Tor nach dem derzeitigen Herrn von Pau fragten, dem sie das Mündel des Grafen Gaston übergeben wollten, kratzte der Wächter sich kurz unter dem Helmansatz und blickte sie treuherzig an. »Übergebt sie dem Grafen selbst! Er hält derzeit in Orthez Hof. Weit ist es nicht! Ein Reiter erreicht die Stadt in einem Tag.«

»Und wir zu Fuß in zweien.« Starrheim wirkte jedoch nicht so, als bedaure er es, Blanche noch so lange begleiten zu müssen.

Tilla zischte einen leisen Fluch, neigte dann aber den Kopf, denn Vater Thomas hob tadelnd die Augenbrauen. »Bezähme dich, meine Tochter. Dich dem Zorn hinzugeben ist der falsche Weg.«

»Warum ist Tilla zornig?«, fragte Blanche, der Starrheim die Worte des Pilgerführers übersetzt hatte.

»Sie hat nun einmal ein heftiges Gemüt und ärgert sich wahrscheinlich, weil wir hier nicht so empfangen werden, wie sie es erwartet hat.«

Der Torwächter verbeugte sich vor dem Edelfräulein und grinste Starrheim an. »Wenn ihr im Château eine Unterkunft sucht, wird man sie der Dame Blanche und ihren Begleitern nicht verweigern!«

»Es sind nicht einfach nur meine Begleiter. Die guten Leute haben mir das Leben gerettet. Mehrere von ihnen sind sogar für mich gestorben.« Blanche strahlte die ganze Gruppe mit so leuchtenden Augen an, dass selbst Tilla sich ihrer Abneigung gegen das edel geborene Mädchen schämte. Sie unterhielt sich kurz mit Starrheim, der sich daraufhin an den Wächter wandte und von ihm erfuhr, dass es vor den Toren von Pau ein Kloster gäbe, das sich der Versorgung der Jakobspilger verschrieben hätte. Da Tilla sich nicht für die Stadt interessierte, wandte sie ihr den Rücken zu und stapfte los. Die anderen folgten ihr so rasch wie die Küken der Henne.

Die frommen Brüder nahmen sie gastfreundlich auf, umso mehr, als sie erfuhren, wie viel Leid die Pilger bereits erfahren hatten, und versprachen, für die Toten zu beten. Die Pilgersuppe, die sie verteilten, war so dick, dass der Löffel darin stecken blieb, und bestand zu einem guten Teil aus Fleisch. Zunächst freute Tilla sich darüber, doch bereits der erste Bissen widerstand ihr in einer Weise, dass sie ihn beinahe ausgespuckt hätte.

Vater Thomas sah es ihr an und zupfte sie am Ärmel. »Das ist Hammelfleisch, und dieses hat nun einmal seinen eigenen Geschmack.«
»Ich würde eher sagen Gestank!«, stöhnte Tilla. Dann dachte sie an ihren hungrigen Magen und würgte den Hammeleintopf mit Todesverachtung hinunter. Auch Hedwig und die Zwillingsschwestern hatten mit der ungewohnten Kost zu kämpfen, während die Männer und Blanche mit Begeisterung aßen.
Hedwig verzog ihr Gesicht, als eines der Fleischstücke besonders stark roch, und schüttelte den Kopf. »Ihr Mannsleute esst wohl auch alles, was nicht vor euch davonläuft!«
»Sei froh, dass die frommen Brüder uns so reich bewirten, und danke dem Herrn dafür. Wir hatten unterwegs oft geringere Kost«, wies Vater Thomas sie zurecht.
Tilla war zwar Hedwigs Meinung, behielt diese aber für sich, um nicht noch einmal am gleichen Tag gerüffelt zu werden. Abends war sie froh, als sie sich auf einer Matte ausstrecken und mit ihrer Pelerine zudecken konnte. Sie war so müde, dass sie keine Kraft mehr hatte, ein Nachtgebet zu sprechen. Noch zwei Tage, dachte sie im Einschlafen, dann sind wir in Orthez und damit fast schon in Spanien.

III.

Als Orthez in Sicht kam, schritten sie schneller aus. Starrheim, der sich nicht mehr tragen lassen wollte, sondern ein gut Teil des Tages auf eigenen Füßen ging, schien es nicht erwarten zu können, die Stadt zu betreten, denn er humpelte darauf zu, so schnell er konnte. Bei einem Wäldchen kurz vor der Stadt wies er Dieter und Peter an, die Trage hinter ein paar Büschen zu verstecken, denn er wollte die Residenz Graf Gastons nicht als Siecher betreten, sondern als adliger Pilger, der sich geschworen hat, seinen Weg zu Fuß zurückzulegen.

Tilla lächelte ein wenig über seine Eitelkeit, doch sie hatte keine Zeit, darüber nachzudenken, so viel gab es zu schauen. Orthez schmiegte sich in eine Biegung des Gave, dem sie seit Pau gefolgt waren, und schien einer der bedeutenderen Flussübergänge zu sein, denn es gab hier eine steinerne Brücke. Deren seltsamstes Merkmal war eine turmartig aufragende Wehrmauer mit einem Tor, das jederzeit von der Stadtseite aus geschlossen werden konnte. Tillas Gruppe musste die Brücke jedoch an diesem Tag nicht überqueren, daher wandte sie sich dem nächstgelegenen Stadttor zu.

Die beiden Wächter waren Pilger gewöhnt und blieben daher lässig auf den von der Sonne erwärmten Steinen sitzen und zeigten in die Gegenrichtung. »Die Pilgerherberge liegt jenseits der Brücke, wenn ihr den Zoll bezahlen könnt«, sagte einer von ihnen.

»Und wenn nicht?«, fragte Tilla nach und brauchte nicht einmal Starrheim dafür.

»Dann müsst ihr hier einen Tag arbeiten. Irgendetwas findet sich immer, und wenn es nur ein paar Weinfässer sind, die in Fébus' Keller geschafft werden müssen.«

Tilla runzelte die Stirn. »Fébus? Wer ist das?«

»Na wer wohl? Unser Graf Gaston natürlich. Er wird Fébus Apollon genannt, nach irgendeinem heidnischen Gott, der so schön gewesen sein soll wie kein anderer.«

»Und schön ist unser Graf, das könnt ihr mir glauben«, warf der andere Torwächter ein.

»Nun, wir werden uns überzeugen können, denn zu Graf Gaston wollen wir.« Starrheim lächelte dabei freundlich, doch die beiden Torwachen winkten nur spöttisch ab.

»Wollen könnt ihr viel, aber ob ihr dürft, liegt nicht in eurer Hand.«

Starrheim wollte auffahren, doch da trat Blanche vor und musterte die beiden Männer wie Molche, die sich auf dem warmen Sandstein aufwärmen wollen. »Ich bin Blanche de Coeurfauchon, das Mündel des Grafen. Ihr werdet mir den Weg freigeben.« Sie sprach den weichen Dialekt des Südens, doch in ihrer Stimme lag eine Kraft, die Tilla dem jungen Mädchen nicht zugetraut hätte.

Die beiden Wächter sprangen unversehens auf und verbeugten sich vor Blanche. »Verzeiht, Herrin, aber …«

»Lasst uns durch!« Blanche scheuchte die Männer mit einer knappen Handbewegung beiseite und passierte das Tor. Die Pilgerschar folgte ihr sofort, froh, der lästigen Diskussion mit den Wachen oder gar dem Zahlen eines Torzolls entkommen zu sein.

Orthez war keine große Stadt, doch man hatte die Gassen mit kopfgroßen Flusskieseln gepflastert und kehrte sie dem Anschein nach öfter, als Tilla es von Tremmlingen gewohnt war. Die Leute hier schienen auch alles andere als verängstigt zu sein, denn sie begafften die Gruppe neugierig. Die Frauen trugen weite Röcke und oft zwei bunte Schürzen übereinander, dazu ebenso gemusterte Schultertücher und weiße oder rote Hauben, während die Männer in dunklen Hosen und hellgrauen Kitteln steckten und über den Holzschuhen Gamaschen angelegt hatten, die bis zu den Knien reichten. Auf ihren Köpfen saßen entweder weite Schlapphüte oder randlose Kappen. Obwohl alle versuchten, fürchterlich beschäftigt auszusehen, hatten sie Zeit, ihre Gedanken bezüglich der Fremden auszutauschen, und wunderten sich dem Anschein nach, dass so schlicht gekleidete Wanderer es wagten, sich dem Sitz des Grafen zu nähern.

In der Burg, die etwas erhöht über dem Rest der Stadt lag, war man bereits auf die Gruppe aufmerksam geworden. Ein Untergebener des Oberhofmeisters kam Tilla und ihren Leuten entgegen. Die Frage, die er hochmütig hatte stellen wollen, erstarb ihm jedoch auf den Lippen, als er Blanches ansichtig wurde.

»Ihr, Herrin, in dieser Gesellschaft?« Sein ganzes Gesicht drückte Verwunderung und Unglauben aus.

Starrheim trat auf ihn zu und musterte ihn von oben bis unten. »Du siehst Rudolf von Starrheim-Habsburg vor dir, jetzt ein demütiger Pilger vor dem Herrn, aber dennoch nicht gewillt, fehlende Achtung ohne Widerrede hinzunehmen.«

»Diese guten Leute haben mir das Leben gerettet«, setzte Blanche mit einem zornigen Blick hinzu.

Der Hofbeamte kam zu der Überzeugung, dass die Situation seine Kompetenzen überschritt, und trat mit einer Verbeugung beiseite. »Verzeiht, meine Herrschaften. Ich werde euch zu Fébus bringen.« Für sich dachte er, dass das Erscheinen einer solchen Schar seinen Herrn wahrscheinlich mehr amüsieren würde als die Darbietungen der Gaukler, die er an den Hof gerufen hatte.

Blanche, die bereits früher einmal in Orthez geweilt hatte, übernahm nun die Führung und betrat das aus Sandsteinquadern errichtete Hauptgebäude der Burg. Hatte die Wehranlage von außen einen abweisenden Eindruck gemacht, so traten die Pilger nun in eine wie verzaubert wirkende Welt, in der kunstvoll gewebte Wandteppiche beinahe jeden Quadratzoll der Wände bedeckten. Zumeist zeigten sie Szenen, die Tilla aus der Bibel kannte, doch es waren auch gekrönte Häupter zu sehen, die den

Namen nach, die darunter standen, Könige Frankreichs, aber auch Grafen von Béarn gewesen sein mussten. Ein Wandteppich zog Tillas Blicke in besonderem Maße auf sich, denn er hing allein über einem offenen Durchgang. Ein junger, fast nackter Mann mit goldenen Haaren war darauf zu sehen. In seiner Hand hielt er einen Bogen, auf den er gerade einen neuen Pfeil legte. Darunter stand zu lesen: »Fébus Apollon«.

»Ist das ein Bildnis des Grafen?« Tilla war verwirrt, denn aus der Heimat kannte sie nur Darstellungen heiliger Männer und Frauen sowie aus dem Leben des Herrn Jesus Christus.

Vater Thomas schüttelte mit angeekelter Miene den Kopf. »Nein, dieses Bild stellt den Heidengott Phöbus Apollo dar, zu dem die alten Griechen gebetet haben, bevor sie Christen wurden. Es ist eine Schande, dass so eine Blasphemie aufgehängt werden darf, und eine noch größere, wenn ein Fürst unserer Zeit sich mit diesem grässlichen Dämon vergleicht.«

Hedwig lachte auf. »Grässlich sieht dieser Apollo aber nicht aus, eher wie ein hübscher junger Mann.«

Da er nicht gewohnt war, auf diese Weise Widerspruch zu ernten, bedachte Vater Thomas sie mit einem strafenden Blick. Sagen konnte er jedoch nichts mehr, denn sie stiegen gerade eine Treppe hoch, die direkt in den großen Saal der Burg von Orthez führte. Schon auf den Stufen vernahmen sie die Stimmen fröhlicher Zecher und das Gelächter von Frauen. Dann traten sie in eine Halle, die von unzähligen Fackeln und Lampen erhellt wurde. Eine gewaltige Tafel aus hellem Holz stand in der Mitte und bot mehr als fünfzig prächtig gekleideten Edelleuten Platz. Die Damen prunkten mit blauen und roten Gewändern und trugen dazu hohe, spitz zulaufende Kopfbedeckungen. Auch die anwesenden Herren waren in vielerlei Farben gekleidet. Ihre nur knapp über die Taille reichenden Jacken wiesen ebenso wie die Tuniken bunte Stickereien auf und waren an den Schultern gepolstert, so dass ihre Träger breiter und wuchtiger aussahen, als sie es in Wirklichkeit waren. Anstelle von Schuhen trugen die meisten kunstvoll an ihren Beinkleidern befestigte Sohlen. Dafür hatte jeder Mann eine Kopfbedeckung, zumeist einen topfartigen Hut mit einer schmalen Krempe oder eine federgeschmückte Mütze.

Tilla, die es nicht gewohnt war, sich unter Edelleuten zu bewegen, fühlte sich mit einem Mal arg fehl am Platz, und den meisten ihrer Begleiter schien es ähnlich zu ergehen. Nur Blanche, Starrheim und Vater Thomas, der selbst einem ritterlichen Geschlecht entstammte, auch wenn er sich für den geistlichen Stand und das bedürfnislose Leben eines Pilgerführers entschieden hatte, traten ohne Scheu auf den Herrn dieser Herrlichkeit zu.

Blanche knickste und rief mit der Grazie, die ihr zu eigen war, Verwunderung hervor. Gaston III. – oder Fébus, wie er sich voller Stolz nannte – hob seine ringgeschmückte Rechte und bedeutete Blanche, näher zu kommen.

»Gott zum Gruß, mein Kind. Ich freue mich, dich zu sehen, doch wundere ich mich über die Leute in deiner Begleitung.«

Graf Gaston war tatsächlich der schönste Mann, den Tilla in ihrem Leben gesehen hatte. Hochgewachsen, aber nicht zu groß oder gar ungeschlacht, mit einem ebenmäßigen Gesicht, kühn blickenden braunen Augen und hellblonden Haaren degradierte er jeden anderen in seiner Umgebung zur Bedeutungslosigkeit.

Doch blieb Tillas Blick nicht auf ihm haften, sondern wanderte weiter zu den beiden Männern, die zu seiner Rechten saßen. Es handelte sich um die Vettern Saltilieu, die ihrerseits Felicia de

Lacaune flankierten. Die junge Dame wirkte nicht erfreut und beantwortete die Bemerkung, die Baron Hugues ihr ins Ohr flüsterte, mit einer ärgerlichen Handbewegung.

Aymer de Saltilieu, der zu ihrer Linken saß, machte ein Gesicht, als bekäme er Zahnschmerzen. Dann aber weiteten sich seine Augen. Er hatte Tilla, Sebastian und Starrheim erkannt. Sein Vetter brauchte ein wenig länger, dann aber krachte Hugues' Faust schwer auf die Tischplatte.

»Das ist das Gesindel, von dem ich gesprochen habe, Monseigneur. Ich fordere, dass es streng bestraft wird! Am besten, ihr liefert sie mir umgehend aus!« Hugues de Saltilieu spie die Worte in einer unziemlichen Hast hervor und machte Anstalten, auf Starrheim loszugehen.

Eine kurze Handbewegung des Grafen von Béarn brachte ihn jedoch dazu, sich wieder hinzusetzen. »Halt, mein Guter! Ich will die ganze Geschichte hören. Immerhin haben diese Leute meiner Nichte geholfen, weil sie dachten, sie wäre auf der Flucht.«

»Ich war auf der Flucht vor Saltilieu!«, warf Mademoiselle Felicia mit verkniffenen Lippen ein.

»Es war die Laune eines Mädchens, die man nicht ernst nehmen darf«, bellte Saltilieu. »Außerdem gab es keinen Anlass zur Flucht! Ihr, Comte Gaston wie auch Seine Majestät Roi Charles, hattet euch bereits auf ein neues Bündnis geeinigt, das durch eine Heirat zwischen Mademoiselle Felicie und mir bekräftigt werden sollte.«

»Ich heiße Felicia und nicht Feeliisii«, fauchte die junge Dame ihn an.

Erneut hob der Graf die Hand. »Contenance, meine Liebe! Unser ehrenwerter Gast, Baron Hugues, spricht die Wahrheit. Roi Charles und ich haben tatsächlich Frieden geschlossen, und ich habe den Vorschlag des Königs angenommen, dich mit seinem treuen Gefolgsmann Baron Hugues zu vermählen.«

Während Graf Gaston seine Nichte zurechtwies, wäre Tilla am liebsten davongelaufen. Hugues de Saltilieu sah nämlich ganz so aus, als wolle er sie und die gesamte Pilgergruppe auf der Stelle erschlagen lassen, nur weil sie es gewagt hatten, seinen Plänen in die Quere zu kommen. Dabei war ihm, wie sie jetzt sehen konnte, nicht einmal ein Schaden aus der Sache entstanden. Mademoiselle Felicia hatte ihm zwar entfliehen können, doch nun war sie ihm von den Launen des Schicksals erneut ausgeliefert worden. Tilla begriff jedoch rasch, dass Wegrennen keine Lösung war, und richtete ihr Augenmerk auf Graf Gaston. Wenn es jemand gab, der sie und die anderen vor Saltilieus Zorn beschützen konnte, dann war er es.

Gaston Fébus befahl nun Blanche, ihre Geschichte zu erzählen. Diese holte weit aus und strich dabei den Anteil des jungen Starrheims in Tillas Augen über Gebühr heraus, während sie die anderen Pilger einschließlich Sebastians zu Nebenfiguren degradierte.

Ihr Vormund hörte ihr zu und wischte sich, als sie geendet hatte, kurz über die Augen. »Der wackere Cœurfauchon ist also tot – von Söldnern erschlagen, die zu feige waren, dem Ruf Bertrand du Guesclins zu folgen. Mögen sie dafür in der Hölle schmoren.«

»Es sind auch zwei unserer Gefährten umgekommen!« Tilla wusste nicht, was sie dazu trieb, dem Herrn dieses Landes in die Parade zu fahren.

Graf Gaston wandte sich nun ihr zu und versuchte sie einzuschätzen, was ihm allerdings wegen der Kleidung, die auf dem Weg doch arg gelitten hatte, und der alten, von Wind und Regen aufgerauten Pelerine nicht so recht gelingen mochte. Trotzdem geriet er auf die richtige Spur.

»Ah, du bist wohl der junge Mann, der sich als meine Nichte ausgegeben hat! Du scheinst aber doch ein Weib zu sein, meine Gute.«

»Ich hatte Gründe, mich zu verkleiden.« Tilla neigte kurz das Haupt und bewies Gaston von Béarn, dass sie zwar wohlerzogen, aber keine Frau von Stand war. Er schien ein wenig verwundert, wurde aber nun von Starrheim angesprochen, der sich als Spross der auch hier gut bekannten Habsburger-Sippe vorstellte.

Hugues de Saltilieus Gesicht wurde bei diesem Bekenntnis sichtlich länger, und es hob seine Laune nicht, als sein Vetter Aymer ihm ins Ohr flüsterte, er solle froh über diesen Ausgang sein, sonst hätte er sich den Zorn der Habsburger Herzöge zugezogen und mit der Rache von Starrheims edel geborenen Freunden rechnen müssen.

Auch Felicia de Lacaune betrachtete Graf Rudolf nun mit anderen Augen und erklärte mit sanft-süßer Stimme, wie sehr sie sich freue, ihn unversehrt wiederzusehen. »Ich war in großer Sorge um Euch, denn dieser Mann hier, dem ich nach dem Willen meines Oheims anheim gegeben werde wie eine Kuh, die von einem Stall zum anderen getrieben wird, ist leider, wie ich erkennen musste, zu allem fähig.«

Eine Liebesehe wird das gewiss nicht werden, dachte Tilla mit einer gewissen rachsüchtigen Zufriedenheit. Sie gönnte Mademoiselle Felicia ihr Schicksal, und sie fand den Vergleich mit den Kühen sogar recht treffend, denn zwei dieser Tiere bildeten neben anderen Zeichen das Wappen, welches ihr Onkel trug.

Unterdessen war der Herr von Béarn zu einem Entschluss gekommen. »Graf Starrheim-Habsburg, erlaubt mir, Euch auf meiner Burg willkommen zu heißen. Einer meiner Kammerknechte mag Euch und Blanche zu den Baderäumen führen, damit Ihr den Staub der Reise von Euch abwaschen und Euch umkleiden könnt. Danach nehmt als Gast an meinem Tisch Platz.«

Starrheim wollte dem eifrig herbeieilenden Mann bereits folgen, als ihm noch etwas einfiel. »Und was ist mit meinen Gefährten?«

»Die können sich in der Gesindestube waschen! Anschließend wird man ihnen in der Küche Essen reichen.«

In Tillas Augen klang der Graf arg arrogant und sie wollte bereits die Stacheln aufstellen, als Starrheim beschwichtigend die Hände hob. »Verzeiht, wenn ich Euch widerspreche, Monseigneur, doch meine Begleiter haben mit mir Hunger und Durst geteilt und ebenso die Gefahren, denen wir begegnet sind. Einige von ihnen haben nicht weniger als ich gegen die Söldner gekämpft, um Mademoiselle Blanche zu retten. Sie jetzt erniedrigt zu sehen, während ich an Eurer Tafel schmausen darf, verletzt meinen Pilgerschwur.«

»Geschwätz!«, bellte Hugues de Saltilieu.

Seine nicht ganz freiwillige Verlobte Felicia nickte scheinbar gerührt und lächelte Starrheim zu. »Erlaubt mir, Euch den Willkommenskuss zu geben!«

Sie stand auf, kam um die Tafel herum und umarmte ihn ungeachtet seiner staubigen Pelerine und küsste ihn auf den Mund. Hugues stieß einen Laut aus, der Tilla an das Knurren eines gereizten Kettenhunds erinnerte, während Blanche, die nicht weit von ihr entfernt stand, wie ein junges Kätzchen fauchte.

Auch Graf Gaston schien nicht ganz mit der Handlungsweise

seiner Verwandten einverstanden zu sein, denn er warf sowohl ihr als auch Saltilieu und Starrheim warnende Blicke zu. Seine Worte galten jedoch Felicia. »Versuche nicht, Hass zwischen diese beiden Herren zu säen, meine Liebe. Ich werde es nicht zulassen, und wenn ich schon morgen das Brautlager für dich richten lassen muss!«

Er schwieg und musterte die Pilgerschar mit einem amüsierten Blick. »Nun, warum nicht? Lasst auch sie sich waschen, kleidet sie frisch und bringt sie an meine Tafel. Sie werden uns gewiss nicht weniger unterhalten als die Akrobaten, die vorhin aufgetreten sind.«

Von den meisten seiner Gäste erntete er beifälliges Gelächter. Hugues de Saltilieu jedoch zog ein Gesicht, als hätte der Graf ihn eben dazu verurteilt, sämtliche Kröten zu schlucken, die in der Umgebung von Orthez zu finden waren.

IV.

Die Badekammer des Grafen entpuppte sich als größerer Raum mit einem Gewölbedach, das von vier Säulen getragen wurde. Anstelle hölzerner Bottiche, wie Tilla sie aus ihrer Heimat kannte, standen vier große kupferne Wannen darin, die jeweils vier Personen Platz boten.

Knechte schleppten warmes Wasser aus der Küche heran, während Mägde in einfachen Hemdchen, die ihnen kaum über die Knie reichten, mit großen Stücken Seife, Schwämmen und Fläschchen mit Duftölen bereitstanden, um sich der Fremden anzunehmen.

Gewöhnt, einander zumindest im Halbdunkel der Pilgerherbergen nackt zu sehen, machten sich Tilla und ihre Gefährten daran, sich auszuziehen, und wollten in die Wannen steigen. Die Mägde hielten sie jedoch auf und wuschen ihnen mit Schwämmen, die sie in warmes Wasser tauchten, den gröbsten Schmutz vom Leib. Dabei kamen sie auch etwas empfindlicheren Körperregionen nahe. Einige der Männer stöhnten und Sebastian strömte das Blut in die Lenden, bis sein Glied in voller Pracht stand.

Eine der kecken Mägde tippte mit einem Finger auf dessen Spitze und machte Andeutungen, dass sie später durchaus Gefallen daran finden könnte, ihre Bekanntschaft mit dem gut aussehenden Allemand zu vertiefen. Auch Sebastian schien nichts gegen eine kleine Balgerei mit ihr zu haben und rief mit seinem erwartungsvollen Gesichtsausdruck Vater Thomas' Zorn auf sich herab. »Wir befinden uns auf einer Pilgerfahrt zu einer der heiligsten Stätten und nicht in einem Bordell!«

Die Magd kicherte und deutete hinter dem Rücken des Pilgerführers ein traurig zwischen den Schenkeln herabhängendes Dingelchen an. Ihre Gefährtinnen lachten darüber und zwitscherten so rasch in ihrer Sprache, dass Tilla kein einziges Wort verstand. Sie war froh, als die Magd, die sie gesäubert hatte, ihr mit einem leichten Klaps auf den Po andeutete, dass sie in die Wanne steigen konnte. Starrheim folgte ihr sofort, ebenso Blanche, und dann auch Sebastian, der nun allerdings die Hände vor die Körpermitte hielt, um sich nicht erneut im Zentrum des Spotts wiederzufinden.

»Ausländische Sitten«, murmelte er, nicht ohne den Bademägden einen raschen Blick zuzuwerfen, deren Hemdchen nass geworden waren und nun mehr zeigten, als schicklich war.

»Ich bin froh um das Bad, auch wenn es mir bei Olivia und ihren Frauen besser gefallen hat«, antwortete Tilla und wurde sofort von Hedwig und den Zwillingen unterstützt.

Sebastian merkte, dass er durch das Anstarren der kecken Mägde ganz vergessen hatte, sich Tillas Anblick zu Gemüte zu führen, und versuchte dies schnell nachzuholen. Noch war das Wasser in der Wanne klar und er konnte das zart gelockte Dreieck zwischen ihren Schenkeln erkennen, das nur wenig dunkler zu sein schien als ihr Haupthaar. Zu seinem Leidwesen kniff sie die Beine zusammen und hielt auch stets einen ihrer Arme vor die Brüste.

Als die Mägde sich daranmachten, die Gäste ihres Grafen mit Seife abzuwaschen, und wohlriechende Essenzen in deren Badewasser gaben, wurde ihr Anblick durch den aufsteigenden Schaum beeinträchtigt. Obwohl das Mädchen, das Sebastian bereits vorher Avancen gemacht hatte, diesem mit ihrem Schwamm zwischen die Beine fuhr und mit durchaus kundigen Fingern auf Entdeckung ging, spürte er nicht mehr den Wunsch, sich mit ihr zu vergnügen. Viel lieber hätte er es mit Tilla getan. Auch der Gedanke, dass sie, wenn sie diese Pilgerreise heil überstand, wahrscheinlich seinen älteren Bruder heiraten würde, konnte seine Gedanken nicht daran hindern, sich Dinge vorzustellen, die Damian gewiss nicht gutheißen würde.

Tilla merkte zum Glück nicht, wohin sich Sebastians Phantasie verstiegen hatte, sondern war froh, als sie sich sauber genug fühlte, um die Wanne wieder verlassen zu können. Sie stieg aus dem Wasser und wandte Sebastian und Starrheim die Kehrseite zu.

Diese war, wie Sebastian fand, durchaus wohlgestaltet und bei weitem nicht so mager, wie er angenommen hatte. Natürlich war ihr Hinterteil nicht so ausladend wie das von Hedwig, die eben aus einer anderen Wanne stieg, aber es gefiel ihm besser. Wahrscheinlich hatte Tilla nur deshalb so schmal gewirkt, weil sie nur zwei, drei Fingerbreit kleiner war als er selbst. Wenn ihr Busen dem Hintern entsprach, so konnte er sie mit Fug und Recht eine attraktive Frau nennen.

»Willst du gleich hier bleiben, um mit den Mägden zu schäkern?« Tillas Frage brachte Sebastian darauf, dass er als Einziger der ganzen Gruppe noch in der Wanne saß. Die übrigen wurden von den Bademägden mit großen, weißen Laken abgetrocknet oder zogen bereits die für sie bereitliegende Festkleidung an.

Tilla wählte ein rosenholzfarbenes Kleid, das bis auf den Boden reichte, und dazu ein gleichfarbiges Überkleid mit Pelzbesatz. Eine der Mägde streifte ihr leichte Lederschuhe über, die allerdings ein wenig drückten, dazu erhielt sie eine eigenartige Kopfbedeckung, die in ihren Augen wie ein rundes, gestepptes Kissen aussah. Blanche nahm sich ein langes, hellblaues Hemdkleid und zog ein rotes, an der Seite geteiltes Überkleid darüber, während die älteren Pilgerinnen in eher einfache Gewänder gehüllt wurden.

Starrheim zog zum ersten Mal, seit er den Pilgerstab ergriffen hatte, wieder die schmucke Tracht eines jungen Edelmanns an, zu der zweifarbig gestreifte Hosen im Mi-Parti-Stil und eine hellblaue Tunika gehörten. Sebastian wollte nicht hinter ihm zurückstehen, wirkte aber in den hell- und dunkelrot gestreiften Hosen, einer kaum mehr als taillenlangen, leuchtend grünen Tunika, einem mit reicher Stickerei verzierten Tappert und spitzen Schuhen nicht wie ein Edelmann, sondern wie ein Stutzer.

Der Einzige, der bei der schlichten Pilgerkleidung verblieb, war Vater Thomas, doch die Kutte, die er überwarf, bestand aus bester Wolle und war zudem mit Seide gefüttert. Die anderen Männer glichen mit ihren aufs Geratewohl herausgegriffenen

Kleidungsstücken Hähnen, die mit gespreizten Federn vor den Hennen prunken.
Als sie wieder in den Festsaal geführt wurden, musste Tilla nur die amüsierte Miene ihres Gastgebers betrachten, um zu erkennen, dass dieser Eindruck gewollt war. Verärgert, weil Graf Gaston sich auf ihre Kosten einen Scherz erlaubt hatte, achtete sie nicht auf die übrigen Gäste und zuckte überrascht zusammen, als Aymer de Saltilieus Stimme neben ihr erklang.
»Ich freue mich, dich wohlbehalten wiederzusehen, mon amie.«
Tilla versteifte sich innerlich, denn der sanfte Ton erinnerte sie daran, wie sie sich im hatte hingeben müssen, um ihre, Starrheims und Sebastians Freiheit zu erwirken. Wollte der Mann diese intimen Augenblicke etwa hier wiederholen? Mit einem gewissen Schuldgefühl erinnerte sie sich daran, dass es ihr damals nicht unangenehm gewesen war, und schwankte für einen Augenblick, ob sie dem Werben des Ritters nachgeben sollte. Sie schüttelte aber sofort den Kopf. Immerhin befand sie sich auf einer Pilgerfahrt und Vater Thomas hatte als eine der Voraussetzungen dazu Enthaltsamkeit eingefordert. Einmal hatte sie gegen dieses Gebot verstoßen – verstoßen müssen, korrigierte sie sich –, wollte es aber nicht ein zweites Mal tun. Da Ritter Aymer jedoch eine Antwort erwartete, blickte sie ihn an.
»Danke! Auch ich freue mich, Euch wiederzusehen.« Ihr kühler Blick entlarvte diese Worte jedoch als Lüge.
Der Ritter lächelte etwas boshaft, denn er konnte sich denken, welche Gedanken in Tilla wühlten. Kurz überlegte er, ob er sie ein weiteres Mal verführen sollte. Er war sich sicher, dass es ihm gelänge. Doch hinterher würde sie ihn dafür verachten, und zu seiner eigenen Verwunderung lag ihm etwas an ihrer

guten Meinung über sich. Außerdem gab es genug zu besprechen. Mit dem Kinn wies er auf seinen Vetter, der eben in eine angeregte Unterhaltung mit dem Grafen von Béarn verstrickt war.

»Hüte dich vor Hugues, meine Liebe. Er ist rachsüchtig und wird dir und deinen Freunden mit Sicherheit nicht vergeben, auch wenn die Situation durch die Windungen der Politik zu seinen Gunsten ausgegangen ist.« Obwohl er leise sprach, um von den anderen nicht gehört zu werden, spürte Tilla hilflosen Zorn in ihm wühlen, aber auch Neid auf seinen Vetter.

»Ich verstehe die Zusammenhänge nicht ganz, mein Herr. Ihr habt doch auf Eurer Burg gesagt, die Dame Felicia wäre Eurem Vetter als Geisel übergeben worden, da der Graf von Foix ein Feind des Königs von Frankreich sein soll. Wie kommt es, dass beide nun so tun, als wären sie die besten Freunde?«

Ritter Aymer lachte kurz auf. »Genau das ist Politik, mein Kind. Die hohen Herren schauen immer darauf, welche Allianz ihnen besser bekommt. Graf Gaston ist ein sehr mächtiger Mann und wird sowohl von König Eduard III. von England wie auch von König Karl von Frankreich umworben. Daher kann er sich aussuchen, mit wem er sich verbünden will. Wie es im Augenblick aussieht, wird es wohl Frankreich sein. Als Franzose begrüße ich das, obwohl mir die Ehe zwischen meinem Vetter und Mademoiselle Felicia, die gleichzeitig ausgehandelt wurde, wenig gefällt.«

Der Blick, den er Hugues de Saltilieu zuwarf, verriet außer Neid noch brennende Eifersucht, doch sein Verwandter schien für solche Gefühlsäußerungen blind zu sein. Aymer hatte sich jedoch rasch wieder in der Gewalt und fuhr fort, Tilla die komplizierte Lage in Südfrankreich und den daran anschließenden spanischen Landen zu beschreiben. »Im

Augenblick herrscht Waffenstillstand zwischen England und Frankreich, da beide Könige die Soldaten nicht mehr bezahlen können, die sie für eine Fortsetzung des großen Krieges benötigen. Doch die Kämpfe sind nicht völlig erloschen, sondern haben sich nach Kastilien verlagert. England ist mit König Pedro verbündet und der Prince of Wales hat diesem erst im letzten Jahr geholfen, einen Aufstand Enrique de Trastamaras niederzuwerfen, der ein Halbbruder König Pedros ist. Trastamara wird jedoch von Frankreich unterstützt. Der Heerführer Bertrand du Guesclin hat viele der herrenlos gewordenen Söldnerkompanien in seinen Dienst genommen und wird sie schon bald nach Kastilien führen, so dass Enrique de Trastamara den Kampf um die Krone erneut aufnehmen kann. Mein Vetter und ich werden zu Guesclins Truppen stoßen, sobald wir Béarn verlassen haben.«

»Eine gute Lektion, mein lieber Chevalier Aymer! Ich selbst hätte sie nicht treffender vortragen können.« Gaston von Béarn klatschte mit einem zweideutigen Lächeln in die Hände und machte dem Ritter wie auch Tilla klar, dass es ihm gelungen war, ihnen trotz des Gesprächs mit Hugues de Saltilieu zuzuhören.

Aymers Vetter bleckte die Zähne. »Dir liegt wohl etwas an dieser Metze, was? Nun, vielleicht konnte sie auch deswegen davonlaufen, anstatt im Turm zu verfaulen, wie ich es angeordnet hatte!«

Jeder, der am Tisch saß, sah diese Worte als eine bewusste Provokation an. Und tatsächlich klatschte Aymers Rechte gegen seine linke Hüfte, nur fehlte dort das Schwert, das er wie alle anderen Gäste vor dem Betreten der Halle hatte abgeben müssen. Der Herr von Béarn wusste, dass der Wein die Gemüter der Männer reizte, und wollte, dass es bei Gefechten mit Worten blieb und nicht zu Blutvergießen kam. In diesem Fall war es ihm gelungen.

Ein mahnendes Räuspern brachte die beiden Vettern Saltilieu dazu, sich wieder auf ihre Stühle zu setzen. Obwohl nur Felicia de Lacaune zwischen ihnen saß und sie sich mit den Händen jederzeit hätten berühren können, bemühten sie sich nun nach Kräften einander zu ignorieren.

Da mit Blanche und ihren Begleitern späte Gäste erschienen waren, wurde erneut ein Mahl aufgetragen. Starrheim, der von zu Hause eine dicke Scheibe Brot als Tellerersatz gewöhnt war, blickte mit fast ebenso verwunderten Augen auf die glänzenden Fayence-Teller, die vor die Pilger hingestellt wurden, wie der Rest seiner Gefährten. Tilla hatte bisher nur einen einzigen Teller gesehen, der den hier aufgetragenen ähnlich sah. Den hatte ihr Vater von einer Handelsfahrt mitgebracht und wie einen kostbaren Gegenstand behandelt. Nie wäre ihm in den Sinn gekommen, so etwas Profanes damit zu tun wie darauf zu essen.

Fast scheu wandte sie sich daher den Speisen zu, die würziger schmeckten, als sie es gewohnt war, und ihr trotz des fremdartigen Aussehens sehr gut mundeten. Aymer, der seinem Vetter auch deswegen den Rücken zukehrte, weil ihn die plumpen Vertraulichkeiten anwiderten, mit denen dieser Felicia bedachte, legte Tilla vor. Wie man mit dem Messer umgeht, musste er ihr jedoch nicht zeigen, denn ihr Vater hatte Wert darauf gelegt, dass sie und Otfried sich guter Tischmanieren befleißigten.

Einige ihrer Gefährten taten sich weitaus weniger Zwang an. Das reichhaltige Mahl stellte eine willkommene Abwechslung zu den Eintöpfen dar, die ihnen in den Klöstern und Pilgerherbergen aufgetischt worden waren, und auch zu Brot und Käse, die ihnen untertags als Wegzehrung gedient hatten. Selbst Starrheim, der höfische Sitten eigentlich hätte gewöhnt sein müssen, fiel wie ein hungriger Wolf über den innen noch blutigen Rinderbraten her.

Sebastian lief ebenfalls das Wasser im Mund zusammen und er hätte am liebsten alles Erreichbare in sich hineingeschlungen. Ihm gegenüber saß jedoch Dieter, der nicht aß, sondern fraß. Sein Beispiel wirkte so abschreckend, dass Tillas Jugendfreund sich trotz seines Hungers beherrschte und die Speisen halbwegs manierlich zu sich nahm. Auch bemühte er sich, nicht mit vollem Mund zu sprechen oder zu trinken.

Tilla, die ihn verstohlen beobachtete, nickte unwillkürlich. Lernfähig war Sebastian schon immer gewesen. Die übrigen Pilger aber lieferten den Gästen des Béarner Grafen genau das Schauspiel, welches diese erwartet hatten. Ein wenig schämte Tilla sich ihrer Landsleute, aber sie mahnte sich, nicht schlecht von ihnen zu denken, denn es handelte sich nun einmal um einfache Leute, die zwar nicht mit einer gezierten Handbewegung das Fleisch schneiden konnten, dafür aber zuverlässige Reisegefährten waren. Auch um ihretwillen wollte sie nicht lange in Orthez verweilen. Sie war sicher, dass man sie bald hinauskomplimentieren würde, denn selbst ein so zufrieden schmatzendes Ferkel wie Hedwig würde den hohen Herrschaften bald langweilig werden.

Von Tilla unbeobachtet hatte Graf Gaston ein Gespräch mit Blanche begonnen, in dem er ein wenig mit der Kleinen spielte wie ein selbstzufriedener Kater mit einer Maus. »Was soll ich nun mit dir anfangen, ma petite, nachdem der gute Cœurfauchon tot ist und mir die Verantwortung für dich übertragen hat?«

Blanche senkte verwirrt den Kopf. »Ich weiß es nicht, Monseigneur.«
»Vielleicht sollte ich dich ebenso verheiraten wie deine Verwandte Felicia. Roi Charles wird mir gewiss einen seiner Barone schicken, den ich mit deiner Hand beglücken kann.« Es klang so, als erwarte der Graf keinen Widerspruch.
Dennoch hob das Mädchen jetzt den Kopf und blickte ihm mit zitternden Mundwinkeln in die Augen. »Monseigneur, bevor Ihr über mich zu befinden wünscht, muss ich Euch mitteilen, dass ich, als ich in höchster Not war, dem heiligen Jakobus geschworen habe, zu seinem Grab zu pilgern. Diese guten Leute werden mich gewiss in ihre Gemeinschaft aufnehmen und mich mit ihnen ziehen lassen.«
»Natürlich tun wir das«, erklärte Starrheim, ohne den anderen Pilgern Blanches Wunsch zu übersetzen. »Es ist uns eine große Ehre«, setzte er mit einer Verbeugung dem Mädchen gegenüber hinzu.
Man konnte Graf Gaston nicht ansehen, ob er seinem Mündel wegen dieser Eigenwilligkeit zürnte oder ihren Entschluss als gegeben hinnahm. Er zuckte mit den Schultern, ließ sich frischen Wein einschenken und trank einen Schluck, bevor er Antwort gab. »Du willst nach Santiago ziehen? Nun, es ist nicht die beste Zeit dafür. In Kastilien herrscht Krieg, und was das bedeutet, hast du auf deiner Reise bereits erlebt. Kein Wanderer und erst recht kein Weib ist vor plündernden Horden sicher. Doch wenn du es trotzdem tun willst, so sei es.«
»Ich will!«
Tilla, die nun auf das Gespräch aufmerksam geworden war und erfahren hatte, um was es ging, lächelte spöttisch, denn Blanches Worte klangen beinahe wie die Willensbekundung bei einer Hochzeit.

Der Graf von Béarn schien ähnlich zu empfinden, auch wenn sein Blick leicht vorwurfsvoll wirkte. »Ich kann dich nicht von dieser Reise abhalten, Blanche. Doch du wirst zu Gott, dem Herrn, beten müssen, dass er dich und deine Begleiter beschützt, denn ich vermag es nicht.«

Blanche senkte kurz den Kopf, warf dann aber Starrheim einen Blick zu, der sowohl Verehrung wie auch Leidenschaft ausdrückte. »Ich bin sicher, Gott wird uns beistehen.«

»Dann hoffen wir, dass er auf ein kleines Mädchen hört.« Gaston von Béarn schien nicht mehr länger bei diesem Thema verweilen zu wollen, denn er begann nun wieder ein Gespräch mit Hugues de Saltilieu.

Als Tilla Blanches trotzig verletzte Miene wahrnahm, musste sie sich ein Lachen verkneifen. Die Bezeichnung kleines Mädchen schien der jungen Dame nicht zu schmecken, denn damit hatte ihr Vormund die tieferen Gefühle abgetan, die sie für Starrheim hegte. Da Graf Rudolf jedoch mit einer jungen Dame verlobt war, konnte Tilla nur hoffen, dass er Blanche auf Abstand hielt. So wie diese im Augenblick aussah, schien sie bereit zu sein, bis zum Äußersten zu gehen, um zu beweisen, dass sie sich als erwachsene Frau fühlte. Tillas Amüsement schwand jedoch, als sie begriff, dass sie und ihre Gefährten die Kleine bis Santiago und hierher zurück am Hals haben würden, und verfluchte ihren Gastgeber, weil er der Göre die Pilgerreise nicht schlichtweg untersagt hatte. Auf Vater Thomas' Nein konnte sie nicht hoffen, denn dieser wirkte eher so, als hätte der heilige Jakobus ihm ein Geschenk gemacht.

In dem Augenblick erinnerte Tilla sich an den Vorsatz des Pilgerführers, Santiago mit elf Begleitern zu erreichen, und fragte sich, wen er noch anschleppen würde, um den letzten freien Platz in der Gruppe auszufüllen.

V.

Trotz der mangelnden Tischmanieren ihrer Begleiter und der spöttischen Kommentare der Edelleute war es ein Abend geworden, den Tilla nicht hätte missen wollen. Zu später Stunde waren Akrobaten aufgetreten, die sich mit ihren Künsten deutlich von den Hanswursten und Spielleuten abhoben, denen sie einmal im Jahr auf dem Peter-und-Paulsmarkt in Tremmlingen zugesehen hatte. Auch die Nachspeise, ein ganz ungewohnter Kuchen, hatte ausgezeichnet geschmeckt. Hedwig und Dieter, die mit einem schlichteren Gemüt ausgestattet waren als Tilla, grinsten sichtlich zufrieden, und sie selbst vernahm noch im Traum die schmeichelnden Klänge der Musik und summte die fremdländischen Lieder mit.

Man hatte der Gruppe einen Raum zum Schlafen zugeteilt, in dem für jeden eine Matratze bereitlag, und sie hatten sich wie gewohnt niedergelegt – rechts die Männer und links die Frauen. Obwohl viel an diesem Tag auf sie eingestürmt war, schliefen die meisten rasch ein. Sebastian aber fühlte sich trotz des genossenen Weines hellwach und kämpfte gegen den Drang an, sich als Mann erweisen zu wollen. Sein Blick suchte Tilla, doch in der Dunkelheit, die von der winzigen Flamme in einer Laterne ein wenig erhellt wurde, nahm er nur einen Schatten wahr. Für einige Augenblicke überlegte er, ob er die Kammer verlassen sollte, um nach der Bademagd zu suchen. Es erschien ihm jedoch nicht geraten, durch die finsteren Gänge der Burg zu schleichen, zumal er nicht die geringste Ahnung hatte, wo das Mädchen zu finden war.

Mühsam rang er seinen Trieb nieder und fiel in einen von wilden Träumen geplagten Schlaf, in denen ihm sowohl sämtliche Bademägde wie auch Tilla selbst zu mannhaften Taten aufforderten. Als er am nächsten Morgen erwachte, fühlte sein Oberschenkel sich klebrig an und er kam sich beschmutzt vor. Vorsichtig, damit die anderen es nicht merkten, säuberte er sich und schlüpfte in seine Kleider.

»Was machen wir heute?«, fragte er in dem Bemühen, besonders munter zu klingen.

»Wir werden wohl weiterziehen«, antwortete Tilla.

Vater Thomas, der eben in seine Kutte schlüpfte, schüttelte den Kopf. »Ich möchte noch ein paar Tage bleiben, damit wir für den letzten Teil der Reise Kraft schöpfen können. Außerdem muss Blanche sich ausrüsten.«

»Mir habt Ihr dafür weniger als eine Stunde Zeit gelassen.« Tilla hatte eigentlich nicht so spitz klingen wollen, doch ihr Ärger über Blanches Aufdringlichkeit war noch nicht verraucht. Selbst wenn das Mädchen mit ihnen nach Santiago pilgerte, würde es eine Ehe schließen müssen, die ihr Vormund ihr aufnötigte. Schließlich hatte auch Felicia de Lacaune ihre Flucht aus Baron Hugues' Burg nicht das Geringste geholfen.

»Ich sehe mich ein wenig draußen um!« Tilla fühlte mit einem Mal, wie die Wände sie einengten und sie reizbar werden ließen. Daher lief sie aus dem Raum, bevor irgendjemand auf ihre Bemerkung antworten konnte. Draußen schlug sie den Weg zur Treppe ein und stieg nach unten. Sie wollte ins Freie, um frische Luft zu schöpfen, denn das Innere der Burg erschien ihr mit einem Mal so stickig, dass es ihr den Atem nahm.

Eine Etage vor der Pforte, die ein Bediensteter ihr gewiesen hatte, tauchte ein Edelmann vor ihr auf und blieb überrascht stehen. Ehe sie ihn im Gegenlicht erkannte, hatte er sie am Hals gepackt und presste sie gegen die Wand.

Es handelte sich um Hugues de Saltilieu, der sie mit einem höhnischen Blick maß und sich dabei unbewusst die Lippen leckte. »Sieh an, die deutsche Jungfer. Du kommst mir gerade recht! Ich werde dich mit in meine Kammer nehmen und dir zeigen, dass man mich nicht hintergehen kann, ohne bestraft zu werden. Wenn du es fertig bringst, mich zufrieden zu stellen, darfst du vielleicht sogar am Leben bleiben.«

Es war erstaunlich, wie gut Tilla mit einem Mal die französische Sprache verstand. Sie sah dem Mann an, dass es ihm vollkommen ernst war mit seiner Drohung, und verfluchte ihren Leichtsinn, allein durch die Burg zu gehen. Dabei hatte Ritter Aymer sie gestern noch vor seinem Vetter gewarnt. Verzweifelt überlegte sie, wie sie ihm entkommen konnte, doch sie hatte keine Waffe, mit der sie sich zur Wehr setzen konnte, nicht einmal ihr Tischmesser, denn das lag bei ihren Sachen in der Schlafkammer.

Saltilieu drückte ihren Hals so weit zu, dass sie noch etwas Luft bekam, aber nicht mehr reden oder gar schreien konnte, und wollte sie mit sich zerren. Da klangen hinter ihm Schritte auf. Er wandte den Kopf, um zu sagen, dass es niemand etwas anginge, was er hier tat, zuckte aber zusammen, als der Ankömmling sich als Graf Gaston entpuppte.

Der Herr von Béarn legte Saltilieu mit einem verächtlichen Lächeln die Hand auf die Schulter. »Ihr werdet verzeihen, Baron, doch diese junge Frau habe ich gerade selbst gesucht, um mit ihr zu sprechen. Ihr erlaubt!«

Ohne eine Antwort abzuwarten, löste er die Finger des Barons von Tillas Hals und bot ihr den Arm. »Komm mit!«

Tilla wusste nicht, womit sie sein Dazwischentreten verdient hatte, war ihm aber mehr als dankbar, und als sie in sich hineinhorchte, fand sie sich bereit, ihm so zu dienen, wie er es wünschte. Schließlich hatte er sie vor Saltilieu gerettet, der sie vergewaltigt und ihr hinterher hohnlachend die Kehle durchgeschnitten hätte.

Während Baron Hugues mit offenem Mund hinter ihnen herstarrte, führte Gaston von Béarn Tilla über mehrere Flure in eine Kammer, die zu ihrer Erleichterung kein Bett aufwies, sondern mehrere bequeme Stühle, deren Sitzflächen mit Kissen gepolstert waren. Er wies Tilla an sich zu setzen und rief dann einige Befehle durch die offene Tür. Kurz darauf erschienen ein Diener mit einer großen Platte mit Bratenstücken und ein anderer mit einem Tablett voll leckerem Gebäck. Es war genug Essen für ein halbes Dutzend Leute, und da Tilla Hunger verspürte, griff sie zu.

Ein junger Mann, der eher wie einer der Gefolgsleute Graf Gastons wirkte, brachte einen Krug Wein und schenkte zwei große, gläserne Becher voll.

»Ich freue mich, dass ich dir helfen konnte, mein Kind. Baron Hugues ist ein äußerst unangenehmer Mensch«, begann Gaston von Béarn in einem etwas fremdartigen, aber gut verständlichen Deutsch.

Tilla hob verwundert den Kopf. »Warum verheiratet Ihr ihn dann mit Eurer Nichte?«

»Es ist der Wunsch König Charles' V. und den kann ich nicht übergehen. Außerdem verfügt Saltilieu über ausgedehnte Besitzungen in Frankreich und gilt als großer Kriegsheld. Es heißt, er habe dem König, als dieser noch der Dauphin war, in der Schlacht von Poitiers das Leben gerettet und ihn zuletzt hinweggeführt, damit er nicht den Engländern in die Hände fallen konnte. Mit dieser Tat hat Baron Hugues auch Frankreich gerettet, und so etwas bedingt großen Lohn.«

Tilla konnte dem Grafen nicht ansehen, was er wirklich von Saltilieu hielt. So wenig konnte es nicht sein, denn er hatte widerspruchslos in diese Heiratspläne eingewilligt. Vielleicht aber hatte er Mademoiselle Felicia durchschaut und glaubte, die Ehe mit einem solch groben Patron sei das Richtige, um sie zu zähmen. Sie empfand die Verbindung der intriganten Edeldame mit Saltilieu als die passende Strafe dafür, dass diese sie und ihre Begleiter auf ihrer Flucht mit Vorbedacht dem Zorn des Barons ausgeliefert hatte.

Ein Teil ihrer Gedanken musste sich auf ihrem Gesicht widergespiegelt haben, denn Graf Gaston lachte leise auf und sah sie mit neuem Interesse an. »Hattest du vorhin Angst, ich würde dich nur von Saltilieu wegholen, um dich an seiner Stelle zu benutzen?«

Tilla wurde rot. »Nun, ich …«

Sie brach ab, als Gaston Fébus in ein Lachen ausbrach. »Keine Sorge, mein Kind!«, sagte er. »Ich gebe zu, ich habe mit diesem Gedanken gespielt, denn du bist wirklich eine interessante Frau. Keine Schönheit, aber um eine solche in mein Bett zu bekommen, muss ich nur die Hand ausstrecken. Eine Frau wie du hingegen …«

Er musterte Tilla noch einmal durchdringend und winkte dann ab. »Für Balgereien im Bett mögen die Schönheiten genügen. Dich benötige ich für ernsthaftere Dinge.«

Tilla fühlte sich ein wenig beleidigt, weil der Graf ihre weiblichen Reize als nebensächlich abtat, konzentrierte sich aber auf seine Worte.

»Es geht um mein Mündel Blanche. Ich könnte ihr diese Pilgerfahrt verbieten, doch das würden mir der Bischof und die Priester übel nehmen, und ich kann mir keinen Ärger mit der Kirche leisten. Natürlich könnte ich auch einen Trupp meiner

Soldaten als Pilger verkleidet mitschicken, doch nur mit Stöcken bewaffnet können sie nicht viel bewirken. Also muss ich ebenso wie ihr auf Gott und den heiligen Jakobus vertrauen, dass sie euch beschützen.« Gaston Fébus schwieg einen Moment und bohrte seinen Blick schier in Tillas Augen.

»Dir übertrage ich die Sorge um mein Mündel. Achte darauf, dass es Blanche unterwegs an nichts mangelt und sie keine Unbedachtsamkeiten begeht. Sie ist in einem schwierigen Alter und vermag in einem Augenblick mehr zu versprechen, als sie im nächsten einzuhalten bereit ist. Du hast eben Saltilieu erlebt. Er ist nicht der einzige Mann, für den das Nein eines Weibes nicht zählt.«

Tilla brauchte eine ganze Weile, um das Gehörte zu verarbeiten. »Ihr ladet mir eine große Last auf die Schultern«, antwortete sie vorsichtig. »Wäre es nicht besser, die Sorge um Blanche jemand zu übertragen, der sie besser meistern könnte – Graf Starrheim zum Beispiel?«

»Starrheim ist ein junger Mann und Blanche zu leicht bereit, ihn einzufangen. Die beiden würden sich paaren, bevor sie länger als drei Tage gezogen sind.«

»Und das soll ich verhindern?« Tilla lachte freudlos auf und schüttelte den Kopf. »Monseigneur, diese Macht besitze ich nicht.«

»Du bist stärker, als du denkst. Ich habe die Mienen deiner Begleiter gesehen. Ihre Augen richten sich auf dich, auch die eures Anführers. Wenn du Starrheim sagst, dass er Blanche in Ruhe lassen soll, wird er es tun. Dem Mädchen kannst du ein paar Ohrfeigen geben, wenn es dir nicht gehorchen sollte, und es ohne Abendessen ins Bett schicken. Ach ja, sie wird bei dir schlafen, damit sie nicht in Versuchung kommt, sich zu Starrheim zu gesellen. Ich will damit nicht sagen, dass ich etwas gegen den Habsburger-Spross hätte. Wäre er nicht verlobt, würde ich ihn wohl noch am heutigen Tage mit Blanche vermählen. Doch in dieser Situation würde eine Liebschaft zwischen den beiden nur ihren Ruf ruinieren, und dafür ist mir die Nichte meines alten Freunds Coeurfauchon zu schade.«

Gaston von Béarn machte eine Handbewegung, die Tilla anzeigte, dass alles gesagt sei, und stand auf, ohne von den Köstlichkeiten vor ihm genascht zu haben.

»Ihr werdet morgen weiterziehen! Bis dahin wird Blanche fertig sein.« Mit diesen Worten verließ er den Raum. Sein Gefolgsmann deutete eine leichte Verbeugung vor Tilla an und folgte ihm auf dem Fuß.

Tilla blieb als Opfer widerstrebender Gefühle zurück. Der Aufgabe, die Graf Gaston ihr aufgehalst hatte, fühlte sie sich nicht gewachsen, denn als Bürgerliche besaß sie nicht die Autorität, über Blanche oder gar über Starrheim zu bestimmen. Der Habsburger hatte sich inzwischen gut genug erholt, um sich einen weichen Frauenleib zu wünschen, den er umarmen konnte, und in ihrer schwärmerischen Verehrung war Blanche gewiss bereit, ihn gewähren zu lassen. Tilla hob schon das Glas, um es gegen die Wand zu feuern und ihrer Wut Luft zu machen, ließ es aber doch wieder sinken, denn es war einfach zu wertvoll. Dann lächelte sie bitter, denn in ihr hatte sich die Hausfrau bemerkbar gemacht, die den Haushalt ihres Vaters in den letzten Jahren vor seinem Tod geleitet hatte, und während sie das Glas abstellte, fand sie, dass sie das gute Essen unmöglich verkommen lassen durfte. Sie trat zur Tür und rief nach einem Diener. Als dieser erschien, wies sie auf die Platten und befahl ihm, diese zu nehmen und ihr zu folgen. Ihre Begleiter hatten bestimmt Hunger, und sie war auch noch nicht gesättigt.

VI.

Nachdem Graf Gaston ihm die sicher geglaubte Beute aus den Händen genommen hatte, stapfte Hugues de Saltilieu missmutig die Treppe hinab und trat auf den Burghof hinaus, auf dem Knechte und Mägde geschäftig umhereilten. Unter ihnen befanden sich auch einige hübsche Mädchen, die ganz so aussahen, als könnten sie ihm die nächste Stunde versüßen. Noch während er sich überlegte, welcher von ihnen er befehlen sollte, ihm zu folgen, sah er, wie sich zwei Männer erschrocken in eine Ecke drängten, als wollten sie sich vor ihm verstecken.

Sein Blick folgte ihnen und er wurde rot vor Zorn, als er seine beiden ehemaligen Söldner entdeckte, die von Felicia de Lacaune zur Flucht überredet worden waren. Mit ein paar langen Schritten überwand er die Entfernung zu ihnen und funkelte sie zornig an. »Verfluchtes Gesindel! Ihr seid ja immer noch auf dieser Welt.«

Obwohl sie zu zweit waren, zitterten die beiden Männer vor dem zornigen Ritter und wichen noch weiter vor ihm zurück. Saltilieu riss einem von ihnen das Schwert aus der Scheide und rammte ihm die Klinge in den Leib. Noch während der Mann röchelnd zusammensank, beschrieb die Waffe einen Kreis in der Luft und trennte dem Zweiten den Kopf von den Schultern. Zufrieden blickte Saltilieu auf seine Opfer herab. Der Geköpfte war bereits tot und der andere würde die nächste Stunde nicht überleben. Damit war zumindest ein Teil der Schmach getilgt, die seit Felicia de Lacaunes erfolgreicher Flucht sein Banner beschmutzte.

Hätte Gaston Fébus sich nicht überraschenderweise mit dem König von Frankreich versöhnt, wäre ihm aus dieser Angelegenheit ein Feind erwachsen, der ihn den Kopf hätte kosten können oder zumindest einen Teil seiner Güter. Obwohl er dem gütigen Geschick hätte dankbar sein müssen, dachte der Baron nicht daran, Gnade walten zu lassen. In seinen Augen waren die beiden Männer hier nur die Ersten, die ihren Preis für Felicias Flucht bezahlt hatten. Sie selbst würde sein Weib werden und damit ihm untertan. Mit dem österreichischen Grafen und dessen Begleitern stand die Rechnung jedoch noch offen. Saltilieu drohte mit der Faust in die Richtung, wo er die Kammer wusste, in der die Pilgerschar untergebracht worden war, schleuderte die blutige Klinge weg und schritt durch das Gesinde, das sich mit weit aufgerissenen Augen um ihn versammelt hatte.

VII.

Von einem Fenster aus hatte Felicia den Tod der beiden Männer mit angesehen und war kreidebleich geworden. Jetzt wandte sie sich Hugues Vetter Aymer zu, der von seinen Gefühlen getrieben ihre Nähe gesucht hatte.

»Mit diesem Mann will mein Oheim mich vermählen! Bei Gott, da wäre es noch besser, ich würde mir selbst den Tod geben.« Sie schlug dabei die Hände vor das Gesicht und brach in Schluchzen aus.

Aymer de Saltilieu starrte in den Burghof hinab und krampfte die Rechte um den Knauf seines Schwertes. »Bei der Liebe, die ich für Euch empfinde, werde ich Euch vor diesem Schicksal bewahren.« Seine Waffe glitt mit einem schabenden Geräusch aus der Scheide und er trat auf die Tür zu, um seinen Verwandten zu suchen und niederzuschlagen.

Doch ehe er die Kammer verlassen konnte, war Felicia de Lacaune bei ihm und fasste ihn am Ärmel. »Ich beschwöre Euch, nichts Unvernünftiges zu tun. Wenn Ihr Euren Vetter tötet, macht Ihr Euch den König von Frankreich zum Feind und müsst zu den Engländern fliehen.«

»Niemals!« Aymer hasste die Inselbewohner beinahe noch mehr als den Teufel, denn sie waren nach Frankreich gekommen, um das schöne Land zu verwüsten. Allein der Gedanke, Edward, dem Prinzen von Wales, Treue schwören zu müssen, erfüllte ihn mit Abscheu.

Felicia de Lacaunes Blick klärte sich und zwei scharfe Kerben erschienen an ihren Mundwinkeln. »In einem habt Ihr Recht: Hugues muss sterben. Doch weder Ihr noch mein Oheim dürfen in den Verdacht geraten, daran beteiligt zu sein. Immerhin seid Ihr der nächste Erbe Eures Vetters und es sollte Euch leicht fallen, dessen Stellung bei König Charles einzunehmen.«

Der Ritter starrte sie verwirrt an. »Aber wer sollte den Mut aufbringen, ihn zu töten?«

Die junge Dame hob lächelnd die Hand. »Lass mich nur machen, mein Freund. Ist es erst geschehen, werdet Ihr an Stelle Eures tölpelhaften Vetters meine Hand erhalten.«

Aymers Augen blitzten auf, denn Felicias Hand verhieß nicht nur, eine wunderschöne Frau sein Eigen nennen zu können, sondern als Dreingabe auch eine reiche Mitgift, welche die jetzt schon bedeutenden Ländereien der Saltilieus weiter vergrößern würde.

»Ein Kuss von deinen Lippen soll mir zeigen, dass dies möglich sein kann!« Er wollte die junge Frau umarmen, doch Felicia entwand sich ihm mit einem leisen Lachen.

»Noch bin ich die sittsame Braut deines Vetters und er wäre zu Recht zornig, würde ich dich statt seiner küssen.« Bevor er sich

versah, hatte sie den Raum verlassen und eilte davon. Da sie die Burg gut kannte, gelang es ihr, schon nach kurzer Zeit auf Hugues de Saltilieu zu treffen.
Ihr Bräutigam fühlte sich nach dem Tod der beiden Verräter, wie er die beiden toten Söldner bezeichnete, so zufrieden wie ein Mann es sein konnte, der es gewohnt war, in Blut zu waten. Als er seine Verlobte entdeckte, streckte er die Hand nach ihr aus. Bislang war Felicia ihm immer ausgewichen, doch diesmal ließ sie es zu, dass er sie an sich zog und seine Lippen auf die ihren presste. Seine Leidenschaft hätte ihr gefallen können, denn ihr Körper wurde auf einmal weich wie Wasser und sie klammerte sich an ihn. In diesem Augenblick wäre sie sogar bereit gewesen, ihm in die nächste Kammer zu folgen und sich ihm hinzugeben. Da aber löste er seinen Mund von dem ihren, fasste mit der rechten Hand ihren Nacken und bog diesen so, dass sie in seine blass schimmernden Augen blicken musste.
»Noch ein wenig Geduld, meine Liebe! Ich werde dich schon noch besteigen, und das mit Genuss. Ich warne dich jedoch davor, mir untreu sein zu wollen. Es würde dir nicht gut bekommen. So ein Frauenhals ist sehr zart und schnell gebrochen.« Zur Bestätigung seiner Worte drehte er ihren Hals so weit herum, bis die Knochen leicht krachten.
Felicia stieß einen Wehlaut aus und versuchte sich zu befreien, doch gegen den bulligen Ritter kam sie nicht an. »Meine Warnung schließt auch meinen nutzlosen Vetter Aymer mit ein«, sprach ihr Verlobter weiter. »Fasse ich auch nur den Verdacht, du könntest mich mit ihm betrügen, bringe ich euch beide um. Ich hoffe, du hast mich verstanden!« Nun ließ er die junge Frau los und stieß sie von sich.
Seine Verlobte griff sich an den Nacken, der nach dem harten

Griff wie Feuer brannte, und rang nach Atem. Da sie spürte, dass er eine Antwort von ihr erwartete, knickste sie vor ihm und senkte den Kopf. »Ich habe Euch sehr deutlich verstanden, mein Herr.«

»Dann ist es gut!« Hugues de Saltilieu kehrte ihr den Rücken zu und ging. Er hätte besser auf ihr Mienenspiel achten sollen, denn in ihren Augen flammte ein alles versengender Hass auf.

Felicia de Lacaune sah dem Baron nach, bis dieser in einem anderen Korridor verschwunden war, und eilte weiter. Sie wusste, an welcher Stelle sie fündig werden konnte, und war froh, dass ihr auf dem Weg dorthin niemand begegnete. Schließlich stellten die Unterkünfte für die niedrigsten Knechte keinen Ort dar, an dem eine Dame wie sie sich blicken lassen durfte.

Ein vierschrötiger Mann mit schwellenden Muskeln hockte in einer Ecke und starrte trübsinnig vor sich hin. Es war Sepp, der einstige Pilger, der Tillas Gruppe verlassen hatte, um sich Felicia de Lacaune anzuschließen. Seine Hoffnung auf einen raschen Aufstieg war jedoch jäh zerplatzt, denn die wetterwendische Dame hatte gar nicht daran gedacht, sich für ihn zu verwenden. Daher war für Sepp nur der Platz eines Knechts übrig geblieben, doch er weigerte sich trotzig, die verlangten Dienste zu tun. So lebte er von den Resten, die er irgendwie ergattern konnte, und bereute längst, seine Pilgerfahrt aufgegeben zu haben.

Er hatte erfahren, dass Vater Thomas und die anderen in Orthez waren, und wäre am liebsten zu ihnen gegangen, um sie zu bitten, ihn wieder aufzunehmen. Aber die Angst, zurückgewiesen zu werden, hielt ihn davon ab. Er wusste, dass er keine Freunde in der Gruppe hatte, und konnte sich auch nicht

vorstellen, dass Sebastian, mit dem er früher gut ausgekommen war, sich für ihn verwenden würde.
Während er über sein Schicksal nachgrübelte, verdeckte plötzlich ein Schatten das Licht der Unschlittlampe, die auf einem wackeligen Gestell brannte, und er blickte verwundert auf. Bei Felicias Anblick weiteten sich seine Augen und für einen Augenblick überlegte er, sie zu packen, auf den schmutzigen Boden zu werfen und sie für ihre nicht eingelösten Versprechungen bezahlen zu lassen.
Felicia spürte, wie nahe sie vor einer brutalen Vergewaltigung stand, wich aber nicht zurück. Ihr Blick bohrte sich in die Augen des Mannes und sie forderte ihn mit einer Geste auf, sich zu erheben. »Wie gut kannst du mich verstehen?«
Sepp hatte bei der Pilgergruppe und dann auch hier in Orthez einiges von den fremdartigen Dialekten aufgeschnappt und begriff etliches von dem Gesagten, ohne sich jedoch verständlich machen zu können. Deswegen nickte er nur, während seine Blicke sich an die Frau hefteten, als wolle er sie ausziehen.
»Ich werde mich bemühen, so zu sprechen, dass du begreifst, was ich sage.« Felicia war erleichtert, denn für das, was sie dem Mann erklären wollte, konnte sie keinen Zeugen brauchen.
»Was willst du von mir?« Sepps Aussprache war gerade noch verständlich und seine Gesprächspartnerin begriff, dass sie von seinen Sprachkenntnissen nicht zu viel erhoffen durfte.
»Dir wurde doch geraten, dich nicht von Baron Hugues sehen zu lassen!«
Wieder nickte Sepp. Insgeheim klammerte er sich an die Hoffnung, dass sein Leben wieder besser würde, wenn dieser Mann die Burg endlich verlassen hatte.

»Der Baron ist auf der Suche nach den Leuten, die mir bei meiner Flucht geholfen haben. Er hat die beiden Männer, die mich begleitet haben, aufgespürt und ohne Gnade getötet. Jetzt will er sich an dir und den Leuten aus deiner Pilgergruppe rächen, die ein übles Schicksal hierher geführt hat.« Felicia wollte noch mehr sagen, doch Sepp, der nur Baron Hugues, Pilger und Tod begriffen hatte, unterbrach sie erregt.

»Vater Thomas und die anderen müssen fort und ich auch!« Er wollte losrennen, um seine Landsleute zu warnen, doch Felicia packte ihn an seinem schmierigen Kittel und hielt ihn auf.

»Flucht nützt nichts! Zu Pferd ist Hugues de Saltilieu auf jeden Fall schneller als ihr, und außerhalb der Burg seid ihr ihm hilflos ausgeliefert.«

Sepp brauchte einige Augenblicke, bis er verstand, was sie ihm gesagt hatte. Nun erschien ihm seine Lage aussichtslos, denn gegen den gut gerüsteten Ritter und seine Begleiter hatten weder er noch seine Freunde die geringste Chance.

Felicia de Lacaune verfolgte sein Mienenspiel und setzte lächelnd zum letzten Angriff an. »Nur der Tod Hugues de Saltilieus kann euch retten! Ein Mann müsste den Mut besitzen, ihn zu töten!«

»Mut? Ihn töten? Ich habe keine Waffe!«

Trotz dieser zögerlichen Worte sah Felicia de Lacaune dem Deutschen an, dass dieser bereit war, ihren Verlobten umzubringen. »Eine Waffe ist leicht zu besorgen. An der Stelle, an der Baron Hugues deine beiden Kameraden getötet hat, liegt noch das Schwert. Hole es dir! Greife ihn nicht offen an! Warte auf eine gute Gelegenheit. Er muss sofort tot sein, verstehst du? Wenn du ihn verletzt, ist es dein Ende und das deiner Landsleute!« Felicia de Lacaune spielte meisterhaft mit den Gefühlen des rauen Mannes, der sich zwar weniger für die beiden Männer interessierte, die mit der Dame geflohen waren, aber umso mehr für die Pilgergruppe. Trotzdem vergaß er auch sich selbst nicht. »Ich tue es! Doch dafür verlange ich meinen Preis!«

Felicia de Lacaune brauchte einen Augenblick, bis sie sein Sprachgemisch verstand. »Was forderst du?«, fragte sie dann hochmütig, denn sie nahm an, er würde mit ein paar Münzen zufrieden sein.

Sepp wies jedoch auf das Strohlager, das man ihm zugewiesen hatte. »Ich wollte schon immer wissen, wie es ist, eine Dame von Stand zu reiten. Jetzt werde ich es erfahren!«

Seine Gesten waren eindeutig, und Felicia wollte ihn zuerst mit ein paar empörten Worten zurechtweisen. Dann aber begriff sie, dass er Gewalt anwenden würde, um an sein Ziel zu kommen, und ihr wurde klar, dass sie dabei wohl eher zu Schaden kommen würde, als wenn sie sich freiwillig für ihn hinlegte. Ihr Blick streifte den türlosen Eingang des Raumes. Um diese Zeit waren die Knechte bei der Arbeit und sie nahm an, dass keiner von ihnen so bald in diesen unfreundlichen Raum zurückkehren würde. Mit einem Achselzucken ließ sie sich auf die Lagerstatt nieder, zog ihre Röcke hoch und spreizte die Beine. »Mach schnell, sonst überrascht uns noch jemand.«

Sepp starrte auf das dunkelblond gelockte Dreieck, das sie ihm ohne Zögern entblößt hatte, und riss in seiner Erregung beinahe die Schnur ab, mit der er seine Hose festgebunden hatte. Ehe die Frau sich versah, lag er auf ihr und stieß ihr sein noch im Anschwellen begriffenes Glied in den Leib.

Felicia merkte rasch, dass sie noch nie einen Mann mit einem ähnlich mächtigen Schaft in sich gespürt hatte, und keuchte zunächst vor Schmerz. Dieser ließ jedoch rasch nach und machte ganz anderen Gefühlen Platz. Während sie sich stöhnend dem Mann entgegenwölbte, dachte sie für einen Augenblick daran, dass sie vor kurzem sogar bereit gewesen war, sich Hugues de Saltilieu hinzugeben. Doch dieser Allemand war mehr als nur ein Ersatz für ihren Verlobten, und sie bedauerte es ein wenig, dass er sterben musste, wenn er seinen Zweck erfüllt hatte.

VIII.

Nachdem Felicia de Lacaune ihn verlassen hatte, suchte Sepp nach dem Schwert und fand die bis zum Griff mit geronnenem Blut bedeckte Waffe tatsächlich unter Gestrüpp in einer abgelegenen Ecke des Burghofs. Er wickelte sie in ein altes Tuch, damit niemand sehen konnte, was er mit sich trug, und versteckte sie unter der Strohschütte, auf der die junge Dame vor kurzem noch unter ihm gestöhnt hatte. Danach setzte er sich und wartete auf seine Gelegenheit.

Felicia de Lacaune hatte ihm beim Abschied noch Geld versprochen und ihm einen Treffpunkt genannt, an dem sie es ihm geben wollte, sobald Hugues de Saltilieu tot war. Doch je mehr er darüber nachsann, umso weniger wurde er sich schlüssig, ob er dieses Angebot annehmen sollte. Der Blick, den sie ihm beim Abschied zugeworfen hatte, hatte eine ganz andere Form von Belohnung versprochen. Er wusste bereits, dass die junge Dame nicht nur einen hitzigen Unterleib besaß, sondern auch einen scharfen Verstand, und sie konnte es sich nicht leisten, einen Zeugen für ihre mörderischen Absichten am Leben zu lassen.

Diese Überlegungen brachten Sepp jedoch nicht davon ab, Saltilieu töten zu wollen, denn der Baron stellte eine zu große Gefahr für ihn selbst und Vater Thomas' Pilgergruppe dar. Dennoch wollte er die Ausführung des Mordes aufschieben, bis seine Freunde die Burg verlassen hatten, sonst mochte einer von ihnen in den Verdacht geraten, der Täter zu sein. Während der langen Stunden des Wartens dachte er über sein eigenes Schicksal nach und kam zu dem Schluss, dass seine Landsleute ihn wohl nicht von sich stoßen würden, wenn er ihnen folgte und sich ihnen als reuiger Sünder wieder anschloss. Den Mord an Saltilieu würde er Vater Thomas allerdings beichten müssen, und davor hatte er mehr Angst als vor der Tat selbst.

Sepp bleckte die Zähne, als er sich vorstellte, einen Ahnungslosen überfallen und niederstechen zu müssen. In seiner Heimat hatte er als gewalttätig gegolten, doch er hatte niemand umgebracht oder wirklich schwer verletzt. Auch seine Frau war nach einiger Zeit wieder auf die Beine gekommen und hatte ihn weinend gebeten, auf sich aufzupassen. Bei dem Gedanken an sie stiegen ihm die Tränen in die Augen. Trotz ihrer Fehler war sie ein gutes Weib gewesen und hatte alles versucht, ihn zufrieden zu stellen. Noch gezeichnet von seinen Schlägen hatte sie sich vor die Füße des Pfarrherrn geworfen und diesen um Gnade für ihn angefleht. Der Spruch des Bischofs war jedoch unabänderlich gewesen. Er hätte nach Santiago zu pilgern und dort am Grabe des Apostels um Vergebung zu bitten.

Sepp wusste nicht mehr zu sagen, was ihn dazu getrieben hatte, Vater Thomas' Gruppe zu verlassen und sich Felicia de Lacaune anzuschließen. Wahrscheinlich war es ihre sinnliche Ausstrahlung gewesen. Schon bei dem Gedanken an sie fühlte er eine heftige Erregung in seinen Lenden. Dabei war sie als Weib auch nicht besser als seine Ehefrau. Mit einem Mal stieß ihn die Erinnerung an Felicias animalische Triebhaftigkeit ab und er sehnte sich nach der sanften Hand seiner Frau und ihrer weichen Nachgiebigkeit.

Wie lange er in seinem Winkel gesessen und seine Gedanken schweifen gelassen hatte, wusste Sepp zuletzt nicht mehr zu sagen. Irgendwann verließ er den kahlen Raum und begab sich in die Burgküche. Eine Magd füllte ihm widerwillig Brei in einen Napf. Er verschlang ihn heißhungrig, ohne zu schmecken, was er aß, denn seine Probleme türmten sich wie eine schwarze Wand vor ihm auf.

In der Nacht schlief er schlecht und wachte erst auf, als die anderen Knechte ihre gemeinsame Unterkunft bereits verlassen hatten. Durch ein Fenster ein paar Stockwerke weiter oben beobachtete er, wie seine Pilgerfreunde sich auf den Weg machten. Sein Blick blieb auf der jungen Frau haften, in der er Otto erkannt hatte, und als er sie in Frauenkleidern sah, fragte er sich, wie er sie auch nur einen einzigen Tag lang, geschweige denn die vielen Wochen ihrer gemeinsamen Pilgerfahrt für einen Mann hatte halten können. Sie war keine Schönheit wie Felicia de Lacaune, aber auf ihre Weise durchaus hübsch und anziehend.

Wenn Hugues de Saltilieu der Gruppe folgte und sie gefangen nahm, würde er ihr ebenso Gewalt antun wie den Zwillingsschwestern, die auf der langen Reise sichtlich aufgeblüht waren und nun wie lebendige Menschen und nicht mehr wie ängstlich aneinander gedrängte Schatten wirkten. Selbst Hedwig sah noch attraktiv genug aus, um Saltilieus Begleitern als Opfer dienen zu können. Wahrscheinlich würden die Männer auch das junge Mädchen nicht verschonen, das sich der Gruppe angeschlossen hatte. Es stand zwar erst an der Schwelle zur Weiblichkeit, doch brutale Gemüter wie Saltilieu mochten sich gerade davon angezogen fühlen.

Während Sepp den Tag mit Grübeln verbrachte, steigerte er sich immer mehr in das Gefühl hinein, dass er eine gute Tat vollbringen würde, wenn er seine Gefährten vor Saltilieu bewahrte. Die leisen Mahnungen seines Gewissens schwanden mehr und mehr, und als er am späten Nachmittag das eingewickelte Schwert aus dem Stroh holte, vermochte er sogar über einen fast unverständlichen Witz zu lachen, den ein Knecht von sich gab, der sich verletzt hatte und in die Unterkunft geschickt worden war.

IX.

Sepp war klar, dass er im offenen Kampf keine Chance gegen einen ausgebildeten Krieger wie Saltilieu hatte. Also musste er ihn an einer Stelle überraschen, die einen Hinterhalt erlaubte und an der er die Tat ohne Zeugen vollbringen konnte. Ihm fiel nur ein Ort ein, auf den diese Umstände passten und den Saltilieu mit Sicherheit aufsuchen würde. Daher ging er hinüber zu der vom Wind abgewandten Seite der Burg und betrat das Gebäude, welches den Abtritt beherbergte. Dort suchte er sich eine dunkle Ecke, legte sich hin, und tat so, als wäre er ein Zecher, der dem Wein zum Opfer gefallen war, nachdem er sich erleichtert hatte.

Im Lauf des Tages benutzten etliche Leute den Abtritt, darunter auch Felicia de Lacaune, die nicht wusste, was sie von der Situation halten sollte. Bis jetzt hatte der Attentäter, den sie auf ihren Verlobten angesetzt hatte, sich still verhalten, und sie fürchtete bereits, er hätte der Feigheit zollend das Weite gesucht.

Während sie ihre Röcke schürzte und ihr Wasser rinnen ließ, betrachtete Sepp sie aus seinem Winkel heraus mit brennenden Augen. Einige Augenblicke lang verspürte er die Lust, sie zu packen und zu benutzen, wie er es am Tag zuvor getan hatte. Er verwarf den Gedanken jedoch sofort wieder, denn zum einen war er nicht in der richtigen Stimmung und zum anderen war auch die verführerischste Frau der Welt das Risiko nicht wert, welches er mit einer solchen Tat eingehen würde.

Er wartete daher, bis Felicia wieder gegangen war, und wurde kurz danach belohnt, als Hugues de Saltilieu heranstampfte. Ein zweiter Mann begleitete ihn und daher drückte Sepp sich in seine Ecke, um nicht gesehen zu werden. Saltilieus Begleiter stellte sich neben eine der schießschartenähnlichen Öffnungen und urinierte in die Dunkelheit hinaus, während der Baron selbst seine Hosen auszog und sich mit einem ächzenden Ton auf einen der Sitze mit dem Loch in der Mitte hockte.

Er brauchte länger als sein Begleiter, dem es bald zu langweilig wurde. Mit einem Scherzwort, das wohl Saltilieus Verdauung galt, verabschiedete der Edelmann sich und eilte hinaus.

Für einige Augenblicke blieben Sepp und der Baron allein zurück. Jetzt oder nie, durchfuhr es den Deutschen. Er packte das Schwert mit schweißnassen Fingern und spürte, dass er es so nicht fest genug halten konnte. Hastig rieb er seine Rechte am Hosenboden trocken, damit ihm die Waffe nicht beim Hieb entglitt. Dann hob er den Kopf und hielt nach Saltilieu Ausschau. Die einzelnen Sitze des Abtritts waren nicht voneinander getrennt und es gab auch keine Türen. Da keine Lampe in dem Raum brannte, war es inzwischen so dunkel geworden, dass man nur noch am Eingang etwas sehen konnte, und Sepp war nicht ganz sicher, wo sein Feind saß.

»Seigneur, wo seid Ihr?« Seine Stimme hörte sich kratzend an und er stellte die Frage in Deutsch.

»Was willst du?«, bellte Saltilieu, der sich gestört fühlte. Die drei Worte reichten Sepp aus. Sein Schwert zuckte nach vorne, traf auf Widerstand und drang tief in das Fleisch des Barons ein. Saltilieu brachte noch einen erstickten Laut über die Lippen und sackte dann zusammen.

Sepp, der nicht wusste, wie gut er ihn getroffen hatte, tastete mit der Linken nach ihm, zog ihn noch einmal hoch und rammte ihm die Klinge bis ans Heft in den Leib. Erst jetzt konnte er sicher sein, dass der andere tot war.

Zufrieden mit sich und gleichzeitig erschrocken über seine Tat ließ er das Schwert los und wandte sich zur Flucht. Doch schon bei den ersten Schritten fühlte er eine gewisse Befriedigung in sich aufsteigen, weil er seine Freunde und sich selbst vor dem rachsüchtigen Baron bewahrt hatte. Er trat aus dem Latrinengebäude und tastete sich an der Mauer entlang bis zu der Pforte, die er bei seinen Streifzügen in einem versteckten Winkel der Burg entdeckt hatte. Diese diente wohl dazu, im Falle einer Belagerung geheimen Boten den Weg ins Freie zu öffnen, und da sie nur verriegelt und nicht abgeschlossen war, benutzte er sie, um die Burg zu verlassen.

Während er den Abhang hinunterkletterte, versuchte er, seine Gedanken von dem Mord zu lösen, der trotz aller Entschuldigungen sein Gewissen belastete, und überlegte, wie rasch er seine Freunde einholen konnte. Von hier gab es mehrere Wege nach Spanien, doch der am meisten benutzte führte über den Pass von Roncevalles, und soviel er erfahren hatte, als er noch bei der Gruppe gewesen war, wollte Vater Thomas diesen benutzen. Spätestens dort, so hoffte er, würde er seine Freunde einholen.

Der Mond, der nun in silberner Fülle aufstieg, erleichterte ihm den Weg. Er sah es als ein Zeichen des heiligen Jakobus, dass er recht gehandelt hatte, schlug das Kreuz und schwor dem Heiligen, dass er sein Leben ändern würde. Sollte er glücklich nach Hause zurückkehren, würde er seinem Weib ein besserer Ehemann sein, als er es bis jetzt gewesen war.

X.

Otfried Willinger musterte die Söldner, die sich seinem Versteck näherten, mit höhnischem Blick. Glaubte Damian Laux etwa, ihn mit den paar Kerlen in die Knie zwingen zu können? Beinahe hätte er bei diesem Gedanken aufgelacht. Dann aber sagte er sich, dass fünfzehn gut bewaffnete Krieger durchaus das Zünglein an der Waage darstellen mochten. Zusammen mit den Söldnern, die der Sohn des Bürgermeisters bereits in seinen Diensten hielt, hätte er den Hohen Rat stürzen und die Macht in der Stadt ergreifen können.
Doch Tremmlingen lag noch einige Stunden Fußmarsch vor der Truppe und bis in die Stadt wollte Otfried seinen Feind nicht kommen lassen. Zufrieden mit sich und seinen Vorbereitungen sah er der anrückenden Schar entgegen. Es waren handfeste Kerle, die eiserne Brustpanzer oder wenigstens solche aus gehärtetem Leder trugen. Alle besaßen einen Helm oder Eisenhut und einige hatten sogar Beinschienen umgeschnallt. Auch waren sie mit Waffen wie Spießen, Hellebarden und Schwertern gut ausgerüstet. Otfried, der die Bürger von Tremmlingen kannte, wusste, dass diese beim Erscheinen einer solchen Truppe in ihren Häusern verschwinden und alle Heiligen anflehen würden, sie zu beschützen.
In der Hinsicht hatte Damian Laux gut geplant, doch seine Anstrengungen würden vergebens sein. Otfrieds Blick wanderte

nun über die Leute, die mit ihm auf der Lauer lagen. Ihre Zahl übertraf die der anderen um das Dreifache und ihre Ausrüstung war kaum schlechter. Es handelte sich um dieselben Männer, die Georg von Kadelburg ihm zur Verfügung gestellt hatte und denen in den letzten Monaten so mancher Handelszug von oder nach Tremmlingen zum Opfer gefallen war. Ursprünglich stammten sie aus einem herzoglich-bayerischen Fähnlein und hatten nur ihre Abzeichen entfernt. Schon bald würde das Tremmlinger Stadtwappen ihre Tuniken schmücken, bis sie im Lauf von ein, zwei Jahren wieder die bayerischen Rauten tragen konnten.

»Sie sind jetzt schon verdammt nahe!« Der Anführer der Bayern riss Otfried aus seinen Gedanken.

Der junge Willinger schluckte, um seinen trockenen Hals zu befeuchten, und nickte. »Gleich ist es so weit. Wir müssen sie auf alle Fälle überraschen.«

»Die sehen nicht so aus, als würden sie hier mitten im Burgauischen Feinde vermuten.« Der Bayer grinste, denn es war seine Idee gewesen, Damian Laux und dessen Söldnern im Gebiet der Habsburger aufzulauern und nicht erst kurz vor der Stadt. Dort hätte man den Überfall bemerken und Alarm schlagen können. Hier aber würde es niemand geben, der eine Warnung nach Tremmlingen tragen konnte.

»Egal was geschieht – Damian Laux darf nicht davonkommen!« Otfrieds Stimme klang trotz seines Grinsens rau.

Der Bayer lachte leise, denn für die Ausführung seiner Befehle, die Georg von Kadelburg erteilt hatte, brauchte er keinen Pfeffersack. Ein kurzer Blick auf seine Leute verriet, dass diese bereit waren. Dann schätzte er die Entfernung zu den marschierenden Söldnern ab. Damian Laux hatte als Einziger ein Pferd und ritt wie ein Feldherr vor seinen Leuten. Auf ihn heftete der bayrische Anführer seinen Blick, hob sein Schwert und gab das Zeichen zum Angriff.

Otfrieds Schar brach brüllend aus dem Gestrüpp heraus und stürzte sich auf den Feind. Ihr Angriff erfolgte so überraschend, dass kein organisierter Widerstand möglich war. Wohl brachte der eine oder andere Söldner in Damians Diensten seine Waffe zum Einsatz, doch mehr als einmal vermochte er nicht zuzuschlagen oder zuzustechen, dann rissen ihn die Bayern nieder und hackten ihn in Stücke. Fünfzehn Söldner, die von Damian Laux mit gutem Geld verlockt worden waren, in seine Dienste zu treten, hauchten innerhalb weniger Herzschläge ihr Leben aus.

Nur Damian lebte noch, sah sich aber von einer stattlichen Schar Bayern umringt, die ihre Spieße auf ihn gerichtet hielten. Einer packte die Zügel des Pferdes und riss sie ihm aus der Hand. Obwohl der Kaufmann ein Kurzschwert an seiner Seite trug, fühlte er sich in diesem Augenblick wie gelähmt und dachte nicht einmal an die Waffe, sondern nur daran, mit den Angreifern verhandeln und auf diese Weise sein Leben retten zu können.

Der Anführer der Bayern verschränkte zufrieden die Arme vor der Brust und ließ Otfried den Vortritt. Der junge Willinger starrte Damian an, als sähe er ihn zum ersten Mal in seinem Leben, und ärgerte sich, weil der Sohn des Bürgermeisters keine Angst zeigte, sondern kalt auf ihn herabblickte und verächtlich die Lippen verzog.

Brennender Hass quoll in Otfried auf und er kämpfte wie schon so oft mit dem Gefühl eigener Minderwertigkeit. Wäre Tilla von seinem Vater mit Damian verheiratet worden, hätte dieser nicht nur das Handelshaus Laux, sondern auch das Willinger'sche dominiert und ihn zu seinem Laufburschen degradiert. Das hat Vater wohl auch geplant, fuhr es Otfried durch den Kopf, und er kicherte hämisch, als er daran dachte, dass der so früh verstorbene Veit Gürtler ihm geholfen hatte, dieses Verhängnis abzuwenden. Wenn er es so betrachtete, konnte er dem Schicksal dankbar sein, dass es ihn auch von Gürtler befreit hatte und ihm nun einen weiteren gefährlichen Konkurrenten um die Macht vom Halse schaffte. Seine Gefühle wechselten zu wildem Triumph, und er reckte die geballten Fäuste gen Himmel. »Hier ist dein Weg zu Ende, Damian Laux!«

Sebastians Bruder war bei weitem nicht so kühl und gelassen, wie er sich nach außen hin gab, doch er war Realist genug, um seine Situation richtig einzuschätzen. Otfried Willinger wollte seinen Tod, da würden weder Reden noch Jammern und Klagen helfen. Also konnte er nur noch Haltung bewahren und so von dieser Welt scheiden, dass sein Vater sich seiner nicht zu schämen brauchte. Bei diesem Gedanken stieg ihm nun doch das Wasser in die Augen. Was würde jetzt aus Vater werden? Und aus Sebastian, falls dieser noch am Leben sein sollte? Er trug nicht nur Mitschuld an seinem eigenen Tod, sondern wohl auch am Ende seiner Familie und allem, was seine Vorfahren in Tremmlingen aufgebaut und so lange verteidigt hatten, denn er hatte die Augen dort verschlossen, wo er sie fein offen hätte halten sollen. Nun leistete er seinem jüngeren Bruder in Gedanken Abbitte. Sebastian hatte begriffen, was in der Stadt vor sich ging, und ihn gewarnt, doch er hatte alles nur für Hirngespinste gehalten. Dafür musste er nun teuer bezahlen. In diesem Bewusstsein stemmte er sich mit der Linken auf den Sattelrand und blickte auf Otfried hinab.

»Du steckst also hinter den ganzen Überfällen! Für so verworfen hätte selbst ich dich nicht gehalten.«

Otfrieds Rechte fuhr hoch und packte den anderen am Stoff seines Wamses. »Wir werden ja sehen, wer von uns beiden verworfen ist, du Narr! Ja, ein Narr bist du gewesen, denn du hast mir in die Hände gearbeitet. Nach deinem kläglichen Ende wird es keinen mehr geben, der mich hindern kann, die Macht in Tremmlingen zu ergreifen!«

Vor lauter Gier, Damian Laux zu demütigen, achtete Otfried nicht auf dessen Reaktionen und wurde völlig überrascht, als dieser mit einer blitzschnellen Bewegung sein Kurzschwert zog.

Zum entscheidenden Schlag kam der junge Laux jedoch nicht mehr, denn der Anführer der Bayern hatte Acht gegeben und rammte ihm die Klinge unter der Achsel in den Leib. Damian sah ihn wie erstaunt an und rutschte ohne einen Laut von sich zu geben aus dem Sattel.

Otfried starrte auf den Leichnam zu seinen Füßen und begriff jetzt erst, wie knapp er dem Tod entronnen war. Mit einem wütenden Schrei riss er seine eigene Waffe heraus und hackte damit auf Damians Leichnam ein.

Die Bayern sahen ihm einen Augenblick lang zu, dann stupste der Anführer ihn mit dem Schaft eines Spießes an. »Wir müssen weiter! Ich habe keine Lust, mich mit den Kriegsknechten des Burgauer Vogts herumschlagen zu müssen. Wenn die begreifen, was hier geschehen ist, wird Habsburg gegen uns vorgehen und sich Tremmlingen selbst unter den Nagel reißen. Sollten die Herzöge von Österreich in ihrer Eigenschaft als Markgrafen von Burgau deiner Stadt die Fehde erklären, kann auch Herzog Stephan dir nicht mehr helfen.«

Das sah Otfried ein. Widerstrebend ließ er von Damian ab und stieg auf dessen Pferd. »Auf nach Tremmlingen! Noch vor dem Abend muss die Stadt uns gehören.«

XI.

Da ein Trupp von fast fünfzig Kriegern zu auffällig gewesen wäre, teilten die Männer sich auf und zogen auf verschiedenen Pfaden nach Tremmlingen. Im Gegensatz zu Damians Söldnern kamen sie rasch voran, denn sie waren gut mit Pferden versorgt, wenn zumeist auch zwei Mann auf einem Gaul sitzen mussten. Bis die Burgauer Amtsleute erfuhren, dass sich auf ihrem Gebiet ein Überfall ereignet hatte, würde die Truppe die Markgrafschaft längst verlassen und Tremmlingen erreicht haben.

Um zu verhindern, dass die Stadtwachen ihnen die Tore vor der Nase zuschlugen, ritten Otfried und mehrere Söldner voraus. Otfried wählte das Neuburger Tor, obwohl er dazu halb um die Stadt herumreiten musste. Die beiden Torwächter kannten ihn und traten beiseite, um den Reiter nicht zu behindern. Otfried zügelte jedoch sein Pferd und blickte auf sie herab. »Gibt es Neues zu berichten?«

Eine der Wachen lachte kurz auf. »Nichts, was Euch interessieren dürfte, Herr Willinger. Eine von Schrimpps Mägden hat gestern ein Mädchen geboren und behauptet steif und fest, Anton wäre der Vater. Das kann sie leicht sagen, denn der Gute weilt schon seit etlichen Monaten in der Ferne und kann nicht dagegensprechen. Aber wenn Ihr mich fragt, so tippe ich eher auf Meister Nodlers schmucken Gesellen. Der war nämlich genau vor neun Monaten für mehrere Tage bei Schrimpp, um dem Ratsherrn und seinen Söhnen neue Kleider anzumessen. Dabei hat er die Kleine wohl mit seinem speziellen Zollstock zwischen den Beinen gekitzelt.«

Diese Art von Neuigkeiten interessierte Otfried nicht. Für ihn war nur wichtig, ob der Bürgermeister inzwischen etwas von seinen Plänen erfahren und entsprechend reagiert hatte. Das schien jedoch nicht der Fall zu sein, sonst hätte der Torwächter nicht diesen Klatsch vor ihm ausgebreitet. Seine Worte erinnerten Otfried jedoch daran, dass bislang weder Anton Schrimpp noch Rigobert Böhdinger zurückgekehrt waren, von seiner Schwester Tilla ganz zu schweigen. Er verfluchte die drei, denn es wurde immer schwerer für ihn, dem alten Schrimpp und seiner Schwiegermutter die Abwesenheit ihrer Söhne zu erklären.

»Es wird Zeit, dass die richtigen Leute hier das Sagen bekommen!« Otfried stieß eigentlich nur einen Gedanken aus, doch die Bayern schienen seine Worte als Aufforderung zum Handeln anzusehen, denn sie schwangen sich aus den Sätteln, packten die beiden Torwächter und sperrten sie in die Kellerstube, die für renitente Reisende gedacht war. Einer der Männer stieg die Treppe des Turmes hoch, setzte ein Horn an die Lippen und blies ein Signal.

Noch während die Leute der umliegenden Gassen die Köpfe zu den Türen herausstreckten, um zu schauen, was denn los sei, ritt der Rest der Bayern in die Stadt ein.

»Das ging ja wie's Brezlbacken!«, rief ihr Anführer lachend. Er war Offizier und ein entfernter Verwandter Georg von Kadelburgs, und als solcher sah er sich schon als herzoglicher Vogt die Stadt beherrschen, auch wenn er derzeit noch auf Otfried Willinger Rücksicht nehmen musste.

»Wir haben bisher nur dieses eine Tor. Die ganze Stadt zu übernehmen dürfte schwieriger sein.« Otfried nickte dem anderen zu und lenkte sein Pferd ein wenig beiseite, damit die bayerischen Söldner die Spitze übernehmen konnten. Er hielt sich lieber im Hintergrund, denn ihm war wenig damit gedient, wenn einer von Laux' Stadtbütteln oder ein aufgebrach-

ter Bürger ihm einige Zoll kalten Stahls zwischen die Rippen stieß.
Trotzdem bemühte er sich auch aus dieser Position, die Kontrolle über die Aktion zu behalten. »Es wird weder geplündert noch geschändet!«, rief er den bayerischen Söldnern zu, die sofort lange Gesichter zogen.
»Also das geht nicht!«, rief einer empört. »Ein bisschen Spaß müssen wir schon haben.«
»Sobald Tremmlingen uns gehört, könnt ihr im städtischen Bordell mit den Huren feiern und mit den Weibern und Töchtern derer, die sich gegen uns stellen!« Otfried schrie es laut genug, um auch von den Städtern gehört zu werden. Nur ein Narr würde jetzt noch die Waffen gegen ihn und seine Männer erheben. Er sah sich auch sofort bestätigt, denn durch welche Gassen sie auch ritten, überall wurden die Türen zugezogen und von innen verriegelt. Ihm war es recht, denn Laux' Anhänger konnten sich nun nicht mehr zusammenrotten – und was den Bürgermeister betraf, so würde dieser mit seiner Amtskette auch die Freiheit verlieren.
Auf ihrem Weg durch die Stadt schlossen sich ihnen bayrische Soldknechte an, die Otfried schon vorher nach Tremmlingen geschmuggelt hatte, und seine eigenen Parteigänger verstärkten die Schar. Als sie Laux' Anwesen erreicht hatten, war ihre Zahl auf fast hundert Köpfe angewachsen, und so stellten das Dutzend Knechte des Bürgermeisters und die wenigen Stadtbüttel, die sich zu ihm geflüchtet hatten, keine Gefahr mehr für Otfried Willinger und seine Pläne dar.
Die Tür des Hofes war versperrt und wurde den Geräuschen nach wohl auch von innen verbarrikadiert. Otfried hörte, wie der Bürgermeister Anweisungen erteilte, erfuhr aber von seinen Zuträgern, dass mehrere Knechte und Mägde das Haus

durch die Hinterpforte verlassen hatten. Nach kurzem Überlegen gab er seinen Männern den Befehl, die Leute laufen zu lassen.

»Ich will überflüssiges Blutvergießen vermeiden und die Bürger der Stadt nicht durch Gewalttaten gegen den durchlauchtigsten Herzog von Bayern aufbringen«, rief er dem Anführer seiner Schar zu.

Der nickte zustimmend. »Das wird wohl das Beste sein, Willinger. Je weniger Aufsehen es gibt, umso weniger Leute scheren sich darum, was hier geschieht.«

Otfried ärgerte sich, weil der andere ihn wie einen einfachen Bürger anredete, tröstete sich aber mit den Versprechungen, die Georg von Kadelburg ihm im Namen Herzog Stephans gemacht hatte. Sobald er die Stadt den Bayern übergeben hatte, würde er den Ritterschlag und weitere hohe Ehren erhalten.

Mit diesem stolzen Gefühl lenkte er sein Ross vor das Tor und erhob die Stimme. »Gib auf, Laux! Du kannst dich nicht gegen mich behaupten. Die Stadt ist bereits in meinem Besitz. Entweder du weist deine Knechte an, uns das Tor zu öffnen, oder wir zünden es an. Solltest du uns zum Kampf zwingen, werden wir keine Gnade üben und alle töten, die sich hinter den Mauern deines Anwesens verbergen.«

Es dauerte eine Weile, bis Antwort kam. In der Zwischenzeit erfuhr Otfried, dass sich der Flüchtlingsstrom aus dem Laux-Anwesen noch verstärkt hatte. Nun schlichen auch die Stadtbüttel durch den Hinterausgang ins Freie und suchten verschreckt das Weite.

Koloman Laux sah schließlich ein, dass es für ihn keine andere Wahl gab, als zu kapitulieren, wenn er die wenigen Getreuen, die bei ihm geblieben waren, nicht der Willkür der Sieger ausliefern wollte. Mit einer Stimme, der anzumerken war, wie schwer ihn diese Entwicklung getroffen hatte, befahl er, die Barrikaden beiseite zu räumen und das Tor zu öffnen.

»Du hast gewonnen, Willinger. Ich gebe auf!«

Ein Unterton in Laux' Stimme bewies Otfried, dass der Bürgermeister sich an die Hoffnung klammerte, mit Hilfe seines Sohnes und der neuen Söldner die Waagschale wieder auf seine Seite neigen zu können. Spöttisch lächelnd lenkte er Damians Pferd vor das Tor. Als die beiden Flügel aufschwangen und Laux heraustrat, fiel sein Blick als Erstes auf das Tier, wanderte dann den Reiter hoch und blieb auf Otfrieds zufrieden glänzendem Gesicht haften.

»Was ist mit Damian?« Es klang wie ein Schrei in höchster Not.

Otfried weidete sich an dem Entsetzen des alten Mannes und grinste. »Er wurde als Verräter an der Stadt verurteilt und seiner gerechten Strafe zugeführt.«

Seine Miene verriet Laux, was mit seinem ältesten Sohn geschehen war. Tränen stiegen in die Augen des alten Mannes und liefen ihm über die Wangen, während sein Gesicht sich in eine steinerne Maske verwandelte. »Für diese Tat wirst du eines Tages bezahlen, Willinger, das schwöre ich dir.«

»An deiner Stelle wäre ich mit solchen Schwüren ein wenig vorsichtiger, denn du wirst nicht mehr in die Lage kommen, auch nur einen zu erfüllen. Der Hohe Rat hat dich deines Amtes enthoben und befohlen, dich als Verräter einzukerkern. Schafft ihn weg!« Der Befehl galt einigen bayerischen Söldnern, die Laux packten und Richtung Turm zerrten.

Der Anführer kam jetzt auf Otfried zu und wies mit dem Kinn auf das Anwesen des Bürgermeisters. »Wie war das mit dem Plündern?«

»Das Haus hier gehört euch. Aber lasst die Finger von den Nachbarn! Habt ihr verstanden?« In Otfrieds Stimme schwang genug Autorität, um den anderen nicken zu lassen. Dann grinste er und betrat als Erster den Hof. Die meisten seiner Leute folgten ihm auf dem Fuß, und schon bald drang aus dem Haus das Poltern von umgerissenen Kästen. Kurz darauf hörte man das Kreischen einer Magd, die nicht früh genug davongelaufen war und den Plünderern nun als willkommene Beute diente.

Als Otfried sich vorstellte, was eben mit der Magd geschah, strömte ihm das Blut in die Lenden. Der Sieg hatte seine Gefühle aufgeheizt und forderte nun seinen Tribut. Ohne sich weiter um das zu kümmern, was in Laux' Haus geschah, zog er das Pferd herum und lenkte es zu seinem eigenen Anwesen. Dort angekommen warf er einem Knecht die Zügel zu und trat ins Haus. Er brauchte dringend eine Frau und in seinem erregten Zustand hätte er selbst die alte Ria nicht verschmäht. So kam ihm Ilga, die neugierig den Kopf zur Küchentür herausstreckte, gerade recht.

»Komm mit!«, herrschte Otfried sie an und packte sie am Arm. Er zog sie in sein Kontor und wies auf die große Truhe. »Leg dich hin!«

Er ließ ihr kaum die Zeit, ihre Röcke richtig zu raffen, da fiel er schon über sie her. In letzter Zeit war dies nicht mehr oft geschehen, und seine Wildheit erschreckte die Magd zunächst. Bald aber gab sie sich ganz seiner Männlichkeit hin und nahm ihre Umgebung erst wieder wahr, als neben ihr ein empörter Ausruf erscholl.

»Was machst du denn da?« Radegund, Otfrieds junge Ehefrau, hatte gesehen, dass ihr Mann zurückgekommen war, und ihm entgegeneilen wollen. Ihn jetzt mit der Magd bei einer Tätigkeit

zu überraschen, die nur von einem verheirateten Paar im eigenen Ehebett ausgeübt werden durfte, war zu viel für sie. Sie packte Otfried am Arm und wollte ihn von Ilga herabzerren. Ihr Mann hielt kurz inne, fasste nach ihr und gab ihr eine Ohrfeige, die sie zurücktaumeln ließ. »Gib Ruhe, du Trampel, und verschwinde! Wenn ich dich brauche, werde ich dich rufen!«
Ohne sich weiter um Radegund zu kümmern, setzte er Ilga in einer Weise zu, die die Magd nicht nur vor Lust aufstöhnen ließ. Ihr Blick fiel auf Radegund, die bis an die Tür zurückgewichen war und mit gegen den Mund gepressten Händen zusah. Es dauerte diesmal um einiges länger als sonst, bis Otfried mit einem Laut zur Erfüllung kam, der Ilga an das Geblöke eines kopulierenden Schafbocks erinnerte.
Er blieb noch ein paar Augenblicke mit seinem ganzen Gewicht auf ihr liegen und presste sie gegen die eisernen Beschläge der Truhe. Dann stand er auf und ordnete seine Kleidung. »Du kommst heute Abend auf deine Kosten«, sagte er in gleichgültigem Ton zu seiner wie erstarrt stehenden Ehefrau und verließ die Kammer.
Ilga erhob sich nun vorsichtig und überlegte, wie sie sich zu Radegund stellen sollte. Immerhin war diese die Hausfrau und hatte vor Gott und der Welt das Recht, sie zu bestrafen. Sie presste ein paar Tränen aus den Augen, sank halb nackt vor Radegund zu Boden und fasste nach deren Händen.
»Verzeih mir, aber ich konnte mich ihm doch nicht verweigern, als er nach mir verlangte. Glaub nicht, ich hätte es gerne getan, doch hätte ich ihm nicht gehorcht, hätte er mich geschlagen und wahrscheinlich sogar aus dem Haus getrieben. Sieh her, was er mir angetan hat!« Ilga zog den Rock noch höher, so dass Radegund die tief in die Haut eingeschnittenen Abdrücke der Truhenbeschläge sehen konnte, und brach in Tränen aus.

Die junge Frau, die Otfried als halbes Kind angetraut worden war, schluckte, als sie die roten Male sah, und ihre Erinnerung spielte ihr die beobachtete Szene als Vergewaltigung vor. Mit einer Geliebten wäre Otfried gewiss sanfter umgegangen. Gegen ihren Willen fühlte sie Mitleid mit der jungen Magd, die nichts dafür konnte, dass ihre Schönheit Otfried gereizt hatte.
»Es ist schon gut!« Mit dieser knappen Bemerkung drehte sie sich um und ging. Daher nahm sie Ilgas triumphierenden Blick und deren wegwerfende Geste nicht wahr.
Die Magd atmete erst einmal auf. Es schien, als sei Otfrieds Gier nach ihr ungebrochen. Also stand nur dieses kindhafte Hindernis zwischen ihnen. Gäbe es diese Frau nicht mehr, würde er sie zum angetrauten Weib nehmen. Sie erinnerte sich an den Trank, den sie Radegund an deren Hochzeitstag gereicht und den Veit Gürtler getrunken hatte. Die Tinktur, die sie in den Wein getan hatte, musste der Grund für Gürtlers plötzliches Ende gewesen sein. Sie war damals tagelang von der Angst gepeinigt worden, der Stadtarzt könnte entdecken, dass der Handelsherr nicht eines natürlichen Todes gestorben, sondern durch Gift hinweggerafft worden war. Doch weder Gassner noch irgendjemand sonst hatte Verdacht geschöpft. Ilgas Blick wurde dunkel, als sie an die Reste dieses Giftes dachte, die sie in einem Versteck aufbewahrte. Wenn es einen starken Mann wie Gürtler gefällt hatte, würde auch Radegund ihm nicht widerstehen können.
Mit diesem Gedanken richtete sie ihre Kleidung, schlich nach oben in ihre Kammer und schob ein loses Brett zur Seite. Kurz darauf trat sie mit einem vollen Becher stark gewürzten Weines in Radegunds Nähstube und knickste vor der jungen Frau.
»Ich bitte dich noch einmal um Verzeihung, Herrin, und bringe dir einen stärkenden Trunk. Wenn dein Gemahl bei dir heute

Abend ebenso hitzig vorgeht wie bei mir, wirst du ihn brauchen.«

»Danke!« Radegund hatte geweint und nahm mit ihren durch die Tränen getrübten Augen die Magd nur wie einen Schatten wahr. Da sie durstig war, streckte sie die Hand aus und nahm den Becher.

»Du bist doch ein gutes Ding, Ilga!«, sagte sie und trank.

Siebter Teil

Kampf um Kastilien

I.

Tilla blieb keuchend stehen und blickte sich um. Hedwig und die Zwillingsschwestern waren bereits ein ganzes Stück hinter ihr zurückgeblieben, ebenso Peter und Dieter, die das schwere Pilgerkreuz an diesem Tag gemeinsam trugen, da einer allein es nicht hätte bewältigen können. Starrheim, der selbst kaum laufen konnte, half Blanche, die sichtbar erschöpft an seinem Arm hing. Kein Wunder, dachte Tilla leicht boshaft, denn das Mündel des Grafen von Béarn hatte nicht den weiten Weg von Ulm her in den Beinen. Die Wanderung mochte beschwerlich gewesen sein, doch sie hatte ihnen allen Ausdauer verliehen und auch eine ganz neue Art der Bescheidenheit. Selbst Starrheim, der an eine gute Tafel und volle Becher Wein gewöhnt war, wusste nun die Gnade eines ersten Schlucks klaren, kühlen Wassers an einem heißen Tag zu schätzen.

Tilla überlegte, welcher Monat es sein mochte, doch in ihren Gedanken verschwamm die Zeit und sie vermochte sich kaum noch daran zu erinnern, wann sie aufgebrochen war. Irgendwie schien es auch unwichtig zu sein. Das Einzige, was zählte, war, einen Fuß vor den anderen zu setzen, um diesen Pass zu bewältigen. Ihr Blick glitt nach vorne zu Sebastian, der der Gruppe weit vorausgeeilt war, und sie schimpfte im Stillen mit ihm, während sie ihren trockenen Mund mit etwas Speichel anzufeuchten versuchte, denn er hätte lieber der erschöpften Renata helfen sollen.

Auch Ambros kümmerte sich seit jenem Zwischenfall mit den rebellierenden Söldnern nicht mehr um seine Mitpilger. Er schien es nicht verwinden zu können, dass ausgerechnet er, der größte und stärkste Mann der Gruppe, geflohen war, während andere todesmutig den Kampf mit den Marodeuren aufgenom-

men hatten. Tilla hätte ihn gerne getröstet und auch ein wenig zur Vernunft gebracht, doch er hörte ihr nicht einmal zu.
Vater Thomas wäre vielleicht in der Lage gewesen, den Geist des Goldschmieds wieder in die richtigen Bahnen zu lenken, aber der Priester bedurfte selbst der Hilfe, denn die blutigen Ereignisse hatten ihm viel von seiner einstigen Ruhe und Überlegenheit geraubt und er rang ständig mit sich, ob der Segen des Heiligen noch auf ihm ruhte. Während er mit unruhig pochendem Herzen zum Pass hochstieg, dachte er daran, wie oft er diesen Weg freudig zurückgelegt hatte. Bei jedem Mal war ihm die Gnade verliehen worden, elf Begleiter um sich geschart zu haben, aber diesmal waren es nur zehn. Hatte er auf früheren Reisen den einen oder anderen Pilger unterwegs begraben müssen, so war eine Krankheit oder ein Unglück daran schuld gewesen. Nie aber hatte er gleich drei seiner Gefährten verloren, und keiner von den Gestorbenen war auf eine solch üble Art und Weise ums Leben gekommen wie Bruder Carolus und der gutmütige, liebenswerte Tölpel Manfred. Auch war noch nie ein Weib in seiner Begleitung einem Notzuchtverbrechen zum Opfer gefallen.
»Gleich haben wir die Passhöhe erreicht!« Sebastians fröhlicher Ruf riss den Pilgerführer aus seinen trüben Gedanken.
Ächzend schloss er zu dem Jüngeren auf und sah es dann selbst. Tatsächlich hatten sie den ersten der hohen Pässe Spaniens beinahe überwunden. Als Vater Thomas sich umwandte, um den anderen die frohe Botschaft mitzuteilen, entdeckte er den einsamen Wanderer, der hinter ihnen herhastete und aufzuschließen versuchte. Er kniff die Augen zusammen, um den Mann besser sehen zu können, und fühlte, wie sein Herz freudiger schlug. Selbst auf die Entfernung war er sich sicher, dass es Sepp war, den der Bischof von Eichstätt wegen der rauen Behandlung sei-

ner Frau zu dieser Pilgerschaft verurteilt hatte. Als der Mann in Frankreich die Pilgergruppe verlassen und sich Felicia de Lacaune angeschlossen hatte, war der Pilgerführer in großer Sorge um dessen Seelenheil gewesen. Nun aber sah es so aus, als sei Sepp anderen Sinnes geworden und würde sich nach seiner alten Pilgergruppe sehnen.

Vater Thomas schlug das Kreuz und wandte seinen Blick nach Westen. »Ich danke dir, heiliger Jakobus, denn du wirst mich und meine Begleiter auch diesmal wieder in der ehrwürdigen Zahl der Apostel unseres Herrn Jesus in Roncevalles einziehen lassen.« Dann wies er auf einen Flecken Gras, der von einem einzeln stehenden Felsen vor dem scharfen Wind geschützt wurde, der aus Süden heraufwehte. »Dort machen wir Rast!«

Die anderen nickten erleichtert und ließen sich erschöpft auf das Grün fallen. Sebastian sah, wie Hedwig ihn mit bitterbösen Blicken bedachte, und entschuldigte sich dafür, dass er ihr und den anderen auf dem letzten Teil der Strecke nicht geholfen hatte. Er blickte dabei jedoch mehr Tilla an als die ältere Frau, um zu sehen, wie sie reagierte. Seine Sehnsucht nach ihr war seit dem Aufbruch in Orthez noch gestiegen, aber gleichzeitig fühlte er sich in ihrer Gegenwart so hilflos wie ein kleiner Junge. Im Augenblick wünschte er sich nicht einmal, sie an sich zu ziehen oder mit ihr hinter die Büsche zu schlüpfen, sondern hätte gern gewusst, was sie dachte und fühlte oder sich vom Leben erhoffte. Wahrscheinlich stellte sie sich eine Ehe mit Damian vor, denn der würde einmal der Herr des Handelshauses und Ratsherr werden, während er als jüngerer Sohn sein Lebtag der Knecht seines Bruders bleiben oder sich mit seinem Erbteil ein kleines Auskommen suchen musste. Würde er sich Tilla unter diesen Umständen nähern, hätte er kaum etwas anderes zu erwarten als harsche Worte. Es war verdammt ungerecht, ein zweiter Sohn zu sein, fuhr es ihm durch den Kopf, vor allem, weil dieser Stiesel von Damian eine Frau von Tillas Format gar nicht verdiente.

»Du kannst ja das nächste Mal den Mund aufmachen, wenn ich dir helfen soll«, sagte er zu Hedwig, die mit seiner Entschuldigung nicht zufrieden zu sein schien, und öffnete seinen Beutel mit den Vorräten. Dieser enthielt eine Hand voll Oliven, ein Stück ausgetrockneten Käses und Brot, das so hart geworden war, dass er es kaum noch beißen konnte. Während er sich mit seinem Essen abmühte, sah er, wie Tilla ihr Brot mit etwas Wasser aus ihrer Kürbisflasche anfeuchtete und es daraufhin problemlos verzehren konnte.

Sie erwies sich in fast allem, was diese Pilgerfahrt betraf, geschickter als er, und das ärgerte ihn. Aus Trotz nahm er sich kein Beispiel an ihr, wie es die anderen taten, sondern kaute auf seinem Kanten herum, dass es nur so krachte. Bevor er seinen Frust jedoch in Worte fassen konnte, hörte er eilige Schritte und blickte auf.

Nun entdeckte auch er den vermissten Reisegefährten und starrte ihn mit offenem Mund an. »Sepp? Ja, wo kommst du denn her?«

Sepp reagierte nicht auf seine Frage, sondern sank vor Vater Thomas in die Knie. Tränen rannen ihm über die Wangen, als er dessen Hände ergriff und ihn flehend anblickte. »Ehrwürdiger Vater, nehmt mich wieder mit! Ich …« Ein Schluchzen ließ Sepp verstummen.

Der Pilgerführer musterte ihn eindringlich und spürte die Qual, die in dem Mann wütete. Irgendetwas Schlimmes musste geschehen sein, aber er wollte nicht an dieser Stelle in Sepp dringen. Er atmete tief durch, zählte die Köpfe seiner Herde

und fand die Zahl Zwölf einschließlich seiner eigenen Person bestätigt.
»Da es der Wille des heiligen Jakobus ist, sollst du uns begleiten, mein Sohn. Dein Herz aber darfst du erst an einem heiligen Ort erleichtern. Jetzt setz dich zu uns und ruhe dich ein wenig aus. Schon bald werden wir mit dem Abstieg beginnen, denn ich will noch vor dem Abend in Roncevalles sein und am Grabe des Recken Roland beten. Zwar zählt er nicht zu den Heiligen unserer apostolischen Kirche, aber man muss auch ihn einen Märtyrer nennen, denn er starb im Kampf gegen die maurischen Heiden, die Kaiser Karls Heer in verräterischer Absicht gefolgt waren und es an dieser Stelle überfielen.«
Die anderen wollten nun mehr über den sagenhaften Ritter wissen und über die Art, wie er gestorben war. Daher erzählte Vater Thomas ihnen die Geschichte von dem Feldzug Karls des Großen gegen die Mauren in Saragossa und dem Ende seiner von Roland geführten Nachhut in der Schlucht von Roncevalles.
Gefangen von dem Bericht verweilten die Pilger länger, als ihr Pilgerführer gewollt hatte, und mussten sich dann sputen, um ihr Ziel noch bei Tageslicht zu erreichen.

II.

Der Ort Roncevalles lag von einem lichten Wald umgeben in der Talsenke und bestand aus mehreren Kapellen und Kirchen und dem großen Pilgerhospiz, in dem die von der Überquerung des Ibañeta-Passes erschöpften Pilger rasten und sich erholen konnten. Auch diejenigen, die von Süden kamen und den Pass in Richtung Heimat überqueren wollten, sammelten an dieser

Stätte noch einmal Kraft. Die Stimmung des von hohen Bergen umgebenen Ortes übte auch auf die Gemüter der Gruppe einen beruhigenden Einfluss aus. Selbst Sebastian, der immer stärker mit sich und seinem Schicksal haderte, vermochte sich diesem Zauber nicht zu entziehen.

Nach einem Gebet in der Kapelle des Heiligen Geistes, die über Ritter Rolands Grab errichtet worden war, begaben Tilla und ihre Begleiter sich in das Pilgerhospiz. Die Mönche begrüßten sie freundlich und teilten ihnen je einen Napf Suppe und ein Stück Brot zu. Während sie bei Vater Thomas und anderen, des Lateins kundigen Pilgern diese Sprache verwendeten, verständigten sie sich untereinander in einem Idiom, das in Tillas Ohren noch fremdartiger klang als die Dialekte der Franzosen. Während sie bei ihrer Reise durch Frankreich einige Begriffe der nördlichen wie auch der südlichen Mundart hatte aufschnappen können, gab sie es hier rasch auf und wandte sich an Vater Thomas.

»Verzeiht, ehrwürdiger Vater, aber die Leute sprechen hier arg seltsam.«

»Das finde ich auch«, erklärte Sebastian, der Tilla daran erinnern wollte, dass es ihn noch gab.

Vater Thomas lächelte begütigend. »Die guten Leute hier sind Navarrer und sprechen die Sprache der Bergbewohner, die man Vasconen oder Basken nennt. Man sagt, man müsse als solcher geboren sein, um diese Sprache erlernen zu können, und nachdem ich es vor vielen Jahren vergebens versucht habe, glaube ich es auch. Die meisten anderen Sprachen Europas sind in gewisser Weise miteinander verwandt …«

»Selbst das Deutsche und das Französische?«, unterbrach Sebastian ihn überrascht.

»Selbst diese beiden«, erklärte der Pilgervater mit Nachdruck.

»Die Vasconen jedoch behaupten, ihre Sprache sei unverändert, seit Adam und Eva aus dem Paradies vertrieben worden sind.«
»Welch eine Anmaßung!«, fuhr Starrheim auf.
»Adam und Eva haben gewiss die Sprache unseres Herrn Jesus gesprochen«, sagte Tilla nachdenklich. Die anderen waren ebenfalls dieser Meinung, und selbst Vater Thomas, den die Zurücksetzung des edlen Lateins schmerzte, nickte zustimmend.
Die Unterhaltung erstarb und kam erst wieder in Gang, als sich eine Gruppe zu ihnen gesellte, die auf dem Rückweg in die Heimat war. Es handelte sich um Pilger aus Köln, die Vater Thomas und seine Begleiter als Landsleute erkannt hatten und froh zu sein schienen, wieder deutsche Laute zu hören, auch wenn sie ihren rheinischen und Thomas' Pilger den schwäbischen Dialekt verwendeten.
»Passt gut auf und hört euch gründlich um, wenn ihr weiterzieht«, erklärte der Pilgerführer der Kölner. »Jenseits der Grenze Navarras herrscht Krieg. Heinrich von Trastamara hat sich wieder gegen seinen Halbbruder, König Peter von Kastilien, empört und sucht die Krone zu erlangen.«
Vater Thomas blickte ihn erstaunt an. »König Peter hat doch seinen Bruder im letzten Jahr bei Najera mit Unterstützung des Prinzen Eduard von England geschlagen! Wie vermag Heinrich ihm jetzt schon wieder den Kampf anzutragen?«
»Mit Frankreichs Hilfe, auch wenn diese nicht ganz uneigennützig gegeben wird. Viele der Söldner, die von Englands und Frankreichs Königen aus ihren Diensten entlassen wurden, sind marodierend durch weite Teile des Landes gezogen. Die meisten von ihnen hat König Karls Feldherr Bertrand du Guesclin nun an sich gebunden und will, wie es heißt, erneut in Kastilien eingreifen. Englands Hilfe für Peter von Kastilien dürfte diesmal wohl erheblich geringer ausfallen, denn Prinz Eduard ist

ihm wegen der nicht eingehaltenen Versprechen vom letzten Jahr gram. Damals haben die Engländer Peters Thron gerettet, wurden aber nicht so belohnt, wie dieser es ihnen zugesagt hatte, und haben überdies viele ihrer Männer durch eine Seuche verloren. Damit steht Peter von Kastilien nun allein einer Koalition von Feinden gegenüber.«

Der Kölner war gut informiert, denn er hatte auf dem Herweg mit den Mönchen vieler Klöster gesprochen. Vater Thomas und seine Anvertrauten schüttelten sich bei seinem Bericht. Wo Krieg herrschte, konnten friedliche Menschen nicht reisen, und sie hatten die Auswirkungen der Kriegsfurie schmerzhaft am eigenen Leib erfahren. Da sie bereits einen großen Teil ihres Pilgerwegs zurückgelegt hatten, schauderten sie außerdem bei dem Gedanken, unverrichteter Dinge zurück in die Heimat wandern zu müssen.

Vater Thomas sah die anderen an und stellte die Frage, die alle bewegte: »Sollen wir umkehren?«

Tilla schüttelte vehement den Kopf. Sie hatte die Pflicht, nach Santiago zu pilgern, und würde notfalls alleine weitergehen. Auch Starrheim dachte nicht daran, aufzugeben, denn er hatte sich mit seinem Ritterwort verpflichtet, das Grab des Apostels aufzusuchen, und diesen Eid durfte er nicht brechen. Blanche schloss sich sofort Starrheims Meinung an, während sich die anderen zunächst unschlüssig zeigten, doch dann überwog auch bei ihnen der Wunsch, weiterzuziehen.

Am nächsten Morgen versammelte Vater Thomas seine Schäfchen noch vor dem Morgengrauen in der Stiftskirche des Klosters. Bis auf eine einzeln brennende Kerze war es darin noch dunkel, und dennoch befanden sich bereits Pilger und Mönche in dem Gemäuer und ihre Stimmen füllten es mit vielen Sprachen.

Nach dem harten Marsch vom Vortag war Tilla so müde, dass sie kaum die Augen aufhalten konnte, und sie vermochte sich nur mit Mühe auf die Gebete zu konzentrieren. In der Hoffnung, aus ihrer Aufgabe Kraft schöpfen zu können, umklammerte sie ihre Tasche und strich über das kühle Metall, welches das Herz ihres Vaters umschlossen hielt. Der Gedanke an seine Erlösung aus Hölle oder Fegefeuer verlieh ihr neuen Mut, ließ aber auch die Frage in ihr aufsteigen, ob er ihr wirklich all diese Mühen und Plagen zugemutet hätte, einschließlich jener Stunde in Saltilieus Burg, in der sie Aymer zu Willen hatte sein müssen.

Da sie diese Frage nicht beantworten konnte, beschloss sie, sich nicht länger mit dem zu beschäftigen, was geschehen war, sondern in die Zukunft zu schauen. Noch während sie ihren Sinn auf ihr immer noch fernes Ziel Santiago richtete, brach plötzlich gleißendes Licht durch die Fenster der Kirche, bohrte sich wie eine Flammensäule durch das Kirchenschiff und erreichte den Hochaltar. Eine Madonnenstatue, die bisher im Dunkeln verborgen gewesen war, erstrahlte nun in silbernem Glanz.

Tilla vermochte ihren Blick nicht von der Muttergottes zu lösen, so wunderschön erschien sie ihr. Neben ihr seufzte Hedwig ergriffen, und selbst Vater Thomas, der diesen Anblick schon erlebt hatte, schlug in Demut das Kreuz. »Heilige Maria, Muttergottes, beschütze uns auf unserem weiteren Weg und sei uns gnädig!«

»Amen!« Tilla wusste nicht, warum sie es sagte, denn das wäre das Vorrecht ihres Pilgerführers gewesen. Aber weder Vater Thomas noch einer ihrer Gefährten tadelte sie, denn der Anblick der silbernen Jungfrau von Roncevalles hielt sie alle gefangen. Sie verharrten in dem gleißenden Widerschein, bis die

Strahlen der Sonne weitergewandert waren, und stellten dann leicht erschrocken fest, dass es längst Zeit zum Aufbruch war. Die Mönche schienen gewohnt zu sein, dass die Pilger wegen der Andacht in der Stiftskirche kein Frühstück einnahmen, und reichten ihnen etwas Wegzehrung. Vater Thomas bedankte sich im Namen seiner Schützlinge, dann machte sich die Gruppe in immer noch andächtiger Stimmung auf den Weg.

III.

Beinahe unmerklich ging das Gebirge in ein weites Hügelland über, in dem fleißige Bauern lebten, die sich trotz der Kriege, die Navarras Nachbarländer Kastilien und Aquitanien erschütterten, einen gewissen Wohlstand geschaffen hatten. Manche gaben den Pilgern ein Stück Brot oder Käse umsonst, andere verlangten ein paar kleine Münzen dafür oder verschlossen sogar ihre Türen, wenn sie die Wanderer mit den weiten Mänteln und dem Pilgerstab auch nur von weitem sahen.

In Tillas Gruppe hatten die meisten inzwischen ihr letztes Geld verloren oder ausgegeben. Nur sie und Peter besaßen noch genug Münzen, um halbwegs angenehm reisen zu können. Blanches Geld hatte Graf Gaston Tilla zur Aufbewahrung übergeben. Zu aller Überraschung begann ausgerechnet der früher so egoistische Peter, seine Börse aufzuschnüren, bezahlte die Mahlzeiten, die sie unterwegs einnahmen, und warf auch das eine oder andere Silberstück in den Opferstock, um den Klöstern für Unterkunft und Verpflegung zu danken.

Tilla merkte schon bald, dass er als Erster Renata Brot, Käse und Wein reichte und dieser auch das Wasser aus Brunnen und Bächen schöpfte, wenn sie unterwegs rasteten. Sie wunderte sich darüber und behielt die beiden daher im Auge. Zum ersten Mal, seit sie von Ulm aufgebrochen waren, hingen die Schwestern nicht mehr zusammen wie die zwei Seiten einer Münze. Peter schob sich unauffällig, aber stetig zwischen sie und unterhielt sich immer wieder mit Renata. Anna, die sich etwas missachtet fühlte, schloss sich Ambros an, der völlig in sich selbst zurückgezogen wirkte. Tilla hatte immer wieder versucht, ein Gespräch mit ihm zu beginnen, um ihn aus seiner Starre zu reißen, war aber einsilbig abgefertigt worden. Der Goldschmied hatte nicht einmal gewagt, ihr ins Gesicht zu sehen, sondern jedes Mal seinen Kopf weggedreht und ein frommes Lied angestimmt.

Nun grübelte Tilla, wie sich die Menschen verändern konnten. Zu Beginn ihrer Pilgerschaft hatte sie Peter und Sepp am wenigsten von allen gemocht und Ambros am meisten. Doch jetzt ärgerte sie sich über den Goldschmied und wunderte sich, wie freundlich die beiden anderen geworden waren.

Auf Sepp schien die Episode mit Felicia de Lacaune einen guten Einfluss ausgeübt zu haben, denn anders als früher erwies er sich als wertvolles Mitglied der Gruppe und riss sich geradezu darum, das schwere Pilgerkreuz zu tragen.

Auch an dem Tag, an dem sie Pamplona, die Hauptstadt Navarras, vor sich sahen, hatte er es geschultert und sang trotz der Anstrengung mit ihnen. Schon aus der Ferne konnte man erkennen, dass Pamplona größer war als die Städte, durch die die Gruppe in letzter Zeit gekommen war, und als sie sich einem der Tore näherten, die das hoch aufragende Mauerrund durchbrachen, erblickten die zwölf die Türme der mächtigen Kathedrale und vieler anderer Kirchen, von denen Vater Thomas ihnen San Saturnio, San Nicholás und San Lorenzo nennen konnte.

Die Straßen Pamplonas waren eng, verwinkelt und voller Leben. Neben anderen Pilgern sah Tilla Handelsleute, Juden, die in ihren vorgeschriebenen Trachten eilig an ihnen vorbeihasteten, und dann den ersten Mauren. Dieser trug ein langes, weißes Gewand und eine rote Kopfbedeckung aus gewickeltem Tuch, die, wie Vater Thomas ihr erklärte, Turban genannt wurde. Sein Gesicht war kaum dunkler als das der Einheimischen, doch im Unterschied zu diesen war sein schwarzer Bart sorgfältig gepflegt und in seiner Hand hielt er eine Gebetsschnur aus kleinen, rosafarbenen Steinperlen, die sich stark von den Rosenkränzen unterschied, die von Menschen christlichen Glaubens verwendet wurden.

Noch während sie dem Mauren staunend nachblickte, erreichte die Gruppe die Pilgerunterkunft, die im Viertel der Navarrer lag. Es gab, wie Vater Thomas berichtete, in der Stadt nahe der Königsburg noch ein Viertel der Franzosen, die von König Karl II., der selbst französischer Abkunft war, in vielen Dingen gegenüber den alteingesessenen Bürgern bevorzugt wurden. Bei diesen handelte es sich um Vasconen, die ihre Stadt Iruña nannten und zäh an ihrer fremdartigen Sprache festhielten. Wie diese Leute zu ihrem König standen, der neben seiner französischen Muttersprache vor allem das weiter südlich gebräuchliche Castellano sprach, vermochte Vater Thomas nicht zu berichten.

Anders als im Reich oder bei den Franzosen übernachteten sie hier nicht in einem Kloster, sondern in einer Herberge, in der sie für billiges Geld ein ausreichendes Mahl und einen Platz im Schlafsaal erhielten. Nach einer gründlichen Reinigung am Brunnen und einem ausreichenden Abendessen führte Vater Thomas seine Gruppe in die Kathedrale, um mit ihnen an der heiligen Messe teilzunehmen. Auf dem Hochaltar stand eine mit Silber verzierte Madonnenstatue, die der von Roncevalles sehr ähnlich sah. Tilla wunderte sich über die Art, mit der man hier die Christusgebärerin ehrte, und kam vor lauter Schauen kaum dazu, dem Gottesdienst mit jener Ehrfurcht zu folgen, die eigentlich erforderlich gewesen wäre.

Nach der heiligen Messe teilte sich die Gruppe auf. Peter entdeckte ein Haus, in dem guter Wein ausgeschenkt wurde, und lud seine Reisegefährten ein, ihn zu begleiten. Neben Renata und ihrer Schwester waren dies Tilla, Ambros und Dieter sowie Blanche, die zwar lieber in Starrheims Gesellschaft geblieben wäre, aber von Tilla kurzerhand mitgezogen worden war. Sepp lehnte die Einladung ab, denn er hatte festgestellt, dass Wasser seinem Gemüt besser tat als Getränke, die ihn hitzig werden ließen.

Sebastian wäre nach einem Schluck Wein zumute gewesen, aber er sonderte sich enttäuscht ab, weil Tilla ihn nicht anders behandelte als jeden anderen in der Gruppe. Während er die Straße entlangschlenderte, fiel ihm eine junge, recht hübsche Frau auf, die sich an einem Brunnen Gesicht und Hände wusch. Sie lächelte ihm zu und trat dann an seine Seite. Was sie sagte, konnte er nicht verstehen, doch als ihre Hand wie spielerisch über seine Wange glitt, traf es ihn wie ein Schlag. Gleichzeitig beugte sich die Schöne vor und ihr recht locker sitzendes Kleid ließ ihn auf zwei verführerische Alabasterhügel blicken.

Sebastian spürte, wie ihm das Blut in die Lenden schoss, und schluckte. Die Frau bemerkte es und griff ihm kurzerhand in den Schritt. Im ersten Augenblick zuckte er zurück, dann aber presste er seinen Unterleib gegen ihre Hüfte und bewegte ihn leicht vor und zurück.

Ein Priester, der gerade des Weges kam, sah ihn strafend an und sagte etwas in der fremden Sprache dieser Leute. Die junge Frau

zuckte für einen Augenblick zusammen, dann fasste sie Sebastian bei der Hand und zog ihn auf eine Gasse zu, die von der Straße abging.
Sebastians Blut kochte zu sehr, um noch Vorsicht walten zu lassen. Daher folgte er ihr in die Gasse hinein und weiter in ein schmales, kleines Haus, das nur aus einer Küche und einem weiteren Raum bestand. Am Herd hockte eine alte Vettel und rührte mit einem großen Holzlöffel in einem Kessel herum. Sie hob kaum den Kopf, als Sebastian mit seiner Begleiterin hereinkam, stieß aber einen zufriedenen Laut aus.
Die junge Frau, nach deren Namen Sebastian bisher vergebens gefragt hatte, führte ihn in die Kammer, in der eine einfache Matratze auf dem Boden lag, gerade breit genug für zwei Menschen. An einigen in die Wände geschlagenen Holzpflöcken hingen Kleidungsstücke, und eine schmucklose, sehr einfache Truhe an der hinteren Wand vervollständigte die Einrichtung.
Noch während Sebastian sich neugierig umsah, entledigte seine Begleiterin sich ihrer Kleidung und stand nackt vor ihm, wie Gott sie geschaffen hatte. Ihre Hand stieß wie die Krallen eines Raubvogels vor und schob sich unter Sebastians Bruche. Er spürte, wie sich ihre Finger um seinen Schaft schlossen, und keuchte vor Gier.
Die Frau schien damit zufrieden zu sein, denn sie machte ihm das Zeichen, sich auszuziehen, und legte sich, während er hastig an seiner Kleidung zupfte, auf die Matratze und spreizte die Beine.
Für einen Augenblick sah Sebastian Tillas Gesicht vor sich, das ihn vorwurfsvoll anzublicken schien, doch er schob es mit einem ärgerlichen Laut beiseite. Schließlich war er ihr keine Rechenschaft schuldig. Ein Mann brauchte nun einmal von Zeit zu Zeit einen weichen, nachgiebigen Frauenleib, und den konnte

sie ihm nicht bieten. Allzu oft hatte er Tilla an Bächen und Brunnen ganz oder teilweise unbekleidet gesehen, wenn sie sich wusch, und nur mit Mühe seine Beherrschung bewahren können, und angesichts der nackten Frau, die ihre Schenkel einladend geöffnet hatte, schrien seine Lenden nach Entspannung. Noch bevor er begriff, was er tat, lag er bereits auf ihr, suchte ihre Pforte und stieß mit aller Kraft hinein.

Sie keuchte und zischte ihm einige Worte zu, die wohl bedeuten mochten, dass er weniger wild sein sollte, doch Sebastian beackerte sie wie von Sinnen und ließ erst von ihr ab, als er mit einer fast schmerzhaften Intensität zur Erfüllung kam. Er blieb noch eine Weile auf ihr liegen, während sie bereits versuchte, ihn von sich wegzuschieben. Schließlich stand er auf und zog sich wieder an. Die Augenblicke der Lust waren verflogen und nun schämte er sich seiner Triebhaftigkeit.

Er kam jedoch nicht dazu, diesem Gefühl lange nachzuhängen, denn die junge Frau schlüpfte in ihr Kleid und kam dann mit einer bezeichnenden Handbewegung auf ihn zu. Ihr Blick zeigte, dass sie für diesen scharfen Ritt gut entlohnt werden wollte.

Jetzt erst begriff Sebastian, dass er sich mit einer Hure eingelassen hatte, und schalt sich einen Narren. Es gab keine Stadt auf der Welt, deren Töchter sich fremden Pilgern und Wanderern nur für Gottes Lohn hingaben. Mehr als diesen konnte er ihr jedoch nicht geben, denn de Saltilieus Männer hatten ihm den Geldbeutel weggenommen, und er besaß keinen lumpigen Heller mehr. Er versuchte, ihr das klarzumachen, doch sie sah ihn mit großen Augen an, drohte ihm mit der Faust und begann zu keifen, dass ihm die Ohren schmerzten.

»Beim Teufel, ich kann dir nichts geben«, schrie Sebastian zurück.

Seine Gesten waren wohl beredt genug, denn die Schimpfkanonade steigerte sich und jetzt stürmte auch noch die Alte aus der Küche herein, wechselte ein paar Worte mit der Jüngeren und begann gemeinsam mit ihr auf Sebastian einzuschlagen. Ehe er sich versah, hatten sie ihn aus dem Haus getrieben. Auch auf dem Weg zu dem kleinen Platz mit dem Brunnen ließen sie nicht von ihm ab, sondern schrien nur noch lauter. Andere Huren, die sich hier versammelt hatten, um auf unbeherrschte Gimpel wie ihn zu lauern, schlossen sich ihnen an und prügelten auf ihn ein.

Flucht war unmöglich, und um sich wirksam wehren zu können, waren es einfach zu viele. Sebastian verfluchte sich und seine Gier, wusste sich aber nicht mehr zu helfen und brach zuletzt in Tränen aus. Als er dachte, es könne nicht noch schlimmer kommen, klang plötzlich Tillas Stimme auf.

»Was ist denn hier los?«

Obwohl sie deutsch sprach, hielten die Furien inne. Die Hure, mit der Sebastian sich vergnügt hatte, starrte Tillas Pilgerumhang an und schien zu begreifen, dass die beiden zusammengehörten. Breitbeinig stellte sie sich vor Tilla hin und redete auf sie ein. Was sie sagte, konnte auch diese nicht verstehen, doch die Gesten der Frau besagten alles.

Im ersten Augenblick wollte Tilla nicht glauben, dass Sebastian sein Seelenheil aufs Spiel gesetzt und während der Pilgerfahrt eine Hure aufgesucht hatte. Dann aber wallten Zorn in ihr auf und heftige Verachtung. Da der Aufruhr immer mehr Leute angelockt hatte und sie sich der unerwünschten Aufmerksamkeit schämte, zog sie ein paar Münzen aus ihrem kleinen Beutel und warf sie der Hure hin. Diese raffte das Geld an sich, zählte es und verschwand so schnell, als hätte sie Angst, Tilla könnte etwas davon zurückverlangen. Auch die meisten anderen kehrten

der Szene den Rücken und so schrumpfte die Gruppe, bis außer Tilla nur noch Vater Thomas, Blanche, Hedwig und Starrheim, die Sebastians verzweifelter Stimme gefolgt waren, um diesen herumstanden.
Sebastian schämte sich in einem Maß, wie er es noch nie empfunden hatte. Die Tatsache, dass ausgerechnet Tilla den Hurenlohn für ihn bezahlt hatte, war für ihn schmerzhafter als die Prügel, die er früher von seinem Vater empfangen hatte, und ihrer Miene nach würde er in der nächsten Zeit wohl nichts zu lachen haben.
Jetzt trat Vater Thomas auf ihn zu, legte die Hand auf seine Schulter und sah ihn lange an. Dann schüttelte er den Kopf. »Du hast schwer gesündigt, mein Sohn, und damit den Segen des heiligen Jakobus verspielt. Du bist es nicht mehr wert, mit uns zu ziehen. Nimm dein Bündel und gehe deiner Wege!«
Im ersten Augenblick verstanden die anderen Mitglieder der Gruppe nicht, was er damit meinte, doch dann begriffen Tilla und Sebastian fast gleichzeitig, was dies für ihn bedeutete. Vater Thomas hatte ihn als Sünder aus ihrer Gemeinschaft ausgeschlossen. Das Urteil schien Tilla im ersten Augenblick gerecht zu sein. Doch als sie in Sebastians fassungsloses Gesicht blickte, fühlte sie gegen ihren Willen Mitleid mit ihm und wandte sich an ihren Führer.
»Verzeiht, wenn ich mich einmische, ehrwürdiger Vater. Doch Sebastian hier im fremden Land und ohne Geld von uns zu stoßen würde ihn dem Elend und dem Tod ausliefern. Das wäre zu grausam.«
Vater Thomas sah zuerst sie an, dann Sebastian, der völlig geknickt vor ihm stand, und überlegte. Nach einer Weile atmete er tief durch und legte seine Rechte auf Tillas Schulter. »Du hast Recht, meine Tochter. Es wäre grausam und nicht im Sinne un-

seres Herrn Jesus Christus. Sebastian kann bei uns bleiben, aber er wird seiner Strafe nicht entgehen.«
»Danke.« Sebastian kniete vor dem Pilgerführer nieder und küsste seine Hand. Die Angst, hier in der Fremde, unter Menschen, deren Sprache er nicht verstand, verstoßen zu werden, war größer als die vor jedweder anderen Strafe.

IV.

In dieser Nacht gönnte Vater Thomas seinen Schützlingen keinen Schlaf, sondern brachte sie in die dem heiligen Laurentius geweihte Kirche und ließ sie dort im Schein einer einzelnen Laterne beten, bis der Morgen seine ersten dämmrigen Finger durch die Kirchenfenster streckte. Danach ging es ohne Frühstück oder auch nur einen Augenblick der Erholung weiter. Schon bald blieb Pamplona hinter ihnen zurück. Dörfer mit kleinen, aus Bruchsteinen gemauerten Häusern unter flachen Dächern säumten ihren Weg, Bauern boten ihre Erzeugnisse zum Kauf an und da und dort zog der Duft frisch gebackenen Brotes verführerisch in ihre Nasen.
Vater Thomas ließ jedoch nirgends Rast machen. Erst als sie am frühen Nachmittag einen kleinen Flusslauf erreichten, der von dichten Büschen gesäumt wurde, gab er das Zeichen, anzuhalten. Die anderen wagten nicht, ohne seine Erlaubnis zu trinken. Er erteilte sie, hielt aber Sebastian zurück.
»Da du gesündigt hast, wirst du dich mit Fasten reinigen. Daher wirst du heute weder Essen zu dir nehmen noch etwas trinken«, erklärte er barsch. »Die nächsten Tage magst du dich an Wasser laben und erhältst am Morgen ein Stück Brot.«
Sebastian nickte, auch wenn der Hunger sich in seinen Gedär-

men bemerkbar machte und seine Zunge sich so trocken anfühlte wie ein Stück alten Rindsleders. Er wollte sich setzen, doch ein Blick des Pilgerführers brachte ihn davon ab. Vater Thomas nahm nun ebenfalls einen Schluck Wasser zu sich, dann schritt er ein Stück am Bach entlang, schnitt einen kräftigen Zweig ab und befreite ihn von Blättern und kleineren Seitentrieben, bis er eine kräftige Rute in der Hand hielt.

Damit trat er auf Sebastian zu. »Zur Strafe dafür, dass du deine Fleischeslust nicht bezwingen konntest, wirst du von jedem Mitglied unserer Gruppe einen scharfen Hieb erhalten. Zudem wirst du unser Pilgerkreuz zwölf Tage hintereinander tragen und die nächsten drei Tage so fasten, wie ich dir vorhin aufgetragen habe.«

Sebastian nickte, auch wenn ihn diese Strafe zu hart für die paar Augenblicke dünkte, die er bei der Hure verbracht hatte.

»Zieh dich aus!« Vater Thomas' Befehl ließ ihm keine Zeit mehr, länger über sein Elend nachzudenken. Sebastian schlüpfte rasch aus Kittel und Hemd und zog, als Vater Thomas auf seine Bruche zeigte, auch diese samt den Beinlingen aus.

»Nackt hast du gesündigt und nackt sollst du deine Strafe in Demut hinnehmen«, erklärte der Pilgerführer und wies ihn an, sich mit den Händen nach oben gegen einen Baumstamm zu lehnen.

Sebastian tat es und empfing den ersten Hieb. Auch wenn er schmerzhaft war, so hatte Vater Thomas doch nicht mit voller Kraft zugeschlagen. Die meisten der Gruppe, die nun einer nach dem anderen zum Vollzug antraten, ließen ebenfalls eher Gnade vor Recht ergehen. Annas Schlag war fast schon zu leicht, doch der Pilgerführer ließ es mit einem mahnenden Heben der Augenbrauen durchgehen. Als Blanche jedoch ebenfalls Anstalten machte, nur leicht zuzuschlagen, räusperte er sich vernehmlich.

Das Mädchen sah ihn erschrocken an und schwang dann die Rute zu seiner Zufriedenheit.
Tilla hatte sich bislang im Hintergrund gehalten und kämpfte mit ihren Gefühlen. Unterwegs hatte sie Sebastian das eine oder andere Mal nackt gesehen, doch in dieser Stunde, in der er als hilfloses Opfer den Hieben seiner Begleiter ausgeliefert war, musterte sie ihn das erste Mal bewusst. Sein Körper war harmonisch gebaut und wies gerade genug Muskeln für einen Mann auf, aber nicht jene brutale Kraft, die einem Hugues de Saltilieu zu eigen war. Sebastians Gesicht wirkte, obwohl es nun schweißüberströmt war, so hübsch, wie es einem Mann gerade noch zukam. Der jungenhafte Ausdruck, den sie noch aus der Heimat in Erinnerung hatte, hatte sich auf dieser Reise verflüchtigt.
Tilla fand, dass Sebastian nun weitaus besser aussah als sein Bruder, und es gab keinen anderen jungen Mann in ihrer Heimatstadt, der sich mit ihm messen konnte. Während sie ihn anblickte, machte sich in ihrem Unterleib eine seltsame Empfindung breit, und sie musste den Impuls unterdrücken, um den Baum herumzugehen, bis sie Sebastian ganz von vorne betrachten konnte. Sein Glied, das ihm bei der Hure wohl gute Dienste geleistet hatte, hing nun schlaff zwischen seinen Beinen herab, doch Tilla spürte die Neugier, es zu sehen, wenn es kampfbereit aufgerichtet war.
»Tilla, du bist die Letzte. Versetze ihm deinen Hieb, damit wir weiterziehen können!« Vater Thomas' Worte rissen sie aus ihrem Grübeln heraus.
Hedwig, die den letzten Streich geführt hatte, drückte ihr die Rute in die Hand. Tilla schluckte, um den Frosch zu vertreiben, der sich in ihrem Hals breit gemacht hatte, und trat vor. Eigentlich hatte sie Sebastian einen eher leichten Schlag versetzen wollen. Die Erkenntnis jedoch, dass er von allen Männern, die

sie kannte, wohl der Einzige war, dem sie sich freiwillig hingeben würde, erfüllte sie mit einer fürchterlichen Wut. Ehe sie sich klar wurde, was sie tat, hatte sie weit ausgeholt und mit aller Kraft zugeschlagen.
Der Hieb war hart genug, um Sebastian einen Schrei zu entlocken. Er wandte sich ihr mit schmerzverzerrtem Gesicht zu und wollte seiner Empörung Ausdruck verleihen, als er ihre verletzte Miene sah. Es dauerte einen Augenblick, bis er erkannte, dass Eifersucht und Zorn ihre Hand geführt hatten. Dieses Wissen machte den Schmerz, den sie ihm zugefügt hatte, mehr als wett.

V.

Als die Gruppe auf eine Straße traf, die von Osten auf ihren Weg einmündete, lenkte Vater Thomas seine Schritte in diese Richtung, obwohl ihr Ziel weit im Westen lag. Nach ein paar Schritten wandte er sich zu seinen Schützlingen um, als habe er ihre stumme Frage verstanden. »Auf meinen bisherigen Pilgerfahrten habe ich niemals versäumt, der Heiligen Jungfrau von Eunate meine Ehrerbietung zu erweisen, und ich werde auch diesmal vor sie treten. Der Weg zu ihr ist nicht weit, und wir werden schon morgen wieder nach Westen ziehen.«
Mit diesen Worten ging er weiter und stimmte ein neues Lied zu Ehren der Gottesmutter an. Sebastian, der noch immer fasten musste, schleppte sich mit knurrendem Magen und dem schweren Kreuz auf der Schulter hinter ihm her. Sein Gesicht war verzerrt und seine Augen brannten vom Schweiß. Dennoch mobilisierte er seine letzten Kräfte, denn schlimmer als diese Pein erschien es ihm auch jetzt noch, in diesem fremden Land allein zu bleiben.

Mit einem Mal tat er Tilla leid. Sie schloss zu ihm auf und schnitt ein Stück von der Wurst ab, die sie unterwegs von einer Bäuerin erstanden hatte, und wollte es ihm in den Mund schieben. Sebastian schüttelte jedoch energisch den Kopf. Im selben Augenblick wandte Vater Thomas sich um.

»Du kannst diese Gabe ruhig nehmen, da sie dir aus Liebe gereicht wird. Schließlich sollst du uns unterwegs nicht zusammenbrechen.«

Seine Worte brachten Tilla beinahe dazu, die Wurst wieder einzustecken. Sie hatte sie Sebastian nicht aus Liebe geben wollen, sondern damit er Kraft genug behielt, das Kreuz zu tragen. Dem Blick seiner hungrigen Augen konnte sie jedoch nicht widerstehen. »Da, nimm!«, sagte sie, stopfte ihm den Wurstzipfel in den Mund und ließ sich wieder zurückfallen.

»Das war gut getan«, lobte Hedwig sie. Ebenso wie die Zwillingsschwestern und die meisten Männer der Gruppe hielt sie Sebastians Sünde für nicht so schwer wiegend, dass sie den jungen Mann deswegen verdammte. Da er ihr leid tat, sprach sie ihm Mut zu und bemaß das Stück Brot, das sie ihm einmal am Tag reichen durfte, so reichlich, wie es ihr unter Vater Thomas' strengen Augen noch vertretbar erschien. Auch Starrheim unterhielt sich mit Sebastian, wenn sie nicht gerade fromme Lieder sangen, und versuchte ihm mit kurzweiligen Erzählungen den Weg zu erleichtern.

Es ärgerte Tilla, dass ihr Jugendfreund durch seine Tat bei den anderen eher noch an Ansehen gewonnen hatte, und sie behandelte ihn, von gelegentlichen Anwandlungen von Mitleid abgesehen, eher schroff und abweisend. Sie kam jedoch nicht dazu, ihrem Ärger über Sebastian allzu lange nachzuhängen, denn Vater Thomas wies nach vorne.

»Dort liegt Santa Maria de Eunate, der Ort, an dem man der

Gottesmutter so nahe ist wie an nur wenigen anderen Stellen der Welt!« Er beugte sein Knie und schlug das Kreuz, während Tilla und die anderen nach vorne auf eine von Hügeln gesäumte Ebene schauten, in der sich ihr heutiges Ziel erhob. Im ersten Augenblick waren sie ein wenig enttäuscht, denn die Kirche war keinesfalls mit der mächtigen Kathedrale von Pamplona oder dem Münster zu Ulm zu vergleichen. Es handelte sich um einen eher kleinen, auf die Entfernung rund wirkenden Bau, der von einem niedrigen Turm flankiert wurde und den ein von Bogen überspannter Kreuzgang umgab. So hätte eine Klosterkirche aussehen können, nur gab es hier kein Kloster. Einen Steinwurf entfernt lag eine einfache Pilgerherberge, die von ein paar Mönchen betreut wurde, und es gab einen Platz, an dem Tilla und die anderen etliche hölzerne Kreuze entdeckten.

»Dies ist die Grabstätte der Pilger, die an diesem Ort gestorben sind«, erklärte Vater Thomas. »Auf meiner ersten Pilgerfahrt war ich nur ein Bruder, der zusammen mit anderen Brüdern wanderte, und musste dort drüben meinen besten Freund begraben. Wir hatten gemeinsam studiert und uns zusammen auf den Weg zum Grab des Apostels gemacht. Doch mein Freund wurde krank und starb an diesem Ort. Damals wollte ich an Gott verzweifeln, doch da erschien mein Freund mir im Schlaf und sagte mir, dass ihm nichts Schöneres hätte geschehen können, als hier in den Armen der heiligen Mutter zu ruhen.«

Vater Thomas schnaufte tief durch und zeigte damit seinen Begleitern, wie stark die Ereignisse von damals ihn auch heute noch berührten. Tilla fühlte sich durch seine Worte ein wenig an Olivias Tal und deren Große Mutter erinnert. Konnte es wirklich sein, dass Maria, die Gebärerin Jesu, die Stelle einer anderen, weitaus älteren Frauengestalt einnahm und die Anbetung erhielt, die im Grunde einer heidnischen Göttin galt? Sie hätte gerne mit Vater Thomas darüber gesprochen, wagte jedoch nicht, Olivias Geheimnis preiszugeben. So folgte sie ihrem Pilgerführer zu den Gräbern, sprach mit den anderen ein Gebet für die Toten und betrat anschließend die Kirche. Anders als man auf den ersten Blick hätte glauben können, war diese kein Rundbau, sondern hatte einen achteckigen Grundriss. Daher wirkte sie mit dem Altar, auf dem eine in Silber gehüllte Madonnenfigur stand, sowohl vertraut wie auch fremd. Santa Maria de Eunate wirkte strenger als die Kirchen, die sie in Navarra gesehen hatten, und schien trotz des gleichen, warmgelben Sandsteins und des flachen Ziegeldaches einer anderen Zeit anzugehören.

»Lange bevor ihr Orden verboten und seine Mitglieder ausgerottet wurden, haben fromme Tempelritter diese Kirche errichtet«, berichtete Vater Thomas, als die zwölf nach der heiligen Messe in der Pilgerherberge saßen und zu warmem, weichem Brot und einem Eintopf aus Gemüse, Oliven und Lammfleisch den süffigen Rotwein tranken, der in dieser Gegend gekeltert wurde.

Sebastian musste sich mit Wasser begnügen, doch als Vater Thomas einmal die Gruppe kurz verlassen hatte, um zum Abtritt zu gehen, reichte Tilla ihrem Freund den gefüllten Becher. »Hier, trink! Du sollst nicht vom Fleisch fallen. Immerhin hast du das Kreuz noch etliche Tage zu schleppen.« Sie tat es, um den anderen zuvorzukommen. Jeder aus der Gruppe sah nämlich so aus, als wolle er Sebastian denselben Samariterdienst erweisen.

Er sah sie kurz an, nahm den Becher und trank ihn rasch leer. Bedanken konnte er sich nicht mehr, denn da kehrte der Pilgerführer zurück und setzte sich neben ihn. Vater Thomas aß weiter und ließ sich seinen Becher noch einmal nachfüllen. Nach einer kurzen Überlegung reichte er Sebastian den Becher mit beinahe denselben Worten. Damit war allen klar, dass auch Vater Thomas dem Sünder verziehen hatte, und Tilla ertappte sich dabei, dass sie sich darüber freute.

VI.

Der nächste Tag begann mit einem strahlenden Sonnenaufgang und einem blauen Himmel, den kein Wölkchen trübte. Sebastian, der als Erster der Gruppe durch die Tür ins Freie blickte, seufzte, denn der schöne Tag kündigte bereits am Morgen eine Hitze an, die ihm auf dem weiteren Weg unter dem schweren Kreuz arg zusetzen würde.

Die Mönche reichten jedem der Gruppe ein Stück Brot und eine Handvoll Oliven als Wegzehrung und entließen sie mit frommen Wünschen. Tilla und ihre Begleiter hatten jedoch unterwegs noch keine zehn Vaterunser gebetet, da klang hinter ihnen Lärm auf.

Ambros drehte sich als Erster um und geriet in Panik. »Soldaten! Wir müssen uns verstecken!«

»Zu spät! Sie haben uns bereits gesehen und ihre Reiter sind in jedem Fall schneller als wir. Am besten wird sein, wenn wir die Straße freigeben und dort unter diesem Baum lagern. Vielleicht lassen sie uns in Ruhe.« Starrheim knirschte mit den Zähnen und bedauerte nicht zum ersten Mal, nur seinen Stock als Waffe zu besitzen. Wie unzulänglich dieser gegen einen entschlossenen Gegner mit Schwert oder Kriegshammer war, hatte er bereits bei jenem Kampf mit den Marodeuren erleben müssen.

Tilla und die meisten anderen fanden seinen Rat gut und bogen nun von der Straße ab. Dabei mussten sie Ambros festhalten, der am liebsten wie ein Hase losgelaufen wäre. Zuletzt packte Sebastian dem zitternden Mann das Kreuz auf die Schultern. »Hier, halte dich daran fest. Vielleicht verleiht der heilige Jakobus dir Mut. Den Leuten da kannst du eh nicht entkommen.«

Ambros nickte mit bleichen Lippen, doch kaum hatten sie die Stelle erreicht, die Starrheim ihnen genannt hatte, ließ er das Kreuz fallen und legte sich flach auf die Erde, als hoffe er, dem Gedächtnis der fremden Krieger zu entschwinden, wenn sie ihn nicht mehr sahen.

Tilla und die Frauen blickten sich ängstlich an. Alle wussten, dass ihnen das, was Renata geschehen war, ebenso zustoßen konnte. Die Männer schwankten zwischen dem Willen, sich und die Frauen notfalls zu verteidigen, und völliger Niedergeschlagenheit.

Blanche kroch zu Starrheim hin und fasste nach seiner Hand. »Versprich mir, mich zu töten, damit ich nicht das Unfassbare erleiden muss!«

Der junge Ritter zog sein Tischmesser aus dem Futteral, so unzureichend die Waffe auch sein mochte, und nickte. »Dich wird keine mutwillige Hand berühren, das schwöre ich dir.«

Tilla fand das Gehabe der beiden ein wenig übertrieben, doch auch sie zitterte innerlich vor Anspannung, als sich mehrere Ritter von der Spitze des Heerzugs lösten und auf sie zutrabten.

»Es sind Franzosen! Ich erkenne sie an ihren Waffenröcken.« Starrheim zeigte auf den vordersten Reiter, der über seiner Rüstung eine rote Tunika mit goldenen Querstreifen und einem weißen Adler trug und einen Schild mit dem gleichen Wappen

in der Linken hielt. Dann aber wurden seine Augen von einem anderen Ritter angezogen, der in Schwarz und Silber gewandet war und ein geteiltes Wappen in den gleichen Farben zeigte.
»Philippe de Saint Vith! Wie zum Teufel kommt der zu den Franzosen?« Er stand auf und ging dem burgundischen Ritter, von dem er sich im Land der Eidgenossen getrennt hatte, ein paar Schritte entgegen.
Als er ihn ansprechen wollte, ignorierte Saint Vith ihn jedoch mit hochmütigem Blick und sah stattdessen Tilla an. »Mademoiselle de Coeurfauchon, mein Oberbefehlshaber Bertrand du Guesclin lässt Euch seine Grüße entbieten und lädt Euch und Eure Begleiter ein, im Schutze seines Heeres weiterzureisen.«
»Ich bin Blanche de Coeurfauchon!« Das Mädchen war beleidigt, weil der Ritter eine andere für sie gehalten hatte.
Saint Vith neigte leicht den Kopf. »Ich bitte, mein Versehen zu entschuldigen, doch da ich diese weibliche Person damals nicht bei den Pilgern gesehen und Euch nicht gleich entdeckt habe, habe ich einen falschen Schluss gezogen. Ist diese Frau Eure Leibmagd?«
»Das wohl kaum. Ich bin eine Pilgerin und mehr geht Euch nichts an!« Tilla ärgerte sich über den aufgeblasenen Ritter, der auf ihre Begleiter mit Ausnahme Blanches herabsah, als wären es Würmer zu den Hufen seines Pferdes.
Tillas Ärger war jedoch nichts gegen die Empfindungen, die Starrheim beim Anblick seines früheren Freundes durchtobten. Für den schien nicht mehr zu zählen, dass sie zusammen am Hofe des burgundischen Herzogs Philippe aufgewachsen und gemeinsam den Ritterschlag erhalten hatten. Noch mehr ärgerte er sich, als er in einem von Saint Viths Begleitern seinen einstigen Gefolgsmann Gero erkannte, der nun ebenfalls die

schwarz-silbernen Farben trug und damit zeigte, dass er sich nicht mehr dem Hause Habsburg verpflichtet fühlte.

Im Augenblick konnten jedoch weder Starrheim noch die anderen mehr tun, als aufzustehen und den Franzosen zu folgen. Saint Vith ritt ihnen ein gutes Dutzend Schritte voran, während seine Männer die Gruppe umringten, als wären es Schafe, die zum Scheren getrieben werden sollten. Man brachte sie zum Tross, der aus Dutzenden einachsiger Karren bestand, welche im schlechten Gelände besser zu handhaben waren als die großen, vierrädrigen Wagen, auf denen normalerweise die Vorräte transportiert wurden. Tilla sah so viele Pfeile in ledernen Bündeln, als wollten die Franzosen die Sterne vom Himmel schießen. Andere Karren waren voll langer Lanzen mit eisernen Spitzen. Dazu gab es Wagen mit Fässern, solche mit kleinen, aus Eisen geschmiedeten Kanonen und auch einige, auf denen Planen die Dinge verhüllten, mit denen sie beladen waren.

»Was haben diese Leute mit uns vor?«, fragte Dieter, nachdem die französischen Ritter sie ohne ein Abschiedswort zurückgelassen hatten.

Starrheim zuckte mit den Schultern. »Wenn ich das wüsste, wäre mir wohler. Ich kann nur vermuten, dass Mademoiselle Blanches Vormund Gaston sie dem französischen Heerführer Guesclin ans Herz gelegt hat und dieser sie ein Stück weit beschützen will. Wir anderen sind ihnen vollkommen gleichgültig.«

Tilla sah ihm an, dass diese Erkenntnis ihn schmerzte. Als Edelmann und Neffe der österreichischen Herzöge Albrecht und Leopold hätte er eine bessere Behandlung erwarten können. Es muss wohl mit Saint Vith zusammenhängen, der partout gegen eine ganze Eidgenossenschar hatte kämpfen wollen, obwohl das für ihn und seine Begleiter wohl tödlich ausgegangen wäre. Starrheims besonnene Haltung hatte die beiden Edelleute vor einem frühen Tod bewahrt, und doch hatte Saint Vith seinem Freund Feigheit vorgeworfen.

Ein Schatten fiel auf Tilla, und als sie aufschaute, zuckte sie zusammen. »Herr Aymer!«

Sie war nicht erfreut, Hugues de Saltilieus Vetter zu sehen, denn er erinnerte sie zu sehr an jene doch recht angenehme Stunde und ihre Wünsche, die sich nun um Sebastian rankten.

Der Ritter hatte seinen Helm abgelegt und trug nur ein leichtes Kettenhemd, während seine Kriegsrüstung von einem Lastpferd getragen wurde. In Tillas Augen wirkte er so zufrieden wie ein Kater, der vor einer vollen Sahneschüssel saß und so viel schlabbern konnte, wie er wollte.

»Tilla! Ich freue mich, dass wir euch gefunden haben. Herr Gaston war in großer Sorge um sein Mündel, denn in Kastilien wird es erneut zum Krieg kommen, und er hat mir eingeschärft, für Blanches und eure Sicherheit zu sorgen.«

»Gäbe es hier keinen Krieg, wären wir wohl sicherer«, antwortete Tilla ätzend.

»Das mag wohl sein, nur liegt es nicht in unserer Hand, dies zu ändern. Auf alle Fälle können wir euch bis Burgos das Geleit geben. Was danach kommt, müssen wir sehen.«

Tilla wusste nicht, wie weit Burgos von der Stelle entfernt war, an der sie sich jetzt befanden, doch da Vater Thomas die Stadt nicht als einen der nächsten Rastplätze erwähnt hatte, mussten es mehrere Tage zu Fuß sein. Sie hoffte, dort die Franzosen verlassen und mit ihrer Gruppe allein weiterreisen zu können. Inmitten der schwatzenden und lachenden Soldaten, die Witze rissen und sich ungeniert über die körperlichen Vorzüge ihrer weiblichen Gäste unterhielten, würde es nicht einfach sein, die für eine Pilgerfahrt notwendige fromme Stimmung beizubehalten. Jetzt bedauerte sie, dass sie unterwegs die Ohren offen gehalten und sich von Starrheim das eine oder andere Wort erklären hatte lassen. Zwar konnte sie der Unterhaltung der Krieger und Trossknechte nicht richtig folgen, doch Blanches empörtes Schnauben ließ keinen Zweifel an der Schlüpfrigkeit mancher Ausdrücke aufkommen.

»Ich muss nun wieder zu meinen Leuten zurück. Wir sehen uns heute Abend!« Aymer de Saltilieu hob kurz die Hand und trabte an. Tilla verzog die Lippen und bezweifelte, dass ihre Pilgerfahrt unter dem Segen des heiligen Jakobus stand.

VII.

Bertrand du Guesclin schien es eilig zu haben, denn er ließ sein Heer bis in den Abend hinein marschieren. Erst kurz bevor die Sonne den westlichen Horizont berührte, befahl er anzuhalten und ein Lager aufzuschlagen. Tilla und ihre Leute wollten sich etwas von den Soldaten entfernen, doch noch während sie eine geeignete Stelle für die Nachtrast suchten, tauchte Aymer de Saltilieu wieder auf und deutete eine Verbeugung an.

»Mein Feldherr bittet euch, beim Nachtmahl seine Gäste zu sein!«

Sich zu weigern wäre in ihrer Situation Narretei gewesen, daher folgten Tilla und die anderen dem Ritter, der nun nicht mehr im Kettenhemd vor ihnen stand, sondern unter seinem hüftlangen Wappenrock nur eine lederne Weste trug. Sein Schwert hing an einem schief sitzenden Gürtel, der wohl zur Rüstung gehörte und nun ein paar Löcher enger geschnallt worden war. Es war gewiss besser, angesichts der rauen Söldner Waffen zu tragen, denn die Kerle hatten recht lose Mäuler und sahen so aus, als würden sie sich nur zu gerne an den Frauen der Pilgergruppe vergreifen. Doch solange diese unter dem Schutz ihres obersten Anführers standen, beließen sie es bei anzüglichen Worten und Gesten.

Bertrand du Guesclins Zelt war bereits errichtet worden, aber man hatte auf die Seitenwände verzichtet, so dass es einen großen Baldachin bildete, unter dem bereits mehr als ein Dutzend Offiziere Platz genommen hatten. Einer war prächtiger gekleidet als der andere, und sie prunkten mit grellfarbenen Wappen in einer Fülle, wie Tilla sie noch niemals erlebt hatte.

Am einfachsten war der Feldherr selbst gekleidet. Sein Wappenrock war von schlichtem Schwarz und wies kleine Wappentäfelchen mit einem doppelköpfigen Adler auf, über dem ein roter Schrägbalken lag. Doch seine Kleidung war, wie Tilla feststellte, aus bester Seide gefertigt, und die schwarze, mit einer einzelnen Reiherfeder geschmückte Kappe hatte gewiss ein kleines Vermögen gekostet. Seine Gewandung faszinierte Tilla jedoch weniger als seine Gestalt und sein Gesicht. Bertrand du Guesclin war mit Abstand der hässlichste Mann, den sie jemals gesehen hatte. Zwei Fingerbreit kleiner als sie wirkte er fast ebenso breit wie hoch. Er musste in vielen Kämpfen gestanden haben, denn sein Antlitz glich einer von Narben zerfurchten Fratze.

Beim Anblick der Pilger trat er lächelnd auf sie zu, begrüßte Blanche überschwänglich und ließ auch die anderen einschließlich Starrheims nicht aus. Es schien fast, als wolle er Philippe de Saint Viths beleidigendes Verhalten vergessen machen, denn er umarmte den Neffen der Habsburger Herzöge und lud ihn ein, neben ihm an dem aus Brettern und Böcken zusammengebauten Tisch zu sitzen. Eine kostbare Decke verhüllte die primitive Tafel, an der eine ganze Reihe von Klappstühlen für die Gäste bereitstand.

Zu Tillas Überraschung wurde ihre gesamte Gruppe an die Tafel gebeten, und nachdem der Prediger des Feldherrn das Tischgebet gesprochen hatte, trugen vornehm gekleidete Pagen die Speisen auf. Trotz der kurzen Zeit, welche den Köchen zur Verfügung gestanden hatte, schmeckte das Essen ausgezeichnet. Es gab Brathähnchen, dicke Suppen, gebackenen Fisch und zum Nachtisch einen mit Wein getränkten Kuchen, der so intensiv nach Gewürzen duftete, dass Tilla davon fast schwindlig wurde. Während sie aß, blickte sie kurz zu Sebastian hin, dem es ebenfalls schmeckte. Zu seiner und, wie sie merkte, auch ihrer Freude hatte Vater Thomas ihm die Fastenstrafe erlassen, so dass er wacker mithalten konnte.

Während des Essens wurde die Unterhaltung eher allgemein gehalten, doch nachdem die Diener abgeräumt und Pokale mit rot funkelndem Rioja-Wein kredenzt hatten, richteten sich die Blicke der französischen Krieger auf die Pilgergruppe und sie tauschten leise Bemerkungen aus, die zumeist Starrheim galten. Tilla verstand kaum etwas, begriff aber, dass mehrfach der Ausdruck Feigling fiel.

Starrheim hockte mit bleichem Gesicht und zusammengepresstem Kiefer da, als würde er mit Nesseln gepeinigt. Alles in ihm schrie, seinen Zorn laut werden zu lassen, doch ohne Waffen konnte er weder die Franzosen herausfordern noch sich auf andere Weise Genugtuung verschaffen.

Du Guesclin ließ seine Gefolgsleute eine gewisse Zeit reden, dann gab er mit einem Wink zu verstehen, dass sie schweigen sollten. Er selbst drehte sich zu Starrheim um und sah ihn freundlich an. »Ihr wandelt auf frommen Pfaden, mein Freund. Habt Ihr denn

in Euren jungen Jahren schon so viele Sünden auf Euch geladen, um diesen schweren Weg gehen zu müssen?«
»Nur eine: er hat vor schweizerischen Bauern feige gekniffen!« Saint Viths Worte waren eine einzige Beleidigung.
Das konnte Starrheim nicht mehr hinnehmen, doch als er aufspringen und dem anderen an die Kehle fahren wollte, legte du Guesclins Hand sich schwer auf seine Schulter. »Ihr müsst dem guten Saint Vith verzeihen. Er ist erst vor kurzem in den geheiligten Stand der Ehe eingetreten und darf zu seinen eigenen Farben nun auch noch die der Familie de la Tour tragen.«
Obwohl diese Worte in freundlichstem Ton vorgetragen wurden, trafen sie Starrheim wie ein Schlag. Sein Blick suchte Saint Vith, der seinen Triumph nicht zu verbergen suchte. »Der Comte de la Tour war der Ansicht, dass ein Feigling nicht das Anrecht besäße, um seine Tochter zu werben, und erwählte mich statt deiner zum Eidam.«
Nach diesen Worten schien ein Zweikampf unvermeidlich, doch du Guesclin machte sofort klar, dass er keinen Streit in seinem Lager dulden würde. »Auch wenn eure Hitzköpfe vor Wut zu platzen scheinen, werdet ihr Frieden halten. Wir sind im Krieg und ich lasse jeden hinrichten, der gegen meinen Willen eine Waffe zieht. Habt ihr mich verstanden? Das gilt insbesondere für Euch, Saint Vith, denn wenn Ihr weiterhin den Grafen Starrheim beleidigt, wird der Comte de la Tour sich einen neuen Schwiegersohn suchen müssen.«
Saint Vith wurde bleich und biss sich auf die Lippen. Allen war klar, dass er Starrheim so lange hatte reizen wollen, bis dieser einem Zweikampf nicht mehr hätte ausweichen können. Da einer der Ritter im Zelt das hitzig geführte Gespräch leise ins Deutsche übersetzte, konnten die Pilger dem Geschehen folgen. Tilla begriff, dass Saint Vith zwanghaft besessen war, allen zu

beweisen, dass er besser sei als sein früherer Freund und damit würdiger, de la Tours Schwiegersohn zu sein.
»Ihr könnt Euren Mut auf andere Art beweisen und damit Euren Namen wieder reinwaschen, Graf Starrheim. Wir befinden uns im Krieg und mir ist jeder mutige Ritter willkommen. Schließt Euch mir an, und keiner wird es mehr wagen, Euch einen Feigling zu schmähen.«
»Ich würde es gerne tun, doch mein Pilgerschwur …« Starrheim kam nicht dazu, seinen Satz zu vollenden, denn Saint Vith unterbrach ihn voller Spott. »Um Ausflüchte bist du noch nie verlegen gewesen.«
Statt ihn einer Antwort zu würdigen, wandte Starrheim sich an Vater Thomas und beugte sein Knie vor ihm. »Verzeiht, ehrwürdiger Vater, doch ich bitte Euch, mir Dispens zu erteilen, auf dass ich mich dem Herrn du Guesclin anschließen und für ihn fechten kann.«
Der Pilgerführer blickte den jungen Ritter lange an. Da er selbst einem Rittergeschlecht entstammte, wusste er, wie es in Starrheim aussah, und schließlich nickte er widerstrebend. »Ich tue es nicht gerne, doch es muss sein. Lege dein Pilgergewand ab, mein Sohn, und trage dafür die Rüstung, auf dass du für deine Ehre streiten kannst.«
»Ich danke Euch!« Starrheim küsste ihm die Hand und kniete anschließend vor du Guesclin nieder.
»Ich schwöre Euch, für Euch zu kämpfen und niemals zu weichen!«
»Dann ist es gut!« Der Feldherr hob lächelnd seinen Pokal und trank ihm zu. »Ihr werdet dem Baron de Saltilieu unterstellt und an seiner Seite kämpfen, Starrheim.«
Dieser verzog das Gesicht, denn Hugues de Saltilieu war nicht unbedingt der Anführer, den er sich gewünscht hätte.

Aymer de Saltilieu sah es auf Starrheims Gesicht arbeiten und interpretierte dessen Gefühle richtig. Lächelnd trat er auf den Grafen zu und umarmte ihn. »Seid mir als Kampfgefährte willkommen! Ich muss Euch leider mitteilen, dass mein tapferer Vetter in Orthez umgebracht wurde. Ein Meuchelmörder hat ihm auf dem Abtritt aufgelauert und ihn niedergestreckt, während er die Hosen heruntergelassen hatte. Was für ein unwürdiger Tod für einen so großen Helden!« Er klang ein wenig sarkastisch, denn seine Liebe zu Hugues hatte sich stets in Grenzen gehalten. Nun hatte er ihn nicht nur als Herr der Liegenschaften der de Saltilieus, sondern auch als Bräutigam Felicia de Lacaunes beerbt, und das stellte ihn mehr als zufrieden.

Starrheim atmete auf und versprach nun auch Baron Aymer, mit aller Kraft für ihn zu kämpfen. Unterdessen ruckte Sebastian unruhig auf seinem Faltstuhl hin und her und kippte schließlich damit um. Während er sich unter dem Gelächter der Anwesenden wieder auf die Beine kämpfte, trat ein entschlossener Ausdruck auf sein Gesicht.

»Vater Thomas, könntet Ihr auch mir Dispens erteilen? Ich will Herrn von Starrheim nicht allein mit den Franzosen ziehen lassen.«

Tilla glaubte nicht recht zu hören und erwartete, ihr Pilgerführer würde den jungen Mann mit ein paar harschen Worten zur Ordnung rufen. Stattdessen lächelte Vater Thomas und klopfte Sebastian auf die Schulter. »Ich glaube, du hast Recht. Unser Mitbruder braucht einen Freund.«

»Erlaubt auch mir, mit Starrheim und Sebastian zu gehen.« Sepp schnaufte tief durch. In ihm wühlte noch immer die Schuld, einen Mord auf seine Seele geladen zu haben, und er hoffte, dass Gott ihm gnädig sein würde, wenn er stellvertretend

für den toten Hugues de Saltilieu im Heer der Franzosen focht.
Vater Thomas, der erst am Tag zuvor ein längeres Gespräch mit Sepp geführt und dabei von dessen Seelenqualen erfahren hatte, nickte nachdenklich. »Es sei. Stehe im Kampf für deine beiden Mitpilger ein und du wirst einen Teil der Schuld, die du auf dich geladen hast, damit sühnen.«
Als Tilla dies hörte, fuhr sie empört auf. »Verzeiht, ehrwürdiger Vater, doch mit dieser Entscheidung zerbricht unsere Pilgergruppe, die so viel Leid und Schmerz gemeinsam ertragen hat!«
»Vertraue auf unseren Herrn Jesus Christus, meine Tochter! Er wird unsere Freunde beschützen und sie glücklich zu uns zurückkehren lassen. Wenn dies geschehen ist, werden wir unseren Weg nach Santiago gemeinsam fortsetzen.«
Da Tilla bei Vater Thomas kein Verständnis fand, wandte sie sich zornglühend an Sebastian. »Du bist ein blutiger Narr, dich auf so etwas einzulassen! Glaube nicht, dass ich dich betrauern werde, wenn du diesen Feldzug nicht überlebst. Du weißt doch nicht einmal, wo bei einem Spieß hinten oder vorne ist!«
Obwohl Sebastian sich des Risikos, welches er einging, durchaus bewusst war, lächelte er zufrieden vor sich hin. So offen hatte Tilla noch nie gezeigt, dass ihr etwas an ihm lag. Sie konnte nicht ahnen, dass sie der Grund war, der ihn dazu gebracht hatte, sich den Soldaten anzuschließen. Kam er mit leeren Händen nach Tremmlingen zurück, würde er weiterhin im Schatten des älteren Bruders stehen und zusehen müssen, wie Tilla Damians Frau wurde. Im Heer der Franzosen aber mochte sich ihm die Möglichkeit eröffnen, Beute zu machen, so dass er ihr das Leben bieten konnte, welches sie verdiente. Er wagte jedoch nicht, ihr dies ins Gesicht zu sagen. Daher wischte er sich die Haare

aus der Stirn und lächelte verlegen. »Mein Vater hat bestimmt, dass ich später die Bürgermiliz unserer Stadt kommandieren soll, und da ist es von Vorteil, wenn ich wenigstens einmal in einem Gefecht gestanden habe. Ich muss ja schließlich wissen, was Kampf bedeutet.«

»Renn doch in dein Unglück!«, war Tillas einziger Kommentar.

Während du Guesclin wieder das Wort ergriff und in kurzen Worten seine Pläne erläuterte, zog Tilla sich in sich selbst zurück. Nie hätte sie geglaubt, dass sie jemals Angst um Sebastian haben könnte. Der Bursche schien das Kriegführen für ein Spiel zu halten, aus dem er ebenso unbeschadet herauskommen würde wie aus seinen Jugendstreichen. Vor ihrem inneren Auge sah sie ihn starr und tot auf dem Schlachtfeld liegen, und sie hätte ihn am liebsten abwechselnd geohrfeigt und angefleht, bei ihr zu bleiben.

Du Guesclin kümmerte sich nun nicht mehr um die Pilgergruppe, sondern rief seine Unteranführer zu sich. Ein Diener brachte eine auf weiche Kamelhaut gezeichnete Karte Kastiliens, die den Strapazen eines Feldzugs besser standzuhalten vermochte als eine auf Pergament oder gar Papier.

»Wir befinden uns derzeit hier«, erklärte der Feldherr und setzte seinen Finger zwischen die beiden Symbole, die die Städte Pamplona und Logroño bezeichneten. »An dieser Stelle werden wir uns dem Heer Heinrich von Trastamaras anschließen.« Sein Finger wanderte über Burgos nach Valladolid und kreiste dort ein Gebiet ein, das von Zamora bis Padilla reichen mochte.

»Wir werden rasch marschieren müssen, denn wir können nicht riskieren, dass Trastamaras Heer von den Truppen König Pedros zur Schlacht gezwungen wird, bevor wir uns mit ihm vereint haben.«

Die meisten seiner Unteranführer waren erfahrene Kämpen und nickten, während die Jüngeren von seiner Erfahrung lernen wollten. Du Guesclin sah einen nach dem anderen an, bis sein Blick auf Aymer de Saltilieu haften blieb. »Wir haben noch zwei Probleme, und das sind die Engländer im Guyenne und König Karl von Navarra. Beide sind in der Lage, uns in den Rücken zu fallen, und die Engländer werden dies auf jeden Fall versuchen. Wohl ist Prinz Eduard derzeit erkrankt und vermag seine Krieger nicht selbst anzuführen, doch weiß ich aus sicherer Quelle, dass sein Bruder Johann, der Herzog von Lancaster, einen seiner Heerführer mit einer Hilfstruppe in Marsch gesetzt hat. Dieses Heer kann bereits morgen, in einer Woche oder auch erst in einem Monat kastilischen Boden erreichen, doch es darf unter keinen Umständen in unserem Rücken bleiben. Dies zu verhindern, ist Eure Sache, Saltilieu. Ich gebe Euch ein Viertel meiner Leute, darunter auch Saint Vith mit seinem Aufgebot sowie den Grafen Starrheim. Unter den Augen des jeweils anderen werden die beiden gewiss Heldentaten vollbringen!«
Dieser Entschluss war ebenso gemein wie genial, das konnte man von den Gesichtern der beiden Edelleute ablesen. Du Guesclin nickte zufrieden und blickte dann zum Himmel auf, der sich mittlerweile wie eine Kuppel aus schwarzblauem Samt über dem Lager spannte und von Tausenden von Sternen geschmückt wurde.
»Es ist spät geworden und wir müssen morgen bei Tagesanbruch weiterziehen. Ich wünsche euch eine gute Nacht, meine Herren.«
Starrheim hob die Hand, um die Aufmerksamkeit des Heerführers auf sich zu ziehen. »Was ist mit meinen Begleitern? Ich habe geschworen, mit ihnen nach Santiago zu ziehen, und will diesen Eid nicht brechen.«

»Das müsst Ihr auch nicht. Ich werde Eure Pilger von ein paar Leuten in ein nahe gelegenes Kloster bringen lassen. Dort können sie auf Eure Rückkehr warten.«
Tilla fauchte, als sie die Übersetzung von du Guesclins Worten hörte. Doch zu ihrem Ärger hörte niemand auf sie. Hedwig packte sie am Arm und erinnerte sie daran, dass sie noch kein eigenes Schlafquartier gefunden hatten. In der Nacht noch nach etwas Passendem zu suchen, war zu gefährlich, und so hüllte die Gruppe sich in der Nähe eines Lagerfeuers in ihre Pelerinen und nächtigte unter freiem Himmel. Dabei musste Tilla Blanche regelrecht einfangen, denn das Mädchen wollte sich zu Starrheim legen und ihn über die Anmaßung seines früheren Freundes hinwegtrösten. Mehr denn je bedauerte Tilla, dass sie sich um Graf Gastons Mündel kümmern musste, denn sie hatte mit sich und ihren eigenen Sorgen wahrlich genug zu tun.

VIII.

Während du Guesclins Heer weiterzog, um sich den Truppen anzuschließen, die Heinrich von Trastamara aufgestellt hatte, und Aymer de Saltilieu mit etwas mehr als zweitausend Mann zurückblieb, um den Engländern den Weg zu verlegen oder sie wenigstens daran zu hindern, entscheidend in den Kampf um Kastilien einzugreifen, wurde die arg geschmolzene Pilgergruppe nach Puente la Reina gebracht. Dort übergaben sie ihr Pilgerkreuz, das sie von Ulm bis an diese Stelle getragen hatten, den Mönchen des Klosters, in dem sie bis zur Rückkehr ihrer Freunde bleiben sollten, mit der Bitte, es für sie bis zu dem Tag aufzubewahren, an dem sie weiterziehen würden.
Die Stimmung der einzelnen Mitglieder war unterschiedlich,

doch keiner von ihnen gab sich der reinen Freude hin, endlich den müden Füßen Ruhe gönnen zu können. Tilla, die ihren eigenen Gedanken nachhing, sonderte sich bald von den anderen ab, setzte sich tagsüber auf den Rand der Brücke über den Fluss Arga, die dem Ort den Namen verliehen hatte, und starrte auf das rasch fließende Wasser hinab.

Sie fühlte sich müde und zerschlagen und kämpfte mit dem Gefühl, dass Santiago ein allzu fernes Ziel zu sein schien, welches sie wohl nie erreichen würde. Außerdem vermisste sie Sebastian mehr, als sie es sich selbst eingestehen wollte, und in ihre Sorgen verstrickt kümmerte sie sich kaum um ihre Begleiter.

Von Ambros wusste sie nur, dass er den Mönchen angeboten hatte, einige ihrer heiligen Gerätschaften zu reparieren, die durch das oftmalige Verstecken vor durchziehenden Heeren arg gelitten hatten. Vater Thomas weilte als geehrter Gast beim Abt des Klosters, während Blanche die meiste Zeit in der Kirche verbrachte, um zu beten. Tilla nahm an, dass sie Gott und die Heiligen bat, sich Starrheims anzunehmen. Nachdem dessen Braut sich mit Philippe de Saint Vith vermählt hatte, stand es dem Habsburger-Spross frei, sich eine andere Gemahlin zu suchen, und Blanche betete wohl auch darum, dass das Auge des jungen Edelmanns auf sie fiel. Wohl zählte sie erst vierzehn Jahre, doch in ihren Kreisen wurden oft noch jüngere Mädchen ins Brautbett geleitet.

Tilla war mit Blanche nicht so warm geworden, dass sie ihr aus vollem Herzen Glück wünschte, zumal sie selbst um Sebastian bangte. Zwar wusste sie nicht, ob er sich etwas aus ihr machte, und konnte sich auch nicht vorstellen, wie es mit ihr und ihm weitergehen sollte. Wenn sie zusammenkamen, würden sie ihren Erbteil von Otfried erstreiten müssen, und das machte ihr Angst. Immerhin hatte er den Vater getötet und würde auch vor einem weiteren Verbrechen nicht zurückschrecken. Sebastian war zwar ein mutiger Bursche, doch glaubte sie nicht, dass er Otfrieds Schlichen gewachsen war. Vielleicht war es wirklich das Beste, darauf zu hoffen, dass Sebastian mit reicher Beute aus dem Krieg zurückkehrte. Dann würde es ihnen möglich sein, in einer fremden Stadt neu zu beginnen. Bei dem Gedanken wurde sie an Olivia und deren Prophezeiung erinnert. Die weise Frau musste tief in ihr Herz hineingesehen und dabei Gefühle entdeckt haben, derer sie sich selbst noch nicht bewusst gewesen war.

Einige Tage lang quälte Tilla sich mit den immer gleichen Überlegungen und spürte allmählich, dass ihre Gedanken sich im Kreis drehten. Um sich nicht in ihren Sorgen und Ängsten zu verlieren, richtete sie ihr Augenmerk wieder auf die anderen Mitglieder ihrer Gruppe. Hedwig schien zufrieden zu sein, hier ausruhen zu können, und brauchte sie ebenso wenig wie die meisten anderen. Renata aber sonderte sich immer mehr von der Gruppe ab. Wenn sie sich unbeobachtet glaubte, arbeitete es heftig in ihrem Gesicht, und sie schlug sich mit den Fäusten gegen die Brust. Trat jedoch einer auf sie zu, tat sie so, als wäre nichts geschehen.

Tilla beobachtete sie eine Weile und folgte ihr, als sie wieder einmal hastig die Kammer verließ, die man ihnen im Gästetrakt zugewiesen hatte. Renata eilte zum Río Arga und schlüpfte dort ins Gebüsch. Als Tilla dort ankam, sah sie, dass Renata am Ufer des Flusses kauerte und ihr Frühstück von sich gab.

»Was ist mit dir?«, rief Tilla erschrocken.

Renata hob mit Mühe den Kopf und blickte sie an wie ein Reh, das den Pfeil des Jägers bereits im Leibe spürt. Dann spuckte sie das Erbrochene aus, das sich in ihrem Mund angesammelt hatte, und schüttelte so heftig den Kopf, dass ihre Haube abfiel und die Haare aufstoben.

»Ich bin schwanger, verstehst du? In mir wächst ein Kind. Ich war fast fünfzehn Jahre verheiratet, ohne dass es geschah, obwohl mein Mann und ich es uns so sehr gewünscht hatten. Doch als mich die Söldner erwischt und beinahe zuschanden geritten haben, hat mir einer von ihnen dieses neue Leben eingepflanzt – und das kann ich jetzt ebenso gut gebrauchen wie die Seuche.«

Obwohl Renata ihre Stimme im Zaum hielt, war ihre Verzweiflung ebenso deutlich zu hören wie zu sehen. Da ihr Magen sich beruhigt hatte, spülte die Frau ihren Mund aus und klammerte sich verzweifelt an Tilla. »Sie werden mir zu Hause nicht glauben, weder mein Bruder noch meine Schwäger! Sie werden sagen, ich wäre zu geilen Kerlen unter die Decke gekrochen und hätte auf diese Art und Weise empfangen. Mein Bruder und sein Sohn werden es als Grund vorschieben, mir das Erbe vorzuenthalten, welches ich noch zu erhalten habe, und mich mit Ruten aus der Stadt treiben lassen, weil ich während der Pilgerfahrt gesündigt hätte. Doch ehe ich über die Straßen ziehe und mich für ein Stück Brot oder eine Münze unter irgendeinen stinkenden Bock lege, gehe ich ins Wasser.«

Da Renata so aussah, als würde sie sich am liebsten gleich umbringen, war Tilla froh, dass der Río Arga jetzt im beginnenden Herbst nur wenig Wasser führte. Sie hätte sonst nicht gewusst, wie sie die unglückliche Frau von ihrer Verzweiflungstat hätte abbringen können. Gleichzeitig fühlte sie, wie eine eiskalte Hand über ihren Rücken strich. Auch sie hätte durchaus schwanger werden können, als Aymer de Saltilieu leibliche Dienste von ihr gefordert hatte. Nur hätte sie dieses Kind in der Heimat als das ihres Ehemanns ausgeben können. Bei ihrer Rückkehr wäre es nicht mehr möglich gewesen, zu erkennen, ob das Kind nun neun Monate nach ihrer erzwun-

genen Hochzeitsnacht geboren worden war oder ein paar Wochen später.
Einen Augenblick lang erwog sie, Renata vorzuschlagen, ihr das Ungeborene zu überlassen, wenn sie damit niedergekommen war, um es als Kind von Veit Gürtler auszugeben. Dann aber schüttelte sie den Kopf. Bei allem Hass und der Verachtung, die sie für die Böhdinger-Sippe und die Schwestern ihres toten Mannes empfand, wollte sie nicht so weit sinken, ihnen ein völlig fremdes Kind als Neffen unterzuschieben. Der Gedanke, dass ein Kind Aymer de Saltilieus für Veit Gürtlers Verwandte ebenfalls fremd gewesen wäre, löste ein gewisses Schuldgefühl in ihr aus. Doch das hätte sie tun müssen, um sich selbst und ihren Ruf zu retten. Noch während sie über die Unlösbarkeit dieses Problems nachdachte, schob sich eine weitere Gestalt durch die Büsche.
Tilla und Renata drehten sich um und sahen Peter auf sich zukommen. Sein spitz zulaufendes Gesicht wirkte unsicher und er knetete seinen Pilgerhut mit den Händen. »Verzeih, Renata!«, begann er mit leiser und fast tonloser Stimme. »Ich bin euch beiden gefolgt und habe gehört, was du eben gesagt hast.«
Während Renatas Gesicht einen schroffen und abweisenden Ausdruck annahm, kam Peter näher und blieb mit gesenktem Kopf vor ihr stehen. »Bitte sei mir nicht böse, aber ich habe mir Sorgen um dich gemacht, weil du dich seit ein paar Tagen ganz anders verhältst als sonst. Ich hatte schon Angst, du wärst krank, und nun bin ich sehr froh, dass dies nicht der Fall ist.«
»Du magst ja froh sein, doch ich bin es gewiss nicht!« Renata wollte sich abwenden, doch da fasste Peter nach ihrer Hand.
»Ich weiß, ich mache nicht viel her und bin eigentlich auch nur ein schrulliger Kerl, den keiner gern haben kann. Aber …« Er versuchte zu lächeln. »Weißt du, ich mag dich und ich schulde

dir so viel. Jede andere Frau in deiner Lage wäre uns damals gefolgt und hätte uns die Söldner auf den Hals gehetzt. Du aber hast gewusst, was sie mit dir machen würden, und bist dennoch in eine andere Richtung gelaufen. Damit hast du uns allen das Leben gerettet, und das werde ich dir niemals vergessen. Seit jenem Tag habe ich dir immer schon sagen wollen, wie sehr ich dich dafür verehre, aber ich hatte Angst davor, denn eine Frau wie du hat doch ganz andere Möglichkeiten als so eine traurige Gestalt wie mich. Aber wenn du …« Er schluckte und sah sie dann aus großen Augen an. »Ich würde gerne das Kindlein mit dir zusammen aufziehen und ihm der Vater sein, den es sich wünscht.«
Tilla starrte den kleinen, schmalen Mann an, als sähe sie ihn zum ersten Mal, und Renata wirkte nicht weniger verblüfft. Irritiert musterte sie Peter von Kopf bis Fuß und rieb sich über die Stirn. »Du hast wohl zu viel von dem Wein getrunken, den die Mönche ausschenken?« Ihre Stimme klang jedoch alles andere als schroff. Sie schüttelte den Kopf und deutete dann auf ihren Bauch, dem man die Schwangerschaft noch nicht ansehen konnte. »Du würdest mich trotzdem heiraten wollen?«
»Und sagen, dass es mein Kind ist! Weißt du, ich habe nie geheiratet, sondern immer nur zugesehen, wie ich Geld scheffeln konnte. Ich habe mich auch nicht wegen eines frommen Gelübdes auf diese Pilgerschaft begeben, sondern weil ich viel Geld dafür erhalten habe. Doch jetzt spüre ich die Angst vor der Einsamkeit des Alters, und wenn ich dich und das Kleine hätte, würde es mir leichter werden. Und ganz so alt, wie ich vielleicht aussehen mag, bin ich doch noch nicht.«
Renata nickte unbewusst mit dem Kopf. »Du bist fünf, vielleicht auch sieben Jahre älter als ich. Das ist keine große Zeit-

spanne. Ich kenne Männer, die doppelt so alt sind wie ihre Frauen. Aber bist du dir wirklich sicher?«

Während Peter eifrig nickte, wischte Renata sich erneut über die Stirn. »Es mag hingehen, aber wir werden es Vater Thomas sagen müssen. Ich will nicht, dass er einen falschen Verdacht gegen uns hegt.«

»Du nimmst mich also?« Peter sah so glücklich aus, wie Tilla ihn noch nie gesehen hatte. Mit dem Gefühl, hier überflüssig zu sein, zog sie sich zurück und dankte Gott dem Herrn und der Heiligen Jungfrau, dass diese beiden Menschen sich gefunden hatten.

IX.

Vater Thomas nahm Renatas und Peters Entschluss zu heiraten besser auf, als sie erwartet hatten. Er sprach selbst den Trausegen und erwirkte für sie die Erlaubnis, in einem dem Kloster gehörenden Häuschen als Mann und Frau zusammenzuleben, solange Renatas Zustand dies zuließ. Die anderen wunderten sich ein wenig darüber, da auf der Pilgerreise doch Frömmigkeit und enthaltsames Leben gewünscht wurden, doch in Thomas' Augen war dies wichtig, damit sie Vertrauen zueinander fassten und Peter vor aller Welt als Vater des ungeborenen Kindes gelten konnte. Den beiden schien es zu gefallen, denn Renata wirkte glücklicher als jemals zuvor auf der Reise und Peter schien mit jedem Tag und vor allem mit jeder Nacht, die sie miteinander verbrachten, zu wachsen.

Die einzige Person, die sich nur schwer mit den neuen Verhältnissen anfreunden konnte, war Anna. Renatas Schwester war von der Heirat völlig überrascht worden und nahm sie den beiden übel. Bisher war sie die wichtigste Person im Leben ihrer

Schwester gewesen, und während der vom Vater arrangierten Ehen hatten sie in direkt nebeneinander liegenden Häusern gewohnt. Nun hatte sich ein Fremder zwischen sie und Renata geschoben. Dies trennte die Schwestern umso stärker, da auch Anna nichts von Renatas Schwangerschaft erfahren hatte. Vater Thomas hatte dem frisch gebackenen Ehepaar nämlich geraten, die Schwester nicht einzuweihen, sondern auch ihr gegenüber so zu tun, als wäre das Ungeborene ihr gemeinsames Kind. Anna war zwar eine herzensgute Frau, doch Verschwiegenheit zählte nicht zu ihren Stärken.

Während ihre Schwester sich beleidigt zurückzog, schloss Renata sich in den folgenden Tagen immer mehr Tilla an. Meist setzten sie sich auf das gemauerte Brückengeländer und beobachteten Pilger und andere Reisende, die ihrer Wege gingen.

Dort sah Renata Tilla eines Morgens fast übermütig lächelnd an. »Ich hätte nicht geglaubt, dass ich nach den Erfahrungen in Frankreich noch einmal mit Freude bei einem Mann liegen könnte. Aber Peter ist ein sanfter Mensch und behandelt mich, als bestände ich aus Glas. Ich muss ihn direkt überreden, ein wenig kühner vorzugehen.« Sie seufzte, jedoch nicht aus Kummer, sondern weil diese schöne Zeit in wenigen Monaten vorbei sein würde.

Tilla begriff, dass Renata sich nach der körperlichen Nähe ihres Mannes sehnte, und fragte sich, ob es ihr und Sebastian wohl ähnlich ergehen würde. Eine Weile hatte sie sich vorgestellt, wie es sein mochte, wenn sie als Mann und Frau zusammenlebten. Nun aber fürchtete sie, dass sie sich etwas vorgemacht hatte. Ihr vieles Grübeln hatte sie zu der Überzeugung gebracht, dass er nichts an ihr fand. Als junger Bursche hatte er ihr deutlich klargemacht, um wie viel mehr Busen eine Frau haben müsse, um sein Interesse zu wecken, von den Hüften ganz zu schweigen. Tilla erinnerte sich, wie er der Magd der Bäckersleute nachgestiert hatte, deren Hintern mindestens doppelt so breit gewesen war wie der ihre.

Mit einem Mal räusperte Renate sich, und Tilla begriff, dass ihre Begleiterin eine Antwort erwartete. »Es freut mich, dass du mit Peter so gut zurande kommst. Ich glaube, er liebt dich wirklich sehr.«

»Er ist viele Jahre nur dem Geld nachgejagt und hat dabei ganz vergessen, dass er sein Dingelchen zwischen den Beinen auch zu etwas anderem benützen kann als zum Wasserlassen. Jetzt weiß er es und ich glaube, ich werde scharf auf ihn aufpassen müssen, damit er nicht zu den Huren rennt, wenn mein Bauch gar zu dick werden sollte. Weißt du, wie lange vorher man aufhören sollte?«

»Was meinst du mit Aufhören? Ach so, damit! Ich glaube, da solltest du besser Hedwig fragen. Die hat schon Kinder geboren und weiß über diese Sache Bescheid.« Tilla seufzte, denn Renata wurde ihr ein wenig zu frivol. Wahrscheinlich nahm sie an, dass Tilla als Witwe sowohl das Wissen hatte wie auch das Interesse für das aufbringen würde, was sie und Peter im Ehebett trieben.

Aus diesem Grund war Tilla im ersten Moment erleichtert, als einer der Mönche mit wehender Kutte auf sie zurannte und schon von weitem schrie: »Soldaten! Sie marschieren die Straße von Pamplona herab. Kommt besser in die Kirche, denn wenn sie euch hier sehen, kann es euch schlecht ergehen!«

Renata verließ sofort ihren Platz und eilte auf das Kloster zu. Tilla folgte ihr etwas langsamer und hielt dabei nach der Truppe Ausschau, bei der es sich wahrscheinlich um die erwarteten Engländer handelte. Aber es war auch möglich, dass Karl von

Navarra sich entschlossen hatte, auf einer der verfeindeten Seiten in den Krieg einzutreten.

Als der Heerzug Puente la Reina erreichte, befand Tilla sich bereits hinter den schützenden Wänden des Klosters und konnte die Soldaten zusammen mit Renata und Blanche von einem Fenster aus ungefährdet beobachten. Die Männer marschierten rasch und warfen dem Kloster nur einen beiläufigen Blick zu. Auch scherte keiner aus, um Beute zu machen oder auch nur ein Huhn zu rauben. Es waren kräftige Kerle, die zumeist in rotbraunen Kitteln steckten. Einige trugen leichte Kettenhemden, andere nur ein gestepptes Wams oder einen Brustpanzer aus gehärtetem Leder, aber fast alle besaßen Helme, zumeist einfache Eisenhüte mit abstehenden Rändern ohne Federn und Zier. Als sie näher kamen, entdeckte Tilla, dass sie ein rotes Kreuz auf ihre Ausrüstung genäht oder gemalt hatten.

»Das ist das Zeichen der Engländer. Franzosen würden ein weißes Kreuz tragen.« Ein Mönch war an Tillas Seite getreten, spähte ebenfalls ins Freie und schien sich zu freuen, dass er sein Wissen mit jemand teilen konnte. Nun wies er auf eine Reihe recht einfach gekleideter Soldaten, von denen höchstens die Hälfte Helme besaß. Als Waffe schien ihnen nur ein langer Dolch zu dienen, und alle trugen einen schmalen Gegenstand in einem ledernen Futteral auf dem Rücken.

»Das sind die Langbogenschützen, die den Franzosen bereits große Opfer abverlangt haben. Ihre Pfeile reichen weit und zerschlagen jedes Kettenhemd.«

»Haben sich die französischen Ritter deshalb eiserne Platten vor die Brust geschnallt?«, wollte Tilla wissen.

Der Mönch nickte. »Ja! Sie sind zu Schildkröten geworden, um von den englischen Hornissen nicht gestochen zu werden.«

Bei dem Gedanken, dass Sebastian diesen fürchterlichen Waffen gegenüberstehen würde, schauderte Tilla und sie starrte auf die Engländer, als könne sie diese allein durch ihren Willen schwächen. Es waren weniger Ritter darunter als bei den Franzosen, und die Gesamtzahl dieses Heeres schien ebenfalls kleiner zu sein, als man in Bertrand du Guesclins Lager geschätzt hatte. Selbst die Ausrüstung wirkte den siegessicheren Mienen der Männer zum Trotz eher karg. Sie hatten keine Kanonen dabei, und die Fußknechte vermochten nicht ihr gesamtes Gepäck auf Bagagewagen laden, wie es im Heer des französischen Anführers der Fall war.

Diese Erkenntnis erleichterte Tillas Herz ein wenig. »Glaubt Ihr wirklich, dass die Franzosen sich viele Sorgen wegen dieser Leute da machen müssen?«

»Es kommt nicht auf die Zahl der Krieger an, sondern auf den Geist, der sie antreibt. Die Engländer haben unter ihrem Prinzen Eduard viele Schlachten gewonnen und erst im letzten Jahr Heinrich von Trastamara und die mit ihm verbündeten Franzosen besiegt. Jetzt sind sie fest überzeugt, dies wiederholen zu können.«

»Das will ich nicht hoffen!«, stieß Tilla erschrocken aus.

»Schlägt dein Herz für die Franzosen?« Der Mönch war ein Baske aus Navarra und schien seinem Tonfall und seiner Miene zufolge auf Seiten der Engländer zu stehen.

»Es schlägt für keine Seite. Aber ich habe Angst um meine Freunde, die von du Guesclin dazu überredet wurden, in seinem Heer zu kämpfen.« Tilla seufzte und wies auf eine Gruppe von Mönchen, die den Engländern von draußen aus zusahen. »Haben deine Freunde denn keine Angst vor den Soldaten?«

»Wären es Franzosen, müssten sie sie fürchten. Die Engländer werden streng bestraft, wenn sie ohne Befehl plündern und marodieren, während die französischen Soldaten weder Freund noch Feind schonen. Viele der französischen Söldner haben sich, als sie wegen des Waffenstillstands zwischen den beiden Reichen nicht mehr gebraucht wurden, zusammengerottet und Teile des Landes wie Heuschrecken heimgesucht.«

Tilla dachte an den Tag, an dem ihre Gruppe ein Opfer dieser Marodeure geworden war, und ihr lief es kalt den Rücken herab. Nun war sie froh, disziplinierte Engländer vor sich zu sehen, auch wenn sie aus ihrer Sicht Feinde waren.

Der Mönch fühlte sich bemüßigt, ihr mehr über den schon seit drei Jahrzehnten schwelenden und immer wieder aufflammenden Konflikt zwischen den Engländern und Franzosen zu erzählen, der nur deswegen ausgebrochen war, weil der englische König ebenso ein Anrecht auf die Krone Frankreichs zu haben glaubte wie das französische Adelsgeschlecht der Valois. Seine Erzählung glich der jener Kölner Pilger, die Vater Thomas in Roncevalles von den Verhältnissen im Norden Spaniens berichtet hatten, und doch hörte sie sich in großen Teilen anders an. Zuletzt ließ er sich bedauernd über die Tatsache aus, dass die Engländer nur ein recht kleines Kontingent an Soldaten gesandt hatten, um dem König von Kastilien beizustehen.

»Prinz Eduard ist König Pedro immer noch gram, weil dieser ihn im letzten Jahr um die versprochenen Soldgelder betrogen hat. Aus diesem Grund hat er sich diesmal geweigert, Krieger zu schicken.«

Tilla runzelte die Stirn. »Aber das da sind doch Engländer!«

»Ja, aber keine Männer des Prinzen Eduard, sondern die seines Bruders, des Herzogs von Lancaster. Der ist mit einer Tochter König Pedros verheiratet und hegt die Hoffnung, dessen Thron erben zu können. Die Männer, die dort vorbeiziehen, muss er aus seiner Privatschatulle bezahlen. Sein Vater, der König, und sein Bruder geben ihm nichts dazu.«

Tilla verbarg vor ihm, wie froh sie über diese Tatsache war, und betete zu Gott, dass Sebastian gesund und heil aus diesem Krieg zurückkehren würde. Er war ein Narr gewesen, sich auf diese Sache einzulassen. Andererseits verstand sie ihn. Wenn er nicht für immer der Knecht seines Bruders bleiben wollte, musste er sich etwas Eigenes schaffen, und dies ließ sich in diesen harten Zeiten nur mit Hilfe von Beutegut verwirklichen.

X.

Es dauerte einige Augenblicke, bis Otfried Willinger in den beiden Männern, die sonnenverbrannt wie Bauern auf ihn zukamen, seine Emissäre erkannte, die er hinter Tilla hergeschickt hatte. Ihre Gesichter wirkten ernst, als hätten sie nichts Gutes zu verkünden, doch das bereitete Otfried kein Kopfzerbrechen mehr. Seine Stellung in der Stadt war inzwischen unangefochten, und jeder, der es wagte, nur ein Wort gegen ihn zu sagen, fand sich im Kerker wieder.

Anton Schrimpp schluckte und überließ es Rigobert Böhdinger, Otfried ihre Nachricht zu überbringen, denn dieser hatte sich während ihrer Monate dauernden Irrfahrt durch die deutschen Lande und Südfrankreich als der eigentliche Anführer erwiesen.

Rigobert nahm seinen Hut ab und senkte den Kopf. »Es tut mir leid, Otfried, doch wir haben Tilla nicht rechtzeitig finden können. Um es offen zu sagen: Es gab lange Zeit keine Spur von ihr. Wir haben bis nach Le Puy und noch darüber hinaus alle Straßen und heiligen Stätten abgesucht, bis uns ein völlig verstörter Pilger über den Weg gelaufen ist, dem wir schon einmal begegnet waren. Er hat uns wiedererkannt und uns erzählt, dass er einem grauenhaften Gemetzel entkommen ist. Deine Schwester hatte sich seiner Gruppe angeschlossen und ist wie seine anderen Kameraden rebellierenden Söldnern der schwarzen Kompanien in die Hände geraten. Die Kerle haben den Frauen Unsägliches angetan und sie dann ermordet. Der Mann, von dem wir die Nachricht von Tillas Tod erfahren haben, konnte den Marodeuren als Einziger entkommen.«

»Natürlich wollten wir schauen, ob wir ihre sterblichen Überreste finden und begraben könnten, doch die Kerle waren noch in der Gegend. Daher war uns auch das verwehrt.« Anton Schrimpp log, denn in Wahrheit hatte er darauf gedrungen, den gefährdeten Landstrich so rasch wie möglich zu verlassen. Aber er wollte nicht als Feigling dastehen.

Otfried ging mit keinem Wort auf Tillas Schicksal ein, sondern fragte nur: »Wo ist die Schatulle?«

Rigobert Böhdinger zuckte mit den Schultern. »Die haben die Franzosen erbeutet. Sie haben sie wohl aufgebrochen, das Gold herausgenommen, falls welches darin war, und den Rest weggeworfen.«

Diese Nachricht musste Otfried verarbeiten. Daher erschien es ihm besser, erst einmal Trauer zu heucheln. Mit einem Aufschluchzen zog er Rigobert in die Arme. »So müssen wir nun beide um eine Schwester trauern. Tilla starb in der Ferne und Radegund, mein Weib …« Er stöhnte auf und wischte sich mit dem Handrücken über die Augen.

Rigobert starrte ihn entgeistert an. »Was ist mit meiner Schwester?«

»Ein Blutsturz in der Nacht an der Stelle, die nur Frauen zu eigen ist. Sie lag am nächsten Morgen tot neben mir, und mit ihr habe ich unser ungeborenes Kind verloren.« Otfried schien am Boden zerstört zu sein, aber es bereitete ihm durchaus Mühe,

Trauer zu heucheln. Sein Schmerz über den Verlust seiner Frau hielt sich in Grenzen, denn Radegunds Tod eröffnete ihm Möglichkeiten, die ein halbes Jahr zuvor jenseits seiner Vorstellungskraft gelegen hätten. Sein bayerischer Verbündeter Georg von Kadelburg hatte eine verwitwete Schwester und um diese wollte er sich nach Ablauf der Trauerzeit bemühen.

Rigobert, dem seine Schwester als schüchternes Ding in Erinnerung geblieben war, welches sich unter jedem lauten Wort geduckt hatte, brach in Tränen aus, denn er hatte das Mädchen auf seine Weise gern gehabt und sich als ihr Beschützer gefühlt. Sie auf diese Weise verloren zu haben, traf ihn stärker, als er es erwartet hätte. Erschüttert hob er die Faust zum Himmel und klagte Gott ob dieser Ungerechtigkeit an.

Otfried hörte ihm mit scheinbar großem Mitgefühl zu und lotste ihn dabei zur Tür hinaus, denn es drängte ihn, mit Anton Schrimpp zu sprechen. Dieser folgte ihnen jedoch ins Freie und verabschiedete sich mit einem etwas kläglichen Grinsen. »Ich will euch in eurer Trauer nicht stören. Außerdem möchte ich endlich nach Hause. Mein Vater dürfte sich freuen, mich unversehrt wiederzusehen.« Ohne auf Otfrieds verärgerte Miene zu achten, drehte er sich um und verschwand.

Rigobert Böhdinger hob stumm die Hand zum Gruß und ging mit müden Schritten in Richtung Gürtler-Haus. Dabei war er so sehr in seine trüben Gedanken verstrickt, dass er durch die schlimmen Gassen ging und nicht einmal den Gestank wahrnahm, der von dem Unrat aufstieg.

Da seine Freunde ihn so schnell verlassen hatten, wollte Otfried vergrätzt ins Haus zurückkehren, sah dann aber Lenz Gassner auf sich zukommen. Der Stadtarzt wirkte unsicher, so als wisse er nicht, ob er ihn ansprechen solle oder nicht. Während der Krankheit des alten Willingers war er mindestens einmal am

Tag in dessen Haus gerufen worden, doch inzwischen hatte sich in Tremmlingen so viel geändert, dass es ihm vorkam, als sei er schon seit Jahren nicht mehr hier gewesen. Nun war Otfried Willinger der unumschränkte Herr der Stadt und fast jedermann glaubte den Gerüchten, er hätte Verbindungen zu den Wittelsbachern.

Der Arzt hatte sich zeit seines Lebens von der Politik ferngehalten, denn sein Ansehen war zu gering, um seiner Stimme in einer Stadt, die von alten Patriziergeschlechtern beherrscht wurde, Gewicht zu verleihen. Ob dies auch in Zukunft so sein würde, wusste er nicht zu sagen. Otfrieds Stellung war mächtiger als die des alten Bürgermeisters, und die meisten buckelten vor ihm, weil sie Angst vor seinen Söldnern hatten, die im ehemaligen Laux-Anwesen hausten und die Einwohner drangsalierten.

»Was willst du?« Otfried merkte, dass der Arzt etwas auf dem Herzen hatte, und war nicht gewillt zu warten, bis dieser den Mund aufmachte.

Gassner schluckte mehrmals und näherte dann seinen Mund Otfrieds Ohr. »Ich muss mit dir, äh, Euch sprechen, Herr. Aber ohne Zeugen!«

Otfried hob die Augenbrauen und zog ihn in den Flur. »Was gibt es denn jetzt schon wieder?«

»Es geht um Eure verstorbene Gattin! Ich habe den Verdacht, sie könnte vergiftet worden sein.«

»Was sagst du da?«

Der Arzt knetete nervös die Hände. »Nun, es ist so: Ich habe bereits beim Tod Eures Schwagers gewisse Anhaltspunkte für eine Vergiftung gefunden, doch damals war ich mir nicht sicher genug, um einen Verdacht äußern zu wollen. Bei Eurem Weib waren die Anzeichen jedoch unübersehbar. Ich wollte aber nicht vor Eurem Gesinde davon sprechen, um keine Gerüchte in die Welt zu setzen, sondern vertraulich mit Euch reden.«

»Das war gut so!« Otfried nickte dem Arzt zu, während seine Gedanken gleichzeitig einen wirren Tanz aufführten. Wenn Gassners Verdacht stimmte, gab es einen Mörder in der Stadt. Nein, nicht in der Stadt, sondern in meinem eigenen Haus, korrigierte er sich. Vor seinem inneren Auge tauchten die Szenen seiner Hochzeit und die seiner Schwester auf. Damals hatte Ilga seiner Braut einen Becher mit rotem Wein gereicht. Den aber hatte Veit Gürtler geleert, kurz bevor er gegangen war. Noch in der gleichen Nacht war sein Schwager gestorben, und jetzt war Gürtlers Nichte tot – ermordet worden, wenn der Arzt Recht hatte. Seine Gedanken glitten noch weiter zurück, zu einigen unbedachten Worten, die jenen Mord ausgelöst haben konnten, und zu der Person, die diese zum Anlass genommen haben musste, seine Frau zu vergiften. Sein Gesicht nahm einen harten Ausdruck an und er fixierte den Arzt mit seinem Blick.

»Ich werde deinem Verdacht nachgehen, Gassner. Du aber schweigst vor allen Leuten, verstanden?«

Der Arzt nickte und verabschiedete sich mit einer Miene, die verriet, wie froh er war, aus Otfrieds Nähe zu kommen. Willinger wartete, bis der Arzt sein Haus verlassen hatte, und überlegte sich seine nächsten Schritte. Als er an der Küche vorbeikam und durch die offene Tür die alte Ria und Ilga entdeckte, breitete sich ein böses Lächeln auf seinen Lippen aus. Nicht zum ersten Mal beglückwünschte er sich zu der Tatsache, die Anweisung seines Vaters, die das Gesinde die meiste Zeit aus dem Haupthaus fernhielt, nicht widerrufen und sich nicht mit Dienstpersonal umgeben zu haben. Vor so vielen Augen und Ohren wie im Gürtler-Haus ließ sich nämlich kaum etwas geheimhalten. Aus diesem Grund befand sich außer ihm und den beiden Mägden niemand in diesem Teil des Anwesens, und das gedachte er auszunützen.

Ilga machte es ihm leicht, denn als sie seinen Schatten in der Tür entdeckte, drückte sie Ria den Kochlöffel in die Hand und erklärte, sie müsse rasch etwas anderes erledigen. Noch während die Alte verwundert mit dem Kopf wackelte, schlüpfte sie hinaus und blieb vor Otfried stehen.

»Verlangt es Euch nach mir, Herr?« Sie sprach leise, damit es Ria nicht hören konnte. Radegund war nun schon einige Tage tot und Otfried hatte sich seitdem nicht mehr als Mann beweisen können. Wahrscheinlich würde er deswegen besonders heftig zu Werke gehen, aber Ilga hoffte, dass sie durch ihre Bereitwilligkeit endlich zum Ziel kam. Daher huschte sie an ihm vorbei zur Kontortür und blieb erwartungsvoll dort stehen.

Ilgas triumphierender Blick, fand Otfried, glich jenem, mit dem sie Radegund bei der Hochzeit den Trank gereicht hatte. Aber statt seiner frisch angetrauten Frau hatte sie Veit Gürtler mit dem Gift gefällt und ihm damit den Weg an die Spitze der Stadt geebnet. Dafür müsste er ihr eigentlich dankbar sein.

Er strich ihr beinahe zärtlich über die Wange und erwiderte ihr Lächeln. »Nein, nicht ins Kontor! Wir gehen nach oben!«

Ilga nickte eifrig, denn sie war froh, diesmal nicht die eisernen Beschläge der Geldtruhe im Rücken spüren zu müssen. Wie es aussah, wollte Otfried sie endlich in sein Bett mitnehmen, und das schien ihr das erlösende Zeichen zu sein. Nun konnte es nicht mehr lange dauern, bis er sein Versprechen einlöste, sie nach Radegunds Tod zu seinem angetrauten Eheweib zu machen.

Etwas enttäuscht bemerkte sie, dass er an den Türen der Schlafkammern vorbeiging und die Treppe zum Speicher nahm. Als Otfrieds Vater noch gesund gewesen war, hatten sie sich dort oben getroffen und es miteinander getrieben. Es war auf alle Fälle bequemer als die Truhe im Kontor, die Otfried zuletzt vorgezogen hatte, sagte sie sich und folgte ihm, ohne ihre Enttäuschung zu zeigen.

Otfried blieb oben neben der schmalen Treppe stehen und ließ Ilga an sich vorbeigehen. Dann schloss er die Falltür und deutete auf einen abgetrennten Teil des Speichers, in dem alte Möbel und nicht mehr gebrauchter Hausrat aufbewahrt wurden. Dort, jenseits der Fässer und der Kisten mit den wertvollen Waren, befand sich ihr ehemaliges Liebesnest.

Da Ilga erwartungsvoll vor ihm hertänzelte, sah sie nicht, dass er einen der gut daumendicken Stricke aufnahm, mit denen die Knechte die Waren hochhievten, und ihn hinter seinem Rücken versteckte. Als er zu ihr aufschloss, stand sie bereits neben dem alten Bett, das sie früher öfters benützt hatten.

»Soll ich die Decken ausschütteln? Sonst wird es stauben, wenn Ihr heftig zu Werke geht«, sagte sie, während sie aus ihrem Kleid schlüpfte und zwei prachtvolle Brüste sehen ließ. Da Otfried nicht antwortete, trat sie unter das kleine Dachfenster, damit er sehen konnte, was er an ihr hatte.

Willinger spürte, wie es sich unter seiner Bruche spannte, und erwog einen Augenblick lang, die Frau vorher noch zu benutzen. Doch dann schüttelte er diese Anwandlung mit einer heftigen Kopfbewegung ab und trat hinter sie.

Ilga glaubte, er wolle sie auf diese Weise nehmen, und reckte ihm ihr Hinterteil herausfordernd entgegen. Bevor sie begriff, was mit ihr geschah, hatte er ihr den Strick um den Hals geworfen und zog ihn mit voller Kraft zu. Einige Augenblicke versuchte sie, das Seil mit den Händen wegzuzerren, dann schüttelten Krämpfe ihren Körper und kurz darauf sackte sie leblos in sich zusammen.

Otfried ließ sie fallen wie eine faulige Frucht und blickte mit einem Gefühl des Ekels auf sie hinab. Dann atmete er ein paarmal tief durch, knüpfte eine Schlinge und streifte sie der Toten über den Kopf. Das andere Ende warf er über einen der Querbalken, die das Dachgebälk trugen. Mit einer Kraftanstrengung, die ihm den Schweiß auf die Stirn trieb, zog er den Leichnam hoch, bis die Füße frei in der Luft schwangen, und schlang den Strick um einen Pfosten. Zuletzt suchte er noch einen alten Schemel aus dem herumliegenden Gerümpel heraus und legte ihn so neben die Gehängte, als hätte sie ihn selbst umgestoßen.

Als er zurücktrat und sein Werk begutachtete, sah es so aus, als habe die Magd sich in geistiger Umnachtung nackt ausgezogen und dann Selbstmord begangen. Zufrieden mit sich kehrte Otfried ihr den Rücken, schloss leise die Falltür und schlich die Treppen hinab. Kurz entschlossen verließ er das Haus, denn er wollte nicht daheim angetroffen werden, wenn die Tote gefunden wurde.

XI.

Etwa zu der Zeit, in der Ilgas hochfliegende Träume ein jähes Ende fanden, erreichte Rigobert Böhdinger das Gürtler-Anwesen. Der Pförtner erkannte ihn zunächst nicht und fragte ihn nach seinem Begehr. Erst in dem Augenblick wurde Rigobert sich seiner Umgebung bewusst. Er hob den Kopf und fuhr den Mann an: »Siehst du nicht, dass ich es bin?«

Erstaunen zeichnete sich auf dem Gesicht des Knechts ab. »Der junge Herr! Seid Ihr aber lange ausgeblieben!«

»Jetzt bin ich wieder da.« Rigobert ging an ihm vorbei, doch ehe er die Haustür erreichte, sprang diese auf und seine Mutter trat heraus. Sie hatte ihn durch ein Fenster kommen sehen und im Gegensatz zum Pförtner sofort erkannt.

»Mein Rigo! Endlich bist du zurück. Ich war in solcher Sorge um dich.« Sie schlang ihre Arme um ihn, als wolle sie ihn nie mehr loslassen, und tränkte sein Wams mit ihren Tränen. Doch sie fasste sich schnell und zog ihn mit sich. »Komm herein! Du wirst gewiss Hunger haben. Ich bin ja so froh, dass du wieder da bist. Ich weiß nicht, ob du es schon gehört hast, aber deine Schwester ist tot!«

»Otfried hat es mir berichtet.« Rigobert wischte sich ebenfalls die Tränen aus den Augen und klammerte sich nun seinerseits wie ein kleiner Junge an seine Mutter. »Es ist so schrecklich! Ich weiß gar nicht, was ich dazu sagen soll.«

»Solche Dinge geschehen nun einmal und daher gibt es einiges zu bedenken«, antwortete seine Mutter mit einer Stimme, in der keine Trauer um den Verlust ihrer Tochter mitschwang. »Ich sagte doch, es ist gut, dass du wieder hier bist. Du wirst mit Otfried reden müssen! Nachdem Radegund tot ist, muss er Chlorinde heiraten, damit das Vermögen meines Bruders in der Familie bleibt. Dein hochwürdiger Onkel und ich haben schon mit ihm gesprochen, doch er weigert sich und schiebt die zu enge Verwandtschaft zwischen Radegund und Chlorinde vor. Dabei ist Martin kraft seines geistlichen Amtes in der Lage, ihm einen Dispens zu verschaffen.«

Rigobert empfand die Worte seiner Mutter als gefühllos, denn diese tat so, als handle es sich bei der Angelegenheit um den Verkauf von Tuch oder Leder und nicht um das Schicksal seiner jüngeren Schwester. In dem Augenblick tauchte Chlorinde hinter seiner Mutter auf. Sie war immer noch ein schmales, spirrliges Ding, das wohl noch einige Jahre brauchen würde, bis es zur Frau herangereift war, und der Gedanke, ein Mann wie Otfried

Willinger würde sich auf sie wälzen und mit seiner harten Männlichkeit ihre noch kindhaft schmale Leibesöffnung aufbrechen, erfüllte ihn mit Abscheu.
Er machte sich frei und ging an Mutter und Schwester vorbei ins Haus. Die beiden folgten ihm dichtauf, und drinnen rief Regula Böhdinger nach der Köchin und einer Magd, die Rigobert ein kräftigendes Mahl auftischen sollten. Sie selbst schenkte ihm Wein ein und reichte ihm den Becher. »Trink, Rigo! Ich freue mich unbändig, dich gesund und munter wiederzusehen.«
»Das hast du bereits gesagt, Mama.« Er merkte selbst, wie enttäuscht er klang, und begriff, dass er sich die Heimkehr anders vorgestellt hatte.
Dieses Gefühl verstärkte sich noch, als seine Tante Pankratia in den Raum rauschte und nach einer knappen Begrüßung vehement von ihm forderte, mit Otfried Willinger wegen dessen Heirat mit Chlorinde zu verhandeln. Das wunderte ihn, denn früher hatten die Mutter und die Tante zueinander gestanden wie Hund und Katz. Nun aber wollten sie beide das Kind verschachern, um Otfried weiterhin an die Familie zu binden und auf diese Weise einen Teil des Gürtler-Vermögens für sich zu retten.
Seine Hochwürden Martin Böhdinger, der nun ebenfalls seinen Neffen begrüßte, schien die Sache genauso zu sehen wie die beiden Frauen, denn er hatte seine Pfarre einem Hilfspriester übergeben, um in Tremmlingen bleiben und Einfluss auf die Angelegenheiten der Familie nehmen zu können. Auch er interessierte sich nicht für Rigoberts Erlebnisse in der Ferne, sondern vertrat forsch die Ansicht, dass seine Nichte Otfried ehelichen müsse, um das Geld der Familie zu erhalten.
»Das sagst du doch auch!« Bei diesem Ausruf stieß er Rigobert

so heftig mit dem Ellbogen in die Rippen, dass dieser seinen Wein verschüttete.
»Ich weiß nicht …«, erwiderte der erschöpfte Heimkehrer. »Eine Schwester habe ich in der Ehe mit diesem Mann bereits verloren. Wer weiß, wie Willinger sie behandelt hat! Soll es Chlorinde denn ebenso ergehen?«
Das Mädchen kreischte auf. »Ich will reich heiraten!«
Ihr Tonfall verriet, wie stark sie von der Mutter beeinflusst worden war und dass sie die Ehe mit dem Spiel gleichsetzte, für das ihr zu Hause die Puppen dienten. Wahrscheinlich konnte sie sich nicht vorstellen, was sie tatsächlich erwarten würde.
Von allen Seiten bedrängt fragte Rigobert sich, wieso er sich auf die Heimkehr hatte freuen können, denn es war beinahe noch schlimmer als früher. Seine Mutter stellte ständig Forderungen und wurde fuchsteufelswild, wenn er ihnen nicht sofort zustimmte. Der Einzige, vor dem sie Respekt gehabt und sogar gekuscht hatte, war sein Onkel Veit gewesen. Seine Bewunderung für den toten Hausherrn hielt sich jedoch in Grenzen, denn Gürtler hatte seine Familie schlecht behandelt und jeden noch so kleinen Fehler oder Widerspruch mit Stockhieben bestraft. Am schlimmsten hatte seine erste Frau unter ihm leiden müssen, und Rigobert war sich sicher, dass Otfrieds Schwester Tilla deren Schicksal geteilt hätte, wenn sein Onkel nicht im Hochzeitsbett gestorben wäre. Ihm waren die Striemen aufgefallen, die die junge Frau am Morgen nach der Hochzeit unter einem viel zu dünnen Hemd zu verbergen versucht hatte.
Nun erst wurde ihm klar, von welchem Hass dieses Haus erfüllt war. Seine Mutter und die Tante hatten bereits gegen ihre erste Schwägerin gegiftet und ihn und die anderen Kinder zu bösen Streichen animiert, Tilla aber hatten sie offen bekämpft. Wäre die junge Frau nicht von der hier herrschenden Bosheit vertrie-

ben worden, hätte sie nicht in der Ferne sterben müssen. Seine Familie aber konnte von Glück sagen, dass Otfried kein fürsorglicher Bruder war, denn sonst hätte es ihnen schlecht ergehen können. Für den jungen Willinger war Tilla jedoch nur ein Mittel zu dem Zweck gewesen, sich mit Veit Gürtler zu verbünden und sich nach dessen Tod die Herrschaft über das Handelshaus zu sichern.

Mit einem Mal machte er sich Vorwürfe, weil er nicht daheim geblieben war und auf Radegund aufgepasst hatte. Vielleicht wäre sie dann noch am Leben. Bei diesem Gedanken wunderte er sich über sich selbst. Die lange, harte Reise hatte eine Veränderung in ihm ausgelöst, die ihn nun verunsicherte, und zum ersten Mal bedauerte er es, nicht bis nach Santiago gereist zu sein und den heiligen Apostel um seinen Segen gebeten zu haben. Seine Familie und er hätten diesen dringend benötigt.

XII.

Sebastian wünschte sich den kühlen Kopf und den Gleichmut, die Starrheim auszeichneten, denn der Edelmann wirkte so unerschütterlich wie ein Fels. Graf Rudolf hatte die Hände auf sein mächtiges Schlachtschwert gestützt und blickte mit einem leicht spöttischen Zug um den Mund zu den Engländern hinüber, die auf der Kuppe eines leicht ansteigenden Hügels Aufstellung genommen hatten. Die Truppen des Herzogs von Lancaster hatten ihre Position zusätzlich noch mit Verhauen verstärkt und waren dadurch klar im Vorteil.

Dreimal hatte Aymer de Saltilieu den Engländern den Weg nach Süden verlegt und dabei jedes Mal vergebens gehofft, der Feind würde eine offene Feldschlacht annehmen. Die Engländer, die nicht von John of Gaunt, dem Herzog von Lancaster, sondern von dessen Stellvertreter Sir Walter of Graile angeführt wurden, waren jedoch jedes Mal ausgewichen und hatten versucht, ihren Gegner auszumanövrieren und zu umgehen. Diesmal hatten Saltilieu und die meisten seiner Offiziere erwartet, die Engländer würden wieder genauso handeln, und sich – von Starrheims einstigem Freund Philippe getrieben – für Verfolgung und Angriff entschieden. Aber wie es nun aussah, hatten die Engländer genau das erwartet und sich verschanzt.

»Der Teufel hole Saint Vith!« Eigentlich hätte es nur ein Gedanke sein sollen, doch Sebastian sprach ihn laut aus.

Starrheim antwortete mit einem leisen, aber recht vergnügten Lachen. »Lieber nicht! Schließlich soll er heute tapfer kämpfen und zeigen, dass er und seine Freunde im Recht sind. Schließlich haben alle aus seinem Kreis gefordert, die Truppen des Herzogs von Lancaster endlich zur Schlacht zu zwingen. Also ist der Mann, den ich einmal Freund genannt habe, nur einer von mehreren, die sich wichtig gemacht haben.« Ein leichtes Zähneknirschen begleitete diese Worte, denn Starrheim hatte Saint Vith weder die Beleidigungen noch die Tatsache verziehen, dass dieser seine Braut vor den Altar geführt hatte.

»Ich hoffe, die Herren um Euren ehemaligen Freund sind nicht nur mit dem Mundwerk tapfer!« Sebastian richtete seinen Blick dabei auf eine Gruppe von Rittern, die im Gegensatz zu Saltilieu, Starrheim und den meisten anderen Edelleuten nicht von ihren Pferden abgestiegen waren, sondern hoch zu Ross und mit eingelegter Lanze auf den Angriffsbefehl warteten.

»Saint Vith wird eher sein Pferd erschlagen, als ihm zu erlauben, auch nur einen Schritt rückwärtszugehen.« Starrheim zog die Schultern hoch und streckte sie ein wenig, weil ihn das Kettenhemd einengte, das für einen anderen gemacht worden war. Genauso wie den altmodischen Helm, die Beinschienen und das Schwert hatte er es von dem Besitzer einer Burg erhalten, der ihm beinahe ehrfürchtig erklärt hatte, diese Rüstung hätte sein Großvater in mehreren Schlachten getragen.

Sebastian war auch nicht ganz ohne Schutz, denn für ihn hatte Starrheim einen schüsselartigen Eisenhut und ein Lederwams mit aufgenieteten Eisenplatten organisiert. Damit war er deutlich besser ausgerüstet als Sepp, der nur ein gestepptes Wams und eine mit Werg ausgestopfte Kappe trug. Dafür aber hatte er den größten Schild von allen, ein plumpes, viereckiges Ding, das ihm, wenn er es auf den Boden stellte, bis an die Brust reichte. In der Hand hielt er eine übermannslange Hellebarde, während Sebastian einen Kampfhammer mit eisenbeschlagenem Schaft mit sich führte.

Der Vierte, der zu Starrheims engerem Gefolge zählte, war ein französischer Veteran mit nur einem Auge, das ständig in Bewegung war, um sowohl den Feind wie auch Saint Vith und dessen Freunde zu beobachten. »Die Kerle sollten absteigen! Hoch zu Ross sind sie ein gefundenes Fressen für die Engländer. Ich war als blutjunges Bürschchen in Crécy dabei und zuletzt auch in Poitiers. Diese Schlachten haben wir nur wegen solch sturer Kerle wie diesen verloren. Je mehr Eisen so ein Ritter trägt, umso mehr Hirn schwitzt er aus. Keine Disziplin, sage ich euch, und nur Gloire im Sinn! Die fallen wahrscheinlich als Erste den englischen Langbogenschützen zum Opfer, deren Pfeile verdammt weit fliegen und Panzer und Fleisch durchdringen. Da hilft nur Beten und Vorwärtsrennen, und das werden wir gleich tun.«

Der Alte zeigte auf Saltilieu, der eben ein paar Schritte vortrat und den Arm hob. »Ich rate euch, zu Beginn langsam zu gehen,

um Kraft zu sparen. Aber wenn die Pfeile schwirren, dann lauft los, egal was geschieht!«, erklärte der Veteran und hob seinen Spieß.
»Ja, jetzt gilt es!« Starrheim grinste Sebastian durch sein offenes Visier an. Er hatte nicht die Absicht, es zu schließen, denn im Kampf zu Fuß kam es anders als zu Pferd darauf an, mehr zu sehen als die Ritter, die einem entgegensprengten.
Auf Saltilieus Befehl rückten die eigenen Bogenschützen vor. Sie waren leicht gepanzert und fast jeder trug einen Helm oder Eisenhut. In der linken Hand hielten sie ihren Bogen, während die Rechte bereits den ersten Pfeil auf der Sehne hielt. Ihre Reservepfeile hatten sie in den Gürtel gesteckt.
»So, jetzt sind wir dran!« Starrheim hob sein Schwert und ging voran.
Sebastian musste sich zwingen, ihm zu folgen, denn so, wie er es sich vorgestellt hatte, sah der Krieg nun doch nicht aus. Im Unterschied zu der Bürgerwehr von Tremmlingen und deren Übungen wirkte hier alles erschreckend ernst. Er blickte kurz nach rechts und fand dort Sepp, der bleich und mit starrer Miene neben ihm marschierte, und dann nach links zu dem einäugigen Veteran. Dieser stimmte nun ein Lied an, so locker, als wäre er auf einem Jahrmarkt, und zu Sebastians Verwunderung wurde es von den anderen Soldaten begeistert aufgenommen. Sie verwendeten einen Dialekt, dessen Worte er nicht verstand, und doch ertappte er sich dabei, dass er bereits beim zweiten Mal in den Refrain einfiel und die Engländer als Hurensöhne bezeichnete.
Nun hatte sich das gesamte, mehr als fünfzehnhundert Mann zählende Heer der Franzosen in Bewegung gesetzt, und je näher sie der Anhöhe kamen, umso mehr wurde offenbar, dass der Feind kaum schwächer war.

»Gleich schießen sie, dann heißt es, sich hinter die Schilde zu ducken«, rief der Einäugige.
Sebastian befolgte den Ratschlag sofort und erntete Gelächter.
»Erst wenn die Pfeile kommen! Keine Angst, die kannst du nicht überhören!« Noch während der Franzose es sagte, stieg über den englischen Linien eine dunkle Wolke auf. Ein Rauschen und Sirren hub an, als fegten Hunderte Höllenteufel durch die Lüfte. Die Pfeile flogen zunächst recht steil in die Höhe, wandten sich dann der Erde zu und stürzten wie Hagel auf die Franzosen herab.
Sebastian hob seinen Schild und duckte sich so gut es ging. Ein Schlag traf seine Wehr, ein weiterer Pfeil raste direkt vor seinen Füßen in den Boden, und nicht weit von ihm entfernt sah er Männer fallen. Starrheim und Sepp aber schienen nicht verletzt zu sein, denn sie begannen zu rennen.
Die eigenen Bogenschützen waren jetzt nahe genug, um den Beschuss der Engländer erwidern zu können. Ihre Pfeile sausten auf den Hügel zu, zogen jedoch keine so hohe Bahn und machten auch nicht so viel Lärm. Dennoch sah Sebastian Engländer fallen und fasste wieder Mut.
»Auf sie!«, schrie er und rannte seinen Freunden nach.
Die nächsten Augenblicke erlebte er wie im Rausch. Er hörte die Pfeile schwirren und sah, wie deren Schäfte wie Korn vor ihm aus dem Boden wuchsen. Neben ihm stürzten Männer wie vom Schnitter dahingemäht, doch es war, als triebe ein Höherer ihn vorwärts. Die englischen Verhaue tauchten vor ihm auf. Sie bestanden aus frisch gefällten Bäumen, die man nur teilweise vom Geäst befreit hatte, so dass die ineinander verhakten Zweige es den Angreifern unmöglich machten, sofort auf die Verteidiger loszugehen. Französische Soldaten schlugen mit Schwertern und Beilen auf das Holz ein, wurden

von englischen Pfeilen hinweggerafft und durch nachdrängende Männer ersetzt.
Sebastian, Starrheim, Sepp und der einäugige Veteran waren den Pfeilen entkommen, mussten aber nun ihren Schwung bremsen und sich ebenfalls eine Gasse durch das Geäst hauen. Dabei bemerkte Sebastian, wie ihn ein Engländer ins Visier nahm, und riss im Reflex den Schild hoch. Der Pfeil durchschlug das Holz, doch die Aufwärtsbewegung lenkte ihn ab und ließ ihn harmlos davontrudeln. Zu einem weiteren Schuss kam der Engländer nicht, denn Sebastian übersprang das letzte Hindernis und schlug noch im Schwung seinen Kriegshammer auf den Helm des Gegners. Der mehr als fingerlange Dorn brach durch Eisen und Gebein, und als er ihn zurückzog, fiel der Bogenschütze in sich zusammen.
Längst hatte sich die Schlachtreihe der Franzosen aufgelöst. Wo der Widerstand am härtesten war, wurden die Krieger wieder den Hügel hinabgedrängt. An anderen Stellen überrannten sie die Engländer und stießen tief in deren dicht gestaffelte Reihen.
Selbst Starrheim, der über eine gewisse Kriegserfahrung verfügte, verlor die Übersicht und richtete seine Sinne jeweils auf den nächsten Feind. Dennoch behielt er seine drei Kampfgefährten im Auge. Sie schlugen sich prächtig und sorgten dafür, dass kein Engländer ihn von der Seite oder gar von hinten angreifen konnte. Noch während er zufrieden schnaubte, tauchte vor ihm ein baumlanger Kerl auf, parierte seinen Schwerthieb mit einer geschickten Bewegung und riss einen eisernen Streitkolben hoch. Für einen Augenblick sah er den tödlichen Hieb kommen. Da fegte Sebastians Kampfhammer die feindliche Waffe zur Seite und im gleichen Augenblick rammte Sepp dem Engländer die Spitze seiner Hellebarde in den Leib.

Der riesenhaft gewachsene Krieger riss die Augen auf, als könne er es nicht glauben, dass diese Ameisen ihm den Tod gebracht hatten, und sackte mit einem ersterbenden Laut zusammen. Sein Tod öffnete die Lücke, die Starrheim und die Männer hinter ihm sich gewünscht hatten. Nachdem ihr stärkster Kämpe gefallen war, begannen die Engländer auch an dieser Stelle zu weichen. Innerhalb kürzester Zeit durchstießen die Franzosen ihre Reihen und spalteten ihr Heer.

»Gut gemacht!«, hörten Starrheim und die anderen Aymer de Saltilieu rufen. Der Heerführer ergriff nun selbst das Banner und drang mit gezogenem Schwert auf die Feinde ein. Noch aber war die Schlacht nicht gewonnen, denn Walter of Graile hatte einen Teil seiner Truppen als Reserve zurückgehalten und warf diese nun in den Kampf.

Philippe de Saint Vith, dessen Trupp sich bisher nicht sonderlich bewährt hatte, sah die Angreifer zuerst. Mit einem bellenden Ruf riss er seinen Hengst herum und stürmte auf die englische Reserve los. Seine Freunde folgten ihm, obwohl sie nur ein gutes Dutzend waren und ihnen die zehnfache Übermacht entgegenstand.

»Zur Hölle mit Saint Vith! Der kostet uns den Sieg«, schimpfte Starrheim mit einem Mal.

Er hatte einen Augenblick verschnaufen und sich einen Überblick über das Kampfgeschehen verschaffen können, und gerade, als er sich entschieden hatte, mit seinen Leuten gegen eine der Stellungen anzugehen, die von den Engländern noch erfolgreich verteidigt wurde, sah er die Ritter um seinen ehemaligen Freund gegen die Entsatztruppe der Gegner anreiten. Zwar sah es so aus, als könnten Saint Vith und die Seinen die Engländer zersprengen, doch es war schnell zu erkennen, dass sie einer Kriegslist zum Opfer fallen würden. Noch während sie mit ihren langen Lanzen nutzlos in der Luft herumstocherten, glitten die Feinde wie Fische im Wasser um sie herum und attackierten sie von allen Seiten. Die ersten Reiter wurden aus dem Sattel gerissen und mit Beilen, Schwertern und Spießen niedergemacht. Saint Vith ließ die nutzlos gewordene Lanze fallen und versuchte, sich mit wuchtigen Schwerthieben Raum zu schaffen, doch es waren einfach zu viele Hände, die nach ihm griffen.

Starrheim begriff, dass die schöne Erminolde de la Tour sich bald würde Witwe nennen können, und erwog einen Augenblick lang, ob er noch einmal um sie freien sollte. Dann aber wurde ihm klar, dass mehr auf dem Spiel stand, und drehte sich zu seinen Männern um. »Wer kein Hosenpisser ist, kommt mit mir!«

Sebastian war von ärgeren Blessuren verschont geblieben, doch der Rausch des Kampfes hatte ihn verlassen. Nun starrte er fassungslos hinter Starrheim her, der allein gegen die englischen Reserven anrennen wollte.

»Ich bin dabei!«, rief Sepp und lief hinter ihrem Anführer her. Auch der einäugige Franzose folgte dem Grafen. Nun ermannte Sebastian sich und rannte los. Innerhalb weniger Augenblicke legte er die Strecke zurück, die ihn von den Engländern um Saint Vith trennte, und schlug mit wildem Gebrüll auf die Feinde ein. Sie waren nur zu viert und für die englische Schar kaum gefährlicher als ein Mückenstich. Deren Anführer aber verlor die Übersicht und glaubte, ein größerer Trupp Franzosen würde über seine Leute herfallen.

»Zieht euch zurück! Rückzug!«, rief er den Seinen zu. Diese hatten Saint Vith inzwischen ebenfalls aus dem Sattel geholt, hielten bei dem Befehl jedoch inne und gaben Starrheim die Möglichkeit, den einstigen Freund freizukämpfen.

Oben auf dem Hügel erkannte Aymer de Saltilieu seine Chance. Obwohl er den Sturm auf den Hügel damit schwächte, befahl er zwei seiner Fähnlein, die englische Reserve anzugreifen. An der Stelle, an der Sebastian und Starrheim fochten, war der Kampf bereits entschieden, und als der Hauptstoß der Franzosen die Engländer traf, befanden diese sich schon in der Rückwärtsbewegung und es gelang ihnen nicht mehr, sich zu formieren. Wer nicht schnell genug rennen konnte, wurde ein Opfer französischer Wut.

Bisher hatte das Hauptheer der Engländer sich gut behaupten können und den Sieg noch nicht aus der Hand gegeben. Aber als die Männer sahen, wie ihre Reserve überrollt und niedergemacht wurde, wandten sich die Ersten zur Flucht. Zuerst waren es nur Einzelne, doch sie rissen andere mit sich und gaben Saltilieu die Chance, das letzte Bollwerk unter geringen Opfern zu erobern. Einen Teil seiner Leute schickte er dem fliehenden Feind nach, um dessen Reste zu zerschlagen, so dass das englische Heer keine Gefahr mehr darstellte. Dann blickte er sich um und bekreuzigte sich.

»Es war ein harter Kampf und er stand auf Messers Schneide«, sagte er, als er auf Starrheim zutrat. »Hättet Ihr nicht den Mut besessen, mit Euren tapferen Freunden die Reserve des Feindes anzugreifen und zu verwirren, so wüsste ich nicht, wer am Ende als Sieger dagestanden hätte.« Ein bitterböser Blick streifte Saint Vith, der sich wieder auf die Beine gekämpft hatte und auf ihn zuhumpelte.

»Wir haben viele gute Leute verloren, weil Ihr und andere Ritter darauf bestanden habt, zu früh anzugreifen. Euer Verdienst war unser Sieg gewiss nicht. Ihr habt Euch meinen Anordnungen widersetzt und das gesamte Heer in Gefahr gebracht. Glaubt also nicht, dass ich Euch vor du Guesclin und Heinrich von Trastamara loben werde. Ihr selbst habt es nur dem wagemutigen Einsatz jenes Mannes zu verdanken, den Ihr als Feigling geschmäht habt, dass Ihr überhaupt noch am Leben seid. Geht es vielleicht jetzt in Euren Schädel, dass blinder Heldenmut nicht klug ist und Klugheit nicht feige?«

Mit diesen Worten ließ Aymer de Saltilieu den Ritter wie einen gescholtenen Schuljungen stehen und umarmte Starrheim, Sebastian, Sepp und den alten Veteranen, die aus vielen Wunden bluteten. »Habt Dank! Dieser Sieg geht auf euch.«

»Ich habe meine Ehre verteidigt!« Starrheim warf Saint Vith einen, wie er hoffte, höhnischen Blick zu, empfand aber angesichts der schamroten Miene seines einstigen Freundes Mitleid. »Ganz ohne Wert war Saint Viths Attacke ja nicht, denn er hat die englischen Reserven so lange aufgehalten, bis wir gegen sie angehen konnten.«

Saint Vith kam schwerfällig auf ihn zu und sah ihm ins Gesicht. »Bei Gott, es wäre mir lieber gewesen, die Engländer hätten mich erschlagen, als mich so gedemütigt zu sehen.«

Starrheim zuckte mit den Schultern. »Ich wollte nur dem Comte de la Tour die Verlegenheit ersparen, sich einen neuen Schwiegersohn suchen zu müssen.«

»Der hättet Ihr sein können!«, mischte de Saltilieu sich ein. »Nach diesem heutigen Kampf wird Euch kein Vater der Welt mehr seine Tochter verweigern.« Das war ein weiterer Stich gegen Saint Vith, der Saltilieu durch seine Haltung und dem Vorwurf der Feigheit gezwungen hatte, den Feind an ungünstiger Stelle anzugreifen. Dann aber lachte er auf und zwinkerte Starrheim zu. »Irre ich mich oder sticht Euch eine andere Schöne ins Auge? Gaston von Foix und Béarn würde Euch zu gerne mit seinem Mündel Blanche vermählen. Sie ist nicht nur eine reiche Erbin, sondern bringt Euch zu Eurem Grafentitel den eines Barons in Frankreich und in Béarn hinzu.«

Bisher hatte Starrheim Blanche trotz ihrer Verehrung für ihn eher als kleines Mädchen angesehen denn als junge Frau, doch nun fand er die Idee einer Verbindung mit ihr gar nicht so schlecht. Blanche würde noch vor dem Winter fünfzehn werden und war damit alt genug, ins Brautbett gelegt zu werden. Er atmete tief durch und nickte. »Es wäre mir eine Ehre, wenn Ihr als Brautwerber für mich zu Gaston Fébus gehen könntet.«

»Das tue ich gerne, mein lieber Starrheim.« Saltilieu klopfte dem jungen Grafen auf die Schulter und wandte sich Sebastian zu, denn hier gab es noch eine Ehe, die er stiften konnte. Er hatte die Blicke gesehen, mit denen Sebastian Tilla und diese ihn angesehen hatte, und da der junge Bursche sich als sehr tapfer erwiesen hatte, suchte er nach einer angemessenen Belohnung. Dann aber entschied Saltilieu, dass dies kein Thema war, über das man auf einem Schlachtfeld reden sollte. Stattdessen wies er auf die Leute, welche die Verwundeten zusammentrugen, und nickte dann, als müsse er sich selbst bestätigen.

»Um unsere Blessierten sollen sich die frommen Brüder von San Pedro de Arianza kümmern. Wer noch fähig ist, mit dem Heer zu marschieren, folgt mir nach Süden. Ich glaube zwar nicht, dass wir noch rechtzeitig zur Entscheidungsschlacht zwischen den Unseren und dem Heer König Pedros eintreffen werden, doch wir sollten nicht versäumen, den hohen Herren unsere eigenen Taten kundzutun!«

Achter Teil

Am Ende der Welt

I.

Santiago!
Während der Reise hatte Tilla oft tage- und sogar wochenlang daran gezweifelt, diese Stadt jemals erreichen zu können. Nun stand sie auf dem Berg der Freude oder Monte del Gozo, wie ihn die Einheimischen nannten, und blickte mit klopfendem Herzen auf ihr Ziel hinab. Für einen Augenblick dachte sie bedauernd an ihren hastigen Aufbruch von Puente la Reina, der sie das aus einem Stück gefertigte Kreuz gekostet hatte, welches sie unter vielen Mühen bis Spanien getragen und den Mönchen des Klosters in Obhut gegeben hatten. Starrheims Boten hatten ihnen kaum die Zeit gelassen, sich reisefertig zu machen, und so war ihnen erst bei der Mittagsrast aufgefallen, dass sie in der für Pilger unziemlichen Eile vergessen hatten, es sich wiedergeben zu lassen. Ambros, der nur ungern von dem Kloster geschieden war, wollte sofort wieder umkehren und das Kreuz holen, doch die Männer, die sie zu ihren Freunden geleiten sollten, hatten es ihm geradewegs verboten. Auch sonst nahmen ihre Wächter wenig Rücksicht auf den Sinn der Wallfahrt, sondern hatten ihre Schützlinge auf Maultiere gesetzt, so dass die Pilger nur einen Bruchteil des Weges zu Fuß zurücklegen konnten.
Obwohl die sanften Reittiere weitaus bequemer gewesen waren als der anstrengende Fußmarsch, hatte nicht nur Tilla es bedauert, dass sie daran gehindert wurden, ihre Reise so zurückzulegen, wie es sich für Pilger gehörte. Um ihr Gewissen zu beruhigen, hatten sie durchgesetzt, die letzte Viertelmeile vor ihrem jeweiligen Tagesziel aus den Sätteln steigen und neben den Tieren hergehen zu dürfen. Starrheims Söldner hatten ihnen dies und schließlich auch den Besuch der Kathedralen in den großen

Städten erlaubt, so dass sie wenigstens dort beten konnten. Einen Vorteil hatte die ihnen aufgezwungene Begleitung, denn die Söldner ließen ihnen die für höhergestellte Reisende bestimmten Gasträume in den Klöstern und Pilgerherbergen zuweisen, so dass sie sehr vornehm und unbehelligt von jenen Scharen nächtigen konnten, die sich zumeist für Gottes Lohn im großen Schlafsaal zusammenfanden und Läuse und Flöhe brüderlich miteinander teilten.

Dicht vor dem Ziel dachte Tilla jedoch mit einer gewissen Wehmut an die harten Tage in Frankreich, an denen sie und ihre Pilgerkameraden mit blutigen Füßen gehungert und sich Gott doch viel näher gefühlt hatten als auf der letzten Strecke. Die Orte, durch die sie gekommen war, hatten kaum Erinnerungen in ihr hinterlassen, und sie wusste nicht, ob sie dieses oder jenes prächtige Kirchenportal in Logroño oder Burgos gesehen hatte oder vielleicht doch in León. Nun umklammerte sie ihre Pilgertasche und tastete unter dem spröde gewordenen Leder nach dem Zinnkästchen mit dem Herzen ihres Vaters, als suche sie Trost. Als sie es unter ihren Fingerspitzen spürte, war sie um seinetwillen froh, ihrem Ziel so nahe zu sein. Sie rutschte aus dem Sattel und beschloss, die letzte Strecke zu Fuß zu gehen, egal, was ihre Führer auch sagen mochten.

Vater Thomas, Peter, Dieter, Hedwig und Blanche folgten ihrem Beispiel, ebenso Renata, während Anna auf ihrem Maultier sitzen blieb und Ambros noch zögerte. Schließlich stieg auch er ab und nahm das kleine, silberne Kreuz, welches ihm der Abt von Puente la Reina als Geschenk mit auf den Weg gegeben hatte, in die rechte Hand. Mit der Linken wies er auf die Stadt unter ihnen und kämpfte mit den Tränen. Man konnte ihm ansehen, dass ihn nicht nur Freude und Erleichterung bewegten, sondern auch das Wissen um seine Schwäche. Er hatte sich unterwegs nicht als der Mann erwiesen, der er sein wollte, und das lastete wie ein Berg aus Scham auf seiner Seele.

Anna schien mit ihm zu fühlen, denn sie beugte sich aus dem Sattel und legte ihm die Hand auf die Schulter. »Ja, bald sind wir am Ziel. Das scheint mir nach so vielen Tagen, die wir wandern und warten mussten, wie ein Traum.«

Ambros nickte gedankenverloren. »Es war ein schwerer Weg. So viele Berge mussten wir überwinden und das bei schier unerträglicher Hitze!« Seine Stimme klang so müde, als habe er alle Pässe Asturiens und Leóns in hochsommerlicher Glut zu Fuß bewältigt.

Es wäre besser für ihn gewesen, hätte er diese Strapazen tatsächlich erleiden müssen, fuhr es Anna durch den Kopf. Aber statt zu Fuß durch die Berge zu wandern hatten sie den Winter im Kloster verbracht. Die Witterung in Puente la Reina war kühl und regnerisch gewesen, doch anders als in ihrer Heimat hatte es weder Schnee noch Eis gegeben. Nun ging es aufs Frühjahr zu und es wurde tagsüber schon sehr warm. Daher war sie froh um die Maultiere gewesen, besonders um ihrer Schwester willen, deren Schwangerschaft schon deutlich sichtbar war.

Renatas Zustand hatte sie zu Anfang ein wenig gewundert, doch sie vermochte eins und eins zusammenzuzählen und war sich sicher, dass Peter nicht der Vater des Ungeborenen sein konnte. Also trug ihre Schwester die Frucht der Vergewaltigung durch die Söldner in sich. Dieses Wissen söhnte sie mit Renatas Entscheidung und auch mit ihrem neuen Schwager aus, und sie sah Peter mit anderen Augen an. Ein wenig Neid erfüllte sie, denn er ging zärtlicher mit ihrer Schwester um, als sein Vorgänger es je getan hatte. Er mochte seine Eigenheiten aufweisen und er gab immer noch keinen Heller mehr aus als nötig – außer für Renatas Bequemlichkeit. Aber das war kein Fehler, zumal er in den Klöstern, in denen sie übernachteten, die Almosen gab, die einem Mann wie ihm angemessen waren.

Mit einem Mal fand Anna die Idee, wieder verheiratet zu sein, gar nicht so übel, versprach sie doch ein warmes Bett und einen Menschen, mit dem man jederzeit reden konnte. An das andere würde sie sich gewiss gewöhnen, denn sie hatte sich stets dem Willen ihres Mannes gebeugt, auch damals … Sie versuchte, diese Erinnerung zu verdrängen, denn sie rührte Dinge in ihr auf, die sie am liebsten ungeschehen machen würde. Um sich abzulenken, schenkte sie Ambros ein Lächeln. »Die Berge waren wirklich steil und heiß war es auch. Man sollte kaum glauben, dass es noch so früh im Jahr ist.«

»Und geregnet hat es, ach was – geschüttet würde ich es nennen«, brummte Ambros, dem anscheinend nichts recht war.

»Etwas Frühlingsregen schadet keinem«, spottete Dieter. »Schau dich doch um, wie grün das Land ist. Wenn ich daran denke, wie verbrannt die Gegend ausgesehen hat, durch die wir im Herbst gekommen sind, muss man um jeden Tropfen Regen dankbar sein.«

Er erntete von Ambros nur ein Schnauben, machte sich aber nichts daraus, sondern sprach Tilla an. »Glaubst du, dass wir alle unsere Freunde in Santiago wiedersehen werden?«

»Starrheim ist gewiss dort! Immerhin hat er uns rufen lassen.« Tillas Stimme schwankte ein wenig, denn bisher hatte sie nichts über Sebastian in Erfahrung bringen können. Die Männer, von denen sie und ihre Gefährten in Puente la Reina abgeholt worden waren, hatten nicht einmal seinen Namen gekannt, sondern nur von dem österreichischen Grafen gesprochen, der sie befeh-

ligte. Alles, was sie zu berichten wussten, drehte sich um die Tatsache, dass Starrheim in der Schlacht großen Ruhm erworben hatte.
Niemand freute sich darüber mehr als Blanche, die sich gut von den Strapazen des Überfalls und der Wanderung erholt hatte. Nun sah sie mit ihren blonden Haaren und dem zart geformten Gesicht unter dem breitkrempigen Pilgerhut allerliebst aus. »Ich bete darum, dass wir Herrn Rudolf bald treffen.«
So klingt die Sprache der Liebe, dachte Tilla und stieß einen tiefen Seufzer aus. Blanche konnte sich Starrheims Zuneigung sicher sein, denn von ihm war der Befehl gekommen, ihr die Pilgerreise so weit wie möglich zu erleichtern. Das hatte öfter zu einem harten Disput mit ihren kastilischen Begleitern geführt, die ihr nicht erlauben wollten, auch nur die kleinste Strecke zu Fuß zurückzulegen.
»Ich glaube, wir müssen nicht bis Santiago warten, um Graf Rudolf zu sehen!« Peter wies auf eine größere Schar Berittener, die rasch aufholte. Der Edelmann an der Spitze trug einen Pilgerhut und von seinen Schultern wehte die Pelerine im Wind. Als die Reiter näher kamen, konnten sie erkennen, dass nicht Rudolf von Starrheim den Trupp anführte, sondern ein noch hochrangigerer Edelmann. Der Waffenrock, den dieser unter der Pelerine trug, war mit dem Wappen Kastiliens geschmückt, einer Burg mit drei Türmen, und mit dem aufrecht schreitenden, gekrönten Löwen von León.
Der Anführer der Pilgereskorte forderte seine Männer und seine Schützlinge mit barschen Worten auf, die Köpfe zu neigen, doch seine Worte waren überflüssig, denn alle hatten in dem Edelmann Heinrich von Trastamara erkannt, der seit wenigen Wochen unumschränkter König des Kastilischen Reiches war. Er ritt im flotten Trab an der Gruppe vorbei und grüßte dabei

mit der rechten Hand, während er mit der Linken die Zügel und einen Pilgerstab hielt.

Tilla wagte es, ein wenig aufzusehen, und erhaschte einen kurzen Blick auf das Gesicht des Königs. Er mochte zwischen dreißig und vierzig Jahre alt sein und wirkte trotz des Sieges über seinen Halbbruder und Widersacher Pedro, der von Heinrichs Anhängern mit dem Beinamen der Grausame versehen worden war, immer noch verkniffen und wie auf der Hut.

Ihm folgte du Guesclin, den die Strapazen des Kriegszugs noch hässlicher wirken ließen. Auch er trug eine Pelerine und einen Pilgerhut, aber auf den Stock, der hoch zu Pferde recht unpassend wirkte, hatte er ebenso verzichtet wie Aymer de Saltilieu, der dicht hinter ihm ritt.

Tilla spürte eine gewisse Erleichterung, Saltilieu wohlbehalten wiederzusehen, denn sie empfand durchaus Sympathie für ihn. Dann entdeckte sie Starrheim, der fröhlich seinen Hut schwang und lachend grüßte. Sein Blick suchte Blanche, doch auch sein Pferd trabte so rasch vorbei, dass er ihren freudigen Ruf nicht mehr hören konnte. Hinter ihm hielt einer der dem Grafen folgenden Reiter an, sprang von seinem Pferd und stiefelte lächelnd auf Tilla zu. Im ersten Augenblick erkannte sie ihn nicht, denn er trug die Gewandung eines Edelmanns mit einem kostspieligen Brokatwams und Strümpfen aus feinster Wolle, die so stramm an seinen Schenkeln saßen, dass es in ihren Augen unanständig aussah. Erst als sich der Mann vor ihr aufbaute, begriff sie, dass es Sebastian war.

Die Freude, ihn gesund wiederzusehen, ließ Tilla alles andere vergessen. Noch bevor sie selbst wusste, was sie tat, fiel sie ihm lachend um den Hals und küsste ihn auf den Mund.

Sebastian wirkte überrascht, ließ es aber geschehen. Dann schloss er Tilla in die Arme und spürte, wie ihm bei der Berührung ihres festen Körpers das Blut in die unteren Regionen schoss. Am liebsten hätte er sie auf der Stelle gepackt und wäre mit ihr hinter dem nächsten Gebüsch verschwunden. Er wusste allerdings, dass er sich allein schon bei dem Versuch, sie mit sich zu ziehen, etliche derbe Ohrfeigen einfangen würde. Daher beließ er es dabei, zärtlich über ihren Rücken zu streichen.

Tilla schnurrte beinahe wie ein Kätzchen und musste an sich halten, um nicht vor allen Leuten den Anblick eines losen Frauenzimmers zu bieten. Daher schob sie ihn ein Stück von sich weg und musterte ihn von oben bis unten. »Bist du auch heil?«

»Freilich! Die eine oder andere Schramme habe ich mir natürlich zugezogen, aber die Wunden verheilen recht gut. Willst du sie sehen?«

Obwohl Tilla durchaus interessiert war, schüttelte sie den Kopf. »Später in der Pilgerherberge! Jetzt sollten wir das letzte Stück hinter uns bringen. Der König und seine Begleiter haben die Stadt wohl schon erreicht. Musst du ihnen nicht folgen?«

»Nein! Ich habe Urlaub erhalten, so lange ich will. Starrheim und Saltilieu waren mit mir ebenso zufrieden wie du Guesclin. Daher hat der König sich als äußerst großzügig erwiesen.« Sebastian klopfte auf eine große Börse, die an seinem Gürtel hing. Es klingelte golden und der Größe nach war mehr Geld darin, als die meisten Menschen in ihrem gesamten Leben zu sehen bekamen. Ein Mann, der mit einem solchen Schatz gut umzugehen verstand, konnte ein Vermögen machen. Wenn Sebastian in dieser Beziehung nur ein wenig seinem Bruder nachschlug, würde er in wenigen Jahren ein reicher und angesehener Bürger sein.

Sebastians Bericht war jedoch noch nicht zu Ende und sein Lächeln wurde selbstgefällig, als er auf das gut handgroße gestickte Wappen auf seiner Brust zeigte. Es stellte einen gepanzerten

Arm mit einem Streitkolben in der Faust in Silber auf schwarzem Grund dar, und darüber leuchteten fünf silberne Sterne. »Seine Majestät hat mir dieses Wappen verliehen und dazu das Recht, mich Hidalgo von Kastilien zu nennen. Damit zähle ich zum niederen Adel. Na, was sagst du jetzt?«
Tilla blickte ihn ungläubig an. War das der gleiche Sebastian, der daheim so vehement die Bürgerrechte verteidigt und gegen die Anmaßung des bayerischen Adels gewettert hatte? Dann aber begriff sie, dass er sich nur äußerlich verändert hatte, denn in seinem Blick lag nicht jener überhebliche Stolz, mit dem die hohen Herrschaften über das gemeine Volk hinwegblickten. Vielmehr wirkte er wie ein Lausbub, dem wieder einmal ein herrlicher Streich gelungen war.
»Wappen und Titel hast du dir gewiss redlich verdient«, antwortete sie und spürte, dass sie es ehrlich meinte. Als er sie grinsend fragte, ob diese Neuigkeit nicht noch einen weiteren Kuss wert wäre, streiften ihre Lippen flüchtig seinen Mund. Dann aber musste sie ihn mit den anderen teilen.
Blanche zupfte an seiner Pelerine, die sich stark von den alten, von Sonne und Wind ausgebleichten Mänteln unterschied, die Tilla und ihre Begleiter trugen. »Erzähle mir von Herrn Rudolf!«, flehte sie ihn an.
Sebastian bedauerte es sichtlich, sein Gespräch mit Tilla unterbrechen zu müssen, doch er begriff, dass er dem kleinen Plagegeist nicht würde entkommen können. »Starrheim war der Tapferste von allen, natürlich nach mir!«
Er zwinkerte dabei den anderen zu, damit sie nicht auf den Gedanken kamen, er wolle sich zu Unrecht rühmen, und begann dann einen längeren Bericht über den Kriegszug. Entgegen Saltilieus Einschätzung war es im letzten Herbst nicht mehr zu der erwarteten Entscheidungsschlacht gekommen.

Heinrich von Trastamara war es gelungen, einen großen Teil Kastiliens unter seine Kontrolle zu bringen, während sein Gegner sich nach Toledo hatte zurückziehen müssen, um dort neue Kräfte zu sammeln. Die Entscheidung zwischen den Halbbrüdern war auch nicht in einer offenen Feldschlacht gefallen, sondern durch die Belagerung der Burg Montiel und eine Hinterlist des späteren Siegers. Heinrich von Trastamara hatte König Pedro mit Versprechungen aus Montiel herausgelockt und ihn dann während einer Unterredung eigenhändig erschlagen.

Vater Thomas fuhr auf. »Das war nicht die Tat eines edlen Königs!«

Sebastian hob beschwichtigend die Hand. »Einer der beiden Thronanwärter musste sterben, und ich bin froh, dass es nicht der war, auf dessen Seite ich gekämpft habe. Außerdem kann ich Herrn Heinrich verstehen. Sein Halbbruder hat seine Mutter Doña Leonor de Guzmán, eine Dame aus höchstem kastilischen Adel, kaltblütig ermordet. Dann hat er Heinrich und seinen Geschwistern gnadenlos nachgestellt, um auch sie zu vernichten. Ein Leben voller Gefahr und Hass mag einen Mann zu Taten treiben, die anderen Menschen unvorstellbar und abstoßend erscheinen.«

Vater Thomas verzog angeekelt das Gesicht. »Das mag sein! Aber das entschuldigt kein unedles Handeln.«

Sebastian riet ihm jedoch händeringend, seine Meinung für sich zu behalten, solange er in Kastilien weilte. »Herr Heinrich ist zwar als Sieger aus diesem Streit hervorgegangen, doch in Andalusien und hier in Galizien gibt es noch viele Anhänger seines Halbbruders, die eine von Peters Töchtern auf dem Thron sehen wollen. Man könnte Euch leicht für einen Freund dieser Leute halten.«

Widerwillig nickte der Pilgerführer. »Ich werde, was dieses Thema betrifft, mich nicht weiter äußern, denn davon hängt mehr ab als nur mein eigenes Leben. Schließlich bin ich für das Wohlergehen dieser braven Leute verantwortlich und auch für deines, du dummer Junge. Wie oft hast du gesündigt? Sage es offen und ehrlich!«

Sebastian blickte ihn mit großen Augen an. »Gesündigt? Ich? Ehrwürdiger Vater, ich habe mich stets an die Gesetze der heiligen Kirche gehalten.«

»Mit wie vielen Weibern hast du Hurerei betrieben? Gib es offen zu!« Vater Thomas konnte sich nicht so recht vorstellen, dass Sebastian all die Wochen über keusch geblieben sei.

Der aber hob abwehrend die Hände. »Mit keiner, ehrwürdiger Vater! Denn es gibt eine Frau in meinem Leben, die mir dies niemals verzeihen würde.« Ein etwas scheuer Blick streifte Tilla, die ihm an diesem Tag nachgiebiger erschien als während der langen Reise.

Nun drängte sich Blanche zwischen den Pilgerführer und Sebastian und blickte zu Letzterem auf. »Und wie war es mit Herrn von Starrheim? Hat er vielen Frauen seine Gunst geschenkt?« Ihr Gesicht spiegelte die Angst, von älteren und in Liebesdingen erfahrenen Frauen in den Hintergrund gedrängt worden zu sein.

Sebastian konnte sie jedoch beruhigen. »Freund Rudolf hat ebenfalls kein anderes Weib angesehen, denn sein Herz ist gebunden, seit er Euch das erste Mal erblickte, Doña Blanca.« Er sprach ihren Namen in der kastilischen Form aus, was ihm einen vorwurfsvollen Blick von ihr eintrug. Aber sie war mit seiner Auskunft sehr zufrieden und sehnte eine Begegnung mit Starrheim herbei, die länger dauern sollte als der kurze Augenblick des Vorbeireitens.

II.

Blanche drängte nun die Gruppe, rascher auszuschreiten. Bald sahen sie die mächtigen Türme der großen Kathedrale vor sich aufragen und näherten sich dem Stadttor. Dieses stand weit offen und statt bewaffneter Wachen empfingen Mönche die Wanderer, um sie zu ihren Quartieren zu geleiten.
Zwar ließ König Heinrich den Hauptteil seiner Bewaffneten, die ihn nach Galizien begleitet hatten, vor der Stadt lagern, doch außer den Pilgern waren viele Menschen nach Santiago gekommen, die ihren neuen Herrscher sehen wollten. Daher war die Stadt überfüllt und es gab kaum noch einen Platz zum Schlafen. Tilla und ihre Begleiter wurden von Starrheim jedoch als Angehörige seines Gefolges bezeichnet, und das Wort eines Grafen, der in der Gunst des Königs stand, wog schwerer als das eines provenzalischen Pilgerführers, der mit seiner Gruppe lauthals schimpfend das mit Mühe eroberte Quartier räumen und in den bereits überfüllten Schlafsaal des Hospizes umziehen musste.
Vater Thomas hielt es nicht für gut, dass ihr Aufenthalt in Santiago mit einem hässlichen Streit begann, doch als er am Abend einen Blick in den Saal warf, war er froh um die Kammer, die er und seine Leute sich teilen durften. Unten lagen die Menschen so dicht an dicht, dass die Läuse, wie Sebastian es spöttisch ausdrückte, zwischen den Leibern zerquetscht wurden. Sie selbst hatten kaum mehr Platz, doch es war angenehmer, mit Menschen zu nächtigen, die man kannte und denen man vertrauen konnte.
»Ich schätze, da unten werden heute Nacht etliche Beutel ihre Besitzer wechseln«, sagte Sebastian daher zu Ambros.
Dieser zuckte nur mit den Schultern. »Ich besitze kaum mehr

als den Segen des Abtes von Puente la Reina, und den kann ich auf diese Weise nicht verlieren.«
Sebastian musterte den hochgewachsenen Goldschmied und fragte sich, wieso er jemals auf ihn hatte neidisch sein können. Zwar verfügte Ambros über mehr Kraft als die meisten Männer und war mit Händen gesegnet, die aus Gold feinste Kunstwerke formen konnten. Doch der Mut, der zu solch einem Leib gehörte, fehlte dem Mann. Seit dies dem Goldschmied bewusst geworden war, schien er mit seinem Leben zu hadern, und da konnte Sebastian ihm auch nicht helfen. Daher wandte er ihm den Rücken zu und gesellte sich zu Tilla.
»Dein Vater würde sehr stolz auf dich sein«, sagte er, während er ihre Rechte ergriff.
Tilla seufzte und streichelte mit der freien Hand das Zinnkästchen. Auch an dem Gefäß war der lange, harte Weg nicht spurlos vorübergegangen, das Metall war stark verschrammt und wies sogar einige Beulen auf. »Ja, ich habe es geschafft. Doch das ist am wenigsten mein Verdienst. Ohne dich, Vater Thomas, Hedwig und alle anderen wäre ich nie so weit gekommen. Ich weiß nicht, wie ich diese Schuld je werde abtragen können.«
»Du stehst in keines Menschen Schuld«, mischte Vater Thomas sich ein. »Ganz im Gegenteil! Dir haben wir es zu verdanken, dass wir unser Ziel erreicht haben, meine Tochter.«
Er segnete sie mit einer beinahe demütigen Geste und musterte dann das junge Paar. Zu Beginn der Pilgerreise hätte er über den Gedanken gelacht, die beiden könnten sich einmal finden. Doch Sebastian war unterwegs erwachsen geworden und hatte gelernt, Verantwortung zu tragen. Auch Tilla hatte sich verändert. Sie war nicht weniger stark als zu Beginn der Reise, aber aus einem sich tief verletzt fühlenden Wesen war eine selbstbe-

wusste Frau geworden, die ihr Leben in die Hand nehmen konnte.

Nun lächelte Vater Thomas etwas wehmütig. »Das war die ereignisreichste Pilgerfahrt, die ich je unternommen habe, und es wird wohl auch die letzte sein. Wenn ich wieder in die Heimat zurückgekehrt bin, werde ich meinen Bruder bitten, mir eine Pfründe in der Nähe seiner Burg zu verschaffen, damit ich dort als Seelsorger wirken kann. Sicher wird es mir nicht leicht fallen, Santiago niemals mehr wiederzusehen …«

Er verstummte, als bedaure er seine Worte bereits, doch sein wechselndes Mienenspiel verriet den jungen Leuten, dass er sich auf ein Kirchlein in der Nähe von Ulm freute und eine Gemeinde, die sich nur durch Geburt und Tod verändern würde und die er nicht jedes Jahr aufs Neue zusammensuchen musste.

Die anderen spürten seinen Wunsch, nun mit sich und seinen Gedanken allein zu sein, und unterhielten sich leise. Sebastian musste noch etliches von seinem Kriegszug berichten und wollte seinerseits erfahren, was seinen Freunden unterwegs begegnet war.

»Wir haben einen friedlichen Winter ohne jede Aufregung verlebt. Berichte lieber du.« Blanche vergaß dabei ganz Renatas Heirat mit Peter und ließ auch die Engländer außer Acht, die durch Puente la Reina marschiert waren, denn sie wollte unbedingt mehr über Rudolf von Starrheims Taten erfahren. Es kostete sowohl Tilla wie auch Sebastian einige Mühe, den kleinen Quälgeist so weit zur Vernunft zu bringen, dass er endlich Ruhe gab. Als sich die Dunkelheit über die Stadt senkte, brachten aufmerksame Mönche das Nachtmahl, das anders als unterwegs nicht nur aus einem Napf Suppe und einem Stück Brot bestand, sondern zusätzlich aus gebratenem und gesottenem

Fleisch. Auch wurde der Wein ihnen nicht becherweise zugeteilt, sondern in einem großen Krug serviert, der, wie einer der Klosterbrüder erklärte, nachgefüllt werden würde, wenn sie danach riefen.
Ein guter Tropfen war genau das, was die Gruppe brauchte. Selbst Tilla trank mehr als einen Becher und wurde danach angenehm müde. Als sie sich ihren Schlafplatz aussuchte, legte Sebastian sich neben sie und fasste sie an der Schulter. »Ich freue mich, dass wir beide den Weg hierher gefunden haben.« Es klang etwas zweideutig, vor allem, weil er seine Hüfte an ihren Hinterbacken rieb.
»Lass das! Dafür bin ich zu müde«, murmelte Tilla noch, dann schlief sie ein.
Sebastian grinste fröhlich, denn das hatte sich nicht so angehört, als würde er noch lange warten müssen, bis sie sich ihm hingab. Sollte sie vorher auf das Ehegelübde bestehen, würde er Vater Thomas bitten, den Trausegen über sie zu sprechen. Dann hätte die Reise sich für ihn sogar mehrfach gelohnt, denn zu der Belohnung durch den kastilischen König und dem seltsamen Titel, mit dem er sich jetzt schmücken durfte, würde er eine wundervolle Frau gewinnen.
Anders als seine Gefährten hatte Ambros sich beim Wein keine Schranken gesetzt und war schwer betrunken auf sein Lager gesunken. Anna hatte ihn mit Hedwigs Hilfe noch so zurechtgezerrt, dass er den anderen nicht im Weg lag, und sich dann neben ihn gesetzt. Nun sah sie Hedwig kopfschüttelnd an. »Warum glauben Männer immer, dass ein Rausch ihnen Erleichterung bringt?«
»Meiner Erfahrung nach macht er nur dumme Köpfe. Es wird für Ambros schwer werden, den morgigen Tag zu überstehen, und ich muss sagen, ich vergönne es ihm.« Die ältere Frau maß

den Betrunkenen mit einem spöttischen Blick, während Anna ihn fürsorglich mit seiner Pelerine zudeckte.
»Mir tut er leid!«
»Du bist ein Schaf! Nun ja, vielleicht ist das in deinem Fall das Beste. Aber jetzt will ich schlafen. Du solltest es auch tun, denn der morgige Tag wird sehr anstrengend werden!«
Hedwig suchte sich ein Plätzchen, an dem sie sich ausstrecken konnte, und legte sich nieder. Anna folgte ihrem Beispiel, blieb aber in Ambros' Nähe, um ihm helfen zu können, wenn es nötig sein sollte. Dabei seufzte sie tief, denn sie hoffte, er würde wieder zu sich selbst finden. Es waren nicht alle Männer zu Helden berufen, und er musste endlich begreifen, was für ihn wirklich wichtig war. Dann konnte auch er in seinem Leben noch Großes vollbringen.

III.

Kurz nach dem Wecken begann die Frühmesse, und anders als sonst beherrschte die Anwesenheit des Königs das Geschehen. Obwohl Tilla und ihre Leute wenig mit Heinrich von Trastamara zu tun hatten, wurden sie zu seiner erweiterten Begleitung gezählt und mussten vor allen anderen Pilgern zur Kathedrale aufbrechen. Auch sonst war es Sitte, an diesem Morgen zu fasten, um rein vor den Apostel treten zu können. Den meisten machte dies nichts aus, doch Ambros spürte nun den übermäßigen Weingenuss vom Vortag und schwitzte das Wenige an Flüssigkeit, das sein Körper noch von sich geben konnte, bereits auf dem Weg zur Plaza de Immaculata aus. Als die Gruppe sich am Rand des Platzes, der der unbefleckten Empfängnis Mariens geweiht war, aufstellte, um nicht von den Edlen Kastiliens und dem Gefolge des Königs erdrückt zu werden, stöhnte der Goldschmied auf und suchte Halt. Dieter stellte sich neben ihn, um ihn zu stützen, während Anna an seine andere Seite trat, um ihm denselben Dienst zu erweisen.

Vater Thomas sah Ambros strafend an. »Nimm dich zusammen! Oder hast du den langen Weg zurückgelegt, um ihn in Schande zu vollenden?«

Ambros schüttelte den Kopf und biss die Zähne zusammen. »Ich schaffe es schon.«

»Natürlich tust du das«, versuchte Anna ihm mit sanfter Stimme Mut zu machen.

Er lächelte ihr dankbar zu und reckte seine Gestalt. »Ich habe schon ganz andere Sachen geschafft.«

Tilla und Blanche hatten vor lauter Schauen nichts von dem kleinen Zwischenfall mitbekommen. Während Blanches Blick sich vor allem auf Starrheim heftete, versuchte Tilla so viel wie möglich in sich aufzunehmen. Direkt vor dem Nordportal, durch das sonst die Pilger einzogen, hatten sich etliche geistliche Würdenträger um den König versammelt. Herr Heinrich trug auch heute Mantel und Hut der Pilger, doch unter seinem kunstvoll bestickten Waffenrock schaute ein Kettenhemd hervor und unter dem Hut hatte er, wie Sebastian erklärte, eine eiserne Kappe aufgesetzt, die ihn vor Hieben schützen sollte.

»Ich sagte bereits gestern, dass es hier in Galizien viele Leute gibt, die lieber eine von König Peters Töchtern auf dem Thron sähen als den Brudermörder, wie sie Herrn Heinrich im Geheimen nennen. Er tut daher gut daran, sich zu wappnen.«

Tilla war froh, dass sie mit diesen hohen Herrschaften und ihren Taten wenig gemein hatte. Das Zinnkästchen fest an ihr Herz gedrückt fieberte sie dem Augenblick entgegen, an dem sie endlich die Kathedrale betreten durfte. Es dauerte jedoch eine

Weile, bis die Gefolgschaft des Königs so weit geordnet war, dass die Prozession beginnen konnte.

Die Glocken läuteten, als König Heinrich von Kastilien die Treppen zum Portal hochstieg und sein Haupt neigte, um dem drittheiligsten Ort der Christenheit nach Jerusalem und Rom seine Verehrung zu erweisen. Ihm folgten etliche Vertreter der großen kastilischen Häuser, an ihrer Spitze die Angehörigen der Familie seiner Mutter. Auch Bertrand du Guesclin zählte zu jenen, die dem König schon bald in die Kathedrale folgen durften. Bis Tilla und ihre Freunde an der Reihe waren, verging noch geraume Zeit. Schließlich war der Platz leer und die Mönche, die darüber wachten, dass nur die Gefolgschaft des Königs Einzug hielt, deuteten ihnen mit Gesten an, dass sie nun ebenfalls die Kirche betreten durften.

Die Türme der Kathedrale von Santiago waren niedriger als der mächtige Turm des Ulmer Münsters, doch dessen Kirchenschiff hätte mehrfach in den gewaltigen Innenraum gepasst. Nie zuvor hatte Tilla ein so riesiges Bauwerk betreten, und sie fühlte sich beinahe wie eine Ameise in einem großen Gemach. Ihre Lippen formten die Gebete, die sie unterwegs unzählige Male gesprochen hatten, und ihre Augen wanderten dabei über die Gemälde und Statuen, die im Lichterglanz unzähliger Kerzen die Herrlichkeit des Herrn Jesus Christus und der großen Heiligen den Menschen nahe brachten.

Als sie weitergeschoben wurde, ragte eine Säule aus weißem Marmor vor ihr auf, die von einer Statue des Apostels gekrönt wurde, dem diese Kirche geweiht war. Der heilige Jakobus trug die Kleidung eines Pilgers und die große Muschel, die das Zeichen der erfolgreichen Santiago-Wallfahrer geworden war, und blickte gütig auf sie hinab. Vor ihr umarmte Vater Thomas weinend den kühlen Stein und presste seine Stirn dagegen. Seine

Hand suchte eine Vertiefung in der Säule, die so glatt wirkte, als hätten schon Abertausende vor ihm in sie hineingegriffen, und sein Mund zuckte dabei vor Freude, aber auch vor innerlichem Schmerz, weil es das letzte Mal sein würde, dass er an dieser Stelle des Segens des großen Apostels teilhaftig werden durfte.
Nachdem ihr Pilgerführer weitergegangen war, schoben die anderen Tilla nach vorne. In deren Augen hatte sie diese Ehre am meisten verdient. Auch sie konnte die Tränen nicht zurückhalten, als sie die Säule umarmte und küsste und ihre Hand in die kleine Vertiefung legte, die bereits unzählig viele Pilger vor ihr berührt hatten.
»Ich habe es geschafft, Vater!«, flüsterte sie mit einem schier unbeschreiblichen Gefühl des Glücks und hielt das Zinnkästchen kurz an die Säule. In dem Augenblick glaubte sie, ihren Vater dankbar nicken zu sehen, und als sie die Säule verließ, um den Platz im Hintergrund aufzusuchen, von dem aus sie der Messe folgen durfte, presste sie das Herz ihres Vaters mit der Rechten gegen die Brust, während sie ihre Linke so hielt, als führe sie jemand.
Es sah etwas eigenartig aus, doch Sebastian verstand, was in ihr vorging. Diesen Augenblick musste sie mit dem Geist ihres Vaters teilen. Er empfand Stolz auf die junge Frau, die so beharrlich ihrem Ziel gefolgt war, und die Sehnsucht, endlich mit ihr eins werden zu können, wurde schier übermächtig. Sein Blick flog nach oben, und für den Bruchteil eines Augenblicks glaubte er über das hohe, gewölbte Dach hinauszublicken und Eckhardt Willinger zu sehen, der seine Hand zu einer segnenden Geste erhob.
Dann schoben ihn seine Freunde nach vorne zur Säule und er folgte Tillas Beispiel mit einem frohen Schaudern. Blanche kam als Nächste und bat dabei den heiligen Jakobus um die Erfül-

lung ihrer geheimen Wünsche. Auch die anderen traten nun an die Säule, berührten sie und gingen dann mit entrücktem Blick weiter. Ambros vergaß in seiner Freude, diesen Augenblick erleben zu dürfen, seine Schwäche und schritt aufrecht hinter Anna her. Als er hinter Vater Thomas stand, lehnte er sich jedoch unauffällig an einen Mauervorsprung.

Vorne am Hauptaltar begann nun die heilige Messe, die an diesem Tag um ein Ritual erweitert wurde, denn kurz vor dem Ende trat der Bischof von Santiago auf den vor dem Altar knienden König zu und heftete ihm eine prächtige Jakobsmuschel an den Pilgerhut. Es wirkte wie eine symbolische Krönung und war wohl auch als solche gedacht. Dabei schwangen Ministranten das gewaltige Weihrauchgefäß, welches an langen Ketten von der Decke hing, und erfüllten das Kirchenschiff mit dem aromatischen, wenn auch ein wenig streng riechenden Duft des glimmenden Harzes.

Währenddessen segnete der Bischof von Santiago alle, die sich in der Kirche befanden, und einer seiner Diakone verlas mit lauter Stimme einen Bibeltext, in dem der heilige Jakobus eine Rolle spielte. Vater Thomas übersetzte seiner Gruppe die lateinischen Worte leise ins Deutsche, während an anderen Stellen sprachkundige Mönche denselben Dienst jenen Pilgern leisteten, die man ebenfalls für würdig erachtet hatte, zu dieser Stunde die Messe zu hören. Mit diesem Dienst wollten sie den Ruhm des heiligen Jakobus und damit auch den des Ortes, an dem er begraben worden war, in die weite Welt hinaustragen lassen.

Der König, der sich an dieser heiligen Stelle sehr demütig gab, küsste zuletzt noch den Altar und verließ dann das Gotteshaus an der Spitze seines Gefolges. Tilla und die Ihren mussten erneut warten, bis auch sie ins Freie treten konnten. Draußen ging die Prozession weiter. Alle, die an der Messe teilgenommen hatten, umrundeten dreimal die gewaltige Kathedrale und beugten ein letztes Mal das Knie. Damit endeten die Zeremonien, und die Pilger waren für den Rest des Tages sich selbst überlassen.

Zu ihrer Überraschung gesellte sich jetzt auch Sepp zu ihnen, den sie bislang vermisst hatten. Er war bereits vor mehreren Tagen mit einem Trupp Soldaten in Santiago angekommen und hatte seine Wallfahrt ohne Zeugen vollendet. Einesteils bedauerte er es, denn er wäre gerne mit seinen Pilgerfreunden in die Kathedrale eingezogen, zum anderen hatte er sein Gewissen viele Stunden lang im Gebet erleichtern und seinen Gedanken nachhängen können. Für Vater Thomas' Pilgergruppe war seine frühe Anwesenheit von Vorteil, denn er hatte bereits die Stadt erkundet und führte sie in eine Taverne, die etwas abseits von den Pilgerströmen in der Nähe der Kirche Santa Maria Salomé lag und in der es neben süffigem Wein einen ausgezeichneten Lammbraten gab, der mit den Kräutern dieser Gegend gewürzt wurde.

Während sie sich das Essen schmecken ließen, erzählte Sepp einiges von seinen Erlebnissen, und es war deutlich zu hören, dass er Starrheim beinahe wie einen Heiligen verehrte und Sebastian in seiner Wertung ebenfalls einen sehr hohen Rang einnahm. Zuletzt drehte er seinen Becher etwas unschlüssig in der Hand und starrte durch die anderen hindurch in eine nur für ihn erkennbare Ferne.

»Graf Rudolf hat mir angeboten, als Dienstmann bei ihm zu bleiben. Wenn mein Weib damit einverstanden ist, wäre es mir sehr recht. Es könnte ein neuer Anfang für uns beide sein.« Er stellte den Becher ab, ohne davon getrunken zu haben, und holte einen kleinen Beutel unter seinem Gürtel hervor. Als er den

Inhalt in seine Hand schüttete, sahen die anderen ein Kreuz und ein Herz aus schwarzem Gagat.

»Glaubt ihr, dass meine Frau sich freuen würde, wenn ich ihr das mitbringe?«, fragte er etwas unsicher.

Hedwig nahm ihm die beiden Schmuckstücke aus der Hand, um sie genauer zu betrachten. »Sie wäre eine Närrin, täte sie es nicht. Wo hast du das her? Ich möchte meiner Tochter auch so etwas mitbringen.«

Sepp wies durch das Fenster in die Richtung, aus der sie gekommen waren. »Um die Kathedrale leben etliche Handwerker, die schöne Dinge herstellen. Viele Pilger nehmen solchen Schmuck mit als Erinnerung an ihre Reise.«

»So etwas hätte ich auch gerne«, flüsterte Tilla.

Sebastian nahm lächelnd ihre Hand. »Ich werde dir das schönste Schmuckstück schenken, das du dir vorstellen kannst. Wenn du willst, heißt das natürlich!«

Tilla erwiderte das Lächeln und nickte. »Natürlich will ich!«

»Es gibt auch ausgezeichnete Zinnschmiede hier. Wer also einen Krug oder so etwas braucht, findet gewiss etwas«, fuhr Sepp in seiner Beschreibung fort.

»Ein schöner Krug wäre doch ein hübsches Mitbringsel für meinen Vater. Das findest du doch auch, Tilla?« Sebastian gefiel die Idee, erhielt aber von Tilla einen Nasenstüber.

»Wenn du jetzt bei allem, was du tun willst, mich fragst, werde ich böse. Ein Mann muss auch einmal alleine entscheiden können, genauso wie eine Frau.«

Sebastian verzog sein Gesicht zu einer Grimasse. »Auweh, der erste Ehestreit kommt bereits, bevor wir überhaupt Hochzeit gefeiert haben. Das verspricht nichts Gutes für die Zukunft.«

»Du brauchst mich ja nicht zu heiraten.« Tilla wandte ihm beleidigt den Rücken zu, brachte es aber nicht fertig, lange in dieser Haltung zu verharren. Ihre Freunde besprachen nämlich die Pläne für die nächsten Tage. Während Dieter und Peter dafür waren, sich nach ein paar Tagen der Erholung auf den Heimweg zu machen, wiegte Sebastian nachdenklich den Kopf.

»Nicht, dass es mich nicht auch wieder nach Hause zieht, aber ich möchte zu gerne noch das Ende der Welt sehen.«

Tilla fuhr herum. »Das Ende der Welt? Was ist denn das?«

»Finis Terrae, das ist jene Stelle, an der das letzte Land endet und die Weite des Ozeans ihren Anfang nimmt. Schon die alten Römer nannten diesen Ort das Ende der Welt. Dahinter kommt nichts mehr.« Vater Thomas hatte beschlossen, den Platz, welchen er von seinen früheren Pilgerfahrten her kannte, auch diesmal wieder aufzusuchen. Sein Beispiel gab den Ausschlag, und es waren vor allem Blanche und die anderen Frauen, die darauf drängten, diese geheimnisvolle Stelle zu betreten. Peter gab Renata nach und Dieter stimmte schließlich ebenfalls zu. Nur Ambros saß mit einem langen Gesicht am Tisch und starrte auf seine Hände.

»Na ja, das schiebt die Entscheidung noch einmal hinaus«, murmelte er vor sich hin.

Anna hob die Augenbrauen und musterte ihn neugierig. Anscheinend gab es etwas in Ambros' Leben, von dem sie noch nichts wusste. Doch es war sinnlos, ihn jetzt danach zu fragen. Sie musste die Augen offen halten und den richtigen Augenblick ausnützen, um hinter sein Geheimnis zu kommen.

»Also ist es abgemacht. Wir reisen zum Ende der Welt!« Vater Thomas hob seinen Becher und trank den anderen zu. Jetzt, wo seine Gruppe bis auf Starrheim wieder zusammen war, fühlte er sich besser. Sepp versicherte, dass der österreichische Graf sie gewiss begleiten würde, und wurde von Blanche mit einem erleichterten Lächeln belohnt. Da er wusste, wie Rudolf

von Starrheim zu der jungen Dame stand, sicherte er sich ihre Dankbarkeit durch einen ausführlichen Bericht über dessen Heldentaten.
Die anderen hörten ihm zu und lächelten zufrieden. Sie hatten ihr Ziel glücklich erreicht, vergaßen darüber jedoch nicht ihre Freunde, die unterwegs den Tod gefunden hatten, und sprachen gemeinsam ein Gebet für Manfred und Bruder Carolus. An Annas und Renatas Neffen Hermann und dessen Freund Robert, die sie so schnöde im Stich gelassen hatten, dachte niemand. Selbst die beiden Frauen verschwendeten keinen Gedanken an sie.

IV.

Am nächsten Morgen erschienen zwei Mönche in ihrem Quartier und fragten nach Tilla. Sebastian zeigte verwundert auf die junge Frau. »Dort steht sie!«
Einer der Mönche blieb an der Tür stehen, während der zweite auf Tilla zukam.
»Ihr seid Señora Tilla?«
Tilla nickte. »Das bin ich!« Sie war froh, dass ihre Kenntnisse der kastilischen Sprache sich so weit verbessert hatten, um einem einfachen Gespräch folgen zu können, denn der Mönch setzte seine Rede umgehend fort. »Im Auftrag unseres ehrwürdigen Herrn Bischofs bitten wir Euch, mit uns zu kommen, auf dass Euer Auftrag erfüllt werde und das Herz Eures Vaters seine letzte Ruhe finden kann.«
Tilla hatte bereits überlegt, an wen sie sich wenden konnte, um einen würdigen Platz für das Zinnkästchen zu finden, und war erleichtert, weil dieses Problem sich nun von selbst zu lösen schien. Sie nahm das verbeulte Gefäß aus ihrer Tasche, küsste es

und wollte es dem Mönch reichen. Dieser machte ihr mit Gesten unterstrichen klar, dass sie es bei sich behalten solle, und bat sie, ihm zu folgen.
Etwas verwirrt gehorchte Tilla. Auch die übrigen Pilger der Gruppe kamen mit, um dabei zu sein, wenn sie ihre Aufgabe erfüllte. Sebastian trat an ihre Seite und fasste ihre Hand. »Dein Vater wäre stolz auf dich.« Ähnliches hatte er bereits am Vortag gesagt, aber seiner Ansicht nach konnte Tilla für ihren Mut und ihre Beharrlichkeit nicht oft genug gelobt werden.
Vater Thomas gesellte sich zu den Mönchen und sprach leise mit ihnen. Er nickte dabei und wandte sich zuletzt an Tilla. »Deinem Vater wird eine große Ehre zuteil, mein Kind. Sein Herz wird in die Wand der großen Kathedrale eingemauert. Bislang wurden nur die Herzen gekrönter Häupter und heiliger Männer und Frauen auf diese Weise für die Ewigkeit gebettet.«
In Tillas Kopf rauschte es, denn sie konnte kaum begreifen, warum man ausgerechnet ihrem Vater so viel Ehre zuteil werden ließ. Sie hatte schon angenommen, irgendwo in der Stadt oder sogar außerhalb davon ein Loch schaufeln zu müssen, um das Kästchen heimlich zu begraben. Sie konnte nur vermuten, dass Starrheim seinen Einfluss geltend gemacht hatte, um sich auf diese Weise noch einmal bei ihr zu bedanken.
Die Mönche führten sie zur Plaza da Quintana und weiter zu einer der Nischen, die sich in der Außenmauer der Kathedrale befanden. Etwas im Hintergrund stand ein Mann in einem Maurerkittel, der ein paar aus Sandstein gehauene Quader und einen Kübel mit Mörtel vor sich stehen hatte. Aber er war noch nicht an der Reihe, denn die Mönche baten Vater Thomas vorzutreten und eine Grabrede für den Toten zu sprechen, dessen Leib und Herz an zwei so weit entfernten Orten auf das Jüngste Gericht harren würden.

Tillas Pilgerführer benetzte seinen Mund mit einem Schluck Wasser aus seiner Kürbisflasche und sah die junge Frau verwirrt an. Er hatte Eckhardt Willinger niemals kennen gelernt und wusste von ihm nur zu sagen, dass er eine mutige Tochter hatte. Dann entschied er, dies sei Grund genug, lobende Worte über den Toten zu äußern. Nur Tilla fühlte, dass seine Grabrede ihren Vater, der ein harter und nicht immer ehrlicher Handelsmann gewesen war, in übertrieben gutem Licht erscheinen ließ. Aber als Vater Thomas dann auf sie zutrat, waren ihre Zweifel verflogen.

»Du musst deinen Vater sehr geliebt haben, um dieses große Opfer für ihn zu bringen. Ich kenne wenige, die dies getan hätten«, sagte er und legte ihr die rechte Hand segnend auf die Stirn.

Tilla senkte den Kopf, damit er nicht in ihren Augen lesen konnte, denn sie wusste nicht zu sagen, ob sie ihren Vater wirklich von Herzen geliebt hatte. Stets hatte sie ihm die nötige Ehrerbietung entgegengebracht, die ihm als ihrem Vater zustand, und … Sie brach diesen Gedankengang abrupt ab. Ihr Vater mochte zuweilen harsch zu ihr gewesen sein, doch er hatte alles getan, um ihr ein angenehmes Leben zu ermöglichen, und er hätte Veit Gürtlers Werbung niemals in Erwägung gezogen. Ob sie mit Sebastians Bruder glücklich geworden wäre, wusste sie nicht zu sagen. Sie hätte Damian jedoch achten und vielleicht sogar einmal lieben können. Dennoch war sie froh, dass das Schicksal es anders bestimmt hatte. Sie warf Sebastian einen raschen Blick zu. Wenn er es wollte, würden sie noch auf der Rückreise ein Paar werden.

»Lege jetzt das Kästchen an den Ort, an dem es bis zu jenem Tage bleiben wird, an dem unser Herr Jesus Christus erscheint, um die Lebenden und die Toten zu richten.«

Vater Thomas sah Tilla auffordernd an und wies auf die Nische. Sie trat darauf zu und streckte zögernd die Hände aus. Bei dem Gedanken, dass das Zinngefäß, das sie so lange Zeit bei sich getragen hatte, nun so einfach hinter Steinen verschwinden würde, traten ihr Tränen in die Augen. Mit einem energischen Ruck zwang sie sich dazu, es in die Nische zu stellen und loszulassen. Kaum war dies geschehen, stimmten die Mönche einen Gesang zum Lobe des Apostels Jakobus und des Herrn Jesus Christus an. Vater Thomas fasste sie um die Schultern und führte sie ein Stück weg. Er schlug das Kreuz und empfahl die Seele des toten Handelsherrn der Himmelsjungfrau und allen Heiligen. Dann gab er dem Maurer das Zeichen, sein Werk zu tun.

Tilla sah zu, wie der Mann mit seiner Kelle Mörtel auftrug und die Nische verschloss. Er musste die Steine bereits vorher angepasst haben, denn als er fertig war, hätte man keine Messerklinge mehr in die Ritzen stecken können.

Zufrieden mit seinem Werk kam der Maurer auf Tilla zu und seine Miene zeigte, dass er sich ein gutes Trinkgeld erhoffte. Da die junge Frau noch zu erschüttert war, um darauf zu achten, drückte Sebastian ihm eine Münze in die Hand. Es war ein ganzer Dobla zu zwölf Reales und damit wahrscheinlich mehr Geld, als der Mann jemals auf einmal besessen hatte. Verwirrt starrte der Maurer den Spender an, packte dann aber nach einem hastigen Dankeswort sein Werkzeug und ging eilig davon, damit ihm niemand diese Gabe abfordern konnte.

Sebastian lächelte ein wenig über die Verblüffung des Mannes, gesellte sich dann zu Tilla und legte seine Hand auf ihre Schulter. »Das wäre geschafft. Wir sollten noch ein Gebet für deinen Vater sprechen und uns dann eine Taverne suchen, in der wir den Leichenschmaus nachholen können. Dein Bruder hatte ja nur seine besten Freunde dazu eingeladen und zu denen zähle ich nicht gerade.«

»Dafür danke ich Gott!« Tilla atmete tief durch. Bislang hatte sie Sebastian noch nichts von ihrem Verdacht gegen Otfried erzählt, aber sie spürte, dass die Zeit langsam reif wurde.

V.

Den Weg von Santiago nach Finis Terrae nahmen sie wieder zu Fuß in Angriff. Rudolf von Starrheim hatte seine Rüstung mit der Tracht eines Pilgers getauscht und schloss sich ihnen zu Blanches großer Freude an. Er sah mehr als zufrieden aus, denn er hatte seine Ehre, die durch Philippe de Saint Viths gehässige Worte beschmutzt worden war, vollständig wiederherstellen und seinen einstigen Freund beschämen können, indem er diesem vor vielen Augen das Leben gerettet hatte. Nun war es der andere, der ihm nicht ins Gesicht zu schauen vermochte, denn er hatte sich vor aller Welt als Neider und Verleumder bloßgestellt, dem es nur darum gegangen war, dem Freund die Braut abspenstig zu machen.

Starrheim interessierte es jedoch nicht mehr, was aus Saint Vith und dessen Ehefrau wurde. Da Erminolde de la Tours Vater nicht hatte warten wollen, musste er mit dem Eidam vorlieb nehmen, den er erwählt hatte. Ihm selbst schwebte nun eine ganz andere Heirat vor Augen, doch es erschien ihm noch zu früh, darüber zu reden.

Auf diesem Stück des Weges herrschte eine seltsame Stimmung in der Gruppe. Während ihrer langen Reise durch das Reich und das Land der Franzosen hatten sie gesungen oder miteinander gesprochen. Doch in den Tagen nach Santiago blieben sie stumm. Sogar Sebastian, der immer einen lockeren Spruch auf den Lippen hatte, ging nun still neben Tilla her, die ihm seltsam entrückt schien. Zwischendurch befürchtete er, sie bedauere schon, ihm ihr Herz ein wenig geöffnet zu haben. Doch wenn sie den Kopf drehte und ihn aus ihren blaugrauen Augen anblickte, schob er diesen Verdacht weit von sich. Sie liebte ihn, wollte aber jetzt mit ihren Gedanken allein sein.

Am schlimmsten von allen benahm sich Ambros. Er brachte nicht einmal ein Vergelts Gott über die Lippen, wenn ihm einer der anderen Brot oder Käse reichte. Oft weinte er still vor sich hin, starrte auf seine Hände und schüttelte mit verzweifelter Miene den Kopf.

Keiner wusste, wie man ihm helfen konnte, und da der Goldschmied sich allen Gesprächsversuchen entzog, zuckten seine Gefährten mit den Schultern und sagten sich, dass er seine Probleme mit sich selbst ausmachen müsse. Nur Anna blieb wachsam und lauerte auf eine Gelegenheit, den unsichtbaren Panzer zu durchbrechen, in den Ambros sich gehüllt hatte. Während der Reise zum Ende der Welt ergab sich jedoch keine Gelegenheit.

Die Strecke war bergig und nicht leicht zu bewältigen. Klöster und Pilgerherbergen gab es kaum, und so mussten sie einmal unter freiem Himmel auf einem Bett aus Heidegras nächtigen, das durch Ginsterbüsche nur unzulänglich vor dem scharfen Westwind geschützt wurde. Am Nachmittag des dritten Tages mischte sich ein seltsamer Geruch in die vom Duft des Heidekrauts und vielerlei anderer Blumen erfüllte Luft. Es kribbelte in den Nasen und Hedwig musste ständig niesen.

Vater Thomas winkte den anderen heftig zu, ihm zu folgen, und schritt rascher aus. Ein Pinienwald tauchte vor ihnen auf, und durch dessen Stämme schimmerte ein Blau, das außer ihrem

Führer noch keiner von ihnen gesehen hatte. Als sie das Wäldchen durchquert hatten, blieb Vater Thomas stehen und wies auf die schier endlose Wasserfläche, die sich vor ihnen ausbreitete. Zwischen ihnen und dem Ozean lag nur noch eine kleine Landspitze, deren felsige Küste im ständigen Rhythmus von kräftigen Wellen beleckt wurde.
»Finis Terrae, das Ende der Welt!« Der Pilgerführer sog die salzige, nach Tang schmeckende Luft tief in seine Lungen. Es war das letzte Mal, dass er das Meer riechen und sehen durfte. Mit dem Gefühl, etwas Schönes auf immer zu verlieren, betrat er den Weg, der sich in unzähligen Windungen in die Tiefe schlängelte, und blieb erst stehen, als die vom Wind aufstiebende Gischt sein Gesicht netzte.
Seine Begleiter kletterten ängstlich hinter ihm her und schienen nicht glauben zu können, was ihre Augen ihnen zeigten.
»Ich kann nichts anderes mehr sehen als Wasser«, rief Sebastian verblüfft. Zu Hause hatte er nur die Donau und deren Nebenflüsse gekannt und unterwegs den Genfer See gesehen. Doch nichts war mit diesem gewaltigen Anblick vergleichbar.
Hedwig wischte sich den Schweiß von der Stirn und starrte begehrlich in die endlosen Fluten. »Dürfen wir hier baden, ehrwürdiger Vater? Ich könnte eine Abkühlung vertragen.«
»An dieser Stelle nicht, doch wenn wir ein Stück zurückgehen, kommen wir an eine sichere Bucht. Wenn ihr euch nach dem Bad am Meer satt gesehen habt, können wir unter den Pinien lagern.« Obwohl Vater Thomas sich ebenfalls nach einem reinigenden Bad sehnte, blieb er noch eine ganze Weile stehen, um den Anblick der blauen Endlosigkeit in sich aufzunehmen.
Die anderen warteten, bis er dem offenen Meer den Rücken kehrte und sie zu einer kleinen Bucht führte, die von einer Felsbank gegen die offene See abgeschirmt wurde. Während er sich

so langsam auszog, als wolle er zuerst noch den Anblick des Wassers genießen, schlüpften die anderen hastig aus ihrer Kleidung und sprangen fröhlich wie kleine Kinder ins Wasser.
»Puh, das ist noch ganz schön kalt«, stöhnte Hedwig, kehrte aber nicht um, sondern spritzte sich von oben bis unten nass, bevor sie sich hineinplumpsen ließ. Tilla wanderte ein Stück in die Wellen hinein, bis das kühle Nass über ihre Schultern schwappte, und genoss das befreiende Gefühl, sich gründlich säubern zu können. Als sie mit ihren Händen etwas von dem Wasser schöpfte und ihr Gesicht damit benetzte, schmeckte es salzig. Ungläubig schleckte sie ein paar Tropfen mit der Zungenspitze, spie sie aber sofort wieder aus.
»Bei Gott, dieses Wasser kann man nicht trinken!«, rief sie in komischem Entsetzen aus.
»Das Wasser des Meeres ist nicht zu trinken«, erklärte Vater Thomas, der ebenso nackt wie seine Schäflein in die Fluten stieg.
»Kennst du nicht die Sage von der Zaubermühle, die alles gemahlen hat, was ihr Besitzer sich wünschte?«, fragte Sebastian.
»Ja, genau! Als er eine Schiffsreise machte, ging an Bord das Salz aus und da bat ihn der Kapitän, welches zu mahlen. Er tat es, doch in der Nacht erfasste den Kapitän die Gier, diese Zaubermühle selbst zu besitzen. Er tötete den Herrn der Mühle, raubte diese und stieg mit ihr an Deck, um Gold zu mahlen. Dabei sprach er dieselben Worte, die er von dem Besitzer gehört hatte, doch da dieser Salz gewollt hatte, mahlte die Mühle nur Salz. Das Wort jedoch, mit dem man den Zauber der Mühle beenden konnte, wusste der Kapitän nicht und so mahlte diese so viel Salz, bis sein ganzes Schiff davon bedeckt war und unterging. Seitdem ist das Wasser des Meeres salzig.«
»Eine gute Geschichte und sie mag sogar stimmen, denn die

Wasser, die ins Meer fließen, sind süß und man kann sie trinken«, stimmte Peter ihm zu.
Waren die Frauen und die Männer zunächst getrennt ins Wasser gestiegen, kam Starrheim nun auf Blanche zu, die versonnen ihren Oberkörper wusch. Er betrachtete die beiden gut ausgebildeten Hügelchen auf ihrer Brust mit einem zufriedenen Lächeln und ließ seinen Blick zu ihren Schenkeln weiterwandern, die gerade von der Welle freigegeben wurden. Nun konnte er das kleine Dreieck blonder Haare sehen, das leicht dunkler war als das Gold auf ihrem Kopf.
Mit einem raschen Griff fasste er sie und zog sie an sich. Als er ihre kühle Haut an der seinen spürte, wuchs sein Glied und rieb dabei über ihre Hüften. Blanche wagte einen Blick nach unten und erschrak angesichts des in ihren Augen doch recht bedrohlich wirkenden Dinges.
»Du weißt gar nicht, wie ich dich begehre«, flüsterte er ihr ins Ohr und bemerkte erst dann ihre Verwirrung.
»Keine Sorge, mein Kleines. Ich werde nicht über dich herfallen wie ein brünstiger Hengst. Doch ich habe während des Winters Botschaft an deinen Vormund gesandt und um deine Hand geworben, und einige Tage, bevor ich mit König Heinrich nach Santiago aufgebrochen bin, kam Graf Gastons Antwort. Er will dein Schicksal vertrauensvoll in meine Hand legen.«
Obwohl die Nachricht sie mit Freude erfüllte, schielte Blanche angstvoll auf seine Männlichkeit. »So etwas Gewaltiges kann kein Weib in sich aufnehmen. Ihr werdet mir Schmerzen zufügen und mich verletzen.«
Starrheim griff ihr mit der Rechten an den Busen und tippte lächelnd gegen die beiden blassen Warzen, die sich unter seiner Berührung rasch dunkler färbten und sich wie Knospen aufrichteten. »Du brauchst keine Angst zu haben, meine Süße.

Wenn wir in Orthez angelangt sind und dort unser Beilager halten, wirst du rasch merken, dass mein Stänglein sehr wohl hier hineinpasst.« Mit einer raschen Bewegung fuhr er ihr zwischen die Beine und brachte sie zum Quietschen. Um sich zu revanchieren, fasste sie zu und schloss ihre Hand um seinen zwar harten, aber sich samtig anfühlenden Schaft.
Starrheim stöhnte und kniff die Augen zusammen. Dann fasste er sie bei den Schultern und sah sie schier verzweifelt an. »Meine Liebe, es wäre jetzt besser, wenn Ihr Eure Hand ein wenig vor- und zurückbewegen könntet, damit ich Entspannung finde, sonst falle ich doch noch auf der Stelle über Euch her.«
Blanche fand diesen Wunsch etwas seltsam, doch da es ihm Freude zu bereiten schien, tat sie es gern.
Tilla hatte Blanche zunächst im Auge behalten, doch als diese keine Anstalten machte, sich mit Starrheim abzusondern, wandte sie sich Sebastian zu und ergriff seine Hände. »Nun sind wir am Ende der Welt.«
»Das sind wir!« Sebastian grinste dabei, doch weder er noch Tilla blickten auf die Felsen und das Meer, sondern musterten einander mit durchaus kundigen Blicken. Tilla war auf der Reise weiblicher geworden, fand der junge Mann, und so begehrenswert, dass er sie am liebsten aufgefordert hätte, mit ihm im Pinienwäldchen zu verschwinden.
Tilla fand ihre Ansicht bestätigt, dass Sebastian ein gut aussehender junger Mann war, und im Gegensatz zu Blanche schreckte sie die Größe seines Gliedes nicht. Von Aymer de Saltilieu hatte sie gelernt, dass dieses Ding nicht nur Schmerzen bereiten konnte.
»Weißt du schon, was du nach dieser Pilgerfahrt tun wirst?«, fragte sie ihn.
Sebastian zog unschlüssig die Schultern hoch. »Da möchte ich

vorher mit meinem Vater reden. Doch eines wird schon vorher geschehen.«
»Was?«
»Unsere Heirat, mein Schatz. Oder glaubst du, ich riskiere es, dass ein anderer dich bekommt?«
Tilla begriff, dass er seinen Bruder meinte, der ihr vorbestimmter Bräutigam gewesen war. Doch sie hätte Sebastian nicht um alles Gold der Welt gegen Damian eingetauscht. Das sagte sie ihm auch und sah seine Augen glücklich aufleuchten.
»Weißt du was?«, rief er. »Wir gehen zu Vater Thomas und bitten ihn, uns den Trausegen zu spenden.«
Sie wateten durch die heftiger anrollenden Wellen auf ihren Pilgerführer zu. Dieser hatte den letzten Teil ihres Gesprächs mit angehört und empfing sie mit abweisender Miene.
»Ich soll euch also trauen?«, fuhr er sie an. »So nackt, wie ihr jetzt seid, damit ihr gleich zwischen den Büschen verschwinden und euch paaren könnt wie Tiere? Daraus wird nichts! Ich kann euch zwar nicht aufhalten, wenn ihr euren niederen Instinkten folgen wollt, doch erhofft dann nichts mehr von mir. Ich werde nur dann den Segen über euch sprechen, wenn ich euch dessen für wert befinde – in Santiago vor der Mauer der Kathedrale, in der das Herz von Tillas Vater ruht.«
»Das ist ein guter Ort, findest du nicht auch, Sebastian?« Tilla sah, dass es etwas schmerzlich auf seinem Gesicht zuckte, doch er überwand sich und nickte.
»Gut! Wir warten bis dorthin. Aber dann gehörst du mir und ich werde mit dir das tun, auf was ich jetzt verzichten muss!« Es kostete Sebastian Überwindung, seinen Trieb niederzukämpfen, doch um Tillas willen war er dazu bereit.
Sie sah ihn mit leuchtenden Augen an und fand es plötzlich ebenfalls schade, dass sie warten mussten. Aber sie sagte sich,

dass es in einer von Gott gesegneten Ehe noch weitaus schöner sein würde als hier auf dem harten, von langen Piniennadeln bedeckten Waldboden.
»Komm, wasch mir den Rücken«, forderte sie Sebastian auf und drehte ihm die Kehrseite zu.
Während die meisten der Gruppe zusammengeblieben waren, hatte Ambros sich abgesondert und saß ein ganzes Stück entfernt auf einem Felsen, der in das Wasser hineinragte. Anna beobachtete ihn eine Weile und sah, wie er immer wieder den Kopf in den Händen barg. Es tat ihr weh, ihn so unglücklich zu sehen, und so wanderte sie unauffällig in seine Richtung.
»Was soll ich nur tun?«, hörte sie ihn jammern, als sie nahe genug an ihn herangekommen war.
Vorsichtig, um ihn nicht zu erschrecken, schob sie sich neben ihn und fasste nach seiner Hand. »Willst du mir nicht sagen, was dich bedrückt? Manchmal ist es besser, wenn man einen Menschen hat, dem man sein Herz ausschütten kann.«
Ambros hob den Kopf und drehte sein Gesicht in ihre Richtung. Seine Miene wirkte verkniffen und für Augenblicke sah es so aus, als wolle er sie mit harschen Worten fortschicken. Dann schluckte er die Tränen, die ihm in die Augen stiegen, und ein Schluchzen erschütterte seinen Körper.
»Es ist …, es …« Er atmete mehrmals tief durch, weil ihm die Sprache versagte, und blickte Anna verzweifelt an. »In meine Heimatstadt kann ich nicht mehr zurückkehren. Alle halten mich dort wegen meiner Größe und meiner Kraft für einen mutigen Kerl, der selbst dem Teufel ins Gesicht spucken würde. Jetzt aber werden sie von anderen Pilgern erfahren, wie feige ich gewesen bin, und über mich lachen. Viele würden versuchen, sich an mir zu reiben, um selbst als großer Kerl dazustehen. Davor habe ich Angst.«

»Das verstehe ich!« Anna nickte, denn sie wusste selbst, wie es in einer kleinen Stadt zuging. Einmal durch das Sieb gefallen würde es Ambros wohl kaum mehr gelingen, sein früheres Ansehen wieder zu erringen. Für seine Mitmenschen dort würde er der Kerl bleiben, der sich trotz seiner Kraft als Feigling erwiesen hatte, und dies würden viele ausnützen.

»Was willst du denn sonst tun?«

Ambros starrte auf seine Hände, die zwar groß waren, aber zum Kampf wenig taugten. Dafür vermochten sie die feinsten Kunstwerke aus Gold zu fertigen. Sonst war er immer stolz auf sein Können gewesen, doch im Augenblick zweifelte er an allem. »Der Abt von Puente la Reina hat mir angeboten, in seiner Stadt zu bleiben und dort als Goldschmied zu arbeiten. Doch ich habe Angst davor, allein in einem fremden Land bleiben zu müssen.«

Anna sah ihn eine Weile lang schweigend an. Trotz seiner Größe war er ein durchaus ansehnlicher Mann und sie hatte ihn auf ihrem gemeinsamen Weg gut genug kennen gelernt, um ihn einschätzen zu können. Sie mochte ihn mehr als jeden anderen Mann in ihrer Gruppe, auch wenn sie ihn nicht wirklich liebte. Doch Mitleid war ebenfalls ein starkes Gefühl, und sie fürchtete genau wie er die Einsamkeit. Ihre Schwester würde in eine fremde Stadt ziehen, und was sie von ihren Verwandten erwarten konnte, das hatten ihr Neffe und sein Freund ihr deutlich gezeigt. Sie fühlte sich genauso allein wie Ambros, und das mochte ihn und sie zusammenschweißen. Wohl zählte sie einige Jahre mehr als er, doch dies fiel kaum ins Gewicht, denn Renatas Schicksal bewies ihr, dass sie noch Kinder bekommen konnte.

Dann aber dachte sie an die Vergangenheit und den Grund für ihre Pilgerreise, und ein Schatten huschte über ihr Gesicht. Der

Mut, der sie bisher erfüllt hatte, begann sie wieder zu verlassen. »Verzeih, dass ich dich gestört habe, ich …« Sie brach ab und wollte gehen.

Ambros blickte erstaunt auf und fasste nach ihrer Hand. »Was wolltest du sagen?«

Ohne dass er es sich eingestand, sehnte er sich nach einem Menschen, mit dem er über alles reden konnte. Anna hatte während der Pilgerreise immer Verständnis für ihn gezeigt und in gewisser Weise hoffte er, dass ihr mehr an ihm liegen mochte.

Anna zögerte, setzte sich dann aber wieder neben ihn und blickte auf das Meer hinaus. »Nachdem meine Schwester sich wieder verheiratet hat und mit ihrem Mann in eine fremde Stadt ziehen will, habe ich mir gedacht, ich sollte mir vielleicht auch eine neue Heimat suchen. Mir hat Puente la Reina sehr gefallen, und du gefällst mir auch.« Das Letzte klang etwas zaghaft und dünn, doch Ambros wuchs dabei förmlich in die Höhe.

»Wirklich? Du würdest bei mir bleiben und …« Ambros sah sie mit großen Augen an und spürte, wie ihn der Anblick ihres nackten Körpers, mehr aber noch ihr hingebungsvoller Blick erregte. Schon lange, bevor sie in Ulm zu ihrer gemeinsamen Pilgerfahrt aufgebrochen waren, hatte er sich der Frauen enthalten und auch während ihrer Reise nicht daran gedacht, in dieser Weise zu sündigen. Jetzt aber spürte er, wie ihm das Blut in die Lenden schoss, und er biss die Zähne zusammen, um nicht auf der Stelle über sie herzufallen. Während er sich mühsam zu beruhigen suchte, fasste er nach ihrer Hand. »Kommst du mit in den Wald?«

Anna spürte, wonach ihm der Sinn stand, und schwankte einen Augenblick. Sie begriff jedoch, dass sie ihn jetzt nicht zurückweisen durfte, denn sonst bestand die Gefahr, dass er sich nie mehr als richtiger Mann fühlen, sondern sich immer für einen

Versager halten würde. Auch wenn die Worte, die sie noch hatte sagen wollen, ihr schier die Zunge verbrannten, so musste sie ihm dieses Opfer bringen. Während sie Hand in Hand mit ihm im Pinienwäldchen verschwand, schüttelte sie den Kopf über das andere Geschlecht, das einen großen Teil seines Selbstbewusstseins daraus zu ziehen schien, wie gut es den Schwengel rühren konnte. Ihr eigener Mann war da nicht anders gewesen, und den hatte sie nicht halb so gerne gemocht wie den großgewachsenen Goldschmied.

Als sie eine Stelle fand, die ihr geeignet erschien, ließ sie sich nieder und spreizte einladend die Beine. »Komm, mein Lieber! Danach wirst du dich besser fühlen!«

Ambros blieb neben ihr stehen und betrachtete sie mit wachsender Lust. Anna mochte zwar zierlich und nicht besonders groß sein, doch sie hatte die Rundungen an den richtigen Stellen, und als sie jetzt die Arme verlangend nach ihm ausstreckte, war es um seine Beherrschung geschehen. Er drängte sich zwischen ihre Schenkel, brauchte aber ihre Hilfe, um die Pforte zu treffen, und bearbeitete sie mit einer Wildheit, die sie im ersten Augenblick erschreckte. Der leichte Schmerz, den sie zunächst bei seinen ungestümen Bewegungen verspürte, schwand jedoch bald und machte einem Empfinden Platz, das sie bei ihrem verstorbenen Ehemann nie gekannt hatte.

Als er nach einer Weile erschöpft von ihr herabrollte, schmiegte sie sich an ihn und sah ihm in die Augen. »Ich hoffe, es geht dir jetzt besser.«

Ambros nickte lächelnd und fasste nach ihren Händen. »Bist du dir sicher, dass du mit mir zusammen hier in Spanien bleiben willst? Ich würde mich sehr darüber freuen, weißt du!«

Anna nickte im ersten Augenblick, sah ihn dann aber traurig an.

»Ich würde es gerne, aber …« Sie schwieg einen Augenblick und seufzte.

»Ich bin eine schlimme Sünderin«, bekannte sie dann. »Du sollst wissen, weshalb meine Schwester und ich uns zur Buße auf diese Wallfahrt begeben haben. Unser Vater wollte uns beiden etwas Gutes tun und hat uns mit zwei engen Freunden verheiratet. Ihre Freundschaft zueinander war jedoch größer als ihre Liebe zu uns. Da Renata und ich uns ähnlich sehen wie ein Ei dem anderen, erfasste unsere Ehemänner die Lust, zu erfahren, wie denn jeweils die Schwester wäre. Sie forderten Renata und mich auf, uns ihnen auf eine Weise hinzugeben, wie es die christliche Lehre eigentlich verbietet. Wir haben uns zunächst geweigert und dafür Schläge erhalten. Was hätten wir denn tun sollen? Wir konnten doch dem Pfarrer nicht sagen, dass unsere Männer böse Gelüste empfanden. Man hätte sie schwer bestraft und uns dazu.«

Anna weinte und ihre Tränen liefen noch reichlicher, als sie den Rest bekannte. »Sie haben von uns verlangt, dass wir mit dem jeweils anderen Mann schlafen, und so hat meine Schwester vorgeschlagen, dass wir beide unsere Kleidung tauschen und uns als die jeweils andere ausgeben sollten, damit die göttliche Ordnung nicht geschmäht wird. Das habe ich jedoch nicht gewagt, sondern diese Sünde ohne eine weitere Lüge begangen. Nur wenige Wochen danach haben sich unsere Männer auf jene Geschäftsreise begeben, auf der sie von Räubern überfallen und getötet worden sind. Das war gewiss die Strafe für ihre und unsere Sünden. Um ihre Seelen und natürlich auch die unseren zu retten, haben wir diese Pilgerfahrt gelobt. Doch der Zorn des Herrn ließ nicht von uns ab, wie man am Schicksal meiner Schwester erkennen kann. Dabei war sie die Schuldloseste von uns allen.«

Ambros, der eben noch geglaubt hatte, sein eigenes Leben nicht mehr schultern zu können, fühlte sich plötzlich so stark wie selten. Er betrachtete die Frau neben sich voller Mitleid und zog sie an sich.

»Du magst gesündigt haben, doch das geschah unter Zwang. Ich verstehe, dass du es nicht gewagt hast, dich deinem Mann lange zu widersetzen. Die Schuld an allem, auch an dem, was Renata widerfahren ist, liegt allein bei euren Männern. Wären sie nicht den Verlockungen des Teufels erlegen, würdet ihr noch immer friedlich in eurer Heimatstadt leben, und ich hätte dich nie kennen gelernt.«

Der Ton, in dem er es sagte, ließ Anna aufsehen. »Es waren keine schlechten Männer, doch die Versuchung, tagtäglich zwei Frauen vor sich zu sehen, die wie eine aussahen, war zu groß für sie.«

»Wenn wir wieder in Santiago sind, werden wir für deinen und Renatas Mann beten und ihre Seelen dem heiligen Jakobus und dem Heiland empfehlen. Dann aber sollten wir unser Leben in die eigenen Hände nehmen. Sieh das, was euch auf der Wallfahrt widerfahren ist, als Gottes Gnade an: wäret ihr nicht nach Santiago aufgebrochen, hätte deine Schwester niemals Peter kennen gelernt, und du wirst nicht bestreiten wollen, dass er ihr ein guter Mann ist!«

»Das tue ich gewiss nicht.« Anna lehnte sich gegen Ambros und legte den Arm um ihn. Da sie seit ihrem Bad im Meer nackt waren, reagierte sein Körper sofort auf ihre Berührung. Er bettete sie noch einmal auf den Rücken und grinste. »Mir ist danach, noch einmal zu sündigen! Dann aber sollten wir zu Vater Thomas gehen und ihn um den Trausegen bitten.« Er betrachtete sie lächelnd und fand, dass er es schlechter hätte treffen können. Wohl war Tilla jünger und auch etwas hübscher als

Anna, doch zum einen liebte sie ihn nicht und zum anderen wollte er kein Weib haben, das sich in allen Dingen mutiger erweisen würde als er selbst.

VI.

Annas und Ambros' Entschluss überraschte die anderen, doch nach der ersten Verblüffung fanden alle, dass die beiden gut gewählt hatten. Zwar drückte Renata die eine oder andere Träne aus ihren Augen, denn sie musste sich erst an den Gedanken gewöhnen, bald auf immer von ihrer Schwester scheiden zu müssen, doch sie freute sich, dass auch Anna ihr Glück gefunden hatte. Ambros, der aus seiner tiefen Depression erwacht war und sich wieder auf das Leben freute, erhielt nicht weniger Zuspruch als seine künftige Frau. Auch wenn sich nicht jeder für sein Handwerk interessierte, hörten alle ihm aufmerksam zu, wenn er von den Kunstwerken aus Gold und Edelsteinen sprach, die er schon bald anfertigen wollte.

Im Bewusstsein, dass nun die letzten Schatten gewichen waren, kehrte die Gruppe von ihrem Ausflug ans Ende der Welt froh und erleichtert nach Santiago zurück. Dort hielt Vater Thomas Wort und vermählte Tilla und Sebastian vor der großen Kathedrale neben der zugemauerten Nische mit dem Kästchen aus Zinn. Auch Anna und Ambros spendete er dort den Trausegen. Auf die Erfüllung ihrer Wünsche mussten die beiden Paare jedoch verzichten, denn die heilige Stadt war wegen der Anwesenheit des Königs völlig überlaufen und die Mitglieder der Gruppe fühlten sich beinahe wie das heilige Paar am Vorabend der Geburt Jesu in Bethlehem. Selbst Starrheims Einfluss vermochte ihnen nur ein kleines Stübchen zu besorgen, in dem sie

alle dicht gedrängt übernachten konnten. An eine traute Zweisamkeit, die Tilla und Sebastian, aber auch Anna und Ambros sich wünschten, war daher nicht zu denken.
Die kleine Schar war schließlich froh, als sie alle Riten befolgt und sämtlichen heiligen Handlungen beigewohnt hatten, denn sie sehnten sich allmählich danach, den Weg in die Heimat anzutreten. Bei seinen früheren Pilgerreisen hatte Vater Thomas mit seinen Schäfchen auch den Rückweg zu Fuß bewältigt. Nun aber spielte Rudolf von Starrheim seinen Rang aus und versorgte die Gruppe mit Reittieren. Ihr Führer war darüber nicht sonderlich glücklich, denn er hatte wenigstens den Weg bis Puente la Reina wie ein büßender Pilger zurücklegen wollen. Der Hinweis auf Renatas fortgeschrittene Schwangerschaft und die Gefahr, dass sie unterwegs gebären könnte, brachte ihn dann aber doch dazu, sich Starrheims Willen zu beugen.
Während Renata in eine bequeme Pferdesänfte gesetzt wurde, standen für die anderen Frauen sanfte Maultiere und für die Männer Pferde bereit. Vater Thomas wählte für sich ebenfalls ein Maultier, bestand aber unterwegs darauf, dass seine Gruppe mit Ausnahme der Schwangeren sowohl den Rabanalpass, wie auch den von Puerto San Adrian und Santa Cristina in Demut zu Fuß bewältigten.
Als sie nach einer Reise von fünfundzwanzig Tagen Puente la Reina erreichten, war die Zeit des ersten Abschieds gekommen. Ambros und Anna würden in dieser Stadt bleiben, um unter dem Schutz des Abtes zu leben und zu wirken. Es war ihnen anzusehen, dass ihnen dieser Entschluss nicht leicht fiel, doch die frommen Brüder des Klosters machten sie mit mehreren Deutschen bekannt, die sich ebenfalls hier angesiedelt hatten, und so fiel ihnen der Abschied leichter.
Tilla und die anderen hielten sich noch eine ganze Woche bei

ihnen auf, um sich für die Übersteigung der Pyrenäen zu stärken, doch als es ans Scheiden ging, atmete Peter tief durch und sah die anderen traurig an.

»Wärt ihr Renata und mir böse, wenn wir noch eine Weile hierbleiben würden?«, fragte er. »Renata könnte hier unser Kind zur Welt bringen und ihre Schwester zur Gevatterin bitten. Auch würde es den beiden leichter werden, wenn sie nicht so überstürzt Abschied nehmen müssten.«

Sebastian legte dem kleinen Mann, der sich auf dem langen Weg als guter Freund erwiesen hatte, die Hand auf die Schulter und lächelte, obwohl er es bedauerte, den weiteren Weg auch ohne ihn und Renata zurücklegen zu müssen. »Natürlich nehmen wir dir diesen Entschluss nicht übel! Ich würde genauso handeln wie du. Pass auf Renata auf und kommt gut nach Hause. Ich weiß ja, wo du lebst, und werde von Zeit zu Zeit nachschauen, wie es euch geht. Wir werden sicher noch den einen oder anderen Humpen zusammen leeren.«

»Das tun wir gewiss!« In Peters Augen erschienen Tränen und er klammerte sich an den jungen Mann, den er während des größten Teils der Pilgerreise für einen unverantwortlichen Burschen gehalten hatte. Dann umarmte er Tilla und die anderen. Sprechen konnte er nicht mehr, da ihm die Stimme versagte. Auch Renata schloss die Freunde nacheinander in die Arme und weinte. Sosehr sie sich freute, noch ein paar Monate mit ihrer Schwester verbringen zu können, sosehr bedauerte sie es, die Gruppe verlassen zu müssen.

Vater Thomas wandte sich mit einer heftigen Bewegung an Sebastian und Starrheim. »Verzeiht mir, doch diese beiden Menschen brauchen mich nötiger als ihr, denn ihr seid das Reisen gewohnt. Ich werde bei ihnen bleiben und sie in die Heimat führen.«

Diese Entscheidung war für die anderen ein Schock, denn sie

hatten ihn stets als ihren Führer angesehen und fühlten sich mit einem Mal allein gelassen und schutzlos. Dieter wirkte so entsetzt, als würde ihm der Boden unter den Füßen weggezogen, und er schien zu schwanken, ob er bei Vater Thomas bleiben oder weiterreisen solle. Als Tilla ihm vorschlug, ebenfalls auf Peter und Renata zu warten, entschied er sich sichtlich erleichtert, ihrem Rat zu folgen.

Sepp aber schüttelte den Kopf. »Ich verehre Euch sehr, hochwürdiger Vater, doch mein Platz ist an der Seite meines Herrn. Graf Rudolf hat mir die Möglichkeit geboten, ein neues Leben zu beginnen, und ich will ihn nicht gleich zu Anfang enttäuschen.«

»Das sollst du auch nicht.« Vater Thomas tätschelte die Wange des untersetzten Mannes und scheuchte dann diejenigen, die zurückbleiben wollten, in das Häuschen, welches der Abt Ambros und Anna als Wohnstatt zugewiesen hatte.

»Und ihr«, rief er Tilla und den anderen zu, »macht jetzt, dass ihr weiterkommt! Es liegt heute noch ein langer Weg vor euch. Wenn ich nach Ulm zurückkehre, werde ich den frommen Brüdern im Münster mitteilen, wo ihr mich finden könnt. Es würde mich freuen, euch einmal wiederzusehen.«

»Wir werden kommen«, versprach Tilla nachdrücklich und reichte ihm zum Abschied die Hand.

»Ganz gewiss!«, stimmte Sebastian ihr zu.

Auch die Übrigen versprachen dem alten Pilgerführer, ihn zu besuchen, dann stiegen sie auf ihre Reittiere und lenkten diese nordwärts. Eine Zeit lang hingen sie trübselig ihren Gedanken nach, dann brach Sebastian den Bann. »Wisst ihr, eigentlich bin ich gar nicht so traurig, dass Vater Thomas zurückgeblieben ist. Er hätte uns sonst gezwungen, auch noch den Pass von Roncevalles zu Fuß zu bewältigen.«

Wider Willen lachte Tilla hell auf und steckte die anderen damit an. Sie schämte sich ein wenig, aber dann sagte sie sich, dass sie Vater Thomas, Renata, Peter und Dieter in der Heimat wiedersehen würde und den beiden anderen Botschaft schicken konnte, und mit einem Mal freute sie sich auf die Rückkehr nach Hause, auch wenn sie sich fragte, was sie dort erwarten mochte.

VII.

Auf dem weiteren Weg stellten Tilla und ihre Begleiter deutlich fest, um wie viel anders Reisende hoch zu Ross empfangen wurden. In den Klöstern, Hospizen und Herbergen buckelten die Knechte vor ihnen, hochrangige Mönche begrüßten sie und die Äbte luden sie zum Essen ein oder ließen ihnen, wenn sie strenger auf die Trennung der Geschlechter achteten, Speisen von ihrer eigenen Tafel bringen. Natürlich erwarteten die Herrschaften von ihnen eine größere Spende für das Kloster und die Versorgung der mittellosen Pilger, doch da sie im Gegensatz zu ihrer Hinreise ausreichend mit Geld versorgt waren, fiel ihnen das Geben leicht.

Die Überquerung der Pyrenäen war trotz der Reittiere recht anstrengend und so atmeten vor allem Starrheim und Blanche auf, als sie einige Tage später Orthez erreichten. Von den Torwachen erfuhren sie, dass Graf Gaston immer noch hier Hof hielt und sie dem Anschein nach erwartete.

Es war beinahe wie damals, als sie zum ersten Mal vor den hohen Herrn geführt worden waren. Gaston Fébus saß an seiner Tafel inmitten seiner Gäste und sah einigen Akrobaten zu, die im Saal ihre Kunststücke vorführten. Beim Anblick seines Mündels sprang er auf, eilte Blanche entgegen und schloss sie in die Arme. »Gott im Himmel sei Dank, dass ich dich gesund vor mir sehe!«

»Was hätte mir schon geschehen können? Comte Starrheim hat mich doch beschützt!«

Graf Gastons Augenbrauen hoben sich ein wenig. Vor ihm stand nicht mehr das schüchterne Ding, das vor einem knappen Jahr mit der Nachricht vom Tod ihres Onkels zu ihm gekommen war, sondern eine junge Frau, die beträchtlich an Souveränität gewonnen hatte. Er umarmte Blanche noch einmal und wandte sich dann ihren Begleitern zu.

Ein fragender Blick traf Starrheim, der genau begriff, was sein Gastgeber wissen wollte. »Euer Mündel ist ein sehr mutiges und tugendhaftes Frauenzimmer, Monseigneur.«

»Ihr habt wohl an das Tor der Festung gepocht und seid abgewiesen worden? Doch nun könnt Ihr Euch mit meinem Segen zu einem neuen Ansturm rüsten. Du Guesclin ließ mir Botschaft zukommen, wie tapfer Ihr Euch geschlagen habt. Damit sind wohl die letzten Zweifel ausgeräumt und wir können zum Beilager rüsten. Ich sehe Euch an, dass Ihr nicht mehr lange damit warten wollt.«

»Gewiss nicht, Monseigneur.« Trotz jener Botschaft, die Blanches Vormund ihm schon hatte zukommen lassen, war Starrheim erleichtert über den freundlichen Empfang und auch darüber, dass er wohl bald mit der jungen Frau in einem Bett schlafen konnte. Er vergaß dabei aber auch seine Begleiter nicht und strich Sebastians Taten im Krieg heraus.

»Seine Majestät, König Heinrich hat meinen Freund dafür in den Adelsstand erhoben und ihm gestattet, sich Hidalgo von Kastilien zu nennen. Seit Santiago ist er mit dieser jungen Pilgerin vermählt, doch die beiden haben bislang noch nicht die Gelegenheit zur Zweisamkeit gefunden, die sie sich wünschten.

Sie wären Euch gewiss dankbar, wenn Ihr ihnen eine eigene Kammer zuweisen könntet.«
Tilla genierte sich ein wenig über Starrheims unverblümte Worte, doch Sebastian begann erwartungsvoll zu grinsen. Bisher hatte er der Umstände halber darauf verzichtet, sich Tilla zu nähern, doch das wollte er hier ändern. Seine Hand strich wie aus Versehen über ihr Hinterteil, und noch während sie überlegte, ob sie ihn schelten sollte, weil er in Anwesenheit eines so hohen Herrn wie des Grafen von Béarn frivol wurde, lachte dieser verständnisvoll auf und winkte seinen Haushofmeister zu sich.
»Von Santiago de Compostela bis hierher ist es ein weiter Weg, wenn man in dieser Hinsicht fasten muss. Weise den beiden eine hübsche Kammer an und lass einen Zuber mit warmem Wasser hineinstellen, damit sie sich reinigen können, und natürlich auch eine ausreichende Mahlzeit, denn sie werden sich vor und während ihres Zweikampfs gewiss stärken wollen. Ich möchte ihnen nicht zumuten, noch einmal an meiner Tafel sitzen zu müssen, während ihnen der Sinn nach etwas anderem steht.«
Tilla fand Graf Gaston nicht weniger frivol als Starrheim oder Sebastian. Anscheinend war sie auf einen Charakterzug der Männer gestoßen, über den eine wohlerzogene Frau hinwegsehen musste. Trotzdem hatte sie nichts gegen das Programm einzuwenden, das Gaston Fébus ihnen vorgeschlagen hatte. Zunächst aber teilte der Graf von Béarn ihnen in einem nicht allzu bedauernden Ton mit, dass sie auf die Gesellschaft seiner Nichte Felicia de Lacaune würden verzichten müssen.
»Die Gute hat sich auf die Besitzungen ihres Gemahls begeben, um diese während Comte Aymers Abwesenheit zu verwalten«, setzte er lächelnd hinzu.
Sepp atmete sichtlich auf, denn in den letzten Tagen hatte er in der Angst gelebt, Graf Gastons Nichte könne ihn wiedererken-

nen und als unerwünschten Mitwisser ihrer Geheimnisse aus dem Weg räumen wollen. Doch auch die anderen Mitglieder der Gruppe waren froh, dass ihnen eine weitere Begegnung mit der intriganten Dame erspart blieb.

Während Tilla und Sebastian sich zu der ihnen versprochenen Kammer bringen ließen, wurde auch der Rest ihrer Begleiter aus dem Saal geführt und in die Badekammer geleitet, in der die Bademägde sie schon mit allem Notwendigen erwarteten. Als sie frisch gewaschen und gekleidet an der Tafel des Grafen Platz nahmen, spürte Starrheim den Druck seiner Lenden so schmerzhaft, dass er seinen Gastgeber am liebsten gebeten hätte, ihm und Blanche ebenfalls eine Kammer zuweisen zu lassen. Doch dies vor der Hochzeit zu tun, die Gaston von Béarn ihnen ausrichten wollte, hätte einen hässlichen Missklang erzeugt und Gaston Fébus vielleicht sogar veranlasst, sein Wort zurückzunehmen.

Tilla und Sebastian bekamen nichts mehr von Starrheims Qualen mit, denn sie folgten dem Diener in die Kammer und warteten, bis der herbeigeschaffte Zuber mit warmem Wasser gefüllt war und köstlich duftende Seifen und Essenzen ebenso für sie bereitgestellt worden waren wie ein kräftigendes Mahl.

Kaum hatten die Knechte und Mägde die Kammer verlassen, trat Sebastian an die Tür und schob den Riegel vor. Danach riss er sich hastig die Kleider vom Leib und präsentierte sich Tilla so nackt, wie seine Mutter ihn geboren hatte.

Tilla hatte ihn schon öfter unbekleidet gesehen, doch anders als an den Brunnen während der Reise ragte sein Glied aufreizend nach vorne und sie spürte, dass er am liebsten sofort über sie hergefallen wäre. Mit strenger Miene wies sie auf den Zuber. »Marsch, hinein, du Schmutzfink. Du glaubst doch nicht, dass ich dich so an mich heranlasse.«

Sebastian seufzte ein wenig, gehorchte aber ihrer Aufforderung und bat sie, ebenfalls ins Wasser zu kommen. Obwohl Tilla sich unterwegs wenig dabei gedacht hatte, sich auszuziehen, genierte sie sich jetzt und so fielen ihre Hüllen etwas zögerlich. Doch gerade das reizte Sebastian noch mehr. Als sie endlich zu ihm in den Zuber stieg, packte er sie und wollte sie an sich ziehen, um sie auf diese Weise zu nehmen.

Doch sie klopfte ihm auf die Finger. »Nicht so hastig, mein Lieber. Männer, die sich nur von ihrer Gier leiten lassen, tun den Frauen weh oder verletzen sie gar.«

Eine dunkle Röte schoss über Sebastians Gesicht. »Denkst du dabei an deinen Mann und an das, was dieser mit dir getan hat?«

Er erinnerte sich durchaus an die Gerüchte, die über Veit Gürtler im Umlauf gewesen waren, und erriet, dass Tilla in ihrer Hochzeitsnacht schreckliche Erfahrungen gemacht hatte.

Er zwang sich zu einem Lächeln und streckte seine Hand aus, um ihr über die Wange zu streichen. »Hab keine Angst vor dem, was kommt, mein Schatz. Du wirst dich über mich nicht zu beklagen haben.«

Er hielt Wort und als die beiden eine Weile später eng umschlungen nebeneinander lagen, dachte Tilla mit einem wohligen Schauder, dass das angenehme Gefühl, welches sie mit Aymer de Saltilieu empfunden hatte, nur ein leichter Vorgeschmack auf die Freuden der Ehe mit einem geliebten Mann gewesen war.

VIII.

Zwei Tage später konnte Rudolf von Starrheim seiner jungen Braut beweisen, dass seine Männlichkeit sehr wohl in sie hineinpasste, ohne mehr Schaden anzurichten, als Gefühle in ihr auszulösen, die sie niemals erwartet hatte.

Gaston Fébus lud seine Gäste ein, länger bei ihm zu verweilen, doch Starrheim fand, dass er bereits zu lange der Heimat ferngeblieben war, und drängte auf einen raschen Aufbruch. Tilla war es recht, denn sie hatte Sebastian inzwischen in all das eingeweiht, was sie bedrückte, und sie fürchteten sich ein wenig vor dem, was in der Zwischenzeit in ihrer Heimatstadt geschehen sein mochte.

Graf Gaston stellte ihnen eine Eskorte, die sie vor Raubgesindel und plündernden Söldnern beschützen sollte, und dann ging es weiter. Sie folgten in etwa demselben Weg, den sie gekommen waren, und stellten erleichtert fest, dass die Reise hoch zu Ross weitaus einfacher zu bewältigen war. Als sie die Garonne erreichten, überschlugen die Fährleute sich, sie über den Strom zu bringen, während Dutzende von Pilgern am Ufer lagern und warten mussten.

Tilla taten die armen Leute leid und sie reichte dem Fergen ein paar Münzen mit der Anweisung, einen Teil der Pilger beim nächsten Mal mit hinüberzunehmen. Sebastian lachte zwar darüber, doch als sie ihn daran erinnerte, mit welchen Schwierigkeiten sie zu kämpfen gehabt hatten, wurde er ernst und lobte sie für ihre Haltung.

Auf ihrem weiteren Weg hätte Tilla gerne noch einmal den Ort aufgesucht, in dem Olivia und ihre Anhänger lebten. Doch sie bemühte sich vergebens, den Eingang zu dem Tal zu finden. Als sie die Hügelkette, in der es liegen musste, hinter sich gelassen hatten, drehte sie sich enttäuscht im Sattel um und suchte noch einmal die Linie des Höhenzugs ab, der sich scharf gegen den Himmel abzeichnete. Dabei glaubte sie auf einer nahen Anhöhe eine hochgewachsene Frauengestalt in einem weißen Gewand zu sehen, die ihr zuzuwinken schien. Die Erscheinung verschwand jedoch sofort wieder, und Tilla nahm an, dass sie einer

Sinnestäuschung zum Opfer gefallen war. Sie bedauerte es, die weise Frau nicht mehr getroffen zu haben, denn sie hätte gerne eine Weile mit ihr geplaudert. So aber konnte sie Olivia nur in Gedanken grüßen.
Die Reise ging so rasch vonstatten, dass die Orte, an denen sie auf der Hinreise gebetet hatten, wie in einem Traum an ihnen vorbeizufliegen schienen. Doch Starrheim konnte es nicht schnell genug gehen. Tilla, die ihn beobachtete, nahm an, dass er sich so bald wie möglich seinen habsburgischen Verwandten in Erinnerung bringen und seinem von Saint Vith beschädigten Ruf auch bei ihnen neuen Glanz verleihen wolle. Er war oft geistesabwesend, als brüte er über der Situation, die ihn in den habsburgischen Landen erwarten mochte, und das machte den Ritt nicht leichter. Tilla hatte das wenige Französisch bereits wieder verlernt, und so war die Gruppe auf den Grafen angewiesen. Da Starrheim zunehmend vergaß, für sie zu übersetzen, saßen sie meist stumm an den Tafeln, an die sie geführt wurden, und sehnten ebenfalls das Ende ihrer Reise herbei. Auch gönnte Graf Rudolf ihnen nicht einmal die Zeit, wenigstens die wichtigsten Wallfahrtsstätten und jene heiligen Orte aufzusuchen, die sie auf ihrem Hinweg hatten meiden müssen, und er wies auch Blanches Bitte ab, einige ihrer Verwandten wiederzusehen, die etwas abseits vom Reiseweg lebten.
Daher verlief der Heimweg ebenso ereignislos, wie die Anreise von Problemen geprägt gewesen war. Die Überquerung der Rhône fiel ihnen ebenso leicht wie die der Garonne. Der Ferge sah ihre Pferde, schätzte die noch recht gute Kleidung mit einem geübten Blick ab und verbeugte sich so tief vor ihnen, als wären sie der König von Frankreich und der Herzog von Burgund in eigener Person. Da die Pilger, die in die gleiche Richtung zogen, friedlicher wirkten als jene, die den Weg nach San-

tiago noch vor sich sahen, gab es auch hier keine Schwierigkeiten, zumal Tilla erneut mehrere Münzen spendete, damit diese Leute übergesetzt werden konnten.
Der Ritt durch die Alpen, die ihnen bei ihrem ersten Anblick so majestätisch erschienen waren, vermochte ihnen keinen Ruf des Erstaunens mehr entlocken, denn sie hatten unterwegs mehr als genug Berge gesehen, und in ihrer Erinnerung waren sie alle mit anstrengenden Aufstiegen und schmerzenden Füßen verbunden. Beim Anblick der schneebedeckten Gipfel lernten sie ihre trittsicheren Reittiere zu schätzen und waren froh über die Bequemlichkeiten, die sie sich nun leisten konnten. Das Essen war stets reichlich, die Unterkünfte sauber und die Menschen, die sie bedienten, waren freundlich und oft sogar devot.
Trotzdem war Tilla erleichtert, als die Lande, in denen mit fremder Zunge gesprochen wurde, endlich hinter ihnen lagen und sie den kehligen alemannischen Dialekt vernahm, den sie mit ein wenig Mühe verstehen konnte. Wenig später erreichten sie die Gegend, in der sie auf Starrheim getroffen waren, und nahmen an, er würde sie dort verlassen. Graf Rudolf hatte sich jedoch entschlossen, Ulm aufzusuchen, den Ausgangs- und Endpunkt dieser Pilgerfahrt, und sich von dort zu den Burgauer Besitzungen seiner Familie zu begeben. Da sechs ihrer Gefährten im fernen Spanien zurückgeblieben waren, freute sich Tilla darüber, denn wenn sich Starrheim, Blanche und Sepp von ihnen getrennt hätten, wären nur noch sie selbst, Hedwig und Sebastian an den Ausgangspunkt ihrer Pilgerschaft zurückgekehrt.
Da Starrheim um Blanches Wohlergehen besorgt war, mieden sie diesmal die Kernlande der Eidgenossen und erreichten ohne jeden Zwischenfall den Bodensee. Die einst so riesig erscheinende Wasserfläche kam ihnen nun, da sie das weite Meer mit

eigenen Augen gesehen hatten, klein und unbedeutend vor. Auch Hedwig, die bei der ersten Überfahrt vor Angst gebebt hatte, saß diesmal ganz ruhig auf einem Fass, blickte ins Wasser und sah den darin spielenden Fischen zu.

Tilla nahm ihre Hand und lächelte beinahe übermütig. »Bald sind wir zu Hause!«

Hedwig seufzte. »Gott sei es gedankt! Nicht, dass es mir unterwegs nicht gefallen hätte, doch ich möchte mein Enkelkind in die Arme schließen und herzen können. Das Rackerchen kann gewiss schon laufen.« Der Ausdruck ihres Gesichts wurde weich und ihre Augen blickten sehnsüchtig nach Norden.

Tillas Laune sank sofort, denn sie verspürte einen gewissen Neid. Außer der alten Elsa würde niemand sie frohen Herzens willkommen heißen. Ihren Bruder konnte sie nur als Feind ansehen, und Sebastians Vater und Bruder würden über die ohne ihre Zustimmung geschlossene Ehe auch nicht besonders glücklich sein. Daher stieg sie in Meersburg mit einem bitteren Geschmack im Mund an Land.

Jetzt waren es nur noch wenige Tage bis Ulm und sogar Starrheim ritt unwillkürlich langsamer, als bedaure er es, das Ende ihres Weges so bald erreicht zu haben. Niemand aber konnte die Zeit anhalten, und als in der Ferne der Turm des Ulmer Münsters auftauchte, der wie eine Säule in den Himmel ragte, wurde ihnen klar, dass der letzte Tag ihrer Pilgerschaft angebrochen war.

IX.

Vor gut sechzehn Monaten waren sie von Ulm aufgebrochen, doch als Tilla den Platz vor dem Münster erreichte und von ihrem Maultier stieg, erschien es ihr, als wäre es erst gestern gewe-

sen. Es herrschte derselbe Trubel wie damals, und sie erkannte sogar einige der Handelsleute wieder, welche ihr damals die Pilgerausrüstung verkauft hatten. Während Sepp mit den Knechten, die Gaston Fébus ihnen mitgegeben hatte, die Reittiere wegbrachte, betraten Starrheim, seine junge Gemahlin, Tilla, Sebastian und Hedwig das Münster und knieten vor dem Hochaltar nieder.
Ein Mönch, der anhand ihrer Kleidung und der Jakobsmuschel erkannte, dass er hochrangige Pilger vor sich hatte, eilte auf sie zu, um ihnen den Segen zu spenden und sie nach ihrem Begehr zu fragen. Tilla reichte ihm ihren Pilgerpass, den sie zu ihrem Leidwesen nur an wenigen Stellen hatte abzeichnen lassen können. Das Wichtigste war jedoch auf einem zweiten Pergament verzeichnet, nämlich die Tatsache, dass das Herz ihres Vaters an einer heiligen Stelle in Santiago seine Ruhestätte gefunden hatte. Sie reichte dem Mönch ein paar Münzen, damit er für den Toten einige Messen lesen konnte, und stiftete je eine große Kerze für die Heilige Jungfrau und den heiligen Jakobus als Dank für ihre glückliche Rückkehr.
Sebastian vergaß den Karmeliter nicht, der sich für ihn und die anderen geopfert hatte, und spendete eine große Kerze für Bruder Carolus sowie eine kleinere für Manfred. Dazu zündeten sie eine weitere Kerze an, damit auch ihre Freunde gut nach Hause kommen sollten.
Sie wohnten noch einer Messe bei und traten dann mit leichterem Herzen aus dem Dämmerlicht des Kirchenschiffs hinaus in das helle Licht des Tages. Sebastian hielt geblendet den Arm vor die Augen, während Tilla die Lider etwas zusammenkniff. Plötzlich vermeinte sie einen heranhuschenden Schatten zu sehen, drehte sich in die Richtung und sah, dass ein Mann Sebastians Geldbeutel gepackt hatte und ihn mit einem scharfen Messer vom Gürtel abtrennen wollte.

»Halt, ein Dieb!«, schrie sie und packte den Kerl am Arm. Dieser fluchte und wollte sich losreißen. Doch da war schon Starrheim bei ihm, schlug ihm mit der Faust das Messer aus der Hand und stieß ihn zu Boden. Bevor der Dieb wieder aufspringen konnte, hatten sich mehrere Männer, die in der Nähe standen, auf ihn gestürzt und hielten ihn fest.

Ein höherrangiger Mönch teilte die Menge, die sich sofort um das Geschehen gebildet hatte, und ihm folgte ein Untergebener des Stadtvogts, der ebenfalls die Messe besucht hatte. »Was soll der Aufruhr?«, fragte dieser.

Sebastian wies auf seinen Geldbeutel. »Der Schurke wollte mich bestehlen. Hier, dieser Riemen ist durchgeschnitten. Hätte meine Frau es nicht durch Zufall mitbekommen, ständen wir jetzt ohne alles Geld da.«

»Ich war es nicht«, kreischte der Dieb. Einer der Männer, die ihn festhielten, hob mit der freien Hand das auf den Boden gefallene Messer auf und reichte es dem Beamten. Dieser prüfte mit der Daumenkuppe die Klinge und starrte verblüfft auf den austretenden Blutstropfen. »Das Messer ist scharf wie Gift.«

Der Dieb wand sich wie ein Wurm. »Mir gehört es nicht!«

»Das werden wir gleich sehen!« Der Beamte beugte sich über ihn, fasste nach der leeren Scheide, die halb unter dem Hemd des Mannes verborgen lag, und schob die Klinge hinein.

»Na, wer sagt es denn? Passt wie angegossen.«

»Der Kerl hat das Messer unter dem Hemd getragen, damit keiner sehen soll, wenn er es aus der Scheide zieht. Er ist der Dieb!« Der Mönch hatte damit das Urteil über den Mann gefällt.

Tilla musterte den Beutelschneider durchdringend und stieß dann Hedwig an. »Ist das nicht der Kerl, der Ambros damals bestehlen wollte?«

Ihre Begleiterin sah sich den Dieb genauer an und nickte unwillkürlich. »Du hast Recht! Das ist der Schuft. Herr Vogt, den Mann kenne ich. Der hat bei unserem Aufbruch nach Santiago einen meiner Mitpilger bestehlen wollen. Das ist zwar jetzt über sechzehn Monate her, aber dieses Schurkengesicht ist mir in Erinnerung geblieben!«

»Dann wäre es eine gute Tat, dem Kerl ein paar Schlitze in die Ohren zu schneiden, damit jeder weiß, mit wem er es zu tun hat, und passt auf sein Eigentum auf. Oder noch besser, wir machen ihn gleich einen Kopf kürzer, dass er kein Unheil mehr anrichten kann. Kommt, Leute, bringen wir ihn zum Turm und sperren ihn ein.« Der Beamte fühlte sich ein wenig geschmeichelt, weil Hedwig ihn als Vogt bezeichnet hatte, und wollte sich dieser Anrede als würdig erweisen.

Einige der Leute, die den Dieb festhielten, hatten zwar vor, noch an diesem Tag zu ihrer Wallfahrt aufzubrechen, doch sie fanden, dass die Einkerkerung eines Beutelschneiders, der so manchen Pilger auf dem Weg zu seinem Ziel zum Betteln gezwungen hatte, eine fromme Tat sei, die ihnen die Heiligen gewiss lohnen würden. Daher schleppten sie ihn unbarmherzig mit sich.

Der Dieb jammerte und schrie zum Steinerweichen, doch niemand schenkte seinen Beteuerungen Glauben. Als sein Gewimmer verklungen war, klopfte Sebastian auf seine Börse und wandte sich grinsend an seine Freunde. »Das ist ja noch einmal gut gegangen! Was haltet ihr davon, wenn ich euch zu einem guten Mahl und einem Schluck Wein einlade?«

Er wandte sich zum Gehen und stieß dabei mit einem Mann zusammen, der ihn unverwandt anstarrte. In dem Glauben, einen weiteren Dieb vor sich zu sehen, griff Sebastian nach ihm und wollte ihm eine Ohrfeige verabreichen.

Der andere wirkte so verwirrt, dass er Sebastians Geste nicht einmal bemerkte. »Sebastian Laux? Bist du es wirklich?«

»Du kennst mich?« Sebastian zog die Stirn kraus, doch es dauerte einige Augenblicke, bis er in dem ärmlich gekleideten Mann den Schreinermeister Kaifel aus Tremmlingen erkannte, zumal dieser in der Zwischenzeit etliches an Gewicht verloren hatte.

Inzwischen hatte Kaifel auch Tilla bemerkt und riss erschrocken die Arme hoch. »Tilla? Das ist doch nicht möglich! Du sollst doch tot sein!«

»Wer behauptet das? Wohl mein Bruder!« Tillas Mundwinkel bogen sich nach unten.

Kaifel schüttelte zunächst den Kopf, nickte dann aber. »Der auch! Aber es waren Anton Schrimpp und Rigobert Böhdinger, die diese Nachricht bei ihrer Rückkehr verbreitet haben. Du sollst im Süden Frankreichs von marodierenden Söldnern umgebracht worden sein, nachdem diese dir Schlimmes angetan haben.«

»Das hätte Otfried wohl gerne gesehen. Doch die Nachricht war falsch. Wie du siehst, stehe ich unversehrt vor dir und mir ist auch nichts in der Art zugestoßen.« Tilla fühlte Zorn in sich aufsteigen, obwohl sie selbst wusste, dass es lächerlich war. Der jüngere Schrimpp und Rigobert hatten ja von Ambros gehört, dass sie und die anderen Frauen geschändet worden seien und die gesamte Gruppe umgebracht worden sei. Wie hätten die beiden ahnen können, dass Ambros nur ein Opfer seiner eigenen Phantasie geworden war.

»Ich bin so froh, dass ihr lebt! Vielleicht gibt es jetzt doch noch Hoffnung.« Kaifel weinte fast vor Freude, während Tilla und Sebastian einander fragend ansahen.

»Welche Hoffnung? Was ist geschehen? Erzähle! Wie steht es in unserer Heimatstadt? Mein Vater und mein Bruder befinden sich doch hoffentlich wohl?« Sebastian packte Kaifels schmieriges Wams und hob ihn hoch, als wolle er die Worte aus ihm herausschütteln.

Tilla begriff, dass es nicht mit ein paar kurzen Sätzen getan war, und wies auf die Bänke vor dem Weinstand, an den Ambros sie und Hedwig vor mehr als einem Jahr eingeladen hatte. »Kommt, setzen wir uns dorthin und reden weiter. Bei einem guten Schluck rutschen die Worte besser.«

Kaifel leckte sich unwillkürlich die Lippen, denn er hatte in letzter Zeit nur noch sauren Hund zu trinken bekommen. Entsprechend durstig stürzte er den ersten Becher hinunter und bedachte Sebastian mit einem dankbaren Blick. »Das hat gut getan! Doch ich fürchte, du wirst mich für das verfluchen, was ich zu berichten habe.«

Sebastian versetzte ihm einen Stoß. »Rede schon!«

Kaifel, der den jungen Mann zu Hause als lockeren Vogel angesehen und über dessen Streiche den Kopf geschüttelt hatte, blickte traurig auf den Grund seines Bechers. Da Tilla annahm, er würde nicht sprechen, solange dieser leer blieb, schenkte sie ihm eigenhändig nach.

»Ich bringe schlimme Kunde!«, begann Kaifel. »In Tremmlingen ist nichts mehr so, wie es einst war. Otfried Willinger beherrscht jetzt die Stadt, und er tut es mit eiserner Hand. Zunächst waren viele für ihn, weil er allen, die ihn unterstützten, goldene Berge versprochen hatte. Doch das hat sich rasch gewandelt. Jeder, der jetzt noch den Mund aufmacht, um gegen ihn zu sprechen, muss damit rechnen, im Turm eingekerkert zu werden. Mir ist es so ergangen. Zugegeben, ich war nicht mehr ganz nüchtern, als ich ein paar Worte gegen Willingers Handlungsweise gesagt habe. Jemand muss sie ihm zugetragen haben, denn er ließ mich noch in derselben Nacht von seinen Bayern abholen und ins Loch stecken. Zum Glück war mein

Weib nicht auf den Kopf gefallen, denn es ist uns gefolgt und hat den Wächter bestochen. Daraufhin mussten wir die Stadt sofort verlassen und leben nun hier mehr schlecht als recht bei meinem Schwager, der unsere Notlage schamlos ausnützt und mich als Hilfsarbeiter und mein Weib als Magd schuften lässt.«

Sebastian interessierte sich weniger für Kaifels persönliches Schicksal als vielmehr für das, was in Tremmlingen geschehen war. »Otfried Willinger beherrscht die Stadt, sagst du, und mein Vater und mein Bruder haben das so einfach zugelassen?«

Kaifel spürte, dass er an dem Punkt angelangt war, an dem er mit dem schmerzlichsten Teil der Wahrheit herausrücken musste. »Dein Bruder Damian ist tot, Sebastian. Otfried Willingers Bayern haben ihm unterwegs aufgelauert und ihn ermordet, und was deinen Vater betrifft, so wurde er als Erster ins Loch gesteckt. Ob er noch lebt oder dort umgebracht worden ist, kann ich dir leider nicht sagen.«

Tilla nahm Sebastians Erschütterung wahr und zog ihn tröstend an sich, obwohl auch ihr die Tränen in Strömen über die Wangen liefen. »Es tut mir so leid. Ausgerechnet mein eigener Bruder …« Mehr konnte sie nicht sagen, da ihr die Stimme versagte.

Sebastian kämpfte gegen seine Verzweiflung an, die ihn niederdrücken wollte. Ich hatte Recht, durchfuhr es ihn. Es hat eine Verschwörung gegen die Stadt gegeben. O Vater, Damian, warum habt ihr mir nicht geglaubt?

Bevor er in Selbstmitleid versinken konnte, schüttelte er mit zusammengebissenen Zähnen den Kopf. Damals hatte er keine handfesten Beweise herbeibringen können, sondern nur eine Reihe von Beobachtungen gemacht, die seinen Verdacht geweckt und erhärtet hatten. Aber anstelle seines Vaters und seines Bruders wäre er auch skeptisch geblieben. Nun war Damian tot und sein Vater … Er wagte diesen Gedanken nicht zu Ende zu führen, sondern hieb mit der Faust auf den Tisch. »Dafür wird er bezahlen!«

Tilla begriff, dass er ihren Bruder meinte, und nickte zustimmend. »Das wird er! Der Mord an Damian ist schließlich nicht seine verruchteste Tat!«

Kaifel war in sich zusammengesunken, als habe er all das, was ihm zugestoßen war, noch einmal erlebt. Doch Sebastian war noch lange nicht zufrieden. »Berichte uns jetzt alles, was du weißt. Dann werden wir uns überlegen, wie wir unsere Stadt retten und Otfried bestrafen können. Ganz ohne Mittel bin ich nicht zurückgekommen!«

Er streichelte seinen Geldbeutel, den Tillas Besonnenheit ihm vorhin gerettet hatte. Sie sah es und kniff die Lippen zusammen, denn mit diesem Geld hatten Sebastian und sie sich eine gemeinsame Zukunft aufbauen wollen. Doch sie verstand ihren Mann. Wenn sie den Problemen aus dem Weg gingen und versuchten, in einer anderen Stadt neu anzufangen, würden sie sich immer als Feiglinge fühlen, die vor einem Vatermörder und selbst ernannten Tyrannen davongelaufen waren. Zudem bestand die Gefahr, dass Otfried durch seine Handelspartner von ihnen erfuhr und Mordbuben auf sie hetzte. Also war es besser, Mittel und Wege zu suchen, ihre Heimatstadt von ihrem Bruder und seinem Pack zu befreien. Sie fasste nach Sebastians Hand und lächelte ihm unter Tränen zu.

»Wir werden es schaffen, mein Lieber. Tremmlingen wird nicht mehr lange unter meinem Bruder zu leiden haben und auch nicht an Bayern fallen!«

»Ihr glaubt wirklich, man könne etwas gegen Otfried unternehmen, so dass ich wieder in die Stadt zurückkehren kann?« Kaifels Miene drückte Unglauben aus.

»Und ob! Wie ich sagte, verfüge ich über ein wenig Geld und mein Freund Starrheim wird uns gewiss nicht im Stich lassen.«

Sebastians Blick heftete sich auf Graf Rudolf, der interessiert zugehört hatte, aber nun unschlüssig den Kopf wiegte.

»Ich würde euch gerne helfen, doch bin ich zu lange weg gewesen, um zu wissen, wie meine Verwandten zu Herzog Stephan von Bayern stehen. Sie könnten sich in letzter Zeit mit ihm verbündet haben, und selbst wenn das nicht der Fall sein sollte, könnte mein Eingreifen zu einem größeren Konflikt zwischen Habsburg und Wittelsbach führen, bei dem der Bayer vielleicht sogar Burgau erobern kann. Das darf ich von mir aus nicht riskieren.«

Sebastians Miene verhehlte nicht, dass er Starrheim das Gleiche vorwarf wie damals Philippe de Saint Vith, nämlich ein Feigling zu sein. Auch Blanche, der ihr Mann die auf Deutsch geführte Unterhaltung übersetzt hatte, blies ärgerlich durch die Nase. »Du kannst deine Freunde doch nicht im Stich lassen!«

Starrheim hob hilflos die Hände. »Unterstützen werde ich sie natürlich, doch um selbst etwas tun oder gar auf Habsburger Söldner zurückgreifen zu können, benötige ich einen guten Grund, der auch den Fragen meiner Verwandten Albrecht und Leopold von Österreich standhält.«

»Wie könnte diese Unterstützung aussehen?« Sebastian war zwar enttäuscht, weil Starrheim sich so zögerlich gebärdete, aber er begriff sehr gut, dass er nach jedem Strohhalm fassen musste, wenn er Otfried stürzen wollte.

»Sie könnte aus Geld bestehen, mit dem ihr Söldner anwerben könnt. Auch würde ich mit dem einen oder anderen Ritter reden, ob er sich euch nicht anschließen will. Waffen könnt ihr ebenfalls von mir haben. Sollte die Lage es zulassen, mache ich mich selbst mit allen Männern auf, die ich auf die Beine bringen kann!« Das letzte Zugeständnis rang Starrheim sich sichtlich ab, um nicht wieder als Feigling dazustehen.

Tilla hob abwehrend die Hände. »Das ist mir alles zu viel Krieg! Wir können doch kein Heer sammeln und unsere eigene Heimatstadt belagern!«

»Es wird wohl nicht anders gehen.« Sebastian seufzte, denn in dieser Hinsicht schienen ihm alle Frauen gleich zu sein. Jeder Versuch, Tremmlingen zu befreien, bedeutete nun einmal Kampf. Freiwillig würde Otfried Willinger die Macht dort nicht aufgeben, und sollten wirklich die Bayern hinter ihm stecken, mussten sie sich auch gegen deren Herzog behaupten.

Tillas Gedanken folgten unterdessen einem anderen Weg. »Über wie viele bewaffnete Männer verfügt mein Bruder?«, fragte sie Kaifel.

Der überlegte kurz. »Über etwa fünfzig Bayern, alles erfahrene Söldner! Dazu kommen die Stadtbüttel, deren Zahl er auf über dreißig erhöht hat, alles Leute aus den schlimmen Gassen, die ihm gerne folgen, weil sie die anderen Bürger drangsalieren können. Zu ihren Hauptleuten hat er Anton Schrimpp und Rigobert Böhdinger ernannt.«

»Das sind etwas über achtzig Bewaffnete. Wie viele Bürger würden für Otfried kämpfen?«

»Ich kenne keinen, der noch dazu bereit wäre«, antwortete Kaifel überzeugt. »Ich sagte ja schon, dass selbst die, die ihm geholfen haben, an die Macht zu kommen, ihn und das Gesindel, mit dem er die Stadt regiert, mittlerweile verfluchen. Die bayrischen Söldner haben sich übrigens in deines Vaters Haus breitgemacht, Sebastian, und spielen sich auf, als seien sie die Herren der Stadt. Otfrieds Freund Georg von Kadelburg weilt ebenfalls dort und nimmt in etwa den Posten eines Stadtvogts ein, auch wenn er noch nicht so genannt wird.«

Starrheim stieß einen leisen Fluch aus. »Kadelburg also! Das lässt tatsächlich darauf schließen, dass der Bayer dahintersteckt. Wenn es keine Absprache zwischen meinen Verwandten und Herzog Stephan gibt, dürfen wir nicht zulassen, dass dieser sich Tremmlingen unter den Nagel reißt, denn damit würde er Burgau unmittelbar gefährden. Aber wenn ich euch wirkungsvoll Hilfe leisten soll, benötige ich Beweise, die ich meinen Verwandten vorlegen kann.«

Bei diesen Worten erinnerte Tilla sich daran, wie verbissen ihr Bruder sie hatte verfolgen lassen, um an jene eiserne Schatulle zu gelangen, die sie ihm gestohlen hatte. Es musste mehr darin liegen als nur ihr Heiratsvertrag und das Testament ihres Vaters, und nach Lage der Dinge konnte es sich nur um ein Dokument handeln, das mit den Bayern und Otfrieds Machtergreifung zu tun hatte. Zwar konnte ihr Bruder zu jener Zeit keine große Rolle bei der Verschwörung gespielt haben, doch war es möglich, dass er von Veit Gürtler eingeweiht worden war und dessen Stelle eingenommen hatte. Um dies zu erfahren, musste sie die Schatulle aus Tremmlingen herausholen. Sie konnte nur hoffen, dass Elsa Otfrieds Aufmerksamkeit bisher entgangen war oder zumindest nichts von der Schatulle unter ihrem Fußboden verraten hatte.

»Freund Starrheim, Ihr solltet nach Burgau reiten und mit dem dortigen Landpfleger über die Sache reden. Von ihm erhaltet Ihr gewiss Auskunft über die politische Lage, die für Euer Handeln wichtig ist. Du, Sebastian, und ihr anderen begleitet ihn dorthin, ebenso Hedwig, wenn sie ihre Heimkehr noch ein paar Tage aufschieben kann.«

»Und was willst du tun?«, fragte ihr Mann verwundert.
Auf Tillas Gesicht breitete sich ein zorniges Lächeln aus. »Ich? Oh – ich werde nach Tremmlingen reisen und nachsehen, was dort wirklich geschehen ist.«
»Du bist verrückt!«, fuhr Sebastian auf.
Er erntete ein freundliches »Ja!« von ihr.

Neunter Teil

Die Rückkehr

I.

So mutig, wie sie Sebastian gegenüber getan hatte, fühlte Tilla sich nicht, denn ihr war klar, dass sie die Stadt unerkannt betreten und wieder verlassen musste. Andernfalls würde Otfried von ihrer Rückkehr erfahren, bevor sie das Stadttor passiert hätte. Für einige Augenblicke erwog sie, einfach ihr Gesicht unter dem breitkrempigen Pilgerhut und ihre Gestalt unter der Pelerine zu verbergen. Doch sie traute Otfried zu, jeden Pilger, der in die Stadt kam, ob Mann oder Frau, befragen zu lassen, um Informationen über sie und ihr Schicksal einzuholen.

Daher entschied sie sich, in der Tracht eines reisenden Scholaren aufzutreten. Die dazu gehörenden Kleidungsstücke musste sie für einen hohen Preis bei einem Juden erwerben, der ihr im Gegensatz zu den anderen Händlern jedoch keine unverschämten Fragen stellte. Der weite Talar verbarg ihre weiblichen Formen und ihre Haare konnte sie unter der Mütze aufstecken.

Sebastian nannte sie zwar verrückter als verrückt, doch gelang es ihm nicht, sie von ihrem Vorhaben abzubringen. Zuerst hatte sie sich sogar gefreut, dass er sie bis in die Nähe von Tremmlingen begleiten wollte, aber sie bereute ihre Einwilligung schnell, denn er mäkelte unentwegt an ihrem Gang, ihren Gesten und der Wahl ihrer Worte herum. Sie spürte, dass er außer sich vor Sorge um sie war und am liebsten selbst gegangen wäre. Doch dies war unmöglich, denn ihn hätte man in Tremmlingen in beinahe jeder möglichen Verkleidung erkannt. Sie hingegen hoffte als reisender Scholar den Augen von Otfrieds Zuträgern entgehen zu können. Das sagte sie Sebastian auch und war froh, ihn im letzten burgauischen Dorf vor dem Tremmlinger Umland zurücklassen zu können.

»Gott sei mit dir! Und riskiere nichts«, sagte er mit besorgter Miene und umarmte sie, als wolle er sie nicht mehr loslassen.

»Es wird schon schief gehen.« Tilla versuchte zu grinsen wie ein Junge und machte sich auf den Weg. Nach ein paar Schritten drehte sie sich noch einmal zu ihm um. »Pass auch du auf dich auf, und unternimm um Gottes willen nichts Unüberlegtes!«

»Mach, dass du verschwindest!« Sebastian drohte ihr mit dem Zeigefinger und musste gleichzeitig an sich halten, um ihr nicht zu folgen. Doch ihn würde man in Tremmlingen sofort erkennen, und er hatte wenig Lust, das Schicksal seines Bruders zu teilen. Wenn er in sich hineinhorchte, spürte er, dass ihn die Nachricht von Damians Tod noch immer mit einer unbändigen Wut erfüllte, die für Trauer keinen Platz ließ, und ihm wurde klar, dass er sich in das Abenteuer der Befreiung seiner Heimatstadt gestürzt hatte, um nicht vor Schmerz zu vergehen. Zudem gab es eine geringe Hoffnung, seinen Vater noch lebend anzutreffen und aus dem Kerker herauszuholen. Dazu aber musste er erfahren, wie es in Tremmlingen derzeit zuging, und diese Informationen konnte tatsächlich nur Tilla ihm besorgen. Eine andere Person wäre gegen eine Mauer des Schweigens angerannt, denn die Leute hätten jeden Fremden für einen von Otfrieds Zuträgern gehalten, der allzu forsche Leute in den Kerker bringen wollte.

Während Sebastian sich vor Angst und Sorge beinahe zerfraß, wanderte Tilla mit raschen Schritten die Straße entlang, die nach Tremmlingen führte. Bald kam der Grenzstein in Sicht. Früher war er halb in der Erde versunken und von Moos bedeckt gewesen. Jetzt stand er wieder aufrecht, wohl als ein Symbol, dass die Macht Habsburgs hier zu Ende sei und die des Herrn von Tremmlingen begann. Wäre Otfried gegen Laux aufgestanden, um sich selbst zum Bürgermeister zu machen, hätte Tilla ihn noch verstanden. In allen Städten flammten hin und wieder Machtkämpfe zwischen den führenden Familien auf, und es wurde ebenso rasch wieder Frieden geschlossen. Doch niemand setzte dabei die Rechte aufs Spiel, die die freien Reichsstädte besaßen.

Der Mord an ihrem Vater und der Tod Damians, der durch ihre Heirat mit Sebastian nun ihr Schwager gewesen wäre, standen wie eine unüberwindliche Mauer zwischen ihr und ihrem Bruder, ganz abgesehen von den Umständen ihrer ersten Heirat, die sie Otfried niemals verzeihen würde. Auf der Rückreise war sie in der Nacht oft wach neben Sebastian gelegen, hatte seinen Atemzügen gelauscht und mit der Erinnerung an jene entsetzliche Brautnacht gekämpft. Dann hatte sie sich an ihren Mann geklammert, um sich zu vergewissern, dass das Schicksal mittlerweile anders für sie entschieden hatte.

Während sie ihren Gedanken nachhing, schritt Tilla durch ein kleines Wäldchen, das bereits zu Tremmlingen zählte. An dessen Ende schüttelte sie sich, um die düsteren Gedanken zu vertreiben, und blickte auf die mauerumringte Stadt und die Donau, die ein Stück dahinter floss. In weniger als einer Stunde würde sie zu Hause sein, doch es war eine Heimkehr ohne Freude.

Vor ihr strebten einige Bauern dem Stadttor zu und erinnerten sie daran, dass Donnerstag war und Markt abgehalten wurde. Das kam ihren Plänen entgegen, denn unter den vielen Leuten, die Tremmlingen an diesem Tag bevölkerten, würde sie nicht auffallen.

Die Wachen am Tor waren ihr unbekannt. Es handelte sich um drei hochgewachsene, breitschultrige Söldner mit blank polierten Helmen und Kettenhemden, über denen sie ungeniert die bayerischen Farben trugen. Doch auf der Brust des Waffenrocks war jeweils ein Stück Stoff mit dem Wappen Tremmlingens aufgenäht. Bei diesem Anblick beschlich Tilla der Verdacht, die Herrschaft ihres Bruders könne nicht ganz so unumschränkt sein, wie er den Bürgern weismachen wollte. Ihr sah es eher danach aus, als hätten längst die Bayern hier das Sagen. Diese Tatsache ließ sie Hoffnung schöpfen. Wäre Herzog Stephan sich mit seinen Habsburger Nachbarn und vor allem mit Kaiser Karl IV. einig gewesen, dann hätte er die Stadt bereits offen in seinen Machtbereich eingegliedert und sich nicht hinter einem Verräter verstecken müssen.

Sie schritt auf das Tor zu und versuchte dabei das Klopfen ihres Herzens zu überhören. Einer der Söldner stieß gerade ein mageres Bäuerlein herum, der mit einer Schubkarre Gemüse in die Stadt bringen wollte.

»Entweder du zahlst die Torsteuer, oder du kannst dein Gelumpe draußen in den Stadtgraben werfen«, hörte Tilla den Bayern sagen.

»Aber ich musste doch noch nie Steuer zahlen«, jammerte der Bauer.

»Jetzt musst du's!«, erklärte der Söldner ungerührt und streckte ihm die Hand entgegen.

»Ich habe doch kein Geld bei mir. Zahlen kann ich erst, wenn ich mein Gemüse verkauft habe.«

»Also gut, begleich deine Schulden, wenn du zurückkommst. Aber dann kostet es das Doppelte! Wage aber nicht, dich durch eines der anderen Tore hinauszuschleichen. Wir kennen dich und werden es dich beim nächsten Markttag ausbaden lassen!« Der Söldner trat beiseite und ließ den hilflos vor sich hin murmelnden Bauern durch.

Tilla begriff, dass die Wachen sich auf diese Weise ein Zubrot verdienen wollten, und konnte gerade noch verhindern, dass sie den Kopf schüttelte. Auf diese Weise verscheuchten sie nur die Leute, die zum Markt kamen, denn die würden sich in Zukunft einen anderen Platz suchen, um zu kaufen und zu verkaufen. Ihr Bruder war ein Narr, sich mit solch einem Gesindel einzulassen.

»Der Nächste!«

Tilla war an der Reihe. Sie trat beherzt auf den Söldner zu, zauberte eine kleine Münze in die Hand und steckte sie ihm zu. Das schien dem Mann genug zu sein, denn er befragte sie nicht nach ihrem Woher und Wohin, sondern winkte sie sofort durch.

»Kann passieren!«

Aufatmend ging Tilla an den Wächtern vorbei, fand sich gleich darauf in dem Gassengewirr wieder, das sie von Kindheit an kannte, und schritt in Richtung Markt. Dort fiel ihr sofort auf, um wie viel schlechter der Platz besucht war als früher. Die Leute, die sonst fröhlich miteinander geredet hatten, drückten sich stumm und scheu an den eng stehenden Buden und Ständen vorbei und versuchten, Otfrieds Söldnern und den einheimischen Bütteln in weitem Bogen aus dem Weg zu gehen. Die Gesichter der Letzteren kamen Tilla bekannt vor. Es handelte sich tatsächlich um Gesindel aus den schlimmen Gassen, welches zu Koloman Laux' Zeiten die Latrinen der Stadt hatte leeren dürfen, um den Inhalt auf die Felder hinauszukarren. Jetzt stolzierten sie in ledernen Harnischen und mit dem Wappen der Stadt auf der Brust über den Markt und versetzten den Leuten, die ihnen zu nahe kamen, Schläge mit den Schäften ihrer Hellebarden.

Mit den Bütteln aus Laux' Zeit hatten diese Kerle nichts mehr gemeinsam. Jene hatten für Ordnung gesorgt, so dass auch ein altes Mütterchen in Ruhe einkaufen konnte. Die jetzigen Büttel

hingegen führten sich selbst wie Rabauken auf. Eben schlug einer von ihnen einer Frau im abgetragenen dunklen Kleid den Einkaufskorb aus der Hand und lachte schallend, als sich dessen Inhalt auf die Pflastersteine ergoss. Tilla knirschte mit den Zähnen, denn sie hatte in der Alten Elsa Heisler erkannt.
Ihre einstige Kinderfrau presste die Lippen zusammen, damit ihr kein Wort entfuhr, welches ihr nur weitere Schläge eingebracht hätte, und suchte mühsam ihre Sachen zusammen. Eine jüngere Frau, die Tillas Erinnerung zufolge als Magd im Hause Schrimpp arbeitete, half ihr dabei, ohne die lachenden Kerle um sich herum auch nur eines Blickes zu würdigen.
»Es ist eine Schande, wie die sich aufführen«, flüsterte sie der alten Elsa zu. »Man schämt sich direkt, im selben Haus zu wohnen wie der Kommandant dieser herrlichen Schar.«
»Sei still, sonst bekommst du Prügel, obwohl du zu Schrimpps Haushalt gehörst«, warnte die Alte sie. »Aber Recht hast du!«
Die beiden Frauen erhoben sich wieder und die Magd fuhr einen der Kerle an. »Mach Platz!« Dieser hatte Elsa Heisler grinsend den Weg versperren wollen und hielt den Stiel seiner Hellebarde dabei so, als sei er darauf aus, der alten Frau ein Bein zu stellen. Doch bei den scharfen Worten der Magd trat er unwillkürlich zurück.
Elsa war zwar zeit ihres Lebens arm gewesen, doch das war ihre einzige Gemeinsamkeit mit den Bewohnern der schlimmen Gassen, die von Gelegenheitsarbeiten und kleineren Diebereien lebten. Kein vernünftiger Bürger hatte jemals einen Angehörigen dieser Familien ins Haus gelassen, sondern sie, wenn sie doch einmal gebraucht wurden, an der Tür abgefertigt. Jetzt zahlten die Büttel jene Missachtung den Bewohnern der anderen Viertel zurück und machten dabei vor niemand Halt. Sie nahmen sich Obst und Würste, langten mit fettigen Händen

feine Stoffe an und forderten den Weinwirt auf, ihnen einzuschenken. Ans Bezahlen aber dachten sie dabei nicht.
Während Tilla scheinbar interessiert über den Markt schlenderte und nach einer Gelegenheit suchte, Elsa unauffällig ansprechen zu können, behielt sie die Büttel scharf im Auge. Erleichtert stellte sie fest, dass diese sich nun am Stand des Weinhändlers sammelten und den Marktbesuchern keine Beachtung mehr schenkten. Rasch eilte sie zwischen den Ständen hindurch in die Richtung, in der Elsa Heislers Häuschen lag, und holte die Alte nach kurzer Zeit ein.
»Ist dir dein Korb nicht etwas zu schwer, gute Frau?«, fragte sie mit gekünstelt tiefer Stimme.
»So viel ist nicht drinnen«, antwortete Elsa, zuckte ein wenig zusammen und blickte auf. Sichtlich überrascht öffnete sie den Mund, ließ sich aber kein Wort entschlüpfen, wohl aus Angst vor Otfrieds Bütteln. Auch sonst wusste die Alte sich zu beherrschen, denn sie tat so, als wolle sie weitergehen.
»Komm, lass mich deinen Korb tragen!« Tilla fasste danach und schaute hinein. Auch eine alte Frau, die alleine lebte, konnte mit seinem Inhalt keine ganze Woche bis zum nächsten Markttag auskommen. Als sie Elsa genauer betrachtete, fand sie, dass diese in den anderthalb Jahren arg dünn geworden war und abgehärmt wirkte. Es musste ihr in der Zwischenzeit viel schlechter gegangen sein als früher.
Das bewies auch ihr Häuschen, dessen Tür gerichtet oder besser noch erneuert hätte werden müssen. »Einer der Büttel hat im Suff dagegen getreten und ich habe nicht das Geld, sie machen zu lassen«, erklärte sie, als sie Tillas fragenden Blick bemerkte.
Früher hatten die Nachbarn einander geholfen und kleinere Reparaturen umsonst gemacht, also musste in dieser Stadt mehr

aus dem Lot gegangen sein als nur die politische Lage. Noch während sie sich fragte, wie es in so kurzer Zeit dazu hatte kommen können, sprach Elsa so laut weiter, dass die Nachbarn es hören konnten. »Natürlich kann ich Euch heute Nacht Obdach geben, junger Herr. Ein paar Pfennige verdient man sich immer gern.«

Tilla sah im gleichen Moment einen der Stadtbüttel vorbeilaufen und musste ein Grinsen unterdrücken, denn die alte Frau war immer noch so gewitzt wie früher. Es fiel gewiss nicht auf, wenn ein wandernder Scholar Unterkunft bei einer armen Witwe suchte, da Herbergen zu teuer für seine schmale Börse waren. So folgte sie Elsa ins Haus und sah zu, wie ihre Freundin die Tür mehr schlecht als recht ins Schloss drückte.

Auf Elsas Wink stieg sie die Treppe hoch in deren Schlafkammer und wartete, bis diese ihr gefolgt war. Doch ehe sie den Mund aufmachen konnte, bedeutete die Freundin ihr zu schweigen. »Wir müssen sehr leise sein! Manchmal legen die Büttel ihre Ohren an Türen und Fenster, um zu lauschen. Dieses Gesindel verdient sich ein Extrageld als Zuträger, und man ist nirgends mehr sicher. Doch jetzt lass dich anschauen. Bist du es wirklich? Es hieß, du wärest tot!«

Tilla bleckte die Zähne. »Das hätte mein Bruder wohl gerne! Doch ich lebe und bin durchaus bereit, ihm in die Suppe zu spucken.«

»Sei leise, Kind! Hier hört selbst der Wind mit.« Elsa fasste nach Tillas Händen und presste sie gegen ihre faltigen Wangen. »Was bin ich froh, dass du gesund zurückgekehrt bist. Als die Nachricht von deinem Tod die Runde machte, habe ich mir schreckliche Vorwürfe gemacht, weil ich dich damals nicht daran gehindert habe, die Stadt zu verlassen.«

»Dann wäre ich gewiss schon tot«, brach es aus Tilla heraus.
Die Alte nickte. »Das könnte gut sein! Ich weiß nicht, ob du es bereits erfahren hast, doch deine Schwägerin lebt nicht mehr. Das arme Ding durfte nicht einmal richtig erwachsen werden. Eure Ilga ist ebenfalls tot. Sie hat sich aufgehängt! Der Arzt Gassner meint, sie hätte es getan, weil er kurz davor gewesen sei, sie als Mörderin zu entlarven. In ihrer Kammer hat man nämlich das Gift gefunden, mit dem sie die arme Radegund umgebracht hat.«
Elsa Heisler schwieg eine Weile, so als überlege sie, welche Neuigkeiten sie ihrem Gast noch zumuten durfte. Dann beugte sie sich vor und zog Tilla so nahe an sich heran, dass diese den warmen Atem ihrer einstigen Kinderfrau auf der Haut spüren konnte. »Ilga soll auch deinen Mann umgebracht haben, denn der Arzt behauptet, bei Gürtler dieselben Symptome gefunden zu haben wie bei dessen Nichte. Wahrscheinlich hat sie Radegund schon damals aus dem Weg räumen wollen und den Falschen getroffen.«
Tilla starrte ihre mütterliche Freundin ungläubig an. »Was hätte Ilga davon gehabt, meine Schwägerin zu ermorden?«
»Das müsstest du doch am besten wissen. Ilga war Otfrieds Bettmagd. Zumindest hat eure Ria mir das erzählt. Dein Bruder hat Ilga bereits benutzt, als euer Vater noch lebte, und auch nach seiner Hochzeit nicht damit aufgehört.«
»Um Radegund tut es mir leid«, sagte Tilla nachdenklich. »Doch wenn Gürtler wirklich durch Ilgas Hand umgekommen ist, so hat die Frau mir damit einen großen Gefallen getan. Nun bin ich Sebastians Weib. Wir haben den Verspruch in Santiago de Compostela getan.«
»Sebastian? Diesen durchtriebenen Schlingel hast du zum Mann genommen?« Elsa wackelte verwundert mit dem Kopf,

besann sich dann aber und nickte. »Es war wohl das Beste, nachdem sein Bruder tot war.«

»Von Damians Tod wussten wir damals noch nichts. Wir haben uns aus freien Stücken dafür entschieden.« Tilla war empört, weil ihre Kinderfrau zu glauben schien, sie habe nur den Willen ihres Vaters befolgen wollen.

»Ich liebe Sebastian!«, setzte sie energisch hinzu.

»Hoffentlich verdient er es! Aber du wirst wohl einiges über deinen Bruder erfahren wollen. Der treibt es wirklich arg, und ich kann mich des Verdachts nicht erwehren, dass es mit Absicht geschieht.«

»Mit Absicht?« Tilla sah Elsa ungläubig an.

»Einige Leute in der Stadt behaupten – wenn keiner der Büttel in der Nähe ist –, Otfried wolle beweisen, dass die Stadt sich nicht selbst verwalten und schützen kann, um richtige bayrische Truppen nach Tremmlingen zu holen. Die Leute hier sind bald so weit, diese als Retter in der Not anzusehen. Angeblich sollen die Kerle, die Otfried in Sold genommen hat, keine Bayern sein, sondern Söldner, die man aus deren Heer entlassen und vertrieben hat. Wenigstens lässt Herr Georg von Kadelburg das verbreiten.«

Tilla nickte versonnen. Wenn das stimmte, war ihr Bruder bei aller Macht, die er zu besitzen glaubte, nur eine Marionette der Bayern, und Herzog Stephan konnte ihn jederzeit opfern, um die aufgebrachten Bürger von Tremmlingen zu besänftigen. Wenn der Bayer rasch genug handelte, vermochte er für diese Tat sogar den Segen des Kaisers zu erringen. Die Stadt beherrschte einen wichtigen Donauübergang, und der musste offen gehalten werden, selbst wenn der Preis dafür die Regentschaft der Bayern war.

Während Tillas Gedanken einen wilden Tanz aufführten, sprach Elsa weiter. »Wenn ich daran denke, wie viel Leid durch deinen Bruder über diese Stadt gekommen ist, bedaure ich jeden Klaps, den ich ihm nicht gegeben habe, als er noch unter meiner Obhut war.«

Tilla versuchte, sich auf das Wesentliche zu konzentrieren. »Hast du die Schatulle noch, die ich dir damals zur Aufbewahrung gegeben habe?«

»Freilich! Sie liegt noch an derselben Stelle, an der du sie versteckt hast.« Die Alte wirkte ein wenig enttäuscht, weil Tilla sich mehr für ihren alten Heiratsvertrag und das Testament interessierte, die in dem Kasten liegen sollten, als für das Schicksal der Tremmlinger.

»Ich muss das Ding gleich morgen aus der Stadt schaffen!« Tilla dachte daran, wie weit Otfrieds Freunde hinter ihr hergejagt waren, und war sich nun sicherer denn je, dass der Beweis für den Verrat an ihrer Heimatstadt in dieser Kassette zu finden war. Eine Urkunde mit dem Siegel der Bayern und den Namen der Verräter oder ein Hinweis auf den Plan, Tremmlingen bayrisch zu machen, würde wohl Rudolf von Starrheim und seine Habsburger Verwandten zum Eingreifen veranlassen, auch wenn dann die Farben Habsburgs auf dem Rathaus von Tremmlingen wehen würden. Das war allemal besser, als wenn die bayrischen Rauten aufgezogen wurden. Mit den Habsburgern konnten Sebastian und sie noch verhandeln und zumindest einen Teil der Bürgerrechte erhalten.

II.

Am nächsten Morgen war Tilla froh, den weiten Talar als Verkleidung gewählt zu haben, auch wenn sie im Augenblick nur ihr Hemd trug. Elsa war gerade dabei, ihr die Schatulle vor dem

Bauch festzubinden, und so wie es aussah, würde sie etwas steif gehen müssen. Das würde wohl niemand auffallen, denn die meisten Gelehrten bewegten sich, als hätten sie einen Stock verschluckt, um damit ihre Wichtigkeit auszudrücken.
Elsa hatte ihre kargen Vorräte mit ihr geteilt, weigerte sich aber, mehr als ein paar Pfennige von ihr anzunehmen. »Wenn die Büttel mein Haus durchsuchen, dürfen sie nicht viel Geld bei mir finden. Die Kerle würden sonst glauben, ich hätte noch mehr versteckt, und mich quälen, damit ich alles herausrücke.«
Tilla ballte die Fäuste. »Es wird Zeit, dass sich die Dinge in Tremmlingen wieder ändern.«
»Es sollte bald geschehen, sonst werden wir noch bayerisch und die meisten werden sogar froh darüber sein.«
Elsa Heisler brachte damit zum Ausdruck, was bereits viele Einwohner dachten. Die meisten von ihnen zogen eine harte, aber halbwegs gerechte Hand der derzeit herrschenden Willkür vor. In Tilla aber sträubte sich alles gegen diese Vorstellung.
»Das wird nicht geschehen!« Mit diesem zornigen Ausruf erschreckte Tilla ihre alte Freundin. Elsa Heislers Hände zitterten und sie hätte um ein Haar das Band fahren lassen, mit dem sie die Schatulle an Tilla befestigte.
»Beeil dich! Ich will die Stadt so rasch wie möglich verlassen«, wies Tilla ihre Kinderfrau zurecht.
Diese biss die Zähne zusammen, verknotete das Band und trat einen Schritt zurück, um ihr Werk zu betrachten. »Hoffentlich trägt das Ding nicht zu sehr auf.«
Tilla streifte sich den Talar über und strich ihn glatt. »Wie du siehst, gibt es kaum eine Ausbeulung.« Für sich hoffte sie allerdings, dass den Wachen am Tor nicht auffiel, dass der angebliche Scholar sich an einem einzigen Tag einen Bauch angefressen hatte. Sie verabschiedete sich herzlich von Elsa und verließ das

kleine Häuschen mit einer Mischung aus Angst und verwegenem Mut. Innerhalb kurzer Zeit erreichte sie das Stadttor und trat auf die Wachen zu.

Diesmal waren es andere Männer, die dem vermeintlichen Gelehrten nur einen beiläufigen Blick schenkten, während sie sich über die Vorzüge einer drallen Magd unterhielten, die mit einem Korb Wäsche von den Bleichwiesen zurückkehrte.

Tilla grüßte die Kerle freundlich, obwohl sie ihnen lieber ins Gesicht geschlagen hätte, und als sie das Tor passiert hatte, musste sie sich zwingen, nicht loszurennen wie ein aufgestörter Hase. Sie schlug einen flotten Wanderschritt ein, der zu ihrer Verkleidung passte, und widerstand dem Wunsch, sich noch einmal umzudrehen. Daher horchte sie nur, ob hinter ihr hastige Schritte, Pferdegetrappel oder Rufe ertönten, die auf Verfolger schließen ließen. Doch der Wind trug ihr nur die normalen Geräusche der Landstraße zu.

Kaum hatte sie das kleine Wäldchen erreicht, trat eine Gestalt zwischen den Bäumen hervor. Im ersten Augenblick erschrak Tilla, dann aber erkannte sie Sebastian und atmete auf. »Du bist es! Bei Gott, du solltest dich nicht so nahe bei der Stadt herumtreiben. Was ist, wenn man dich sieht?«

»Glaubst du, ich zeige mich jedem?« Sebastian schien ihr ernsthaft böse zu sein, weil sie ihn einer solchen Unvorsichtigkeit für fähig hielt. Dann aber siegte seine Neugier. »Was hast du erfahren?«

»Davon später! Jetzt müssen wir erst einmal zusehen, dass wir ins Burgauische kommen. Ich traue Otfrieds Kreaturen zu, sich auch hier herumzutreiben und Wanderer auszurauben.«

Sebastian begriff, dass die Zustände in Tremmlingen noch schlimmer waren, als Kaifel sie ihnen geschildert hatte, und ging mit langen Schritten neben ihr her. Doch ganz wollte er auf

Auskünfte nicht verzichten. »Was ist mit meinem Vater? Hast du etwas über ihn erfahren?«
Tilla nickte. »Er ist noch am Leben, wird aber im Turm festgehalten. Doch das ist zurzeit noch unsere geringste Sorge. Wir müssen so rasch wie möglich zu Starrheim und uns mit ihm beraten.«
»Hätte ich Graf Rudolf nicht in Kastilien kämpfen gesehen, würde auch ich ihn für einen Feigling halten. An Mut fehlt es ihm jedoch nicht, nur kaut er auf jeder Entscheidung herum wie auf altem, zähem Rindfleisch.« Sebastian hoffte zwar, dass sie ihren Pilgerfreund zum Eingreifen bewegen konnten, aber gleichzeitig ärgerte er sich darüber, dass er auf seine Hilfe angewiesen war, denn wie Tilla sah er die Gefahr, dass Tremmlingen damit unter die Herrschaft der Habsburger geriet. Allein würden sie ihre Heimatstadt jedoch niemals befreien können.
Auf ihrem weiteren Weg berichtete Tilla ihm, was sie in der Stadt gesehen und von der alten Elsa gehört hatte. Sebastian knirschte mit den Zähnen, als er erfuhr, dass Otfried sich des Gesindels aus den schlimmen Gassen bediente, um die Einwohner zu tyrannisieren, und kam genau wie Tilla zur Ansicht, dass ihr Bruder von den Bayern benutzt wurde, um ihnen die Stadt in die Hände zu spielen. Sobald das geschehen war, würde er als Sündenbock herhalten müssen und den Kopf verlieren.
»Vergönnen würde ich es dem Schuft ja!«, rief Sebastian aus. »Nur ist es für uns dann zu spät.«
»Vielleicht hilft uns das hier, Starrheim und mit ihm Habsburg auf unsere Seite zu bringen!« Tilla klopfte dabei gegen ihren Bauch. Das blechern klingende Geräusch ließ Sebastian die Ohren spitzen.
»Du hast die Schatulle herausgeholt! Aber war das nicht ein zu großes Risiko für die paar Verträge?«

Auf Tillas Lippen spielte ein selbstzufriedenes Lächeln. »Otfried hätte mich nicht so lange verfolgen lassen, wenn es nur um den Heiratsvertrag und vielleicht auch um das neue Testament unseres Vaters gegangen wäre. Hier muss mehr drinnen sein. Der erste große Feind deines Vaters war Veit Gürtler. Otfried ist erst nach dem Tod meines ersten Mannes ins Spiel gekommen.«

Sebastian blieb stehen, als wäre er gegen einen Baum gerannt. »Richtig! Hattest du nicht gesagt, die Schatulle hätte Gürtler gehört?«

»Genau das! Mein Bruder hat sie gleich nach dessen Tod an sich genommen, als wolle er nicht, dass irgendjemand anders das Ding öffnet und entdeckt, was Gürtler darin versteckt gehalten hat.« Tilla klopfte noch einmal gegen das Eisenblech und sehnte den Augenblick herbei, in dem sie die Kassette endlich aufbrechen konnte.

Sebastian hätte am liebsten auf der Stelle versucht, sie mit seinem Dolch zu öffnen, doch ein Reiter, der im gemütlichen Trab langsam zu ihnen aufschloss, ließ ihn davon absehen. Der Mann erreichte sie und ritt an ihnen vorbei, ohne sie zu grüßen.

»Ungehobelter Kerl«, sagte Sebastian mürrisch.

Tilla drehte abwägend die Hand. »Wenn mich nicht alles täuscht, war das ein Gefolgsmann des Landpflegers von Burgau. Den habe ich schon in Tremmlingen gesehen. Irgendwie glaube ich nicht, dass der Mann zufällig in dieser Gegend weilt!«

Wie Recht Tilla hatte, merkten sie im ersten Dorf jenseits der Grenze. Der Burgauer Dienstmann hatte dort angehalten und wartete mit mehreren Berittenen und zwei zusätzlichen Pferden auf sie.

»Mit den besten Empfehlungen des Grafen Starrheim!«, erklärte er und drängte das Paar aufzusteigen. Wie es aussah, schienen sich die Amtsleute, die für die Herzöge von Österreich die Markgrafschaft verwalteten, stärker für Tremmlingen zu interessieren, als Tilla und Sebastian erwartet hatten.

III.

Beim Weiler Binswangen trafen sie auf Rudolf von Starrheim, zu dem sich der Landpfleger und der Vogt von Burgau gesellt hatten. Die Männer wirkten sehr angespannt.

»Seid Ihr wirklich der Sohn des Bürgermeisters Laux?«, fragte der Landpfleger Sebastian.

Dieser nickte. »Der bin ich.«

»Das ist gut! Dann können wir endlich etwas gegen dieses Gesindel unternehmen, das sich in Tremmlingen breit gemacht hat und auf Burgauer Land Handelszüge überfällt.«

Starrheim hob die Hand. »Die Bedingung ist, dass wir keine neue Fehde mit Herzog Stephan heraufbeschwören. Meine herzoglichen Verwandten verhandeln derzeit mit ihm über einen langen Frieden.«

Die beiden Habsburger Beamten bliesen ärgerlich durch die Nase, denn sie hätten die Sache am liebsten mit einem scharfen Schnitt geklärt, und sie hielten den Grafen offensichtlich für einen argen Zögerer. Doch auch sie durften nichts unternehmen, was den Wünschen ihrer habsburgischen Oberherren zuwiderlief.

Tilla und Sebastian wurden in das Haus gebeten, in dem die Beamten Unterkunft gefunden hatten. Man ließ ihnen jedoch keine Zeit, sich frisch zu machen oder etwas zu essen, sondern forderte sie auf, alles zu berichten, was sie in Erfahrung gebracht hatten. Zu aller Überraschung zog Tilla ihren Talar aus und präsentierte sich ihnen im Hemd.

»Wickle das Band ab«, forderte sie Sebastian auf.
Dieser tat es und stellte kurz darauf die Schatulle auf den Tisch.
Während Tilla wieder in den Talar schlüpfte, versammelten sich die vier Männer um die von Tilla mitgebrachte Kassette.
»Ihr müsst das Ding aufbrechen. Den Schlüssel besitzt mein Bruder.«
Bevor ein anderer etwas unternehmen konnte, zog der Landpfleger sein Schwert, presste die Spitze gegen den Schlitz zwischen Deckel und Kasten und brach sie auf. Dünn geschabte Pergamentblätter und graue Papierbogen stoben auf und verteilten sich auf dem Boden der Kammer. Sebastian sammelte sie ein und legte sie auf den Tisch.
Starrheim hatte ein mehrfach gesiegeltes Pergament aufgefangen und las es mit steigender Erbitterung durch. Als er fertig war, schlug er mit der flachen Hand auf den Tisch. »Das reicht! In diesem Schreiben verspricht Herzog Stephan einem gewissen Veit Gürtler den erblichen Adelsrang, wenn er ihm die Stadt Tremmlingen ausliefert. Dies ist gegen jedes Recht und wird Seiner Majestät, Kaiser Karl IV., mit Sicherheit nicht gefallen. Wenn wir ihm diese Urkunde vorlegen, wird er darauf dringen, dass der Bayer die Stadt wieder freigibt.«
»Damit wäre die Sache wohl geklärt.« Der Landpfleger schien mit dieser Lösung zufrieden zu sein.
Tilla aber fuhr auf. »Und wie lange wird das dauern, bis der Kaiser sein Wort erhebt und der Bayer gehorcht? Ein Jahr, zwei Jahre? Oder gar zehn? Ich will nicht, dass unsere Leute noch so lange unter Otfrieds Tyrannei leiden müssen.«
»Ich auch nicht«, murmelte Sebastian, der unterdessen ein anderes Schreiben durchgelesen hatte und es nun Tilla reichte.
»Lies das! Es wird dich interessieren.«
Tilla nahm das Papier und erkannte die Handschrift ihres Bru-

ders. Dem Datum nach stammte es vom Todestag ihres Vaters und schien ein Testamentsentwurf zu sein, der dem Stadtschreiber zur Ausfertigung hätte übergeben werden sollen. Je länger sie las, umso mehr weiteten sich ihre Augen, bis sie zuletzt Feuer sprühten.

»Oh, Vater, das war also der Grund deines Todes! Der eigene Sohn hat dich umgebracht, damit dieses Testament nicht Gültigkeit erlangen konnte. Sieh her, Sebastian, nach Vaters Willen hätte ich deinen Bruder heiraten sollen und dein Vater wäre Otfrieds geschäftlicher Vormund geworden. Stattdessen hat mein Bruder mich diesem unsäglichen Gürtler überlassen ...«

»Und dich um ein hübsches Teil deines Erbes betrogen«, unterbrach Sebastian sie. »Allein dieses Schreiben reicht aus, um ihn zu verurteilen.«

»Das wohl nicht, denn es ist weder unterschrieben noch gesiegelt. Doch wir wissen jetzt, mit wem wir es zu tun haben.« Starrheim kannte die Hintergründe aus einzelnen Bemerkungen der beiden, die er bereits während der Pilgerreise aufgeschnappt hatte.

Tilla stemmte die Arme in die Seiten. »Wir können die Stadt Otfried nicht so lange überlassen, bis der Kaiser eine Entscheidung trifft!«

»Da hast du vollkommen Recht!« Sebastian bleckte die Zähne und wandte sich an Starrheim. »Nach Tillas Worten wird Tremmlingen durch etwa fünfzig bayerische Söldner gehalten. Wie viele Männer braucht man, um mit denen fertig zu werden? Die Stadtbüttel brauchst du nicht zu rechnen. Die taugen nur, um harmlose Bürger zu erschrecken, doch wenn sie einen gut gewappneten Mann sehen, nehmen sie Reißaus.«

»Eine Belagerung erfordert dennoch ein paar hundert Leute. Doch wenn wir mit denen vor Tremmlingen erscheinen, haben

wir eine Fehde mit den Bayern am Hals.« Starrheim schien eine offene Auseinandersetzung zu scheuen wie der Teufel das Weihwasser.
Sebastian ging mit einer wegwerfenden Handbewegung über die Bedenken des Grafen hinweg und lachte übermütig auf. »Tilla hat mir erzählt, wie ihr Bruder die Stadt besetzt hat, und ich weiß nun, wie wir vorgehen können. Dafür brauchen wir nicht viel mehr Krieger, als die Bayern in Tremmlingen haben. Wie rasch könntet ihr so siebzig, achtzig Leute zusammenholen?«
Der Landpfleger sah Sebastian etwas verwundert an. »Wenn es sein muss, in zwei Tagen.«
»Sehr gut! Übermorgen am späten Nachmittag sollten wir bereit sein. Wie gut kannst du sticken, Tilla? Wir werden deine Nadelfertigkeit brauchen.«
»Für den Hausgebrauch reicht es«, antwortete seine Frau nicht weniger verwundert als Starrheim und die Habsburger Lehensmänner.
»Hedwig kann dir ja helfen! Vielleicht stellen uns unsere Freunde noch ein paar fingerfertige Mägde zur Verfügung.« Er grinste dabei ebenso spitzbübisch wie bei den Streichen seiner Jugendzeit und ängstigte Tilla ein wenig. Zu welchen Tollheiten ihr Mann in der Lage war, hatte sie oft genug am eigenen Leibe verspürt.

IV.

Am übernächsten Tag näherte sich ein Reitertrupp kurz vor der Abenddämmerung dem südlichen Stadttor von Tremmlingen. Dem Edelmann an der Spitze wallte ein blauer Umhang von den Schultern und auf dem Kopf trug er ein riesiges Barett mit schreiend bunten Federn. Ihm folgte eine Dame, die auf einem Maultier saß und sich in einen weißen Mantel gehüllt hatte. Ihr Kopfschmuck war dezenter, er bestand aus einem schleierartigen Tuch, welches auch ihr Gesicht verhüllte, so dass nur zwei blaugraue, etwas besorgt blickende Augen zu sehen waren. Eine Dienerin, die etliche Jahre älter sein mochte, saß ebenfalls auf einem Maultier und murmelte leise Gebete, während die sechs Bewaffneten, die ihnen folgten, zwar ein wenig angespannt wirkten, aber den Mund so fest geschlossen hielten, als wäre es ihnen bei Leibesstrafe verboten worden, sich nur ein Wort entschlüpfen zu lassen.

»Du bist dir sicher, dass das Tor nur von fremden Söldnern bewacht wird, Tilla?«, wandte sich der Anführer an die Verschleierte.

Sie zuckte etwas hilflos mit den Schultern. »Wenigstens war es so, als ich die Stadt aufgesucht habe. Elsa meinte auch, dass Otfried den aus der Stadt stammenden Bütteln nicht trauen würde. Für ein paar Münzen schauen die allzu gerne weg.«

»Dann wollen wir es wagen. Santiago sei mit uns!« Sebastian trieb seinen Hengst zu einer etwas schnelleren Gangart an und legte die restliche Strecke zum Tor innerhalb kurzer Zeit zurück.

Drei Bewaffnete, die dem Augenschein nach wirklich Bayern waren, vertraten ihm den Weg. »Wer seid Ihr und wohin wollt Ihr?«, fragte einer, während Sebastians restliche Begleitung wieder zu ihm aufschloss.

Dieser bemühte sich, so überheblich auf den Mann hinabzuschauen, wie es ihm möglich war. »Ich bin Don Sebastiano de Villagera, Hidalgo de Castilia, und auf dem Weg nach Prag, um Seiner Majestät, dem Kaiser, Botschaft von meinem Herrn, Rei Enrique von Kastilien, zu überbringen. Nun will ich in dieser Stadt übernachten.«

Die Söldner ließen sich von seinem Gemisch aus Deutsch und Spanisch beeindrucken, und als er dem Anführer der Kerle auch noch einen Maravedi als Trinkgeld zuwarf, buckelte dieser vor ihm.

»Seid uns willkommen, hochedler Herr! Ich möchte Euch aber abraten, in einer der Herbergen Unterkunft zu suchen. Der Bürgermeister der Stadt wird Euch gewiss bei sich aufnehmen. Nein – sucht lieber Herrn von Kadelburg auf! Dieser ist ein enger Vertrauter des Herzogs von Bayern und, ganz offen gesagt, der eigentliche Regent dieser Stadt.«

Bei diesem unverblümten Machtanspruch der Bayern musste Sebastian die Zähne zusammenbeißen, um seine Wut nicht hinauszuschreien. Zu seinem Glück zeichneten sich seine Gefühle nicht auf seinem Gesicht ab und die Wächter gaben ihm den Weg frei. Getreu seiner Rolle ritt er mit einer herablassenden Geste weiter und warf nur einen Blick auf Tilla und Hedwig, die sich dicht hinter ihm hielten. Hedwigs Augen standen weit offen und ihr Mund formte unhörbare Gebete. Tilla nahm ihre Hand und drückte sie, um die Freundin zu beruhigen. Aber auch sie hatte Angst vor dem, was jetzt geschehen würde.

Die sechs Krieger, die ihr Gefolge darstellen sollten, ritten nun scheinbar ganz entspannt durch das Tor. Nichts an ihnen deutete darauf hin, dass sie aus dem nahen Burgau kamen, denn sie trugen ein phantasievolles Wappen auf ihrer Brust und ihre Helme waren mit Tüchern umwunden, die ihnen ein exotisches Aussehen verliehen. Als sie sich auf Höhe der Torwachen befanden, rissen sie ihre Schwerter heraus und schlugen die drei Wächter nieder, bevor diese auch nur begriffen, wie ihnen geschah.

Sebastian wandte sein Pferd und grinste erleichtert. »Das ging besser als erwartet. Jetzt müssen wir das Zeichen für unsere

Freunde geben und dann das Tor so lange halten, bis diese hier sind.«

Einer der Krieger sprang vom Pferd, eilte hinaus und schwenkte das Tuch, das er sich vom Kopf gerissen hatte. Aus dem Dunkel des Wäldchens brach nun eine Schar Reiter hervor, die etwa zwanzig Köpfe zählen mochte. Zwischen fünfzig und sechzig Bewaffnete folgten ihnen zu Fuß. Doch es würde noch fast die Hälfte einer Stunde vergehen, bis diese das Tor erreicht hatten. In der Zeit konnte die kleine Gruppe mit Leichtigkeit überwältigt werden.

Sebastian sah Tilla an und machte sich Vorwürfe, dass er sie auf diese gefährliche Mission mitgenommen hatte. Ihre Augen verrieten keinerlei Furcht, sondern schienen sogar ihm noch Mut zusprechen zu wollen. Sie blickte ihn durchdringend an und dann wanderte ihr Blick zurück zur Torburg und verriet, dass sie das Gleiche dachte wie er.

Mit einem harten Auflachen wandte er sich an die Reisigen und zeigte auf die beiden weit offen stehenden Torflügel. »Hebelt einen von ihnen aus und stürzt ihn um! Sollten wir überwältigt werden, können Otfrieds Söldner das Tor nicht mehr schließen und unseren Freunden den Weg versperren.«

Anschließend deutete er nach draußen und sah Tilla und Hedwig an. »Ihr beiden verschwindet besser! Was jetzt kommt, ist nichts für Frauen!«

Tilla aber dachte nicht daran, ihm zu gehorchen. Sie rutschte aus dem Sattel, eilte zu den Männern hin, die eben versuchten, den linken Torflügel mit Hilfe eines Balkens aus den Angeln zu heben, und half ihnen dabei. Hedwig blieb auf ihrem Maultier sitzen und sprach ihre Gebete nun laut und so hastig, dass Vater Thomas sie dafür gerügt hätte.

»Weiber!«, schnaubte Sebastian, war aber zu angespannt, um

sich mit Tilla streiten zu wollen. Mit einem raschen Blick streifte er die Umgebung, aus der mit einem Schlag alle Passanten verschwunden waren. Dann starrte er auf die drei toten Bayern herab. Eigentlich hatte er die Kerle gefangen nehmen wollen, aber es wäre notwendig gewesen, sie zu bewachen, und dafür konnte er keinen Mann abstellen. Für einen Augenblick fiel ihm auf, wie das Schicksal mit den Menschen und sogar mit ganzen Städten spielte. Otfried hatte die Stadt gewinnen können, weil die damaligen Wächter ihn gekannt und ihm vertraut hatten. Er aber hatte das Tor besetzen können, weil keiner der Söldner gewusst hatte, wer er war. Nun empfand er Stolz auf seine Findigkeit, aber auch auf Tillas Mut und ihre Entschlossenheit.

Endlich rutschte der Torflügel aus den Angeln und krachte mit einem weithin hallenden Schlag zu Boden. Trotz des Lärms, der seine Gegner auf den Plan rufen mochte, atmete Sebastian auf. Nun würde kein Bayer ihn mehr daran hindern können, seine Stadt zu befreien und die Schurken zur Rechenschaft zu ziehen, die Tremmlingen monatelang geknechtet hatten.

Die Vorgänge am Tor hatten die Bewohner der umliegenden Häuser alarmiert und nun öffneten sich die Fenster der oberen Stockwerke. Eine Frau lehnte sich hinaus, sah die Toten und prallte mit einem Aufschrei zurück. Andere waren weniger furchtsam und beobachteten neugierig das Geschehen. Aus den umliegenden Gassen näherte sich eine größere Gruppe von Männern verschiedenen Alters, die wohl von jenen alarmiert worden waren, die den kleinen Platz nach dem blutigen Ende der Torwachen fluchtartig verlassen hatten. Sie starrten auf den am Boden liegenden Torflügel und die Krieger, die es mit gezogenen Schwertern bewachten, musterten den Fremden, der of-

fensichtlich deren Anführer war, und schienen sich nicht schlüssig zu sein, wie sie sich zu der Situation stellen sollten.
Dann trat ein älterer Mann mit spitzem Bart, der noch ein Nadelkissen in der Hand hielt, auf Sebastian zu. »Aber das ist doch nicht möglich! Das ist doch … Bist du es wirklich, Sebastian Laux?«
»Der bin ich, Meister Nodler. Wie du siehst, habe ich vor, hier aufzuräumen.«
»Sind das deine Leute?« Der Schneider wies mit zitterndem Finger auf die Reiter, die eben die letzte Strecke zum Tor zurücklegten.
»Das sind sie, und es kommen noch mehr!« Man konnte Sebastian ansehen, wie stolz er war, auf diese Weise in seine Heimatstadt zurückgekehrt zu sein.
Inzwischen waren auch einige von Otfrieds Bütteln auf das Geschehen aufmerksam geworden und drängten sich großspurig durch die immer noch anwachsende Schar. Einer von ihnen hob seine Hellebarde und drohte: »Macht, dass ihr in eure Häuser kommt, ihr Kerle, sonst machen wir euch Beine!«
»Du machst keinem mehr Beine, Renz!« Sebastians Stimme hallte bis in die umliegenden Gassen.
Der Büttel fuhr herum, und da die versammelte Menge nun ein wenig auseinanderstrebte, entdeckte er auch Sebastian und dessen Männer, die eben von Starrheim und dessen Reitern verstärkt wurden. »Was soll denn das?«
»Das wirst du gleich erleben!« Sebastian setzte sein Pferd in Bewegung und hob sein Schwert. Er musste nicht zuschlagen, denn in dem Augenblick packten die braven Bürger von Tremmlingen die Büttel, vor denen sie so lange hatten kuschen müssen, entrissen ihnen die Waffen und drangen mit Stöcken und blanken Fäusten auf sie ein.

Das Geschrei der geprügelten Männer gellte Tilla in den Ohren, doch sie empfand kein Mitleid. Nach alledem, was Elsas Bericht zufolge hier vorgefallen war, hatten die Kerle ihre Strafe verdient.
Starrheim ritt auf Sebastian zu und schlug ihm begeistert gegen die Brust. »Das ging besser als erwartet! Bei Gott, ich hätte nicht gedacht, dass euch die Torwächter auf den Leim gehen würden.«
»Sie waren Fremde und kannten mich nicht. Außerdem waren sie zu gierig.« Sebastian wies dabei auf das kastilische Silberstück, das dem Mann, der es entgegengenommen hatte, aus der Hand gefallen war und nun mitten im Torweg lag. »Aber genug geschwätzt. Das war nur der Anfang. Jetzt müssen wir die Stadt gewinnen! Kommt mit zum Hauptquartier der Bayern!« Er wollte seine Leute zum Anwesen seiner Familie führen, doch sein Pferd wurde bereits am nächsten Platz von den zusammenströmenden Bürgern eingekeilt, die alles gepackt hatten, was sich als Waffe verwenden ließ, und offensichtlich mit Mord im Herzen dem gleichen Ziel zustrebten.
Sebastian hätte es sich nie träumen lassen, dass er einmal sein eigenes Vaterhaus würde belagern müssen. Doch die Tatsache, dass die Gegner sich ausgerechnet dort eingenistet hatten, hatte auch sein Gutes, denn er kannte jeden Schlupfwinkel und wusste seine Leute so einzuteilen, dass keiner der bayrischen Soldknechte das Anwesen verlassen konnte.
Von den Bewaffneten, die Starrheim ausschickte, um die anderen Tore einzunehmen, kamen einige mit ebenfalls guten Nachrichten zurück. Die Wachen an den anderen Toren und die Söldner, die es sich auf Kosten der Wirte gut hatten ergehen lassen, hatten den Lärm des Aufruhrs zwar noch vernommen, waren aber überwältigt worden, bevor sie die Waffen hatten zie-

hen können. Nun streiften die Bürger wie eine Meute beißwütiger Hunde durch die Gassen in der Stadt und töteten jeden, der die bayrischen Farben trug oder die Tracht eines Büttels. Wer von den nun Gejagten rechtzeitig begriff, was sich abspielte, warf seine Waffen und die Abzeichen seines Amtes fort und versteckte sich bei Freunden. Bald gab es nur noch zwei Stellen, an denen die früheren Herren ungeschoren blieben. Das waren Otfrieds Haus und das Laux-Anwesen, welches nach Meister Nodlers Worten auch dem Herrn von Kadelburg als Amtshaus und Wohnung diente. Dort rotteten die Bürger sich zusammen, die auf die Köpfe ihrer Besatzer aus waren, um sich an diesen zu rächen.

Sebastian hatte Mühe, die Leute davon abzubringen, sein Elternhaus samt den Söldnern, die sich darin verschanzt hatten, anzuzünden. »Wollt ihr, dass die ganze Stadt in Flammen aufgeht?«, schrie er einen Mann an, der sich mit einer Fackel und einem Ballen Werg durch die Menge drängte.

»Die Kerle sollen brennen!«, brüllte der wie von Sinnen. »Zwölf von ihnen haben meine Tochter geschändet. Einer nach dem andern!«

Obwohl Sebastian den Mann verstehen konnte, entriss er ihm die Fackel und warf sie in ein Fass, das mit Regenwasser gefüllt war. »Verdammt, Kerle! Wollt ihr eure Stadt in Brand setzen oder endlich wieder Frieden und Ordnung haben?«

Der Schneider nickte. »Sebastian – ich wollte sagen, Herr Laux hat Recht! Wenn die Situation jetzt außer Kontrolle gerät, wird es für uns alle schlimm enden. Wir sollten ihm gehorchen, denn immerhin ist er der Sohn des wahren Bürgermeisters, und wenn man es genau nimmt, auch der Hauptmann der Bürgerwehr.«

»Das stimmt!« Einer der früheren Knechte des alten Bürgermeisters, der Sebastian zu den Übungen der Bürgerwehr mitgenommen und dort auch ausgebildet hatte, trat auf ihn zu und neigte kurz den Kopf.

»Du bist unser Hauptmann, Sebastian! Du musst uns sagen, was wir tun sollen.«

»Sammle so viele der Unsrigen, wie du findest. Und Ihr, Freund Starrheim, solltet Euch mit Euren Männern ein wenig im Hintergrund halten und nur eingreifen, wenn es nicht anders mehr geht. Die Bayern sollen glauben, gerechter Bürgerzorn sei über sie gekommen.«

Starrheim nickte erleichtert, denn diese Entscheidung kam der politischen Situation entgegen. Während er seine Befehle gab, betrachtete Sebastian das geschlossene Tor seines Vaterhauses und überlegte, was er als Nächstes tun sollte.

Tilla und Hedwig waren zunächst weit hinter den anderen zurückgeblieben. Jetzt näherten sie sich Laux' Haus und wollten zu Sebastian. Da Tillas Schleier verrutscht war, konnten die Leute ihr Gesicht sehen. Mehrere erstarrten, als sie sie erkannten.

»Bei allen Höllenteufeln, das ist doch die Schwester dieses Blutsaugers Otfried! Packt sie, damit wir ihr heimzahlen können, was dieser Schuft uns angetan hat.« Der Mann, dem Sebastian die Fackel abgenommen hatte, streckte die Hände nach Tilla aus. Sein Gesicht war vor Hass verzerrt und er schrie sie an, dass er sie als Erstes vergewaltigen und dann seinen Freunden überlassen würde, damit sie am eigenen Leib erleben konnte, was mit seiner Tochter geschehen war.

Tilla erstarrte im ersten Augenblick, dann aber stieß sie den Mann mit dem Fuß zurück und fauchte wie eine wütende Katze: »Wage es nicht, mich anzurühren!«

Sebastian erkannte, dass Tilla in Schwierigkeiten war, fand sich aber durch die ganze Breite des Platzes von ihr getrennt. Er

wollte schon Starrheim zurufen, er solle Tilla mit seinen Leuten schützen.
Da trat Elsa Heisler mit vor Zorn rot angelaufenem Gesicht zwischen den Mann und ihre junge Freundin. »Verdammter Kerl, willst du wohl Tilla in Frieden lassen! Sie war doch das erste Opfer dieses verfluchten Otfrieds. Oder hast du vergessen, dass sie aus der Stadt fliehen musste, um seinen infamen Plänen zu entgehen? Sie ist bis nach Santiago gepilgert, um den letzten Willen ihres Vaters zu erfüllen, den ihr Bruder völlig missachtet hat.«
Der Mann wurde unsicher und sah sich um, ob er mit der Unterstützung der Umstehenden rechnen konnte. Die kurze Zeitspanne hatte Sebastian gereicht, sich ein Stück durch die Menge zu drängen. »Außerdem ist Tilla mein Eheweib und ich werde dich an einem ganz bestimmten Körperteil aufhängen lassen, wenn ihr auch nur ein Haar gekrümmt wird!«
Damit hatte er die Lacher auf seiner Seite. Der Mann, der eben noch so wüst gedroht hatte, verschwand mit eingezogenem Kopf und die Menge machte Tilla Platz, damit sie zu Sebastian aufschließen konnte.
»Wir sollten auch Otfrieds Haus bewachen lassen. Ich fürchte, er könnte uns sonst in die Suppe spucken wollen«, sagte sie.
Sebastian nickte grimmig. »Das könnte leicht sein. Freund Starrheim, wollt Ihr dies für mich übernehmen?«
»Gerne! Aber ich brauche jemand, der uns das Haus zeigt.«
Tilla wandte sich dem Grafen zu und wollte ihr Maultier vorsichtig durch die dicht stehenden Menschen zu ihm lenken, als die alte Elsa sich vordrängte. »Folgt mir, Herr! Ich führe Euch hin.«
Ein Teil der Bürger entschloss sich, dem Ritter in den Habsburger Farben zu folgen, doch der größte Teil scharte sich noch en-

ger um das Laux-Anwesen. Die Söldner im Innern hatten unterdessen erkannt, dass ein offener Kampf zu ihren Ungunsten ausgehen musste, und verlegten sich auf Drohungen. »He, ihr da draußen! Ist da jemand, der für euch sprechen kann?«, schrie einer heraus.

»Ich spreche für Tremmlingen!« Sebastian ritt näher auf das Tor zu und wartete gespannt auf Antwort.

»Dann höre mir gut zu, du aufgeblasener Stadtwurm! Entweder du verschwindest mit deinem zusammengelaufenen Haufen und beugst dich der hier herrschenden Ordnung, oder wir werden die ganze Stadt anzünden!« Um diese Drohung zu bestätigen, flog eine Fackel über die Umfassungsmauer des Anwesens. An der Stelle, an der sie niederging, brach Panik aus. Die dicht gedrängten Menschen versuchten, dem Geschoss auszuweichen, doch mehrere wurden von Funken und dem herumspritzenden Pech getroffen und ihre Kleidung entzündete sich. Etliche Zuschauer liefen vor Schreck davon, während ein paar mutige Bürger die Flammen mit Umhängen und Mänteln erstickten. Wären die Söldner in diesem Moment hinausgestürmt, hätte es ihnen gelingen können, sich bis zum Stadttor durchzuschlagen. Doch die Männer nahmen die Bürger nicht ernst und hatten überdies keine Lust, die reichlich gefüllten Tröge zu verlassen, an denen sie sich in den letzten Monaten gemästet hatten. So ließen sie die günstige Gelegenheit ungenutzt verstreichen.

Nach wenigen Augenblicken gelang es Sebastian, den Kreis um sein Elternhaus wieder zu schließen. Doch auch er wusste, dass die Fackel nur eine Warnung gewesen war. Das nächste Mal würden die Söldner mit Brandpfeilen auf die umstehenden Häuser schießen, und er wusste nicht, was er dagegen unternehmen konnte. Das Gefühl der Hilflosigkeit wich jedoch, als Tillas Stimme über den Platz hallte.

»Alle Frauen und Kinder zu mir! Besorgt euch Schaffe, Eimer und Krüge und holt Wasser herbei, so viel ihr könnt! Wir werden unsere Stadt vor Schaden bewahren. Habt keine Angst, auch wenn vielleicht das eine oder andere Gebäude trotz eurer Anstrengung zu brennen beginnt. Dann müsst ihr die Nachbarhäuser schützen! Unsere Männer werden den Feind für seinen Frevel bezahlen lassen!«

Zustimmende Rufe brandeten auf, und die Frauen und Mädchen, aber auch die jüngeren Knaben rannten los und kehrten innerhalb kürzester Zeit mit Eimern, Bottichen und allen möglichen Gefäßen zurück, die sie in Windeseile an den Brunnen mit Wasser gefüllt hatten. Es mochte dieses Beispiel beherzten Frauenmuts sein, das die bayerischen Söldner an ihrem Erfolg zweifeln ließ. Als wieder einer von ihnen nach draußen rief, klang seine Stimme eher kleinlaut. »Gewährt ihr uns freies Geleit, wenn wir das Haus übergeben?«

Sebastian wollte schon antworten, ließ dann aber den Blick über seine Mitbürger schweifen und hob unschlüssig die Hände. »Wenn die Kerle aufgeben, würde es uns Blutvergießen und manchen Schaden ersparen. Ich kann ihnen aber kein freies Geleit zusichern, wenn ihr sie dann umbringt.«

Für einige Augenblicke herrschte Schweigen, dann schoben die Bürger den Mann nach vorne, der Tilla angegriffen hatte. »Sag, was du davon hältst!«, rief ihm ein Mann zu, der sichtlich schwankte, ob er auf Sebastian hören oder Rache fordern sollte.

Das Männlein schrumpfte unter Sebastians hartem Blick zusammen, denn dieser hatte ihm die Bedrohung Tillas noch nicht vergeben. Ganz aufgeben wollte der Bürger jedoch nicht. »Die Kerle haben meine Tochter missbraucht und zu ihrer Hure gemacht. Jetzt wird kein ehrlicher Mann sie mehr heiraten wollen. Dafür fordere ich Gerechtigkeit.«

»Und wie soll die aussehen?« Sebastian hoffte, der andere würde sich mit Geld zufriedengeben.
Sein Gegenüber wiegte nachdenklich den Kopf. »Meine Tochter braucht einen Mann. Einer der Kerle soll sie heiraten und gut behandeln, dann bin ich zufrieden.«
Das war eine Entwicklung, die Sebastian wenig gefiel, denn es mochte sein, dass die Bayern sich sträuben und es doch auf einen Kampf ankommen lassen würden. Als er jedoch in die Gesichter der Leute um ihn herum schaute, wusste er, dass diese keine andere Lösung akzeptieren würden. Mit einem kastilischen Fluch, den die anderen zum Glück nicht verstanden, wandte er sich wieder seinem Vaterhaus zu.
»Habt ihr verstanden, was eben gesagt wurde? Dieser Mann hier fordert Genugtuung für das, was ihr seiner Tochter angetan habt. Wählt einen von euch aus, der sie heiraten und hier in der Stadt bleiben wird! Dann kann der Rest meinetwegen verschwinden. Entscheidet euch rasch, denn ich werde mein Angebot nicht lange aufrechterhalten.«
Es dauerte einige Augenblicke, bis er Antwort erhielt. »Ist das Euer letztes Wort?«
»Ja!«
»Wir werden darum würfeln, wen es treffen soll.« Man konnte hören, dass der Sprecher der Bayern aufgegeben hatte und nun hoffte, dass nicht er es sein würde, der heiraten musste.
Sebastian war mehr als erleichtert, dass ihm der Sturm auf das Haus seines Vaters erspart geblieben war, und forderte die vor dem Tor versammelte Menge auf, Platz zu machen. Dann befahl er den Söldnern, herauszukommen.
Das Hoftor schwang zögerlich auf und der erste Söldner streckte vorsichtig den Kopf heraus. Als er sah, dass ihm niemand ans Leder wollte, wurde er mutiger und winkte seinen Kameraden,

ihm zu folgen. Einige Leute hatten unterdessen zwei Schragen und ein Brett geholt, aus denen sie einen primitiven Tisch zusammenstellten, und ein weiterer brachte einen Lederbecher und mehrere beinerne Würfel herbei. Diese mussten jedoch nicht in Aktion treten, denn einer der Söldner winkte mit einer heftigen Handbewegung ab.

»Was soll's! Ich nehme das Mädchen. Ich würde auch sonst nur ein Weib bekommen, das angefangen vom Hauptmann bis hin zum letzten Rekruten die Schwänze der ganzen Kompanie in sich gespürt hätte. Da ist mir ein braves Ding, das gegen ihren Willen auf den Rücken gezwungen wurde, alleweil lieber. Keine Sorge, ich werde sie gut behandeln! Ich brauche nur eine Möglichkeit, mir mein Brot in eurer Stadt verdienen zu können.«

Sebastian musterte den Mann, der die dreißig bereits einige Jahre überschritten haben musste. Er hinkte leicht, was wohl von einer früheren Verletzung kam, und wirkte nicht wie ein Lump. Seine Kameraden rückten jetzt ein wenig von ihm ab und steckten die Köpfe zusammen, dann nahm der Erste von ihnen seinen Geldbeutel ab, trat an den Tisch und schüttete etwa die Hälfte des Inhalts darauf.

»Hier, alter Freund, du sollst nicht als Bettler hierbleiben.« Die anderen Söldner folgten seinem Beispiel. Auch wenn nicht alle so reichlich gaben wie der Erste, so kam doch ein hübsches Sümmchen zusammen, bei dem der Vater des Mädchens sich die Lippen leckte. Er stellte sich jetzt neben den Mann, der sich freiwillig als Schwiegersohn gemeldet hatte, und musterte ihn eindringlich.

»Du warst doch gar nicht bei den Schweinen dabei, die meiner Kleinen das angetan haben!«

Der Söldner zuckte nur mit den Schultern. »Macht das was?«

»Nein, eigentlich nicht«, antwortete der andere verblüfft.

Sebastian trat neben den Söldner und legte ihm die Hand auf die Schulter. »Du wirst hier schon dein Auskommen finden, sei es als Türmer oder Nachtwächter, das verspreche ich dir.«
»Mach's gut, alter Knabe!« Der Anführer der Bayern blieb kurz vor dem Freiwilligen stehen und umarmte ihn. Dann sah er Sebastian mit einem etwas entsagungsvollen Lächeln an. »Unser Karl wird Euch keine Schande machen, Herr, und dem Mädchen auch nicht. Übrigens ist keiner von denen unter uns, die ihr Gewalt angetan haben. Die hatten alle Dienst bei den Stadttoren oder im Haus des Bürgermeisters, äh, Otfried Willingers.«
»Das ist gut!« Sebastian nickte zufrieden und gab dem anderen den Befehl, mit seinen Leuten abzurücken. Die letzten Worte des Bayern, aber auch die Freizügigkeit, mit der sie ihren zurückbleibenden Kameraden versorgt hatten, brachte die Bürger dazu, freundlicher von den Söldnern zu denken und sie ungehindert und ohne jeden Schmähruf gehen zu lassen.
Als die Bayern außer Sicht waren, wandten sich die Leute wieder Sebastian zu. »Was sollen wir jetzt tun?«
»Ein Teil von euch soll die Männer meines Freundes Starrheim verstärken, die Willingers Anwesen belagern. Der Rest kommt mit mir! Ich will endlich meinen Vater sehen!« Ohne zu warten, ob seine Anweisungen befolgt wurden, zog Sebastian seinen Hengst herum und ritt in Richtung des Rathauses, neben dem auch der Schuldturm stand, in den Otfried Willinger all jene eingesperrt hatte, die gegen ihn aufgestanden waren.
Die Wachen des Turms hatten die Unruhen in der Stadt bemerkt und sich unauffällig verdrückt. Daher konnte Sebastian ungehindert das Tor öffnen. Tilla, die inzwischen ihren Umhang mit dem Pilgermantel vertauscht hatte, eilte an seine Seite und nahm seine Hand. Obwohl sie sich freute, dass Koloman Laux

nun aus dem Loch befreit werden würde, sah sie der Begegnung mit ihm etwas ängstlich entgegen. Was würde er dazu sagen, dass Sebastian und sie ganz gegen Sitte und Brauch den Bund fürs Leben ohne seinen Segen eingegangen waren? Würde er sie als Schwiegertochter anerkennen oder wie eine Bettmagd behandeln? In ihren Gedanken verstrickt stolperte sie auf der Treppe und wurde nur durch Sebastians rasches Zugreifen vor einem Sturz bewahrt.

»Vorsicht, mein Liebes«, sagte er lächelnd.

Tilla nickte mit blassen Lippen und gab nun besser Acht.

Die Gefangenen schienen zu spüren, dass sich etwas Ungewöhnliches tat, denn sie klopften gegen die Türen und riefen um Hilfe.

»Ihr kommt ja frei!«, schrie Sebastian gegen den Lärm an. »Doch zuerst sagt mir, wo ich meinen Vater finde!«

»Sebastian? Bist du das?« Koloman Laux' Stimme klang fester, als es nach den langen Monaten im Kerker zu erwarten gewesen war. Sein Sohn stürzte zu der Tür, zog den Riegel zurück und riss sie auf.

Der alte Bürgermeister schloss die Augen, weil ihn die Fackeln blendeten, die Sebastians Begleiter mit sich trugen, öffnete sie dann weit und taumelte seinem Sohn schluchzend in die Arme.

»Du bist tatsächlich zurückgekommen! Dank sei Gott Vater, Gott Sohn und allen Heiligen! Nur die Hoffnung, dich wiederzusehen, hat mich am Leben gehalten.«

»Ja, Vater, ich bin zurück und ich habe auch schon aufgeräumt. Der größte Teil der Stadt ist unter Kontrolle. Nur die Abrechnung mit Otfried Willinger und seinen Kreaturen steht noch aus.«

»Bei Gott, das klingt wunderbar! Mir ist kurz nach deiner Abreise klar geworden, dass du klüger gewesen bist als Damian

und ich zusammen – und das hast du wohl jetzt bewiesen. Sag, hast du auch eine Spur von Tilla gefunden?« Das Letzte klang besorgt, ja fast verzagt, denn Laux machte sich große Vorwürfe, nicht rechtzeitig eingegriffen zu haben. Sein Sohn lachte hell auf und zog Tilla zu sich heran.
»Ich habe nicht nur eine Spur von Tilla gefunden, sondern auch sie selbst, und damit sie mir nicht noch einmal entwischen kann, habe ich sie gleich geheiratet.«
Das klang ganz nach dem Sebastian, den sein Vater gekannt hatte. Er seufzte tief, weil er an Damian denken musste, dem Tilla versprochen gewesen war, klopfte seinem Sohn jedoch auf die Schulter. »Das hast du gut gemacht.« Dann zog er Tilla an sich und hieß sie als Schwiegertochter willkommen.

V.

Zu der Zeit, in der Sebastian das Stadttor gewann, saßen Otfried, Anton Schrimpp und der bayerische Kammerherr Georg von Kadelburg in der guten Stube des Willinger-Anwesens und ließen sich ein feudales Abendessen schmecken. Der Lärm, der sich ein paar Straßen weiter erhob, brachte Tillas Bruder dazu, kurz aufzusehen. Da er jedoch überzeugt war, dass seine Söldner mit jedem Aufruhr fertig würden, widmete er sich wieder dem gespickten Rehrücken.
Kadelburg nahm seinen silbernen Weinbecher und wollte ihn zum Munde führen. Mitten in der Bewegung hielt er inne und fixierte Otfried mit einem tadelnden Blick. »Wir sollten die Sache endlich hinter uns bringen. Die Situation ist in meinen Augen nicht länger tragbar.«
Anders als Otfried, der als Kaufherr den Handel eigentlich hät-

te fördern müssen, dachte der bayerische Edelmann über den Wert Tremmlingens als Marktplatz nach, der unter dem jetzigen Regime bereits arg gelitten hatte. Ihm ging es jedoch weniger um den Verdienst der Kaufleute als vielmehr um die Steuern, die diese an Herzog Stephan zahlen sollten. Ging es mit der Stadt noch weiter bergab, wären die Bürger nicht mehr in der Lage, nennenswerte Summen aufzubringen. In dem Fall hätte er seine Aufgabe nicht im Sinn Herzog Stephans erfüllt, und das würde seinen Ruf bei Hofe ruinieren.

Erneuter Lärm enthob Otfried einer Antwort. Er stand mit einer wütenden Geste auf und ging zum Fenster. Als er hinausschaute, begann es bereits zu dämmern. Eigentlich hatte er befohlen, dass alle Bürger bei Anbruch der Nacht in ihren Häusern zu sein hatten, doch anscheinend wagten es an diesem Tag nicht wenige, gegen seine Anordnungen zu verstoßen und dabei auch noch herumzuplärren.

Verärgert über diese Unverschämtheit und besorgt wegen Kadelburgs unverblümter Forderung, die Stadt in den nächsten Tagen an Bayern zu übergeben, wandte Otfried sich an Anton Schrimpp. »Was sitzt du hier noch herum? Es ist deine Aufgabe als Hauptmann der Stadtwache, für Ordnung zu sorgen.«

Der Gescholtene starrte entsagungsvoll in seinen leeren Becher, den er gerade wieder hatte füllen lassen wollen, und stand auf. Sein Gang war nicht mehr ganz sicher, denn die junge Magd, die Otfried an Ilgas Stelle in sein Haus genommen hatte, hatte ihm den Nachmittag über ebenso wacker eingeschenkt, wie er getrunken hatte.

»Jetzt beeil dich gefälligst!«, spornte Otfried seinen Untergebenen an.

Anton Schrimpp nahm sich so gut wie möglich zusammen, verließ das Zimmer und hangelte sich am Treppengeländer nach unten. Als er ins Freie trat, entfaltete der genossene Wein jedoch seine volle Wirkung, und er fühlte, wie ihm der Mageninhalt hochkam. »Ich hätte den fetten Braten nicht essen dürfen«, fuhr es ihm noch durch den Kopf, bevor er sich geräuschvoll erbrach.

»Bei Gott, wie kannst du Schwein nur kotzen, wenn es in der Stadt drunter und drüber geht!« Von zwei Stadtbütteln begleitet tauchte Rigobert Böhdinger aus dem Halbdunkel auf und blieb vor Anton Schrimpp stehen. Mit einem Blick erkannte er, dass der andere nicht mehr zu gebrauchen war. Er wollte den Bütteln schon anschaffen, den Betrunkenen irgendwo hinzubringen, wo er niemand im Weg umging, gab diesen Gedanken aber mit einer wegwerfenden Handbewegung auf und eilte ins Haus.

Als er Otfried seelenruhig am Tisch sitzen sah, stieß er einen knurrenden Laut aus. »Bei allen Höllenteufeln noch mal! In der Stadt wird gekämpft und du denkst nur ans Fressen.«

Otfried fuhr auf wie von der Tarantel gestochen. »Wie wagst du es mit mir zu sprechen?« Dann erst begriff er, was der andere gesagt hatte, und klopfte sich mit dem Zeigefinger gegen die Stirn. »Was soll der Unsinn! Wer soll in dieser Stadt schon kämpfen?«

»Das ist kein Unsinn! Fremde Söldner haben die Tore erbrochen und sind in die Stadt eingedrungen. Statt davonzulaufen, haben die Bürger sich ihnen angeschlossen und belagern derzeit das Quartier der Bayern.«

»Pah, die werden dieses Gesindel rasch auseinandergetrieben haben!« So als wolle er seine Worte bekräftigen, stieß Otfried sein Messer in den Rehrücken und schnitt sich ein großes Stück ab.

Rigobert Böhdinger sah fassungslos zu, wie er das Fleisch in den

Mund steckte und genussvoll darauf herumkaute. »Otfried, das ist keine Zusammenrottung von ein paar Einzelnen. Die ganze Stadt steht gegen uns auf. Wenn du nichts unternimmst, werden sie uns alle umbringen!«

Während Tillas Bruder nur verständnislos glotzte, blickte Kadelburg auf. »Was faselst du da, Bursche? Bist du dir sicher, dass es einen Aufstand gibt?«

»So kann man es auch nennen. Soviel ich von einem der Büttel erfahren konnte, ist das Südtor durch eine Kriegslist eingenommen worden. Eine Rotte Söldner ist in die Stadt eingedrungen und von der Bürgerschaft begeistert empfangen worden. Unsere sämtlichen bayrischen Krieger dürften nicht ausreichen, um mit dem Aufruhr fertig zu werden.«

»Dann holt die Büttel dazu! Die freuen sich doch darauf, den hochnäsigen Bürgern eines über den Rüssel geben zu können. Oder noch besser: rufe alle Bewohner der schlimmen Gassen zur Unterstützung herbei. Sag ihnen, sie können in allen Häusern plündern, deren Bewohner sich an der Rebellion beteiligen. Was meinst du, wie begeistert die sein werden.« Otfried rieb sich bei dem Gedanken die Hände, denn er hoffte, sich auf diese Weise auch der letzten Opposition entledigen zu können.

Kadelburg aber begriff, dass Otfrieds Herrschaft an einem seidenen Faden hing. Wenn dieser Bürgermeister von bayrischen Gnaden nicht aufpasste, würde er schnell und sehr tief fallen. Der Emissär des Bayernherzogs stand auf und wischte seine Hände am Tischtuch ab. »Jetzt müssen Nägel mit Köpfen gemacht werden. Da du nicht in der Lage bist, die Ruhe in der Stadt zu gewährleisten, werde ich reguläre bayerische Truppen herbeiholen. Der heutige Aufruhr liefert Herzog Stephan einen soliden Grund für sein Eingreifen. Das wird auch der Kaiser nicht abstreiten können.«

Dann winkte Kadelburg Rigobert zu sich. »Weiß man, in wessen Diensten die fremden Söldner stehen?«
Der junge Mann zuckte mit den Schultern. »Ich habe sie nicht gesehen und der Büttel, der mir von ihnen berichtet hat, erzählte, dass sie ein Wappen mit Burgen und Löwen tragen sollen.«
Damit verwirrte er Kadelburg. Der Bayer kniff die Augen zusammen und starrte einige Augenblicke ins Leere. »Kein Adelsgeschlecht in weitem Umkreis hat ein solches Wappen. Burg und Löwe sind Zeichen des Königreichs Kastilien, und das liegt ja fast am Ende der Welt. Nein, da musst du falsch informiert worden sein, Bursche.«
Während Kadelburg Rigoberts Worte mit einer wegwerfenden Geste abtat, wurde er blass. Er war weit genug nach Südfrankreich gekommen, um von dem Krieg in Kastilien gehört zu haben. Konnte es möglich sein, dass ein Feind Otfrieds dort Gefolgsleute gefunden hatte? Es gab einen Mann, der ebenfalls dort hingereist sein musste und dem er so ein Stück zutraute, nämlich Sebastian Laux.
»Was sollen wir jetzt tun?«, fragte er in die entstandene Stille hinein.
»Du sollst endlich verschwinden und das Gesindel aus den schlimmen Gassen holen! Sag ihnen, sie können morden, schänden und plündern, so viel sie wollen, und sie werden die Häuser derjenigen erhalten, die sie niedergemacht haben.« Otfried hob die Hand, als wolle er Rigobert mit einem Hieb antreiben. Dieser trat mit erschrockener Miene zurück und schlüpfte zur Tür hinaus.
Kadelburg leerte seinen Becher im Stehen und lächelte zufrieden, da ihm diese Entwicklung in die Hände spielte. Otfrieds Aktionen würden seiner Erfahrung nach keinen Erfolg haben, denn gegen das Gesindel, welches dieser in Marsch setzen woll-

te, standen schließlich auch die Männer der alten Bürgerwehr, und die wussten mit solchem Gelichter umzugehen. Die Stadt würde eine blutige Nacht und wohl auch noch einen ebensolchen Tag erleben. Wenn er dann mit genügend bayerischen Rittern und Kriegsknechten erschien, würde sie ihm wie eine reife Frucht in die Hände fallen.

»Ich reite jetzt los, um meine Leute zu holen. Halte du mit den Deinen stand, bis ich zurückgekehrt bin.« Er nickte Otfried zu und verließ mit einem zufriedenen Lächeln die Stube. Nun würden sich gleich mehrere Probleme lösen, denn nach seiner Rückkehr würde Willinger nicht mehr am Leben sein. In froher Erwartung des Triumphs, den er bald feiern würde, trat er in den Hof des Anwesens, rief die acht bayerischen Söldner zusammen, die er Otfried als Leibgarde gestellt hatte, und befahl ihnen, sich reisefertig zu machen.

Als sie kurz darauf das Hoftor öffneten und losreiten wollten, wurden sie jedoch von etlichen Bürgern umringt, die das Haus bewachten. Kadelburg griff zum Schwert, doch ehe er den Angriffsbefehl geben konnte, tauchten gut gewappnete Kriegsknechte in beängstigend großer Anzahl auf und verlegten ihm und seinem Gefolge den Weg. Ihr Anführer war ein noch recht junger Ritter, der seine Männer fest unter Kontrolle hatte.

»Starrheim!« Kadelburg brauchte die Fackel nicht, die nun das Gesicht des jungen Mannes beleuchtete, denn er hatte den Habsburger Spross bereits an dessen Stimme erkannt. Nun bleckte er die Zähne wie ein in die Enge getriebener Hund. »Ihr verdammten Österreicher steckt also hinter dem Ganzen. Der Teufel soll euch holen! Aber es wird euch nichts nützen. Verschwinde mit deinem Pack, wenn du nicht eine Fehde mit Herzog Stephan von Bayern am Hals haben willst.«

Um Starrheims Lippen spielte ein verächtliches Lächeln. »Glaubst du, dein Herzog würde meine erhabenen Vettern Albrecht und Leopold wegen dieser einen kleinen Stadt herausfordern wollen? Du maßt dir zu viel an, Kadelburg. Soviel ich weiß, steht Herzog Stephan in Verhandlungen mit meinen Verwandten, in denen es um Tirol geht. Er weiß, dass er dieses Land nicht zurückerobern kann, und wünscht, mit Geld für den Verlust entschädigt zu werden. Ist Tremmlingen ihm so viel wert, dass es diese Summe aufwiegen kann? Außerdem stehe ich hier nicht als Abgesandter meiner Herzöge, sondern als Ritter, der einen Eid erfüllt. Eine junge Frau namens Tilla Willinger hat mir zweimal das Leben gerettet. Ich versprach ihr dafür, ihr bei der Befreiung ihrer Stadt beizustehen.«
Kadelburg murmelte einen unanständigen Fluch. Der Eid eines Ritters war heilig und selbst sein sonst so reizbarer Lehnsherr würde für Graf Rudolfs Haltung Verständnis aufbringen.
Starrheim war noch nicht mit ihm fertig. Er zog ein Schreiben unter seinem Wappenrock hervor, entfaltete es und hielt es so, dass das Licht der Fackel darauf fiel. »Erkennst du das hier, Kadelburg? Es stammt von deinem Herzog und verspricht einem gewissen Veit Gürtler und dessen Freunden Belohnung für einen üblen Verrat. Meine erhabenen Vettern und Seine Majestät, Kaiser Karl, werden nicht sehr erfreut sein, wenn ich ihnen dieses Pergament überreiche.«
Der Bayer wusste keinen Fluch mehr, der dieser Situation gerecht werden konnte. Wenn dieser Vertrag bekannt wurde, hatte Herzog Stephan vor allen anderen Reichsfürsten sein Gesicht verloren, und es mochte dem Kaiser und den Habsburgern einfallen, die bei den bisherigen Erbteilungen übergangenen Neffen des Wittelsbachers anzustacheln, ihm die Fehde anzusagen und sich in den Besitz des Herzogtums Bayern zu setzen. Was

mit ihm selbst in dem Fall passierten würde, konnte er sich lebhaft vorstellen.
Verzweifelt überlegte Kadelburg, wie er sich aus dieser Klemme befreien konnte. Sich mit Gewalt in den Besitz des Schreibens zu setzen, war unmöglich, denn seinen acht Bewaffneten standen an die fünfzig gut gerüstete Söldner gegenüber.
Starrheim musterte den Bayern wie ein Kater eine in die Ecke getriebene Maus und sein Lächeln wurde noch süffisanter. »Ich gewähre dir freien Abzug, mein Freund, denn dein Tod liegt nicht in meiner Absicht. Du solltest dich allerdings beeilen, denn die guten Bürger dieser Stadt dürften anders denken als ich.«
»Gebt mir dieses Schreiben!« Es war ein verzweifelter Ruf, der jedoch ungehört verhallte. Starrheim schüttelte den Kopf, faltete das Pergament sorgfältig und steckte es wieder weg.
»Ich behalte den Vertrag noch eine Weile. Vielleicht vernichte ich ihn zu einer späteren Zeit, wenn die Verhältnisse hier wieder im Sinne von Recht und Ordnung geregelt sind.«
In dem Augenblick wusste Kadelburg, dass er von dem Gedanken Abstand nehmen musste, sich mit Hilfe bayerischer Truppen in den Besitz Tremmlingens zu setzen. Bereits der Versuch würde Starrheim dazu veranlassen, das verfängliche Schreiben als Waffe zu benutzen. Ihm blieb daher nichts anderes übrig, als Herzog Stephan zu erklären, dass Otfried Willinger die Herrschaft über die Stadt an die Opposition verloren hatte und jeder Versuch, die neue Ordnung zu ändern, in einer Fehde mit den Habsburger Nachbarn enden würde. Das würde seinem weiteren Aufstieg im Hofstaat des Herzogs nicht gerade förderlich sein, aber es wahrte ihm und seinem Herrn wenigstens nach außen hin das Gesicht.
»Versprecht Ihr mir, das Schreiben zu verbrennen, wenn ich nichts unternehme, was Euch ärgern kann?«

Starrheim nickte. »Du hast mein Wort darauf! Doch jetzt solltest du schleunigst die Stadt verlassen. Ich höre weitere Bürger nahen.«
Kadelburg sah sich erschrocken um, stieß noch einen Fluch auf das Tremmlinger Pack aus und trieb sein Pferd an. Starrheims Leute öffneten ihm eine Gasse und sahen ihm nach, wie er unter den wütenden Beleidigungen der herbeiströmenden Bürger davonritt.

VI.

Rigobert Böhdinger hatte Otfrieds Haus gerade noch rechtzeitig verlassen, ehe es umzingelt wurde, und sich zunächst tatsächlich den schlimmen Gassen zugewandt, um den Befehl seines Schwagers auszuführen. Unterwegs kamen ihm jedoch Zweifel. Von Kind auf hatte er die Bewohner dieses Stadtteils verachten gelernt und war auch gegen Otfrieds Idee gewesen, Männer von dort als Stadtbüttel einzusetzen. Sein Misstrauen gegen diese Kerle war, wie er zugeben musste, mehr als berechtigt gewesen, denn sie hatten zu nichts anderem getaugt als ehrliche Bürger zu drangsalieren und zu bestehlen. Beim ersten Anzeichen von Gefahr aber hatten sie sich in die Büsche geschlagen. Selbst von den beiden Männern, die ihn zu Willingers Haus begleitet hatten, war nichts mehr zu sehen. Er bezweifelte auch, dass es dem Pack gelingen würde, sich gegen die Mehrzahl der Bürger zu behaupten. Deren Anführer hatten bestimmt schon das Zeughaus erbrochen, um sich und ihre Anhänger zu bewaffnen.
Da Rigobert besser als andere wusste, wie Otfried in den letzten Monaten regiert hatte, lief es ihm bei den Gedanken an die Konsequenzen kalt den Rücken hinab. Der Hass, der in der

Stadt herrschte, würde vor niemand Halt machen, der Otfried unterstützt hatte, und das galt besonders für ihn und seine Familie. Sie würden von Glück sagen können, wenn sie am Leben blieben.

Für einen Augenblick blieb Rigobert wie angewurzelt stehen. Dann drehte er sich um und rannte wie von Furien gehetzt auf das Gürtler-Haus zu. Dieses wurde zum Glück noch nicht belagert, und Rigobert fiel ein Stein vom Herzen. Doch als er eintrat, herrschten darin bereits Kopflosigkeit und Angst. Der größte Teil des Gesindes hatte das Anwesen fluchtartig verlassen, und seine Mutter rannte von Zimmer zu Zimmer, schimpfte auf das unzuverlässige Dienerpack und flehte alle Heiligen an, wieder Ruhe einkehren zu lassen.

Rigobert schüttelte sie. »Jammern hilft jetzt nichts! Wir müssen einpacken, was wir tragen können, und so schnell wie möglich die Stadt verlassen. Im östlichen Teil ist es noch ruhig. Daher hoffe ich, wir können das Osttor passieren und fliehen.«

Regula Böhdinger starrte ihren Sohn an, als wäre er von Sinnen. »Du willst fort? Aber warum? Die Bayern und die Stadtbüttel werden den Aufruhr bald unter Kontrolle haben.«

»Ich wünschte, es wäre so! Doch die Rebellen werden von fremden Söldnern unterstützt und belagern bereits das Quartier der Bayern. Wenn es hart auf hart kommt, wird die Stadt brennen! Und was dann mit denen geschieht, die zu Otfried gehalten haben, kannst du dir selbst ausmalen.«

Rigobert gab ihr einen Stoß und herrschte dann seine Tante Pankratia an, seinem Befehl zu folgen. Diese starb fast vor Angst um ihre beiden Söhne Albert und Heinz und gehorchte daher, während ihre Schwester jammernd und schimpfend stehen blieb und nun Beistand durch ihren Schwager Martin Böhdinger erhielt.

Der Kirchenmann schaute hochmütig auf Rigobert herab. »Was redest du für einen Unsinn, Junge? Unsere Bayern werden das aufmüpfige Gesindel schon bald auseinandergetrieben haben. Wenn wir jetzt in Panik die Stadt verlassen, machen wir uns vor aller Augen lächerlich.«

»Ihr könnt ja hier bleiben, hochwürdiger Herr. Ich frage mich nur, was der Mob mit einem Priester machen wird, der offen für die Herrschaft Herzog Stephans eingetreten ist. Vielleicht rettet Euch Euer geistliches Amt. Ich für mein Teil würde mich nicht darauf verlassen.« Mit diesen Worten kehrte Rigobert ihm den Rücken zu und trat in die Stube seiner Mutter. Dort nahm er die Kassette, in der sie ihr Geld verwahrte, brach diese auf und schüttete den Inhalt in einen großen Beutel.

Regula war ihrem Sohn gefolgt, wagte aber nicht, ihn an seinem Tun zu hindern, sondern raffte ihre Schmucksachen zusammen und wies ihre Tochter an, dasselbe zu tun. Nun erinnerte sie sich an manch hasserfüllten Blick, der sie auf ihren Wegen durch die Stadt gestreift hatte, und bekam es mit der Angst zu tun, denn sie ahnte, was geschehen würde, wenn sie und ihre Kinder in die Hände ihrer Mitbürger fielen. Bei dieser Vorstellung drehte sie sich zu Rigobert um und nickte heftig. »Ich glaube, es ist wirklich besser für uns, die Stadt zu verlassen.«

»Dann kommt jetzt! Wir nehmen nur mit, was wir ohne Mühe tragen können.« Rigobert hielt seine Schwester auf, die noch einige Kleider einpacken wollte, und zog sie mit sich in den Hof. Dort hatte sich bereits der Rest der Familie versammelt. Albert hielt eine Fackel in der Hand, in deren Schein Rigobert ängstliche und verzagte Gesichter vor sich sah, die ihn anstarrten, als erwarteten sie sich von ihm Hilfe und Schutz. In diesem Augenblick begriff er, dass die Ereignisse ihn zum neuen Familienoberhaupt gemacht hatten. Er warf einen kurzen

Blick auf die Besitztümer, die ihnen geblieben waren. Viel war es nicht, doch sie würden anderswo nicht als Bettler anfangen müssen.
Tatsächlich erreichten sie ungehindert das östliche Tor. Es war verschlossen und die Leichen der drei bayerischen Söldner, die von entfesselten Bürgern niedergemacht worden waren, lagen noch davor. Von deren Mörder aber gab es keine Spur. Diese hatten sich wohl jenen Bürgern angeschlossen, welche das Laux-Anwesen und das Haus von Otfried Willinger belagerten.
Rigobert sträubten sich beim Anblick der Toten die Haare. Mit hektischen Bewegungen öffnete er die Nachtpforte und scheuchte seine Verwandten ins Freie. Da er befürchtete, man könnte sie noch im letzten Augenblick entdecken, lauschte er bei jedem Schritt auf ein Geräusch, das Verfolger ankündigen mochte. Schließlich war er jedoch sicher, dass niemand hinter ihnen her war, und hätte am liebsten vor Freude geweint. Trotz seiner Erleichterung verbot er den Flüchtlingen, denen sich auch der hochwürdige Herr Martinus Böhdinger angeschlossen hatte, ihre Laternen anzuzünden, denn er wollte niemand auf die kleine Gruppe aufmerksam machen. So stolperten die Menschen, die von Veit Gürtlers Familie übrig geblieben waren, unter einem oft von ziehenden Wolken verdeckten Mond einem ungewissen Schicksal entgegen.

VII.

Starrheim stand gemütlich gegen seinen Hengst gelehnt und lächelte vor sich hin, als Tilla und Sebastian zusammen mit dem alten Laux, den übrigen befreiten Gefangenen und der Bürgerwehr vor dem Willinger-Anwesen eintrafen.

»Gibt es Probleme?«, fragte Sebastian, der dem Braten nicht trauen wollte.
»Nicht die geringsten«, antwortete Starrheim freundlich und zog dabei das Schreiben des bayerischen Herzogs wieder hervor. »Das Ding hier hat uns sehr geholfen. Als Kadelburg sah, dass sich das Schreiben mit den herzoglichen Siegeln in unserem Besitz befindet, hat er den Schwanz eingezogen und ist mit seinen Trabanten davongeritten, als sei der Teufel hinter ihm her. Der wird sich so schnell nicht mehr in Tremmlingen sehen lassen.«
»Kadelburg ist entkommen?« Sebastian war anzumerken, wie wenig diese Tatsache ihm passte.
Starrheim trat neben ihn und legte ihm die Hand auf die Schulter. »Sei froh, dass es so gekommen ist. Andernfalls hättest du dir ein bayerisches Rittergeschlecht zum Blutsfeind gemacht. Der Bayernherzog wird die Söldner verschmerzen, die hier draufgegangen sind. Aber wenn einer seiner Adeligen sein Leben in deiner Stadt verloren hätte, würde er Tremmlingen die Fehde ansagen und möglicherweise sogar den Kaiser auf seine Seite ziehen können.«
Widerwillig musste Sebastian dem Freund Recht geben. Er schnaufte einmal tief durch und rang sich ein Lächeln ab. »Es sind nicht viele Bayern gefallen, denn wir haben gut dreißig Leuten freien Abzug gewährt. Außerdem ist Kadelburg nur der Knecht eines höheren Herrn. Otfried hingegen …«
Er musterte das Haus mit einem finsteren Blick. »Auch wenn er mein Schwager ist, wird er seine Schuld auf Heller und Pfennig bezahlen.«
Trotz seiner starken Worte blickte er seine Frau fragend an. Tilla wirkte jedoch noch rachsüchtiger als er. »Otfried hat unseren Vater umgebracht und schreckliches Leid über die Stadt ge-

bracht. Er ist schon lange nicht mehr mein Bruder und wird seine gerechte Strafe erhalten!«

Tilla musste an Ilga denken. Hätte die Magd damals nicht Schicksal spielen wollen, wäre sie wohl heute noch Gürtlers Weib und müsste dessen Brutalität erdulden. Mit einer energischen Bewegung trat sie vor und blickte zu dem Fenster hoch, hinter dem eine Öllampe flackerte.

»Otfried, hörst du mich? Ich bin nach einer weiten Reise zurückgekehrt, um dich anzuklagen! Du hast nicht nur mich, sondern viele um ihr Recht betrogen, und es war deine Hand, die unseren Vater getötet hat! Ich habe sein Vermächtnis erfüllt und bin bis nach Santiago de Compostela gepilgert. Dort liegt sein Herz nun begraben. Otfried, du bist ein Mörder und Verräter. Die Stadt gehorcht dir nicht länger. Gib auf und nimm die Strafe auf dich, die dir zukommt!«

Auf eine Antwort wartete sie vergebens.

VIII.

Zunächst hatte Otfried Willinger nicht glauben können, dass ihm die Herrschaft über Tremmlingen entglitten war. Erst als er durch das Fenster sah, wie Kadelburg mit Starrheim verhandelte und zuletzt wie ein geprügelter Hund abzog, wurde er sich seiner Lage bewusst. Die Stadt war von einer anderen Macht als den Bayern eingenommen worden und niemand würde kommen, um ihm zu helfen. Nun erst dachte er an Flucht.

Er rief nach der neuen Magd, die ihm helfen sollte, seine Schätze einzupacken, doch an deren Stelle humpelte die alte Ria heran.

»Das Weibsstück ist fort, ebenso die anderen Mägde und Knechte. Du wirst dich mit mir zufrieden geben müssen.«
Otfried starrte sie an, als hätte sie etwas Unanständiges gesagt. »Dummes, altes Weib! Meine Leute lassen mich doch nicht im Stich.«
»Sie sind alle abgehauen, und wenn ich könnte, würde ich ebenfalls weit weglaufen«, keifte die Alte.
»Ich brauche aber jemand, der mir beim Packen hilft und ein Pferd für mich sattelt.« Otfrieds Stimme nahm einen hysterischen Klang an.
Die Magd zuckte mit den Schultern. »Außer uns beiden ist niemand mehr im Haus. Also wirst du dein Pferd selber satteln müssen. Was willst du mitnehmen?«
Da Otfried weniger an Kleidung und dergleichen dachte, sondern an das Geld und die Schätze, die er während seiner Herrschaft angehäuft hatte, lehnte er Rias Angebot rüde ab und scheuchte sie fort. Er sah nicht mehr, wie die Alte sich gegen die Stirn tippte und davonschlurfte, sondern nahm seinen Mantelsack und stopfte wahllos hinein, was ihm von Wert erschien. Als er nach unten gehen wollte, um auch noch den Inhalt der Geldtruhe mitzunehmen, klang draußen eine ihm bekannte Stimme auf. Tilla?, dachte er verblüfft. Aber das ist doch nicht möglich!
Bei ihren nächsten Worten zuckte er wie unter einem Schlag zusammen, stürzte ans Fenster und starrte ins Freie. Der Platz vor dem Haus wurde von vielen Fackeln erleuchtet und daher entdeckte er sie sofort. Sie trug die Pelerine einer Santiago-Pilgerin, und daran hing deutlich sichtbar die Jakobsmuschel. Bei dem Mann neben ihr benötigte er einige Augenblicke, bis er in ihm Sebastian Laux erkannte. Nun begriff er, wie das Unglück geschehen hatte können, denn die Kleidung und das Auftreten

des jüngeren Laux-Sohnes drückten sehr deutlich aus, wer hinter der Befreiung der Stadt steckte.

Tillas Anklagen ließen Otfried aufwimmern wie einen getretenen Hund. Er wich vom Fenster zurück und rannte ohne seinen Mantelsack aus der Kammer. In seiner Panik verwechselte er die Türen und fand sich plötzlich in Eckhardt Willingers früherem Schlafgemach wieder. Das Licht der Fackeln auf dem Vorplatz zauberte flackernde Schatten auf die Gegenstände, und für einige Augenblicke glaubte Otfried den Vater vor sich zu sehen, der sich gerade aus dem Bett erhob.

»Nicht ich habe dich umgebracht, Vater! Veit Gürtler war es. Ich konnte ihn nicht daran hindern.« Tränen liefen ihm über die Wangen und versiegten auch nicht, als er bemerkte, dass er nur einem Spiel von Licht und Schatten aufgesessen war. Das Grauen, das ihn gepackt hatte, steigerte sich sogar noch, als wolle sein Vater ihn noch aus dem Jenseits für Gürtlers und seine Tat bestrafen und auch für all deren Folgen. Um sich dem Zorn des Toten zu entziehen, sprang er mit einem Satz auf den Flur hinaus und schloss die Kammertür. Ein Blick durch eines der Fenster zum Hof zeigte ihm, dass das Haupthaus bereits umstellt war. Also konnte er auch den Lebenden nicht mehr entkommen.

Ihm war bewusst, was er von seinen Mitbürgern und seiner racheheischenden Schwester zu erwarten hatte, und die Angst schüttelte ihn wie einen leeren, nassen Sack. In seiner Panik suchte er nur noch nach einem Ort, an dem er sich verkriechen konnte, und so lief er die Treppen zum Speicher empor, öffnete die Falltür und schloss sie beinahe lautlos hinter sich, um niemand auf sich aufmerksam zu machen. Aber auch hier fiel das Licht der Fackeln durch die Fenster und die Ritzen der Luken und malte zitternde Schatten an Decken und Wände, die nach

ihm zu greifen schienen. Am ganzen Körper bebend rollte er ein großes Fass auf die Falltür, um sie zu blockieren. Dann tappte er ziellos umher, während ihn aus allen Ecken die Gesichter der Toten höhnisch angrinsten. Sein Vater, Damian Laux, Ilga und sogar Veit Gürtler und Radegund schienen zurückgekehrt zu sein, um Rache an ihm zu nehmen oder ihn den Qualen auszuliefern, die ihn in den Händen der Leute da unten erwarteten. Aber er wollte weder von den wütenden Bürgern zerrissen noch als Vatermörder mit gebrochenen Gliedmaßen aufs Rad geflochten werden. Mit einem Mal fand er sich an der Stelle wieder, an der Ilga ihr klägliches Ende gefunden hatte, und er glaubte, ihre bleiche, nackte Gestalt von einem Balken herabhängen zu sehen. Als er nach der Erscheinung griff, hielt er ein Seil in den Händen und ließ es los, als habe er sich daran verbrannt. Für einen Augenblick atmete er auf. Alles, was er zu sehen glaubte, war wohl doch nur eine Einbildung seiner überreizten Sinne. Nur der Strick war echt. Es war der, mit dem er Ilga erwürgt hatte. Er schwang leicht hin und her, als wolle er nach ihm greifen.
Otfried packte das Seil und hielt es fest. Unten klang das Geschrei der Menge auf, die nun die Tür zum Hof erbrach. Auch die vordere Haustür zersplitterte unter harten Hieben, obwohl sie gar nicht verriegelt gewesen war. Gleich würden sie das Haus stürmen, und dann hielt das Fass auf der Falltür sie nicht mehr lange auf. Wenn sie ihn erwischten, würden sie ihn tagelang foltern, ehe sie ihn einem schrecklichen Tod auslieferten. Er sah schon Tilla hohnlachend dabeistehen und hörte, wie sie ihm ins Gesicht schleuderte, dass er all diese Qualen um ihres Vaters willen und des Betruges an ihr mehr als verdient hatte.
Als er das Schlagen der Türen unten im Haus und die ersten Schritte auf der Treppe vernahm, packte er einen alten Stuhl,

stellte ihn unter das Seil und stieg hinauf. Dann knüpfte er mit zitternden Händen eine neue Schlinge.
Es dauerte eine Weile, bis die Falltür endlich nachgab, und als Sebastian und Tilla den Speicher durchsuchten, fanden sie einen Toten.

IX.

Seit den aufregenden Ereignissen in Tremmlingen waren drei Jahre vergangen, und das Land erstrahlte unter einem Sommertag, wie man ihn sich schöner nicht wünschen konnte. Der lichte Buchenwald schimmerte golden und hoch am Himmel kreiste ein Adler, der sich auf seiner Suche nach Beute auch von den beiden Reitern nicht stören ließ, die den schmalen Weg zu der kleinen Wallfahrtskirche einschlugen. Nach wenigen hundert Schritten tauchte das Gebäude vor den Besuchern auf und sie konnten erkennen, dass das Gotteshaus erst vor kurzer Zeit fertiggestellt worden war. Obwohl die Kirche eher bescheiden wirkte, bestand sie aus sorgfältig behauenen Sandsteinquadern und wurde von einem viereckigen Turm gekrönt, hinter dessen Schalllöchern eine beachtliche Glocke hing. Ein mehrstufiger, mit allegorischen Figuren geschmückter Rundbogen bildete den Eingang und auch der Stil des restlichen Baus war für diese Lande eher ungewöhnlich zu nennen. Ein Gotteshaus dieser Art hätte man eher im Süden Frankreichs oder in den christlichen spanischen Königreichen erwartet.
Unweit der Kirche befand sich der Wunderbrunnen, dessen heilendes Wasser in weitem Umkreis berühmt war. Auch er war erst vor kurzem neu eingefasst worden und hätte genauso gut in der Gascogne oder in Navarra stehen können. Obwohl die Kirche etwas außerhalb des nächsten Dorfes erbaut worden war,

bildete sie das Zentrum der hiesigen Pfarrei, und der Priester, der diese Pfründe sein Eigen nannte, konnte neben dem Zehnt seiner Gemeinde auch über den Ertrag mehrerer großer Bauernhöfe verfügen.

Der Mann in der dunklen Kutte, der nun auf das Paar aufmerksam wurde, sah jedoch nicht so aus, als würde er die Einnahmen seiner Pfarre verprassen. Sein Gewand bestand aus schlichter Wolle und seine Schuhe waren von derber Machart, aber bequem und vor allem fest. In der Hand hielt er einen langen Stab, wie ihn Wanderer mit auf den Weg nehmen, um Gräben zu überwinden oder beißwütige Hunde von sich abzuwehren, und auf seiner Brust ruhte ein schlichtes Kreuz aus Holz. Sein Bart zeigte bereits die graue Farbe eines langen Lebens und die Jahre hatten tiefe Kerben in sein schmales Gesicht geschnitten. Aber seine Augen verrieten, dass er mit den Früchten seines Lebens mehr als zufrieden war.

Er streckte die Hand aus, um der jungen Frau von ihrem Maultier zu helfen, und zog sie dann unter Freudentränen an sich. »Tilla! Es ist so schön, dich wiederzusehen.«

»Und mich nicht?« Sebastian sprang von seinem Pferd und sah den ehemaligen Pilgerführer strahlend an. »Ihr seht gut aus, ehrwürdiger Vater. Wenn mich nicht alles täuscht, habt Ihr sogar ein wenig zugenommen.«

»Nun, heutzutage beschreite ich weniger anstrengende Pfade als früher. Mehr lässt mein Alter nicht mehr zu. Manchmal sehne ich mich jedoch nach dem Wind, der über dem Pass von Roncevalles bläst, nach der Hitze der Meseta und nach dem reinigenden Bad im Meer bei Finis Terrae.« Vater Thomas lächelte ein wenig wehmütig, denn er wusste, dass er diese Orte niemals wiedersehen würde. Er raffte sich aber sofort wieder auf und betrachtete die beiden Besucher.

Sebastian trug lederne Reithosen, feste Stiefel und ein Hemd aus ungebleichtem Leinen. Das war nicht gerade die Tracht eines reisenden Bürgers, sondern eher die eines jungen Edelmanns. Es dauerte einen Augenblick, bis Vater Thomas sich daran erinnerte, dass König Heinrich von Kastilien Sebastian den niederen Adel verliehen hatte und sein Gast diese Kleidung zu Recht trug. Tilla war in ein weites blaues Kleid gewandet, das ein süßes Geheimnis nicht ganz zu wahren vermochte, und hatte sich mit einem Schleier gegen die Hitze und die Fliegen geschützt. Jetzt nahm sie ihn ab und küsste den alten Priester.

»Ich freue mich sehr, Euch wohlbehalten wiederzusehen. Es vertreibt die Trauer, die ich seit dem Tag empfunden habe, an dem wir in Puente la Reina von Euch scheiden mussten. Was könnt Ihr uns von Anna und Ambros erzählen? Es geht ihnen doch hoffentlich gut.«

Der Priester hob abwehrend die Hände. »Lass mir ein wenig Zeit mit der Antwort, denn ich will meine Geschichte nicht jedem von euch einzeln erzählen müssen. Kommt mit mir! Ein kühler Trunk wartet auf euch. Mein Messdiener wird sich derweil eurer Reittiere annehmen.«

So als hätte er auf dieses Stichwort gewartet, kam ein Mann mit braunem, schütter gewordenem Haar und einem Gesicht, das nun schon die ersten Falten aufwies, auf sie zu. Seine Augen strahlten, als er Tillas Hand ergriff, doch er wagte es nicht, sie zu umarmen und zu küssen.

Sie tat es für ihn und schüttelte dann den Kopf. »Bei Gott, Dieter! Du bist Vater Thomas' Messdiener geworden? Hast du so viele Sünden auf dich geladen, dass deine Wallfahrt nach Santiago nicht ausgereicht hat, sie zu tilgen?«

Ihr einstiger Pilgerkamerad blickte etwas scheu zu Boden.

»Nun, ich …, ich habe in Puente la Reina meine Bestimmung gefunden. Ich werde bei Vater Thomas bleiben und später sein Hilfspriester werden.«

»Außerdem wird er mein Herz, wenn es einmal nicht mehr schlagen sollte, nach Santiago tragen und dort begraben, Tilla, so wie du es mit dem Herzen deines Vaters getan hast.« Für einen Augenblick wurde Vater Thomas' Blick ernst, doch dann legte er Tilla und Sebastian die Arme um die Schultern und führte sie mit sich. Dieter brachte derweil die beiden Tiere zu einer Stelle, an der sie saufen und grasen konnten. Dann eilte er hinter den Besuchern her.

Das Pfarrhaus bestand aus Holz und Fachwerk und wäre groß genug für eine kinderreiche Familie gewesen. In früheren Zeiten hatten neben den hiesigen Pfarrherren wohl auch deren Mätressen und Kinder hier gewohnt. Vater Thomas hauste jedoch allein mit Dieter und einer alten Haushälterin, die an diesem Tag von mehreren jungen Mädchen aus dem Dorf unterstützt wurde.

Zwei der drallen Dinger trugen gerade ein einfaches, aber durchaus ansprechendes Mahl in der guten Stube auf. Aber keiner der Menschen, die an einer langen Tafel aus mit der Axt geglätteten Brettern saßen, dachte in dem Augenblick ans Essen.

Peter war der Erste, der Tilla und Sebastian entgegeneilte. Der kleine Mann weinte vor Freude und deutete ganz aufgeregt auf seine Frau, die direkt hinter ihm auftauchte. Renata hielt ein wunderhübsches Mädchen von etwa drei Jahren an der Hand und trug einen Säugling im Arm, der zufrieden vor sich hin schmatzte.

»Schön, euch zu sehen!« Die Worte sagten wenig aus für das, was sie fühlte, doch ihr Gesicht verriet ihre Freude.

Hedwig, die ihr altes Gewicht wieder erreicht hatte, walzte auf Tilla zu und umarmte sie halb lachend und halb weinend. Eine junge Frau, die noch etwas schlanker war, aber ansonsten ihr Ebenbild darstellte, erhob sich und trat neben ihre Mutter, während ihr vielleicht fünfjähriger Sohn ein Stück Brot vom Tisch stibitzte und es sich in den Mund schob.
»Das ist meine Tochter, um deretwillen ich die Wallfahrt damals auf mich genommen habe«, stellte Hedwig sie vor.
Während Tilla die junge Frau umarmte, musterte diese mit scharfem Blick ihre Taille. »Ihr seid guter Hoffnung!«
»Was für eine Freude!«, rief Hedwig aus und Tilla musste eine zweite Umarmung über sich ergehen lassen. Dann erhielt sie einige Ratschläge für ihre Schwangerschaft, und einer davon war, um Gottes willen nicht mehr zu reiten.
»Unsere Edeldame oben auf der Burg hat dadurch ihr Kind verloren, und ein weiteres kann sie nicht mehr bekommen. So wird die Herrschaft wohl als Erbfall an den Bayernherzog gehen. Uns gefällt es wenig, bayerisch werden zu müssen, doch wenn Gott es so will, müssen wir auch das hinnehmen.« Hedwig seufzte kurz, war dann der Ansicht, dass sie eine Stärkung benötigte, und kehrte an den Tisch zurück. Dort angelte sie sich ebenfalls ein Stück Brot und legte eine Scheibe Schinken darauf, bevor sie herzhaft hineinbiss.
Tilla und Sebastian traten nun auf die beiden letzten Personen zu, die sich noch in der Stube befanden. Bei der wohlgestalteten jungen Dame in einem langen roten Kleid, das mit Zattelärmeln aus grünem Stoff und einem purpurn schimmernden Saum verziert war, brauchte Tilla einen Augenblick, um sie wiederzuerkennen.
»Bei Gott, Blanche, bist du schön geworden! Ich glaube gar, du bist noch ein wenig gewachsen, seit ich dich das letzte Mal gese-

hen habe!« Tilla eilte auf sie zu und fand sich umarmt und gedrückt.

Blanche fühlte die leichte Rundung auf Tillas Bauch und kreischte auf. »Du wirst Mutter! Wenn es ein Mädchen wird, muss ich unbedingt Patin werden!«

»Vielleicht wird es auch ein Sohn, meine Liebe, dann wäre es an mir, sein Gevatter zu sein«, neckte Rudolf von Starrheim seine Gemahlin.

»Wir nehmen es, wie es kommt, nicht wahr, Sebastian?« Tilla drehte sich zu ihrem Mann um, der ein wenig schuldbewusst wirkte.

»Meinem Vater und mir wäre natürlich ein Sohn am liebsten, der sich schon bald in das Geschäft einleben und mich einmal ersetzen kann. Allerdings habe ich auch nichts gegen eine Tochter einzuwenden. Der Sohn kommt dann gewiss nach.«

Rudolf von Starrheim lächelte ein wenig über Sebastians Eifer, der trotz seines Adelstitels ein Pfeffersack geblieben war. »Wie geht es eigentlich deinem Vater?«

»Sehr gut!«, berichtete Sebastian. »Er übt das Amt des Bürgermeisters in Tremmlingen mit neuer Freude aus und wird es, so Gott will, noch lange Jahre innehaben. Ich führe unterdessen den Handel und werde von meiner guten Tilla aufs Beste unterstützt. Daher habe ich eigentlich wenig Lust, mir die Amtskette so bald umhängen zu lassen. Da soll erst unser Sohn in meine Fußstapfen hineingewachsen sein. Wer weiß, vielleicht schicke ich ihn, wenn er in das entsprechende Alter kommt, auf Pilgerfahrt nach Santiago, damit ein Mann aus ihm wird. Mein Vater sagt, bei mir hätte es jedenfalls geholfen.«

Sebastian erntete einen Lachsturm und fiel selbst in das Gelächter mit ein. Dann fragte er Starrheim, wie es ihm denn ergangen sei. »Seit der Sache in Tremmlingen haben wir nichts

mehr von dir gehört und gesehen. Doch so wie du und Blanche aussehẽt, muss es gut um euch stehen.«
»Wir können nicht klagen. Mein Vetter Leopold hat mich zum Landvogt in den österreichischen Vorlanden berufen und daher besuche ich diese Gegend nur selten. Doch als unser lieber Vater Thomas mir Botschaft sandte, in der er mich bat, an der Einweihung seiner neuen Wallfahrtskirche teilzunehmen, musste ich einfach kommen.«
Es klang so männlich selbstzufrieden, dass Tilla sich an Blanche wandte. »Wie steht es mit dir? Bist du glücklich?«
Die junge Französin lächelte versonnen. »Sehr! Mon cher Rudolf ist der beste Mann der Welt. Ich hoffe, ihm bald einen Erben zu gebären. Bis jetzt hat er mich geschont und nur an jenen Tagen mit mir verkehrt, an denen ich den Worten einer weisen Frau zufolge nicht schwanger werden konnte. Doch nun wird mich nichts mehr daran hindern, ihm das Weib zu sein, das er verdient.«
Das klang direkt fordernd, und Tilla, die Starrheim gut genug kannte, wusste, dass er sich Blanches Willen beugen würde. Die junge Edeldame war jetzt voll erblüht und würde ihren Gemahl im Gegensatz zu jenen viel zu jungen Mädchen, die Männern ins Bett gelegt wurden, welche ihre Großväter hätten sein können, nicht enttäuschen.
»So Gott will, wirst du viele Kinder gebären und zu selbstbewussten Menschen erziehen können«, sagte sie zu Blanche. Dabei wunderte sie sich, wie gut die Französin sich die deutsche Sprache angeeignet hatte.
Eines der Bauernmädchen bat Tilla nun Platz zu nehmen und schenkte ihr einen großen Becher Wein ein. »Wohl bekomme es Euch«, sagte die Kleine und eilte davon, um einen kräftigen Imbiss für die neu eingetroffenen Gäste zu holen.

Tilla trank einen Schluck und wandte sich ihrem einstigen Pilgerführer zu. »Was weiß man von Ambros und Anna? Ihnen geht es doch hoffentlich gut, so fern, wie sie uns jetzt sind.«
»Dies vermag Renata dir besser zu erzählen, denn erst vor kurzem hat ein Pilger einen Brief ihrer Schwester zu ihr gebracht«, antwortete Vater Thomas lächelnd.
Renata beugte sich leicht vor und nickte. »Ja, ist das nicht wunderbar? Meiner Schwester und ihrem Mann geht es dort sehr gut. Neben dem ehrwürdigen Abt von Puente la Reina sind auch andere hohe Kirchenherren in Navarra auf Ambros' Kunstfertigkeit aufmerksam geworden und er vermag sich vor Aufträgen kaum zu retten. Da bleibt für Heimweh wenig Zeit. Und was Anna betrifft: ob ihr es glaubt oder nicht, sie hat an demselben Tag einen Sohn geboren wie ich.« Renata blickte dabei stolz auf den Säugling in ihren Armen herab, während ihre Tochter sich vertrauensvoll an Peter schmiegte.
»Papa mag mich lieber als Franzi. Er schreit zu viel, sagt er.« Damit brachte die Kleine die anderen zum Lachen.
Während sie aßen und dem Wein zusprachen, drehten sich die Gespräche um die gemeinsam erlebte Zeit, und so manche Anekdote brachte alle zum Lachen. Tilla, die sich über die Fröhlichkeit wunderte, begriff langsam, dass ihre ehemaligen Pilgerkameraden vieles von dem, was schlecht und schrecklich gewesen war, vergessen hatten – oder zumindest so taten. Sie wollten sich nur mehr an die schönen und die erhabenen Augenblicke erinnern und sprachen von der Majestät der Kathedralen und der Erhabenheit der Berggipfel, die sich an ihrem Weg in den Himmel gereckt hatten, oder von der Weite des Meeres und ihrem gemeinsamen Bad im salzigen Wasser des Ozeans.
»Gedenken wir auch derjenigen unserer Freunde, die auf diesem Weg zurückgeblieben sind. Möge Gott ihnen gnädig sein

und ihnen das Tor zum Himmelreich öffnen.« Für einen Augenblick brachten Tillas Worte eine leichte Missstimmung in die Runde, dann aber sprachen alle ein Gebet für Bruder Carolus und den braven, etwas einfältigen Manfred.

Hedwig weinte sogar ein paar Tränen für sie. »Auch wenn ich das eine oder andere Mal über Manfred gelacht und den Karmeliter zu Beginn verachtet habe, würde ich Wunder was geben, wenn sie jetzt in unserer Runde säßen.«

»Im Geiste sitzen sie bei uns«, antwortete Vater Thomas und sprach ein kurzes, lateinisches Gebet.

Beide gaben Tilla unbewusst das Stichwort für ihre nächste Frage. »Ich vermisse Sepp. Er war doch Euer Gefolgsmann, Herr Rudolf.«

Über Starrheims Gesicht huschte ein fröhliches Lächeln. »Das ist er immer noch«, sagte er. »Ein sehr guter sogar! Ich habe ihn als Dienstmann auf eine Burg gesetzt, die er sorgsam für mich hütet. Er wäre gerne mitgekommen, doch sein Weib soll in diesen Tagen gebären und er wollte es nicht allein lassen. Er liebt es sehr, auch wenn er früher nicht in der Lage war, es ihm zu zeigen. Seinen Jähzorn hat er in Santiago abgelegt. Wisst ihr eigentlich, dass er es war, der Hugues de Saltilieu ermordet hat? Er hat es mir an dem Tag gestanden, an dem ich ihn zum Kastellan dieser Burg ernannt habe, denn er wollte nicht, dass ein Schatten zwischen uns stand.«

Vater Thomas atmete tief durch und nickte. »Er hat es mir schon viel früher gebeichtet, und ich glaube ihm, dass er es auch aus Sorge um uns tat, denn Saltilieu hätte uns gewiss verfolgt und erschlagen, weil wir Mademoiselle Felicia Beistand geleistet haben. Das hätten wir wohl nicht getan, wenn uns bewusst gewesen wäre, was für ein Weib sie ist.«

Erneut drohten dunkle Schatten sich der Gemüter zu bemächtigen. Sebastian brach schließlich den Bann, indem er auflachte und seinen Becher hob. »Auf Sepp, ohne den wir wahrscheinlich nicht an dieser Stelle sitzen und trinken würden! Hugues de Saltilieu war ein blutgieriger Wolf und hätte uns zerrissen wie Lämmer.«

»Was er Gott sei Dank nicht mehr tun konnte. Aber weiß jemand von euch, wie es Felicia de Lacaune und ihrem Gemahl jetzt ergeht?«, fragte Tilla, die ihre Neugier nicht im Zaum halten konnte.

Starrheim hob grinsend die Hand mit dem Becher und trank Sebastian zu. »Unser Freund Aymer ist inzwischen ein einflussreicher Höfling des französischen Königs Karl geworden und weiß – wie es heißt – sein Weib vor Anfechtungen zu schützen.« Er brach dabei in Lachen aus, denn am Hofe des Grafen von Béarn in Orthez hatte er einiges über den Lebenswandel der jungen Dame erfahren. Aymer de Saltilieu schienen diese Berichte ebenfalls bekannt gewesen zu sein, denn er hatte Vorkehrungen getroffen, um die übermütige Stute am kurzen Zügel zu führen.

Während sich das Gespräch wieder um andere Begebenheiten ihrer gemeinsamen Pilgerschaft drehte, lehnte Tilla sich mit dem Rücken gegen die Wand, streichelte gedankenverloren ihren leicht vorgewölbten Leib und spürte die ersten Bewegungen des Ungeborenen. Sie wundere sich ein wenig, weil keiner hier am Tisch ein Wort über Olivia und ihr verborgenes Tal verlor. Sie selbst erinnerte sich gerne daran und träumte so manche Nacht von der großgewachsenen Frau, die sie nur kurz hatte kennen lernen dürfen, und die ihr dennoch zu einer guten Freundin geworden war. Sollte ihr Kind eine Tochter sein, würde sie ihr wohl von Olivia und der geheimnisvollen Kirche be-

richten, in der kein Priester der Herr war, sondern ein gütiges Weib.
Bald aber lächelte Tilla über diesen wohl etwas abwegigen Gedanken, und als Sebastian sie übermütig neckte, fiel sie fröhlich in sein Lachen ein.

Geschichtlicher Überblick

Anno Domini 1368. In einer Zeit, in der die Menschen beinahe in allem, was um sie herum geschah, das Wirken übernatürlicher Kräfte zu sehen glaubten und sich davon bedroht sahen, gab es in ihren Augen nur Rettung, wenn sie sich unter den Schutz Christi, der Muttergottes und der Heiligen stellten. Dies geschah mit einem Gelübde, das zumeist das Versprechen einer Wallfahrt enthielt. Oft handelte es sich dabei um Reisen zu nahe gelegenen heiligen Orten, doch es gab drei große Pilgerziele, die alle anderen weit überragten. Das erste war Jerusalem, die Stadt, in der Jesus Christus starb. Bis dorthin aber war es ein weiter Weg, der zudem über das Meer und in ein von Moslems beherrschtes Land führte. Der zweitheiligste Ort war Rom mit den Gräbern der Apostel Petrus und Paulus. Verlockender als beide aber war jener ferne Ort am Rande der bekannten Welt, zu dem der Leichnam des Apostels Jakobus auf wundersame Weise gelangt sein sollte. Wer den Weg nach Jerusalem wegen seiner Gefahren und der Unwägbarkeiten scheute, Rom aber als zu nahe und eine Pilgerreise dorthin als zu wenig

entbehrungsreich für die Ernsthaftigkeit seines Gelübdes empfand, entschied sich für den Fußmarsch nach Santiago de Compostela.
Die Zahlen der Pilger schwankten, doch in den großen Zeiten der Santiago-Wallfahrten machten sich Jahr für Jahr Zehntausende dorthin auf den Weg. Nicht jeder, der eine solche Pilgerfahrt gelobt hatte, reiste selbst dorthin, denn es war gestattet, jemand zu schicken, der stellvertretend am Grabe des Apostels für die Seele des anderen beten sollte. Die meisten jedoch zogen auf eigenen Wunsch dorthin, beseelt von der Vorstellung, dem Heiligen für eine Gnade danken zu müssen oder eine von ihm erbitten zu wollen. In der Angst um ihr Seelenheil mühten sich lässliche Sünder und Menschen, deren Lebensweg von schlimmen Taten gepflastert war, gleichermaßen über die Pilgerstraßen Deutschlands, Frankreichs und Spaniens, bis sie das ersehnte Ziel erreichten oder unterwegs ihr Grab fanden.
Krieg und Not vermochten die Santiago-Pilgerfahrten nie ganz zum Stillstand zu bringen. Selbst der Hundertjährige Krieg, der zu der Zeit dieses Romans, also 1368 bis 1369, von einem Waffenstillstand zwischen dem englischen König Eduard und Frankreichs König Karl unterbrochen wurde, machte da keine Ausnahme. Obwohl in Frankreich die Waffen schwiegen, wurde der Krieg stellvertretend in Kastilien weitergeführt. König Peter von Kastilien, später von den Historikern »Der Grausame« genannt, war nicht nur mit England verbündet, sondern auch Schwiegervater zweier Söhne

König Eduards und wollte einen von diesen als seinen Nachfolger auf dem Thron sehen.
Peter gegenüber stand sein Halbbruder Heinrich, Graf von Trastamara, der von Frankreich unterstützt wurde. 1367 war es Peter zusammen mit Eduard, dem Schwarzen Prinzen, gelungen, seinen Rivalen zu besiegen, doch verlor er die Unterstützung des Prinzen von Wales durch die Nichteinhaltung gegebener Versprechen. Als Heinrich von Trastamara im Jahr darauf mit Hilfe des französischen Heerführers Bertrand du Guesclin erneut den Griff nach der Krone wagte, verweigerte Prinz Eduard seinem Verbündeten Peter die Unterstützung. Der Krieg endete mit Peters Tod und Heinrichs Thronbesteigung. Für England stellte die darauf folgende Hinwendung Kastiliens zu Frankreich eine Katastrophe dar, die massiv zum Verlust des größten Teils seiner französischen Besitzungen beitrug.
Weitere Beteiligte an dem diffizilen Spiel um Macht und Einfluss im Süden Frankreichs waren König Karl von Navarra, der, obwohl französischer Abkunft, Partei gegen sein Heimatland ergriff, sowie Gaston III. Fébus, der sich als Herr der Grafschaften Foix und Bigorre sowie der Vizegrafschaft Béarn zum mächtigsten Regenten des französischen Pyrenäenvorlands aufgeschwungen hatte. Von beiden Seiten umworben schwankte er lange, welcher Seite er sich zuwenden sollte. Als er schließlich ein Bündnis mit Frankreich einging, war dies für England beinahe ebenso fatal wie der Verlust seines kastilischen Verbündeten.

Weiter behandelt dieser Roman die Belange des kleinen, fiktiven Reichsstädtchens Tremmlingen. Gemäß meinem Vorsatz, keine Handlungen in einem realen Ort anzusiedeln, die dort in ähnlicher Weise nie geschehen sind, habe ich diese Stadt bewusst erfunden. Vorbild für Tremmlingen ist die Stadt Schwäbisch Wörth, die heute als Donauwörth bekannt ist. Donauwörth erlitt abgesehen von dem von uns geschilderten Bürgerkampf ein ähnliches Schicksal wie Tremmlingen. Von Kaiser Ludwig dem Bayern in Besitz genommen, wurde die Reichsfreiheit durch seinen Nachfolger Karl IV. wieder bestätigt. Die Stadt verblieb aber ebenso wie unser Tremmlingen im Interesse bayerischer Begehrlichkeiten, denen sie im Jahre 1609 erlag.
Das Pilgerkreuz, das ich Tillas Gruppe von Ulm bis nach Puente la Reina tragen ließ, hat ein reales Vorbild: Dort ist in der Iglesia del Crucifijo, wie sie heute genannt wird, das Kreuz zu sehen, welches ich in diesem Roman beschrieben habe und das der Überlieferung nach von Pilgern aus Alemania dorthin gebracht worden ist.
Ein Wort zu Olivias Tal und der Großen Mutter. In abgelegenen Gegenden Frankreichs und auch Deutschlands gab es Reste alter Kulte, die mit einem christlichen Firnis überdeckt das Mittelalter überdauerten, bis sie durch die Zwänge von Reformation und Gegenreformation ausgerottet oder dem offiziellen Glauben angeglichen wurden.

Iny Lorentz, im Mai 2006

Die Personen

Die Pilgergruppe

Vater Thomas . . .	Pilgerführer
Tilla (Ottilie) Willinger	die Pilgerin
Ambros	Goldschmied
Anna	Renatas Zwillingsschwester
Bruder Carolus . .	Karmelitermönch
Dieter	Vater Thomas' Bekannter
Hedwig	ältere Frau
Hermann	Annas und Renatas Neffe
Manfred	Pilgerstellvertreter
Peter	Pilgerstellvertreter
Renata	Annas Zwillingsschwester
Robert	Hermanns Freund
Rudolf von Starrheim . . .	österreichischer Graf

Sebastian Laux . . Tillas Jugendfreund

Sepp . . . . zur Pilgerschaft verurteilt

Tremmlingen

Anton Schrimpp . . Schrimpps jüngerer Sohn

Damian Laux . . . Koloman Laux' ältester Sohn

Eckhardt Willinger . . . . . Tillas Vater

Elsa Heisler . . . . Tillas frühere Kinderfrau

Georg von Kadelburg . . Gefolgsmann des Herzogs Stephan von Oberbayern

Ilga, Ria . . . . . Mägde im Willinger-Haus

Koloman Laux . . Bürgermeister, Vater Damians und Sebastians

Lenz Gassner . . . Arzt

Martin Böhdinger . Pfarrer, Regulas Schwager

Matthias Schrimpp .	Ratsherr
Mauriz Schrimpp .	Schrimpps ältester Sohn
Meister Kaifel . . .	Schreiner
Meister Nodler . .	Schneider
Otfried Willinger .	Tillas Bruder
Pankratia	Gürtlers jüngere verwitwete Schwester
Radegund, Chlorinde	Regulas Töchter
Regula Böhdinger .	Gürtlers ältere verwitwete Schwester
Rigobert Böhdinger .	Regulas Sohn
Veit Gürtler	Handelsherr

Frankreich und Spanien

Aymer de Saltilieu .	Hugues' Vetter
Bertrand du Guesclin	französischer Heerführer

Blanche de Coeurfauchon	Coeurfauchons Nichte
de Coeurfauchon	französischer Ritter
Erminolde de la Tour	Rudolf von Starrheims Verlobte
Felicia de Lacaune	Nichte des Grafen von Béarn
Gaston III. Fébus	Graf von Foix, Bigorre und Béarn
Heinrich von Trastamara	König von Kastilien
Hugues de Saltilieu	französischer Baron
Olivia	Anführerin einer Gemeinde in Südfrankreich
Philippe de Saint Vith	Jugendfreund Rudolf von Starrheims

Glossar

Bruche: kurzes, teilweise badehosenartiges Kleidungsstück, an dem gewirkte oder gestrickte Hosenbeine befestigt wurden

Dalmatika: langes, hemdartiges Untergewand kirchlicher Würdenträger, wird unter der Kasel getragen

Dobla: kastilische Goldmünze

Ferge: alte Bezeichnung für Fährmann

Geviert: alte Bezeichnung für Quadrat

Der Hund: Malerei oder Symbol auf dem Grund einer Geldtruhe; daher auch der Ausdruck »auf den Hund gekommen«, wenn die Truhe so leer geworden ist, dass man den Boden sehen kann

Kasel: Obergewand eines katholischen Priesters bei der Messfeier

Kommis: Handelsgehilfe

Maravedi: kastilische Silbermünze

Mi-Parti-Stil: Hosen mit unterschiedlich gefärbten oder gestreiften Beinen

Prahm: einfaches Frachtschiff für Flüsse und Seen

Peregrine: eine von vielen Bezeichnungen für Pilger

Regierer: Bezeichnung für das Oberhaupt eines Handelshauses

Reisläufer: Schweizer Söldner in fremden Diensten beziehungsweise solche, die einen neuen Waffendienst suchen

Rocken: Spindel, auf der der gesponnene Faden aufgewickelt wird

Schildmauer: besonders hohe Mauer, welche die gefährdeten Teile einer Burg schützt

Tappert: bestickter Wappenrock, der auch zur Tracht der Herolde zählt

Theriak: mittelalterlicher Heiltrank aus verschiedensten Zutaten, dem wahre Wunderkräfte zugesprochen wurden

Unschlittkerze: Kerze, die aus Talg und Tierfett besteht und im Gegensatz zu Wachskerzen stark rußt

Zattelärmel: weite, bis auf den Boden fallende Ärmel mit gezacktem oder wellenförmigem Saum

Zille: Flusskahn mit breitem, flachem Rumpf

Iny Lorentz

Die Wanderhure

Konstanz im Jahre 1410: Als Graf Ruppert um die Hand der schönen Bürgerstochter Marie anhält, kann ihr Vater sein Glück kaum fassen. Er ahnt nicht, dass es dem adligen Bewerber nur um das Vermögen seiner künftigen Frau geht und dass er dafür vor keinem Verbrechen zurückschreckt. Marie und ihr Vater werden Opfer einer gemeinen Intrige, die das Mädchen zur Stadt hinaustreibt. Um zu überleben, muss sie ihren Körper verkaufen. Aber Marie gibt nicht auf ...

Die Kastellanin

Marie lebt zufrieden mit ihrem Ehemann Michel Adler, den sie innig liebt. Ihr Glück scheint vollkommen, als sie ein Kind von ihm erwartet. Doch dann muss Michel im Auftrag seines Pfalzgrafen in den Kampf gegen aufständische Hussiten ziehen. Er beweist so viel Mut, dass er zum Ritter geschlagen wird – und verschwindet nach einem grausamen Gemetzel spurlos. Nachdem er für tot erklärt wird, ist Marie ganz allein auf sich gestellt und sieht sich täglich neuen Demütigungen und Beleidigungen ausgesetzt. Schließlich bleibt ihr nur ein Ausweg: Sie muss von ihrer Burg fliehen. Marie hat die Hoffnung nicht aufgegeben, dass Michel noch leben könnte, und schließt sich als Marketenderin einem neuen Heerzug an. Es beginnt das Abenteuer ihres Lebens. Wird sie den geliebten Mann jemals wieder finden?

Das Vermächtnis der Wanderhure

Als Hulda erfährt, dass ihre Todfeindin Marie wieder schwanger ist, schmiedet sie einen perfiden Plan: Marie soll entführt und für tot erklärt werden. Die Rechnung scheint aufzugehen: Michel, Maries Mann, trauert tief um seine geliebte Frau. Hulda bedrängt ihn, sich wieder zu verheiraten. Marie ist inzwischen als Sklavin verkauft und verschleppt worden. Als es Marie unter Einsatz ihres Lebens endlich gelingt, den Weg in die Heimat zu finden, muss sie feststellen, dass ihr geliebter Michel eine neue Frau gefunden hat ...

Eine Frau kämpft in der grausamen Welt des Mittelalters um ihr Glück. Die erfolgreiche Trilogie von Bestsellerautorin Iny Lorentz!